Sonja Bethke-Jehle

Kontaktaufnahme

Roman

Ich bedanke mich bei meinen Lesern und allen,
die mich bisher unterstützt haben.

Sonja Bethke-Jehle wurde am 07.11.1984 im Odenwald geboren. In Mannheim studierte sie Wirtschaftsinformatik. Heute lebt sie an der Bergstraße. Das Lesen und Schreiben ist bereits seit der Kindheit ihre große Leidenschaft. *Kontaktaufnahme* ist ihr zweiter Roman. Zuvor veröffentlichte sie die *Umdrehungen-Trilogie*.

Weitere Informationen zu der Autorin finden Sie im Internet unter www.sonja-bethke-jehle.de

Sonja Bethke-Jehle

Kontaktaufnahme

Bibliografische Information der Deutschen Nationalbibliothek:
Die Deutsche Nationalbibliothek verzeichnet diese Publikation in der Deutschen Nationalbibliografie; detaillierte bibliografische Daten sind im Internet über http://dnb.dnb.de abrufbar.

Illustration: Sarah Buhr / www.covermanufaktur.de unter Verwendung von Bildmaterial von MAJI-VECKA; Paha_L; Stori / depositphotos.com
Lektorat: Juno Dean
Korrektorat: Eike Guthard

Herstellung und Verlag: BoD – Books on Demand, Norderstedt

ISBN: 9783744890779

Sechs Personen.
Vier Kontinente.
Eine Verbindung.

Kontaktaufnahme.

Personenübersicht

An der südlichen Küste von Nigeria:
Nicole, Ärztin, die für eine Hilfsorganisation arbeitet
Carola, Krankenschwester und gute Freundin von Nicole
Tayo, Geliebter von Nicole

Auf der Nordseeinsel Pellworm:
Samuel, katholischer Pfarrer einer kleinen Gemeinde
Stella, Bäckerin, in die Samuel sich verliebt

In der Nähe von Kundus in Afghanistan:
Lukas, stationierter Soldat
Samir, stationierter Soldat
Svenja, stationierte Soldatin
Navid, Geliebter von Lukas und Polizist in einem kleinen Dorf

In einem Dorf im Südschwarzwald:
Jochen, ehemaliger Maurer
Danielle, seine Ehefrau
Mia und Olivia, Töchter von Jochen und Danielle
Nadina Martinez, Orthopädietechnikerin

In der Justizvollzugsanstalt Weiterstadt:
Fabian, Gefängnisinsasse
Frau Pesch, Sozialarbeiterin in der JVA
Michael Friedelmann, Gefängnisinsasse

In Washington, D.C.:
Nele, Astrobiologin in der Weltraumbehörde
Brian, Kollege und Geliebter von Nele
Graham, Astrobiologe in der Weltraumbehörde
Herr Miller, Chef von Nele und Graham

„Vielleicht suchen wir nur nach außerirdischem Le-
ben, um uns endlich als Einheit fühlen zu können.“

Sonja Bethke-Jehle

Kontaktaufnahme

Nicole, an der südlichen Küste von Nigeria

Tayo bewegte sich unruhig neben ihr. Es begann sie zu nerven, wie er sich herumwälzte, sie versehentlich anstieß und seltsame Seufzer von sich gab. Vielleicht war sie auch grundsätzlich genervt von ihm, weswegen er einfach keine Chance hatte, es ihr recht zu machen.

Nicole rutschte mit den Beinen über die Kante ihrer Matratze und schob das Moskitonetz zur Seite, um aufstehen zu können. Draußen war es immer noch dunkel, doch die Hitze vom Vortag war noch nicht verschwunden. Es war heiß und stickig. Barfuß lief sie durch das Zelt, um nach draußen zu gelangen. Es war eines dieser großen Zelte, das zu einer kleineren Zeltstadt gehörte und vorübergehend ihr Zuhause war. In der Mitte des Zeltes nahm sie sich eine Flasche Wasser vom Tisch und trank nachdenklich einen Schluck.

Ursprünglich war sie im Noma-Kinderkrankenhaus in Sokoto eingeteilt worden. Immerhin war sie spezialisiert für Kindermedizin. Doch die Ebola-Epidemie hatte es notwendig gemacht, dass die Mitarbeiter der Hilfsorganisation, für die sie hier arbeitete, versetzt wurden. Hier auf dem Land wurde jede Hilfe gebraucht. Nicole war geschockt gewesen, als sie hier angekommen war und die Zustände gesehen hatte, in der die Menschen hier leben mussten. In der Stadt waren die Menschen zwar ebenfalls arm, aber sie besaßen Fernseher und Handys, es gab Krankenhäuser, Ärzte und Märkte. Die notwendige Infrastruktur war vorhanden, um zumindest die weitere Verbreitung der Krankheit zu verhindern. Hier in diesem Dorf schien allerdings die Zeit stehen geblieben zu sein. Die Menschen waren auch schon ohne das Ebola-Virus unterversorgt.

In Sokoto hatte Nicole Tayo kennengelernt. Er war Nigerianer und wie sie Arzt. Seine Eltern waren für nigerianische Verhältnisse wohlhabend und so hatten sie ihrem Sohn ermöglichen können zu studieren. Sie unterstützten ihn auch jetzt noch, denn er verdiente bei der Hilfsorganisation nicht viel. Viele intelligente und talentierte Kinder konnten nicht studieren, weil ihre Eltern es sich nicht leisten konnten und so wurde viel Potenzial verschenkt. Aber Tayo hatte Glück gehabt und es sich zum Ziel gemacht, etwas von dem, was er bekommen hatte, zurückzugeben. Sie schliefen miteinander, obwohl Sex vor der Ehe hier strengstens verboten war. Zudem galt Nicole als unrein, weil sie nicht beschnitten war, was in Nigeria gerade in ländlichen Gegenden üblich war, obwohl es offiziell unter Strafe stand.

Nicole lief auf direktem Weg zu dem großen Zelt, in dem sie seit einigen Tagen die Bewohner des Dorfes auf Ebola untersuchte und mit wichtigen Impfungen versorgte. Eine Krankenschwester war ebenfalls schon wach und desinfizierte die Arbeitsfläche, auf der verschiedene Untersuchungsgeräte standen. Hygiene war hier sehr wichtig. Nicht nur Ebola, sondern auch andere, sehr schlimme Krankheiten waren im Umlauf, zum Beispiel Cholera und Malaria.

Nicole grüßte die Krankenschwester und lief weiter in den abgetrennten Bereich, der als eine Art Lagerraum fungierte. Es war alles sehr notdürftig eingerichtet. Viel zu oft kamen Nicole und ihre Kollegen an ihre Grenzen. Es fehlte ihnen an medizinischen Apparaten oder Hilfsmitteln. Wie oft hätte sie mehr für die Menschen tun wollen, was aber einfach nicht möglich war? Als sie zu Hause in Deutschland in einem Krankenhaus gearbeitet hatte, war der Zugang zu modernen High-Tech-Geräten vollkommen normal, um die verschiedenen Krankheiten und Verletzungen zu diagnostizieren. Hier fehlte es einfach an allem.

Sehr oft war es frustrierend, manchmal aber auch befriedigend. Immerhin hatte sie bereits einige Erfolge verbuchen und vielen Kindern, die an der Krankheit Noma erkrankt waren, helfen können. Damit hatte sie diesen Kindern eine Chance geschenkt, die sie sonst nicht gehabt hätten. Unter normalen Umständen verlief diese Erkrankung tödlich. Nicole war stolz auf sich, weil sie geholfen hatte, die medizinische Versorgung in Sokota voranzutreiben. Das Noma-Kinderkrankenhaus würde weiterhin bestehen bleiben und Kindern helfen können. Dieses Land war auf einem guten Weg, aber manchmal fragte Nicole sich, ob es nicht einfach nur ein Kampf gegen Windmühlen war, den sie hier betrieb. Aber die Erfolge gaben ihr Hoffnung und drängten sie dazu, immer weiter zu machen. Seit einigen Jahren gab es demokratische Wahlen und engagierte Politiker, was aussichtsreich und vielversprechend war, auch wenn nach wie vor Korruption vorherrschte und Nigeria wegen der Konflikte zwischen den ethnischen Gruppierungen als sehr gewalttätig galt.

Die Ebola-Epidemie hatte alle Teilerfolge scheinbar zunichtegemacht. So zumindest kam es Nicole gerade vor. Frustriert rieb sie sich über die Stirn. Oder machte sie sich etwas vor und war wegen etwas ganz anderem so schlecht gelaunt? Dass sie nicht schlafen konnte, hatte immerhin einen anderen Grund.

Sie nahm einen Schwangerschaftstest und schloss den Schrank wieder sorgfältig ab.

Als sie noch in Deutschland gewesen war, hatte sie viele dieser Tests verwendet. Monat für Monat hatte sie sich irgendwelche Schwangerschaftssymptome eingebildet. Nach einem Jahr war ihnen der Verdacht gekommen, dass etwas nicht stimmen könnte. Mehrere Untersuchungen hatten ergeben, dass Nicole überhaupt nicht schwanger werden konnte. Mit der Unterstützung einer kräftezehrenden und langanhaltenden Hormontherapie war es dann aber doch geglückt: Nicole war schwanger. Das Glück hatte jedoch nicht lange angehalten. Drei Fehlgeburten hatten sie zusammen erleben müssen, was ihre Beziehung auf einen Prüfstand gesetzt hatte. Sie hatten viel gestritten und waren beide ziemlich gestresst. Jahrelang hatte Nicole um eine erfolgreiche Schwangerschaft gekämpft, aber nie war sie dafür belohnt worden. Im Gegenteil, denn letztendlich hatte sie sogar Lars verloren. Ein Baby hatte sie natürlich immer noch nicht.

Der Gedanke, auf natürlichem Wege schwanger zu werden, war für Nicole vollkommen surreal. Auch nicht, als ihre Periode ausgeblieben war. Da sie mit Tayo fest zusammen war und ihm vertraute, hatte sie irgendwann eingewilligt, auf Verhütung zu verzichten. Sie hatten die Tests auf Geschlechtskrankheiten einfach gegenseitig machen können. Wofür waren sie Ärzte? An eine mögliche Schwangerschaft hatten sie beide nicht gedacht. Nicole hatte Tayo verdeutlicht, dass er sich deswegen keine Sorgen machen müsste. Vermutlich glaubte er, dass sie die Pille nahm. In Wahrheit war sie unfruchtbar und mittlerweile war ihr der Gedanke so fern, ohne Medikamente und medizinische Begleitung schwanger werden zu können.

Nein, der Kinderwunsch gehörte zu einem ganz anderen Leben. Das gehörte nach Deutschland, nicht nach Nigeria. Es gehörte zu Lars, nicht zu Tayo. Damit hatte Nicole endgültig abgeschlossen.

Hatte sie zumindest geglaubt.

Während sie auf das Ergebnis des Tests wartete, zitterten ihre Finger. Sie kannte das Ergebnis, immerhin war das nicht der erste Test, den sie machte. Trotzdem hoffte sie auf ein negatives Ergebnis, was sich seltsam anfühlte nach all dem Stress, den sie während der Kinderwunschzeit mit Lars erlebt hatte. Wie sehr hätte sie sich damals über ein positives Ergebnis gefreut …

Aber jetzt war es …

Wie betäubt starrte Nicole auf das positive Ergebnis. Sie leckte sich über die trockenen Lippen und schüttelte ungläubig den Kopf. Sie war wirklich schwanger.

Samuel, auf der Nordseeinsel Pellworm

»Guten Morgen, Samuel!«

Die Angestellte der Bäckerei winkte ihm durch die geöffnete Glastür zu und begann, Brötchen in eine Tüte zu packen, ohne auf seine Bestellung zu warten. Als Samuel das sah, wurde es ihm ganz warm ums Herz. Eilig lehnte er sein Fahrrad gegen das kleine Mauerstück und zog den Mantel eng um seinen Oberkörper. Ein eisiger Wind zog heute über die Insel, weswegen Samuel rasch seine tauben Finger massierte, während er die kleine Inselbäckerei betrat.

Auf der Insel gab es zwar noch zwei kleine Lebensmittelläden, aber die Bäckerei verkaufte auch andere Produkte außer Backwaren, wie ein kleiner Tante-Emma-Laden eben. Auch ein Café mit einer kleinen Bistrokarte für die Touristen gehörte dazu. Samuel vermutete, dass Stella eher als Bedienung angestellt war, jedoch auch hinter der Theke aushalf.

»Ich bin schon fertig«, informierte Stella ihn und lehnte sich gegen die The-ke. Ein Lachen, das heller zu sein schien als die Sterne, nach denen sie benannt wurde, überzog ihr Gesicht. Samuel musste schlucken. Sie war schön. Vielleicht nicht nach dem herkömmlichen Schönheitsideal, aber für ihn. Er mochte ihre Sommersprossen und den kleinen Höcker auf der Nase. Sie weckte so viel Wär-me und Glück und das Gefühl von Hoffnung in ihm. Purer Optimismus und eine tiefe innere Zufriedenheit wurden von ihr ausgestrahlt. »Wie geht es dir heute, Samuel?«, fragte sie, als er nicht reagierte. Die Tüte mit den Brötchen legte sie vor ihn auf die Theke.

»Sehr gut«, antwortete er und meinte es wirklich ernst. Es gab immer noch viele Tage, an denen es ihm nicht gut ging, aber er antwortete den Menschen im-mer, ihm würde es gut gehen. Es machte kein Sinn, über seine Probleme zu spre-chen. Er war katholischer Priester, der dafür bezahlt wurde, sich die Sorgen und Ängste seiner Gemeindemitglieder anzuhören, nicht andersherum. Außerdem brachte es sowieso nichts. Manchmal verstand er ja selber nicht einmal, was ihn betrübte. Es war nicht zu greifen und somit konnte er es nicht in Worte fassen.

»Das ist schön.« Stella betrachtete ihn prüfend und nickte dann zufrieden. So als ob sie in ihn hineinsehen könnte; so als ob sie wüsste, dass es in seiner Vergangenheit etwas gab, über das er nicht gerne redete. Anscheinend hatte er die Prüfung bestanden, denn sie nahm ihren Lappen und wischte über die Theke, um die Krümel zu entfernen. Hoffentlich wirkte er beschäftigt, solange er in sei-ne Geldbörse hinein starrte und die Münzen hin und her schob. Er wollte einfach nur ein paar Minuten länger hier sein. Hier war es warm und es duftete nach Frischgebackenem. Außerdem mochte er es, sie ansehen zu können, ihre Grüb-chen zu bewundern, die sich bildeten, wenn sie lachte, und ihre strahlenden Au-gen zu betrachten. Mehr wollte er nicht. Nur das. Zumindest versuchte er, sich das erfolglos einzureden. In Wahrheit wollte er viel mehr. Aber das war natürlich nicht möglich.

»Gegen Abend soll es Sturm geben. Die Halligen rechnen mit Land unter«, sagte Stella und starrte aus dem Fenster, wo sich die Bäume vom Wind zur Seite biegen ließen.

»Es ist sehr kalt draußen und schon ziemlich stürmisch«, bestätigte er.

»Aber du bist dennoch mit dem Fahrrad gekommen«, stellte Stella fest.

»Geht ja nicht anders. Es ist zu weit zu laufen, und um die Uhrzeit fahren noch keine Busse«, erwiderte Samuel und hob die Schultern.

»Wenn man auf einer Insel lebt, deren Bewohner weit verteilt sind, dann be-nötigt man ein Auto, Samuel. Du und dein Fahrrad.« Sie schmunzelte. »Wieso kaufst du dir kein Auto?«

Samuel zuckte zusammen.

»Falsches Thema?«, fragte Stella irritiert.

»Nein, ich ...« Samuel atmete tief durch. »Ich fahre einfach nicht so gerne Auto. Das mit dem Fahrrad ist schon okay. Wenn es mal sehr stürmt, bleibe ich halt zu Hause. Ich werde schon nicht verhungern.«

Stella lachte erneut. Genau das war es, was in Samuel die düsteren Gedanken vertreiben konnte. Ihr Lachen hörte sich so lebendig an, so warm und herzlich. Und es sah glitzernd und strahlend aus. Ihr ganzes Gesicht schien zu leuchten. Samuel mochte ihr Lachen. Er hatte ihr Lachen ins Herz geschlossen.

Manchmal erlaubte er sich sogar den Gedanken, dass er sich in sie verliebt hatte. Früher hatte es ihm nicht viel ausgemacht, die Aussicht auf ein Leben ohne Frau und Kinder. Als Jugendlicher hatte auch er zwei, drei Freundinnen gehabt, aber zur großen Verwunderung seiner damaligen Freunde war er von der Idee, Theologie zu studieren, immer faszinierter gewesen. Bis er sich dazu entschieden hatte, die Priesterweihe zu empfangen, hatte er sich Zeit gelassen, er wusste natürlich, dass das auch eine Entscheidung gegen ein Privatleben, gegen Liebe und Sex, gegen Nachkommen war. Lange hatte er in einer Gemeinde im Bistum Freiburg die Predigten und Gottesdienste abgehalten. Es hatte ihn erfüllt und Spaß gemacht. Ihm war nicht der Gedanke gekommen, dass er es eines Tages doch noch vermissen könnte, ein eigenes Leben zu führen. Jetzt aber war er ein Priester in einer kleinen Gemeinde. Katholiken gab es hier kaum, die meisten Menschen waren evangelisch, und die wenigen Katholiken, die es gab, waren relativ alt.

Aber es gefiel ihm hier. Die Natur, die frische Meerluft und die vielen Tiere, die auf den großen Weiden und den grünen Deichen grasten. Die freundlichen Menschen, die zufriedener schienen als in der Großstadt, wo er vorher angestellt gewesen war. Alleine die kurzen Begegnungen mit Stella im Bäckerladen taten ihm so gut. Vermutlich hatte sie keine Ahnung, was sie in ihm auslöste. Aber sie war der Grund, warum er jeden Morgen aufstand und mit dem Fahrrad zu ihrem Laden radelte, durch die Kälte und den Regen. Es waren nicht die frischen Brötchen. *Sie* war es.

Lukas, in der Nähe von Kundus in Afghanistan

Die Frau redete schnell, so schnell, dass der Soldat, der übersetzte, fast nicht hinterherkam. Es war faszinierend, ihr zuzusehen, denn sie hatte eine ausgeprägte Mimik und Gestik. Mehrmals unterstrich sie ihre Aussagen, indem sie ihre Hände dazu nutzte. Vielleicht hatte sie schon zu oft mit europäischen Soldaten zu tun gehabt und wusste, dass die Sprachbarrieren zu einem großen Problem werden konnten.

Als der Soldat, ebenfalls aus Deutschland, aber afghanischer Herkunft, übersetzte, warum die Frau so aufgeregt war, wandte Lukas entsetzt den Kopf und sah seinen Kollegen an, der ihn betrübt musterte und schließlich nickte, vielleicht um zu verdeutlichen, dass er korrekt übersetzt hatte. Bisher hatte Lukas immer gut mit ihm gearbeitet und er mochte ihn auch, weil er Lukas das Gefühl gab, Soldat geworden zu sein, um den Menschen in Kriegsgebieten wirklich zu helfen. Zu viele Soldaten waren nicht mit dem notwendigen Ernst bei der Sache. Das war bei Samir anders. Er war in Afghanistan geboren und mit seinen Eltern nach Deutschland geflohen, als er noch ein Kind gewesen war. Es entsetzte ihn vermutlich sehr, was aus seinem Herkunftsland geworden war.

»Die haben dem Mädchen die Kniescheibe zertrümmert?«, fragte Lukas ungläubig.

Samir nickte, während er das Gesicht verzog.

Rasch sah Lukas erneut die Frau an und griff tröstend nach ihrer Hand. Er ließ sofort los, als Samir ihn streng ansah. Lukas erinnerte sich daran, dass der körperliche Kontakt zwischen Frauen und Männern hier nicht erwünscht war, dabei hatte er die Lehrerin nur trösten wollen. Doch Samir hatte recht, sie mussten die Kultur akzeptieren. Außerdem durfte Lukas den Einheimischen grundsätzlich nicht zu nahe kommen. Deswegen hatte er ja Samir bei sich, der als Kontaktmann zwischen den Soldaten und der Bevölkerung diente.

Nach dem Krieg und der Terrorherrschaft der militanten Islamisten ging es langsam wieder bergauf in Afghanistan. Die europäischen Soldaten waren hier stationiert und versuchten das Land dabei zu unterstützen, es wieder aufzubauen. Ein langer Weg lag vor den Menschen, die hier lebten. Es gab immer noch Anhänger der Extremisten und diese boykottierten die Arbeit der Soldaten und Menschenrechtler, zum Beispiel indem sie ihren Töchtern verboten, die Schulen zu besuchen. Manche wandten auch Gewalt an, obwohl die Regierung auch für Mädchen offiziell die Schulpflicht eingeführt hatte.

Mit grimmiger Miene verließ Lukas die kleine Dorfschule. Samir verblieb noch bei der Lehrerin und klärte sie darüber auf, was sie alles tun könne, wenn eines der Mädchen nicht zur Schule kam. Das war sein Job. Lukas jedoch hatte bei dieser Unterhaltung nichts zu suchen. Er hoffte, dass Samir seine Sache gut machte und der Lehrerin wieder Mut zusprechen konnte. Sie hatte sich vollkommen korrekt verhalten, indem sie den Fall gemeldet hatte, auch wenn sie große Angst hatte, selbst Opfer zu werden. Es war seine Aufgabe, diejenigen zu schützen, die zur Zielscheibe der Terroristen geworden waren. Auch aus diesem Grund waren sie ganz in der Nähe des Dorfes stationiert. Eine weibliche Lehrkraft war in einem Land, in dem vor einigen Jahren alle Frauen noch vollverschleiert gewesen waren, bereits gefährdet. Nun, da sie über den Vorfall gesprochen hatte, schwebte sie in noch größerer Gefahr. Lukas würde sie beschützen, weil sie in seinen Augen eine Heldin war.

»Hey. Hast du kurz Zeit?« Navid stand an der Mauer, die das Schulgelände umgab.

Lukas nickte und folgte dem jungen Mann. Ihn hatte er kennengelernt, weil er als Mitglied der afghanischen Nationalpolizei viel mit den hier stationierten

Soldaten zu tun hatte. Gemeinsam hatten sie den Drogenhandel zerschlagen, zumindest hofften sie das. Manchmal zweifelte Lukas an all den Erfolgen, die sie hier verbucht hatten. Die Drogenhändler zogen einfach zum nächsten Ort und machten dort weiter. Und wie vielen Mädchen wurden die Kniescheiben zertrümmert, von denen Lukas nie erfahren würde?

Navid führte Lukas zum Hintereingang eines kleinen Ladens, der seinem Bruder gehörte. Erst nachdem er die Tür zum Lager hinter sich geschlossen hatte, begann er in seinem schlechten Englisch zu sprechen. »Ich weiß, welcher Tag heute ist.«

Erstaunt sah Lukas auf. »Wirklich?«

Ein sanftes Lächeln umspielte Navids Lippen. »Natürlich. Du hast mir davon erzählt.«

»Du kannst dich daran erinnern?« Lukas verspürte den großen Wunsch, sich an Navid zu lehnen.

»Ja, natürlich. Wie geht es dir damit?« Besorgt musterte Navid ihn.

Eine Welle der Zuneigung überkam Lukas und er trat einen Schritt nach vorne, obwohl er genau wusste, dass er das nicht tun sollte. Nicht hier in Abdullahs Laden. »Ich habe versucht, nicht an ihn zu denken und seit ich in der Schule war und von dem Mädchen erfahren habe, dem die Kniescheibe zertrümmert wurde, um es daran zu hindern, zur Schule zu gehen, gelingt mir das gut … aber …« Lukas brach ab. Es stimmte, die Sache mit seinem Bruder ging ihm nach wie vor sehr nahe und gerade an dem heutigen Tag war es schwer, nicht an ihn zu denken. Seine Eltern hätten sich vermutlich gewünscht, dass er nach Hause gekommen wäre, aber Lukas ertrug die Stille dort nicht. Es war besser, sich hier in die Arbeit zu vertiefen und auf andere Gedanken zu kommen.

»Heute ist sein Geburtstag«, teilte Navid ihm mit, so als ob Lukas das vergessen hätte. Sie hatten erst einmal über seinen Zwillingsbruder gesprochen. Es wunderte ihn, dass Navid sich überhaupt so gut erinnerte.

Lukas nickte. Dann räusperte er sich. »Hat uns jemand gesehen, als wir reingegangen sind? Ich habe nicht darauf geachtet.«

»Es wird niemandem auffallen, wenn wir länger bleiben.« Navid lächelte und streckte die Hand aus.

In einem Land, in dem nicht einmal akzeptiert wurde, dass Mädchen in die Schule gingen, brauchte man nicht einmal daran denken, dass Homosexualität anerkannt wurde. Das bedeutete aber nicht, dass es hier weniger Schwule oder Lesben als woanders gab. Homosexuelle Frauen hatten es schwerer, aber auch Schwule mussten um ihr Leben fürchten. Immer wenn Lukas darunter litt, dass er unter den Soldaten aufgrund seiner Homosexualität belächelt wurde, versuchte er sich daran zu erinnern, wie viel schwerer es Navid hatte. Dieser wagte es nur, mit Lukas zusammen zu sein, wenn er mit ihm alleine war. Wenn sie unter Menschen waren, redete er nicht einmal mit Lukas, weil er befürchtete, dass Leute seine Gesten richtig interpretieren könnten. Das Versteckspiel hasste Lukas, aber natürlich unterstützte er Navid, indem er ihn in der Öffentlichkeit so gut ignorierte, wie es nur ging. Immerhin stand Navids Leben auf dem Spiel. Es ging nicht darum, seine Homosexualität zu verschweigen, weil man den Spott und den Hohn der Kollegen befürchtete, es ging um Leben und Tod.

Lukas schob alle Gedanken beiseite, die an ihre gefährliche Affäre, an das Mädchen mit der zertrümmerten Kniescheibe und auch die an seinen Bruder, und ließ sich von Navids starken Armen in eine feste, tröstende Umarmung ziehen. Als er endlich nach all den Tagen der Einsamkeit umarmt wurde, atmete er auf. Es fühlte sich so gut an, von Navid geliebt zu werden – so gut, dass Lukas nicht aufgab, darauf zu hoffen, dass sie eines Tages offen zu ihrer Beziehung stehen konnten.

Jochen, in einem Dorf im Südschwarzwald

Mühsam drückte er sich nach oben in eine sitzende Haltung und rieb sich dann müde über die Augen. Es war schon halb sieben. Er musste aufstehen. Seit er zu Hause war, war es seine Aufgabe, sich darum zu kümmern, dass die Mädchen pünktlich in die Schule kamen. Nachdem klar geworden war, dass er nicht mehr als Maurer würde arbeiten können, hatte Danielle die Stunden erhöht und arbeitete nun als Vollzeitkraft. Sie musste rechtzeitig ins Büro und war sicherlich schon im Bad. Jochen zog den Rollstuhl nahe an das Bett und hob sich hinein. Während er zum Fenster hinausschaute, rieb er über die beiden Stümpfe. An den Schmerz hatte er sich immer noch nicht gewöhnt. Alle Therapien waren bisher erfolglos geblieben, der Phantomschmerz war nach wie vor da. Manchmal half es, wenn er die Muskeln und die vernarbte Haut massierte und sich daran erinnerte, dass dort nichts mehr war, was schmerzen konnte. Es half ein wenig und deswegen machte er es auch jeden Morgen.

Nach einem erneuten Blick auf die Uhr zuckte er zusammen. Verdammt, er musste sich beeilen. Rasch warf er seinen Morgenmantel über die Schultern und rollte in den Flur. »Kinder!«, rief er. »Aufstehen!« Vor dem Zimmer begegnete er seiner frisch geduschten Frau. Sie beugte sich zu ihm hinunter und küsste ihn. »Alles gut bei dir?«, fragte er.

»Alles gut«, bestätigte sie. »Aber leider kaum Zeit.« Im Gehen steckte sie sich die Haare hoch. »Tut mir leid, ich warte nicht auf euch. Trinke meinen Kaffee unterwegs.«

»Bis heute Abend«, rief ihr Jochen hinterher.

Danielle presste beide Handflächen an ihre Lippen und gab den Luftkuss schließlich mit einem strahlenden Lachen frei, bevor sie die Treppe hinuntereilte.

Kopfschüttelnd sah Jochen ihr nach und grinste amüsiert. Bildete er es sich nur ein oder blühte Danielle auf, seit sie Teamleiterin war? Es tat ihr offensichtlich gut, unerwartet doch noch Karriere zu machen, auch wenn es anders geplant gewesen war. Sie hatte immer betont, dass ihre Kinder keine Schlüsselkinder werden sollten. Sie wollte, dass die Mädchen immer eine Bezugsperson hatten. Deswegen war sie auch bereit gewesen, nach der Geburt ihres ersten Kindes in Elternzeit zu gehen. Erst seit die Jüngere im Kindergarten war, war Danielle als Teilzeitkraft eingestiegen.

Dann war das mit seinen Beinen passiert.

Wäre Jochen Sachbearbeiter in einem Büro gewesen, hätte er vermutlich weiterarbeiten können. Natürlich war er lange in der Reha und monatelang krankgeschrieben gewesen, aber generell war er arbeitstauglich. Er hatte einfach nur den falschen Beruf für einen beidseitig amputierten Mann. Als Maurer konnte er es vergessen, jemals wieder arbeiten zu können. Er hätte umschulen können – vielleicht. Doch das Konstrukt aus Berufsunfähigkeit und der ungeklärten Frage, ob er seine Beine selbst verschuldet verloren hatte, bedeutete, dass sie finanziell besser dastanden, wenn Jochen zu Hause blieb und Danielle arbeiten ging. Auch wenn das im ersten Moment seltsam klang. In den ersten Monaten nach dem Unfall hatten sie andere Dinge im Kopf gehabt, als sich darum zu kümmern, Zahlungen oder Finanzierungsmöglichkeiten zu beantragen. Der Papierkram war kompliziert und Jochen beschäftigte sich nicht gerne damit.

Und scheinbar ging es Danielle mit dieser Lösung hervorragend. Sie erzielte große Erfolge und war energiegeladener als früher, als sie noch zu Hause gewesen war. Ein Stich im Herzen ließ Jochen seine Hand gegen seine Brust drücken. Jetzt versauerte er hier … Wenn die Kinder in der Schule waren, drückte ihn die Einsamkeit manchmal nieder. Das schreckliche Gefühl, finanziell nicht mehr für seine Familie sorgen zu können, raubte ihm den Atem.

In einer größeren Stadt wäre es möglicherweise besser zu ertragen. Viele Männer blieben inzwischen zu Hause, während die Frauen Karrieren machten, aber hier auf dem Dorf war das etwas sehr Exotisches und galt als memmenhaft. Jochen fühlte sich deswegen häufig als Versager.

Vielleicht sollte er versuchen, neue Leute kennenzulernen, denn er hatte nicht nur seine Beine, sondern auch seine Freunde verloren. Nach der Sache mit seinen Beinen hatte er sich von allem zurückgezogen und nur noch seine Frau und seine Töchter an sich herangelassen. Nun war er allein.

Andererseits, was hätte es ihm denn gebracht, den Kontakt zu halten? Immerhin war er der Einzige, der noch hier war. Hier in dieser kleinen Ortschaft mitten im Schwarzwald. Zur Physiotherapie und zu seinen Ärzten musste er eine halbe Stunde fahren, auch Einkaufsmöglichkeiten gab es kaum welche. Somit war er praktisch ans Haus gefesselt. Durch den Rollstuhl hatte er zwar eine gewisse Selbstständigkeit und auch ein Auto konnte er durch die Wunder der Technik noch fahren, aber was nützte ihm das alles, wenn er für jeden Ausflug Stunden einplanen musste? Hier gab es gar nichts, womit er sich beschäftigen konnte. Nur Nachbarn, die am Fenster hingen und ihn anstarrten, wenn er mit seinem Rollstuhl einen Spaziergang machte. Deswegen blieb er meistens in seinen eigenen vier Wänden, was das Gefühl des Versagens durch die Einsamkeit und Langeweile noch vergrößerte.

Kein Wunder, dass alle abgehauen waren. Für sie war das Leben weitergegangen, sie hatten Karriere gemacht, hatten Familien gegründet. Nur er war hier geblieben. Also wie sollte er in diesem Kaff neue Freunde finden? Und wer wollte mit jemandem befreundet sein, der nicht imstande war, tolle Hobbys nachzugehen? Früher war er wandern gewesen – zusammen mit seinen Freunden. Manchmal hatten sie sogar richtige Klettertouren gemacht und oben in einem Zelt oder einer Hütte übernachtet. Im Winter waren sie Skilaufen gewesen. Das alles konnte Jochen nicht mehr machen. Das Einzige, das ihm geblieben war, war das Schwimmen, allerdings nicht mehr so wie früher in einem See, sondern in einem Schwimmbad, das zu einer Kurklinik gehörte und somit barrierefreie Zugänge hatte. Dass er auch dafür fast eine Stunde fahren musste, war ihm egal. Wenn er sich nicht sportlich betätigte, würde er wieder depressiv werden. Bewegung war wichtig. Und eine Beschäftigung. Wenn er nur nicht so alleine wäre und sich so nutzlos fühlen würde ...

Weil es nichts brachte, am frühen Morgen schon zu grübeln, schob Jochen die Tür zum Zimmer seiner ältesten Tochter auf. »Schatz, bist du wach?« Mit kräftigen Armbewegungen beförderte er sich mit seinem Rollstuhl schwungvoll zum Bett und lächelte, als er das verschlafene Gesicht seiner Tochter sah. Ihm wurde warm ums Herz. »Es ist Zeit aufzustehen. Komm schon, letzter Tag. Es ist Freitag und Freitag ist Freutag. Morgen seid ihr alle zu Hause und wir verbringen gemeinsam einen tollen Tag.«

Fabian, in der Justizvollzugsanstalt Weiterstadt

»Sind Sie sich da wirklich sicher?« Die Sozialarbeiterin schob die Brille nach oben und musterte ihn streng.

»Ich habe genug Überbrückungsgeld, weil ich hier in der Küche arbeiten konnte«, erläuterte Fabian und rutschte unruhig auf seinem Stuhl herum.

»In Berlin wären Sie aber alleine und in Ihrem Beruf finden Sie leicht einen Job. Hotels gibt es überall. Es muss nicht Berlin sein«, betonte die Frau ihm gegenüber. Sie betreute ihn bereits seit der ganzen Haftzeit. Mit seinem Entlassungstermin hatte er Glück gehabt, denn Frau Pesch war im sechsten Monat schwanger und würde schon bald in Mutterschutz gehen. Da er vorher entlassen werden würde, müsste er sich nicht an eine neue Sozialberaterin gewöhnen. Wenn er draußen war, würde er von einem Bewährungshelfer betreut werden. »Wollen Sie nicht lieber erstmal zu Ihrer Mutter ziehen?«

Fabian verzog das Gesicht. Auch wenn er bei seiner Mutter einen festen Wohnsitz hätte und seine Mutter sich gut um ihn kümmern würde, sah er keine Zukunft dort. Die Arbeitssuche würde ihm schwerfallen, außerdem hingen viel zu viele schreckliche Erinnerungen an zu Hause. Er wollte niemandem dort begegnen. Er plante nicht einmal einen Besuch bei seiner Mutter. Es war besser, wenn er nach Berlin ging, wo ihn niemand kannte. Dort könnte er ohne Vorurteile neu beginnen. Ganz neu. Ohne die Blicke, die sich in seinen Rücken bohrten. Ohne die Menschen, die ihn daran erinnerten, was er getan hatte.

»Haben Sie noch Kontakt zu anderen Verwandten oder Freunden?«, hakte Frau Pesch nach.

Fabian schüttelte den Kopf. »Mein Vater hat uns verlassen und ich bin Einzelkind. Ich habe nur noch meine Mutter.«

»Was ist mit Freunden?«

Wieder schüttelte Fabian mit dem Kopf.

»Herr Schmöl, es muss doch Menschen geben, die weiterhin zu Ihnen halten. Keine Bekannten? Entferntere Verwandte?«

Schweigend starrte Fabian auf den Holztisch und strich mit dem Fingernagel über eine Kerbe. Angestrengt fragte er sich, wie diese Macke wohl entstanden war. Hatte ein Gefangener an dem Holz herumgerieben, bis es nachgegeben hatte? Weil ihm der stechende Blick von Frau Pesch immer bewusster wurde, seufzte er und antwortete: »Ich habe keine Freunde – nicht nach dieser Sache.«

»Hat Ihnen keiner geschrieben?«, erkundigte Frau Pesch sich behutsam.

»Doch.« Fabian dachte an die Briefe, die angekommen waren. Verzweifelte Versuche, Antworten von ihm zu bekommen, und optimistische Angebote, ihm zu helfen. Doch er hatte alles abgeschmettert. Hatte sich den Besuchern verweigert, die sich hier angemeldet hatten. Nur seine Mutter hatte er an sich herangelassen. Sie war die Einzige, die ihn hier hatte besuchen dürfen.

»Aber Sie haben nicht geantwortet?« Frau Pesch legte ihre Hände auf den Bauch, der während der letzten Wochen ziemlich gewachsen war. Sie nahm bereits jetzt den watschelnden Gang ein, den viele Hochschwangere an sich hatten. Es freute ihn, dass Frau Pesch so viel Glück hatte, auch wenn ihr Name vielleicht etwas anderes andeutete. »Herr Schmöl? Haben Sie keinen Brief beantwortet?«

»Nein.« Fabian lehnte sich zurück und streckte seine Beine aus.

»Wir hatten doch darüber geredet, dass Sie auch an später denken sollen und nicht alle Kontakte ignorieren dürfen«, erinnerte seine Betreuerin ihn und wippte ungeduldig mit dem Fuß.

Fabian seufzte. Es stimmte, sie hatte es ihm immer wieder empfohlen. Aber sie verstand nicht, wie schrecklich das alles war. Jeder wusste, was er getan hatte. Niemand würde ihm jemals verzeihen können.

»Warum haben Sie Ihre Post nie beantwortet?« Frau Pesch klang etwas sanfter, aber das ungeduldige Wippen ihres Fußes hatte sie nicht eingestellt.

Mit dieser Bohrerei hatte Fabian bereits gerechnet. »Wieso sollte jemand mit mir befreundet sein, nach allem, was ich angerichtet habe?«

Frau Pesch runzelte die Stirn. »Aber gibt es denn niemanden, der Sie dennoch unterstützen möchte?«

»Doch.« Fabian hatte die Briefe aufbewahrt und manchmal holte er sie heraus und las sie. Es tat ihm gut, dass es einige wenige Menschen gab, die immer noch an ihn glaubten und überzeugt davon waren, dass er Vergebung verdient hatte. Doch er selber konnte sich nicht vergeben. Das war das Problem. Und solange er das nicht konnte, konnte er auch keine Hilfe annehmen. »Ich wollte niemanden hier haben. Ich schäme mich. Ist das nicht offensichtlich?«

»Was ist mit Ihrer Lebensgefährtin?«, fragte Frau Pesch.

Rau lachte Fabian auf. »Keine Ahnung. Ich wollte auch ihren Besuch nicht.«

»Sie haben sich also während Ihres Gefängnisaufenthalts getrennt?«

Fabian rieb sich müde über die Stirn. Er war dankbar für alles, was Frau Pesch für ihn machte, aber das Gespräch strengte ihn an. »Nein, ich habe lediglich keinen Kontakt mehr zugelassen. Sie ist ins Ausland gegangen, wie ich von meiner Mutter gehört habe. Ich glaube, sie hat es nicht mehr ausgehalten, dass man über sie spricht oder sie anstarrt. Als Exfreundin eines Knackis hat man es nicht besonders leicht. Und beruflich wird es ihr auch Probleme bereitet haben.«

Entsetzt starrte Frau Pesch ihn an. Es war ihm nicht klar gewesen, dass sie das alles nicht wusste. Vielleicht war er manchmal zu vage gewesen und hatte nur Andeutungen gemacht, aber zumindest hatte er überhaupt mit ihr geredet und ihr vieles gestanden. Sogar, dass er nicht alleine schuld an all dem war, was passiert war. Nur durch ihre Hilfe konnte er sich überhaupt wieder im Spiegel ansehen, weil ihm klar geworden war, dass er kein schlechter Mensch war. Er hatte nur etwas Schlechtes getan. Doch einen Neuanfang konnte er nur in der Fremde machen. Er hatte Berlin dazu auserkoren. Dort konnte er anonym bleiben und musste sich nicht mit der belastenden Vergangenheit beschäftigen.

Nele, in Washington, D.C.

Ursprünglich hatte Nele geglaubt, wenn sie es erst einmal geschafft hätte und für die amerikanische Weltraumbehörde arbeiten würde, wäre automatisch auch das Essen in der Kantine besser, aber da hatte sie sich geirrt. Die Räumlichkeiten waren hell und groß, die Möbel elegant – immerhin fanden hier auch Geschäftsessen statt. Doch das Essen war nicht so gut, wie sie geglaubt hatte. Vielleicht war sie auch einfach zu verwöhnt. Ihre Mutter war eine begeisterte Hausfrau gewesen und hatte es genossen, für Nele und ihre Geschwister zu kochen. Einige Jahre lang war Nele mit einem Mann zusammen gewesen, der ebenfalls sehr gut gekocht und sie stets kulinarisch verwöhnt hatte. Und selbst in der Kantine der europäischen Raumfahrtbehörde war das Essen immer gut gewesen.

Was erwartete sie denn? Sie war in Amerika, dem Land der unbegrenzten Möglichkeiten und dem Herkunftsland des Fast Foods. Abgesehen vom Essen war sie wirklich begeistert von diesem Land. Die Menschen waren meist sehr nett, und obwohl Nele schon viele Ausflüge in die nähere Umgebung unternommen hatte, hatte sie noch lange nicht alle Naturwunder und Sehenswürdigkeiten gesehen. Es gab hier so viel zu entdecken, dass sie befürchtete, niemals alles besichtigen zu können, ohne die Arbeit zu vernachlässigen.

Beruflich war das hier eine echte Chance, allerdings hatte sie hier auch viel mehr Konkurrenz als in der europäischen Weltraumbehörde, wo sie zuvor gearbeitet hatte. Jeder versuchte, sich an den anderen vorbei zu drängen und mehr Erfolge einzufahren. Das war in der Schweiz anders gewesen. Das Klima war nicht so rau und man hatte eher im Team zusammengearbeitet. Oder kam es Nele nur so vor, weil sie die Sprache weniger gut beherrschte, als sie selbst glaubte?

Vielleicht war das der Grund, warum sie mit niemandem viel Kontakt hatte – außer Brian.

»Schmeckt es dir?«, fragte sie und musste schmunzeln, als Brian sich mehrere Pommes auf einmal in den Mund stopfte.

Kurz hielt er inne, dann nickte er. Er schluckte und antwortete: »Sicher, ist doch lecker.«

»Na ja.« Nele nahm eine der Pommes. »Etwas vermatscht.«

Daraufhin brummte Brian lediglich etwas. Sie gingen nicht nur täglich zusammen in die Kantine, sondern auch jede zweite oder dritte Nacht miteinander ins Bett. Es war nicht die große Liebe, aber Nele fühlte sich in Brians Armen geborgen und konnte vergessen, warum sie nach Amerika gekommen war. Während sie arbeitete, war das kein Problem. Schlimm waren nur die Abende, wenn sie alleine war. Deswegen blieb sie auch oft sehr lange hier und analysierte die Ergebnisse des Tages. Glücklicherweise sorgte Brian regelmäßig dafür, dass sie auch mal rauskam. Er schlief nämlich nicht nur mit ihr, sondern fuhr mit ihr raus, um ihr die Gegend um Washington zu zeigen.

Er war Astrophysiker, Jude, gutaussehend, etwas älter als sie und zweimal geschieden. Letzteres zeichnete ihn nicht unbedingt als Traummann aus, aber Nele fand bei ihm Wärme und Trost. Außerdem brachte er sie regelmäßig zum Lachen.

Eigentlich hatte Nele nie vorgehabt, ins Ausland zu gehen. Natürlich war sie an Projekten im Ausland interessiert und hatte auch oft mit Kollegen in ausländischen Weltraumbehörden telefoniert oder gemailt, aber alles, was darüber hinausging, hatte sie sich nicht vorstellen können. Außerdem hatte sie sich sehr wohlgefühlt in ihrem Team, hatte sich gut mit den Kollegen verstanden und war innerhalb der Behörde beliebt gewesen.

Es waren keine beruflichen Gründe gewesen, die sie relativ überstürzt hatten aufbrechen lassen. Wäre sie aber nicht so erfolgreich gewesen, hätte sie auch nie die Chance gehabt, hier in dieses Projekt einzusteigen. Sie war sofort gebeten worden, ins Flugzeug zu steigen, vermutlich hatte sie deswegen ihre Entscheidung, alles hinter sich zu lassen, nicht noch einmal überdacht.

Doch obwohl sie hier ausreichend Ablenkung fand und die komplexe Arbeit sie ausfüllte, vermisste sie ihr Zuhause. Sie vermisste ihre Familie, ihre Freunde, sogar ihren Exfreund – obwohl sie sich das nur sehr selten eingestand. Doch die Familie war immer für sie da und würde auf sie warten. Wenn sie sich in der Lage fühlte, zurückzukommen, würden sie sie mit liebenden Armen empfangen. Hier hatte sie wirklich die Chance, etwas zu bewegen. In der Schweiz hatte sie an einem ähnlichen Projekt gearbeitet, aber Nele war überzeugt davon, dass die Arbeit der Wissenschaftler in Amerika vielversprechender war. Die Möglichkeiten boten sich hier – Nele musste nur alles geben und sich gegen ihre Kollegen durchsetzen.

»Woran denkst du?«, fragte Brian.

Nele rieb sich mit der flachen Hand über die Stirn und massierte ihre Nasenwurzel. »Meine Mutter hat morgen Geburtstag und ...«

»Dir ist eingefallen, dass du nicht bei ihr sein wirst?«, vollendete Brian ihren Satz und lächelte. Er legte seine Finger über ihre Hand und streichelte sie. »Manchmal denke ich wirklich, du bist die Falsche für diesen Beruf, aber du bist so gut darin. Gib nicht auf.«

»Ich habe nie angedeutet, aufgeben zu wollen. Glaubst du, ich würde alles stehen und liegen lassen, nur weil Mama Geburtstag hat?« Nele runzelte die Stirn. »Ich überlasse den Aasgeiern doch nicht den Ruhm, den ich mir verdient habe.«

Brian lächelte. »So ist es gut«, sagte er und tätschelte ihre Hand, bevor er sie losließ.

Als Nele den Kopf hob, bemerkte sie, dass der Doktorand, den sie betreute, sich gerade durch die Tischreihen kämpfte. Er wirkte aufgeregt. Als er an ihrem Tisch ankam, beugte er sich vor und flüsterte ihr etwas ins Ohr.

Nele entwich ein Seufzer. »Bist du dir wirklich sicher?«, fragte sie ihn, worauf er energisch nickte. Sofort schob Nele den Teller von sich weg und stand auf. Sie hoffte, dass Brian das Geschirr wegräumen würde.

»Was ist los?«, fragte er und runzelte die Stirn.

»Wir haben wohl was gefunden«, raunte Nele ihm zu und eilte dem Doktoranden hinterher. Sie fühlte sich voller Energie und jeglicher Trübsinn fiel von ihr ab. Deswegen war sie nach Amerika gekommen. Genau deswegen.

Nicole, an der südlichen Küste von Nigeria

Das Baby wirkte friedlich, während es an der Brust seiner Mutter saugte. Trotzdem konnte Nicole das Bild, das sich ihr hier bot, nicht genießen. Sie lächelte dennoch und versorgte die Mutter mit einer Impfung. Der Verdacht auf Ebola hatte sich erfreulicherweise nicht bestätigt. Offenbar hatte die Frau nur etwas Falsches gegessen und daraufhin Durchfall bekommen. Da sie schon mal da war, führte Nicole gleich die notwendigen Impfungen durch. Auch das Kind würde geimpft werden.

Monatelang hatten Lars und sie versucht, Kinder zu bekommen, bis ihre Frauenärztin festgestellt hatte, dass sie nicht einmal regelmäßige Eisprünge hatte, obwohl sie monatlich ihre Regel bekommen hatte. Darauf waren mehrere Zyklen gefolgt, in denen Nicole von ihrer Gynäkologin regelmäßig per Ultraschall untersucht worden war. Sie hatte zuerst versucht, ihren Zyklus mit Tee und pflanzlichen Mitteln zu stabilisieren, später mit Hormonen und eisprungauslösenden Spritzen. Nach zwei Jahren hatte Nicole einen positiven Schwangerschaftstest in der Hand gehalten. Noch gut konnte sie sich an dieses Gefühl erinnern. Als Lars von der Arbeit nach Hause gekommen war, war es aus ihr herausgeplatzt, obwohl sie sich vorgenommen hatte, es etwas spannender zu machen.

Damals hatte sie pures Glück empfunden. Doch viel zu schnell hatte sie das Baby verloren und auch alle folgenden Schwangerschaften hatten sich nicht gehalten. Erst nachdem sie auch Lars verloren hatte, begrub Nicole den Traum, jemals ein eigenes Kind in den Armen halten zu dürfen.

Warum konnte sie es jetzt nicht einfach genießen? Warum konnte sie es nicht einfach annehmen? Wieso war ihr diese vierte Schwangerschaft so verhasst? Nur weil sie überraschend war, ein unerwartetes Geschenk?

Immerhin hatte sie sich inzwischen damit abgefunden, keine Mutter mehr zu werden. Nach allem, was passiert war, hielt sie es für das Beste. Was sollte sie hier und jetzt auch mit einem Kind? Es war eine gefährliche Umgebung. Oder sollte sie nach Deutschland zurückkehren und all das hier aufgeben, an das sie glaubte, was sie aufgefangen hatte, nachdem sie alles verloren hatte? Und was würde dann aus Tayo werden? Immerhin war er der Vater. Aber er liebte dieses Land, auch wenn es hier so viel Elend gab.

Nicole hatte Angst. Wie oft hatte sie schon positiv getestet, aber der Bluttest hatte schließlich ergeben, dass die Schwangerschaft unmöglich intakt sein konnte? Darauf waren Wochen gefolgt, in denen sie um das Leben ihres Kindes gebangt hatte, und am Ende hatte sie es verloren. Der Strich auf den Urintests war immer blasser geworden.

Das Baby kreischte, als Nicole die Nadel in seinen Arm schob. Vielleicht war sie auch zu grob gewesen. Entschuldigend strich sie über die dunkle Haut. Obwohl die Mutter viel zu dünn war, wirkte das Kind gesund und fast schon wohlgenährt. Nicole hoffte, dass ihre beiden Patienten gesund blieben.

Bevor sie die Frau entließ, gab sie ihr noch einige Anweisungen mit und erklärte ihr, worauf es ankam. Sie musste gut auf ihre Hygiene achten, sich mehrmals täglich die Hände waschen, und sich von Menschen fernhalten, die einen kranken Eindruck machten. Vielleicht hatte sie eine Chance, wenn sie sich sorgfältig an alles hielt. Sie sprach bewusst langsam, denn die Frau verstand sie nicht sehr gut, obwohl englisch die offizielle Amtssprache in Nigeria war.

»Hey, ich bin wieder da. Fang!« Ein Krankenpfleger warf ihr eine deutschsprachige Zeitung entgegen. Regelmäßig fuhr einer von ihnen nach Abuja, der

Hauptstadt von Nigeria, um dort für die Ärzte und freiwilligen Helfer einzukaufen. Dieses Mal hatte Nicole sich nur eine Zeitung gewünscht.

Da momentan alle Patienten von Kollegen versorgt wurden, setzte Nicole sich kurz auf die Liege und blätterte lustlos in der Zeitung herum. Sie war schon zwei Wochen alt – also nicht gerade aktuell. Die Berichte über die Ebolakrise in Afrika überflog sie nicht einmal, weil es sie nur wütend machte. In Europa wurde gerne viel geredet, aber wirkliche Hilfe kam nur spärlich an. Auch Politik interessierte Nicole nicht. Sie brauchte etwas, was sie von ihrer unverhofften und fast schon unerwünschten Schwangerschaft ablenken würde. Rasch blätterte sie weiter und schenkte auch dem Wirtschaftsteil keine Beachtung. Im hinteren Teil erblickte sie einen Bericht, der ihre Aufmerksamkeit erregte. Sie strich die Zeitung glatt und las interessiert. Nachdem sie fertig gelesen hatte, schüttelte sie halb amüsiert, halb verärgert den Kopf.

Dafür wurde Geld ausgegeben. Für teure Weltraummissionen und aufwendige Projekte. Und hier krepierten die Menschen, weil nicht genug Impfstoff vorhanden war und es an Hygieneartikeln fehlte. Wie absurd die Welt manchmal war! Dass die Weltraumbehörden so erfolgreich waren, lag vermutlich auch an diesem Konkurrenzdenken. Nur wegen des Wettkampfes zwischen Russland und Amerika war es den Menschen schließlich gelungen, den Mond zu betreten. Nicole glaubte nicht, dass ansonsten so viel Geld dafür ausgegeben worden wäre.

Frustriert klappte Nicole die Zeitung zu. Es interessierte sie wirklich nicht. Ob es nun außerirdisches Leben gab oder nicht, war ihr egal. Sie hatte genug andere Sorgen. Und die Weltbevölkerung eigentlich auch.

Samuel, auf der Nordseeinsel Pellworm

»Ihr habt viel zusammengetragen«, sagte Samuel zu seiner Gruppe von Firmlingen. Als er noch Pfarrer in einer Kirche in Freiburg gewesen war, hatte es mehrere Firmvorbereitungsgruppen gegeben und er hatte gar nicht alle betreuen können. Dafür hatte er aber tatkräftige Unterstützung gehabt. Hier war die Anzahl der Jugendlichen jedoch überschaubar, deswegen sah er es als seine Aufgabe an, das selbst zu übernehmen. Damit es nicht zu wenige innerhalb einer Gruppe waren, hatte Samuel sogar entschieden, nächstes Jahr die Firmung ausfallen zu lassen. So würden in zwei Jahren mehr zusammenkommen und die Gruppendynamik wäre interessanter. »Das ist also für euch die Liebe.« Er zeigte auf die Pinnwand, an die die Jugendlichen ihre Überlegungen zum heutigen Thema gepinnt hatten. Mit einigen Thesen konnte man durchaus arbeiten. Samuel war stolz auf seine Gruppe.

Die Arbeit mit jungen Menschen machte ihm großen Spaß und es war ein gutes Gefühl, etwas bewegen zu können. Seine Freunde hatten ihm immer gesagt, er sollte Lehrer werden, aber Samuel fand die Idee zur Kirche zu gehen spannender. Er war nicht nur gläubig, sondern fand es geradezu faszinierend, dass er Menschen von der Taufe bis zur Beerdigung begleiten konnte. Dass das in der Realität natürlich nicht so war, hatte er erst im Laufe der Jahre erkennen müssen. Zweimal hatte er bereits die Gemeinde gewechselt, und ob er hier bleiben wollte und durfte, würde sich erst noch herausstellen. Viele der Jugendlichen, die sich jetzt für die Firmung entschieden hatten, würden aus der Kirche austreten oder wegziehen. Wenn er einen von ihnen irgendwann trauen dürfte, dann wäre das schon ein großer Erfolg.

Aber Samuel hielt nichts davon, zu jammern. Die katholische Kirche hatte sich viele Fehler erlaubt, weswegen sich niemand wegen der Austrittswelle beschweren durfte. Im Gegenteil, eher sollte man denjenigen, die der Kirche noch treu geblieben waren, dafür danken und dafür sorgen, dass sie wieder Vertrauen in diese Institution aufbauen konnten. Außerdem sollte man darüber nachdenken, wie die Kirche für jüngere Menschen wieder attraktiver werden könnte. In Samuels Augen war die Kirche nicht nur Begegnungsstätte von Gott und Mensch, sondern auch von Menschen untereinander und das wollte er ihnen zeigen. Er wollte eine spirituelle Alternative zum hektischen Alltag bieten, wollte verdeutlichen, dass Gott auch für Entschleunigung stand.

In einer Dorfgemeinde zu arbeiten bot einige Vorteile, aber auch viele Nachteile. Die Menschen waren entweder überhaupt nicht gläubig, oder sie hielten noch an den alten Grundsätzen der konservativ-katholischen Lehre fest. Dabei war der jetzige Papst sehr liberal und versuchte den Weg zu einer offeneren und bunteren Religion freizumachen. Wenn man sich gegen die Menschen sträubte, musste man sich nicht wundern, wenn man als verstaubt galt. In seinem früheren Bekanntenkreis hatte es einen homosexuellen Mann gegeben und Samuel hatte ihn sehr geschätzt. Er war ein ganz wunderbarer Mensch mit dem Herz auf dem rechten Fleck und dem tiefen Glauben an das Gute in dieser Welt. Wieso sollte er diesen Menschen verurteilen? Etwa dafür, dass er sein Leben mit jemandem teilen wollte, den er liebte?

Doch genau diese Einstellung könnte Samuel irgendwann das Genick brechen, das wusste er. Was, wenn er mit seiner modernen Art die letzten Mitglieder auch noch vertrieb? Andererseits gab es ganz andere Gründe, die seine Berufung gefährden konnten. Einer davon betrat gerade den Gemeindesaal.

»Kurze Pause«, sagte Samuel und klatschte in die Hände. »Denkt daran, Rauchen ist auf dem Kirchengelände nicht gestattet. Hebt euch die Kippe für später auf, wenn es unbedingt sein muss.« Er klopfte einem Jungen auf die Schulter und lief dann auf Stella zu.

»Hi.« Sie lächelte wieder auf diese bezaubernde Art und Weise, die Samuel die Knie weich werden ließ.

»Ebenfalls hi«, grüßte er zurück und lehnte sich gegen die Wand, um mehr Stabilität zu erhalten. Er ärgerte sich über sein eigenes, komisches Verhalten.

Hatte er sich nicht vorgenommen, sich etwas professioneller zu verhalten? Nicht wieder die Kontrolle zu verlieren?

»Alles in Ordnung?« erkundigte sich Stella. Ihre Wangen liefen rot an. Anscheinend hatte sie seine Distanziertheit auf sich bezogen und glaubte, sie sei nicht willkommen. Und eigentlich sollte sie damit recht haben. Hatte sie aber nicht.

»Ich bin heute Morgen zu spät aufgestanden ... also keine Brötchen«, antwortete Samuel und räusperte sich. Fast hätte er hinzugefügt, ob sie ihn vermisst hätte, aber zum Glück konnte er sich das gerade noch verkneifen. Er war ein Idiot.

»Das dachte ich mir.« Stella schob ihre Hände in die Hosentaschen und sah unsicher zu ihrem Fahrrad, welches man von hier sehen konnte. Obwohl es Fahrradständer vor dem Gemeindehaus gab, hatte sie es einfach gegen die Mauer der Kirche gelehnt. Diese unbefangene Art faszinierte Samuel. »Ich habe dir Brötchen mitgebracht.«

Ein überraschendes Gefühl von Wärme überkam Samuel und er spürte, dass nun auch er rote Wangen bekam. Wie sollte er so den Kurs mit den Firmlingen weiterführen? Würde ihnen etwas auffallen? Wieso konnte er seine Gefühle nicht etwas besser unterdrücken?

Bisher hatte er Stella nie hier angetroffen. Sie ging nicht gerne in die Kirche, hatte sie ihm erzählt, und er hatte nie den Versuch unternommen, sie dazu zu bewegen, ihre Meinung zu ändern. Es war besser, wenn sich seine zwei Welten nicht vermischten. Wenn sie in ihrer Bäckerei blieb und er in seiner Kirche. Jetzt aber war sie hier. In der Bäckerei konnte er sich erlauben, sie anzusehen und sich dabei gut zu fühlen, auf dem Kirchengelände aber kam es ihm falsch vor.

»Hier.« Stella lief zu ihrem Rad und nahm einen Stoffbeutel aus dem Korb.

Samuel folgte ihr und war erleichtert, dass sie nun aus dem Blickfeld der Jugendlichen waren. »Danke.« Er räusperte sich und wünschte sich, er könnte mehr dazu sagen.

»Also. Wir sehen uns.« Stella stieg auf ihr Fahrrad und wendete es. Bevor sie davon fuhr, winkte sie ihm. Und lachte ihn an. Wie betäubt starrte Samuel ihr nach, ohne auch nur den Versuch zu starten, ebenfalls zu winken. Die Brötchen in der Tüte waren noch warm. Und in seinen Fingern kribbelte es, als er die Stelle berührte, die Stella eben noch angefasst hatte.

Lukas, in der Nähe von Kundus in Afghanistan

»Ich habe gesehen, dass du mit Navid verschwunden bist.«

Obwohl Lukas sich unauffällig verhalten musste, zuckte er zusammen und bekam rote Wangen. »Hatte was mit ihm zu besprechen«, sagte er und konzentrierte sich wieder auf das Funkgerät. Es war kaputt. Der Oberleutnant wollte es wegwerfen, aber Lukas machte es Spaß, an solchen Dingen herumzuschrauben. Es war ein guter Zeitvertreib, denn wenn er keinen Dienst hatte, hatte er nicht viel zu tun, und dann dachte er häufig über die ganzen unschönen Dinge nach, die hier passierten. Deswegen versuchte er sich zu beschäftigen.

»Was genau hattet ihr zu besprechen?« Die Stimme von Svenja war unerbittlich. »Dir ist bewusst, dass du ohne Samir keinen Kontakt zur Bevölkerung knüpfen sollst?«

Seufzend drehte Lukas sich um und starrte Svenja an. »Etwas wegen der Lehrerin, die gestern Mittag mit uns gesprochen hat. Wir benötigen jede Unterstützung, die wir bekommen können, um sie zu beschützen.«

Svenja nickte zufrieden und setzte sich auf den Stuhl neben ihn. Langsam zog sie die schweren Stiefel von ihren Füßen. Genauso wie Lukas hatte sie das feste Schuhwerk den ganzen Tag getragen. Sie stöhnte leise, als sie ihre Füße endlich frei bewegen konnte. Als Lukas Svenja auf einer privaten Party von Berufssoldaten in Baden-Württemberg kennengelernt hatte, hatte sie Stöckelschuhe getragen. Sie hatte in ihrem Etuikleid, den offenen Haaren und den glitzernden Ohrsteckern ganz anders gewirkt als hier in Afghanistan. Mit ihr fühlte Lukas sich verbunden, denn er wusste, dass sie ähnliche Probleme hatte wie er. Sie war die einzige Frau in ihrer Einheit.

Genau aus diesem Grund wurde sie geneckt und aufgezogen. Es war sicherlich von den meisten nicht böse gemeint, aber Lukas konnte sich vorstellen, dass es trotzdem nervte.

Ihm ging es da ähnlich. Einige Kameraden foppten ihn hin und wieder ebenfalls. Manchmal gelang es ihm nicht, zu unterscheiden, ob jemand damit ausdrückte, dass er tatsächlich ein Problem mit seiner Homosexualität hatte, oder ob jemand zeigen wollte, dass es für ihn etwas Alltägliches war. Die Scherze waren nie bösartig, aber auf Dauer war es anstrengend, wenn man das Gefühl hatte, andere Menschen reduzierten einen auf einen einzigen Bestandteil des Charakters. Andererseits wollte Lukas nicht undankbar sein. Es ging ihnen gut. Sowohl ihm als auch Svenja. Sie wurden akzeptiert, und von den meisten in Schutz genommen, wenn sie wirklich mal angefeindet wurden. Das konnten weder die Lehrerin noch Navid von sich behaupten. Die Lage war ernst. Sowohl für die Lehrerin, die Lukas auf jeden Fall beschützen wollte, als auch für Navid, um den er ebenfalls Angst hatte. Es war nicht gut, dass Svenja sie gesehen hatte, denn dann hatte es vielleicht auch jemand anderes getan.

»Lukas.« Svenja legte ihre Hand auf seinen Arm. Sie sah ihn ernst an. »Du hast dich doch nicht verliebt, oder?«

Wieder zuckte Lukas zusammen und dieses Mal musste er das Funkgerät weglegen. Rasch sah er zur Tür und stellte erleichtert fest, dass sie fest verschlossen war. »Was?«, zischte er.

»Du kannst mit mir reden. Seid ihr … zusammen?« Svenjas Augen sahen unnatürlich groß aus. Offenbar machte sie sich wirklich Sorgen.

Lukas räusperte sich. Sicherlich konnte er Svenja einweihen, aber bisher war er ganz gut damit gefahren, niemandem davon zu erzählen. Je mehr Menschen es wussten, desto gefährlicher wurde es für Navid.

»Oh, nein.« Svenja schlug die Hand vor den Mund. »Hätte es nicht ein Soldat sein können? Ein Amerikaner oder ein Franzose?«

»So etwas sucht man sich wohl kaum aus«, schnappte Lukas verärgert.

»Bist du nur verknallt oder seid ihr fest zusammen?« Svenjas Fingernägel krallten sich in seinen Arm.

»Zusammen«, knurrte Lukas. »Es gibt einen Haufen Soldaten, die sich in Einheimische verlieben. Hast du den Zeitungsbericht vor zwei Monaten nicht gelesen, in dem die Liebesgeschichte zwischen einem amerikanischen Soldaten und der Irakerin geschrieben stand? Er hat sie nach Amerika geholt, sie geheiratet und Kinder mit ihr bekommen.«

Svenja schüttelte den Kopf. Sie wirkte wie betäubt, so als könne sie es nicht glauben. Das vergrößerte das Unbehagen, das Lukas empfand. »Ich habe den Bericht nicht gelesen.«

»Weil du nie deutsche Zeitungen liest«, erwiderte Lukas und zeigte auf den Tisch, wo mehrere Exemplare lagen. Die meisten von ihnen ließen sich die Blätter von ihren Verwandten schicken und tauschten sie dann untereinander aus. Heute war Lukas noch nicht dazu gekommen, aber er hatte es noch vor.

»Das ist aber doch etwas anderes«, flüsterte Svenja.

»Weil es ein heterosexuelles Paar ist?«, fragte Lukas bestürzt. »Ich dachte, du bist die Letzte, die deswegen Unterschiede macht.«

Ruckartig stand Svenja auf und stemmte die Hände in ihre Hüften. Ihre Augen funkelten vor Wut. Wenn sie sich so wie jetzt vor ihm aufbaute, musste Lukas an seine Mutter denken. Immer wenn sein Bruder und er irgendwelche Dummheiten gemacht hatten, hatte ihre Mutter eine ähnliche Geste gemacht. Nur wirkte Svenja durch die Uniform und die streng zurückgekämmten Haare noch autoritärer. »Stellst du dich nur dumm oder bist du es?«

Lukas hob die Schultern. Natürlich wusste er, dass Svenja ihn wegen seiner Homosexualität nicht verurteilte. Es ging auch nicht um seine Homosexualität, sondern um die von Navid. Sie hatte recht. Es war zu gefährlich und er sollte es beenden, bevor Navid ernsthaft in Gefahr geriet.

»Du kannst dich nicht weiter mit ihm treffen«, stellte Svenja klar.

»Ich weiß.« Lukas nickte und spürte, wie sich sein Magen krampfhaft zusammenzog.

»Du bringst ihn damit in Gefahr.«

»Ich weiß«, rief Lukas und sprang ebenfalls auf. »Du musst mir das nicht erzählen, Svenja. Wir sind uns dessen bewusst. Aber wir haben tagtäglich Kontakt und … weißt du, wie weh es tut, ihn nicht einfach in den Arm nehmen zu dürfen?«

Svenja löste die angespannte Haltung und öffnete ihre Arme leicht. »Ich weiß«, sagte sie und dann zog sie Lukas in eine Umarmung. Es war eine sehr seltene Geste. Auch wenn sie Trost alle nötig hatten, bei all dem Leid, das sie miterlebten, nahmen sie sich nicht häufig in den Arm. Jetzt aber tat es gut.

Jochen, in einem Dorf im Südschwarzwald

Kurz nachdem er seine Beine verloren hatte, hatte er gelernt, wie er in das Becken gelangen konnte. Es gab dazu verschiedene Methoden, die man ihm gezeigt und beigebracht hatte. Doch Jochen brauchte das alles nicht. Er hob sich aus seinem Rollstuhl auf den Boden, schob ihn etwas zurück und ließ sich anschließend einfach ins Becken gleiten. Komplizierter war es, wieder herauszukommen, doch das war vorerst kein Problem, mit dem er sich beschäftigen wollte. Eins nach dem anderen. Das war das Wichtigste, was man nach einer doppelten Beinamputation verinnerlichen musste. Jetzt würde er sich erst einmal richtig auspowern. Mit kräftigen Armbewegungen begann er zu schwimmen und konzentrierte sich ganz auf seinen Körper, seine Atmung und die Schwimmtechnik, die er sich nach dem Reha-Aufenthalt angeeignet hatte. Längst konnte er mit seiner Arm- und Rumpfmuskulatur die fehlenden Unterschenkel kompensieren. Mit den verbliebenen Oberschenkeln machte er lediglich korrigierende Bewegungen, wenn er zu weit auf eine Seite kippte.

Der Sport half ihm normalerweise, sich zu entspannen und sich abzulenken, dieses Mal gelang es ihm aber nicht. Erneut dachte er an seine alten Freunde und an seine ehemalige Arbeit als Maurer. Warum konnte er sich nicht einfach von seinem früheren Leben verabschieden? Wieso trauerte er der alten Clique hinterher? Er konnte doch sowieso nicht mehr mit ihnen mithalten. Die meisten interessierten sich auch nicht mehr für ihn, abgesehen von einigen wenigen, doch die hatte Jochen erfolgreich abgeblockt und in die Flucht geschlagen. Auch Danielles ehemals beste Freundin hatte sich zu Beginn noch häufiger nach ihm erkundigt, aber irgendwann hatte sie es aufgegeben. Inzwischen lebte sie nicht mehr hier.

Es war für ihn unverständlich, woher die ständige Trauer wegen seiner Arbeit kam. Er hatte die Arbeit nie sehr gemocht, hatte nie den Eindruck gehabt, es wäre eine Berufung oder mehr als nur etwas, womit er sein Geld verdiente. Auch mit den Kollegen konnte er nur wenig anfangen. Die meisten waren unsicher, wie sie mit ihm umgehen sollten, wendeten sich ab, weil sie den Anblick seiner Stümpfe beschämend fanden.

Statt über seinen alten Freundeskreis zu grübeln und den Kollegen nachzutrauern, sollte er seine Energie dafür verwenden, sich endlich wieder in seinem Leben zurechtzufinden. Er kam immerhin relativ gut zurecht, war unabhängig, weil er Auto fahren konnte, und er hatte eine wunderbare Familie. Dass er nicht

mehr arbeiten konnte, war nach wie vor schwer zu verdauen, und auch den Anblick seines Körpers konnte er nicht so gut ertragen, aber im Großen und Ganzen
hatte er den Verlust seiner Gliedmaßen gut verarbeitet.

Jetzt wurde es Zeit, in die Zukunft zu blicken. Neue Sportarten entdecken,
ein neues Hobby suchen, sich auf die Schulausbildung seiner Kinder konzentrieren und einen neuen Bekanntenkreis aufbauen. Er hatte viel vor und sollte sich
nicht von den Grübeleien über die Vergangenheit davon abhalten lassen.

Nachdem er fünfzig Bahnen geschwommen war, fühlte er sich ausgepowert.
Er blieb noch am Rand und suchte sich eine Wasserstrahldüse, um sich massieren zu lassen. Seine Arme bebten vor Anstrengung und er hatte das Gefühl, sich
nicht in den Rollstuhl hochziehen zu können, solange er sich so schlapp fühlte.
Deswegen entspannte er sich und betrachtete die anderen Gäste im Schwimmbad. Es waren fast nur alte Frauen da und ganz vorne eine Schulklasse. Vielleicht
sollte er sich angewöhnen, eher am späten Nachmittag schwimmen zu gehen,
denn jetzt war offensichtlich die Zeit der Senioren und Jochen war viel zu stolz,
um sich zu dieser Gruppe zugehörig zu fühlen. Oder gehörten Krüppel automatisch dazu? Frustrierend war das.

Weil es irgendwann langweilig wurde, die anderen Schwimmer zu betrachten, schloss Jochen die Augen und lehnte sich nach hinten. Zwar fror er ein
wenig, aber es war dennoch angenehm hier, wie er so am Rand hing und seinen
Körper treiben ließ. Die Massage seiner Rückenmuskulatur tat ihm ebenfalls sehr
gut.

Vielleicht sollte er sich einer Behindertensportgruppe anschließen? Dann
hätte er mehrere Fliegen mit einer Klappe geschlagen: Er würde sich sportlich
betätigen, hätte Kontakt zu anderen Menschen und würde sich nicht mit Senioren
abgeben müssen. Das Problem war, dass es kaum Möglichkeiten gab. Von seinem Haus aus fuhr er bereits fast eine Stunde, um überhaupt den nächstgrößeren
Ort zu erreichen, und er bezweifelte, dass dieser Ort groß genug war, um über
solch ein Behindertennetzwerk zu verfügen. Vielleicht sollte er einmal die Woche über die Schweizer Grenze fahren. Gut möglich, dass es in Zürich etwas gab.
Oder er nahm den Weg nach Freiburg auf sich.

Träge öffnete Jochen die Augen und starrte zur Uhr. Noch hatte er genügend
Zeit. Er hatte Danielle versprochen, am Nachmittag zum Metzger zu gehen und
Hackfleisch mitzubringen. Die Mädchen freuten sich bereits auf die Lasagne. Jochen fühlte sich durch seine Berufsuntauglichkeit manchmal so nutzlos, weswegen er sehr motiviert darin war, wenigstens die einfachen Aufgaben zu erledigen,
die man ihm auftrug, besonders wenn es darum ging, seiner Familie eine Freude
zu machen.

Als sein Blick auf eine ältere Frau fiel, blinzelte er kurz. Sie kam ihm bekannt vor. Angestrengt überlegte er und versuchte sie einzuordnen. Als ihm endlich einfiel, wen er da vor sich hatte, musste er sich nervös an der Stirn kratzen.
Er beobachtete sie und hielt den Atem an. Sie wirkte ziemlich dünn, aber er

glaubte, dass sie schon immer schlank gewesen war. Aber alt war sie geworden ... Oder bildete er sich das nur ein? Warum traf er ausgerechnet sie? Ausgerechnet jetzt, wo er sich etwas besser fühlte und endlich aufhören wollte, über die früheren Ereignisse nachzudenken?

Nein, das würde er nicht zulassen. Energisch zog er seinen Rollstuhl an den Beckenrand, hangelte nach dem Handtuch und breitete es auf dem Boden aus. Obwohl seine Oberarme nach wie vor müde waren, zog er sich aus dem Wasser und trocknete sich ab. Nachdem er das Handtuch auf der Sitzfläche des Rollstuhls ausgebreitet hatte, wagte er erneut einen Blick, doch die Frau war bereits im Wasser und schwamm langsam zum anderen Rand des Beckens.

Entschlossen konzentrierte sich Jochen auf den Transfer in den Rollstuhl und beschloss, nicht mehr über Vergangenes nachzudenken.

Fabian, in der Justizvollzugsanstalt Weiterstadt

Um die Gefangenen optimal auf die Freiheit vorzubereiten, erhielten viele die Erlaubnis sich im Internet nach freien Arbeitsstellen oder Wohnungen umzusehen. Wenn man so lange nicht mehr im Netz gewesen war, war es ungewohnt, sich plötzlich wieder online bewegen zu können. All die Monate hatte Fabian nicht auf das Internet zugreifen dürfen, nun waren ausgewählte Seiten erlaubt, zumindest zu bestimmten Zeiten. Er erhielt eine Stunde pro Woche, die er an dem Computer im Aufenthaltsraum nutzen konnte.

Als er sich durch das Angebot der Jobbörse klickte, überkam ihn Panik. Während er hier nach einem strengen Zeitplan gelebt und feste Regeln seinen Alltag bestimmt hatten, würde er draußen vollkommen alleine und auf sich gestellt sein.

Wenn er ehrlich zu sich selbst war, musste er zugeben, dass er sich schrecklich davor fürchtete, zu scheitern.

Vielleicht hatte Frau Pesch recht und er sollte nicht nach Berlin ziehen. Die Aussicht darauf, anonym zu bleiben, gefiel ihm sehr gut, aber was war, wenn die Einsamkeit ihn überwältigte? Was, wenn er nicht alleine klarkommen, zu spät zur Arbeit kommen würde und mit dem Geld nicht umgehen könnte?

Auch mit seinen Knastbrüdern hatte er sich unterhalten. Es gab einen, mit dem er sich recht gut verstand, auch wenn er es nicht zugeben wollte. Michael Friedelmann war ein ehemaliger Drogendealer, der während seiner Festnahme auf einen Polizisten geschossen hatte. Dieser Polizist saß nun im Rollstuhl und würde nie wieder laufen können. Sie waren sich sehr ähnlich und die Parallelen fast unheimlich. Er sprach viel mit Friedelmann, weil es ihm imponierte, dass dieser den Kontakt zu dem behinderten Polizisten gesucht hatte. Er fragte sich, ob er das jemals könnte. Es war bewundernswert, wenn jemand über seinen Schatten springen und so eine mutige Sache machen konnte.

Auch Friedelmann war der Meinung, er sollte lieber zu seiner Mutter ziehen. Er hatte Angst, dass Fabian sich in Berlin verlieren und auf die schiefe Bahn geraten könnte. Immerhin hatte er einen Vorteil, einen Sohn, was ihm einen Lebensmittelpunkt gab. Seine Frau hatte sich zwar von ihm scheiden lassen – genauso wie auch Fabians Beziehung zerbrochen war, aber trotzdem war für Friedelmann klar, dass er in die Nähe seiner Familie ziehen würde, sobald er entlassen wurde. Dabei war es ihm egal, dass er dann auch in der Nähe seines Opfers ziehen und diesem vielleicht begegnen würde. Damit, so hatte es ihm Friedelmann erklärt, würde er umgehen müssen.

Das breite Angebot im Internet zeigte ihm, wie schnell sich die Erde gedreht hatte, während er hier im Knast gehockt hatte. Alles hatte sich verändert, sicherlich nicht nur das Internet. In Berlin wäre er vollkommen alleine. Wie schnell würde er Freunde finden? Wer würde sich wohl vorstellen können, mit einem ehemaligen Knastinsassen befreundet zu sein?

Frustriert rieb Fabian sich über die Schläfe und scrollte weiter. In Berlin gab es jede Menge freie Arbeitsstellen für Köche. Mit seinem Beruf hatte er wirklich Glück. Nicht auszudenken, wenn er einen Beruf gewählt hätte, in dem er nun keine Chance mehr erhalten würde. Sicher würde er nicht mehr in Hotels der gehobenen Klasse arbeiten können, aber es gab kleinere Hotels, die es vielleicht riskierten. Sie würden ihm nicht viel zahlen, aber wenigstens hätte er dann eine Aufgabe.

Und wenn er ... Immerhin hatte er eine Stunde Zeit, warum sollte er nicht einfach mal schauen, was sonst so angeboten wurde? Das hieß ja nicht, dass er Frau Peschs Rat folgen würde. Natürlich wurde sein Surfverhalten überwacht, aber niemand würde ihn dazu zwingen, seine Suche auch zu realisieren. Seine Finger zitterten leicht, als er den Ort eingab, in dem er gewohnt hatte, bevor er inhaftiert worden war. Rasch, weil er Angst hatte, dass er es sich nochmal anders überlegen könnte, gab er seinen Beruf ein und startete mit dem Klick auf den Button die Suche.

Als ob der Computer ihn verhöhnen wollte, wurden tatsächlich einige Angebote ausgespuckt. Es waren natürlich nicht so viele wie in Berlin, aber es war nicht so, als hätte er gar keine Möglichkeiten. Allerdings würde er ein Auto kaufen müssen. In Berlin könnte er mit der U-Bahn fahren. Und wer sollte das Auto bezahlen? Sein Vater vielleicht? Unvorstellbar, selbst wenn er wüsste, wie er seinen Vater kontaktieren könnte. Seine ehemalige Partnerin? Ganz sicher nicht. Sie würde er nicht mehr belästigen. Sie hatte es verdient, ihr Leben ohne ihn fortzuführen. Dann blieb nur noch seine Mutter, aber auch die konnte er nicht fragen. Sie hatte wegen ihm schon genug gelitten und wurde im Dorf von den anderen Bewohnern gemieden. Gerecht war es nicht, weil nicht sie die Fehler gemacht hatte, sondern Fabian, aber so war es nun mal auf dem Land.

Also wäre Berlin doch die bessere Wahl, oder? Immerhin konnte er sich auch abgesehen von der Frage nach der Finanzierung nicht vorstellen, dort zu leben, wo man ihn kannte und hasste.

Weil er sich nicht länger mit der Vorstellung quälen wollte, schloss Fabian das Fenster und starrte auf die Navigationsleiste des Internetbrowsers seiner vorherigen Suche. Es würde seltsam aussehen, wenn er seine Internetminuten nicht nutzte, so als ob er es nicht schätzte. Es gab nicht viele JVAs, die ihren Gefangenen diesen Luxus erlaubten, und Fabian wollte zeigen, dass er dankbar war.

Unschlüssig starrte Fabian weiter auf den Bildschirm und schob den Zeiger der Maus unruhig hin und her. Weil er nicht weiter wusste, versuchte er seinen alten Mail-Anbieter zu öffnen, musste aber erkennen, dass der genauso gesperrt war wie alle sozialen Netzwerke. Der Kontakt nach draußen war wohl nicht erwünscht und Fabian war es eigentlich ganz recht so, denn mit wem hätte er auch schon Kontakt aufnehmen sollen? Es war absurd. Keiner seiner alten Freunde würde noch Interesse an ihm haben, also sollte Fabian sich nicht über Dinge Gedanken machen, die sowieso unerreichbar oder gänzlich unmöglich waren.

Weil er nicht wusste, wo er sonst surfen könnte, öffnete er einen Wetterdienst. Er gab zuerst seinen jetzigen Wohnsitz ein und lachte dann bitter. Was für eine blödsinnige Umschreibung für Knast: Wohnsitz. Das Wetter war gut und würde auch in den nächsten Tagen so bleiben. Die nachmittäglichen Ausgänge in den Gefängnishof würden also nicht ins Wasser fallen. Anschließend gab er Berlin ein und starrte auf die Regentropfen. Wenn das ein Zeichen war ...

Er entschied, nicht mehr länger vorzugeben, das Internet zu benötigen. Doch bevor er den Computer herunterfuhr, öffnete er noch eine Newsseite und stellte erfreut fest, dass diese nicht gesperrt war. Sie hatten Zugang zu Zeitungen, aber die waren nicht immer so aktuell, wie es das Internet war.

Rasch überflog Fabian die Neuigkeiten zu Politik und Wirtschaft und blieb an dem einen oder anderen Artikel hängen. Die Ebolakrise in Afrika weitete sich anscheinend weiter aus, während die amerikanische Regierung darüber nachdachte, die verbliebenen Soldaten in Afghanistan nach Hause zu holen. Dagegen protestierten wohl alle dort stationierten Soldaten, einschließlich der Soldaten aus Deutschland, da die Lage nach wie vor nicht gesichert war.

Fabian bemerkte, dass ihm etwas übel wurde, als er das las. Verärgert runzelte er die Stirn und führte den Mauszeiger auf das Kreuz in der rechten Ecke. Darüber konnte er sich jetzt nicht auch noch Gedanken machen. Er sollte diese Meldung ignorieren und nicht weiter darüber nachdenken.

Dann hielt er kurz inne und setzte sich aufrecht hin. Erst jetzt stolperte er über diese Meldung, dabei interessierte ihn gerade dieses Themengebiet sehr. Für die meisten Zeitungen, in denen er lesen durfte, war das ein Thema, das nur selten genug Aufmerksamkeit erhielt, um es in die Auflagen zu schaffen. Wieder war ein Exoplanet gefunden worden, der der Erde anscheinend ähnlich war und dieses Mal waren die Wissenschaftler tatsächlich optimistisch. Im selben Sonnensystem gab es einen Gasriesen, der große Ähnlichkeiten mit Jupiter aufwies. Das klang vielversprechend.

Nele, in Washington, D.C.

»Nein, das reicht noch nicht.« Nele schüttelte immer wieder den Kopf und starrte auf den Bildschirm. Seit sie vor vier Wochen mit der Transitmethode einen Exoplaneten entdeckt hatte, hatte sich ihr Leben radikal verändert. Das Faszinierende an der Entdeckung war die Tatsache, dass im gleichen Sonnensystem bereits von einem Kollegen ein Gasriese entdeckt worden war. Sollten sich alle Vermutungen bewahrheiten, könnte dieser Exoplanet der erste erdähnliche Planet sein, auf dem die Existenz von Leben zumindest nicht unwahrscheinlich war.

Dem Jupiter hatte die Menschheit vieles zu verdanken. Er funktionierte wie ein Staubsauger, der alle fehlgeleiteten Kometen und Asteroiden abfing, die er mit seiner enormen Anziehungskraft in seine Bahn lenkte und schließlich einfach verschluckte. Das war der Grund, warum es relativ wenig Einschläge auf den vier inneren Planeten gab.

Wenn es also Leben auf diesem Exoplaneten gab, dann nur, weil ein Gasriese in der Nähe war. Zumindest machte diese Tatsache es wahrscheinlicher.

Bewiesen war leider noch gar nichts, obwohl die Presse es so hinstellte. Auf einer Pressekonferenz hatten die Kollegen von Nele immer wieder darauf hingewiesen, dass sie nichts Genaueres wüssten. Dennoch wurde weltweit davon gesprochen, zumindest von den Menschen, die Interesse an dem Thema hatten. Die meisten würden wohl erst aufhorchen, wenn die Existenz von E.T. oder Alf bewiesen war. Oder wenn man mit ihnen kommunizieren konnte.

Auf solch eine Entdeckung hoffte Nele nicht einmal. Ihr würde bereits der Beweis für außerirdische Bakterien und Viren reichen, um das zu erreichen, auf das so viele Astrobiologen vor ihr hingearbeitet hatten. Sie alle waren von einer solchen Existenz überzeugt, bisher hatte es aber niemand beweisen können.

»Kannst du das vergrößern?«, fragte Nele, ohne ihren Doktoranden anzusehen. Mit gerunzelter Miene starrte sie weiterhin auf den Bildschirm, der ihr die mathematischen Ergebnisse der nächtlichen Beobachtungen lieferte. Die Computer hatten die Arbeit der Astronomen grundlegend verändert. Längst hockten sie nicht mehr auf einer Sternwarte und starrten durch kleine Teleskope. Inzwischen gab es Kepler, ein riesiges Weltraumteleskop, das den Himmel ständig unter Beobachtung hielt. Die Astronomen werteten dann nur die Ergebnisse aus.

»Nele? Nele! Hier bist du!«

Nele machte eine wegwerfende Bewegung, um ihrem Chef anzudeuten, dass sie sich gerade konzentrieren musste.

»Nele, wir haben ein Interview mit dem Fernsehteam«, fuhr Miller fort und blieb dicht neben ihr stehen.

Genervt hob Nele den Kopf. »Das habe ich vergessen.«

»Komm schon. Das ist wichtig.«

Nele verdrehte die Augen, stand aber auf und lief ihrem Chef hinterher. Ihrem Doktoranden rief sie Anweisungen zu. Sie war neugierig, geradezu euphorisch und wollte am liebsten Tag und Nacht ihren Exoplaneten beobachten. Selbst die nächtlichen Besuche bei Brian hatte sie stark zurückgefahren. An Pressekonferenzen und Interviews hatte sie kein Interesse. Sie wollte forschen, am liebsten für sich alleine, in vollkommener Abgeschiedenheit. Wenn es zu viel Trubel gab, konnte sie sich nicht konzentrieren, und die Pressearbeit lenkte sie nur von der Arbeit ab. Sie hätte die Lorbeeren gerne jemand anderem übergeben, doch ihr Chef war so stolz auf sie, die junge unterschätzte Europäerin, die in Amerika den großen Fund gemacht hatte. Das war offenbar die Art von Geschichten, die die amerikanische Bevölkerung liebte. Und die Menschen brauchten solche Geschichten, um begeistert zu werden. Leider war die bloße Information, dass ein neuer Exoplanet gefunden worden war, längst nicht mehr Garant für Aufmerksamkeit. Dafür gab es inzwischen zu viele.

»Gibt es Neuigkeiten?«, erkundigte sich Miller und hielt ihr die Tür auf.

Nele schüttelte den Kopf. »Wenn ich Zeit hätte, das genauer zu untersuchen, hätte ich vielleicht schon was.«

Miller seufzte. »Wir brauchen die Unterstützung der Bevölkerung, die finanziellen Mittel, die Begeisterung der Menschen. Sonst ist unsere Arbeit nichts wert. Verstehst du das nicht?«

»Natürlich verstehe ich das.« Nele blieb kurz stehen und richtete ihre Haare im Spiegelbild der Glastür. Sie war überhaupt nicht vorbereitet auf das Interview. »Aber das ist grundsätzlich nicht mein Ding. Mich zu präsentieren und etwas zu verkaufen. Ich bin Forscherin.«

»Diese Anerkennung gehört dir.« Miller klopfte ihr auf die Schulter und grinste. »Sei stolz auf dich und genieße den Ruhm, der dich nun umgibt.«

Nele murmelte ein »Nerv mich nicht«, allerdings auf deutsch, sodass Miller es nicht verstehen konnte.

»Was?« Irritiert sah er sie an.

Nele straffte ihre Schultern. Ihre Bockigkeit würde ihr nichts nützen. »Ich bin bereit«, meinte sie und lächelte. Miller öffnete die Tür und schob sie in den Raum, wo bereits das Kamerateam wartete.

Nicole, an der südlichen Küste von Nigeria

»Schrecklich.« Carola schüttelte den Kopf, während sie an Nicole vorbeilief.

»Was ist los?« Nicole sah von der Bestellung hoch. Hier auf dem Dorf, weit weg von der nächsten Großstadt, mussten sie immer vorausschauend arbeiten. Medikamente, Verbandsmaterial und weitere notwendige Utensilien erhielt man nur in Kano und das war weit weg und der Weg dorthin war beschwerlich. Regelmäßig fuhr ein Team dorthin, um ihnen alles zu besorgen. Alles erhielt man auch dort nicht, einige Dinge mussten direkt aus Deutschland geliefert werden.

»Junges Mädchen. Vergewaltigt.« Carola öffnete den Schrank, in dem sie verschiedene Labortests und andere Utensilien aufbewahrten, und nahm sich, was sie benötigte, um einen HIV-Schnelltest durchführen zu können. Sie würde dem Kind Blut abnehmen müssen und die Familie würde einige Zeit abwarten müssen, bis sie wussten, ob ihre Tochter mit HIV infiziert war oder nicht. Wenn ja, dann war die medikamentöse Versorgung hier in Afrika bedeutend schwieriger als in den westlichen Ländern. Erschwerend kam das Misstrauen der Menschen gegenüber den Ärzten hinzu. Sie wehrten sich gegen Impfungen oder nahmen Medikamente nicht ordnungsgemäß ein, weil es gegen ihren Glauben war. Oder weil sie das Vertrauen in andere Menschen verloren hatten, und nicht mehr davon zu überzeugen waren, dass man ihnen nur helfen wollte.

»Wie alt?« Nicole hielt die Luft an.

»Ungefähr fünfzehn.« Carola griff erneut in den Schrank.

Da Nicole bereits ahnte, was sie wollte, sagte sie schnell: »Für einen Schwangerschaftstest ist es doch noch zu früh, oder?«

»Die Vergewaltigung ist schon länger her. Die Wunde hat sich entzündet, das Mädchen hat bereits Fieber. Deswegen sind die Eltern ja erst hergekommen«, meinte Carola gereizt. Sie sah in den Schrank, stutzte und nahm dann einen Schwangerschaftstest. Als sie sich umdrehte, sah Nicole das Stirnrunzeln. Es war offensichtlich, dass ihr die ungewöhnlich geringe Anzahl an HCG-Tests aufgefallen war.

Nicole biss sich auf die Lippen und starrte auf das Formular, das sie gerade ausfüllte. Bei den Schwangerschaftstests hatte sie bereits eine größere Menge angefordert. Hoffentlich verkniff Carola sich jeden Kommentar.

»Sie ist beschnitten. Alles ist aufgerissen. Wir müssen vermutlich wieder nähen«, fügte Carola hinzu und stieß die Schranktür zu.

Augenblicklich vergaß Nicole ihre eigenen Probleme. »Wir sind Ärzte, Carola. Wir nähen die Kinder nicht mehr zu.«

»Wenn wir es nicht tun, gehen sie zu dieser Hexe und die näht die Mädchen dann richtig zu, und zwar mit Nadeln, die nicht desinfiziert sind. Ist es nicht besser, wenn wir es tun und es dann vernünftig machen. Mit Narkose?« Carola sah Nicole sauer an.

Ungefähr die Hälfte der Bevölkerung war christlich, während sich die andere Hälfte dem Islam zugehörig fühlte, aber beide Religionen waren kaum wiederzuerkennen. Die Menschen hatten zwar neue Religionen angenommen, aber die alten Rituale und Kultur nicht abgelegt. Sowohl bei nigerianischen Christen, als auch bei den Moslems spielten Ahnenkult und Fetischismus gleichermaßen eine große Rolle. Angehörige beider Religionen beschnitten die Mädchen. Ein Brauch in Afrika, der ganz besonders grausam war und in vielen Ländern nicht mehr verfolgt wurde. Aber in Nigeria gab es noch genug Anhänger, die überzeugt waren, Frauen wären unbeschnitten nicht rein. Noch bitterer war es, dass es die Menschen trotz der grausamen Gemeinsamkeiten nicht schafften, in Einigkeit zu leben. Zwischen dem Norden des Landes, in dem hauptsächlich Moslems lebten, und dem christlich geprägten Süden gab es immer wieder Gewalt und Anschläge.

Meist war Nicole optimistisch und es gelang ihr, das Gute im Menschen zu sehen und auf die Hoffnung zu bauen, dass sich in diesem Land bereits so viel zum Positiven geändert hatte, aber gerade jetzt überkamen sie große Zweifel. »Wir müssen die Wunde ja sowieso nähen und dabei können wir auch ein wenig zunähen«, meinte sie müde, hin und hergerissen zwischen der Abneigung gegen diesen grausamen Brauch und der Angst, dass das Mädchen zu einer Frau gebracht wurde, die das dann übernahm.

»Ich kümmere mich jetzt erstmal um die Tests. Wäre schön, wenn du später kommen würdest, um mir zu helfen«, meinte Carola und strich Nicole leicht über die Schulter.

»Klar, ich mache das hier nur noch fertig«, erwiderte Nicole und zeigte auf den Bogen.

»Bestell unbedingt Schwangerschaftstests«, rief Carola ihr über die Schulter zu. »Die gehen in letzter Zeit ziemlich schnell aus. Hoffentlich bedient sich hier keiner aus egoistischen Gründen.«

Mit heißen Wangen blieb Nicole an dem kleinen Tisch im Hinterzimmer sitzen und starrte an die Wand. Sie atmete tief ein und blies die Luft dann energisch wieder aus. So ein Mist. Sie würde sich privat die Tests besorgen müssen, aber dann würde es jeder erfahren. Oder sie hörte einfach auf zu testen. Immerhin wusste sie ja jetzt was Sache war. Andererseits .. Das würde sie nicht aushalten. Auch wenn es nahezu krank war, sie würde weiterhin Gewissheit haben wollen. Der Kurier würde es bemerken und der war hier sehr beliebt und hatte viel Kontakt mit den Menschen. Es war sowieso schon sehr riskant, dass Tayo und sie im selben Zelt schliefen. Vielleicht hatte jemand gesehen, wie Tayo in ihr Zelt schlich und würde dann erahnen, was los war. Die Menschen redeten über so etwas. Niemand durfte erfahren, dass sie eine Affäre hatten.

Nein, Nicole blieb nichts anderes übrig, als sich weiterhin an dem Vorrat hier zu bedienen, auch wenn sie sich dafür schämte und es auffällig wurde.

Bevor sie zu Carola ging, um ihr bei der Behandlung und der Versorgung des armen Mädchens zu helfen, ging sie zur Toilette. Während sie auf das Ergebnis des Tests wartete, lehnte sie ihre Stirn gegen die kühle Wand. Das tat ihr gut. Es war hier so heiß. Mit klopfendem Herzen kontrollierte sie auf ihrem Handy die Zeit und hielt den Test anschließend ins Licht. Sie wusste nie, was sie hoffen sollte. Einerseits bangte sie darum und wollte, dass der Strich dunkler wurde, weil sie sich im tiefsten Inneren sehnsüchtig ein Kind wünschte, andererseits wusste sie genau, welche Schwierigkeiten auf sie zukommen konnten, wenn sie wirklich schwanger war. Es war wie jedes Mal eine Enttäuschung. Der Strich wurde weder blasser noch dunkler, sondern blieb auf diesem dünnen Niveau. Als Ärztin wusste sie natürlich, dass ein Strich immer auf die Produktion von HCG hinwies, und dass dieses Hormon auch immer eine Schwangerschaft bedeutete, doch nach jahrelangem Kampf für ein Baby wusste sie auch, dass nicht jede Schwangerschaft hielt. Ihr Körper stieß die befruchteten Eier ab. Warum auch immer. Einen medizinischen Grund hatte sie dafür nie erfahren.

Dieses Kind schien jedoch ein Kämpfer zu sein. Es ließ sich nicht vertreiben, aber offenbar hatte es auch nicht genug Kraft, sich zu halten.

Nicoles Augen wurden feucht, als sie auf das Stäbchen schaute. Unverändert. Der Strich war noch da, aber merkwürdig dünn und blass. Sicherlich würde sie bald bluten, was das Ende bedeuten würde. Eine Fehlgeburt. Schon wieder. Zum vierten Mal.

Lieber wäre sie nicht schwanger geworden, als das erneut erleben zu müssen.

Nach einem kurzen Moment straffte Nicole die Schultern und nickte. Sie musste jetzt ihren Pflichten nachgehen und dem Mädchen helfen. Das hatte nun ganz andere Probleme. Reichte es nicht, traumatisiert von der Vergewaltigung zu sein und vielleicht einen positiven HIV- oder Schwangerschaftstest verkraften zu müssen? Wieso musste eine blutende Wunde an der empfindlichsten Körperstelle hinzukommen, die genäht werden musste?

Nicole stieg auf die Toilette und öffnete das kleine Fach, welches sie vor kurzem entdeckt hatte. Sie wusste nicht, für was es war, aber sie war sicher, dass niemand hier nachschaute. Sie legte den halbpositiven Test zu den anderen Tests. Langsam wurde das Fach voll. Sie würde sich ein anderes Versteck suchen müssen. Oder die Tests einfach entsorgen.

Samuel, auf der Nordseeinsel Pellworm

Soweit Samuel wusste, gab es den Brauch des Biikefeuers nur hier oben in Nordfriesland. Es war ein Volksfest und wurde ernster zelebriert als das Osterfest. Obwohl das ein heidnischer Brauch war und die Leute mit Begeisterung daran festhielten, waren sie überwiegend Kirchgänger, zumindest an diesem Tag. Von seinem evangelischen Kollegen wusste er, dass auch bei ihm am Morgen die Kirche fast voll gewesen war. Die Menschen waren gläubig und christlich und würden empört reagieren, würde Samuel ihnen erzählen, dass man das Biikefeuer nicht dazu benötigte, um die bösen Geister zu vertreiben.

Manchmal waren Menschen seltsam und es war faszinierend zu beobachten, wie unterschiedlich Religionen gelebt werden konnten. Es gab über eine Milliarde Katholiken auf der Erde und alle möglichen regionalen Besonderheiten.

Samuel schmunzelte, während er einen Schluck seines heißen Tees trank. In seinem ersten Jahr war er entsetzt gewesen. Von diesem Brauch hatte er noch nie etwas gehört und er assoziierte solche Feuer mit der Hexenverbrennung, eine bestialische Sitte der katholischen Kirche im Mittelalter. Glücklicherweise wurde hier aber nur eine Strohpuppe verbrannt.

»Du bist auch da?«

Samuel wirbelte mit klopfendem Herzen herum und starrte Stella an. »Hey«, sagte er und strich sich die Haare aus der Stirn. Genau. Wegen ihr war er gekommen. Auch wenn er es nur schwer zugeben konnte. Die ganze Zeit war er um das Feuer geschlichen und hatte nach ihrer roten Jacke und den braunen langen Haaren gesucht. Wie ein Teenager.

Und er wollte die Menschen verurteilen, weil sie einen heidnischen Brauch feierten? Er war ein Heuchler.

»Hi.« Stella lächelte ihn an und ihr Lachen war heller als das Strahlen der Sterne.

Wieder schob Samuel sich die Haare aus dem Gesicht, einfach um etwas zu tun zu haben. Wieso konnte er nicht einfach mal ein wenig Stärke beweisen? Wieso war er nicht zu Hause geblieben? Immerhin hatte er genau gewusst, dass sie auch hier sein würde. Mit dieser Kopflosigkeit würde er am Ende noch seinen Zölibat brechen und seine Anstellung verlieren. Er liebte seinen Job, war sehr gerne Priester und er glaubte auch, dass er sehr gut darin war und für die Gemeinde eine Bereicherung darstellte.

»Ich hatte nicht damit gerechnet, dass ausgerechnet *du* hier herkommst«, meinte Stella.

»Weil es ein heidnischer Brauch ist?« Samuel hob die Schultern. »Es ist immer schön, wenn Menschen zusammenkommen und gemeinsam lachen und feiern. Da hat Gott nichts dagegen.«

»Auch nicht, wenn gleich das Petermännchen verbrannt wird?« Stella zeigte auf das Feuer. Auch sie hatte eine Tasse in der Hand und wärmte sich daran die Finger. Es war immer noch sehr kühl draußen, besonders am späten Abend.

»Ja, es ist etwas kurios«, gab Samuel ihr recht.

»Weißt du denn, für wen die Strohpuppe steht?«, erkundigte Stella sich.

»Für die Geister, die vertrieben werden sollen«, schlug Samuel vor.

Stella lachte auf solch eine herrliche, befreiende Art, dass Samuel die Luft anhielt und sie fasziniert anstarrte. »Nein, diese Strohpuppe steht für Petrus beziehungsweise das Papstamt. Damit äußern die Menschen die Abneigung gegenüber dem Christentum.«

Samuel runzelte die Stirn. »Jetzt erlaubst du dir aber einen Scherz.«

Doch Stella blieb ernst und hob die Schultern. »Nein, das ist wirklich so. Die Heiden haben sich früher so gegen das missionarische Verhalten der Christen gewehrt und offen gezeigt, dass sie das für Unsinn hielten.«

Samuel spürte, dass eine Gänsehaut über seinen Rücken krabbelte. Der Schauer ging ihm hoch bis zur Kopfhaut.

Stelle lachte erneut. »Jetzt werde mal nicht so blass. Die Menschen sind ja trotzdem treue Kirchgänger. Mach dir keine Sorgen um deine Schäfchen.«

»Wissen die Menschen das?«, erkundigte Samuel sich.

Stella überlegte kurz und nickte dann. »Ich denke schon. Aber sie denken sich dabei nichts Schlimmes. Es ist halt Brauch. Komm, wir gehen ein Stück. Hier ist es zu kalt. Das Gute an dem Biikefeuer ist ja, dass es schön wärmt.«

Samuel folgte ihr. Es war eigentlich nichts Ungewöhnliches. Er war hier sehr beliebt und hatte schon mit mehreren Menschen gesprochen. Mit Männern und mit Frauen. Doch zum ersten Mal hatte er das Gefühl, etwas Verbotenes zu tun. Statt sich deswegen schlecht zu fühlen, bewunderte er Stellas leicht hüpfenden Gang. Sie wirkte immer so energiegeladen und enthusiastisch. Und das gefiel ihm an ihr so gut. Das und ihr wunderschönes Lachen.

Als Stella sich zu ihm umdrehte, hatte sie wieder ein Lächeln auf den Lippen. »Also, ich finde es schön, dass du hier bist. Endlich mal ein Mann, mit dem man sich richtig unterhalten kann.«

Samuel spürte, dass seine Knie weich wurden. »Wie meinst du das?«, fragte er und seine Stimme zitterte dabei leicht.

»Ich habe manchmal den Eindruck, dass es mir hier zu eintönig ist. Ich liebe diese Insel, die Natur, die Tiere, das Meer, aber die Gespräche mit den Menschen sind eintönig. Urlauber verirren sich höchstens im Sommer hier her und die Einwohner ... Tja, man kennt sich halt. Deswegen stürzen sich auch immer alle auf die Neuen. Aber jetzt habe ich dich belagert und keiner traut sich, dich anzusprechen.« Sie zwinkerte ihm verschwörerisch zu.

»Oh, okay.« Samuel hielt sich an einem Zaun fest, der zu einer benachbarten Kuhweide gehörte. Oh ja, es ließ sich wirklich nicht mehr leugnen. Er hatte sich verliebt.

Lukas, in der Nähe von Kundus in Afghanistan

»Er sagt, es musste sein.«

Was Samir ihm übersetzte, ließ Lukas wütend werden. Fast konnte er seinen Zorn nicht mehr unterdrücken. Dass das nicht richtig war, wusste er selber. Er war Soldat und somit zur Ruhe und Besonnenheit verpflichtet. Sich emotional hineinzusteigern, würde alles nur noch schlimmer machen. Die Menschen, die hier lebten, lebten in einer anderen Kultur, und sie konnten nicht von ihnen verlangen, die gleichen Werte zu haben. Schon gar nicht, dass das Volk nach der jahrelangen Unterdrückung von jetzt auf gleich sein Leben änderte. Trotzdem gefiel Lukas überhaupt nicht, was er da hörte.

»Er *musste* seiner Tochter die Kniescheibe zertrümmern?«, hakte Lukas nach, ohne den aus Afghanistan stammenden deutschen Soldaten anzusehen. Sie alle waren sehr dankbar dafür, dass Samir ihnen zugeteilt worden war. Er machte die Kommunikation nicht nur bedeutend leichter, abgesehen davon war er auch ein sehr guter Soldat. Außerdem hatten die Afghanen den Hang dazu, Samir mehr zu vertrauen. Das war auch der Grund, warum Lukas wieder darauf bestanden hatte, ihn mitzunehmen. Und Svenja. Sie könnte ein Vorbild sein, dafür, dass man als Frau genauso viel erreichen konnte wie ein Mann. Aber dazu musste man in die Schule gehen dürfen.

Gemeinsam mit der Bundeswehrärztin war Svenja nun bei dem Mädchen, das mit bandagiertem Bein auf dem Bett lag. Ihre Mutter und ihre kleinen Geschwister waren bei ihnen. Im Gegensatz zu vielen anderen Frauen trug die Mutter weder eine Burka, noch einen festen Schleier. Lediglich ein buntes Seidentuch war leicht um die Schultern geschlungen und umfasste den hinteren Dutt, nicht aber die vorderen Haare.

Wenn sie schon bei *dieser* Familie auf Widerstand stießen, wie würde es bei den anderen Familien sein? Wenn sie schon hier nicht weiterkamen, obwohl die Familie einen fortschrittlichen Eindruck machte ...

»Hör mal, wenn du gereizt bist, dann bringt uns das nicht weiter.« Samir legte seine Hand auf Lukas' Schulter.

Ruckartig drehte Lukas sich um und starrte Samir so sauer an, dass dieser zurückwich.

Doch er gab noch nicht auf. »Wenn du das nicht unter Kontrolle hast, dann geh lieber raus und lass mich das fortführen.«

»Blödsinn.« Lukas schüttelte Samirs Hand ab.

»Beherrsch dich«, fügte Samir hinzu, bevor er sich wieder dem Vater zuwandte und etwas in Dari sagte, der Sprache, die in Afghanistan vom Großteil der Bevölkerung gesprochen wurde. Nachdem er die Antwort gehört hatte, drehte er sich zu Lukas um. »Er sagt, dass er Angst hat. Wenn die Taliban zurückkommen und bemerken, dass seine Tochter in die Schule geht, werden sie ihn hängen und dann ist seine ganze Familie verloren und der Gang zur Schule war umsonst.«

Lukas wandte sich leicht ab und massierte sich die Schläfe. Langsam nickte er. »Okay, aber ... Ach, keine Ahnung. Was sagt man denn zu sowas?«, fragte er Samir.

Dieser hob unschlüssig die Schultern. Wieder sagte er etwas in Dari. Da Samir sowieso angedeutet hatte, dass er das auch alleine regeln könnte, ging Lukas zum Rest der Familie, der sich im Nebenzimmer auf dem Bett zusammenkauerte. Svenja saß bei ihnen und machte Grimassen für das jüngste Kind. Der kleine Junge lachte daraufhin laut. Auch Lukas musste schmunzeln, dann wurde er aber wieder ernst und wandte sich zu der Ärztin, die die Beine des Mädchens vorsichtig verschob. »Und?«

»Alles in Ordnung. Sie haben sie zu einem guten Arzt gebracht. Das wird gut heilen«, antwortete die Ärztin und packte ihre Utensilien zusammen.

Lukas ging in die Hocke und legte seine Hand auf die kleinen Finger der Elfjährigen. Es tat ihm furchtbar leid, was man diesem Kind angetan hatte. Sie war nicht nur weiblich, sondern auch die Älteste der Kinder und musste sie sich vermutlich viele Rechte härter erkämpfen, als es ihre Schwester tun musste. Zumindest hoffte Lukas, dass es sich irgendwann bessern würde.

Tapfer lächelte das Mädchen und gab ihm so zu verstehen, dass alles in Ordnung war. Lukas nickte und drückte ihre Finger sachte, bevor er wieder aufstand. Solche Gesten waren nicht erwünscht. Als Soldat durfte er sich nicht immer von seinen Gefühlen leiten lassen. Damit zeigte er ziemlich deutlich, dass er die Kultur der Menschen verachtete. Eigentlich sollte er schon froh sein, dass der Vater nicht einschritt, obwohl ein Mann ins Schlafzimmer seiner Kinder ging. Dass er seine Tochter berührte, ging zu weit, auch in den Augen der Bundeswehr.

Aber vielleicht verlor man jegliche Vernunft, wenn man auf einen Mann traf, in den man sich so heftig verliebte, dass einem alles egal wurde. Mit ihrer heimlichen Affäre brachte er Navid in große Gefahr. Wollte er noch mehr Menschen in Gefahr bringen, nur weil er plötzlich damit Probleme hatte, sich neutral und ruhig zu verhalten?

»Er bedauert, dass er es gerne hätte, wenn seine Tochter in die Schule geht, aber er hat schlichtweg Angst«, meinte Samir, der Lukas entgegengekommen war. Offenbar hatte er die kurze Szene nicht gesehen, sonst wäre er richtig sauer geworden. Im Gegensatz zu ihnen konnte er sehr vieles, was hier passierte, besser einordnen und verstehen. Mit seinen Eltern war er erst geflohen, nachdem die Taliban das Gesetz der Scharia eingeführt hatten. Somit hatte er einiges erlebt und wusste, wie groß die Fortschritte bereits waren, die die Menschen hier gemacht hatten.

»Das heißt, er hätte gerne, dass seine Tochter etwas lernt?«, fragte Lukas und sah zu dem Vater, der heftig nickte, obwohl er nicht wissen konnte, worüber sie sprachen.

»Ja.« Samir nickte auch. »Er hat einfach Angst. Das müssen wir akzeptieren.«

»Nein, Samir.« Lukas starrte seinen Kollegen an. »Das dürfen wir nicht akzeptieren. Es gibt in diesem Land inzwischen eine Schulpflicht und wir sind hier stationiert, um aufzupassen, dass das geltende Recht durchgesetzt wird. Wenn das Kind einer solch fortschrittlichen Familie nicht in die Schule geht, was meinst du, passiert mit all den anderen Mädchen?«

Samir sah auf einmal genauso müde aus wie Lukas sich fühlte. Er hob unschlüssig die Schultern.

»Manchmal muss man auch was wagen und mit gutem Beispiel voran gehen. Wenn alle Väter ihre Töchter in die Schule schicken, dann können die

Terroristen ihnen nichts anhaben. Sie können ja wohl nicht alle ermorden, oder?«
Lukas trat näher an Samir heran und zog ihn etwas zur Seite. Zwar konnte der
Vater sie nicht verstehen, aber er starrte aufmerksam zu ihnen und das war ihm
unangenehm. »Vielleicht bin ich naiv, aber wenn sie sich nicht wehren … wenn
sie nicht kämpfen …«

»Bist du derjenige, der ihn dazu zwingt, und dann die Verantwortung für
seine Familie übernimmt, wenn er wirklich mit einem Messer im Rücken hin-
term Haus liegt?«, erkundigte Samir sich mit knurrendem Unterton.

»Glaubst du, für mich ist das alles hier leicht?«, zischte Lukas. Er musste
hier raus, musste an die frische Luft, weg von hier. Weg von dem Mann, der seiner Tochter die Kniescheibe zertrümmert hatte, weg von der Mutter, die das zugelassen hatte, und weg von Samir, der zu Lukas' großem Bedauern nicht unrecht hatte.

Er fühlte sich hoffnungslos, und tiefe Sehnsucht nach Navid überkam ihn.

Jochen, in einem Dorf im Südschwarzwald

»Morgen holst du uns gleich nach der sechsten Stunde von der Schule ab und wir
gehen zu Oma und Opa?«, fragte Mia.

»Genau so machen wird das«, bestätigte Jochen und zog die Decke über den
Körper seiner jüngeren Tochter.

Als er die Decke fürsorglich glattstrich, kicherte sie. »Das kitzelt, Papa«, be-
schwerte sie sich und kuschelte ihre rechte Gesichtshälfte in das weiche Kissen.

»Ich sorge nur dafür, dass du nicht frierst. Ich bin dein Vater, ich muss mich
um dich kümmern.« Jochen versuchte den altbekannten Schmerz zu ignorieren,
der über ihn kam, wenn ihm seine Lage wieder bewusst wurde. Er sagte solche
Dinge nur, weil er glaubte, die anderen daran erinnern zu müssen, dass er noch
für etwas nützlich war. Ein wenig erbärmlich.

»Ich freue mich auf morgen«, murmelte Mia.

»Ich mich auch.« Jochen legte die Hände gegen die Greifringe an seinem
Rollstuhl und lehnte sich vor, um Mia einen Gute-Nacht-Kuss zu geben, dann
richtete er sich wieder auf und wendete seinen Rollstuhl. Morgen hatten die Kinder Schule und er durfte sie nicht vom Schlafen abhalten, nur weil er den ganzen
Tag alleine gewesen war und das Bedürfnis hatte mit jemand zu sprechen.

Bei seiner älteren Tochter Olivia schaute er auch noch kurz ins Zimmer. Ihr
hatte er bereits eine gute Nacht gewünscht. Sie durfte noch etwas lesen und hatte
ihm versichert, dass sie das Buch in einer halben Stunde weglegen würde.
Sicherheitshalber würde er das natürlich später kontrollieren, aber das wusste
Olivia. Bisher hatte sie sich immer daran gehalten und schon geschlafen, wenn
Danielle oder er nach ihr geschaut hatten.

»Spannendes Buch?«, fragte Jochen.

»Ein Krimi ist doch immer spannend, oder?« Olivia hob das Buch hoch und zeigte ihm das Cover. Sie las ein Buch von Enid Blyton. Eine Jugendbuchserie, die es schon zu seiner Zeit gegeben hatte.

»Dann noch viel Spaß und ...«

Olivia lachte. »… und les nicht mehr so lange«, führte sie seinen Satz zu Ende und nickte eifrig. »Nur noch das Kapitel, Papa.«

»Wunderbar.« Jochen gab ihr einen Luftkuss. Den erwiderte sie und Jochen wartete einige Sekunden, bevor er die Hand hob und so tat, als würde er ihn fangen.

»Du bist cool, Papa«, sagte Olivia und widmete sich wieder ihrem Buch.

Einen Moment blieb Jochen noch in der Tür sitzen und betrachtete seine Tochter, dann fuhr er rückwärts auf den Flur hinaus und zog die Tür zu.

Die Treppe konnte er entweder mit dem Lift bewältigen, den sie nach dem Unfall hatten einbauen lassen, oder er rutschte auf seinem Hintern die Stufen nach unten, wo er einen zweiten Rollstuhl stehen hatte, weswegen er dort ebenfalls mobil wäre. Den Rollstuhl im Erdgeschoss nutzte er auch draußen. Heute war er unterwegs gewesen und bisher noch nicht dazu gekommen, ihn zu säubern. Deswegen entschied er sich für den Lift, um seinen ›Hausrollstuhl‹ mitnehmen zu können. Wie man es auch drehte oder wendete: Beides war aufwendig.

Der Umbau des Hauses war damals teuer gewesen und die Versicherung hatte nicht alles übernommen. Doch umziehen war auch keine Alternative. Hier waren sie zu Hause. Sie alle liebten das Haus und den großen Garten. Und wohin hätten sie ziehen sollen? Hier gab es nur alte Bauernhäuser, die alles andere als behindertengerecht waren. Es wäre zu teuer gewesen, nochmal neu anzufangen und ein zweites Haus zu bauen, denn sie hätten das jetzige Haus vermutlich nicht zu einem guten Preis verkaufen können, weil hier niemand leben wollte.

»Ich mache mir einen Tee, willst du auch einen, Schatz?«, rief er ins Wohnzimmer hinein, wo er seine Frau vermutete. Doch sie war nicht da. Verwundert schloss Jochen die Tür, damit die wohlige Wärme des Kamins nicht hinausströmte, und machte sich auf die Suche nach Danielle. Sie saß im Arbeitszimmer.

»Ich muss nur noch kurz ...«, murmelte sie und hielt mitten im Satz inne. Gebannt starrte sie auf den Bildschirm des Laptops. Neben ihr lagen ihre Aktentasche aus dem Büro und das Diensthandy.

»Arbeitest du noch?«, fragte Jochen genervt.

»Ich habe eine wichtige E-Mail erhalten«, antwortete Danielle, ohne sich zu ihm umzudrehen.

Jochen krallte seine Finger in die Haltegriffe seiner Räder und spürte, dass er sich verkrampfte. »Und das kann nicht bis morgen früh warten?«

Endlich blickte Danielle hinter sich und nahm sich wenigstens die Zeit, ihm ordentlich zu antworten. »Es ist wirklich eine wichtige E-Mail, Jochen. Ich bin ja gleich fertig.«

»Woher weißt du überhaupt, dass du eine wichtige E-Mail bekommen hast?«, forderte Jochen. Dass seine Stimme so sauer klang, wollte er eigentlich gar nicht, aber es war ihm schon immer schwergefallen, seine Gefühle unter Kontrolle zu halten.

»Ich habe halt kurz reingeschaut.« Danielle presste die Lippen zusammen. »Je länger du jetzt mit mir diskutierst, desto länger wird es dauern, bis wir es uns zusammen im Wohnzimmer gemütlich machen können.«

»Es ist kurz nach neun«, erinnerte Jochen sie.

»Ich weiß.« Danielle seufzte. »Nur noch ganz kurz, okay?«

»Sicher«, knurrte Jochen, fuhr aus dem Raum und wendete auf dem Gang schwunghaft. Die Tür des Zimmers hätte er gerne zugeknallt, aber das war gar nicht so leicht, wenn man im Rollstuhl saß. Stattdessen warf er seiner Frau einen wütenden Blick zu, doch das bemerkte sie nicht, weil sie schon wieder auf ihren Laptop sah. Jochen schüttelte den Kopf und rollte durch den Flur.

Eigentlich sollte er seine Frau unterstützen. Dass sie nun Karriere machte, nachdem sie so lange auf die Kinder aufgepasst hatte, war großartig. Er sollte es ihr gönnen. Jahrelang war er arbeiten gegangen, während sie wegen der Kinder zu Hause geblieben war. Jetzt war sie an der Reihe. Wieso konnte er sich nicht mit ihr freuen?

Während er den Tee vorbereitete und einige Kekse auf einem Teller anrichtete, wurde seine Laune langsam wieder besser. Wenigstens konnte er es sich schon mal gemütlich machen und Danielle würde sich bestimmt freuen, wenn alles vorbereitet war. Das ist auch eine Art sich sinnvoll einzubringen, oder?

Er stellte alles auf ein Tablett und zog dieses dann auf seinen Schoß. Vorsichtig rollte er über das Parkett ins Wohnzimmer und platzierte die Tassen mit Tee und den Teller mit den Keksen auf dem Wohnzimmertisch. Er schaltete den Fernseher an, setzte sich auf das Sofa und schob den Rollstuhl aus dem Weg, damit seine Frau Platz hatte und sich zu ihm setzen konnte. Gedankenverloren suchte er einen Sender und begann den rechten Stumpf zu massieren, der heute deutlich mehr schmerzte. Auf die Nachrichten achtete er gar nicht, er versuchte sich einfach nur zu entspannen. Erst als er mit der Massage innehielt und sich vorlehnte, um nach der Tasse zu angeln, sah er auf den Bildschirm.

Erschrocken zuckte er zusammen. Dieses Gesicht kannte er doch! Wie konnte das nur möglich sein?

»Danielle«, rief er aufgeregt. »Schau nur, wer in den Nachrichten ist!«

Fabian, in der Justizvollzugsanstalt Weiterstadt

Unruhig knetete Fabian seine Finger. Diese blöde Angewohnheit, sich auf die Lippen zu beißen, wenn ihm etwas unangenehm war, hatte er sich auch hier im Knast nicht abgewöhnen können. Im Gegenteil: Es war noch schlimmer geworden! Oder hatten sich nur die Situationen gehäuft, in denen er sich überfordert fühlte?

Seine Exfreundin hatte es immer süß gefunden. Sie hatte gelacht, war zu ihm gekommen und hatte ihn in den Arm genommen. Selbst wenn sie gerade gestritten hatten. Wenn er sich auf die Lippen biss, war sie verloren gewesen und sie hatte ihm keine Sekunde mehr böse sein können. Zumindest wenn es ein dummer Streit gewesen war.

Was sie jetzt wohl gerade trieb? Was sie wohl machte? Normalerweise verbot er sich jeden Gedanken an sie. Er vermisste sie und er vermisste das Leben, das er mit ihr gehabt hatte, deswegen schmerzte es nur, wenn er sich erinnerte.

Er versuchte eigentlich nicht mehr an sie zu denken.

»Herr Schmöl, Sie müssen doch zumindest eine Präferenz haben?« Frau Pesch seufzte leise.

»Ich weiß einfach nicht, was ich will. Und ich quäle mich mit dem Druck, mich entscheiden zu müssen.« Fabian hob die Schultern.

»Einfach hier zu bleiben, ist keine Option, das wissen Sie.« Vermutlich sollte es ein Witz sein, aber Frau Pesch klang sehr ernst dabei.

Fabian runzelte die Stirn. »Nein, natürlich nicht. Man kann sich ja nicht freiwillig in den Knast einbuchten lassen.«

»Sie sind nicht der Erste mit diesem Problem«, betonte Frau Pesch.

Fabian kratzte sich an der Stirn. »Ich will ja raus. Die ganze Zeit konnte ich es kaum erwarten, aber jetzt, wo es konkret wird … Ja, ich habe Angst davor. Jahrelang wurde für mich entschieden und jetzt muss ich alleine Entscheidungen treffen, die für meine ganze Zukunft ausschlaggebend sind.«

Frau Pesch lachte leise. »Ich verstehe Sie ja. Aber anders geht es nun mal nicht.«

»Man hätte mich vielleicht früher darauf vorbereiten sollen, indem man mir die Wahl gelassen hätte, was ich esse oder wann ich dusche. Dann hätte ich nicht so viel Panik davor, mich falsch zu entscheiden.« Fabian löste seine Finger und legte sie auf die Tischplatte.

»In einem Gefängnis gibt es nun mal Regeln. Wenn sich jeder das Essen aussuchen dürfte, dann wäre das nichts anderes als ein Restaurant. Wie soll der Staat das finanzieren? Und wie soll er das vor dem Steuerzahler rechtfertigen?« Frau Pesch lehnte sich nach hinten und legte ihre Hände auf den Bauch.

»Ja, das ist schon klar.« Fabian verzog das Gesicht. Glaubte sie wirklich, dass er seinen Einwand ernst gemeint hatte? Blödsinn. Das war einfach nur ein schlechter Scherz - mit einem Körnchen Wahrheit.

»Vielleicht würde Ihnen eine religiöse Sicht der Dinge weiterhelfen?« Frau Pesch sortierte die Blätter in seiner Akte.

»Sie meinen, Gott soll mir sagen, ob ich nach Berlin oder zu meiner Mutter ziehen soll?«, hakte Fabian erstaunt nach. Als Frau Pesch nickte, rutschte ihm ein Lachen aus der Kehle. »Ganz ehrlich, ich bin schon vor längerem aus der Kirche ausgetreten. Damit kann ich so gar nichts anfangen.«

»Es wäre eine weitere Möglichkeit. Sie schöpfen ja bereits alle Angebote aus, die die Gefängnisleitung Ihnen ermöglicht. Sie haben mit einer Psychologin gesprochen. Sie sprechen regelmäßig mit mir. Verstehen Sie mich nicht falsch, ich kann Ihr Problem wirklich gut verstehen, aber eigentlich sind unsere Gespräche dazu da, andere Dinge zu besprechen. Ich soll Sie optimal auf den Start da draußen vorbereiten und uns läuft langsam die Zeit davon. Ihre Entlassung rückt immer näher. Wir wissen nicht einmal, wo Sie wohnen wollen, dabei müssen wir uns noch um Ihre Bewerbungen und die Wohnungssuche kümmern.« Frau Pesch zog eine Broschüre aus dem Stapel mitgebrachter Papiere heraus und nickte zufrieden. »Genau. Priester, Pfarrer, Imane, Diakone - also die große Auswahl.«

Fabian schüttelte den Kopf. Dann hielt er inne und dachte intensiver darüber nach. »Ich habe einen Freund«, begann er und schüttelte erneut den Kopf. »Ich hatte einen Freund«, korrigierte er. »Anfangs hat er mich hier noch besucht, aber ich ... Später hat es nicht mehr geklappt. Und ich wollte ihn nicht damit belasten. Also ...«

»Sie haben die Freundschaft beendet?«, erkundigte sich Frau Pesch.

Fabian nickte. »Genauso wie ich die Beziehung zu meiner Freundin beendet habe. Ich habe es nicht ertragen, die Menschen zu sehen, die wegen mir leiden. Selbst meiner Mutter habe ich die Besuche eingeschränkt.«

Frau Pesch seufzte. »Sie wissen ja, was ich davon halte. Jeder Mensch braucht Kontakt. Gerade jemand, der im Gefängnis sitzt. Das wäre wirklich wichtig für Sie gewesen.«

»Ich ... glaube, ich brauche keine Seelsorge. Ich bin wirklich nicht der Typ, der da zusammen mit einem Priester in der Zelle kniet und Gott darum anfleht, ein Zeichen zu geben, wo ich in Zukunft leben möchte.«

»Nun, heutzutage wird die religiöse Begleitung etwas anders ausgeübt. Es wird als echte Begleitung verstanden, als Beratung für Lebensplanung. Also genau das, was Sie brauchen.« Frau Pesch schloss die Akte, als Zeichen dafür, dass die Gesprächszeit vorbei war.

»Nein. Ich glaube nicht, dass ich das brauche.« Fabian lächelte sie an. »Danke, für Ihre Hilfe, aber ich weiß jetzt, was ich wirklich benötige.«

Nele, in Washington, D.C.

»Mein Planet hat wirklich die besten Voraussetzungen«, schwärmte Nele und ignorierte Brians Lachen. »Vermutlich ungefähr so groß wie unsere Erde, in der habitablen Zone und mit einem jupiterähnlichen Gasriesen im gleichen Sonnensystem.«

»Das hast du mir schon tausendmal erzählt.« Brian lag neben ihr, direkt auf dem Laken, anstatt darunter, vollkommen nackt, und rauchte. Nele hasste den Geruch, aber dieses Mal war sie nicht in der Verfassung, Brian deswegen zu rügen. Dass ihr Planet, nach wie vor namenlos, einfach perfekt war, beflügelte sie. Sie hatte eine richtig tolle Entdeckung gemacht. Die Entdeckung war so toll, dass sie sogar zusammen mit ihrem Chef den Antrag gestellt hatte, dass der Planet mit dem Weltraumteleskop näher betrachtet wurde. Er hatte immerhin die perfekten Bedingungen. Flüssiges Wasser könnte wegen der idealen Temperatur vorhanden sein. »Wenn wir flüssiges Wasser finden ...«

»Dann ist uns auch noch nicht geholfen.« Brian drückte die Zigarette aus. »Du weißt, dass eigentlich nur der Nachweis von Chlorophyll ausschlaggebend ist und das können wir zurzeit noch nicht leisten.«

»Aber wir sind gerade dabei, leistungsstärkere Teleskope zu entwickeln. Vielleicht könnte mein Planet davon profitieren«, überlegte Nele.

»Verlier dich bitte nicht in Tagträumen«, warnte Brian. »Du bist in deiner Abteilung ein ganz kleines Licht. Viel zu jung, Ausländerin. Glaubst du, die lassen zu, dass du die große Entdeckung machst, auf die sie seit Jahren hoffen? Das bezweifle ich.«

Nele verzog das Gesicht. »Mein letzter Freund hat mich stets ermutigt, anstatt mich auszubremsen.«

»Ich will dich nicht ausbremsen, ich will dich lediglich auf den Teppich zurückholen. Du hast deine Doktorarbeit in Deutschland geschrieben.« Brian drehte sich zu ihr um und legte seine Hand auf ihren Bauch.

»Ja, und?« Nele rückte ein wenig von ihm ab. Sie spürte, dass ihre Euphorie und ihre Freude langsam verschwanden. Stattdessen empfand sie Gereiztheit.

Brian seufzte. »Komm, sei nicht böse. Ich gönne dir den Erfolg und ich würde mir wirklich sehr wünschen, dass du den ganz großen Fang gemacht hast.«

»Aber?«, fragte Nele laut.

»Aber, es ist äußerst unwahrscheinlich. Wir kennen dutzende erdähnliche Planeten in der habitablen Zone und keiner ist bisher näher untersucht worden.« Brian legte seine Hand wieder auf ihren Bauch und dieses Mal ließ Nele es zu. »Ich möchte doch nur nicht, dass du am Ende enttäuscht bist.«

»Nein, bin ich schon nicht.« Nele legte sich ebenfalls auf die Seite und betrachtete die roten Haare und die Sommersprossen auf Brians Gesicht. Er war keine typische Schönheit, aber dennoch mochte sie sein Aussehen sehr.

Früher hätte sie nie gedacht, dass sie mal einen Mann wie ihn attraktiv finden könnte. Normalerweise stand sie eher auf dunkelhaarige Männer mit sonnengebräunter Haut und kräftigen Schultern. Ihr Exfreund war viel muskulöser und größer gewesen, als es Brian war. Brian war kein Mann, bei dem eine Frau sich beschützt fühlen konnte. Doch das hatte sein Vorgänger ja auch nicht geschafft, obwohl er immer den Eindruck vermittelt hatte. Stattdessen hatte er sie von sich weggestoßen, zu einer Zeit, als sie ihn am meisten gebraucht hatte.

Als Brian und sie das erste Mal miteinander ins Bett gegangen waren, hatte Nele ihn überhaupt nicht attraktiv gefunden, das war erst mit der Zeit gekommen. Heute mochte sie seine helle Haut und die Tatsache, dass sie sich nicht auf die Zehenspitzen stellen musste, um ihn zu küssen. Wenn sie einander umarmten, waren sie gleich groß, was viel bequemer war. Manchmal, wenn sie nachts nicht schlafen konnte, und Brian neben ihr lag, streichelte sie über seine Brust, über die roten feinen Härchen, die dort wuchsen, und zählte die Sommersprossen, die sich nicht nur über sein Gesicht, sondern auch über seinen Oberkörper erstreckten.

Wenn Brian lachte, fand Nele das schön. Und seine Hände liebte sie, denn sie waren weich und immer warm. Und sehr talentiert. Selbst seinen Penis mochte sie, obwohl es für sie anfangs ein wenig ungewohnt gewesen war. Als Jude war Brian als kleiner Junge beschnitten worden. Inzwischen fand sie es gar nicht mehr so ungewöhnlich.

Klassisch verliebt war sie nicht. Sie waren beide einsam gewesen, hatten keine Freunde gehabt und sich ab und zu mal getroffen. Dass sie im Bett gelandet waren, war irgendwie die logische Konsequenz. Da sie beide sehr viel arbeiteten und wenig Zeit für Kino oder Spaziergänge hatten, waren sie sehr schnell bis zum Äußersten gegangen und hatten die Nächte miteinander verbracht.

»Bist du müde?«, fragte Brian.

»Ein bisschen.« Nele schloss die Augen, als Brian seine Hand an ihren Haaransatz legte und sie leicht massierte. Seit sie den Planeten entdeckt und fast wöchentlich neue, sehr vielversprechende Erkenntnisse machte, war sie oft verkrampft und litt unter Rückenschmerzen. Ihr Augenlid zuckte manchmal sogar, weil ihre Augen von dem ständigen Starren auf den Bildschirm müde waren. Es war nervend, aber Nele hatte keine Lust, zu einem Arzt zu gehen. Ihre Mutter hatte ihr am Telefon geraten, mehr Magnesium zu nehmen, was Nele auch machte. Sie hoffte, dass es dadurch etwas besser gehen würde.

»Hast du noch Lust?« Nele spürte Brians Lippen auf ihrer Stirn.

»Ich weiß nicht, ob ich dazu noch Kraft habe«, murmelte sie erschöpft.

Brian lächelte. Sie konnte es nicht sehen, weil sie die Augen immer noch geschlossen hielt, aber sie spürte es, weil er seine Lippen nach wie vor gegen ihre Haut drückte. »Du musst ja nichts tun. Entspann dich nur.«

»Okay.« Nele rollte sich auf den Rücken zurück und genoss die Streicheleinheiten. Irgendwann schlief sie ein.

Nicole, an der südlichen Küste von Nigeria

»Schau, da vorne.« Tayo zeigte auf die Baumgruppe nach links.

»Ein junger Elefant.« Nicole wagte kaum laut zu sprechen, obwohl die Tiere sie unmöglich von hier aus hören konnten. Sie waren viel zu weit weg.

»Nur wenige Wochen alt«, bestätigte Tayo.

Nicole schwieg und starrte auf die Herde, die dicht gedrängt unten am Fluss stand und etwas gelangweilt wirkte. Mit ihren Rüsseln nahmen sie Sand auf, welchen sie auf ihren Rücken niederrieseln ließen. Noch nie zuvor hatte sie eine Elefantenherde in freier Wildbahn gesehen. Zwar war sie schon einige Zeit in Nigeria, aber bisher hatte sie sich nur in den großen Städten aufgehalten. Seit sie hier im Dschungel war, hatte sie das Dorf nicht verlassen. Die Tiere hielten sich fern von Siedlungen.

Es war Tayos Idee gewesen, ihr die Natur zu zeigen. Der Geländewagen war heute unbenutzt geblieben, weil keiner von ihnen wegfahren musste und so hatte er die Chance ergriffen und sie auf eine kleine Privatsafari eingeladen.

Nicole schmiegte sich gegen seine Knie und strich mit ihrer Hand über die nackte schwarze Haut an den Schienbeinen. Er saß auf einem Stein, sie auf seinem Shirt auf dem Boden. Die Sonne brannte heiß auf sie herab, aber Nicole hatte sich gut eingecremt und trug einen Sonnenhut, ein unverzichtbares Hilfsmittel, wenn man hier unterwegs war. Es gab nicht viele Bäume, die ihnen Schatten spenden konnten.

»Das ist das Nigeria, das ich liebe«, meinte Tayo leise und knetete mit seinen starken Händen ihren verspannten Nacken. »Diese unberührte Natur und der Vorteil, dass man hier auch Plätze finden kann, an denen man alleine ist.«

»Ähm.« Nicole drehte sich um. »Ist Nigeria nicht das bevölkerungsdichteste Land der Erde?«

Tayo lachte und seine weißen Zähne blitzen wegen seiner Hautfarbe kontrastreich hervor. »Nun, die versammeln sich aber eher in den vollgestopften Hauptstädten. Hier ist weit und breit keine Seele.«

»Ja, das stimmt.« Nicole sah wieder zu den Elefanten. »Nur die Elefanten und wir zwei.« Und vielleicht ein ungeborenes Baby, fügte Nicole in Gedanken hinzu und verzog verärgert das Gesicht, noch während der Geistesblitz frisch war. Sie sollte endlich aufhören, sich über die positiven Schwangerschaftstests zu freuen. Sie waren nach wie vor nur blass. Irgendwas stimmte nicht. Der Ausflug zeigte ihr wieder deutlich, wie schrecklich es wäre, ein Kind mit Tayo zu bekommen. Auch wenn seine Eltern im Gegensatz zu vielen anderen Bewohnern relativ liberal waren, wären sie sicherlich nicht begeistert, wenn er ein uneheliches Kind in die Welt setzen würde. Und dann noch mit einer Weißen. Ganz davon abgesehen konnte Nicole sich nicht vorstellen, hier in diesem Land ein Kind großzuziehen. Und Tayo liebte Nigeria. Das zeigte er gerade sehr eindeutig. Er würde sich in Deutschland überhaupt nicht wohl fühlen.

Sie sollte erleichtert sein, wenn sich das Problem von alleine lösen würde. Bei diesem Gedanken jedoch überfiel sie kaltes Grauen. Sie wollte dieses Kind. Eigentlich wollte sie dieses Kind wie nichts auf der Welt.

»Nigeria ist in vielerlei Hinsicht ein Albtraum«, fuhr Tayo fort. »Die Gewalt, die Armut, der Hygienemangel und die Korruption. Aber dennoch möchte ich dir verdeutlichen, wie schön Nigeria auch sein kann.«

»Wieso?« Nicole starrte unfokussiert nach unten zum Fluss. Wieso kam Tayo ausgerechnet heute auf die Idee, ihr das zu zeigen? War das nicht ein denkbar schlechter Zeitpunkt? Oder wusste er etwa von den Schwangerschaftstests?

»Mir hat die Sache mit dem Mädchen so leidgetan. Du warst so entsetzt und wütend und traurig. Mir ist es wichtig, dass du meine Heimat kennenlernst und schätzt. Nicht alles hier ist schlecht.«

Nicole stockte der Atem. »Dieses Mädchen ...«

»Ich weiß.« Tayo umarmte sie von hinten und zog sie ganz dicht an seine Beine. »Ich weiß, Nicky, ich weiß. Es ist schrecklich. Aber siehst du es denn nicht? Nigeria entwickelt sich, vielleicht langsam, aber ... Irgendwann ...«

»Ich greife ja nicht *dich* damit an«, betonte Nicole. Tayo hatte ihr mal erzählt, dass seine Eltern sich geweigert hatten, seine Schwestern beschneiden zu lassen. Es gab zwei Männer, die deswegen einer Heirat mit der Älteren nicht zugestimmt hatten. Allerdings hatte sie mit Anfang 20 einen netten Mann gefunden, mit dem sie zusammen in der Hauptstadt lebte. Es war eine Wahlheirat gewesen, Liebe. Es gab also tatsächlich Fortschritt. Andererseits war die Familie von Tayo sicherlich eine Ausnahme. Es gab viel zu viele Gegenbeispiele. »Manchmal habe ich das Gefühl, gegen Windmühlen ankämpfen zu müssen. Ich kämpfe und kämpfe und erreichen kann ich doch nichts. Die westlichen Länder der Welt verschließen die Augen vor dem Elend und lassen die Menschen hier qualvoll an Ebola verrecken, und wundern sich dann, wenn die Flüchtlingsströme wieder mehr werden. Das macht mich manchmal so wütend. Und manche Nigerianer sind so verstockt. Es gibt so viele, die sich weigern, eine Impfung anzunehmen, weil sie mir nicht vertrauen. Es ist schrecklich.«

Tayo seufzte. »Ja, vielleicht.«

»Vielleicht?« Nicole sah ihn an und runzelte die Stirn.

»Wir sind auf einem guten Weg«, betonte Tayo. »Und es sind Menschen wie du, die uns dabei helfen werden. Du erreichst so viel, indem du den Menschen hier hilfst.«

»Ja?« Nicole bezweifelte das.

»Ja«, sagte Tayo fest und küsste ihr blondes Haar. Sie wusste, dass ihre Haare das Erste gewesen waren, was ihm an ihr aufgefallen war. Er war verrückt nach dieser hellen Farbe und hatte sogar mal angedeutet, er würde ihr verbieten, sie abzuschneiden. Daraufhin hatte es Streit gegeben, weil Nicole es nicht mochte, wenn er so besitzergreifend war.

Nicole lehnte sich gegen seine Arme und starrte wieder zu den Elefanten. Ein erwachsener Elefant war inzwischen zu dem jungen Elefanten gelaufen und trieb ihn zurück zur Herde. Es sah fast menschlich aus, wie er drängelte und das Kleine immer wieder versuchte auszubüchsen. »Möchtest du eigentlich mal Vater werden?«, fragte Nicole. Sobald die Frage über ihre Lippen gerutscht war, bereute sie es.

Tayo schwieg, was Nicole unruhig werden ließ. Gerade als sie akzeptieren wollte, dass sie nichts mehr von ihm hören würde, machte er den Mund auf. »Ja, sicher.«

»Mit mir?«, fragte Nicole. Nun hatte sie sich schon auf gefährliches Terrain begeben, da konnte sie auch weitermarschieren.

»Vielleicht«, antwortete Tayo.

»Vielleicht?«, fragte Nicole. Ihr Herz klopfte fest in der Brust. Sie spürte, dass sie sich versteifte. Sie hatte Angst vor der Antwort. So viel hing von ihr ab. Mehr als Tayo ahnte.

»Nun, mein Herz sagt ja«, meinte Tayo und ließ sie los, indem er auf seine Brust klopfte. »Aber der hier, der sagt nein. Es wäre zu kompliziert. Zu schwierig. Und zu gefährlich.« Er zeigte auf seinen Kopf.

Nicole nickte langsam. Damit hatte er wohl recht. Sie fragte sich, wie seine Antwort ausgefallen wäre, wenn er gewusst hätte, dass sie bereits sein Kind unter dem Herzen trug.

Samuel, auf der Nordseeinsel Pellworm

Samuel presste seine Handflächen gegen das Gesicht. Vollkommene Stille umgab ihn. »Wieso musstest du mich testen? Wieso musstest du mich verführen? Wieso ausgerechnet sie? Wieso wirkt sie so attraktiv auf mich und wieso habe ich das Gefühl, überhaupt keinen Willen mehr zu haben?«, flüsterte er gegen seine Hände und versuchte sich von allen irdischen Problemen zu lösen. Ganz bei Gott zu sein. Bei sich und bei Gott. Doch dieses Mal gelang es ihm nicht. Er spürte, dass er zwar versuchte, alles um sich herum zu ignorieren, aber er konnte sich nicht ganz auf sein Gebet einlassen. Enttäuscht ließ er seine Hände fallen und legte sie auf die Ablagefläche für die Gesangbücher. Er drückte sie so fest gegen das Holz, dass seine Unterarme zitterten.

Während des Gottesdienstes stand er immer oben am Altar, doch wenn er die Kirche für sich alleine hatte, so wie jetzt, dann bevorzugte er eine gewöhnliche Holzbank. Meist gelang es ihm hier besser, Verbindung zu Gott aufzubauen. Vielleicht war das ein Zeichen. Vielleicht hätte er doch niemals Priester werden dürfen. Vielleicht hätte er einen ganz passablen Katholiken abgegeben, wäre regelmäßig zur Kirche gegangen, hätte sich ehrenamtlich engagiert und Stella geheiratet.

Er war nicht ohne Grund hier, versetzt in den Norden, weil der Bischof aus seinem ehemaligen Dekanat das für eine gute Idee gehalten hatte. Hauptsache weg. Zu groß waren die Fehler, die er gemacht hatte, zu riesig die Versäumnisse, die er sich geleistet hatte. Damals hatte Gott ihn schon einmal auf die Probe gestellt und wie damals fühlte Samuel sich einfach nicht in der Lage, das Richtige zu tun. Damals hatte er sich ebenfalls willenlos gefühlt, der Möglichkeit beraubt, mit Gott zu kommunizieren, Kontakt aufzunehmen. Auch damals hatte er sich einfach treiben lassen, ohne sich aufraffen zu können. Wollte er das wirklich alles wiederholen? Wollte er erneut seine Gefühle alles kontrollieren lassen? Wieder der Gemeinde verwiesen und einem neuen Dekanat zugeordnet werden?

Und wer sagte ihm, dass er überhaupt nochmal eine Chance erhielt? Arbeitslose Pfarrer hatten es sehr schwer. Was sollten sie auch tun? Ihre Ausbildung war so speziell. Andererseits wurden Pfarrer so dringend gesucht, dass er vermutlich eine weitere Chance erhalten würde, irgendwo in einer kleinen Gemeinde. Aber war das auch richtig? War er tatsächlich geeignet, als Pfarrer eine Gemeinde zu leiten? Hatte er sich nicht schon längst disqualifiziert mit seinem Verhalten damals in seiner ehemaligen Gemeinde? Dieser Beruf machte ihm Spaß und er war sicher, dass er eigentlich nicht schlecht in dem war, was er da machte. Somit würde er sich zusammenreißen müssen. Deswegen wollte Samuel gar nicht aufhören, in dieser Gemeinde zu arbeiten. Er empfand es als ein Privileg, hier arbeiten zu können. Er durfte die Menschen in ihren schlimmsten Krisen begleiten und ihnen Mut und Hoffnung vermitteln. Trotz aller Skandale in der Vergangenheit stand er noch voll und ganz hinter der katholischen Kirche. Seiner Meinung nach gab es nur zwei Möglichkeiten: Entweder alle Katholiken traten aus und lebten ohne Religion weiter, oder die Geistlichen arbeiteten hart an sich und versuchten die Kirche den Menschen so anzupassen, dass sie sich dort wohlfühlen und nicht in ihrem Alltag eingeschränkt waren.

Samuel war sicher, dass Gott absolut nichts gegen Reformen hatte. Vielleicht bestanden einige starre Regeln auch nur, weil er missverstanden wurde. Immerhin hatte er Jesus zu ihnen geschickt, der erneut alles erklärt hatte, und genau genommen selbst eine Modernisierung gewesen war. Hatte er nicht von Güte und Vergebung gesprochen? Trotzdem waren die Menschen hart und verbannten andere, die Fehler gemacht hatten. Hatte Jesus nicht ausdrücklich das Menschliche gelobt und dazu aufgefordert, mehr Mensch zu sein?

Die katholische Kirche war noch weit davon entfernt, Mensch zu sein. Den Gläubigen wirklich zu dienen, anstatt eine Institution zu sein, die Regeln auferlegte und in ein Lebenskonstrukt zwang.

Aber Samuel wollte nicht aufgeben, wollte der katholischen Kirche nicht den Rücken kehren, weil er fest daran glaubte, dass es gut war, wenn die Menschen neben dem Staat noch einen Ort hatten, an dem sie Beratung und Hilfe erhielten. Deswegen wollte er kämpfen. Wollte einen Ort erschaffen, in dem alle zu Gott finden konnten. Das war auch der Grund, warum er Geschiedenen und Homosexuellen den Segen für die Ehe gab, warum er interreligiöse Ehen unterstützte, indem er ökonomische Trauungen hielt und gemeinsam mit Imame arbeitete. Er hielt es für falsch, dass Jugendliche keine Verhütungsmittel nutzen durften, und sprach das auch in seinem Firmunterricht an. Eine Frau, die abgetrieben hatte, durfte zu ihm kommen, um Trost zu erfahren, Menschen, die im Gefängnis saßen, erhielten seinen Respekt anstatt seine Abneigung, und auf andere Religionen war er neugierig, anstatt alles abzulehnen, was er nicht kannte und somit beurteilen konnte.

Bei all dem, davon war er überzeugt, hatte er den Segen von Gott. Der Gott, an den er glaubte, war ein Gott der Milde und der Belohnung, nicht der Bestrafung und der Grausamkeit.

Doch was war mit dem Zölibat? Hielt er auch das für eine unnötige Regel, ein längst überholtes Konstrukt, das den Menschen irrtümlich auferlegt worden war? Was sagte Gott dazu, dass er sich in Stella verliebt hatte. Wollte er ihn wirklich testen, oder befürwortete er, dass Samuel seine irdischen Bedürfnisse auslebte?

Wer weiß, vielleicht würde ihm das Beten ja wieder leichter fallen, wenn er für Entspannung gesorgt hatte. Grimmig schüttelte er den Kopf. Ganz so einfach wollte er es sich nicht machen. Aber das Gespräch mit Gott hatte ihn heute nicht weitergebracht, stattdessen hatte er in der kalten Kirche auf dem Boden gekniet und das gemacht, was er auch jetzt machte: Gegrübelt.

Vielleicht brauchte er einen Vertrauten, einen, der nicht bei der Kirche angestellt war, und der die Dinge aus einer anderen Sicht sah.

Lukas, in der Nähe von Kundus in Afghanistan

Schon seit vier Tagen hatte er Navid nicht mehr gesehen. Nachdem er zusammen mit Samir und Svenja bei dem Mädchen gewesen war, das nun mit dem verletzten Bein im Haus ihrer Eltern lag, hatte es viel zu tun gegeben. Sehr viele Eltern weigerten sich nun ebenfalls, ihre Töchter in die Schule zu schicken. Laut afghanischer Verfassung galt aber nun die Schulpflicht für alle und die Soldaten der Bundeswehr waren unter anderem auch deswegen da, darauf zu achten, dass diese Verfassung eingehalten wurde.

Auch Navid war eingespannt gewesen. Ständig wurde er wegen häuslicher Gewalt gerufen. Männer schlugen ihre Frauen und Töchter, wurden selbst Opfer und erhielten Prügel von Verwandten, die auf Zucht und Ordnung bestanden.

Wenn Lukas auf Heimurlaub in Deutschland war, hörte er immer die erstaunten Menschen, die ihn fragten, was er überhaupt noch in Afghanistan triebe. Der Krieg wäre doch schon längst gewonnen, Osama bin Laden tot und die Ordnung wieder hergestellt. Diese Aussage galt nur für Kabul. Hier auf dem Land herrschte immer noch Krieg. Zumindest war die Angst der Menschen vor den Taliban und die Überzeugung, das Gesetz der Scharia durchsetzen zu müssen, spürbar.

In Kabul hatten die Frauen sich bereits an das neue Leben gewöhnt, schminkten sich, zogen sich schick an und schlangen höchstens mal ein lockeres

Tuch über die fein frisierten Haare, wenn sie nach draußen gingen. Hier aber gab es noch genug Frauen, die in Burkas herumliefen. Deswegen waren Navid und seine Kollegen sehr beschäftigt.

Dass sie einander nicht regelmäßiger sehen konnten, lag allerdings nicht nur daran, dass es so viel zu tun gab. Sie hatten Angst und konnten ihre Affäre nicht in der Öffentlichkeit ausleben. Die Familie von Navid bestand aus Fundamentalisten und wäre mehr als geschockt, wenn sie wüsste, dass ihr Sohn schwul war. Selbst bei liberalen Afghanen war die Tatsache, dass Schwule sich zu ihrer Neigung offen bekannten, noch sehr neu und nur schwer zu begreifen. Noch schwerer hatten es natürlich die Lesben. Manchmal bezweifelte Lukas, ob es in dem Land auch nur eine Frau gab, die die Liebe zu anderen Frauen auslebte. Er stellte es sich extrem schwierig vor.

Somit blieb ihnen nur, sich in einer kleinen Einsiedlerhütte im Gebirge neben dem staubigen heißen Tal zu treffen. Immer wenn sie sich im Dorf sahen, setzten sie Körperkontakt nur sehr spärlich ein, dabei war es manchmal schon schön, einander einfach nur zu sehen, heimlich verliebte Blicke auszutauschen, sich anzulächeln. Aber natürlich wollten sie sich auch berühren, miteinander reden und schlafen.

In der Hütte hatte ein Uropa von Navid gelebt. Ganz genau wusste er es nicht. Aber sie war verlassen und niemand kam hier hoch, weil der Weg dorthin lang und unbequem war. Vorsichtig stieg Lukas über das Geröll und hielt sich an den größeren Steinen fest. Es war heiß und der Schweiß lief ihm in die Augen, aber er konnte sie nicht schließen, weil er achtsam auf den Boden sehen musste. Zu schnell könnte er abrutschen und sich einen Knöchel verstauchen. Er wollte unbedingt vermeiden, seine Anwesenheit hier oben erklären zu müssen, wenn er Hilfe bräuchte, nachdem er sich sämtliche Knochen gebrochen hatte. Deswegen war er besonders vorsichtig.

»Nimm meine Hand.«

Lukas blickte auf. Als er in Navids dunkelbraune Augen sah, fühlte er sich auf einmal ganz ruhig. Ohne etwas zu sagen, ließ er seinen Blick über Navids Gesicht huschen. Seine Haare hatte er zu einem Zopf gebunden, sein Bart war nicht mehr so lang, wie noch vor einigen Tagen und die kleine Wunde über dem rechten Auge war bereits am Abheilen. »Es ist toll, dich zu sehen«, flüsterte Lukas.

Navid lächelte. »Komm erstmal hoch. Ich helfe dir.«

Lukas nickte und ergriff Navids Hand. Er ließ sich hochziehen und wartete mit der Umarmung nicht sehr lange, nachdem er festen Boden unter den Füßen spürte. Er schlang seine Arme um Navids Oberkörper und zog ihn fest zu sich heran. »Ich habe dich so vermisst.«

»Lukas.« Navid küsste seinen Hals und vergrub anschließend seine Nase in der Halsbeuge. Das machte er immer so, wenn sie sich lange nicht mehr gesehen hatten. Er nannte nur seinen Namen, sagte aber nichts weiter.

»Wie geht es dir?«, fragte Lukas, nachdem er einige Minuten lang die tröstende und stärkende Umarmung genossen hatte. Er schob Navid von sich weg und betrachtete sein von der Sonne gebräuntes Gesicht. Während Lukas ständig mit Sonnenbrand zu kämpfen hatte und nur eingecremt den Schatten verlassen konnte, schien Navid die Sonne gewöhnt zu sein. Er war auch sehr dunkel. Einen roten Sonnenbrand konnte Lukas sich an Navid nicht einmal vorstellen. »Tut es noch weh?« Vorsichtig berührte er die Verletzung in Navids Gesicht. Er war mit einem Kollegen in ein Haus gerufen worden, wo ein Mann seinen beiden Frauen damit gedroht hatte, sie mit dem Gürtel zu schlagen. Der Sohn hatte die Polizei gerufen. Offenbar hatte eine der Frauen heimlich einen Tanzkurs in einem der größeren Orte besucht und die andere hatte die Nebenfrau verraten. Bei dem Versuch, dem Mann den Gürtel wegzunehmen, hatte Navid selbst etwas abbekommen.

»Es geht«, antwortete Navid in seinem gebrochenen Englisch. Seit er mit Lukas zusammen war, lernte er auch einige Worte Deutsch, aber sie verständigten sich meist in der englischen Sprache. »Lukas.« Sanft strich er über Lukas' Wange, dann zog er ihn fast grob wieder zu sich heran. Als sie sich küssten, war für Lukas alles in Ordnung.

Jochen, in einem Dorf im Südschwarzwald

Obwohl es wieder geschneit hatte und es beschwerlich war, im Rollstuhl durch den Schneematsch zu rollen, war Jochen ins Auto gestiegen und in die Stadt gefahren. Die Straßen waren glatt gewesen, weswegen er hatte langsam fahren müssen. Doch alles war besser, als zu Hause zu hocken und sich so schrecklich zu langweilen.

Leider wusste er nicht so recht, wohin er gehen sollte. Aus diesem Grund fuhr er ziellos durch die Straße und überlegte, ob er etwas aus der Apotheke brauchte. Als er einen Spielzeugladen sah, entschied er, dass er seinen Töchtern etwas kaufen wollte. Der einzige Behindertenparkplatz war besetzt, doch davon wollte Jochen sich nicht unterkriegen lassen. Er parkte auf einem der anderen Parkplätze und versuchte sein Auto so nah wie möglich rechts an die Mauer zu stellen, damit er auf seiner Seite etwas Platz hatte. Er öffnete die Tür und lehnte sie ganz vorsichtig gegen die Tür des neben ihm stehenden Autos. Es war wenig Platz und Jochen hatte keine Ahnung, ob das genug war, um mit seinem Rollstuhl hantieren zu können. Er musste ihn nicht nur aufbauen, er musste auch genug Platz haben, um ihn vom Auto wegzusteuern.

Vielleicht würde das klappen, aber wenn der Fahrer des Wagens wegfahren und sich ein anderes Fahrzeug näher an sein Auto stellen würde, hätte er ein großes Problem.

Genervt sah Jochen nach hinten und betrachtete den auseinandergebauten Rollstuhl auf der Rückbank. Gerade in dem Moment, als er entschied, dass es kaum möglich war, den Rollstuhl in dieser engen Lücke aufzubauen, ohne einen Kratzer am Auto neben ihm zu verursachen, kam ein Mann aus dem Laden gelaufen. Jochen runzelte die Stirn und spürte, dass er wütend wurde, als er erkannte, dass der Mann auf das Auto am anderen Rand zusteuerte. *Der* hatte also auf dem Behindertenparkplatz geparkt, war aber definitiv nicht so schwer behindert, um die Berechtigung dafür zu haben.

Eilig kurbelte Jochen das Fenster herunter und brüllte: »Hey! Sie da!«

Der Fremde stand mit dem Rücken zu ihm und beugte sich in das Auto hinein. Er schien etwas einzupacken.

»Hey«, rief Jochen. »Entschuldigen Sie? Kommen Sie bitte mal kurz her?« Das klang etwas höflicher und vielleicht war das der Grund, warum sich der Mann nun tatsächlich aufrichtete.

»Was ist los?«, fragte er, nachdem er sich umgedreht hatte. »Ich habe es ziemlich eilig.«

»Können Sie mir helfen?«, fragte Jochen. »Ich habe ein Problem.«

»Eigentlich habe ich keine Zeit.« Der Mann hob beide Hände in einer bedauernden Geste.

»Ich bin beidseitig beinamputiert und auf einen Rollstuhl angewiesen. Ich werde durch Menschen wie Sie behindert. Wieso parken Sie auf einem Behindertenparkplatz?«, schrie Jochen und lehnte sich so weit aus dem Fenster hinaus, dass er dem Mann direkt ins Gesicht sehen konnte.

»Ich habe eine Plakette«, antwortete der Mann und zeigte hysterisch auf seine Windschutzscheibe.

Was da hing oder nicht hing, konnte Jochen nicht sehen. Er glaubte dem Mann kein Wort. »Sie sind doch nicht gehbehindert. Erzählen Sie das jemand anderem. Eher sind Sie nicht ganz richtig im Kopf«, sagte er in einer grollenden Stimme. Normalerweise war er nicht so aggressiv, aber der Vormittag, den er nur untätig verbracht hatte, lag ihm immer noch im Magen. An manchen Tagen war er zuversichtlich, es schaffen zu können, aber oft war er so verzweifelt und fühlte sich schrecklich nutzlos.

»Hören Sie mir mal zu.« Der Mann kam auf ihn zugelaufen. »Sie sind nicht der Einzige, der behindert ist. Meine Tochter ist der Grund für die Plakette und genau ihr wollte ich etwas zum Spielen kaufen. Es war kein Parkplatz mehr frei und ich habe keine Zeit, weil ich meine Frau im Krankenhaus ablösen möchte. Also lassen Sie mich gefälligst in Ruhe.«

»Solange Sie Ihre Tochter nicht dabei haben, dürfen Sie trotzdem nicht hier parken«, wies Jochen ihn zurecht.

»Wissen Sie was: Dann zeigen Sie mich doch an«, brüllte der Mann und zeigte mit dem Finger auf ihn. »Oder besorgen Sie sich Prothesen und sorgen Sie dafür, dass Sie den Menschen, die schwerer behindert sind, nicht im Weg sind.

Meine Tochter wird niemals laufen können, auch nicht mit Prothesen.« Ruckartig lief er davon, machte die Fahrertür auf und stieg ein. Er fuhr so hastig vom Parkplatz, dass er fast eine Fahrradfahrerin gestreift hätte, die ihm empört einen Vogel zeigte. Das alles beobachtete Jochen in seinem Seitenspiegel. Anstatt auf den nun frei gewordenen breiteren Parkplatz zu fahren, schloss er das Fenster und hielt sich am Lenkrad fest. Er biss sich auf die Innenwange und presste seine Handflächen gegen das Leder.

Die Frage nach den Prothesen war berechtigt gewesen, aber nicht leicht zu beantworten. Trotzdem fühlte Jochen sich nun noch schlechter und zudem schrecklich bloßgestellt.

Ganz zu Beginn hatte er natürlich immer darauf gehofft, eines Tages mit Prothesen laufen zu können, doch als er das erste Mal eine angepasst bekommen hatte, war es eine Ernüchterung gewesen. Die Haut hatte sich aufgescheuert und sehr wehgetan. Die Koordination beider Beine war schwer, besonders da oberhalb des Kniegelenks amputiert worden war. Die Ärzte hatten ihm schließlich geraten, sich nicht darin zu verbeißen, wenn es für ihn solch eine Qual war. Mit dem Rollstuhl hatte er sich sehr schnell arrangieren können.

Nun fragte er sich allerdings, ob es nicht vielleicht seine Pflicht gegenüber der Gesellschaft gewesen wäre. Ihm stand zwar die Nutzung von Hilfsmitteln zu und er durfte auf dem Behindertenparkplatz parken und Behindertentoiletten nutzen, doch wenn er mit Prothesen klarkommen würde, bräuchte er das alles nicht mehr in dem Ausmaß, wie er jetzt darauf angewiesen war. Vielleicht war es an der Zeit, sich zusammenzureißen und die gesonderten Einrichtungen für die Menschen freizuhalten, die es wirklich benötigten? Immerhin hatte er genug Zeit. Er sollte sich dieser neuen Herausforderung stellen!

Fabian, in der Justizvollzugsanstalt Weiterstadt

Sein Mülleimer quoll schon fast über. In den letzten drei Tagen hatte Fabian den Brief immer wieder begonnen, verworfen und wieder neu damit angefangen. Es fiel ihm schwer, die richtigen Worte zu wählen.

Was sagte man auch zu einem früheren Freund, dessen Hilfe man dringend brauchte, den man aber vor einiger Zeit verprellt hatte?

Erschöpft schüttelte Fabian den Kopf und schob das noch leere Blatt Papier weit von sich. Den Kuli warf er auf die Schreibtischplatte. Er musste dringend hier raus. So langsam fiel ihm die Decke auf den Kopf. Doch auf den Sportkurs und das Abendessen hatte er freiwillig verzichtet und nun würde er die Zelle nicht mehr verlassen dürfen.

Verdammt! Friedelmann hatte es doch auch geschafft! Warum sollte er es nicht auch hinbekommen? Eigentlich hatte Friedelmann sogar etwas viel Mutigeres getan: Er hatte diesen Polizisten direkt kontaktiert. Fabian hingegen wollte lediglich den Kontakt zu seinem früheren Freund herstellen, dem er nicht direkt Schaden zugefügt hatte. Doch indirekter Schaden war manchmal genauso schlimm ...

Unruhig lief er auf und ab und stieß mit dem Finger gegen seine Lippen. Wenn er nicht immer so unsagbar feige wäre ... Aber andererseits, was erwartete er von dieser Kontaktaufnahme eigentlich? Hilfe? Wohl kaum. Warum auch?

Es gab ganz andere Personen, bei denen er sich mal wieder melden sollte. Bei seiner Mutter zum Beispiel. Sie machte sich nach wie vor Sorgen um ihn und wollte wissen, wie er sich seine Zukunft vorstellte. Seit er angedeutet hatte, dass er vielleicht doch noch zu ihr ziehen würde, war sie etwas aufgedreht. Nun bangte sie und hoffte, dass er sich wirklich für sie entscheiden würde, anstatt in das ferne Berlin zu ziehen.

Und dann gab es ja auch noch seine Exfreundin.

Fabian blieb mitten im Raum stehen und starrte an die kargen Wände. Zwar war es erlaubt, Bilder aufzuhängen, aber da Fabian nie gewusst hatte, was seine Wände verschönern könnte, waren sie grau geblieben. In der rechten Ecke stand ein Regal, in dem er ein paar Bücher, ein Kartenspiel, welches man alleine spielen konnte, sowie einen alten Wasserkocher eingeräumt hatte. Dahinter war eine Tür, die zu einem abgetrennten kleinen Raum führte, in dem eine Toilette und ein Waschbecken waren. Das war Luxus pur, das wusste Fabian. Nicht jede JVA bot ihren Gefangenen so etwas. In seinem Zimmer gab es ein einfaches Bett, sowie den Schreibtisch, an dem er gerade gesessen hatte. Das Fenster, aus dem er sehen konnte, wenn er am Schreibtisch saß, war groß. Noch eine weitere Sache, für die er dankbar war.

Er wusste, dass er Glück gehabt hatte. Es hätte auch viel schlimmer sein können.

Viel Zeit verbrachte er in seiner Zelle sowieso nicht. Tagsüber arbeitete er in der Küche, am Wochenende gab es jede Menge Angebote für Freizeit-, Betreuungs- und Behandlungsmaßnahmen. Normalerweise suchte Fabian aus diesem Grund seine Zelle nur am Abend zum Schlafen auf.

Trotzdem war er froh über diesen kleinen Komfort, den er hier hatte.

Dass er heute auf Abendessen und das Sportprogramm im Hof verzichtet hatte, wurde nicht gerne gesehen. Die Gefangenen sollten sich an der Gesellschaft beteiligen und ihr Sozialleben pflegen, so war es der Wunsch der Gefängnisleitung. Doch hin und wieder machte man auch Ausnahmen. Fabian hatte sich entschuldigt, indem er einen unruhigen Darm vorgeschoben hatte. Vermutlich ahnten die Wärter, dass das nicht ganz der Wahrheit entsprach, aber solange man solche Ausnahmen nicht allzu häufig machte, war es okay.

Wieder dachte er an seine Exfreundin. Viele Jahre waren sie ein Paar gewesen. Doch dann hatte Fabian diesen Mist fabriziert.

Warum hatte er die langweiligen Wände nicht mit ihren Bildern beklebt? Wirklich nur, weil ihr Anblick ihn traurig machte? Oder hatte er ein zu großes schlechtes Gewissen ihr gegenüber?

Langsam ging er zu seinem Schreibtisch zurück und schob die einzige Schublade auf, die er hatte. Sehr voll war sie nicht. Was hätte er auch hineintun sollen? Die Socken und Unterhosen bewahrte er in dem Fach unter dem Bett auf und viele Briefe hatte er nicht erhalten.

Weiter hinten waren einige Bilder. Er zog sie hervor und starrte auf das strahlende Gesicht seiner ehemaligen Partnerin. Wie hübsch sie gewesen war. Er hatte sie von Anfang an vergöttert. Und sie hatte gut zu ihm gepasst. Sie wirkten auf dem Bild wie ein sehr harmonisches Paar. Was sie auch gewesen waren, bevor der Scheiß passierte.

Traurig legte Fabian die Bilder wieder zurück, ohne sich alle angesehen zu haben. Es löste bei ihm eine Melancholie aus, die er nicht haben wollte. Er griff wieder nach dem Stift und starrte auf das weiße Papier. Auf einmal wusste er, was er schreiben wollte und wie er sich erklären könnte. Er begann zu schreiben, und als er sich alles von der Seele geschrieben hatte, faltete er den Brief zusammen und schob ihn in den schon vorbereiteten Umschlag. Wenn er das nun nochmal lesen würde, würde er es womöglich doch wieder verwerfen, aber das wollte Fabian nicht. Er wollte einmal in seinem Leben auch mal mutig sein und etwas wagen. Was würde er schon verlieren? Einen Freund, der schon längst nicht mehr sein Freund war?

Nele, in Washington, D.C.

»Was heißt, du hast kein Interesse?«

Unruhig rutschte Nele auf ihrem Stuhl hin und her und wagte nicht in die Augen ihres Vorgesetzten zu sehen.

»Das ist doch eine große Ehre«, erinnerte Miller sie und runzelte die Stirn. »Was ist nur los mit dir? Soll ich wirklich jemand anderen vorschicken, der deine Entdeckung vorstellt? Das ist doch nur ein Interview.«

Nele seufzte. »Das ist vor allem keine Forschungsarbeit.«

»Es gehört aber dazu«, erinnerte Miller sie.

»Mag sein, aber ... Mir wäre es einfach recht, wenn jemand anderes gehen würde. Graham zum Beispiel.« Nele hob die Schultern.

Miller setzte die Brille ab und rieb sich mit dem Zeigefinger über die Nasenflügel. Seine Brille legte er auf den Tisch vor sich. »Das ist wirklich dein Ernst, oder?«

»Ich möchte nicht im Mittelpunkt stehen«, betonte Nele. »Ich möchte einfach nur forschen und entdecken, was es zu meinem Planeten noch zu entdecken gibt. Ich möchte herausfinden, ob es flüssiges Wasser gibt. Aber ich brauche diese Aufmerksamkeit nicht.«

»Wenn ich Graham vorschicke, werde ich ihn der Presse aber auch als Kontaktperson nennen, das muss dir klar sein. Ich kann nicht ständig neue Leute schicken. Die Öffentlichkeit will vor allem eines: Einen festen Ansprechpartner, damit der anonyme Wissenschaftler ein Gesicht bekommt.« Miller schob seine Brille wieder auf die Nase.

»Das ist mir klar.« Nele nickte.

»Und das bedeutet auch, dass du dir das nicht nochmal überlegen kannst. Dann bleibst du für immer im Hintergrund«, erinnerte Miller sie.

Kurz zögerte Nele, dann nickte sie erneut. »Mir wäre es wirklich lieb, wenn Graham es tun würde. Ich glaube, er ist scharf auf so etwas.«

Für wenige Sekunden starrte Miller auf die Formulare, die er gerade unterschrieben hatte. Mit diesen Papieren würde Nele endlich die Erlaubnis bekommen, ihren Planeten nach Wasser abzusuchen. Bisher wusste sie nur, dass ihr Exoplanet passende Temperaturen hatte, denn er war in der bewohnbaren Zone und umkreiste seinen Stern im perfekten Abstand. Doch das bewies noch lange nicht, dass es auch H_2O in flüssiger Form gab. Dazu benötigte sie ein Weltraumteleskop, das die erforderliche spektrale Auflösung besaß, sowie ein Team aus Wissenschaftlern, die zusammen mit ihr die Bilder interpretierten. Ihr Planet würde dann ein Projekt werden, in das die Weltraumbehörde viel Geld investieren würde.

»Also gut.« Miller schob seinen Stuhl nach hinten. »Ich hätte dich gerne nach vorne an die Front geschickt. Die Leute wollen wissen, was wir treiben, und viele sind skeptisch, denken, das Geld wäre woanders besser angelegt. Deswegen wäre es toll gewesen, eine junge engagierte Frau zu präsentieren.«

»Tut mir leid.« Nele hob die Schultern. »Ich arbeite lieber daran, dass wir den Menschen bald ein Ergebnis präsentieren können.«

»Erwarte bitte nicht zu viel«, warnte Miller.

Das erinnerte Nele an die Worte von Brian, der Nele ebenfalls davor bewahren wollte, allzu gesteigerte Hoffnung zu haben. Doch Nele wusste, wie unwahrscheinlich es war, Wasser zu finden. So viele Exoplaneten waren bereits untersucht worden und immer wieder hatte sich die Hoffnung der Wissenschaftler in Enttäuschung gewandelt. Und selbst wenn sie Wasser entdecken würde, wäre nicht sicher, dass es auch Sauerstoff geben würde.

»Mach ich nicht«, versprach Nele.

»Gut.« Miller klopfte ihr leicht auf die Schulter.

Nachdem er die Tür geschlossen hatte, starrte Nele an die Wand ihres Büros und musterte die vielen Notizzettel, Zeichnungen und Berechnungen, die sie dort angeheftet hatte. Unterschwellig spürte sie Unsicherheit. Was, wenn sie nun einen Fehler gemacht hatte? Was, wenn sie es später bereuen würde, nicht mehr dafür getan zu haben, Ruhm zu erhalten? Würde das ihrer Karriere schaden?

Auf einmal fühlte sie sich schrecklich alleine. Sie vermisste ihre Familie, ihre Mama und ihre Schwester, ihr Elternhaus und die Geborgenheit, die sie dort immer erlebt hatte. Sie vermisste Deutschland und sie vermisste ihre Freundinnen, die sie immer gut beraten hatten.

Langsam stand Nele auf und lief zögerlich durch den Raum zu dem Regal in der Ecke, auf dem sich jede Menge Bücher stapelten. In einem der Bücher hatte sie ein Bild, das sie gelegentlich als Lesezeichen nutzte. Sie war darauf zu sehen, ihr ehemaliger Partner sowie ihre beiden besten Freundinnen und deren Ehemänner. Sie alle hielten einander im Arm und strahlten in die Kamera. Nele presste das Bild an ihr Herz und schloss die Augen. Ihr fiel es schwer, nicht zu weinen.

Nicole, an der südlichen Küste von Nigeria

Bereits als Carola auf sie zukam, wusste Nicole, dass etwas nicht stimmte. Sie saß auf dem Boden vor dem Zelt, das sie mit Tayo bewohnte und starrte auf ihre Kollegin. Es war eher ein Marschieren als ein normaler Gang. In den Händen hielt sie etwas. Ihr Gesicht wirkte wie eingefroren.

Als sie näher kam, sank Nicoles Herz in die Hose, denn sie erkannte, dass Carola die Schwangerschaftstests in der Hand hielt. Zumindest einige, denn alle konnte sie unmöglich ohne Tasche transportieren. »Komm bitte rein«, meinte Carola eisig.

Nicole nickte und nahm ihre Limonade, um schnell noch einen Schluck zu trinken. Sie fühlte sich schrecklich und elend. Vielleicht, so versuchte sie sich zu überzeugen, waren es ja ganz andere Tests. Von einer anderen Frau. Aber das würde wiederum nicht zu dem Blick von Carola passen.

»Erklär mir das«, bat Carola kühl und zeigte auf die Tests. Diese hatte sie auf dem Tisch ausgebreitet, an dem Nicole ihre privaten Briefe schrieb. Fast hätte Nicole sie gelobt, wie kunstvoll das aussah. Obwohl Carola die Tests vermutlich nur auf den Tisch geworfen hatte, lagen sie nun da wie ein Fächer. Es wirkte nicht zufällig. Doch Nicole wusste, dass Carola von ihr andere Antworten erwartete, also schwieg sie lieber und setzte sich erschöpft auf das ungemachte Bett.

Nicole seufzte und drückte ihre Hände gegen das Gesicht. Die waren schön kühl, weil sie sich die ganze Zeit an der Limonade festgehalten hatte. Es tat ihr gut.

»Bist du schwanger?«, fragte Carola. Ihr Ton klang nun nicht mehr sauer, sondern lauernd.

Nicole nickte. Sie zog ihre Hände nach unten.

»Von ihm?« Carola zeigte auf das Bettlaken und meinte damit wohl Tayo.

Wieder nickte Nicole.

»Oh, Mist. Du weißt, dass ... Ihr dürftet eigentlich nicht einmal im selben Zelt schlafen. Wenn das rauskommt ... Die würden sich nicht mehr von dir behandeln lassen und Tayos Eltern würden auf eine Heirat bestehen, noch bevor man etwas sieht. Was hast du dir da wieder eingebrockt?« Carola lief um den Tisch herum und drückte sich gegen die Kante. Sie betrachtete Nicole.

»Wenn es bleibt«, betonte Nicole.

»Willst du abtreiben? Dann musst du schleunigst nach Deutschland und ...«

»Nein«, unterbrach Nicole barsch. Sie hatte Jahre für ein Kind gekämpft, es wäre wie eine Sünde, wenn sie es jetzt abtreiben würde. Lars hätte das auch nicht gewollt, da war sie sicher. »Nein, natürlich nicht. Ich will es behalten. Wenn es bleibt.«

Carola runzelte die Stirn. »Warum sollte es nicht bleiben?«

»Das Fehlgeburtsrisiko ist in den ersten drei Monaten noch sehr hoch. Zunächst möchte ich mich also nicht freuen.« Nicole fühlte sich auf einmal schwach und sehr müde.

»Aber ... geh' doch erstmal davon aus, dass es gut ausgeht. Wie weit bist du denn überhaupt?« Carola drehte sich um und starrte auf die Tests. »Und wieso so verdammt viele?«

»Sie sind so blass.« Nicole seufzte. »Ich vertraue dem Ergebnis nicht. Vielleicht hatte ich eine Fehlgeburt und das HCG braucht, bis es abgebaut wird.«

»Also hattest du Blutungen?« Carola runzelte die Stirn.

Nicole schüttelte den Kopf. »Ganz am Anfang Schmierblutungen, aber die sind nach einem Tag wieder verschwunden.«

»Dann hattest du vermutlich auch keine Fehlgeburt, Liebes«, klärte Carola sie auf. »Natürlich sollten wir den HCG-Wert bestimmen, um zu sehen, ob die Schwangerschaft intakt ist und keine unbemerkte Fehlgeburt erfolgt ist, aber das machst du am besten mit einer Blutabnahme und nicht mit diesen unsicheren Urintests.«

Nicole fühlte sich schwach. Ihre Arme zitterten und ihre Finger fühlten sich kalt an. »Ich wusste nicht, wie ich das mit dem Labortest erklären soll, da ich das erst mal für mich behalten wollte. Die Striche auf den Urintests sind so dünn und blass.«

»Du bist doch Ärztin, oder?« Carola sah ihr fragend ins Gesicht, so als ob sie wirklich eine Antwort erwarten würde.

Da sie scheinbar darauf bestand, antwortete Nicole. »Ja.«

»Du weißt, dass diese Tests nur ganz selten falsch positiv zeigen. Falsch negativ zeigen sie häufiger an, aber nicht falsch positiv. Die Dicke des Strichs ist irrelevant. Du kannst nicht nur ein bisschen schwanger sein. Schwanger ist schwanger. Von anderen Horrorszenarien würde ich mich jetzt erst einmal nicht beeindrucken lassen. Ob die Schwangerschaft intakt ist, werden ein Ultraschall und eine Blutanalyse zeigen, doch generell geht man in diesem Fall erst mal von einem guten Verlauf aus. Wie weit bist du?« Carola wirkte nun etwas milder gestimmt.

»Ungefähr 11. Woche. Ganz genau kann ich es nicht sagen, denn ich habe meinen Zyklus nicht mehr im Blick«, antwortete Nicole.

»Dann kann man ja schon was sehen«, stieß Carola aus.

Sofort legte Nicole ihre Hand auf den Bauch. »Ja, es fühlt sich etwas gewölbt an, aber das könnten auch Blähungen sein.«

Carola starrte sie an, als wäre sie verrückt geworden. »Hast du schon einen Ultraschall gemacht?«, erkundigte sie sich matt.

Nicole schüttelte den Kopf. »Ich habe noch gezögert.«

»Wieso?« Carola schüttelte den Kopf. »Du bist Ärztin, verdammt. Du hast hier ein Ultraschallgerät. Wieso hast du nicht einfach geschaut?«

»Ich weiß es nicht.« Nicole hob die Schultern. In Wahrheit wusste sie natürlich, was los war, aber sie wollte es Carola nicht sagen. Es war so schwer, mit jemandem darüber zu reden. Besonders, da sie sich zuvor noch nie einem anderen anvertraut hatte. Bis auf Lars wusste niemand, was los gewesen war. Sie war so oft zu Ultraschalluntersuchungen gegangen und war so oft enttäuscht gewesen. Entweder hatte man gar nichts gesehen oder die Fruchthöhle war zu klein gewesen. Oder aber der Herzschlag war nicht mehr vorhanden gewesen. Das war die schlimmste Fehlgeburt gewesen, denn damals hatten Lars und sie wirklich geglaubt, es würde alles gutgehen. Bei allen Fehlgeburten war sie nie mit Blutungen vorgewarnt worden, diese waren erst Wochen später gekommen. Es war für sie jedes Mal der blanke Horror gewesen, auf die Blutung zu warten und damit darauf, ihr Kind endgültig loslassen zu müssen.

»Nicole.« Nun klang Carola wieder streng. »Solltest du schwanger sein, musst du Vorbereitungen treffen, das weißt du. Du musst nach Deutschland zurück. Musst zu einem Gynäkologen gehen, dir bestimmte Nahrungsergänzungsmittel besorgen und du musst das mit Tayo klären. Weiß er es?«

Nicole schüttelte den Kopf.

Carola schloss kurz die Augen, dann stand sie ruckartig auf. »Wir werden einen Ultraschall machen, und wenn sich alles bestätigt, wirst du mit Tayo reden, verstanden?«

»Okay.« Nicoles Stimme klang genauso, wie sie sich fühlte: Benommen und matt.

»Sobald wir alleine sind, machen wir den Ultraschall. Ich muss sehen, wann wir das ungestört machen können. Und du ... Hol dir wenigstens Folsäure aus dem Vorrat, verdammt.« Carola presste ihre Lippen zusammen und wirkte nun wieder genauso böse wie am Anfang des Gesprächs. Aber Nicole war froh, dass es nun jemanden gab, der ihr Geheimnis teilte. Und sie an die Hand nahm und führte.

»Folsäure nehme ich schon«, sagte sie.

»Gut.« Carola nickte. »Und pass auf dich auf und hör auf, diese albernen Tests ständig zu wiederholen. Es ist auffällig, wie viele davon verschwinden. Der Strich wird bestimmt nicht stärker, wenn er es bisher auch nicht geworden ist.« Sie drehte sich um und wollte das Zelt verlassen. Als Nicole sie beim Namen nannte, blieb sie stehen, sah aber nicht zu ihr.

»Danke«, sagte Nicole. Sie nahm ihre Limonade, die sie auf den kleinen Hocker gestellt hatte, den sie als Nachttisch benutzten. »Danke«, wiederholte sie.

Samuel, auf der Nordseeinsel Pellworm

Langsam trat Samuel näher zur Theke. Stella lächelte ihn bereits an - so wie immer, wenn er kam. Freundlich, offen, herzlich. Er hatte sich geschworen, wenn Menschen im Laden waren, würde er sich einfach nur zwei Brötchen kaufen, sich auf sein Fahrrad schwingen und wieder nach Hause radeln. Doch er war alleine. Niemand war da.

»Was kann ich für dich tun, Samuel?«, erkundigte Stella sich.

»Ähm.« Samuel streckte seine Hände aus und hielt sich an der Theke fest. Er räusperte sich. Sollte er es wirklich tun? Sollte er dieses Risiko eingehen? Andererseits, warum sollte ihm die Liebe nicht vergönnt sein? Was hatte Gott davon, wenn er Nacht für Nacht alleine war und sich heimlich nach Stellas warmem Körper sehnte? Vielleicht hatten die Verschwörungstheoretiker sogar recht und selbst Jesus hatte eine Gefährtin, Maria Magdalena, an seiner Seite gehabt. Wieso sollte Gott ihm die Lust und das Sehnen nach einem Miteinander mitgeben, wenn er gewollt hätte, dass Samuel alleine durchs Leben ging? Natürlich könnte es auch eine Art Prüfung sein. Nichts anderes war das Fasten vor Ostern. Mit dem Verzicht bewies man auch seine Treue. Und wenn Samuel sich versündigte, indem er Stella näherkam? Oder noch schlimmer: Was, wenn Gott zwar nichts dagegen hatte, aber der Papst? Und Samuel erneut versetzt werden würde. Weg von Stella? Weg von dieser Insel? Dem Meer? Würde er erneut Heilung finden, irgendwo bei einer fremden Gemeinde?

»Samuel?« Stella klang besorgt.

Hastig hob Samuel den Kopf. Er zwang sich dazu, zu lächeln. »Ähm, ich hätte gerne zwei Brötchen.«

»Klar. Wieder mit Sonnenblumenkernen?«, erkundigte Stella sich und lächelte wieder.

»Ähm. Ja.« Frustriert schluckte Samuel. »Sehr gerne«, fügte er eilig hinzu.

»Okay.« Prüfend sah Stella ihn an, dann nahm sie eine Tüte und legte die beiden Brötchen hinein. Sie tippte eine Zahl in ihre Kasse und faltete die Brötchentüte kunstvoll. »Bist du sicher, dass alles in Ordnung ist?«, wiederholte sie, als sie die Brötchen auf die Theke lag.

65

»Ja, ja.« Samuel nickte hastig. Er starrte auf seine Fußspitzen und presste die Fingerspitzen fester gegen das Glas der Theke. Vielleicht war es einfach keine gute Idee. Er riskierte zu viel. Viel zu viel stand auf dem Spiel.

»Und worüber denkst du dann nach?« Stella beugte sich näher zu ihm.

»Oh Mann.« Samuel fasste sich an die Haare, dann sah er Stella verzweifelt an. »Was hältst du vom Zölibat?« Kurz nachdem es ihm herausgerutscht war, presste er seine Lippen fest aufeinander. Diese Frage könnte als Anmache interpretiert werden. Kein Zweifel. Hiermit hatte er sich offenbart. Und er wusste nicht, ob es ihm recht war.

Kurz wurde Stella etwas rosa im Gesicht und sie lächelte verlegen, dann wurde sie sofort ernst. »Sexualität ist immer etwas Weltliches. Ich kann den Sinn verstehen, warum die katholische Kirche nicht möchte, dass ihre Priester Sex haben. Im Buddhismus leben die Mönche ebenfalls im Zölibat.«

Samuel runzelte die Stirn. Ihre Antwort verwirrte ihn sehr. Eigentlich hatte er sie so eingeschätzt, dass sie das alles für verstaubt halten würde. Nie hätte er damit gerechnet, dass sie es sogar verteidigen würde. Wenn das der Fall war, dann hatte er sich soeben noch mehr blamiert. Außerdem, was hatte sie mit dem Buddhismus am Hut? »Aber ...«

»Aber dennoch halte ich persönlich nicht so viel davon. Ich glaube, dass durch die Sexualität auch Energie freigesetzt wird, die man dann wieder für seinen Glauben nutzen kann. Ich bin da etwas zwiegespalten. Fragst du, weil ...«

Samuel schüttelte eilig den Kopf. Er glaubte zwar nicht, dass er sie überzeugen konnte, aber vielleicht passierte ein Wunder und er würde sich unbeschadet aus dieser peinlichen Lage befreien können. »Nein, ich wollte einfach nur deine Meinung hören.«

Für einen Moment sah Stella ihn ernst an, dann lächelte sie wieder auf diese wunderbare Art und Weise. »Ich habe meine Meinung geändert, seit ich dich kenne. Zumindest bin ich ins Grübeln gekommen. Vielleicht hilft dir diese Information.«

In Samuel verkrampfte sich alles. Mit so etwas hatte er keine Erfahrung und er fühlte sich überfordert, weil er ein Terrain betrat, das er zuvor gemieden hatte. Er bereute seine überrumpelnde Art und dass er sie mit diesem persönlichen Thema überfallen hatte. »Ich glaube nicht, dass ich das hören möchte.«

»Bezahl einfach die Brötchen und lass es dir durch den Kopf gehen. Ich glaube, dass die katholische Kirche bewiesen hat, dass das mit dem Zölibat nicht gut klappt. Es filtert gute Seelsorger aus, die sich ein Leben ohne Familie nicht vorstellen können. Vielleicht braucht die katholische Kirche wieder mehr gesunde Männer - und gesunde Frauen. Und ich glaube, dass man in einer Beziehung Heilung finden kann. Dass es einen erdet und stark macht und charakterlich formt. Genau das braucht ein Pfarrer doch, wenn er anderen Menschen helfen soll.« Stella schob ihm die Brötchentüte hin.

Samuel nickte. Er fühlte sich betäubt. Mit zitternden Fingern fischte er einen Schein aus dem Geldbeutel und nahm das Wechselgeld entgegen, streng darauf achtend, nicht in Berührung mit ihren Fingern zu kommen. Sie hatte ihn vollkommen überrascht mit ihrer Antwort und diese Aufrichtigkeit hatte er in der Form nicht erwartet. Bisher waren sie nur umeinander herumgeschlichen. Aber was hatte er auch erwartet? Immerhin hatte er sie geradezu überfallen.

Während er durch den starken Wind und dem Nieselregen nach Hause fuhr, dachte er über Stellas Worte nach und fragte sich, ob es zwischen dem Buddhismus und dem Christentum tatsächlich eine Gemeinsamkeit gab. Und ob er es aushalten konnte, die nächsten Tage ohne sie zu sein, oder ob er morgen erneut zum Bäcker fahren würde.

Zu Hause angekommen stellte er das Fahrrad in die Scheune und lief zur Haustür. Der Wind war stärker geworden und peitschte den Regen in sein Gesicht. Eilig klemmte er seine Brötchen unter den Arm und öffnete den Briefkasten. Während er die Tür mit der Hüfte aufschob, versuchte er Stella in den hintersten Teil seines Geistes zu drängen. Im Flur streifte er die Schuhe ab und legte einige Rechnungen ungeöffnet in sein Büro. Mit klopfendem Herzen starrte er dann auf den Brief ohne Namen im Absender. Er war aus einer JVA. Aus einer bestimmten JVA. War es möglich, dass *er* ihm geschrieben hatte?

Lukas, in der Nähe von Kundus in Afghanistan

Samir sprang ihm praktisch in den Weg. »Wo genau hast du dich jetzt schon wieder herumgetrieben?«

»Sag mal, geht's noch?« Lukas schob seinen Kollegen grob aus dem Weg. Die Aufmerksamkeit, die Samir auf ihn lenkte, störte ihn, denn alle starrten bereits zu ihnen.

»Du warst Stunden weg«, fügte Samir grimmig hinzu. »Ständig machst du Alleingänge. Ich möchte wissen, was mit dir los ist.«

Irritiert blieb Lukas stehen. War es so auffällig? Er hatte die Treffen mit Navid doch auf ein Minimum reduziert, eben damit niemandem auffiel, dass er oft weg war. Wenn sie sich noch weniger sehen würden ... Es war bereits jetzt unerträglich. Wieso musste es bei ihm auch immer so kompliziert sein? In Deutschland hatte er sich entweder in Heteros verliebt oder in Schwule, die den Hang dazu hatten, Arschlöcher zu sein. Endlich passte mal alles. Zumindest war Navid wirklich ein Traummann, ohne ihn ausnutzen zu wollen und er stand wirklich auf Männer. Aber die Umstände waren nicht sehr berauschend. Er war Afghane und Sohn einer strenggläubigen Familie, die unter den Taliban mehr gewonnen als verloren hatte. Insgeheim trauerten sie den Terroristen noch hinterher. Ihnen würde es nicht reichen, Navid aus der Familie zu verbannen, dessen war Lukas sich bewusst. Und das machte es so verdammt schwierig.

»Komm schon her«, zischte er und riss Samir am Arm mit sich mit. Sollten die anderen doch denken, dass sie beide Streit hatten. Zumindest würden sie ihr Gespräch nicht mehr belauschen können.

»Hey.« Samir rieb seinen Arm, als Lukas ihn schroff von sich stieß, sobald sie außer Hörweite der anderen waren. »Geht's noch?«

»Du bist derjenige, der mich einfach so überfallen hat«, verteidigte sich Lukas und lehnte sich gegen den Baum. »Ich musste weg. Mir wird es von Zeit zu Zeit einfach zu viel und dann gehe ich spazieren. Wieso bist du so aggressiv?«

»Klar.« Samir verschränkte die Arme vor der Brust. »Afghanistan ist ein richtiges Wanderland mit ausgeschilderten Wanderwegen und tollen Aussichten. Die Schweiz ist nichts dagegen.«

»Ich mag dieses Geröll und die Steinwüsten«, behauptete Lukas.

»Sicher.« Samir verdrehte die Augen, dann verengte er sie. »Mir geht es gegen den Strich, wie du mit unserer Tradition umgehst.«

»Mit eurer Tradition?« Nun war Lukas hellhörig.

»Ja, du versuchst zu sehr die westlichen Werte durchzusetzen. Du versteifst dich richtig. Aber die Menschen hier haben ihre Traditionen und nicht alle sind schlecht.« Samir schüttelte den Kopf.

»Hey, auf welcher Seite stehst du eigentlich, Samir?«, erkundigte Lukas sich wütend. »Du bist Deutscher. Mit deutschem Pass. Du bist ein deutscher Soldat, du Idiot. Es ist deine Aufgabe, die westlichen Werte durchzusetzen.«

»Nein!« Samirs Augen funkelte ihn so zornig an, dass Lukas am liebsten einen Schritt zurückgewichen wäre. Doch dem konnte er widerstehen, denn er wusste, wenn er das täte, hätte er gegen Samir verloren. »Nein, es ist meine Aufgabe, hier für Sicherheit zu sorgen.«

»Und nichts anderes tue ich«, versicherte Lukas ihm.

»Du bist zu ... Du gehst so verdammt unsensibel damit um. Du ziehst dir nicht einmal die Schuhe aus, bevor du in eine Hütte stürmst. Es sind nur Kleinigkeiten, mit denen du die Leute von dir beziehungsweise von uns überzeugen könntest«, warf Samir ihm vor und ging einen Schritt zurück. Er klang nun etwas ruhiger. »Als wir zu dem Mädchen mit der zertrümmerten Kniescheibe gegangen sind, hast du gleich herumgepoltert. Glaubst du nicht, dass wir mit Geduld mehr erreichen können?«

Lukas war baff. Leider musste er zugeben, dass Samir damit nicht ganz unrecht hatte. »Mich macht es manchmal so müde zu sehen, wie die Menschen hier leben. Zuerst waren wir in Kabul und ich war fasziniert von der wunderbaren Stadt, die es geschafft hat, den Absprung zu schaffen, ohne ihre Persönlichkeit zu verlieren. Die Menschen dort haben die Herrschaft der Taliban wirklich gut verkraftet. Und dann komme ich hier her und denke, mich trifft der Schlag. Ich bin im Mittelalter gelandet.« Dass er sich persönlich angegriffen fühlte, weil er sich in einen Mann verliebt hatte, um dessen Leben er nun fürchten musste, konnte er natürlich nicht sagen. Nur Svenja wusste davon und es war besser, wenn sie die Einzige blieb.

»Auch in Kabul ist noch lange nicht alles perfekt«, stellte Samir klar.

»Nein, aber angesichts dessen, was diese Stadt schon alles durchgemacht hat, habe ich großen Respekt davor, wie sie sich nach dem Krieg entwickelt hat«, erwiderte Lukas.

»Und die Leute hier schaffen das auch. Aber es wird ihnen helfen, wenn sie spüren, dass wir ihre Tradition und Religion akzeptieren. Das sind die Opfer, nicht die Täter.« Samir lehnte sich ebenfalls gegen einen Baum, dessen Äste ganz verdorrt aussahen.

»Na ja, der Vater des Mädchens mit dem verletztem Bein ist zum Beispiel ein Täter. Oder der Ehemann, der seine Frau verprügelt hat«, sagte Lukas und ballte seine Faust.

»Manchmal habe ich den Eindruck, dass du vergessen hast, was die Menschen hier durchgemacht haben. Die russische Besatzung, die Bürgerkriege, die Hungersnot und die Terrorherrschaft der Taliban, der Krieg durch die Amerikaner. Kannst du den Menschen nicht ein bisschen mehr Zeit geben? Mit ein wenig mehr Feingefühl an die Sache herangehen?« Als Samir sich umdrehte, sah Lukas, dass seine Augen verdächtig glitzerten. »Dieses Land und seine Bewohner sind nicht nur schlecht, Lukas.«

»Das habe ich doch gar nicht behauptet«, stieß Lukas entsetzt aus.

»Ich habe als kleiner Junge hier gespielt. Zusammen mit meinen Schwestern. Wir sind alle vom Imam unterrichtet worden und haben Lesen und Schreiben gelernt. Unser Vater wollte immer, dass wir einen guten Beruf ergreifen. Wir hatten eine tolle Kindheit und Eltern, die uns geliebt haben. Ja, wir hatten kein Nintendo. Nicht einmal einen Fernseher. Und manchmal war das Essen knapp. Aber wir waren glücklich.« Samir wischte sich hektisch über die Wange. Offenbar weinte er wirklich. Lukas kam der Gedanke, dass Samir ebenfalls wenig geeignet war, hier als Soldat zu arbeiten. Er war emotional zu labil und nicht gefestigt genug. Und er selber war es wegen der Sache mit Navid ebenfalls nicht. Eigentlich sollten sie sich untauglich melden. Doch wer sollte dann hier die Arbeit machen? War am Ende nicht jeder frustriert und emotional berührt von dem, was sie hier erlebten? »Diese Menschen sind nicht von Grund auf schlecht. Oder dumm. Sie haben nur verdammt viel mitgemacht«, fügte Samir betroffen hinzu.

»Hey.« Unbeholfen streckte Lukas den Arm aus.

»Ich bitte dich nur um mehr Einfühlungsvermögen.« Samir stieß ihn weg.

»Samir. Es tut mir leid«, sagte Lukas eilig, als Samir an ihm vorbeilief und ihn dabei anrempelte. Während er weglief, schüttelte er den Kopf, aber Lukas wusste nicht, was er damit sagen wollte. Er war sicher, dass Samir geweint hatte und das berührte ihn zutiefst. Weinen war unter Soldaten nicht gerade angesagt und Samir hatte aufgrund der Kultur, aus der er kam, noch mehr den Anspruch an sich, ein Mann sein zu müssen, mit allem, was angeblich dazu gehörte. Gefühle zu zeigen lag dabei eher nicht in seinem Interesse. Er war derjenige, der aus ihrer Einheit die meisten Probleme mit seiner Homosexualität hatte. Noch mehr als Alif, der türkischstämmig war. Und er war immer der Überzeugung, sich vor Svenja stellen zu müssen, weil er sie beschützen wollte. Krieg war seiner Meinung nach keine Sache, in die Frauen hineingezogen werden sollten.

Trotzdem hatte Lukas gerade das Gefühl, der größere Ignorant zu sein.

Jochen, in einem Dorf im Südschwarzwald

Auch wenn er nichts Verbotenes tat, fühlte er sich so nervös, als würde er ein geheimes Abenteuer erleben, als er seinen Rollstuhl in die Räumlichkeiten der Orthopädietechniker rollte. Vielleicht lag es daran, dass er nicht mit Danielle darüber gesprochen hatte. Er merkte, dass er sich richtig gut fühlte, energiegeladen und lebendig. Sein Herz klopfte heftig, aber es war nicht unangenehm.

Schon damals hatte er mit dieser Firma zusammengearbeitet. Sie hatten ihn schon während der Reha betreut und ihm mitgeteilt, was möglich war und was nicht. Sie hatten zwei Übergangsprothesen angefertigt und zusammen mit seinem behandelnden Arzt und ihm einen Eingewöhnungsplan erarbeitet. Doch es hatte sich herausgestellt, dass er Schmerzen hatte, wenn er seine Prothesen trug, und auch nur sehr langsam laufen konnte. Das Steigen von Treppen war ihm überhaupt nicht möglich gewesen. Da er beide Kniegelenke verloren hatte und diese durch künstliche Gelenke innerhalb der Prothese ersetzt werden mussten, lief er wie ein Roboter. Unkoordiniert, langsam und umständlich. Irgendwann hatte er sich entschieden, auf Prothesen zu verzichten. Er hatte sich in dem Rollstuhl wohl gefühlt. Damit war er mobiler als mit den Prothesen und er hatte sich viel schneller daran gewöhnt.

»Ich habe einen Termin bei Ihnen«, teilte Jochen der Dame am Empfang mit. Sie zeigte auf eine Ecke mit Stühlen, einem Tisch mit Getränken und einigen Flyern. Jochen fuhr mit seinem Rollstuhl hin und sah sich die Poster im Wartebereich an.

Schon nach wenigen Minuten wurde er hereingebeten, allerdings wartete nicht Herr Wicker auf ihn, der ihn damals hauptsächlich beraten hatte, sondern eine junge Dame. Ihm fiel sofort auf, dass sie eine Prothese trug und er zögerte, weil er nicht wusste, wie er sie begrüßen sollte. Obwohl er selbst amputiert war, überkam ihn Verunsicherung und ein seltsames Gefühl etwas falsch zu machen. Nur weil sie ihren Arm verloren hatte, statt wie er die Beine. Kein Wunder, dass Menschen, die mit Amputationen gar keine Erfahrung hatten, nicht wussten, wie sie auf ihn reagieren sollten.

Doch sie kam auf ihn zu und streckte ihm einfach die linke Hand entgegen. »Die Leute reagieren immer scheu«, sagte sie und lächelte ihn an. »Mein Name ist Nadina Martinez. Wie kann ich Ihnen helfen?«

Jochen konnte nicht anders, als auf ihre Prothese zu starren. Wo der künstliche Arm begann, konnte er nicht beurteilen, weil sie eine Bluse mit langen Ärmeln trug. Es war wohl eher eine kosmetische Prothese. Die Hand wirkte nicht so, als könnte Frau Martinez damit viel anfangen.

Erst als sie sich räusperte, wurde Jochen bewusst, dass er genauso starrte, wie er es an einigen seiner Mitmenschen hasste. Plötzlich schämte er sich für den Groll, den er hegte, wenn er sich beobachtet fühlte. Wie konnte er etwas an anderen Menschen kritisieren, das er selber genauso machte?

»Tut mir leid«, murmelte er und atmete tief ein.

»Kein Problem. Bin ich gewöhnt.« Frau Martinez verbeugte sich etwas und legte ihre linke Hand gegen das Herz. Was die Geste aussagen sollte, wusste Jochen nicht, aber er spürte, dass er sie deswegen sofort sympathischer fand. Er fühlte sich bei ihr wohl. »Wollen wir uns einfach mal zusammensetzen und Sie erzählen mir, was ich für Sie tun kann?« Sie zeigte auf eine gemütliche Sitzecke.

Jochen, der seinen Rollstuhl schon in Richtung ihres Schreibtisches gesteuert hatte, bremste ab und drehte rasch um. So war es ihm sogar noch lieber, denn das Gespräch würde so vielleicht nicht so förmlich werden.

»Kommen Sie her.« Frau Martinez schob einen von drei Stühlen weg und zeigte dann auf die Getränke, die in der Mitte des Tisches standen. »Bedienen Sie sich.«

Jochen lächelte. Die anfängliche Enttäuschung darüber, dass nicht Herr Wicker die Beratung wahrnahm, war nun fast vollständig verflogen. Er schenkte sich ein Glas Wasser ein und nahm einen Schluck. Sie gab ihm das Gefühl, alles sagen zu können, was ihm durch den Kopf ging. Er fühlte sich in ihrer Anwesenheit von Sekunde zu Sekunde wohler.

Nachdem sie ermutigend nickte, begann er zu erzählen und erwähnte die Begegnung mit diesem Familienvater und dessen Vorwurf, er würde der Gesellschaft zur Last fallen, durch seine Weigerung Prothesen zu tragen.

»Haben Sie schon mal Prothesen getragen?«, fragte Frau Martinez. »Wir haben hier doch schon eine Akte von Ihnen, oder? Lassen Sie mich mal sehen.« Sie blätterte mit der linken Hand durch einen Ordner mit losen Blättern und hielt dabei den Stapel mit der Kunsthand. Bevor sie ein Blatt umdrehte, befeuchtete sie ihre Finger mit der Zunge, was Jochen aus welchen Gründen auch immer sehr anzog. Überhaupt übte diese Frau eine gewisse Anziehungskraft auf ihn aus, obwohl sie so ganz anders aussah als Danielle. Während sie die Informationen aus seiner Akte entnahm, betrachtete er sie genauer. Sie hatte dunkles langes Haar, war ungeschminkt und trug eine verwaschene Jeans sowie eine rosa Bluse. Auf Schmuck hatte sie fast vollständig verzichtet, lediglich ein Nasenring fiel ihm auf. »Ein Autounfall?«, fragte sie.

Jochen nickte. »Amputation oberhalb des linken Knies«, las Frau Martinez vor.

71

Wieder nickte Jochen. Er spürte, dass er sich anspannte, obwohl er sich bisher so gut hier gefühlt hatte. Er redete nicht gerne über das Thema. Im Grunde vermied er das Gespräch so gut es ging.

»Was ist mit dem rechten Bein?«, fragte Frau Martinez ohne ihn anzusehen. Sie wirkte konzentriert und starrte auf ihre Notizen.

Eilig trank Jochen einen Schluck Wasser. »Am Anfang dachten sie, sie könnten das rechte Bein retten. Aber nach wenigen Wochen musste es ebenfalls amputiert werden, sogar etwas höher als das linke Bein.« Er räusperte sich. »Die Ärzte konnten es nicht mehr retten.«

»Wir müssen uns damit nicht näher beschäftigen«, meinte Frau Martinez sofort und schob die Akte weg.

Erstaunt sah Jochen sie an.

Nun lachte sie und kleinere Fältchen wurden neben ihren Augen sichtbar. »Ich kann das gut nachvollziehen. Ich hatte auch einen Unfall und habe mich lange nicht dazu überwinden können, darüber zu reden. Mein Unfall ist allerdings viel länger her und inzwischen fällt es mir leichter. Ich übernehme aufgrund meiner Vorgeschichte gerne Patienten, die Prothesen benötigen, aber Ihren Fall konnte ich nicht übernehmen. Ich habe damals meine Tochter zur Welt gebracht.«

Jochen nippte an seinem Glas. »Danke«, sagte er und lächelte sie an. Danielle war der Meinung, dass er viel häufiger über den Unfall reden sollte. Es tat gut, dass ihn jemand verstehen konnte, wieso er es eben nicht gerne tat. Sie war sogar jemand, der es besser nachvollziehen konnte als Danielle. Sie hatte etwas Ähnliches erlebt.

»In der Akte steht, dass Sie sich damals gegen Prothesen entschieden haben. Was hat sich geändert?«, fragte Frau Martinez und beugte sich vor. Auch sie schenkte sich ein Glas Wasser ein. Zwar war Jochen versucht, sich ebenfalls vorzubeugen, um ihr zu helfen, doch sie war geschickt und so schnell, dass seine helfende Hand unschlüssig in der Luft stehen blieb.

Verlegen lehnte er sich wieder zurück und erinnerte sich daran, wie empfindlich er reagierte, wenn ihm jemand bei etwas helfen wollte, das er alleine tun konnte.

Zum Glück reagierte Frau Martinez viel entspannter. Sie lächelte ihn an und kommentierte es nicht weiter. Stattdessen lehnte sie sich zurück und betrachtete ihn aufmerksam. Sie wirkte vollkommen ruhig und tat so, als ob sie alle Zeit der Welt hätte. Sonst war Jochen immer gestresst, wenn er bei einem Arzt oder einem Physiotherapeuten war, doch bei ihr hatte er nicht das Gefühl zu stören oder sich beeilen zu müssen.

Wieder trank er einen Schluck und begann zu erzählen, wie es ihm ergangen war, seit er das letzte Mal mit einem Orthopädietechniker gesprochen hatte.

Fabian, in der Justizvollzugsanstalt Weiterstadt

»Hey, Mama.« Fabian setzte sich und starrte zu der Frau, die ihm gegenübersaß. Es trieb ihm die Tränen in die Augen - jedes Mal wenn er seine Mutter sah. Sie kam so selten, weil der Weg beschwerlich für sie war. Autofahren konnte sie nicht. Das hatte sie nie gelernt, weil es angeblich auf dem Dorf nicht üblich war, dass Frauen mit dem Auto fuhren. In Wahrheit hatten alle Frauen im Alter seiner Mutter einen Führerschein. Sie hatte sich immer hinter seinem Stiefvater versteckt, der sie überall hin kutschiert hatte, bevor er abgehauen war. Vielleicht war das die Art von Beziehung, die seine Eltern bevorzugt hatten. Seine Mutter hatte sich nie emanzipiert, nicht einmal nach dem frühen Tod ihres zweiten Ehemanns. Deswegen fuhr sie mit dem Zug, stieg mehrmals um und unternahm den letzten Teil der Reise mit dem Bus, weil die JVA außerhalb des Ortes lag.

Seine Mutter sagte nichts, sondern presste beide Hände gegen den Mund und sah ihn kopfschüttelnd an.

»Es ist alles okay«, beruhigte Fabian sie. »Bald bin ich draußen und dann kannst du mich in den Arm nehmen.«

»Gut.« Sie nickte tapfer und straffte ihre Schultern. »Geht es dir gut? Bekommst du genug zu essen? Hast du noch genug warme Sachen? Sind alle nett zu dir?«

Fabian lächelte. So war seine Mutter nun mal. Sie dachte eher an die physischen Probleme der Welt, als sich mit der Psychologie zu beschäftigen. »Mir geht es gut, Mama«, beruhigte er sie.

»Und weißt du inzwischen, wie es weitergeht, wenn du raus kommst?«, erkundigte sie sich. »Hast du schon einen Job?«

»Nein, leider noch nicht.« Fabian rieb mit seinen Zeigefingern über die Schläfen. Diese Sache war er wohl zu leichtfertig angegangen. Einige Bewerbungen hatte er schon geschrieben, aber es waren nicht einmal Absagen gekommen. Er hatte mit dem Arbeitsamt telefonieren dürfen und gemeinsam hatten sie sich eine Strategie überlegt. Die Dame vom Amt hatte ihm ans Herz gelegt, ganz offen damit umzugehen, dass er im Gefängnis saß, und auch aus welchen Gründen. Der Brief kam sowieso aus der JVA. Fabian vermutete jedoch, dass seine Bewerbungen vielleicht auch wegen des Absenders schon nicht an der richtigen Stelle ankamen. Wer wusste schon, ob die Personalabteilung Briefe aus dem Knast überhaupt erhielt, oder ob sie nicht schon vorher ungelesen aussortiert wurden? Vielleicht sollte er sich erst bewerben, wenn er draußen war? Allerdings würde das seinen Betreuern, seinem Bewährungshelfer und nicht zuletzt seiner Mutter gar nicht gefallen. Am besten war es, wenn man es direkt aus dem Knast ins Berufsleben schaffte. Je länger man arbeitslos war, desto schwieriger war es, auf die Beine zu kommen.

»Komm zu mir«, bat seine Mutter. »Was willst du denn alleine in Berlin?«

Fabian zögerte, dann nickte er. »Darüber wollte ich sowieso mit dir reden. Ich würde gerne übergangsweise zu dir ziehen.« Diese Entscheidung war ihm nicht leicht gefallen, aber nach reiflicher Überlegung und vielen Gesprächen war ihm klargeworden, dass das mit Berlin ein zu großes Risiko für ihn war. Was, wenn er nie einen Job finden und abrutschen würde? Bei seiner Mutter hätte er eine Konstante.

»Du kannst in die Zimmer im oberen Stockwerk«, versprach seine Mutter eifrig. Man sah ihr an, dass sie sich freute. »Wir machen es dir dort gemütlich.«

Fabian nickte nur. Es war wirklich eine gute Idee. Er würde keine Miete zahlen müssen und hätte nicht gleich finanzielle Engpässe. Bauchschmerzen bereitete ihm aber immer noch die Dorfgemeinschaft. Jeder kannte ihn, jeder wusste, was er getan hatte. Und diejenigen, die am meisten darunter litten, lebten auch dort. Man würde sich beim Einkaufen begegnen. Fabian wusste nicht, wie er das überstehen sollte.

Aber Samuel hatte ihm Mut gemacht.

»Mama?«, unterbrach er die Pläne seiner Mutter, ihm neue Möbel zu kaufen, damit er einen schönen Start hatte. Sie hob den Kopf und sah ihn nervös an.

»Es ist nichts Schlimmes«, meinte Fabian sofort und lächelte, dann wurde er wieder ernster. »Ich habe mit Samuel Kontakt aufgenommen. Frau Pesch hat ihn für mich ausfindig gemacht.«

»Was?« Erstaunt sah seine Mutter ihn an. Dass sie das überraschte, war kein Wunder, denn Fabian hatte rigoros alle Kontakte abgebrochen.

»Er war mir immer ein guter Freund, besonders nach der ganzen Sache. Es tut mir wahnsinnig leid, dass ihm das so zugesetzt hat.« Fabian seufzte laut.

»Ach, der hat dir doch gar nicht geholfen. Als es darum ging, wirklich zu dir zu halten, hat er einen Nervenzusammenbruch vorgetäuscht.« Seine Mutter sah grimmig aus.

»Hey.« Fabian sah sie streng an. »Er hat ihn nicht vorgetäuscht. Hör auf, so von ihm zu reden. Er ist psychisch damit nicht klargekommen und wer könnte ihm das übelnehmen?«

»Aus dem Staub hat er sich gemacht«, betonte seine Mutter.

»Nein.« Nun war Fabian sauer. Manchmal war seine Mutter richtiggehend verbohrt. »Nein, er ist in die Klinik eingewiesen worden. Vergiss das bitte nicht.«

Anscheinend hatte seine Mutter verstanden, dass sie einen Streit beschwören würde, wenn sie weiterredete. Aus diesem Grund blieb sie ruhig. Es tat Fabian immer leid, mit seiner Mutter zu streiten. Sie sahen einander so wenig und sie nahm wirklich viel auf sich, um ihn treffen zu können.

»Tut mir leid, aber ich bin da wirklich empfindlich.« Fabian starrte auf seine abgekauten Fingernägel.

»In Ordnung.« Seine Mutter lächelte. Sie war etwas älter gewesen, als sie ihn bekommen hatte. Doch man sah ihr das Alter noch nicht an. Die Haare waren gefärbt und sie schlang sie immer zu einem kunstvollen Knoten. Ihre Kleidung war stets fein und elegant. Die Brille war modern, was ein wenig unpassend wirkte, weil sie ansonsten eher unmodern gekleidet war. »Wie geht es ihm?«

»Ich habe den Eindruck, dass es ihm besser geht. Er ist oben an der Nordsee. Er hat mir vorgeschwärmt, wie toll das Meer ist und wie wohl er sich in der Gemeinde fühlt.« Fabian griff in seine Tasche, wo der Brief von Samuel war, den er vor zwei Tagen erhalten hatte. Er trug ihn immer bei sich, weil er so glücklich war, dass Samuel ihm geantwortet hatte und weil er stolz auf sich war, sich überwunden zu haben. Es war wie eine Generalprobe für den Zeitpunkt, wenn er wieder zu seiner Mutter ziehen würde.

»Okay.« Seine Mutter wirkte nicht sehr zufrieden.

»Ach, Mama.« Fabian streckte den Arm aus, berührte allerdings nicht ihre Finger. Körperkontakt war nicht gerne gesehen. Sie durften sich kurz umarmen, später, wenn sie sich verabschiedeten, aber während des Gesprächs war es nicht erwünscht. »Ich gönne ihm sein Glück wirklich. Er war mir immer ein treuer Freund. Dass er mit allem überfordert war, kannst du ihm doch nicht übelnehmen. Jeder hätte so reagiert, so hilflos angesichts der Problematik.«

»Ich wünschte nur, du hättest noch Freunde.« Seine Mutter sank ein wenig in sich zusammen und sah verletzlich aus. »Sogar dein Mädchen ist weg. Sie war so ein gutes Mädchen.«

»Ja«, flüsterte Fabian. »Ja, das war sie. Aber ich habe es nicht mehr ausgehalten und sie hat es irgendwann aufgegeben. Auch das ist verständlich. Ich habe mich wie ein Arschloch verhalten.«

Seine Mutter zuckte sichtbar zusammen. »Deine Ausdrucksweise ...«

Fabian lachte. »Entschuldigung, Mama. Ich war ein Idiot.«

Nun lächelte seine Mutter versöhnlicher.

Fabian entschied, dass ein Themenwechsel die beste Lösung war, und berichtete seiner Mutter von seinen bisherigen Bewerbungen und dem Gespräch mit dem Arbeitsamt.

Nele, in Washington, D.C.

Unruhig lief Nele den Gang auf und ab. Sie blieb bei einem Bild stehen, das den Mars zeigte. Eine andere Abteilung beschäftigte sich mit der Aufgabe, eine bemannte Mission zum Nachbarplaneten zu schicken. Ein sehr interessantes und teures Projekt.

Wieder fragte Nele sich, wieso sie darauf hoffte, dass ausgerechnet *sie* finanziell unterstützt werden würde. Was nützte es der Menschheit zu wissen, dass es Wasser auf einem Exoplaneten gab, wenn sie genauso gut den Mars besuchen konnten? Die Suche nach außerirdischem Leben war längst nicht so spektakulär, wie es viele Hollywoodfilme zeigten, und somit lag es auch nicht unbedingt im

Interesse der Gesellschaft. Eine Marsmission allerdings ... *Das* würde die Bevölkerung begeistern und interessieren. Ihr Bereich dagegen langweilte die Menschen. Wenn es darum ging, E.T. zu begegnen, waren sie Feuer und Flamme, nicht jedoch, wenn es um Bakterien oder Ähnliches ging. Allerdings war es wesentlich wahrscheinlicher, eine einfache außerirdische Lebensform zu finden als intelligentes Leben.

Nele hörte eine Tür zuschlagen und hob den Kopf. Brian kam auf sie zu. »Und?«, fragte er im Laufen.

Nele lächelte, weil ihm die roten Haare zu Berge standen und er nicht rasiert war. Manchmal sah er wirklich wie ein verwirrter Professor aus.

»Hast du schon ein Ergebnis?« Er nahm ihre Hände.

Kopfschüttelnd streckte Nele sich und gab ihm einen Kuss auf die Lippen. Eine Welle der Zuneigung überkam sie.

»Mist. Was meinst du? Ist es ein gutes Zeichen, dass es so lange dauert?« Brian sah sie forschend an und ließ sich dann auf den Stuhl fallen. Seine langen Beine streckte er weit aus.

Nele hob die Schultern. »Ich denke, es kann alles und nichts bedeuten.« Sie starrte wieder auf die große Abbildung mit dem Mars und fragte sich, ob ihre Mutter inzwischen verstanden hatte, was sie beruflich machte. In ihrer Vorstellung suchte Nele nach Aliens, so wie man sie sich in Science-Fiction-Filmen gerne vorstellte. Sie hatte Nele am gestrigen Abend gewarnt und gemeint, dass sie in ein Wespennest stechen könnte, dessen Ausmaß sie nicht einschätzen konnte. Sie hatte Nele inständig darum gebeten, wieder nach Hause zu kommen und für einen kurzen Moment hatte Nele wieder die alte Sehnsucht bemerkt. Ein bisschen fehlte ihr die Heimat. Immer wieder.

»Wusstest du, dass meine Mutter glaubt, ich könnte mit meiner Suche nach Leben so eine Art Krieg der Welten heraufbeschwören?«, fragte Nele und drehte sich zu Brian um. Er blätterte in einer Zeitschrift, die auf dem Tischchen neben dem Stuhl gelegen hatte, auf dem er nun saß.

»Kann ich verstehen. Meine Eltern wären auch nicht so begeistert, wenn sie wüssten, was ich hier so treibe. Ich weihe sie im Detail gar nicht ein«, erwiderte Brian.

Zum ersten Mal fiel ihr auf, dass sie rein gar nichts über Brians Familie wusste. Ihre Mutter war schon mehrmals Thema zwischen ihnen gewesen, aber sie hatte ihn noch nie wegen seiner Familie befragt. »Sind sie sehr strenggläubig?«, fragte sie.

»Nein, nicht so streng.« Brian hob die Schultern. »Sie gehen regelmäßig in die Synagoge, aber ich schätze sie nicht fundamentalistisch ein. Was ist mit deiner Mutter? Ist sie eine brave Christin?«

»Meine Mutter?« Nele winkte ab. »Nein, gar nicht.«

»Was ist eigentlich mit deinem Vater?«, erkundigte Brian sich.

Irritiert sah Nele ihn an. »Habe ich dir das nie erzählt? Meine Eltern sind geschieden, aber mit meinem Vater habe ich nur sehr selten Kontakt. Er hat uns verlassen, als ich noch ein Kind war.« Eigentlich war es eine Schande. Sie gingen schon seit mehr als einem Jahr zusammen ins Bett, kannten sich aber nicht wirklich. Trauer überkam sie, während sie Brian betrachtete, der wieder in der Zeitschrift blätterte, so als würde ihm nichts Besonderes auffallen. Doch sie konnte ihm keinen Vorwurf machen, denn immerhin erkannte auch sie erst jetzt, wie groß die Distanz zwischen ihnen war.

Sie kam nicht dazu, länger darüber nachzudenken, denn die Tür öffnete sich und Miller kam zusammen mit Graham herein. Sofort nahm er ihre Hand in beide Hände und drückte fest zu. »Wir haben es geschafft. Graham und ich konnten sie überzeugen.«

»Wir haben die Finanzierung?«, fragte Nele aufgeregt und spürte ihr Herz schneller klopfen. Sie sah zu Brian, der langsam aufstand und dabei anerkennend nickte.

»Wir haben die Finanzierung, es werden fünf Exoplaneten untersucht und unser Planet ist dabei«, antwortete Graham und berührte sie an der Schulter, bevor er sich umdrehte und verschwand.

Unser Planet, wiederholte Nele und verzog das Gesicht. Es war doch *ihr* Planet gewesen. Nun musste sie ihn bereits mit Graham teilen.

»Ich möchte, dass du dich um fünfzehn Uhr bei Graham im Büro einfindest. Wir müssen uns mit den anderen absprechen und einen Plan aufstellen«, sagte Miller, bevor er sie losließ, und Graham folgte.

»Herzlichen Glückwunsch.« Brian küsste sie auf die Schläfe.

»Danke.« Nele sah ihrem Chef hinterher und fühlte sich nicht so glücklich, wie sie es erwartet hatte. Was war nur mit ihr los? Wieso konnte sie sich nicht freuen?

»Ich hoffe wirklich für dich, dass ihr Wasser findet. Aber bitte sei nicht enttäuscht, wenn es nicht so ist«, sagte Brian.

»Denk jetzt bitte nicht wieder so negativ«, erwiderte Nele und riss sich vom Anblick ihres Chefs los, der Graham den langen Gang folgte und ihn schon fast eingeholt hatte. »Du musst auch mal an mich glauben. Bis später. Ich muss noch ein bisschen was vorbereiten.« Sie küsste ihn und eilte Miller und Graham hinterher.

Nicole, an der südlichen Küste von Nigeria

»Schau, ein normal entwickelter Embryo.« Carola klang ein wenig ungeduldig.

»Ich glaube, ich will das nicht sehen.« Nicole presste ihre Fingerspitzen gegen ihre Nasenflügel und wandte sich vom Bildschirm ab. Bis sie eine Gelegenheit gefunden hatten, alleine hier zu sein, hatte es einige Tage gedauert, aber Nicole war froh darum. Sie glaubte nicht mehr so sehr daran, dass sie das Kind jederzeit verlieren könnte, denn wenn sie über den Bauch strich, konnte sie wirklich schon eine kleine Wölbung ertasten. Doch gleichzeitig hasste sie sich dafür, dass sie sich so sehr an die Hoffnung krallte, dass dieses Mal alles gut gehen würde. Dann wieder gab es Tage, da dachte sie, dass sie sich das alles nur einbildete. Bei den anderen Fehlgeburten war ihr immer übel gewesen, obwohl der HCG-Wert nicht gestiegen war. Sie hatte sich immer selbst für diese Einbildung gehasst und hilflos gefühlt, weil sie ihrem Körper nicht hatte vertrauen können.

Mit Tayo hatte sie noch nicht gesprochen und je weiter ihre Schwangerschaft fortschritt, desto weniger fühlte es sich richtig an, ihm das zu verschweigen. Sie arbeiteten viel und sahen einander wenig, aber wenn sie zusammen waren, spürte Nicole die große Distanz, die sich zwischen ihnen aufgebaut hatte.

»Nicki.« Carola ließ die Instrumente los, legte sie auf das Tischchen neben der schmalen Liege im Untersuchungsraum und setzte sich auf den kleinen Rollhocker. Das konnte Nicole aus den Augenwinkeln beobachten. »Langsam machst du mir wirklich Angst. Du benimmst dich nicht normal. Wenn du es nicht willst, dann ... Es ist vermutlich schon zu spät. Die Frist für eine Abtreibung ist bestimmt verstrichen.«

»Ich will das Baby nicht abtreiben.« Nicole nahm Papierhandtücher und wischte das Gel weg, dann nahm sie Schwung und stand von der Liege auf. Manchmal vergaß sie, dass Carola gar keine Ärztin war, sondern Krankenschwester. Sie machte einen geübten Eindruck und arbeitete sehr selbstständig.

»Wieso benimmst du dich so komisch?« Nun klang Carola wieder bissig.

Nicole seufzte. »Aus irgendeinem Grund zeigen die Tests nur diese schwachen Linien. Ich traue der ganzen Sache nicht.«

»Machst du die Tests immer noch?« Carola stand auf und schaltete das Gerät aus.

»Manchmal.« Nicole zog sich an.

»Es gibt Frauen, bei denen die Tests nicht richtig funktionieren. Wenn du Gewissheit brauchst, müssen wir Blut abnehmen, aber dafür müsstest du dich endlich mal der Frauenärztin anvertrauen. Mit welcher Begründung soll ich das Blut in die Hauptstadt zum Labor schicken? Soll ich den Namen einer Patientin draufschreiben?« Carolas Bewegungen waren ruckartig. Man sah ihr deutlich an, dass sie verärgert war.

Nicole ließ sich auf den Stuhl fallen, der in der Umkleidekabine stand. »Ich will das einfach nicht noch einmal erleben. Es war die Hölle und ich habe sehr lange gebraucht, bis ich mich davon erholt habe. Ich habe Panik, dass ich es nicht überleben werde, wenn das nochmal passiert.«

Carola hielt inne und drehte sich um. »Du warst schon einmal schwanger?«

Nicole nickte und hielt ihre Hand mit der entsprechenden Anzahl an Fingern hoch.

»Dreimal?« Carolas Stimme hörte sich geschockt an. »Das hast du mir nie erzählt, was ist passiert?«

»Erst nach einer Unmenge an medizinischen Maßnahmen wurde ich schwanger. Ich habe mir Hormone gespritzt, wurde mehrmals operiert, irgendwann haben wir es mit künstlichen Befruchtungen versucht. Es ist so gut wie unmöglich, dass ich einfach so schwanger werde.« Nicole hob betrübt die Schultern. Jetzt, wo sie es jemandem erzählte, wurde ihr klar, wie kindisch es war, die Schwangerschaft auch weiterhin anzuzweifeln. Carola hatte das Kind gesehen, somit war es auch da.

»Deswegen habt ihr nicht verhütet«, stieß Carola aus. »Ich war ziemlich wütend, weil ich es so unverantwortlich finde.«

»Wir müssen sowieso alle Tests regelmäßig machen. Sowohl bei Tayo als auch bei mir wurde nie etwas festgestellt. Wenn wir keine Angst haben müssen wegen einer HIV-Infektion oder Hepatitis, und ich faktisch unfruchtbar bin, warum sollten wir verhüten?« Nicole lachte rau auf. Es war einfach kurios. Dass sie eines Tages wegen fehlender Verhütung überraschend schwanger werden würde, hätte sie damals, als sie alles dafür getan hatte, ein Kind zu bekommen und auch zu behalten, nie gedacht.

»Und was ist passiert?«, fragte Carola und setzte sich wieder auf den Hocker. Sie rollte ihn näher zu Nicole und sah sie aufmerksam an.

»Ich hatte drei Fehlgeburten. Ein halbes Jahr nach der letzten Fehlgeburt starb auch mein Mann. Und dann war ich alleine.« Nicole wurde übel. Die ganze Tragödie in wenigen Sätzen zusammengefasst klang fast harmlos, aber für sie war es ein traumatisches Erlebnis gewesen.

»Meine Güte.« Carola legte ihre Hand auf Nicoles Oberschenkel. »Das tut mir so leid.«

»Ja.« Nicole schluckte. Die Übelkeit ließ aber nicht nach.

»Aber umso wichtiger ist es doch, dass du dich in ärztliche Behandlung begibst. Haben Sie herausgefunden, warum du die Fehlgeburten hattest? Du solltest Maßnahmen ergreifen, damit es dem Kind gut geht. Und rede mit Tayo darüber. Ihr ... Ich habe keine Ahnung, wie ihr das machen wollt.« Carola strich ihr sanft über die Haut.

»Ich ... » Nicole brach ab, schloss die Augen und konzentrierte sich. Die Übelkeit war so stark, dass es ihr schwer fiel, einen zusammenhängenden Satz zu formulieren. »Wenn ich zu einem Arzt gehe, dann ... dann fange ich an, mich zu freuen und dann ... würde ich den ganzen Mist nochmal erleben. Ich weiß nicht, ob ich das schaffe.«

»Wenn du aber nicht zu einem Arzt gehst, stehen die Chancen nicht gut«, erinnerte Carola sie. »Du arbeitest hart, lebst unter erschwerten Bedingungen. Du musst dich in ärztliche Behandlung begeben und dich dann schleunigst darum kümmern, dass du nach Deutschland kommst. Du willst dein Baby nicht *hier* zur Welt bringen, Nicki.«

»Ich weiß.« Nicole presste ihre Hand gegen den Mund. Sie schmeckte Galle. »Ich muss ...«

»Klar.« Carola stieß sich ab und rollte mit dem Stuhl nach hinten. Eilig drängte Nicole sich an ihr vorbei und rannte zur Toilette, die direkt nebenan war.

Samuel, auf der Nordseeinsel Pellworm

Samuel straffte seine Schultern und atmete tief ein, bevor er die Tür öffnete. Endlich hatte er sich dazu durchgerungen, Stella zu einer Verabredung einzuladen. Er war vor einigen Tagen in ihren Laden gegangen, hatte allen Mut zusammengekratzt, den er in sich hatte bündeln können, und sie gefragt, ob sie mit ihm essen gehen würde. Und nun war er hier. Etwas zu spät, weil er nach wie vor nicht sicher war, ob das eine gute Idee war.

Als er eintrat, sah er, dass Stella bereits an einem Tisch saß, vertieft in die Karte, ein Glas Wasser stand auf dem Tisch.

»Hey.« Samuel stellte erstaunt fest, dass seine Stimme zitterte. Egal, wie aufregend das mit Stella bisher gewesen war, die Kontrolle über die Stimme hatte er nie verloren. Als Priester musste er häufig vor fremden Menschen reden, das war er gewohnt. Doch ein Date mit einer Frau hatte er schon seit Jahren nicht mehr gehabt. Das letzte Mal irgendwann in der Schule. Er war gänzlich unerfahren auf diesem Gebiet.

Stella sah erfreut aus. »Hi.« Sie lächelte und zeigte auf den freien Stuhl, der ihr gegenüber stand.

Als Samuel seine Jacke auszog, verhedderte er sich im Ärmel und hätte fast die Dekoration heruntergeworfen, die hinter ihm auf einem Regal stand. Als er sich endlich von seiner Jacke befreit hatte und sicher auf seinem Stuhl saß, war er rot. Zumindest fühlten sich seine Wangen so an. Aber das war ja inzwischen normal. Wann hatte er nicht heiße Wangen, wenn er mit Stella zusammen war? Er räusperte sich. »Tut mir leid, dass ich zu spät komme.«

Stella winkte ab. »Kein Problem. Hast du einen Rückzieher machen wollen?«

»Ja.« Samuel zögerte. »Für mich ist das nicht so einfach.«

»Ich weiß.« Stella lächelte mild und beugte sich etwas näher zu ihm heran. »Ich war erstaunt, dass du mich überhaupt eingeladen hast. Ich meine, ich wusste ja, dass du das gerne tun würdest, aber ich habe immer gedacht, dein Pflichtgefühl wäre stärker.«

Samuel nickte. »War es auch. Aber mir hat ein alter Freund geschrieben. Er hat mir geschrieben, wie groß die Überwindung war, mir zu schreiben, dass er aber erleichtert ist, es endlich getan zu haben. Es hat mir Mut gemacht. Wenn er sich nach all den Jahren traut, dann sollte ich mich auch trauen. Klingt nicht logisch, aber es war der ausschlaggebende Punkt.«

»Dann sollten wir auf diesen Freund anstoßen, sobald du etwas zu trinken hast«, kündigte Stella an. »Wie heißt er?«

»Fabian.« Samuel spürte, dass die Anspannung langsam von ihm abfiel. Seine Schultern sackten nach unten und jetzt wurde ihm bewusst, dass er sie die ganze Zeit verkrampft oben gehalten hatte.

»Fabian sei Dank.« Stella hob ihr Wasserglas, nickte ihm zu und trank feierlich. Die Bedienung kam an ihren Tisch und Samuel bestellte einen Tee, weil er vor dem Essen seine klammen Finger wärmen wollte. Für das Bestellen des Essens erbaten sie sich noch ein wenig Zeit.

»Gehört Fabian dieser mysteriösen Vergangenheit an, über die du nie reden willst?«, fragte Stella und stellte ihr Glas ab.

Samuel lachte. Am Anfang ihrer Bekanntschaft hatte Stella häufiger gefragt, woher er kam und was er vorher gemacht hatte, inzwischen nicht mehr. Es schien, als hätte sie akzeptiert, dass er nicht darüber reden wollte. Dass sie es jetzt wieder ansprach, fand Samuel ein wenig süß. Es zeigte ihm, dass es immer noch in ihrem Kopf herumgeisterte, sie aber aus Rücksicht geschwiegen hatte. »Ich habe keine mysteriöse Vergangenheit. Wirklich nicht.«

»Aber du redest nicht gerne darüber?«, hakte Stella nach.

Samuel spielte an dem Tischtuch, dann hob er die Schultern.

»Wenn du ein Problem hast, versuche es zu lösen. Kannst du es nicht lösen, dann mache kein Problem daraus.«

»Das heißt, man soll es ignorieren?« Samuel runzelte die Stirn.

»Nein. Man sollte es akzeptieren und versuchen es anzunehmen. Wenn man dagegen ankämpft, führt das ja doch zu nichts, oder?« Stella trank aus ihrem Glas, während sie ihn ansah.

Überrascht hob Samuel den Kopf.

Stella lachte. »Ein Zitat von Buddha, dem Begründer des Buddhismus.«

Samuel runzelte die Stirn und versuchte einen Sinn darin zu finden, was Stella gesagt hatte.

»Buddha hat 500 Jahre vor Jesus gelebt und mindestens genauso viele kluge Dinge gesagt«, sagte Stella. »Dieses Zitat ist mir gerade durch den Kopf geschossen. Du behauptest immer, in deiner Vergangenheit sei nichts gewesen, dennoch wirkst du so verschlossen, wenn ich dich etwas frage. Ich weiß nicht einmal, wieso du hierher, ans Ende der Welt, versetzt wurdest.«

»Ich hatte psychische Probleme. Der zuständige Bischof meinte, die Nordsee würde mir gut tun. Und ich bin ihm dankbar dafür. Es hat mir wirklich gut getan.« Samuel bedankte sich bei der Kellnerin, die ihm den Tee brachte, und sah dann wieder Stella an, die ihn aufmerksam musterte. Glücklicherweise sah sie nicht erschrocken aus. Er befürchtete immer, wenn er die Wahrheit sagte, dass die Leute ihn gleich als Psycho sahen. Doch sie wirkte entspannt und aufgeschlossen. Deswegen schöpfte er Mut und erzählte weiter, obwohl er sich nicht ganz sicher war, ob das das richtige Thema für ein erstes Date war. »Fabian war jemand, dem ich unbedingt helfen wollte. Er hatte zu der Zeit selber große Probleme und hat meine Hilfe verweigert. Dann gab es noch jemanden, der mit Fabian ein Problem hatte, und ich bin zwischen die Fronten geraten. Beim Versuch, es allen recht zu machen, habe ich mich total überfordert, Schlafprobleme bekommen, bin durchgedreht.« Verlegen senkte Samuel den Kopf. Er dachte nicht gerne daran, was er alles gemacht hatte, als es ihm so schlecht gegangen war.

»Hattest du einen Burnout?«, erkundigte Stella sich. Ihre Stimme klang weich und warm.

Es zeigte Samuel, dass er ihr vertrauen konnte und dass sie ihn nicht fallen lassen würde, nur weil er zugab, psychische Probleme gehabt zu haben. Außerdem glaubte er, Interesse erkennen zu können, dass sie das Thema für eine Verabredung nicht zu unpassend fand. Er schüttelte den Kopf. »So ähnlich. Ich habe es immer als Pflicht gesehen, zu helfen. Ich bin Priester. Oder Seelsorger. Ich hätte das eigentlich hinbekommen sollen, aber ich bin gescheitert.«

»Aber Fabian ist doch dein Freund, oder? Du warst nicht in deiner Funktion als Priester involviert, sondern als Freund. Das bedeutet nicht, dass du ein schlechter Priester bist.« Stella schob ihre Hand nach vorne und berührte mit ihren Fingern seinen Daumen. Diese Berührung war so tröstlich, dass sich Samuels Herzschlag beruhigte. Er wusste, es ging jetzt um ihn, nicht um sie beide und das, was sie möglicherweise sein könnten.

»Und was sagt es stattdessen aus? Dass ich ein schlechter Freund bin? Ist das nicht noch schlimmer?« Er lachte rau auf und starrte wieder auf das Tischtuch.

»Nein.« Stella klang nun energisch. »Es sagt aus, dass du ein Mensch bist. Ganz einfach. Du darfst dich nicht so unter Druck setzen. Du bist ein guter Priester und ich bin überzeugt, dass du auch ein guter Freund bist.«

Samuel hob den Kopf. Gerade als er etwas entgegnen wollte, kam die Kellnerin wieder, um ihre Bestellung aufzunehmen. Stella verdrehte die Augen, woraufhin Samuel lachen musste. Auch sie lachte. Die Stimmung lockerte sich innerhalb einer Sekunde merklich.

Lukas, in der Nähe von Kundus in Afghanistan

Schlecht gelaunt nahm Lukas die Bürste und begann seine Stiefel zu säubern. Überall hing dieser Staub. In den Haaren, in der Uniform und in den Stiefeln. Auf Dauer konnte das ziemlich auf die Nerven gehen.

»Lukas.« Erstaunt hielt er inne und drehte sich zu der Stimme um. Dass Samir ihn ansprach, war selten geworden in den letzten Tagen. Ausnahmsweise klang er nicht gereizt.

Seit Samir ihn zur Rede gestellt hatte, ging dieser ihm aus dem Weg und das ertrug Lukas nicht. Svenja stand außerdem zwischen ihnen und versuchte zu vermitteln, was sie irgendwann überforderte, da sie es lieber harmonisch mochte. Das Wichtigste war, dass ihre Arbeit unter ihrem privaten Disput nicht litt. Sie mussten sich unter Kontrolle halten.

Allerdings war nicht nur der Konflikt mit Samir frustrierend, sondern auch das Leben hier machte ihm sehr zu schaffen. Er erlebte so viel Leid und musste dennoch immer stark sein und durfte keine Gefühle zeigen. Der einzige Mensch, bei dem er wirklich echt sein durfte, war Navid und den hatte er schon seit einigen Tagen nicht mehr gesehen, geschweige denn berührt, geküsst oder gesprochen. Das setzte ihm vermutlich am meisten zu. Noch nie hatte er sich wirklich ernsthaft verliebt. Immer war es geprägt gewesen von Leichtigkeit und dem Bewusstsein, dass es nicht für immer war. Jetzt, wo er endlich einen Menschen gefunden hatte, mit dem er gerne sein ganzes Leben teilen wollte, durfte er es nicht.

Als Lukas Samirs bleiches Gesicht und die zitternden Lippen sah, ließ er die Stiefel sofort in den Staub fallen und stand auf. Hinter Samir standen Svenja und einige andere Soldaten. Wie Samir wirkte Svenja total aufgelöst, als wäre sie kurz davor zu weinen. »Was ist passiert?«, fragte Lukas.

»Eine Einheit ist aus dem Hinterhalt angegriffen worden«, flüsterte Samir und sah ihn mit geweiteten Augen an.

Lukas spürte, wie sein Herz schneller schlug. »Wer?«, forderte er sofort zu wissen.

»Bärbel und Benjamin waren sofort tot«, meinte Samir. Svenja schluchzte.

»Meint ihr die rothaarige Bärbel?«, fragte Lukas entsetzt.

Svenja nickte und presste ihre Hände vor den Mund.

»Oh nein.« Lukas drehte sich um, damit niemand seine Verzweiflung sehen konnte. Das war jetzt eindeutig zu viel für ihn. Wie viel musste er noch ertragen? Und wieso tat er sich das hier alles an? Svenja überwand die Distanz und legte fast schüchtern ihre Arme um seine Schultern. Es war das erste Mal, dass sie einander so innig umarmten, zumindest im Beisein der anderen. Sie beide wurden besonders streng beobachtet, ihre Tauglichkeit ständig bewertet. Deswegen war es nicht gut, sich zu auffällig zu verhalten. Doch dieses Mal ließ Lukas es zu. Es war tröstlich die kleinere, schmächtige Frau im Arm zu halten. Es gab ihm Kraft, jemand anderem Kraft geben zu dürfen.

»Andreas und Tom sind schwer verletzt«, fügte der Soldat, der hinter Samir stand, leise hinzu.

»Waren das die Jungs, die mit uns hier angekommen sind?«, fragte Lukas heiser.

»Ja, sie waren im Norden stationiert.« Samir schluckte so fest, dass sein Adamsapfel sprang.

»Werden sie überleben?«, erkundigte sich Lukas und legte den Arm mit einer fahrigen Bewegung um Svenjas Schultern. Er ignorierte die hämischen Blicke der anderen und konzentrierte sich auf Samir. Egal welche Differenzen sie auch hatten und wie oft ihre Meinungen auseinandergingen, Samir sagte ihm wenigstens ins Gesicht, was ihn störte, anstatt sich über ihn lustig zu machen. Deswegen akzeptierte Lukas ihn auch so sehr.

»Ich hoffe es.« Samir rieb sich über die Augenbrauen. »Und es gab noch leicht Verletzte.«

»Wer?«, fragte Lukas und schützte die Tränen auf Svenjas Gesicht vor den Blicken der anderen, indem er ihr Gesicht von ihnen wegdrehte.

»Jens. Kennst du ihn? Der mit dieser komischen Nase«, fügte Samir hinzu, vielleicht weil Lukas irritiert geschaut hatte. Als er nickte, fuhr Samir fort: »Und Roland. Der, der dich vor dem Abflug eine Schwuchtel genannt hat.« Als er das Wort sagte, machte Samir eine tänzelnde Bewegung. Es war ihm peinlich, offen darüber zu sprechen, das wusste Lukas inzwischen.

»Was ist denn genau passiert?« Lukas ließ Svenja los und drehte sich weg. Die anderen Soldaten nervten ihn. Lediglich Samir schien bereit zu sein, ihm zu erklären, was passiert war.

»Sind über eine Mine gefahren. Das Auto ist explodiert.« Samir ballte seine Hände zu Fäusten. »Die Taliban haben sich bereits dazu bekannt und feiern diesen Sieg. Diese ... Arschlöcher.«

»Samir.« Lukas legte ganz kurz seine Hand auf Samirs Arm, um ihn zu beruhigen. Wenn dieser erst in Rage war, würde er sich nicht mehr beherrschen können und losbrüllen. Das war aber genauso verpönt wie das Losheulen. Lukas wollte nicht, dass Samir dieselbe Erfahrung machen musste, wie er es getan hatte. Es reichte, wenn sie das mit ihm machten. Aber Samir zog seinen Arm sofort weg, so als hätte Lukas heiße Finger. Lukas seufzte.

»Tom soll schwere innere Verletzungen und Andreas einen Arm verloren haben.« Svenja wirkte nun im Gegensatz zu Samir wieder gefasster, doch als sie weitersprach, zitterte ihre Stimme. »Und die anderen beiden sind tot! Stell dir das vor! Sie sind einfach gestorben. Hier in Afghanistan, weit weg von den Menschen, die sie geliebt haben.«

Entsetzt schloss Lukas die Augen. Er sah einen Mann vor sich liegen mit zerfetzten Beinen. Seinen Bruder. Überall Blut, Geschrei und Hysterie. Was er da sah, war eine Szene aus seiner Vergangenheit. Er hatte das schon einmal erlebt und erinnerte sich nicht gerne daran.

»Alles okay?«

Lukas öffnete die Augen wieder und spürte, dass sein Puls sich fast sofort wieder normalisierte. Diesmal berührte Samir ihn, indem er seine Hand auf seine Schulter legte.

»Es geht«, sagte er leise. »Ich habe mich gerade nur an etwas erinnert. An etwas Schlimmes.«

Sowohl Svenja als auch Samir sahen ihn irritiert an.

Lukas machte eine wegwerfende Bewegung. »Schon okay. Vergesst es. Dieser Unfall zeigt uns, dass wir nicht sicher sind. Wir alle nicht. Wir müssen auf uns aufpassen und immer wachsam sein. Und vor allem dürfen wir nicht zulassen, dass unsere privaten Probleme unsere Konzentration stören. Wir müssen zusammenhalten.« Er sah streng zu Samir, der sein Gesicht wegdrehte, so als wäre es ihm peinlich, dass Lukas es ansprach.

»Mir tun die Familien der Toten leid«, flüsterte Svenja. Wieder lief ihr eine Träne über das Gesicht. Doch das machte nichts, denn die anderen hatten sich mittlerweile schon verzogen.

»Und mir tun die anderen Zwei leid. Die, die jetzt um ihr Leben kämpfen müssen und vielleicht nie wieder gesund werden«, knurrte Samir.

»Aber sie werden wenigstens nach Hause geflogen und bald im Kreise ihrer Familie sein«, erwiderte Svenja.

»Beides ist schlimm«, meinte Lukas und sah seine beiden Freunde an. Die Bezeichnung war vollkommen korrekt, auch wenn er sie noch nie verwendet hatte. Aber sie waren wirklich seine Freunde. »Aber wir dürfen uns jetzt nicht davon ablenken lassen. Wir müssen auf uns achten. Damit unsere Familien nicht auch am Flughafen einen Sarg in Empfang nehmen müssen.« Das würden seine Eltern sicherlich nicht überleben. Noch nie war sich Lukas der Gefahr so bewusst gewesen, dass er sterben könnte. Und was würde dann aus seinen Eltern werden? Zwei Söhne zur Welt gebracht und nichts davon übrig geblieben? Seine Mutter würde das nicht überleben, dessen war er sich sicher.

Jochen, in einem Dorf im Südschwarzwald

»Eines vorweg: Sie sind nicht verpflichtet, Prothesen zu tragen. Ich hatte bei unserem letzten Gespräch den Eindruck, dass Sie das wegen der Begegnung mit dem Mann auf dem Parkplatz glauben.« Nadina Martinez setzte sich ihm gegenüber und strich mit ihrer künstlichen Hand den Rock glatt. Die Bewegung sah zufällig aus, natürlich und normal.

»Ich bin ein junger Mann, der immer viel Sport getrieben hat, warum sollte ich nicht mit Prothesen laufen können?« Jochen hob die Schultern.

»Sie sind beidseitig sehr hoch amputiert und haben damit zwei bedeutende Nachteile gegenüber anderen Menschen mit Beinprothesen«, erinnerte Frau Martinez ihn. Sie schlug die Beine elegant übereinander.

Jochen schwieg und presste beide Hände gegen die Oberschenkel.

»Ich möchte Ihnen damit nicht sagen, dass Sie auf Prothesen verzichten sollen, Herr Albert. So war das nicht gemeint. Ich möchte Ihnen lediglich alle Vor- und Nachteile aufzählen, um Ihnen eine Entscheidungshilfe zu geben.«

Jochen nickte.

»Gut.« Frau Martinez beugte sich vor und berührte dabei mit ihrer Fußspitze das linke Rad seines Rollstuhls. Sie zog die Akte zu sich heran, schaute aber nicht hinein. »Wie lange haben Sie es mit Prothesen versucht?«

»Das war damals in der Reha. Ich bin häufiger operiert worden und war es leid. Ich wollte nach Hause und mein neues Leben beginnen. Vielleicht war ich zu ungeduldig.« Jochen hob die Schultern und versuchte die Erinnerungen an diese schwere Zeit von sich wegzuschieben. Er dachte nicht gerne daran. »Ich habe meine Familie vermisst. Die Reha war am anderen Ende von Deutschland und so habe ich sie nur sehr selten gesehen.«

»Verständlich.« Frau Martinez nickte.

»Also bin ich ohne Protheseversorgung hierhergekommen. Ich wurde dann von Herrn Wicker betreut und bekam Übergangsprothesen. Nach einem halben Jahr habe ich es aufgegeben.« Jochen legte seine Hände an die Greifarme seines Rollstuhls und schob ihn ein wenig nach hinten. Es irritierte ihn, dass Frau Martinez mit ihrer Fußspitze sein Rad berührte.

»Ein halbes Jahr ist nichts bei einer beidseitigen Amputation. Ich habe bestimmt zwei Jahre gebraucht, bis ich diesen Arm hier richtig einsetzen konnte«, teilte Frau Martinez ihm mit und hob die Armprothese. »Wenn man mit Prothesen versorgt wird, hat man eine gewisse Erwartungshaltung aufgrund der Erfahrungen, die man vor dem Unfall gemacht hat. Man sieht Menschen mit Prothesen laufen oder greifen, sieht die Paralympics im Fernsehen. Aber man vergisst, dass dieses Bild nur die Menschen zeigt, die es bereits gewöhnt sind. Die, die sich noch nicht daran gewöhnt haben, haben naturgemäß noch nicht so einen großen Bewegungsradius.«

Wieder nickte Jochen.

»Sie können es schaffen. Davon bin ich überzeugt. Sie haben selbst gesagt, Sie sind jung und sportlich. Nicht übergewichtig. Aber Sie sind nicht verpflichtet. Es spricht überhaupt nichts dagegen, sich für den Rollstuhl zu entscheiden. Wenn er Ihnen Mobilität geben kann, die Ihnen die Prothesen nicht geben können, dann ist er die erste Wahl. Ein Aktiv-Rollstuhl, so wie Sie ihn gerade fahren, ist viel besser, als alleine zu Hause zu versauern und sich unter Schmerzen auf Prothesen herumzuquälen.« Frau Martinez lächelte ihm aufmunternd zu.

»Ich fühle mich eigentlich wohl.« Jochen überlegte kurz. »Ich fühle mich eher eingeschränkt mit der Tatsache, nichts mehr zu tun zu haben. Ich gehe nicht mehr arbeiten, meine Kinder sind aber schon zu alt, als dass ich mich ständig um sie kümmern müsste. Wenn ich in einer Stadt leben würde, wäre es sicherlich etwas einfacher. Behindertensport ist auch nur schwer möglich, weil es zu den Vereinen weit zu fahren ist.« Das sollte eigentlich nicht Bestandteil der Unterhaltung sein, aber Jochen hatte das Gefühl, endlich jemanden getroffen zu haben, der ihn verstehen konnte. Das wollte er ausnutzen.

»Egal wie, aber Sie sollten sich darum bemühen, unter Leute zu kommen. Sie haben ein Auto, oder?« Frau Martinez legte die Akte wieder auf den Tisch zurück.

Jochen lächelte. »Zum Glück. Mit Handbetrieb. Ohne wäre ich verloren.«

»Ich kann Ihnen einige Adressen heraussuchen, wenn Sie möchten. Sportgruppen, Selbsthilfegruppen ... Ich zum Beispiel gehe einmal die Woche zum Schwimmen. Zwei Bahnen sind für uns reserviert und anschließend gehen wir oft noch was trinken. Manchmal tut es einfach gut, sich mit Menschen zu umgeben, die etwas Ähnliches erlebt haben. Aber es müssen ja gar keine Behinderten sein, mit denen Sie sich treffen. Haben Sie schon mal daran gedacht, etwas ehrenamtlich zu tun?«, erkundigte sich Frau Martinez.

Erstaunt sah Jochen sie an. »Das geht schon weiter als die normale Beratung, oder?«

Frau Martinez sah ihn vergnügt an. An ihren Mundwinkeln hatten sich Grübchen gebildet. Schön sah das aus, richtig schön. »Ich habe eine halbe Stunde Zeit für Sie. Und wenn Sie noch nicht so weit sind, mir zu bestätigen, dass Sie Prothesen wirklich wollen, muss ich noch keine Anpassung machen. Überlegen Sie sich das gut und kommen Sie wieder, sobald Sie eine Antwort gefunden haben.«

Jochen legte seine Hände in den Schoß und nickte. »Ich schwimme auch regelmäßig. Es ist der einzige Sport, der mir geblieben ist.«

»Sie können einige Sportarten machen. Handbike könnten Sie zum Beispiel fahren. Natürlich können Sie auch vorbeischauen, wenn wir uns zum Schwimmen treffen. Das ist immer Mittwochabend im Thermalbad.«

Normalerweise ging Jochen in ein anderes Schwimmbad. Es war näher und im Thermalbad waren ihm eindeutig zu viele Rentner. Aber wenn Frau Martinez da war ...

»Mir hat es kurz nach meinem Unfall gut getan, mich mit Menschen zu treffen, die ähnliche Einschränkungen haben und weiter sind als ich. So konnte ich Mut schöpfen und erhielt die Gewissheit, dass es mir irgendwann auch wieder besser gehen wird«, fuhr Frau Martinez fort.

Jochen verzog das Gesicht. Mit jemandem über seinen Unfall zu sprechen war nicht unbedingt das, was er brauchte. Nicht einmal mit Frau Martinez wollte er darüber reden.

»Vielleicht würde Ihnen eine Selbsthilfegruppe wirklich helfen. Sie haben den Unfall noch nicht richtig verarbeitet. Aber ...«

Frau Martinez redete weiter, aber Jochen hörte ihr nicht mehr zu. Er starrte abwesend gegen die Wand und versuchte das Rauschen in seinen Ohren zu ignorieren. Plötzlich kamen die Erinnerungen wieder in ihm hoch. Die Schmerzen, das Geschrei. Er hatte seine Beine gesehen, noch bevor der Krankenwagen eingetroffen war. Man hatte ihn davon abhalten wollen, hinzusehen, aber als man versucht hatte, ihn umzulagern, um die Blutung zu stoppen, hatte jemand ihn aufgerichtet und er hatte es gesehen. Den Anblick würde er nie vergessen. Seine Beine waren noch da gewesen, aber er hatte sofort gewusst, dass sie zu nichts mehr zu gebrauchen waren. Es war schrecklich gewesen. Kurz danach war alles um ihn herum dunkel geworden. Als er erwacht war, war das, was von seinem rechten Bein noch übrig gewesen war, von den Ärzten größtenteils entsorgt worden. Das Linke, das ihm zunächst noch geblieben war, hatten sie später abgeschnitten.

»Alles okay?«

Nur langsam wurde er sich bewusst, dass Frau Martinez mit ihm sprach. Er runzelte die Stirn und starrte sie an. Ihre braunen Augen, die spitze Nase und der schöne Mund mit den vollen Lippen und den Grübchen halfen ihm, die Bilder abzuschütteln. »Mir geht es gut.«

»Ich werde Ihnen ein paar Broschüren mitgeben. Sollen wir einen Termin in vier Wochen ausmachen? Vielleicht können Sie Ihre Frau mitbringen?« Frau Martinez lehnte sich vor und legte ihre Hand, ihre echte Hand, auf seine Schulter. Sie schien ein wenig besorgt wegen seiner Abwesenheit.

»Danielle?«, fragte Jochen erstaunt.

»Vielleicht kann Sie Ihnen helfen, sich darüber klar zu werden, was Sie wollen«, sagte Frau Martinez und lächelte.

Jochen nickte langsam. Noch wusste Danielle nicht einmal, dass er hier gewesen war. Er hatte ihr von dem ersten Gespräch nichts erzählt und auch nicht mitgeteilt, wo er jetzt war. »Ja«, sagte er und lächelte. »Vielleicht.«

Das schien Frau Martinez zu beruhigen, denn sie nickte entschieden und stand auf.

Fabian, in der Justizvollzugsanstalt Weiterstadt

»Hey, Schmöl.« Fabian legte langsam die Langhantel weg und richtete sich auf. Sein Lieblingswärter hatte heute Dienst und genau dieser stand nun auf seiner Fitnessmatte und wedelte mit einer Zeitung herum. Im Grunde verstand Fabian sich mit allen Wärtern sehr gut. Die Darstellung, wie sie häufig im Fernsehen gemacht wurde und die aussagte, dass Gefängniswärter grausam und sadistisch waren, konnte Fabian nicht bestätigen. Alle waren freundlich, aber leider waren alle auch notorisch gestresst und deswegen manchmal auch genervt. Axel Zeiler jedoch war anscheinend so belastbar, dass er seinen Stress nie an den Gefangenen ausließ und immer einen Witz auf den Lippen hatte. Bei ihm wusste man, dass er immer ein offenes Ohr für jeden hatte. Deswegen mochte Fabian ihn auch so sehr. Aber da war er nicht der Einzige. Zeiler war wegen seiner offenen Art allgemein sehr beliebt.

»Schau mal, dafür interessierst du dich doch.« Zeiler reichte ihm die Zeitung und lief dabei ungeniert über die Sportmatte, obwohl er Straßenschuhe trug.

Fabian wischte sich den Schweiß von der Stirn. Es war unüblich, dass ein Wärter hereinkam und Zeitungen mitbrachte, während ein Insasse seine Sportstunde absolvierte. Zeitungen waren zwar erlaubt, aber nur in der Zelle und im Aufenthaltsraum, nicht aber im Essens- oder Fitnessraum. Warum diese Regel so streng war, wusste Fabian nicht, und es hatte ihn bisher nie gestört. Wenn er Sport machte, konnte er sich sowieso nicht auf die Zeitung konzentrieren.

Als er auf das Titelbild blickte, wurde ihm bewusst, wieso Zeiler keine Mühen gescheut hatte, um zu ihm zu gelangen. Der Excplanet, dessen Existenz vor einigen Wochen schon vereinzelt in den Medien besprochen worden war, verfügte über Wasser! Sogar über flüssiges Wasser. Dieses Mal stand es in der Schlagzeile. Fabian setzte sich auf den Fitnessball und starrte auf die Überschrift. Was für eine grandiose Neuigkeit! Dass die amerikanischen Forscher überhaupt begonnen hatten, gezielt nach Wasser zu suchen, hatte er nicht mitbekommen. Er war auf die Nachrichten im Fernseher und in den Zeitungen angewiesen, sein Internetzugang war begrenzt - und bisher waren die Medien relativ zurückhaltend gewesen, so als glaubten sie, die Bevölkerung wäre nicht interessiert. Doch das war wirklich eine Sensation. Der erste Exoplanet, der bewiesenermaßen über Wasser verfügte.

Er blickte Zeiler an. »Darf ich das kurz lesen?«

»Wenn du dich beeilst. Ich werde jetzt nicht anfangen Sport zu machen, damit du die Zeitung lesen kannst.« Zeiler grinste.

Auch Fabian grinste und senkte den Kopf. Eilig las er den ersten Abschnitt. Die Tatsache, dass Wasser gefunden worden war, konnte bedeuten, dass auf dem Planet Leben existierte. Er konnte es nicht glauben. Was das wohl für eine Bedeutung für die Wissenschaftler hatte? Wie würde die Bevölkerung damit umgehen? Kopfschüttelnd dachte er an seine Mutter, die von solchen Dingen überhaupt nichts hielt und sein Interesse für Astronomie als eine Kinderei empfand. Und wie ging es seiner Exfreundin, die immer daran geglaubt hatte, dass es irgendwo außerirdisches Leben gab?

Und wie würde es nun weitergehen?

Zeiler wurde unruhig, weswegen Fabian den Rest des Artikels nur überflog, am Ende las er aber wieder genauer. Unbedingt wollte er wissen, ob man diesen Exoplaneten weiter untersuchen würde. In den letzten Sätzen wurde allerdings nur berichtet, dass die Internationale Astronomische Union nach einem geeigneten Namen suchte. Die Bevölkerung war dazu aufgerufen worden, Vorschläge über eine Homepage einzureichen. Bezüge auf Politik, Geschichte oder Religion waren tabu, aber mitmachen konnte jeder. Fabian überlegte, ob auch er einen Namen einreichen sollte, aber vermutlich würde es viel zu viele Einsendungen geben, wenn weltweit gesucht wurde.

Enttäuscht ließ Fabian die Zeitung sinken. Dass Wasser gefunden worden war, stand bereits in der Überschrift und weitere Informationen gab der allgemein gehaltene Bericht nicht her.

»Du kannst ja heute Abend fernsehen. Die bringen dazu bestimmt eine Sondersendung«, tröstete Zeiler und nahm die Zeitung wieder an sich.

Fabian nickte und begann auf dem Ball leicht die Hüften zu kreisen. Das tat seinem Rücken gut. Die Arme ließ er herabhängen. Das Training war hart gewesen und Fabian freute sich auf die Dusche und das Abendessen. Und danach würde er sich sofort in die Zelle führen lassen und Nachrichten schauen. Hoffentlich gaben sie dann dort ein paar mehr Informationen bekannt.

»Die Post habe ich dir auch mitgebracht«, sagte Zeiler und reichte ihm zwei Umschläge. »Bis später, Schmöl.« Er klemmte sich die Zeitung unter den Arm und marschierte zur Tür.

Fabian betrachtete die Briefe. Sein Herz schlug schneller, denn einer war von dem Hotel, bei dem er sich beworben hatte. Es war das letzte Hotel im Wohnort seiner Mutter, bei dem er noch ein offenes Bewerbungsverfahren hatte. Die anderen Restaurants und Hotels hatten ihm eine Absage erteilt.

Und wenn Fabian die Größe des Umschlags korrekt interpretierte, war auch dies eine Absage. Er schluckte und riss die Lasche auf. Eilig griff er nach dem Schreiben und faltete es auseinander. Ein schaler Geschmack breitete sich in seinem Mund aus. Natürlich. Wieder eine Absage.

Fabian rieb sich den Schweiß von der Stirn und versuchte seine Enttäuschung unter Kontrolle zu bekommen. Niemand hatte ihm gesagt, dass es leicht werden würde. Jeder hatte ihn gewarnt, dass er es schwer haben würde. Somit sollte er eigentlich vorbereitet auf die ganzen Absagen sein, trotzdem traf ihn jede einzelne.

Um sich abzulenken, betrachtete Fabian den anderen Brief und musste lächeln. Er war sehr froh, dass er Samuel geschrieben hatte. Das war nun schon der zweite Brief, der von der Nordsee kam. Anscheinend hatte Samuel echtes Interesse, wieder mit ihm in Kontakt zu kommen, zumindest schriftlich. Das machte Fabian ein wenig Mut.

Nele, in Washington, D.C.

So viele Reporter hatte Nele noch nie auf einem Haufen gesehen. Die Aufmerksamkeit, die die amerikanische Weltraumbehörde momentan erhielt, war gigantisch.

Neben Miller und weiteren Wissenschaftlern, die höhere Posten innehatten, saß auch Graham oben auf dem Podest und stand Rede und Antwort.

»Du müsstest da oben sitzen.« Brian stand halb hinter ihr und hatte sich zur ihr gebeugt, um ihr ins Ohr zu flüstern.

Nele schüttelte den Kopf und stieß ihn leicht weg. Sein Bart kitzelte ihre Wange und sein Rasierwasser empfand sie als zu aufdringlich. Vielleicht sollte sie ihm das sagen, aber sie hatte gerade ganz andere Probleme.

Eine junge engagierte Reporterin stand auf, nachdem Miller auf sie gezeigt hatte. »Gibt es Leben auf diesem Exoplaneten?«

Atemlos lauschte Nele der Antwort von Graham, der sich nach vorne beugte und der Reporterin ein charmantes Lächeln schenkte. »Wir können zum jetzigen

Augenblick noch keine Auskunft darüber geben, aber natürlich werden wir diesen Planeten weiter im Blick haben. Zuerst einmal werden wir versuchen, Sauerstoff zu finden, aber selbst dann ist die Existenz von Leben nicht bewiesen.«

Die Reporterin wirkte zufrieden. Sie setzte sich wieder und schrieb etwas in ihren Notizblock.

Nun zeigte Miller auf eine weitere Person, diesmal ein Mann, der etwas älter war. Auch er stand auf. »Was werden wir tun, wenn wir intelligentes Leben finden?«

»Kontakt aufnehmen, was sonst?« Graham lachte und zupfte an seinem Hemdärmel herum. Es wirkte arrogant.

Diese Antwort war nicht klug gewesen, dachte Nele und schüttelte den Kopf. Es gab schon genug Ängste in der Bevölkerung durch Verschwörungsfans, die behaupteten, es gäbe schon längst Kontakt zu außerirdischen Wesen. So würden sie keine große Unterstützung erhalten. Andererseits war Miller der Meinung, dass sie die viele Aufmerksamkeit ausnutzen sollten, dass ihre Entdeckung für die Sensation gehalten wurde, die sie auch war. Je größer die Faszination und Begeisterung der Bevölkerung, umso einfacher würde es sein, die finanziellen Kosten zu verteidigen, die entstehen würden.

»Aha«, sagte der Reporter und nickte. »Und was, wenn sie uns feindlich gesinnt sind?«

»Dann wären sie doch schon längst da, oder?« Graham faltete die Hände und hob lässig die Schultern. »Dass sie noch nicht hier sind, kann zweierlei bedeuten. Entweder sind sie technisch noch nicht so entwickelt, um zu uns zu gelangen, oder sie wissen von unserer Existenz, aber sie wollen keinen Kontakt.«

Oder es gibt sie überhaupt nicht, ergänzte Nele und spürte Wut in sich. Dieser Graham machte aus ihrer Entdeckung eine Science-Fiction-Show. Es wirkte lächerlich und würde viele Gegner heraufbeschwören, dessen war sie sicher. Sie fragte sich, warum Miller das zuließ, wieso er nichts dagegen unternahm.

»Dürfte ich noch etwas fragen?« Die junge Reporterin von eben stand auf, ignorierte das belustigte Nicken von Graham vollkommen. Stattdessen starrte sie direkt Miller an. Gutes Mädel, dachte Nele grimmig lächelnd. »Was glauben Sie denn, was passiert, wenn wir den Nachweis von außerirdischem Leben tatsächlich hätten? Massenpanik oder Weltfrieden? Sind wir vorbereitet?«

»Meinen Sie, ob wir vorbereitet sind auf einen Angriff?«, hakte Graham nach.

»Nein.« Die junge Frau klang kühl. »Ich meine, ob wir darauf vorbereitet sind, was es mit uns macht, wenn wir den Nachweis auf außerirdisches Leben haben. Werden die Religionen zusammenbrechen? Sich die Völker einen? Würden sich Sekten bilden? Sind Sie darauf vorbereitet und bereit, die Konsequenzen zu tragen, die sich ergeben könnten?«

»Es wird sich nicht sehr viel ändern«, flüsterte Nele in Brians Richtung. »Selbst wenn wir den Beweis für Leben finden, ist es uns nicht möglich, mit ihnen in Kontakt zu treten.«

»Ich gehe davon aus, dass die Religionen schneller an Bedeutung verlieren, als sie es zurzeit tun«, antwortete Graham.

»Was erzählt er da?«, schimpfte Nele und drehte sich zu Brian um, der die Arme vor der Brust verschränkt hatte. »Ich gehe davon aus, dass die Religionen das überstehen werden.«

»Ich glaube, er war zu oft im Kino«, erwiderte Brian und runzelte die Stirn. »Er sieht sich in einem Actionfilm.«

Empört drehte Nele sich wieder nach vorne, wo ein Tumult entstanden war.

»Jetzt entsteht der Eindruck, wir hätten nichts unter Kontrolle. Wir würden eine Massenpanik heraufbeschwören, wenn wir weiterforschen«, fügte Nele hinzu und spürte Groll in sich aufsteigen. Sie verließ den Raum und ignorierte ihre Kollegen, die gemeinsam mit ihr hinten gestanden hatten, um der Pressekonferenz zuzuhören, und ihr nun fragend nachsahen. Im Gang lehnte Nele sich gegen die Wand und starrte den Flur entlang. Draußen ging gerade die Sonne unter.

Als sie erfahren hatte, dass ihr Planet tatsächlich über flüssiges Wasser verfügte, hatte sie vor Aufregung nicht schlafen können. Sie hatte mit ihrem Team gefeiert und sich wie im Paradies gefühlt. Jetzt aber bröckelte die Euphorie. Immer mehr hatte sie das Gefühl, die Kontrolle über das Projekt zu verlieren. Dass sie sich nicht gegen Grahams dominante Art, sich in den Mittelpunkt zu schieben, wehren konnte. Wieder einmal empfand sie Sehnsucht nach ihrem Zuhause, nach den tröstenden Armen ihrer Mutter, der beschaulichen Provinz, in der sie früher gelebt hatte.

»Alles okay?«, fragte Brian. Er war ihr gefolgt und kam vorsichtig auf sie zu, so als würde er befürchten, sie würde ihn angreifen, wenn er ihr zu nahe käme.

»Sieht es für dich so aus, als wäre alles in Ordnung?«, fragte Nele entrüstet und zeigte auf sich.

»Was ist los mit dir?« Brian lehnte sich ihr gegenüber an die Wand. »Wieso bist du so zickig? Du hast freiwillig einen Rückzieher gemacht und wolltest auf den Pressekonferenzen nicht auftreten. Es war doch logisch, dass Miller sich jemand anderen sucht.«

»Aber ich habe nicht gewusst, dass er daraus ein Spektakel macht. Mein Planet sollte ein ernsthaftes Projekt werden, etwas, das von der ganzen Welt ernstgenommen wird. Aber er übertreibt mit allem maßlos, schürt Hoffnungen und provoziert Panik.« Nele griff mit beiden Zeigefingern an ihre Schläfen und versuchte den dumpfen Kopfschmerz wegzumassieren. Vielleicht war sie so emotional, weil sie seit Tagen nicht gut geschlafen hatte und vollkommen überarbeitet war. Wenn sie sich erstmal ausruhen konnte, wäre alles nur noch halb so schlimm. Aber wann sollte sie sich ausruhen?

»Aber das ist es, was die Menschen interessiert, Nele. Ich weiß nicht, was du erwartet hast.« Brian seufzte.

»Vielleicht einfach mehr Ernsthaftigkeit und weniger Zirkus«, hauchte Nele und drückte sich von der Wand ab. »Ich gehe wieder an die Arbeit. Wir sehen uns später, okay?« Sie küsste ihn auf die Lippen.

»Bis später, Nele.« Brian drückte ihre Finger und ließ sie erst los, als sie daran zog.

Nicole, an der südlichen Küste von Nigeria

Genervt sah Nicole zu Tayo, der seinen Kopf in die Zeitung gesteckt hatte. Nur hin und wieder hob er ihn, um ihr etwas daraus zu zitieren. Dass Wasser auf einem anderen Planeten entdeckt worden war, war mittlerweile in allen Medien; egal ob afrikanische oder deutsche Zeitungen, jeder berichtete darüber.

»Wäre schön gewesen, wenn sie hier Wasser gefunden hätten«, brummte Tayo und sah sie gereizt an, so als hätte sie der Finanzierung dieses Projektes zugestimmt.

»Wasser ist doch gar nicht das Problem«, murmelte Nicole und rieb sich über die schweißnasse Stirn. Die Hitze setzte ihr heute mehr zu als sonst. Sie bemerkte die körperlichen Veränderungen durch die Schwangerschaft von Tag zu Tag mehr. Doch anstatt, dass es sie beruhigte, wurde sie nur noch panischer, weil ihr bewusst geworden war, wie sehr sie ihr Kind in Gefahr gebracht hatte, alleine dadurch, dass sie es nicht hatte anerkennen können. Doch die Angst vor dem Verlust war einfach zu groß gewesen. »Wir haben doch Brunnen hier.«

»Aber es gibt Orte in Afrika, an denen sie versiegt sind«, betonte Tayo, senkte die Zeitung und warf ihr einen strengen Blick zu. Als er die Zeitung wieder hob, raschelte sie laut. »Die lassen uns hier krepieren und schießen das Geld lieber ins All.«

»Geld würde auch nicht helfen«, widersprach Nicole. Eigentlich hatte sie keine Lust zu streiten, und wenn sie ganz ehrlich zu sich war, dann war sie auch Tayos Meinung. Trotzdem ging ihr sein Gemecker heute ziemlich auf die Nerven.

»Nigeria war auf einem richtig guten Weg und dann kam die Ebolakrise und hat uns zurückgeworfen.« Tayo schüttelte den Kopf. Seine langen, schwarzen Locken schwangen hin und her. Schweißtropfen hingen an seiner Stirn und ließen seine dunkle Haut glänzen.

Nicole seufzte. »Das größte Problem Nigerias ist die Korruption. Ein sehr reiches Land, aber eine arme Bevölkerung. Geld würde das Problem nicht lösen, vielleicht nur noch schlimmer machen.«

Wütend klappte Tayo die Zeitung zu. Erstaunt sah Nicole, dass er Tränen in den Augen hatte. »Du verabscheust das Land, aber ich liebe es und ich will dafür kämpfen, dass es aus seinen Ruinen aufersteht.« Energisch klopfte er mit der Faust auf den Tisch und stand auf.

»Ich verabscheue das Land doch nicht«, rief Nicole, als Tayo nach draußen ging. Ihr wurde ganz schwer ums Herz, denn wieder wurde ihr bewusst, wie sehr Tayo Nigeria liebte und was es für sie bedeuten würde, wenn sie in Deutschland das Kind großziehen wollte, während er hier bliebe. Frustriert legte sie ihre Stirn auf die Handflächen.

Erst als Tayo wieder zurückkam, schaute sie auf. Er trug zwei Flaschen und stellte ihr eine hin. »Du wolltest mit mir reden«, erinnerte er sie und klang etwas ruhiger als zuvor.

Nicole nickte. Sie zeigte ungeduldig auf den Stuhl. »Setz dich bitte.« Bevor sie den Mund erneut öffnete, griff sie nach seinen Händen, nach diesen rauen, aufgeschürften Händen, die sie nachts oft sanft gestreichelt hatten. Sie versuchte zu verdrängen, wie schwer ihr die Trennung fallen würde, und räusperte sich. »Tayo, ich bin schwanger.«

Es war das erste Mal, dass sie es laut aussprach, mit fester Stimme und laut und deutlich. Sie war schwanger. Und es fühlte sich richtig gut an. Eine Frauenärztin hatte sie untersucht und ihr bestätigt, dass alles normal verlief. Seitdem fiel es Nicole leichter, die Tatsache zu akzeptieren. Doch erst jetzt, wo sie es zum ersten Mal laut gesagt hatte, verspürte sie wilde unbändige Vorfreude. Es fühlte sich fast so an wie bei ihrer ersten Schwangerschaft, als sie noch naiv gewesen war und geglaubt hatte, Fehlgeburten seien ein seltenes Problem, das sie niemals betreffen würde. Diese Leichtigkeit hatte sie von Fehlgeburt zu Fehlgeburt immer mehr verloren.

Obwohl sie damit gerechnet hatte, dass er toben und ihr Unvernunft vorwerfen würde, weil sie immer behauptet hatte, er müsse sich um Verhütung keine Gedanken machen, war sie nicht erstaunt, als seine Gesichtszüge auf einmal ganz weich wurden. »Wirklich?«, hauchte er.

Nicole nickte. »Ja, wirklich«, flüsterte sie.

»Aber ...« Tayo setzte sich gerade hin. »Wie ist das möglich, Sternenlicht?«

Lächelnd sah Nicole ihn an. Sternenlicht hatte er sie schon lange nicht mehr genannt. Ganz zu Beginn, als sie sich gerade kennengelernt hatten und Tayo noch um sie hatte kämpfen müssen, war das sein Kosename für sie gewesen. »Es muss ein Wunder sein. Ich habe dich nicht angelogen. Eigentlich kann ich nicht auf natürliche Weise empfangen. Ich habe eine sehr seltene genetische Erkrankung, die die Einnistung fast unmöglich macht. Und selbst wenn sich ein befruchtetes Ei einnistet, ist die Wahrscheinlichkeit sehr hoch, dass ich es verliere. Es ist wirklich ein Wunder.«

»Siehst du«, sagte Tayo und küsste ihre Hände, erst die rechte, dann die linke, »Nigeria ist jetzt auch dein Lieblingsland. Es hat dir Heilung gebracht.«

Wieder wurde es Nicole ganz schwer ums Herz. »Ich habe von der Frauenärztin ein Arbeitsverbot erhalten. Es ist zu gefährlich. Ebola und so weiter.« Sie sah nicht ihn an, sondern die Tischplatte.

»Ja.« Tayo klang entschieden. »Du solltest dich ausruhen. Das hier ist nicht der richtige Ort. Ich bringe dich in die Hauptstadt. Du kannst bei meinen Eltern leben.«

Erstaunt hob Nicole ihren Kopf. »Aber deine Eltern mögen mich doch nicht, oder?«

»Sie mögen nicht, dass wir nicht verheiratet sind und jetzt auch noch ein uneheliches Kind bekommen, aber ob sie *dich* nicht mögen, weiß ich nicht. Sie kennen dich ja noch nicht. Und es ist mir egal, was meine Eltern dazu sagen. Du brauchst einen sicheren Ort und den findest du bei meinen Eltern. Sie sind reich. Sie können für deine Gesundheit sorgen.« Tayo nickte, als ob er sie damit überzeugen könnte.

»Von der Frauenärztin habe ich außerdem die Empfehlung erhalten, nach Deutschland zurückzukehren«, flüsterte sie.

Tayo ließ ihre Hände aus seinem Griff gleiten. Von einem Moment zum anderen sahen seine Gesichtszüge wieder so grimmig aus wie zu dem Zeitpunkt, als er ihr den Bericht über den Fund des Wassers auf dem anderen Planeten vorgelesen hatte. »Ich weiß gar nicht, warum ich davon ausgegangen bin, dass du hier bleibst.« Er rollte mit den Schultern und stand langsam auf.

»Tayo.« Flehentlich sah Nicole ihn an.

»Ich verstehe das.« Er kam um den Tisch gelaufen und zog sie an sich heran. »Ich verstehe das, mein Sternenlicht. Du musst nur verstehen, dass ich gerade total geschockt bin. Ich habe eben erfahren, dass ich eine Familie haben werde, aber jetzt wird mir klar, dass ich diese Familie verlieren werde - wenn ich nicht bereit bin, meine Heimat zu verlieren.«

»Es tut mir leid.« Nicole entfernte sich von ihm und sah ihn betroffen an. »Ich habe hin und her überlegt und für dieses Problem eine Lösung gesucht. Keiner von uns ist bereit, seine Heimat aufzugeben.«

»Ist das Kind ... in Gefahr?«, fragte Tayo vorsichtig.

Nicole schüttelte den Kopf. »Nein, die kritische Zeit ist längst vorbei. Es geht ihm tatsächlich sehr gut. Der Herzschlag ist stabil und kräftig.«

Tayo hob das Kinn an. »Also können dir die deutschen Ärzte nicht mehr geben als die nigerianischen Ärzte? Wie ich eben schon betont habe, meine Eltern sind reich. Mit Geld kommst du hier sehr weit. Du wirst die beste Behandlung erhalten, die es in diesem Land gibt. Wenn du möchtest, kannst du sogar zu einer deutschen Ärztin gehen. Es gibt welche in der Hauptstadt.«

Nicole schwieg.

»Hey.« Tayo hob ihr Kinn an.

»Ich bin sicher, mir und meinem Kind wird es an nichts mangeln«, antwortete Nicole leise und drehte sich sanft von ihm weg.

»Also ...« Tayo lächelte triumphierend.

Nicole seufzte und schüttelte langsam den Kopf. Sie wusste nicht, was sie darauf sagen sollte. Sie hatte Angst davor, eine Entscheidung zu treffen und wusste, dass es in dieser Frage kein richtig oder falsch gab.

»Ich muss ...» Tayo zeigte nach draußen.

Nicole nickte, aber sie glaubte nicht, dass er es noch gesehen hatte, denn er flüchtete geradezu aus dem Zelt, so als hätte er es eilig, besonders schnell und besonders weit weg von ihr zu kommen.

Unruhig knetete sie ihre Hände.

Samuel, auf der Nordseeinsel Pellworm

Seine Finger zitterten sichtbar, während er die Buchstaben in das E-Mail-Programm tippte. Es war lächerlich und feige, dass er sich so anstellte. Aber immerhin hatte er die E-Mail-Adresse herausgesucht, nachdem er es tagelang vor sich hergeschoben hatte. Heute war er aber fest entschlossen. Kaum hatte er die obligatorischen Begrüßungsworte geschrieben, hielt er inne und starrte auf den Bildschirm. Er schüttelte den Kopf und stand auf.

Unschlüssig lief er durch das Zimmer und den Flur und blieb anschließend im Wohnzimmer stehen. Er starrte durch seine Terrassentür auf die weite grüne Fläche mit den Schafen darauf. Er lebte direkt am Deich. In einer windigen Nacht konnte er die Wellen hören, was einerseits beruhigend, andererseits beängstigend war.

Sein Blick fiel auf das Telefon und er griff danach. Dieses Mal zitterten seine Finger nicht. Inzwischen vertraute er Stella und er wusste, dass er sie jederzeit anrufen konnte. Das Abendessen war so wunderbar verlaufen, dass sie danach noch einige Male ausgegangen waren. Jedoch als Freunde. Er hatte keinen Versuch gestartet, sie zu küssen. Doch er hatte ihr in die Jacke geholfen, sie beim Gehen am Rücken berührt und bei Gesprächen manchmal sogar ihre Hand in seine genommen. Mehr traute er sich nicht und sie schien es glücklicherweise akzeptieren zu können.

Für ihn bedeutete das wahnsinnig viel. Aber er wusste nicht, was es für sie bedeutete. Wartete sie auf einen Kuss oder konnte sie die Geduld für die Zeit aufbringen, die er brauchte? Er hoffte es inständig.

Sie meldete sich sofort.

»Ich bin's«, sagte Samuel und sofort breitete sich Wärme in seinem Körper aus, nur weil er ihre Stimme hörte. Als sie lachte, kribbelte es in seinem Bauch.

»Geht es dir gut?«, fragte sie amüsiert. Sie klang ein wenig außer Atem.

»Mir geht es gut.« Samuel nickte, obwohl sie es nicht sehen konnte. »Was machst du gerade?«

»Ich habe gerade den Mondgruß gemacht«, antwortete sie, und als er nichts sagte, fügte sie hinzu: »Yoga. So etwas Ähnliches wie der Sonnengruß, nur weniger bekannt.«

»Oh ja.« Samuel nickte wieder. Yoga war ein großes Hobby von ihr. Sie hatte ihm erzählt, dass sie sich täglich Zeit dafür nahm und ziemlich gut darin war. Er lief mit dem Telefon in der Hand zur Terrassentür und blickte hinaus. »Störe ich?«

»Schon.« Sie lachte wieder und Enttäuschung machte sich in ihm breit, obwohl er das nicht persönlich nehmen sollte. Er wusste, was ihr das Yoga und die anschließende Meditation bedeutete. Es hatte nichts mit ihm zu tun, lediglich mit dem Zeitpunkt. »Aber nicht schlimm«, schob sie nach, nachdem sie wieder ernst geworden war. Vermutlich interpretierte sie sein Schweigen richtig.

Samuel erstarrte und schluckte. Das Kribbeln in seinem Bauch wurde stärker und er musste lächeln.

»Was machst du, Samuel?«

»Eine E-Mail schreiben.«

»Sehr gut. Hast du die E-Mail-Adresse endlich gefunden?« Sie klang ein wenig amüsiert.

»Ja, hab ich.« Samuel schmunzelte. »Die habe ich sogar schon eingetippt. Und eine Begrüßung habe ich auch schon geschrieben. Aber es fällt mir schwer.« Er verzog das Gesicht, als er an die Unruhe dachte, die ihn befallen hatte, bevor er sie angerufen hatte.

»Das kann ich mir vorstellen, Samuel. Erzwing es nicht. Aber wage ja nicht, es zu vergessen. Setz dich jeden Tag dran und schreibe jeden Tag ein bisschen«, riet Stella.

Samuel nickte wieder, dann fiel ihm ein, dass sie ihn nicht sehen konnte. »Ja, du hast recht«, sagte er eilig.

»Hast du gehört, dass sie Wasser auf einem anderen Planeten gefunden haben?«, wechselte Stella das Thema, wofür Samuel sehr dankbar war.

»Natürlich. Sie bringen es ständig im Radio und in der Zeitung stand es auch«, antwortete Samuel.

»Und? Probleme mit den Schäfchen?« Stella lachte erneut.

»Nenn sie nicht Schäfchen.« Samuel drehte sich um und lief durch das Wohnzimmer zur Küche. Das mochte er an ihr nicht, ihren Hang dazu, alles, was sie nicht verstand, lächerlich zu machen. Oder war er einfach zu empfindlich?

»Sei nicht eingeschnappt«, bat sie, als hätte sie seine Gedanken gehört. »Ich kann mir aber vorstellen, dass das in der Gemeinde eine große Sensation ist.«

»Nein. Eine Sensation ist es erst, wenn sie noch ganz andere Dinge gefunden haben, denke ich«, vermutete Samuel und schenkte sich ein Glas Apfelsaft ein. »Das mit dem Wasser ist doch genau genommen harmlos. Ich glaube nicht, dass sie Außerirdische finden werden.«

»Die Wahrscheinlichkeit ist äußerst gering, dass wir ausgerechnet einen bewohnten Planeten gefunden haben. Es gibt so viele. Aber ich bin mir sicher, dass wir irgendwann mal fündig werden. Irgendwo gibt es was. Und die katholische Kirche muss sich dann damit auseinandersetzen.« Nun klang Stella für ihre Verhältnisse sehr ernst.

»Es gibt ein Programm. Für den Fall der Fälle. Wir sind vorbereitet«, sagte Samuel und setzte sich an den Esszimmertisch.

»Klar.« Stella lachte und hörte dann abrupt auf. »Wirklich?«

»Natürlich.« Auch Samuel lachte leise. »Die meisten Religionen sind für so einen Fall vorbereitet. Das kann immerhin existenziell gefährlich sein.«

»Das hatte ich nicht vermutet.« Stellas Stimme klang erstaunt und Samuel spürte, wie es wieder überall warm wurde. Seine Körpermitte besonders. »Aber wie auch immer, ich glaube nicht, dass du dir Sorgen machen musst. Sie haben, soweit ich den Artikel verstanden habe, zehn Planeten untersucht und einer davon verfügt über Wasser. Ich vermute, wir werden einige Planeten mit Wasser finden, aber ob da wirklich mehr ist, steht in den Sternen.«

Samuel entwich ein peinliches Grunzen, eine Mischung aus Lachen und einer Bestätigung. »Wortwörtlich«, fügte er hinzu und merkte, dass nun seine Wangen heiß waren und sein restlicher Körper die wohlige Wärme verlor.

»Sag mal, Samuel, wollen wir nicht wieder mal essen gehen?«, fragte Stella. »Ich vermisse dich und möchte dich häufiger sehen.«

Sofort war die Wärme wieder da. »Ja.« Seine Stimme klang ganz rau. »Ja, sehr gerne.«

Lukas, in der Nähe von Kundus in Afghanistan

»Wir wollen nicht lange stören. Uns wurde berichtet, dass Ihre Tochter heute Morgen nicht in der Schule war. Das wollen wir überprüfen. Dürfen wir sie kurz sehen?« Obwohl Samir die Landessprache beherrschte, sprach er englisch. Es klang einstudiert, was kein Wunder war. Sie hatten heute von der Lehrerin sechs Fälle gemeldet bekommen und Lukas hatte den Eindruck, dass es immer mehr wurden. Samir jedoch glaubte an das Gute in den Menschen und behauptete, es würde ein Virus umgehen. Das war bei zwei Mädchen auch korrekt gewesen. Sie hatten sofort gesehen, dass die Kinder zu krank waren, um in die Schule zu gehen. Die Eltern waren in beiden Fällen kooperativ gewesen. Bei einem anderen Fall, dem sie bereits nachgegangen waren, war die Sachlage weniger klar gewesen. Der Vater hatte ihnen zuerst nicht öffnen wollen und sich dann geweigert, ihnen die Tochter zu zeigen. Als sie sie endlich gesehen hatten, schien sie nicht krank, behauptete aber, sie hätte Magenschmerzen. Ob das nun der Wahrheit entsprach, oder ob sie von ihrem Vater dazu gezwungen worden war, konnten sie sehr schwer beurteilen. Ihnen blieb nur, diesen Fall weiterhin zu beobachten.

Der Mann vor ihnen brüllte ins Hausinnere und knallte dann so schnell die Tür zu, dass Lukas nicht schnell genug war, um den Fuß hineinzuschieben. »Mist«, murmelte er.

»Lukas, wir müssen uns Zutritt verschaffen«, erklärte Samir hektisch und lief hinter das kleine Haus.

Lukas folgte ihm rasch. »Wieso?«, rief er ihm im Rennen zu.

»Er hat seiner Frau zugebrüllt, dass sie das Mädchen verstecken soll. Dass die Idioten nie kapieren, dass auch einige deutsche Bundeswehrsoldaten Dari verstehen. Außerdem habe ich doch eben mit ihnen gesprochen.« Samir schüttelte den Kopf.

»Glaubst du, sie haben der Kleinen etwas angetan?«, erkundigte Lukas sich nervös.

»Ich weiß nicht.« Samir versuchte, sich am Fenstersims hochzuziehen. »Fordere Verstärkung an. Ich versuche derweil herauszufinden, was da los ist.«

Eilig zog Lukas sein Funkgerät heraus.

»Warte«, zischte Samir. »Hol' nur die Polizei. Das ist deren Zuständigkeitsbereich. Solange wir nicht wissen, was los ist, ist es übertrieben, weitere Soldaten hinzuziehen.«

»Aber du weißt, dass der Fall sowieso dokumentiert wird. Die Polizisten sind verpflichtet, so was zu melden.« Lukas runzelte die Stirn.

»Dann hol' sie doch persönlich«, schlug Samir vor.

»Das ist gegen die Regel«, wandte Lukas ein und betrachtete Samir, der versuchte, um die Ecke zur Terrassentür zu schauen.

»Mach schon«, zischte Samir. »Solange ich nicht weiß, was los ist, will ich das Militär nicht hier haben.«

Unschlüssig blieb Lukas einen Moment lang stehen. Es war ihnen streng verboten, sich zu trennen. Sie mussten immer zu zweit, besser zu dritt sein. Jetzt abzuhauen, bedeutete, Samir in einer gefährlichen Situation zu lassen. Kurz dachte er darüber nach, zu protestieren.

Es wären nur einige Minuten, bis Lukas im Dorf Verstärkung geholt hätte. Eigentlich keine große Sache. Und dadurch, dass sie keine offizielle Verstärkung hinzuholten, würde der Fall nicht dokumentiert werden. Das bedeutete, die Familie würde kein Problem bekommen, sollte sich herausstellen, dass es der Tochter wider Erwarten doch gut ging. Er nickte also, drehte sich um und rannte davon. Während er in den Kern des kleinen Dorfes eilte, fühlte er, dass das Handy in seiner Tasche vibrierte. Als er an dem noch im Aufbau befindlichen Sitz der afghanischen Staatspolizei ankam, drückte er das Handy an sein Ohr. »Was?«, rief er atemlos hinein. Er eilte die Treppe hinauf.

»Lass das mit der Polizei. Die Eltern haben nur versucht, die Tochter zu schützen. Sie hat die Schule geschwänzt, weil sie sich mit ihrem Freund treffen wollte«, sagte Samir und klang entspannter. »Jetzt haben sie Angst, dass wir sie wegen des Verstoßes gegen die Schulpflicht belangen. Und sie haben Angst, dass die Nachbarn reden, wenn das rauskommt.«

»Mit ihrem Freund?«, wiederholte Lukas dumpf. Er stieß gedankenlos die Tür auf, und musste schlucken, denn er stand Navid gegenüber. Er hatte ihn nicht mehr gesehen, seit sie sich das letzte Mal in ihrem Geheimversteck über dem Geröllfeld getroffen hatten.

»Ihren Eltern ist das auch nicht ganz geheuer, aber sie wollen ihrer Tochter auch nicht den Umgang verbieten. Es handelt sich wohl um einen sehr netten jungen Mann«, meinte Samir.

»Warum wollten sie sie dann verstecken? Das macht doch keinen Sinn?« Lukas verdrehte die Augen.

»Es wäre ihnen lieber gewesen, sie hätten die ganze Geschichte verbergen können. Der Vater hat Angst, dass herauskommt, dass er zu liberal ist. Du weißt doch, wie das hier ist. Die Menschen verurteilen einander wegen jedem Scheiß.«

»Gut.« Lukas nickte ungeduldig und sah sich im Raum um. Außer Navid war wohl keiner im Dienst. Sie waren alleine. »Gibt es noch was?«

»Ich werde jetzt nochmal mit der Familie sprechen und schauen, ob auch wirklich alles in Ordnung ist. Vielleicht kann ich vermitteln.« Samir hörte sich erleichtert an. »Siehst du, manchmal muss man auch mal optimistisch sein.«

Lukas beendete die Verbindung und schob das Handy in die Tasche. »Bist du alleine?«, fragte er hektisch.

Navid antwortete ihm nicht, sondern stürmte auf ihn zu. Sie zogen und zerrten aneinander. Für einen Augenblick musste es auf Außenstehende wie ein Kampf wirken, in Wahrheit waren es die überwältigenden Gefühle. Lukas traten Tränen in die Augen, als er schließlich innehielt und akzeptierte, dass er den Schmerz der vergangenen Tage nicht rückwirkend lindern konnte, indem er Navid fast mit Gewalt umarmte.

»Ich habe dich so vermisst«, flüsterte Navid und küsste ihn. Zuerst seine Nase, dann seine Stirn und schließlich - heiß ersehnt - die Lippen.

»Ich dich auch.« Atemlos presste Lukas seine Stirn gegen Navids und machte die Augen zu. »Du riechst so gut.«

»Du nicht.« Navid lachte leise.

»Blödmann.« Lukas hob seine Hände und strich mit den Fingern über sein Gesicht. Er öffnete die Augen und betrachtete Navid mit mehr Ruhe, als er es zuvor getan hatte. Die Verletzung an der Schläfe war kaum noch zu sehen. Ruhig und besonnen und vor allem voller Liebe blickten ihn Navids Augen an.

»Gibt es einen Grund, warum du hierhergekommen bist?«, fragte Navid und schob seine Hände über Lukas' stoppelige Haare, schließlich ließ er sie im Nacken liegen und massierte ganz sanft die Stelle unterhalb des Haaransatzes.

Lukas war wieder versucht die Augen zu schließen, aber andererseits wusste er, dass sie nicht viel Zeit hatten. Irgendwann würde Samir ihn suchen oder Navids Kollegen würden zurückkommen. Er wollte jeden Augenblick genießen, und zwar mit allen Sinnen.

Er schüttelte den Kopf. »Hat sich erledigt.« Er schob eine Strähne von Navids schwarzen Haaren hinter dessen Ohr.

»Es ist schön, dich zu sehen, aber ... sie kommen sicher bald zurück. Wir haben ein neues Drogenfeld gefunden«, erzählte Navid.

»Wo?« Im selben Moment schüttelte Lukas den Kopf. »Ist vollkommen egal. Lass uns diese kostbaren Minuten mit sinnvollen Gesprächen füllen.«

»Genau«, pflichtete Navid ihm bei und lächelte. »Ich habe dich so vermisst, Lukas. Ich glaube nicht, dass ich das noch lange aushalte. Können bei euch Schwule wirklich zusammen herumlaufen, sich im Arm halten und küssen?«

»Es gibt immer Menschen, die dich deswegen anglotzen, aber im Großen und Ganzen stimmt das«, antwortete Lukas. Es kam ihm auf einmal kleinlich vor, dass sich Homosexuelle aus Deutschland über solche Kleinigkeiten aufregten. Sie wussten gar nicht, wie gut sie es hatten. Andererseits durfte man auch nie aufhören, für die vollkommene Gleichberechtigung zu kämpfen und auch jedes kleinste Vorurteil auszumerzen. Vielleicht würden Länder wie Afghanistan irgendwann von ihnen lernen.

»Das ist Freiheit«, flüsterte Navid. »Ich wünschte, ich hätte dich dort kennengelernt.«

Lukas wurde ganz schwer ums Herz. Wenn er bei Navid war, empfand er alle Dinge viel intensiver, doch das war nicht nur Liebe und Geborgenheit, sondern auch Wut über das, was sie tagtäglich erlebten, oder Angst, es nicht zu überleben. »Ich wünsche mir das auch oft. Manchmal träume ich davon, dass ich dich von hier wegbringe.«

»Aber das ist meine Heimat. Meine Familie. Mein Land«, protestierte Navid und sah unendlich traurig aus.

»Navid.« Lukas berührte sein Ohr und strich zart über das Ohrläppchen. Damit holte er seinen Freund wieder in die Gegenwart zurück. Sie lächelten einander an. Langsam senkte Navid, der etwas größer war, seinen Kopf und endlich küssten sie einander. Zuerst liebevoll, dann leidenschaftlicher. Lukas vergaß die Zeit um sich herum und sein letzter Gedanke, bevor er alles andere ausblendete, war die Hoffnung, dass Navid ihn rechtzeitig wegschicken konnte, bevor jemand zur Tür hereinkam.

Jochen, in einem Dorf im Südschwarzwald

Mit Schwung machte Jochen die Tür auf und manövrierte den Rollstuhl um das halbfertige Puzzle, das die Mädchen auf dem Boden angefangen hatten. Anscheinend hatten sie die Motivation verloren, es fertig zu stellen, aber wohl auch keine Lust gehabt, es wegzuräumen.

Danielle saß im Esszimmer, eine Tasse vor sich, aus der Dampf aufstieg. Sie sah nicht auf. »Wo warst du?«, erkundigte sie sich und starrte weiter auf ihre Zeitung.

»Schwimmen.« Jochen fuhr an ihr vorbei und steuerte die Küche an. Er nahm ein Glas und schenkte sich Wasser ein. Langsam trank er es und sah aus dem Fenster. Der Garten verwilderte immer mehr. Er selber schaffte nur das Notwendigste und hatte Probleme, mit dem Rollstuhl überall hinzugelangen, und Danielle hatte kaum Zeit für Gartenarbeit.

»Wieso kommst du so spät?«

Jochen zuckte zusammen. Er hatte nicht gehört, dass Danielle ihm gefolgt war. Sie stand mit vor der Brust verschränkten Armen an die Tür gelehnt und wirkte verärgert. Es freute ihn ein bisschen. Wie oft hatte er auf sie gewartet? Mit gedecktem Tisch und in freudiger Erwartung. Es tat ihm gut, auch mal wieder derjenige zu sein, der spät kam. »Mittwochabend treffen sich Betroffene zum gemeinsamen Schwimmen.«

Nun wirkte Danielle erstaunt. »Wirklich? Davon hast du mir gar nicht erzählt.«

»Ich habe es dir heute Morgen noch zugerufen«, entgegnete Jochen und fühlte Triumph in sich aufsteigen, als er sah, dass Danielle die Augen zusammenkniff.

»Und warum riechst du dann nach Rauch?«, fragte sie lauernd.

»Wir waren noch ein Bier trinken. In einer Kneipe.« Er rollte an ihr vorbei. »Hast du ein Problem damit?«

»Nein. Natürlich nicht.« Danielle folgte ihm ins Esszimmer und setzte sich auf einen der Stühle. »Und das sind lauter beinamputierte Männer, die zusammen schwimmen?«

»Und armamputierte Frauen«, fügte Jochen hinzu und musste grinsen. Ihm gefiel der Gedanke, dass er damit Danielle eifersüchtig machen konnte.

Frau Martinez war privat noch angenehmer als in dem Umfeld der Prothesenberatung. Sie war ruhig, besonnen - nicht so energisch und chaotisch wie Danielle. Nicht so gestresst.

»Aha.« Danielle sah wieder zu der aufgeschlagenen Zeitung. »Schön, dass du etwas gefunden hast, was dir Spaß macht.«

Jochen betrachtete sie eine Weile und schüttelte den Kopf. Die Distanz zwischen ihnen war auf einmal so spürbar, dass es wehtat. Er seufzte. »Was liest du da? Ist es etwas Interessantes?«

»Ach, nur eine Zusammenfassung zu dem Fund von Wasser auf diesem Planeten.« Danielle hob gelangweilt die Schultern. »Nichts Neues eigentlich. Sie schreiben seit Tagen dasselbe.«

Jochen rollte ein Stück nach hinten. »Ich möchte da jetzt regelmäßig hin«, kündigte er an und hoffte, die Aufmerksamkeit seiner Frau zu bekommen. Er hasste es, dass sie sich nur noch ärgern konnten und sich ansonsten nicht mehr füreinander interessierten.

»Ist das immer Mittwochabend?« Danielle blätterte eine Seite der Zeitung um.

»Ja.« Jochen merkte, dass sich sein Magen umdrehte. Wieso fiel ihm erst jetzt auf, dass sie praktisch nur noch nebeneinander her lebten?

»Schön.« Danielle hob den Teebeutel aus ihrer Tasse, legte ihn sorgfältig auf den kleinen Teller und trank vorsichtig einen Schluck von dem heißen Getränk. Sie sah ihn immer noch nicht an. »Vielleicht hilft dir das ja.«

»Bei was?« Jochens Stimme klang schärfer als er es beabsichtigt hatte.

Nun sah Danielle doch auf. Endlich. »Vielleicht kannst du dann besser bewältigen, was passiert ist.«

»Das kann ich sehr gut bewältigen«, knurrte Jochen.

»Nein.« Danielle schüttelte den Kopf. »Wenn du das glaubst, dann machst du dir etwas vor.«

Unruhig sah Jochen wieder aus dem Fenster und rollte seinen Rollstuhl etwas näher. »Ich komme sehr gut damit klar, dass ich beide Beine verloren habe. Womit ich weniger klarkomme, ist die Art, wie wir jetzt leben.«

Danielle presste ihre Lippen zusammen. »Du gönnst mir die Karriere nicht.«

»Doch, die gönne ich dir.« Jochen spürte Wut in sich aufsteigen. »Aber ich würde mir wünschen, dass wir wieder mehr als Familie unternehmen. Oder als Paar. Das wäre noch besser. Seit dem Unfall reden wir überhaupt nicht mehr miteinander.«

»Wir haben nächtelang gesprochen«, verteidigte Danielle sich und starrte ihn entsetzt an.

»Über meine Beine.« Jochen nickte. »Du und die Mädchen, ihr habt mich wunderbar unterstützt. Aber was, wenn die Amputation meiner Beine sich so sehr in den Vordergrund gedrängt hat, dass wir jetzt nichts mehr haben, was uns verbindet? Jetzt, wo es nicht mehr so wichtig ist. Jetzt, wo das Leben wieder weitergeht.«

»Wir alle müssen uns an die neue Situation gewöhnen und uns wieder in den Alltag einfinden.« Danielle presste ihre Hände gegen die Tischplatte. Sie sah verletzlich aus. Und verwirrt.

Jochen schluckte. Es war ihr nicht bewusst. Ihr war nicht bewusst, dass sie dabei waren, einander zu verlieren. Dass sie sich bereits entfremdet hatten.

»Du musst endlich damit klarkommen, dass ich jetzt arbeiten gehe. Es tut mir leid, dass du nicht mehr in deinen Beruf zurückkonntest und dass sich dadurch für mich eine riesige Chance ergeben hat. Aber vorher bin ich jahrelang zu Hause geblieben. Es ist nichts, wofür du dich schämen musst. Ich habe die Anfangszeit übernommen, jetzt bist *du* hier und passt auf die Mädchen auf.« Danielle schien entschlossen, seine Hinweise zu ignorieren oder nicht anzuerkennen, worauf er hinauswollte.

»Das ist ein Teil des Problems, aber nicht das alleinige Problem«, betonte Jochen.

»Ich verstehe, dass du Angst vor der Zukunft hast«, flüsterte Danielle.

»Danielle.« Jochen rollte so nah an den Tisch, dass er mit dem Rad ihr Stuhlbein streifte. »Das ist nicht unser einziges Problem.«

»Du redest dir was ein.« Danielle drehte sich etwas weg.

»Nein.« Jochen schüttelte den Kopf und griff nach ihrem Arm. Sie wollte sich lösen, aber er blieb hartnäckig. »Was ist, wenn ich plötzlich andere Frauen attraktiver finde? Was ist, wenn ich mich in eine andere Frau verliebe?«

Danielle starrte ihn einige Sekunden lang an, dann entzog sie sich seinem Griff, stand auf und verließ den Raum.

Fabian, an einem Bahnhof irgendwo in Deutschland

Noch nie in seinem Leben hatte er sich so beobachtet gefühlt. Er hatte den Eindruck, jeder wusste, dass er soeben aus dem Knast entlassen worden war. Natürlich war das Blödsinn. Niemand konnte ihm das ansehen. Dennoch spürte er die Blicke auf sich.

Die meisten seiner Sachen hatte er mit der Post vorgeschickt. Das Paket war sicherlich schon bei seiner Mutter. Viel war es nicht gewesen. In seinem Rucksack hatte er nur noch den Rest, auf den er bis zum letzten Tag nicht hatte verzichten wollen. Bilder von seinen Freunden, seiner Exfreundin und seiner Mutter, die Briefe von Samuel, die ihm in der letzten Zeit so viel Mut gemacht hatten, einige Klamotten und den Krimi, den er gerade las.

Frau Pesch hatte ihn gewarnt, kurz bevor sie in Mutterschutz gegangen war, dass die Menschen und die vielen Eindrücke am Anfang sehr belastend für ihn sein könnten. Dennoch war er nicht vorbereitet auf den Trubel, der am Bahnhof herrschte. Eine Fahrkarte hatte er sich bereits gekauft. Nun wartete er am Gleis und hoffte, dass der Zug bald kam. Die Geräuschkulisse war dröhnend und viel zu laut.

Seine Finger fühlten sich klamm an und er rieb sie unruhig aneinander. Monatelang hatte er sich auf diesen Tag gefreut und jetzt stand er hier, in einer kalten, lauten Bahnhofshalle und wünschte sich in seine behagliche Zelle zurück. Sie war nicht groß oder besonders gemütlich, aber es war sein Reich gewesen und mit der Zeit hatte er sich dort fast schon wohl gefühlt. Ein Rückzugsort, wenn er alleine sein wollte.

Tief atmete er durch. Auf dem Bahnsteig war ein Kiosk. Dort tummelten sich weniger Menschen, vielleicht würde er sich da besser fühlen. Er warf sich den Rucksack über die Schulter und lief an lärmenden Kindern, geschwätzigen, älteren Frauen und gehetzten Geschäftsleuten vorbei.

Erstaunt betrachtete er den Zeitungsständer und beugte sich interessiert näher. Mit dieser Vielzahl hatte er nicht gerechnet. Jede Zeitung hatte den Fund auf dem Exoplaneten in der Schlagzeile oder zumindest auf dem Titelbild. Für einen Moment vergaß er die gestresste Atmosphäre hinter sich, während er die ganzen Überschriften ansah. Von sensationslüsternen Fragen wie »Wann kommen die Außerirdischen?« bis hin zu wissenschaftlichen Aussagen wie »Spektrale Auflösung noch zu niedrig für Nachweis von Sauerstoff« war alles dabei. Zwanzig, vielleicht sogar dreißig Zeitungen beschäftigten sich mit Mutmaßungen und Spekulationen, einige vollkommen aus der Luft gegriffen, andere ernsthaft darum bemüht aufzuklären. Fabian fühlte sich überfordert und ihm wurde bewusst, wie schwer es sein konnte, die Qual der Wahl zu haben. Die schiere Masse an Vielfältigkeit schlug über ihm zusammen und hinterließ ein Chaos an Informationen.

»Ist das das einzige Thema, worüber berichtet wird?«, fragte Fabian und kratzte sich unschlüssig am Kopf.

Der Kioskverkäufer lachte. »Waren Sie auf einer einsamen Insel, oder was?«

Fabian spürte, dass er rot wurde. »War im Ausland.«

»Das ist doch normal, dass alle Medien sich immer nur auf *ein* Thema stürzen«, klärte der Mann ihn auf. »Vor ein paar Monaten war es die Ebolakrise in Afrika, danach kam der geplante Abzug der Soldaten aus Afghanistan und heute ist es nun mal das Zeug.«

Fabian nickte. Das war natürlich auch schon so gewesen, als er hinter Gitter gekommen war, aber er hatte es schlicht vergessen. Die Vielzahl beeindruckte ihn und machte ihn gleichzeitig nervös.

»Wenn Sie mich fragen, dann sind das Lügen«, redete der Kioskverkäufer weiter.

»Lügen?« Fabian runzelte die Stirn.

»Sicher. Die behaupten nur, sie hätten Wasser gefunden. In Wahrheit wollen sie damit nur ihre Geldverschwendung erklären. Die denken, wir wären dumm. So viel Geld, das einfach ins Universum geschossen wird. Und was haben wir davon? Nichts, außer beklopptes Wasser auf einem anderen Planeten. Wenn ich Wasser will, drehe ich den Wasserhahn auf. So einfach ist das.« Der Kioskverkäufer lachte erneut.

»Sie glauben wirklich, das ist erfunden? Dieses Wasser?«, hakte Fabian verwirrt nach.

»Na, klar.« Der Kioskverkäufer nickte energisch. »Kann ja keiner das Gegenteil nachweisen.«

»Doch. Die anderen Weltraumbehörden zum Beispiel«, widersprach Fabian.

Der Kioskverkäufer winkte ab. »Die stecken doch alle unter einer Decke.«

Fabian schwieg. Er dachte daran, dass der Mensch den Mond vermutlich nur wegen der Konkurrenz zwischen den USA und der damaligen Sowjetunion betreten hatte. Ihm war, als würde ein zu enges Zusammenarbeiten der Weltraumforschung eher hinderlich sein. Trotzdem fand er das Gerede des Kioskverkäufers blödsinnig. Immerhin würde man nie alle Wissenschaftler dazu bringen können, zu lügen. So eine große Verschwörung könnte nie lange genug geheim gehalten werden.

»Geldverschwendung ist das«, wiederholte der Kioskverkäufer.

»Forschung und Fortschritt hat immer etwas mit Geldverschwendung zu tun«, murmelte Fabian und drehte den Zeitungsständer etwas, um einen Blick auf die anderen Zeitungen werfen zu können.

»Häh?« Der Kioskverkäufer schien ihn nicht verstanden zu haben.

Diesmal winkte Fabian ab und beugte sich nach vorne. Ganz unten war eine ihm unbekannte Zeitschrift eingeklemmt. Sie war dünn, aber trotzdem nicht gerade günstig. Als Einzige beschäftigte sie sich mit der Frau im Hintergrund, die das alles entdeckt hatte. Als Fabian die Zeitung aus dem Ständer zog und sich das kleine, schwarzweiße Bild ansah, wurde ihm einerseits ganz schwer ums Herz, andererseits fühlte er Triumph in sich aufsteigen.

»Die kaufe ich«, sagte er entschieden und zog einen Schein hervor.

Der Kioskverkäufer brummte etwas und nahm das Geld an sich. Als Fabian sich umdrehte, um zu gehen, wünschte er ihm einen schönen Tag.

Fabian, in den Bericht der Zeitung versunken, zuckte zusammen und wirbelte herum. »Ihnen auch«, rief er und hob die Hand zu einem Gruß.

Er musste sich wirklich am Riemen reißen. Immer höflich bleiben, nie auffällig werden. So hatte es ihm Frau Pesch empfohlen.

Doch dieses Bild in der Zeitung hatte ihn verwirrt zurückgelassen. Also war sie gar nicht mehr in der Schweiz, um dort zu forschen? Sie war nach Amerika gegangen? Das bedeutete, er würde ihr nicht begegnen. Zwar hatte sie ein sehr enges Verhältnis zu ihrer Mutter, aber sie würde wohl kaum jedes Wochenende zu Besuch kommen, wenn sie wirklich in den Staaten war.

Er spürte einen Stich in seinem Herzen, bei der Aussicht darauf, dass er sie nicht sehen würde. Das verwirrte ihn, denn er hatte damit gerechnet, dass er eher erleichtert reagieren würde.

Nele, in Washington, D.C.

»Ich habe keine Einladung bekommen. Können Sie das bitte nachholen?« Nele lächelte die Sekretärin von Miller höflich an. Gerade als sie wieder zur Tür hinauswollte, rief die Frau sie wieder zurück.

»Ich hatte die Anweisung, die Gruppe klein zu halten. Außer Kinney, King und Yellow sollte ich niemanden einladen.«

Nele drehte sich langsam um. »Das muss ein Missverständnis sein. Es geht hier um die weitere Planung des Projekts. Wir müssen doch um die finanziellen Mittel für die Sauerstoffsuche kämpfen.«

»Nele?« Miller marschierte aus dem Büro, das direkt an das seiner Sekretärin angrenzte. Entweder hatte er von dem Gespräch etwas mitbekommen oder es war Zufall. Doch an Letzteres konnte Nele nicht richtig glauben.

»Ich will dabei sein, wenn wir den Antrag auf Sauerstoffsuche aufsetzen«, meinte Nele und sah Miller entsetzt an.

»Der Antrag ist bereits bewilligt worden«, beruhigte Miller sie. »Die Anweisung kommt von ganz oben, dass dieses Projekt höchste Priorität hat. Wenn Sauerstoff da oben ist, sollen wir ihn finden. Und wenn wir nichts finden, werden wir möglichst schnell wieder in die Realität zurückfinden.«

»Aha.« Nele gefiel die Entwicklung immer weniger, die sich hier offenbarte. Ganz zu Beginn war es ihr kleines Projekt gewesen, an dem nur sie und ihr Doktorand gearbeitet hatten. Doch nun wurde es immer größer, sie hatte immer weniger zu sagen und immer häufiger ging es um komplizierte Dinge wie zum Beispiel die Empfehlungsschreiben, die sie für die Regierung hatten aufsetzen müssen, damit die wussten, was sie im Fall der Fälle der Bevölkerung sagen sollten. Eine Massenpanik wollte jeder vermeiden. So etwas erwartete Nele aber nicht.

»Tut mir leid, ich hätte es dir sagen sollen«, sagte Miller und ging um den Tresen herum, hinter dem die Sekretärin saß.

»Also, können wir jetzt nach Sauerstoff suchen?«, erkundigte Nele sich aufgeregt und schluckte den Ärger herunter. Hauptsache sie konnte weiterhin an ihrem Planeten forschen.

»Genau.« Miller nickte und schenkte ihr ein flüchtiges Lächeln. Er wirkte längst nicht mehr so entspannt und sympathisch wie damals, als sie ihn kennengelernt hatte. Stattdessen war er oft gestresst und noch häufiger genervt. Gerade ihr gegenüber war er manchmal sehr distanziert.

»Und was besprecht ihr dann in der Runde heute Nachmittag?«, hakte Nele weiter und drückte ihre Hände gegen die Theke. Eine fast schon hysterische Unruhe ergriff sie. Ständig hatte sie Angst, etwas zu verpassen. Vielleicht war das nicht einmal begründet. Bis jetzt hatte Miller sie zumindest immer informiert. Dennoch hatte Nele das Gefühl, dass sie langsam die Kontrolle verlor. Nicht auszudenken, dass sie den Exoplaneten vor wenigen Wochen noch liebevoll als ihren Planeten angesehen hatte.

»Wir wollten uns zusammensetzen und besprechen, wer welche Aufgaben übernimmt. Wenn du gerne dabei sein willst, kann ich dir noch eine Einladung zukommen lassen. Ich dachte allerdings, dass du lieber vor dem Rechner sitzt und die spektrale Auflösung für das Teleskop vorbereitest.«

Nele zögerte. Miller hatte recht. Sie wollte lieber direkt am Projekt arbeiten, als daran, wie es am besten organisiert wurde. Dennoch hatte sie das Gefühl, dass sie sich selber in die Versenkung schob. »Ich denke, ich möchte eingeladen werden.«

»Kein Problem.« Miller tippte die Schulter der Sekretärin an und gab ihr die Anweisung, Nele eine Einladung zu senden.

Obwohl sie jetzt eigentlich erleichtert sein sollte, begann Nele sich zu ärgern, dass sie gezwungen war, solche Veranstaltungen zu besuchen, nur weil sie ansonsten aus allen wichtigen Entscheidungen ausgeschlossen werden könnte. So war das in Europa nie gewesen.

»Was passiert, wenn wir wirklich Sauerstoff finden?«, fragte Nele.

Miller, der bereits wieder auf dem Weg in sein Büro war, blieb stehen. Er drehte sich um. »Dann machen wir weiter.«

»Suchen wir dann nach Methan?« Nele hob die Schultern.

»Methan ist zu kompliziert nachzuweisen, das weißt du doch. Außerdem ist das noch lange kein Beweis für Leben. Ich denke, wir konzentrieren uns dann auf die Suche nach Chlorophyll. Das ist ein eindeutiger Nachweis von Leben.«

»Mit den derzeitigen Teleskopen können wir das nicht sehen«, betonte Nele. »Das ist nur möglich, wenn der Planet eine vollkommen wolkenfreie Atmosphäre besitzt oder einen sehr hohen Anteil an grüner Oberfläche.«

»Die Teleskope werden immer besser«, erwiderte Miller. »Wir können es zumindest versuchen - zur Not immer wieder, bis uns die finanziellen Mittel ausgehen. Und damit die uns immer weiter bewilligt werden, müssen wir die Bevölkerung überzeugen.«

»Und dafür verkaufen wir uns«, fügte Nele hinzu.

»Sag so etwas nicht.« Miller schüttelte den Kopf.

»Im ganzen Land zerbrechen sich Menschen den Kopf, wer eigentlich der Ansprechpartner der Erde ist, wenn die Außerirdischen kommen. Niemand klärt die Menschen darüber auf, dass wir höchstens einfachste Lebensformen finden werden. Selbst wenn auf diesem Planeten intelligentes Leben existiert, können wir mit unserem derzeitigen Stand der Technik nicht mit ihnen kommunizieren.«

»Nele.« Miller kam zu ihr zurück und tätschelte ihre Schulter. »Befassen wir uns doch erst einmal mit der Suche nach Sauerstoff.«

Nele biss sich auf die Lippen, dann nickte sie. Sie ärgerte sich, dass Miller ganz bewusst mit den Ängsten und der Begeisterung der Menschen spielte und das auch für sein Marketing einkalkulierte. Die Enttäuschung würde groß sein. Oder würde das Interesse der meisten Menschen sowieso vorher verblassen?

Sie sah auf die Uhr. Es war Zeit, in die Mittagspause zu gehen, aber sie hatte keine Lust auf Brian zu treffen. Viel lieber wollte sie die Stimme ihrer Mutter hören. Sie rechnete kurz aus, ob sie noch zu Hause anrufen konnte und entschied, dass sie es zumindest versuchen würde.

Nicole, an der südlichen Küste von Nigeria

Langsam ließ Nicole die Hände über die kleine Wölbung ihres Bauches wandern. Es fiel ihr von Tag zu Tag leichter, daran zu glauben, dass sie wirklich schwanger war. Die Sorge war nach wie vor da, aber sie konnte es zumindest nicht mehr leugnen und versuchte auch nicht mehr, sich etwas vorzumachen. Den Bauch konnte ein aufmerksames Auge inzwischen sogar erkennen. Irgendwann letzte Woche war sie morgens aufgewacht und hatte vergessen, dass sie unverhofft doch noch schwanger geworden war und das noch auf natürlichem Wege. Dann hatte sie mit ihren Händen über den Bauch gestrichen und vor Freude lachen und weinen müssen. Doch zu dem Glück gesellte sich auch Trauer.

Endlich könnte sie wirklich glücklich und zufrieden sein, endlich erfüllte sich ihr sehnlichster Wunsch, gleichzeitig würde sie allerdings auch etwas verlieren, denn sie musste Tayo verlassen. Sie wusste nicht, wie sie ohne ihn leben sollte.

Er war es gewesen, der ihr wieder Mut gemacht, ihr wieder Leben eingehaucht hatte. Von ihm hatte sie wieder lachen gelernt. Als sie sich damals bei den Ärzten ohne Grenzen beworben hatte, war ihr Leben ein Trümmerfeld gewesen. Alles hatte sie verloren. Sie war als seelisches Wrack hierhergekommen. Nicht einmal der Anblick des ganzen Leids, das sie hier gesehen hatte, konnte ihr bewusst machen, dass sie, trotz allem, noch Glück gehabt hatte.

Dann war sie ihm begegnet und auf einmal hatte sich das Leben nicht mehr schwer und düster angefühlt, die Dunkelheit war von ihr abgeblättert, und wenn sie nachts im Bett gelegen und Tayo sie ihm Arm gehalten hatte, war da eine Leichtigkeit hinzugekommen, die sie verloren geglaubt hatte. Mit Lars hatte sie diese Art von Leichtigkeit nicht mehr erlebt. Viel zu sehr hatten der Druck, der Stress und die Enttäuschung während der Kinderwunschbehandlung auf ihnen gelegen, jede Kraft aus ihnen gesaugt, jede Energie in Anspruch genommen. Sie hatten sich beide ausgelaugt gefühlt.

Erst mit Tayo hatte sie wieder gelernt, das Leben zu genießen und erst mit ihm zusammen konnte sie wieder lachen.

Und jetzt war sie einfach so schwanger geworden. Ohne Hormonspritzen. Sie konnte es manchmal immer noch nicht glauben.

Doch genau dieser Umstand verursachte jetzt wieder diese Schwere, die sie früher an Lars' Seite empfunden hatte.

Kopfschüttelnd sah sie zu den Sternen, die hier in Nigeria abseits der Hauptstadt klar und hell zu sehen waren. Ob man den Stern sehen konnte, um den der Planet kreiste, der Wasser auf seiner Oberfläche hatte? Ihr wurde bewusst, dass diese Sterne nichts anderes waren als Sonnen und die meisten dieser Sonnen waren Mittelpunkte von Planetensystemen. Es waren nur Sterne, weil die Menschheit sich selber als Mittelpunkt betrachtete.

Die Beziehung mit Tayo und ihr war von Anfang an nicht einfach gewesen. Als sie einander begegnet waren, waren Welten aufeinandergeprallt. Auch wenn Tayo aus einer sehr offenen Familie kam, war er doch im Herzen ein typischer Afrikaner, auch was Frauen betraf. Er schätzte sie, aber er hatte den Hang, in alten Rollenverteilungen zu denken.

Doch gerade die Reibereien, die sie zu Beginn hatten, hatten Nicole vielleicht aus dem Loch geholt, in dem sie so lange gehockt hatte, denn er hatte sie abgelenkt und sie dazu gezwungen, sich wieder auf sich zu besinnen. Sie hatte leidenschaftlich gerne mit Tayo diskutiert und ihre Streitereien waren laut gewesen. Nichts, was man mit der Lethargie besonders gut hinbekam, mit der sie hier angekommen war.

Inzwischen kamen sie besser miteinander klar. Sie hatten ihre Grenzen innerhalb ihrer Beziehung abgesteckt und Tayo hatte die Ängste über Bord geworfen, die er am Anfang gehabt hatte. Mit einer unverheirateten Frau zusammenzuleben war hier verpönt. Doch er hielt die Blicke aus, die sich auf sie richteten.

Lediglich seinen Eltern hatte er nie erzählt, dass es eine Freundin gab. Er hatte Nicole immer versprochen, sie seiner Familie vorzustellen, wenn sie verheiratet waren, und Nicole hatte gelächelt und genickt, obwohl sie nie daran geglaubt hatte, dass sie heiraten würden.

Doch Tayo war bereit, diese innere Überzeugung zu bekämpfen. Statt sie zu drängen, ihn möglichst schnell zu heiraten, damit sie in einer ehrenvollen Ehe ein ehrenvolles Kind bekommen würden, hatte er ihr angeboten, sie bei seinen Eltern unterzubringen. Es war ihm auf einmal egal, ob sie verheiratet waren oder nicht, er suchte einfach nur nach einer Lösung, wie sie hier in Nigeria bleiben konnte.

Die Hauptstadt wurde nicht von den Rivalitäten zwischen den im Norden lebenden Moslems und den Christen im Süden des Landes verschont. Natürlich nicht. Immerhin lag die Hauptstadt genau in der Mitte und war gerade deswegen einer der wenigen Orte in Nigeria, wo sich die Angehörigen der verschiedenen Religionen täglich trafen. Dennoch galt Abuja als weitgehend sicher. Zwar hatte es 2011 zwei Terroranschläge mit mehreren Toten gegeben, aber im Vergleich zu anderen Teilen des Landes konnte man sich in Abuja recht frei bewegen.

Als Nicole zu Beginn ihrer Zeit in Nigeria dort gelebt hatte, hatte sie sich sicher gefühlt und es interessant gefunden, diese Stadt kennenzulernen. Es lebten sogar einige Deutsche dort.

Aber konnte sie sich vorstellen, für immer dort zu bleiben?

Sie fröstelte, obwohl es noch warm war. Sie schlang ihre Arme um sich und runzelte die Stirn. Vielleicht sollte sie die Entscheidung auf später vertagen?

Sie trat in ihr provisorisches Heim und zog sich vollkommen nackt aus. Das war die beste Art zu schlafen, zumindest wenn ein Moskitonetz um das Bett gespannt war.

Im Mondschein betrachtete sie Tayo, er regte sich leicht und murmelte etwas.

Auf Zehenspitzen lief Nicole zum Bett, lüftete das Moskitonetz und schlüpfte unter das leichte Leinen. Ein warmer Körper empfing sie dort, zärtliche Hände zogen sie zu sich und heiße Lippen suchten ihren Mund. »Geht es dir nicht gut?«, fragte Tayo in dem gebrochenen Deutsch, das sie so süß an ihm fand.

110

»Doch.« Nicole zögerte. »Mir geht nur viel im Kopf rum.«

»Mir auch.« Tayo seufzte.

Tränen stiegen in Nicole hoch. »Ich will dich nicht verlieren.«

»Ich dich auch nicht.« Tayo küsste sie eilig und drückte dann seine Stirn gegen ihre. Er verschränkte seine Finger mit ihren und im fahlen Licht sah es fast wie ein Kunstwerk aus, wie sich schwarze und weiße Finger abwechselten.

Nicole drückte sich eng an Tayo und genoss seine Nähe.

»Vielleicht«, flüsterte Tayo in ihr Ohr, »komme ich mit dir nach Deutschland. Ich will meine Heimat nicht verlieren, aber bevor ich dich verliere, gebe ich das hier lieber auf.«

Gerührt blinzelte Nicole, damit sich die Träne löste, die ihr in den Wimpern hing. Sie konnte sich selber in Abuja besser vorstellen, als Tayo in Deutschland. Sie glaubte nicht, dass er dort glücklich werden könnte.

Samuel, auf der Nordseeinsel Pellworm

»Du hast es hier gemütlich.« Es war das erste Mal, dass Samuel in Stellas Wohnung war. Bisher war das ein Tabu gewesen, das er sich nicht getraut hatte, zu brechen. Wenn er einmal damit anfangen würde, würde es vermutlich kein Ende nehmen. Dennoch hatte er nicht widerstehen können, als Stella ihn eingeladen hatte, bei ihm vorbeizuschauen.

»Danke. Ist ein wenig chaotisch.« Stella schob grinsend eine Socke unter das Sofa.

Samuel lächelte. »Das passt zu dir. Macht dich liebenswert.«

In der Wohnung, oder zumindest in den Räumen, die Samuel hatte betrachten dürfen, herrschte wirklich Chaos. Es war sauber, man merkte dem Boden an, dass er regelmäßig gesaugt wurde, und die Regale wurden ebenfalls abgestaubt. Nur die liegengebliebenen Gegenstände überall machten einen sehr wüsten Eindruck. Es schien, als würde Stella immer alles so liegen lassen, wie sie es benutzt hatte. Die Fernsehzeitung lag aufgeschlagen auf dem Hocker, zwei Tassen standen auf dem Tisch und in der Ecke lag ein Shirt. In den Regalen lagen Bücher, DVDs und andere Gegenstände kreuz und quer aufeinander, ohne eine erkennbare Ordnung.

Die Wohnung war eindeutig zu voll - oder zu klein. Man wurde fast erschlagen vor lauter Dekoration, Pflanzen und Bildern an der Wand.

Es war genau das Gegenteil von Samuels nüchterner, leerer Wohnung und vielleicht gefiel es ihm deswegen so gut hier.

Zwischen all den Bildern waren Sätze direkt auf die Tapete geschrieben worden, vielleicht direkt mit Wandfarbe, die kluge Weisheiten offenbarten. Samuel trat näher. »Niemals in der Welt hört Hass durch Hass auf. Hass hört durch

Liebe auf«, las er vor und blickte Stella an. »Das hört sich ja schon fast wie ein Zitat aus der Bibel an.

Stella lachte. »Fast richtig. Nur dass es Buddha gesagt hat.«

»Buddha?« Samuel runzelte die Stirn. Bisher hatte er sich mit dem Buddhismus nicht weiter auseinandergesetzt. Im Theologiestudium hatten sie auch andere Religionen behandelt, waren aber lediglich bei den anderen zwei monotheistischen Religionen in die Tiefe gegangen. Er ging zur nächsten Schrift an der Wand. »Tausende von Kerzen kann man mit dem Licht einer Kerze anzünden, ohne dass ihr Licht schwächer wird.« Er nickte anerkennend. »Wirklich tolle Sprüche.«

»Ich bin Buddhistin«, klärte Stella ihn auf.

Samuel drehte sich rasch um, um sie zu betrachten. Sie schob sich ihre Haare hinter das Ohr und sah ein wenig trotzig aus, doch selbst jetzt wirkte sie gelöst und optimistisch, so als würde sie daran glauben, dass er kein Drama daraus machen würde.

Warum sollte er auch? Eher faszinierte es ihn und machte ihn neugierig. »Wirklich? So richtig?«, fragte er.

»Ja, ganz richtig.« Stella lachte und entspannte sich sichtbar.

»Und warum?« Samuel konnte es sich nicht erklären. Soweit er informiert war, kam Stellas Familie regelmäßig in die Kirche. Sie musste eine katholische Vergangenheit haben. Es gab so wenige Europäer, die dem Buddhismus angehörten. Es war eher ungewöhnlich, dass jemand aus der Kirche austrat, um sich einer anderen Religion zu widmen. Die Anzahl der Atheisten wurde immer größer, was Samuel ziemlich traurig fand. Wenn sich jemand vom Christentum verabschiedete, um sich einer anderen Religion anzuschließen, hatte er dabei ein besseres Gefühl, als wenn sich derjenige in die Leere und Dunkelheit begab. So zumindest empfand Samuel ein Leben ohne Religion.

»Ich konnte mit der katholischen Kirche nicht mehr viel anfangen, muss ich ehrlich zugeben. Ich hoffe, dass diese Kritik nicht verursacht, dass du den Kontakt zu mir abbrichst.« Stella setzte sich und rieb ihre Hände gegeneinander. Sofort sprang eine Katze, die Samuel bisher nicht aufgefallen war, aus einer Ecke hervor und rollte sich auf Stellas Schoß zusammen.

»Dass du der katholischen Kirche gegenüber kritisch dastehst, war mir bewusst.« Samuel setzte sich ebenfalls, nachdem er die Fernsehzeitung etwas beiseitegeschoben hatte.

»Und das ist kein Problem für dich?« Stella wirkte erstaunt.

»Nein.« Samuel schüttelte den Kopf. »Nein, natürlich nicht. Wir haben viele Fehler gemacht und wer sich die Kritik nicht anhört, der hat keine Chance auf Verbesserung.«

Stella beugte sich vor und legte ihre Hand kurz auf seinen Oberschenkel. »Du bist wirklich das Beste, was der katholischen Kirche hätte passieren können.«

Samuel spürte, dass er rot wurde.

Stella zog zu seinem Bedauern ihre Hand weg und streichelte stattdessen die Katze. »Ich bin eine Zeit lang in die evangelische Kirche gegangen, aber ich habe die ganze Zeit gespürt, dass ich etwas anderes suche. Etwas mit mehr Natürlichkeit, etwas, das sich mehr mit der Sache an sich beschäftigt, als mit irgendwelchen Regeln. Ich will mir keine Gedanken machen, ob ich beim Beten knien oder stehen soll, ob ich Richtung Mekka schauen oder bestimmte Klamotten anziehen muss. Ich wollte eine Religion, die mir empfiehlt zu beten, wann ich es möchte, wann ich es für gut halte.«

Samuel betrachtete sie einen Moment lang. »Das ist auch meine Meinung. Wir haben uns mit der Zeit so viele Regeln auferlegt, dass man Gott dahinter manchmal nicht mehr erkennt. Ich hoffe, dass ich die Gemeinde hier ein wenig unterstützen kann, wieder Vertrauen zu haben, selbst zu wissen, was richtig ist. Das mit Mekka waren aber nicht wir. Den Schuh ziehe ich mir nicht an.«

Stella lachte. »Das ist mir schon klar. Aber ein weiteres Beispiel für sinnlose Regeln.«

»Ganz ohne Regeln geht es vielleicht auch nicht. Immerhin kann man dadurch auch eine Gemeinsamkeit demonstrieren. Wenn wirklich jeder so betet, wie er es für richtig hält, haben wir eine wirre, nicht zu durchblickende Weltreligion. Der Buddhismus hat doch sicherlich auch Regeln.«

»Ja, natürlich. Aber ich empfinde sie nicht als so hinderlich.« Stella hob die Schultern.

»Und macht dir nicht die Tatsache zu schaffen, dass es mehr als nur einen Gott gibt?«, hakte Samuel nach.

»Fragt wirklich der, der an den Vater, den Sohn und den Heiligen Geist glaubt?« Stella klang nicht spöttisch, sondern neckend, weswegen Samuel lächeln musste. »Ich finde den Gedanken an die Wiedergeburt auch logischer als die Vorstellung vom Paradies. Du weißt schon, bis wohin sich die Menschen mittlerweile stapeln müssten, wenn alle Toten dort wären?«

Samuel seufzte. »Ja, es ist schwer vorstellbar.«

»Für mich war es so schwer vorstellbar, dass ich darin keinen Trost gefunden habe. Meine Oma starb und ich wusste nicht, wo sie jetzt ist. Das fand ich furchtbar. Jetzt kann ich besser damit leben. Sie könnte überall sein und vielleicht begegnen wir uns einmal. Das wäre schön.« Stella schob die Katze auf den Boden zurück und lehnte sich nach hinten.

»Ich mag es, mit dir über solche Dinge zu diskutieren.« Seine Stimme zitterte mehr als er vermutet hätte. Er war aufgeregt. Der Platz neben Stella auf dem Sofa sah so einladend aus, aber er wusste nicht, ob er sich trauen sollte. Würde sie ihn küssen oder würde sie nur ganz nahe bei ihm sitzen bleiben?

»Ich finde es toll, dass du überhaupt über solche Dinge mit mir diskutierst. Du bist ein sehr offener Pfarrer. Meine Eltern sind absolut entsetzt über meine Entscheidung.« Stella seufzte.

Samuel nickte. Vor lauter Aufregung konnte er nicht reden.

»Hast du die E-Mail geschrieben?« Stella sah ihn aufmerksam an.

Wieder nickte Samuel, dann gab er sich einen Ruck, stand auf und lief zu ihr, um sich neben sie zu setzen. Seinen Arm legte er vorsichtig um ihre Schultern. Als sie sich sofort an ihn schmiegte, hielt er die Luft an, weil er den Moment nicht zerstören wollte.

Lukas, in der Nähe von Kundus in Afghanistan

Lukas' Vorgesetzter blieb äußerlich ruhig und machte einen entspannten Eindruck. Lediglich seiner Stimme konnte man die Empörung anmerken, denn sie klang schriller als sonst. »Der Abzug der amerikanischen Truppen ist beschlossene Sache.«

Svenja, die zwischen Lukas und Samir saß, lehnte sich nach vorne und flüsterte in Lukas' Ohr: »Die Amerikaner benötigen das Geld jetzt für etwas anderes. Die verhandeln nicht mehr mit Taliban, sondern mit E.T. und Co.«

Lukas war nicht zum Lachen zumute. Er nickte lediglich und sah nach vorne. Er versuchte sein Herzklopfen zu kontrollieren, indem er möglichst unauffällig seine Hand gegen die Brust presste. Es gab ihm ein gewisses Gefühl von Beruhigung. Jeder hier im Raum befürchtete genau das, an was er auch dachte. Die Taliban standen schon bereit, und wenn es niemanden mehr gab, der sie aufhielt, würden sie zurückkommen und die Menschen versklaven. Lukas glaubte nicht, dass die Bevölkerung Afghanistans schon so weit war, sich standhaft zu halten. Sie waren gerade am Anfang und erholten sich nur langsam von den Folgen der jahrelangen Kriege. Aber wer wollte es ihnen schon vorwerfen? Immerhin waren sie schon seit Ewigkeiten der Ball der großen Nationen und rücksichtslos als Kriegsschauplatz benutzt worden.

»Und auch unser Abzug wird vorbereitet. Das Verteidigungsministerium ist sich einig. Auch wenn es hier noch sehr viel zu tun gibt, wird es uns gut tun. Wir alle haben Familie und Freunde zu Hause«, fuhr der General fort.

Ich nicht, dachte Lukas und spürte Groll in sich aufsteigen. Seine Familie war kaputt, seit sein Zwillingsbruder gestorben war. Seine Eltern schafften es nicht, wieder Freude zu empfinden, und über den tragischen Tod hinwegzukommen. Lukas hatte sich auch deswegen für den Außendienst gemeldet, weil er es nicht mehr ausgehalten hatte, zu sehen, wie seine Familie zerbrach. Außerdem erinnerte ihn alles an seinen Bruder, wenn er bei seinen Eltern war.

Und Freunde? Wer war davon schon übrig geblieben?

Seine Freunde waren jetzt hier. Svenja und zu seiner großen Überraschung Samir, der es ihm nicht immer leicht gemacht hatte, aber dem er jetzt vertraute.

Das Gemurmel wurde lauter. Jeder dachte vermutlich dasselbe wie Lukas. Niemand würde den Menschen mehr Hoffnung bringen. Alle würden abziehen, die Franzosen, die Türken, die Italiener. Sie alle würden ihre Soldaten nach Hause holen.

»Es gibt Orte in dieser Welt, an denen wir dringender gebraucht werden«, teilte der General mit, dann verabschiedete er sich.

Sofort wandten sich Samir und Svenja zu ihm um und gaben lautstark ihre Meinung kund. Beide hatten Sehnsucht nach ihren Familien, aber beide hatten auch Angst, dass ihre Arbeit hier umsonst gewesen war, wenn die Truppen bereits jetzt abgezogen wurden.

»Wir hätten es kommen sehen müssen«, sagte Lukas dumpf und rieb sich über die Schläfe. »Sie haben den Abzug immer wieder verschoben. Es war klar, dass sie irgendwann nicht mehr mitspielen.«

»Dann sollen sie sich aber auch nicht beschweren, wenn die Flüchtlinge vor ihrer Haustür stehen«, blaffte Svenja ihn an, so als ob er anderer Meinung als sie wäre.

Das war Lukas zu viel. Er stand auf und ließ seine Kameraden ohne ein weiteres Wort einfach stehen. Sobald er an der frischen Luft war, atmete er tief ein, dann begann er zu rennen. Es war gefährlich hier in dem unebenen Gelände zu joggen, da es bereits dunkel war und er kaum etwas sehen konnte. Aber das war das Einzige, was jetzt helfen konnte.

Noch nie hatte er mit Navid darüber gesprochen, dass er abkommandiert werden könnte. Wie ein Damoklesschwert hatte es immer über ihnen geschwebt, aber keiner hatte den Mut gehabt, es anzusprechen. Jetzt aber hielt es Lukas nicht mehr aus. Er musste mit Navid reden, musste Gewissheit haben, dass sie zusammenbleiben würden.

Hastig schrieb er im Laufen eine Nachricht an Navids Handy, auch wenn er das eigentlich nicht tun sollte. Jede SMS war eine Gefahr für Navid, denn es war Beweis ihres etwas außergewöhnlichen Kontakts. Deswegen versuchte Lukas nicht direkt um ein Treffen zu bitten, sondern teilte Navid lediglich mit, dass er am üblichen Ort war.

Wie konnten sie nur auf die Idee kommen, Afghanistan für sicher zu halten? War es nicht erst vor Wochen gewesen, als die Taliban einen Wagen mit Soldaten angegriffen hatten? Waren nicht Soldaten hinterrücks ermordet oder schwer verletzt worden? Hatte das Verteidigungsministerium das etwa vergessen? Oder trauten sie sich nicht, ihre Soldaten dort zu lassen, wenn die Amerikaner abzogen?

Der General hatte recht: Der Abzug war längst beschlossene Sache, war aber wegen der Unruhen immer wieder verlängert worden. Trotzdem lag der Gedanke nahe, dass die Amerikaner jetzt, wo sie eine andere Mission hatten, ihre Ressourcen ins Land holen wollten. Zog der Westen ab und überließ Afghanistan sich selber, weil es Orte auf dieser Welt gab, die noch unsicherer waren, oder wollten die Amerikaner sich wegen der hohen Kosten in der Weltraumforschung etwas zurücknehmen?

Natürlich wusste er, dass es sich hierbei um unterschiedliche Etats handelte, doch die Wut und die Sorge verhinderten, dass er rational dachte. Es machte ihn wütend, dass auf der einen Seite so viel Geld für sinnlose Projekte ausgegeben wurde, auf der anderen Seite Menschen sterben mussten.

Er hoffte, dass Navid da war und niemand anderer die SMS gelesen hatte. Und vor allem hoffte er, dass sie eine Lösung finden würden. Er wollte Navid nicht hier alleine lassen. Zum einen, weil er ihn vermissen würde und sich ein Leben ohne ihn nicht mehr vorstellen konnte, zum anderen, weil er schlicht Angst um ihn hatte. Wäre Afghanistan sicher und vor allem auch human gegenüber Homosexuellen, könnte Lukas sich vorstellen, vorerst getrennte Wege zu gehen. Sie könnten in Kontakt bleiben, über Internet, übers Telefon und einander zweimal im Jahr besuchen. Aber das alles war nur Wunschdenken.

Navid war hier in Gefahr. In großer Gefahr. Und Lukas wollte ihn nicht alleine lassen. Es fiel ihm schon schwer genug, sich an den Gedanken zu gewöhnen, dass er die tapfere Lehrerin und die fleißigen Schülerinnen der Schule, die sie hier aufgebaut hatten, sich selbst überließ. Der Gedanke, sich von Navid zu trennen, war unerträglich.

Erschöpft blieb Lukas stehen und lehnte sich gegen einen Baum. Es war unglaublich dumm, einfach so in die Nacht hinauszurennen. Es war noch dümmer gewesen, Navid eine Nachricht zu schicken.

Ein Ast knackte und Lukas drehte sich hastig um, doch er konnte in der Dunkelheit nichts erkennen.

Jochen, in einem Dorf im Südschwarzwald

Jochen lehnte sich etwas mehr auf die Ellenbogen, um das Gewicht von den Stümpfen zu nehmen. Weil er es genoss, nicht immer nur im Rollstuhl zu sitzen, hatte er sich auf den Bürostuhl umgesetzt. Allerdings fehlte ihm das ergonomische Kissen auf der Sitzfläche des Rollstuhls, besonders da er mal wieder viel zu lange hier hockte. Durch die fehlende Stabilität wurden seine Rumpfmuskeln zu sehr beansprucht, weswegen es auf Dauer besser war, im Rollstuhl sitzen zu bleiben.

Verärgert runzelte er die Stirn und sah nach unten. Noch zehn Beiträge. Die wollte er noch lesen, dann musste er wirklich den Computer ausschalten und etwas Sinnvolles machen.

Früher hatte er nie Zeit im Internet vergeudet. Damals war er ständig draußen gewesen und hatte Menschen um sich herum gehabt. Heute war das anders. Statt sein Leben wieder in den Griff zu bekommen, hatte er sich mal wieder dazu verführen lassen.

Aber die Diskussionen im Forum waren einfach zu interessant. Er hatte sich nicht losreißen können, obwohl er schon vor einigen Beiträgen bemerkt hatte, dass er durstig war.

Hastig leckte er sich über die Lippen und starrte auf die geschriebenen Worte eines Users, dem er bisher nicht viel Beachtung geschenkt hatte. Er schien intelligent zu sein und schrieb gut formulierte Sätze. Hartnäckig vertrat er seine Meinung, ohne beleidigend zu klingen. Das gefiel Jochen.

Im Netz wurde überall über die Entdeckung von Wasser außerhalb des Sonnensystems diskutiert. Einige Spinner malten sich Weltuntergangsszenarien aus oder prophezeiten Alieninvasionen, die meisten waren allerdings an ernsthaften Unterhaltungen interessiert.

In dem Beitrag, den Jochen gerade las, ging es vor allem um die Problematik, welche Folgen die Entdeckung außerirdischen Lebens auf irdische Sekten haben könnte. Der User stellte Überlegungen an, dass gerade extremistische Religionsanhänger Zuwachs erhalten könnten, während die gemäßigten Gläubigen vielleicht schwächer werden würden.

Das wäre in der Tat ein Problem.

Dennoch hielt Jochen das für übertrieben. Natürlich war es interessant, er verfolgte jede Dokumentation im Fernsehen und las viel im Internet darüber, aber die große Aufregung, die von den Medien heraufbeschworen worden war, war ausgeblieben.

Andererseits fragte er sich, ob er das überhaupt beurteilen konnte. Immerhin nahm er nicht mehr wirklich am gesellschaftlichen Leben teil und hatte keine Ahnung, was außerhalb seiner vier Wände passierte.

Wie auch immer. Was er jetzt brauchte, war Wasser, und zwar nicht auf einem fernen Planeten, sondern in seiner Kehle.

Bevor er sich in den Rollstuhl übersetzte, um in die Küche zu gelangen, öffnete er noch rasch das E-Mail-Postfach.

Als er die erste E-Mail sah, schlug sein Herz schneller.

Schnell klickte er sie an und fragte sich, wie Danielle darauf reagieren würde. Vielleicht war es besser, sie zu löschen?

Wieso kam Nadina Martinez auf die Idee, ihm zu schreiben? Andererseits hatte sie ja keine Ahnung davon, dass er ein wenig für sie schwärmte und Danielle davon erzählt hatte. Danielle hatte sich zu dem Thema nicht mehr weiter geäußert, aber Jochen wusste, dass er ihr sehr wehgetan hatte. Sie war ruhiger und sehr in sich gekehrt. Außerdem gab sie sich mehr Mühe, kam pünktlicher nach Hause und nahm sich abends Zeit für die Kinder und für ihn.

Manchmal, wenn sie dann ein Glas Rotwein oder einen Tee zusammen tranken und Danielle sich nach seinem Tagesablauf erkundigte, konnte er sich sogar einreden, er hätte sich diese Distanz nur eingebildet.

Aber häufig spürte er wieder den Graben, der sich zwischen ihm und seiner Frau aufgetan hatte.

Geschickt vermied Danielle es, einige Themen zu ignorieren. Sie fragte nie nach Nadina und erkundigte sich nicht, ob er wieder schwimmen gehen wollte.

Aus Rücksicht auf diese empfindliche Situation verzichtete Jochen darauf, wieder zum Schwimmen zu gehen, auch wenn es ihm wirklich Spaß gemacht und ihm der Umgang mit den anderen amputierten Menschen gut getan hatte. Doch er wollte Danielle weder eifersüchtig machen, noch wagte er es, in Nadinas Nähe zu sein. Viel zu sehr fürchtete er sich vor seinen eigenen Gefühlen.

Die Ehe mit Danielle war ihm wichtig.

Besser er saß das Problem aus, als sich in eine Affäre zu stürzen, die zu viel Schmerz verursachen würde.

Allerdings war er überzeugt, dass es besser wäre, wenn Danielle über das Problem sprechen würde.

Doch auch sie schien gewillt zu sein, es einfach auszusitzen.

Nadina erkundigte sich, was passiert war und warum er nicht mehr zum Schwimmen gekommen sei.

Es war nur eine alltägliche Mail, eine normale Rückfrage, wenige Zeilen, dennoch rührte es Jochen und er konnte nichts dagegen tun, dass sein Herz in seiner Brust vor Freude hüpfte.

Nadina klang ehrlich interessiert, während Danielle oft den Eindruck machte, als wäre sie gezwungen, sich mit ihm auszutauschen.

Der Vergleich schnürte ihm die Kehle zu, weswegen Jochen die Mail sofort wieder schloss. Statt sie in den Papierkorb zu verschieben, schob er sie in einen Ordner, in den Danielle vermutlich nicht sehen würde.

Einen kurzen Moment saß Jochen unschlüssig vor dem Computer und starrte den Bildschirm an, dann klickte er erneut den Posteingang an und versuchte seine Gedanken zu sortieren.

Als er den Namen des Absenders der nächsten Mail las, weiteten sich seine Augen.

Was wollte denn Samuel nach all den Jahren von ihm?

Fabian, in einem Dorf im Südschwarzwald

Seine Mutter schob ihm die Nudeln zu. »Glaubst du, die Amerikaner wissen, was sie wollen? Hier, nimm dir noch ein paar Nudeln.«

Fabian verdrehte die Augen und ignorierte die Schüssel. Wie früher in seiner Kindheit hatte seine Mutter viel zu viel gekocht und drängte nun darauf, dass er alles aß. Viel Hunger hatte er nicht. Die Entlassung und die Zugfahrt waren schon anstrengend gewesen, aber was danach gekommen war, hatte ihm alle Energie beraubt. Nach wie vor hatte er keinen Erfolg bei den Bewerbungen und war arbeitslos. Zu Beginn hatte er seine Zeit damit verbracht, Kleinigkeiten für seine Mutter zu erledigen. Eine Glühbirne musste ausgewechselt, der Vorhang zum Waschen abgehängt und die Garage aufgeräumt werden. Aus dem Haus hatte er sich nicht getraut.

Doch irgendwann war es ihm zu eng geworden, hier im Haus, nur in Anwesenheit seiner Mutter. So eingeengt hatte er sich schon lange nicht mehr gefühlt und das hieß viel, wenn man bedachte, dass er gerade aus dem Gefängnis kam.

Er liebte sie sehr, aber sie hatte den Hang dazu, ihn zu nerven. Vielleicht war es die Aufregung und die Freude darüber, dass er wieder draußen war, aber Fabian empfand die Tatsache, dass sie ständig am Reden war, als unerträglich. Schlimmer noch war ihre Angewohnheit, in der Wohnung herumzurennen wie ein wild gewordenes Huhn.

Es fiel ihm schwer, in dieser Atmosphäre entspannt im Wohnzimmer zu sitzen und ein Buch zu lesen. Das Nichtstun war auch so schon schwer zu ertragen, aber es wurde nicht besser, wenn man mit jemandem zusammenlebte, der hyperaktiv war.

Somit war er irgendwann doch nach draußen gegangen, hatte lange Spaziergänge gemacht oder mit seinem Fahrrad die Wälder erkundet. Fabian genoss den Luxus, stundenlang über Felder und Wiesen laufen zu können, ohne jemandem zu begegnen.

Begegnen wollte er nämlich niemandem. Noch nicht.

Dazu war er noch nicht bereit.

»Ich glaube, die beschwören etwas herauf, was sie nicht kontrollieren können«, fuhr seine Mutter fort, als er nicht antwortete.

Fabian massierte den Nasenflügel. »Wie kommst du auf die Idee?«

»Man sollte keine schlafenden Hunde wecken«, beharrte seine Mutter.

»Was?« Fabian verstand den Gedankengang nicht. Manchmal dachte seine Mutter an etwas und ging wie selbstverständlich davon aus, dass man ihr folgen konnte, wenn sie ihre Gedanken einfach formulierte. Das war allerdings schwer, wenn sie nicht ihren ganzen Gedankengang offenbarte.

»Ich rede von den Außerirdischen. Jetzt wollen sie da noch nach Sauerstoff suchen. Ich bin davon nicht überzeugt.« Seine Mutter schüttelte den Kopf.

»Gäbe es dort Außerirdische, die fähig wären, zu uns zu kommen, dann wären sie doch schon längst hier. Zumindest wenn sie feindlich gestimmt sind.« Fabian spielte lustlos mit den Erbsen und den Möhren.

»Wir dringen in ihr Gebiet ein und schauen uns dort um. Mir würde das auch nicht gefallen.« Seine Mutter stand auf und begann den Tisch abzuräumen. Das war eine Angewohnheit, die sie sich erst angewöhnt hatte, nachdem sein Stiefvater vor zehn Jahren gestorben war. Sie räumte den Tisch ab, obwohl er noch mit ihr redete.

»Es ist nicht so, als würden wir sie da stören. Wenn unser Nachbar dich beobachten würde, würdest du es auch nicht wissen.« Fabian schob seinen Teller von sich.

»Es wäre mir aber nicht recht.« Seine Mutter sah ihn böse an, dann nahm sie die Schüssel mit den Nudeln und trug sie in die Küche.

»Ich würde mir an deiner Stelle keine Sorgen machen«, rief Fabian.

»Ich habe dennoch Angst. Im Fernsehen haben sie gesagt, dass wir kaum in der Lage wären, uns zu wehren. Wir haben nicht einmal einen weltlichen Sprecher, der für uns die Kommunikation übernehmen würde. Wir sind alle zerstritten, anstatt vereint aufzutreten. In Afghanistan haben sie sich letztens wieder gegenseitig in die Luft gejagt. Wir sind nicht fähig zusammenzuhalten. Das macht uns angreifbar.« Seine Mutter räumte etwas in der Küche rum, zumindest interpretierte Fabian die Geräusche so.

Wieso beklagte sie sich so oft, dass er sich nicht genügend mit ihr unterhielt, obwohl sie das Gespräch mied, indem sie vorgab beschäftigt zu sein? Fabian verstand die Welt nicht. »Unser Stellvertreter wäre der amerikanische Präsident«, rief er und rollte seine Augen.

»Aha.« Seine Mutter sah kurz zu ihm herein. »Und das bestimmst du?«

»Nein, es ist logisch.« Fabian hob die Schultern.

»Findest du?« Seine Mutter fuhr damit fort, die Küche aufzuräumen. »Glaubst du, das würden alle Nationen so sehen?«

Irritiert betrachtete Fabian die Katze, die auf dem Fensterbrett saß und sich putzte. Er musste zugeben, dass die Überlegung seiner Mutter gar nicht so schlecht war. Zwar war es sehr unwahrscheinlich, dass jemals Außerirdische kommen würden oder man mit ihnen in Kontakt treten könnte, aber wie sollten sie sich als vereinigte Weltbevölkerung präsentieren, wenn es in allen Ecken knallte? Sie kamen schon nicht damit klar, ihre einander sehr ähnelnden Religionen zu akzeptieren. Wer wusste schon, welche abgefahrenen Religionen die Außerirdische pflegten? Vielleicht brachten sie ihrem Gott Menschenopfer? Bei dem Gedanken musste Fabian grinsen.

»Wenn du mich fragst, sollten wir hier erst einmal alles in Ordnung bringen, und dann nach draußen gehen«, rief seine Mutter. Es hörte sich nicht mehr so an, als wäre sie in der Küche. Stattdessen schien sie auf dem Flur zu sein.

»Wo gehst du denn jetzt wieder hin?«, brüllte Fabian.

Seine Mutter antwortete nicht, aber Fabian wusste dennoch, was sie wollte, als er den Schlüssel hörte, mit dem sie den Briefkasten öffnete. Der müsste dringend geölt werden. Das würde er sofort machen, nachdem er seiner Mutter in der Küche geholfen hatte.

An den Schritten erkannte er, dass sie wieder da war.

»Wir müssen uns bewusst werden, dass wir zusammenhalten müssen«, sagte sie und sortierte die Post. »Erst dann sind wir bereit, uns den Außerirdischen zu stellen.«

»Die Wahrscheinlichkeit, dass da Außerirdische sind ...«

Seine Mutter unterbrach ihn sofort. »Das ist mir bewusst, Fabian, trotzdem sollten wir uns überlegen, wie viel weiter wir da vordringen möchten. Wir sind noch nicht bereit. Wir haben hier schon genug Baustellen.«

Fabian blinzelte und fragte sich, ob er anerkennend nicken oder besser abwinken wollte. Einerseits war das, was seine Mutter sagte, sehr naiv. Sie stellte die Dinge sehr einfach dar, andererseits hatte sie mit allem recht.

»Der ist für dich.« Seine Mutter warf ihm einen Brief zu.

Fabian fing ihn auf, woraufhin er grinsen musste. Dann sah er auf den Absender und lächelte. Schön, dass Samuel ihm auch weiterhin schrieb, auch wenn er jetzt nicht mehr im Gefängnis saß, sondern bei seiner Mutter lebte.

Nele, in Washington, D.C.

»Nele!«

Sofort machte Nele die Musik leiser. Millers Ton verhieß nichts Gutes. Sie hörte gerne Musik am Arbeitsplatz, wusste aber, dass damit nicht alle einverstanden waren. Sie drehte sich um.

»Da sind zwei Fehler drin.« Millers Stimme dröhnte durch das ganze Rechenzentrum.

»Echt?« Nele stand auf und spürte die Blicke auf sich.

»Hast du das nicht nochmal durchgerechnet?« Endlich kam Miller zu ihr und gab ihr den Bogen, auf dem sie die Auswertungen notiert hatte. Wieso musste er durch den ganzen Raum brüllen? Hatte sie nicht extra die Musik leiser gemacht, damit er nicht schreien musste?

»Tut mir leid.« Nele starrte auf die beiden Zahlen, die angestrichen worden waren. Waren die wirklich falsch? Hatte sie das Komma falsch übertragen?

»Ich sage euch schon die ganze Zeit, dass Qualität äußerst wichtig ist.« Miller riss ihr das Blatt wieder aus der Hand. »Gib schon her, ich überprüfe das nochmal. Konzentriert euch. Die ganze Welt schaut auf uns.«

Nele kniff verärgert die Augen zusammen. Noch immer war Miller viel zu laut. »Die Berechnung ist aber korrekt«, betonte sie.

Miller kniff die Augen zusammen.

Nele beugte sich vor und zeigte ihm den Rechenweg. Sie vermutete, dass Miller es als Fehler interpretiert hatte, da die komplizierte Rechenart schwer nachvollziehbar war.

Verärgert nickte Miller.

»Ich kontrolliere immer alles genau«, sagte Nele und fand, dass sie sich ziemlich zickig anhörte und nicht wie eine selbstbewusste Forscherin.

»Was meint ihr, was passiert, wenn wir Sauerstoff nachweisen, die Russen aber entdecken, dass das gar nicht stimmt und wir unsauber gearbeitet haben?

Dann macht sich die ganze Welt wieder lustig über uns«, fuhr Miller fort und stampfte durch den Raum zur Tür.

Nele sah sich um und schluckte. Die Kollegen hatten ihre Köpfe bereits betreten gesenkt, nur Tiffany sah mitleidig zu ihr und hob die Schultern.

Auch Nele hob die Schultern, dann setzte sie sich.

Für einen kurzen Moment sah sie die Zahlen auf dem Bildschirm nur verschwommen. In ihren Ohren hörte sie ein Rauschen und ihr Herz pumpte mehr Blut als gewöhnlich in die Blutbahnen. Noch nie hatte Miller sie so bloßgestellt - vor dem ganzen Team. Noch nie so auf einem Fehler herumgeritten, und das sogar zu Unrecht. Sie konnte seine Forderung nach gewissenhafter Arbeit sehr wohl verstehen, aber sah er nicht, dass sie hier unter Hochdruck arbeiteten, oft mehr als 12 Stunden am Tag? Dachte er, sie wäre die Einzige, die dem Druck und dem Stress nicht gewachsen war?

Auf einmal überkam sie die Sehnsucht nach der Stimme ihrer Mutter. Ihre Geschwister lebten alle nicht mehr in dem Dorf und somit war ihre Mutter ganz alleine. Ein Funken schlechtes Gewissen gesellte sich zu der Sehnsucht.

Nele schob die Lunchbox weg und tastete nach ihrem Handy. Statt wie früher mit Brian in die Mittagspause zu gehen, aß sie nun hier - oder auch nicht. Sie hatten bereits Nachmittag, aber das Brot, das sie sich heute Morgen in Eile gemacht hatte, war noch unberührt.

Rasch aktivierte sie das Display ihres Handys und atmete erleichtert aus, als sie bemerkte, dass es noch genug Akku hatte, um zu telefonieren. Sie versuchte die Uhrzeit in Deutschland zu ermitteln und bemerkte, wie schwer ihr das Denken und Rechnen fiel. Selbst bei den einfachen Dingen. Kein Wunder, dass sie schon anfing, an sich selbst zu zweifeln.

Es war früh in Deutschland, aber sicher nicht früh genug, dass sie ihre Mutter wecken würde, die immer früh aufstand. Plötzlich wieder Energie in sich spürend, sprang Nele auf und nahm die Brotbox an sich. Sie würde an die frische Luft gehen, etwas essen und ihre Mutter anrufen. Eilig lief sie durch die Gänge und öffnete die Tür zur großen Terrasse. Als ihr die frische Luft entgegen schlug, musste sie ihre Augen schließen und tief durchatmen. Das tat gut. Das tat richtig gut. Erst jetzt wurde sie sich ihrer heißen Wangen bewusst. Millers Auftritt hatte sie wahnsinnig geärgert. Doch noch mehr ärgerte sie sich über sich selbst. Brian hätte jetzt gesagt, sie solle sich nicht alles gefallen lassen, aber er verstand nicht, dass sie sich gegen so etwas nicht wehren konnte. Sie war dafür zu scheu, zu schüchtern und viel zu unsicher.

In vielen Dingen war Brian ganz anders als ihr Exfreund. Auch wenn Nele wusste, wie doof es war, die beiden Männer miteinander zu vergleichen, fielen ihr solche Dinge immer wieder auf.

Sie wählte die Schnellruftaste, auf die sie ihre Mutter gelegt hatte, und hielt sich das Handy ans Ohr.

Nach kurzer Zeit nahm jemand ab. »Nele!«

Die Stimme ihrer Mutter klang so erfreut, dass Nele Tränen in die Augen traten. Immer wieder tat es ihr so gut, mit ihrer Mutter zu telefonieren.

»Geht es dir gut, mein Schatz?«

Nele schüttelte den Kopf, auch wenn ihre Mutter das nicht sehen konnte. Aber sie wagte nicht, etwas zu sagen. Ihre Stimme würde zittern und ihrer Mutter verraten, dass etwas nicht stimmte.

»Nele?« Nun klang ihre Mutter besorgt und nicht mehr erfreut.

»Ja. Ich bin es«, antwortete Nele, und obwohl sie sich rasch räusperte, konnte sie nicht mehr Sicherheit in ihre Stimme legen.

»Dir geht es nicht gut«, stellte ihre Mutter sofort fest.

Kurz war Nele versucht, so zu tun, als würde das nicht stimmen, doch dann brach alles aus ihr heraus und sie begann zu weinen.

»Nele. Alles wird gut. Mein Schatz, beruhige dich erstmal und erzähl mir, was passiert ist«, beruhigte ihre Mutter sie.

Trotz ihrer Tränen musste Nele lächeln. Ihre Mutter hörte sich genauso an wie vor dreißig Jahren, wenn Nele sich das Knie aufgeschlagen oder eine schlechte Note kassiert hatte.

Ihre Mutter nutzte die Pause ihres Weinens. »Was ist los, Nele?«

»Nichts Besonderes.« Nele wischte sich über die Augen und sah sich um. Zum Glück war sie alleine hier.

»Und warum weinst du dann?«, hakte ihre Mutter nach.

»Weil ... Mama, mir geht es nicht gut.« Wieder weinte Nele, diesmal sogar heftiger als zuvor. »Ich schaff das einfach nicht. Ich ... kann nicht mehr.«

Nicole, an der südlichen Küste von Nigeria

Carolas Umarmung war fast ein wenig zu fest.

»Hey.« Nicole zog ihre Arme zurück und berührte mit ihren Fingerspitzen die rosigen Wangen ihrer Freundin. »Es wird alles gut. Und wir bleiben in Kontakt.«

Carola nickte, dann ließ sie los. »Pass auf dich auf«, murmelte sie.

»Danke.« Nicole hielt Carolas Hand umklammert. »Für alles.«

Als Carola zurück zu ihrem provisorischen Zuhause ging, welches sie hier mehrere Monate zusammen bewohnt hatten, starrte Nicole ihr nach. Erst als sie Tayos Hand spürte, der ihre Schultern berührte, drehte sie sich um. Sie waren alle gekommen, das ganze Dorf. Männer und Frauen, doch die meisten waren Kinder. Krampfhaft versuchte Nicole zu lächeln. Die ganze Zeit waren ihre Gedanken davon beherrscht gewesen, was sie nun tun sollte, wo sie das Kind bekommen und wo sie dann leben wollte. Sie hatte ganz vergessen, traurig zu sein, dass das hier vorbei war. Und das für immer.

Trotzdem war das ein Preis, den sie sehr gerne zahlte. Je weiter sich der Bauch formte, desto mehr empfand sie das Glück, dass sie eine Schwangerschaft und eine Mutterschaft erleben durfte. Gleichzeitig hatte sie Angst vor der Geburt und davor, keine gute Mutter zu sein.

Auch an Lars dachte sie häufiger.

Wie gerne er jetzt an ihrer Seite gewesen wäre. Wie gerne er Papa geworden wäre - zusammen mit ihr. Aber das würde ihm verwehrt bleiben. Statt seiner würde Tayo an ihrer Seite sein. Zumindest wenn sie sich einigen konnten.

Vorerst hatte Nicole beschlossen, dass sie die Entscheidung nach hinten verlegen würde. Noch würde sie nicht nach Deutschland reisen, sondern Tayos Familie kennenlernen. Sie fand es passend, die Menschen kennenzulernen, die mit ihrem Kind unmittelbar verwandt waren. In Abuja würde sie hoffentlich die notwendige Ruhe haben, um zu entscheiden, wie es weitergehen sollte.

»Bereit?« Tayo sah sie ernst an.

Nicole umfasste seine Finger und nickte. Sie war ihm dankbar, dass er sich hatte beurlauben lassen und mit ihr in die nigerianische Hauptstadt gehen würde. Im Gegensatz zu vielen anderen konnte er sich das erlauben. Seine Eltern würden ihm den Lebensunterhalt zahlen, denn gespart hatte er nicht viel. Alles, was er bislang verdient hatte, hatte er an Freunde weitergegeben, die weniger als er hatten.

Obwohl Tayos Familie hier als wohlhabend galt, schätzte Nicole ihr Eigentum auf dieselbe Höhe wie das Eigentum ihrer Eltern ein, obwohl diese in Deutschland zur Mittelschicht gehörten. Zumindest klang es so, wenn Tayo ihr vom Haus und dem Leben seiner Eltern und seinen beiden Schwestern erzählte.

»Ich bin bereit«, sagte Nicole und Tayo lächelte sie an. Erst als sie zurücklächelte, führte er sie zum Auto, an den ganzen Kindern vorbei, die gekommen waren, um ihnen zu winken.

Das Auto gehörte nicht Tayo, es war das Auto, mit dem der Bote regelmäßig in die nächstgelegenen Städte fuhr, um Besorgungen für die Ärzte zu machen.

Tayo setzte sich neben sie auf die Rückbank, obwohl Nicole damit gerechnet hatte, dass er vorne sitzen würde. Er ergriff ihre Hand und drückte sie fest. Es tat weh, dass Lars nicht bei ihr war, aber Tayo war ein guter Mensch, ein guter Mann und er würde ein guter Vater sein, schoss es Nicole durch den Kopf. Trotzdem gingen ihre Gedanken gleich wieder zurück zu Lars. Sie empfand es als unfair, dass Lars so viele Mühen auf sich genommen hatte, um sie zu schwängern, während Tayo nichts gemacht hatte, außer eine Affäre mit ihr anzufangen, die sich irgendwann in eine Beziehung entwickelt hatte. Sie hatten weder auf den Zeitpunkt geachtet, noch irgendwelche geeigneten Stellungen genutzt. Sie hatten einfach gemacht, was ihnen gefiel und wann es ihnen gefiel.

Tayo erntete die Früchte, die Lars gesät hatte.

Oder war es nicht so? Nicole fröstelte, obwohl es heiß war. Der Fahrer wendete das Auto und fuhr den steinigen Abhang nach oben. Einen letzten Blick auf die Menschen, dann waren sie verschwunden und Nicole stiegen Tränen in die Augen.

»Ist alles in Ordnung?« Tayos Atem war heiß und beruhigend.

Nicole nickte und lächelte, während ihr eine Träne die Wange hinablief. »Ich bin nur traurig, dass ich sie alle nicht mehr wiedersehen werde.« Von ihren Überlegungen, Lars hätte es ebenfalls verdient, der Vater dieses Kindes zu werden, sagte sie nichts. Auch wenn Nicole wirklich in Tayo verliebt war, hatte sie ihm noch nicht viel erzählt. Er wusste, dass sie einen Mann gehabt hatte, der gestorben war, aber er wusste nichts von ihren gemeinsamen Bemühungen ein Kind zu bekommen.

»Nicole?«

»Mmh?« Nicole sah Tayo an, das erste Mal, seit sie in das Auto gestiegen war. Sein Blick war unsicher, was sie verwunderte. Auf seinen Wangen zeichneten sich erste Stoppeln ab. Anscheinend hatte er sich am Morgen nicht rasiert. »Was ist?«, fragte Nicole und hob ihre Hand, um seine wirren, schwarzglänzenden Haare zu berühren.

»Du wirst meinen Eltern doch nicht erzählen, dass wir ... ein Zelt geteilt haben, oder?« Tayo bewegte sich unruhig.

Verwundert betrachtete Nicole ihn. »Wäre das ein Problem für sie?«

Tayo nickte.

Nicole blies Luft aus ihren Lungen und überlegte. »Wie willst du ihnen das mit dem Kind erklären?«

»Ich hoffe, dass sie nicht groß nachfragen werden.« Tayo hob die Schultern.

Ihr wurde bewusst, wie schwer es für Tayo war, mit seiner Erziehung zu ihr zu stehen. Es gab Männer, die abhauten, wenn sie erfuhren, dass die Frau ein Kind erwartete. »Aber deine Eltern sind doch relativ locker, oder nicht?«, fragte sie beunruhigt.

Tayo lachte leise. »Relativ locker heißt nicht, dass sie es toll finden, dass ihr Sohn eine Frau schwängert, ohne mit ihr verheiratet zu sein.«

Nicole starrte einen Moment in seine dunklen Augen und biss sich auf die Lippen. Auf einen Schlag war der Glaube, Lars müsste jetzt an ihrer Seite sein, verschwunden, stattdessen erfüllte sie Dankbarkeit, dass sie Tayo hatte kennenlernen dürfen, auch wenn sie das nicht mit der Trauer um Lars kombinieren konnte. »Wir schaffen das, Tayo. Wir sind zu zweit.«

»Zu dritt«, korrigierte er.

Flüssiges Glück schien sich durch ihre Adern in alle Zellen ihres Körpers zu verteilen und ließ sie befreit lächeln. Sie nickte und spürte erneut, wie sich Tränen ihren Weg bahnten. Dieses Mal waren es Freudentränen. »Ja«, sagte sie. »Wir sind zu dritt.« Sie lehnte sich nach vorne und drückte ihre geschlossenen Lippen fest auf Tayos. Es war kein Kuss der Leidenschaft, sondern ein Kuss, der einfach nur Zusammenhalt demonstrieren sollte. Als Tayo sich von ihr entfernte, ihre Hand nahm und mit einem zufriedenen Blick nach draußen schaute, wusste sie, dass Tayo das verstanden und genauso angenommen hatte.

Samuel, in Hamburg

Das erste Mal seit Wochen war er auf dem Festland. Inzwischen hatte er sich daran gewöhnt, auf die Fähre angewiesen zu sein, wenn er die Insel verlassen wollte, um Einkäufe zu erledigen, zum Friseur zu gehen oder die Sitzungen der Pfarrer aus dem Dekanat zu besuchen. Diese fanden einmal pro Quartal statt und Samuel freute sich meist darauf, denn es war immer nett, sich mit Kollegen auszutauschen. Gerade jetzt, wo der Fund von Wasser auf einem anderen Planeten so heiß diskutiert wurde, war es spannend zu erfahren, was seine Kollegen dazu sagten. Selbst der Papst hatte sich zu diesem Thema geäußert. Beruhigenderweise hatte er es nicht als Lug und Trug abgestempelt, sondern sich weltoffen präsentiert und verkündet, dass Außerirdische sehr gut in den Plan Gottes passen würden, da er ein Gott der Überraschungen sei.

Einige Kollegen mochte Samuel sehr, mit anderen kam er allerdings gar nicht gut aus. Es gab so viele Meinungen und Auffassungen, die sehr häufig zu Diskussionen führten. Da brauchte es Menschen, die Kritik vertragen und akzeptieren konnten, wenn jemand anderer Ansicht war. Das gelang nicht jedem Pfarrer.

Leider war Samuel auch noch einer der jüngsten Priester, weswegen er sich häufig fehl am Platz fühlte. Der einzige Pfarrer, der jünger war als er, hatte sich wegen Grippe entschuldigt.

»Es gab schon einige Rückfragen aus der Gemeinde«, betonte ein Mann, der ihm schräg gegenübersaß. »Es dreht sich dabei aber nicht um den Planeten, sondern um eventuelle Außerirdische.«

Samuel nickte und wollte gerade etwas zum Gespräch beisteuern, als sein Handy vibrierte. Mit einem verlegenen Grinsen griff er danach. Es war eine Nachricht von Stella, die fragte, ob er Lust hätte, mit ihr am Wochenende ins Kino zu gehen. Das kleine Inselkino war natürlich tabu für sie. Viel zu viele Bewohner der Insel könnten sie sehen und sich fragen, was sie gemeinsam trieben. Somit würde er erneut auf das Festland müssen. Obwohl Samuel sich eher auf ein ruhiges Wochenende gefreut hatte, gerade weil er heute schon in Hamburg war und noch eine weitere Nacht bleiben müsste, wollte er zusagen und lächelte, während er eilig die Antwort ins Handy tippte.

»Fertig?«

Der Pfarrer, der gerade gesprochen hatte, sah ihn abwartend an.

»Oh. Ja, natürlich.« Eilig steckte Samuel das Handy in die Hosentasche und trank rasch einen Schluck. »Das war nur meine Nachbarin. Sie kümmert sich um die Katzen.«

»Hast du immer noch keine Haushälterin?«, erkundigte sich Ralf, der neben ihm saß und einer der jüngeren hier war. Er war nur zehn Jahre älter als Samuel.

»Ich schmeiße den Haushalt alleine«, antwortete Samuel und hob die Schultern. Er verstand das Problem nicht. Zu Hause hatte er seiner Mutter im Haushalt geholfen, genauso wie es seine Geschwister getan hatten. Auch später im Studium war er gut klargekommen. Er hatte direkt nach dem Abitur wegziehen müssen, weil der Weg von zu Hause aus zu weit gewesen wäre. Damals hatte er gelernt, für sich alleine zu sorgen. Deswegen fiel es ihm jetzt vermutlich so schwer, das Problem seiner Kollegen zu verstehen.

»Können wir zum Thema zurückkommen?« Der Pfarrer ihm gegenüber klopfte ungeduldig auf den Tisch.

»Sicher.« Samuel räusperte sich. »Ich finde es auch eigenartig, dass sich die Menschen so für Außerirdische interessieren. Es ist doch äußerst unwahrscheinlich, dass sie auf intelligentes Leben stoßen. Dennoch beschäftigen sich die Menschen gerne damit. Ich will ihnen aber keine Antwort verweigern, weil es sonst wieder heißt, die katholische Kirche wäre verstaubt und so weiter. Ihr kennt das ja.«

»Bist du sicher, dass sie keine Außerirdischen finden?«, erkundigte sich Ralf.

Samuel nickte. »Ja, ich habe mich eine Zeit lang für das Thema interessiert. Selbst wenn sie Leben finden, was intelligent ist, dann werden sie es nicht beweisen können. Nicht mit dem heutigen technischen Stand.«

Einige der Männer am Tisch sahen verwirrt aus. Samuel lächelte milde. Wieso musste er immer irgendwie absonderlich sein? Warum konnte er nicht auch mal mit der Masse mitschwimmen? War er wirklich der Einzige, der sich dafür interessierte? Der sich ein klein wenig auskannte?

»Wo lernt man das denn? Im Fernsehen?«, erkundigte sich Heinrich, einer der Ältesten im Raum.

»Nee.« Samuel schüttelte den Kopf und zögerte. »Ich habe mal jemanden gekannt, der sich gut damit auskannte. Das war damals, als ich in der anderen Gemeinde war.«

Sofort nickten einige. Viele wussten, dass er einen psychischen Zusammenbruch erlebt hatte und nicht gerne davon redete. Die meisten akzeptierten das und befragten ihn nicht zu seiner Vergangenheit. Das war einer der Gründe, warum Samuel sich hier so wohl fühlte, obwohl die anderen Pfarrer oftmals sehr seltsame Ansichten hatten. Man hatte ihn gerne aufgenommen, sich Mühe gegeben, ihn in die Gruppe zu integrieren und keiner war ihm jemals zu nahe gekommen wegen der Geschichte.

»Wie gesagt«, nahm Samuel das Wort wieder auf, »die werden nichts finden. Trotzdem will ich den Menschen die Antwort nicht schuldig bleiben. Ich will ihnen zeigen, dass ich mich vor dem Thema nicht verschließe und es nicht ablehne, nur weil es nicht ganz zu Adam und Eva passt.«

»Es muss nicht mal ein Widerspruch sein«, murmelte Ralf.

»Nein, muss es nicht«, betonte Samuel, »aber ich denke, es gibt genug ande-re Beispiele, die sich mit Adam und Eva beißen und die können wir auch nicht einfach ignorieren. Zum Beispiel, dass wir von den Affen abstammen.«

Wieder folgte Schweigen. Samuel wusste, dass einige der Kollegen nicht gerne darüber sprachen. Nicht, weil sie nicht längst eingesehen hatten, dass sie gegen die Wissenschaft nicht ankamen, sondern weil es sie an die Zeit erinnerte, als das Christentum mit so etwas Probleme hatte.

»Wie gehen andere Religionen damit um?«, fragte einer der Pfarrer, mit dem Samuel noch nie etwas zu tun gehabt hatte.

»Soweit ich weiß, hat der Islam darauf sogar eine Antwort im Koran«, ant-wortete einer der anderen Männer.

Samuel spürte, dass sein Handy wieder vibrierte, diesmal zog er es aber nicht aus der Tasche. Vermutlich war es Stella. Auf eine Antwort auf die ge-schriebene E-Mail wartete er nicht mehr, obwohl er die Handynummer bewusst hinein geschrieben hatte.

»Also, was sagen wir den Leuten?«, fragte Ralf.

Samuel lehnte sich vor, nahm einen Schluck Wasser und konzentrierte sich wieder auf die Sitzung.

Lukas, in der Nähe von Kundus in Afghanistan

»Schau nur.« Als der warme Atem von Navid seinen Nacken streifte, wurde sei-ne Haut von einer Gänsehaut überzogen. Es war allerdings ein angenehmer Schauer. Lukas lehnte sich nach hinten und drückte seinen Körper fest an Na-vids. Seine Wange presste er gegen den Hals. Er atmete tief ein. Hier wollte er bleiben. Für immer an Navids Seite.

»Siehst du, wie strahlend die Sterne heute sind?«, erkundigte Navid sich flüsternd.

»Ja. Wunderschön«, bestätigte Lukas. War man in Afghanistan außerhalb ei-ner großen Stadt, war man wirklich im Nirgendwo. Es war nicht so wie in Deutschland, dass selbst dort, wo keine Stadt war, Häuser standen. Es gab kaum künstliches Licht, das einen daran störte, in den Himmel zu sehen und etwas zu erkennen. Hier war es in der Nacht richtig dunkel.

»Ich habe gehört, man kann den Stern sehen, um den dieser andere Planet kreist.« Navid zog Lukas noch enger an sich heran. Sie saßen auf einer Decke vor ihrer verfallenen Hütte, bei der sie sich immer trafen. Um sie herum war Steinwüste. Am Anfang hatte Lukas Angst vor wilden Tieren gehabt, inzwischen vertraute er Navid, dass dieser wusste, was er tat. Sie hatten sich beide herausge-schlichen, ohne gesehen zu werden, was bedeutete, dass ihnen bis zum Morgengrauen Zeit blieb. »Ich habe keine Ahnung von solchen Sachen, Navid«, erwiderte Lukas.

»Ich auch nicht.« Navid kratzte sich am Nacken, dann legte er seinen Arm sofort wieder um Lukas und wärmte ihn, obwohl die Außentemperatur bereits gefallen war. »Meine Mutter hat die Zeit noch miterlebt, als hier alles in Ordnung war«, erzählte er. »Du weißt hoffentlich, dass es hier nicht immer so war, wie es jetzt ist.«

Lukas hob seinen Kopf. »Natürlich weiß ich das.«

»Die Frauen durften Berufe ergreifen, Unis besuchen. Wir hatten Computer und waren auf dem damals neusten Stand der Technik. Unsere Frauen waren ganz normal gekleidet. Natürlich entsprechend der damaligen Mode.« Navid seufzte leise.

»Ich weiß.« Lukas nickte. »Du müsstest das doch auch noch miterlebt haben?«

»Ja, schon. Als Kind. Als Jugendlicher. Doch als ich erwachsen wurde, war die Welt schon auf den Kopf gestellt. Meine Mutter war nie verhüllt. Ich kannte das bis zu diesem Zeitpunkt überhaupt nicht. Sie war geschminkt, hatte lange Haare und trug kurze Kleidung. Ich frage mich, ob ich auch irgendwie in die Forschung gegangen wäre, hätte ich die Chance erhalten, normal aufzuwachsen.« Navid klang weder traurig noch wehmütig, sondern irritiert, so als hätte er sich diese Frage das erste Mal gestellt.

»Du bist ein guter Polizist.« Lukas wollte ihn trösten, wusste aber nicht so recht, was er sagen sollte.

»Ob sich die Rechte der Homosexuellen so entwickelt hätten wie bei euch in Europa?« Navid küsste Lukas auf die Schläfe.

»Ich vermute schon«, antwortete Lukas. »Irgendwann bestimmt.« Er hielt den Atem an und fragte sich, ob Navid nun endlich mit ihm darüber reden wollte, wie es für sie weiterging. Hier in Afghanistan hätten sie auf Dauer kein gemeinsames Leben. Sie würden nach Deutschland gehen müssen, um sich zueinander bekennen zu können.

»Die Taliban sind nicht aus eigener Kraft an die Macht gelangt. Erst der amerikanische Geheimdienst hat sie so stark gemacht. Haben sie die Gefahr so unterschätzt? Ich habe keine Ahnung, wie das so schief laufen konnte. Und jetzt sind wir endlich befreit, aber statt helfen zu können, formieren sich die Taliban wieder und werden immer mächtiger. Ich hasse das so.« Unter seinen Armen konnte Lukas die Verspannung spüren, die sich bildete. Navid nahm es sehr mit, denn er liebte sein Heimatland. Vermutlich, weil er eine glückliche Kindheit erlebt hatte und nach wie vor daran glaubte, dass diese Zeit wieder kommen könnte. Je länger Lukas hier stationiert war, desto mehr verlor er diesen Optimismus. Aber das wagte er nicht laut auszusprechen, denn das würde Navid wehtun.

»Ich denke oft über dieses Gespräch nach«, fuhr Navid fort. »Das, was wir an dem Abend geführt haben, als du mich vollkommen überstürzt sehen wolltest. Hat der Ziegenjunge eigentlich nochmal was gesagt?«

Lukas biss sich auf die Lippen und schüttelte den Kopf. Er war damals so darauf fixiert gewesen, Navid zu sehen, dass er nicht auf seine Umgebung geachtet hatte. Erst als ein Ast hinter ihm geknackt hatte, war er herumgewirbelt und hatte erkannt, dass er verfolgt worden war. Zum Glück war er noch weit entfernt von ihrem Versteck gewesen. Er hatte dem jungen Mann, der die Ziegen hütete, versichert, dass er auf einer geheimen Mission war. »Nein, nein. Er hat nichts mehr gesagt. Du hast eben gesagt, du hast über das Gespräch nachgedacht?«

Navid schwieg einen Moment lang. Ein Moment, in dem Lukas fast schon körperlich litt. Er konnte Navid immerhin nicht dazu zwingen, mit ihm zu gehen.

»Ich weiß nicht, ob du mich verstehen kannst«, sagte Navid. Das klang nicht gut. Das klang, als würde er Navid verlieren.

»Ich verstehe dich schon«, presste er heraus. »Du wirst deine Eltern vermissen. Deinen Bruder. Du wirst in Deutschland ganz von vorne anfangen.«

»Ich wäre von dir abhängig. Auf dich angewiesen. Denkst du, dass das eine gute Basis für eine Beziehung ist?«, warf Navid ein.

Lukas schüttelte den Kopf. »Aber ich werde dich darin unterstützen, auf die Beine zu kommen. Schau dir Samir an. Er ist Bundeswehrsoldat, zahlt Steuern wie jeder Deutsche und ernährt seine Familie.«

»Er ist als Kind nach Deutschland gekommen. Das ist ein großer Unterschied. Als erwachsener Mann hast du es viel schwerer. Ich kann nicht einmal die Sprache«, sagte Navid.

»Die kannst du lernen«, beharrte Lukas.

»Ich will nicht zum Christentum konvertieren.« Navid presste seine Lippen aufeinander.

»Das musst du auch nicht.« Überrascht starrte er Navid in die Augen. »In Deutschland kannst du machen, was du willst. Du kannst Atheist sein. So wie ich es bin. Oder du kannst in die Kirchen gehen. Oder in die Moscheen. In Deutschland hast du diese Freiheit. Du hast jede Freiheit. Wenn du Lust hast, kannst du sogar zum Judentum übertreten. Oder zum Hinduismus.«

Navid spielte an Lukas' Shirt herum, richtete den Kragen, zupfte am Ärmel. Immer wenn sie sich sahen, zog Lukas sich etwas Bequemes an. Die Uniform musste weg. Selbst dann, wenn ihnen gar nicht nach körperlicher Nähe war und sie nur reden wollten. Die Uniform war so steif und Lukas empfand sie als seine Berufskleidung. Die Zeit mit Navid war aber private Zeit. Deswegen trug er nur ein Shirt, obwohl es mittlerweile schon kühl geworden war.

Lukas versuchte geduldig zu sein, während Navid nachdachte.

»Vielleicht habe ich ja vor genau dieser Freiheit Angst«, sagte Navid nach einer Weile.

130

Lukas verspürte Erstaunen. »Echt? Das ist das Problem?«

»Unter anderem.« Navid hob die Schultern. »Ich weiß nicht, ob ich nach all den Jahren der Unterdrückung in Freiheit leben kann. Mit dir öffentlich Hand in Hand zu gehen, mit dir in einem Bett zu schlafen, ganz offiziell in einer Wohnung. Dich zu heiraten. Ich weiß nicht, ob ich das wirklich will. Meine Eltern hier zurücklassen, in dem Glauben, dass ihr Sohn Unzucht treibt, anstatt sich eine Frau zu suchen und Kinder zu zeugen. Kinder ... hättest du nicht gerne Kinder?«

In Lukas verkrampfte sich etwas und eine eisige Faust schien seinen Magen zu umschließen und ihn auszuwringen. Ihm wurde übel. Er schüttelte den Kopf, weil er nicht glaubte, dass er Worte finden konnte, die nicht verletzend waren oder davon zeugten, wie verzweifelt er war.

Jochen, in einem Dorf im Südschwarzwald

Danielles Anspannung konnte Jochen bereits spüren, als er seinen Rollstuhl den Flur entlang rollte. Sie stand in der Küche, mit der Hüfte gegen die Arbeitsfläche gelehnt, ein Weinglas in der Hand. »Warum setzt du dich nicht?«, fragte Jochen erstaunt und schob die Tür weiter auf, um hineinkommen zu können.

»Ich habe dich gehört. Als das Garagentor aufging«, antwortete Danielle.

Jochen runzelte die Stirn. Das war eigentlich keine Antwort auf seine Frage, aber er hob die Schultern. Er wollte keinen Streit. Den Grund für ihre Anspannung kannte er natürlich. Seit er ihr von Nadina erzählt hatte, war sie misstrauisch. Es irritierte sie möglicherweise auch, dass er so spät nach Hause gekommen war. Das hatte nichts mit Nadina zu tun, Jochen hatte es zu Hause nicht mehr ausgehalten. Die Kinder waren über Nacht bei Freunden und seine Frau und er redeten nicht mehr richtig miteinander. Deswegen hatte er nach dem Abendessen verkündet, eine Runde schwimmen zu gehen. Im Schwimmbad hatte er sich allerdings nicht mit Nadina getroffen, sondern einsam seine Bahnen abgeschwommen. Danach hatte er immer noch keine große Lust verspürt, nach Hause zu fahren und war mit seinem Auto zu dem Parkplatz im Wald gefahren, von dem aus sie früher ihre Bergbesteigungen begonnen hatten. Er wusste auch nicht so recht, was in ihn gefahren war und wieso er sich das antat. Er hatte einen Ort gesucht, wo er in Ruhe nachdenken konnte. Durch Samuels Mail war die Erinnerung an früher wieder gekommen und er hatte das Bedürfnis verspürt an einen Ort zu gehen, der ihn an früher erinnerte. An früher, als alles noch in Ordnung gewesen war.

»Wo warst du?« Danielles Stimme klang lauernd.

»Ich habe mich nicht mit Nadina getroffen, falls du das meinst«, gab Jochen zurück und öffnete den Kühlschrank. Er nahm sich eine Scheibe Wurst aus der Frischhaltedose und aß sie ohne sich die Finger zu waschen. Er wusste, dass Danielle das gerne kritisieren würde, aber aus Angst vor Streit ruhig blieb. Wieso war er so fies zu ihr? Jochen wusste selbst nicht, was in letzter Zeit so schrecklich schief lief. Vielleicht tat es ihm weh, dass sie nicht bereit war, etwas zu ändern, obwohl er ihr von Nadina berichtet hatte. Früher hatte er immer gedacht, wenn man ehrlich war, würde automatisch etwas heilen. Da hatte er sich wohl getäuscht.

»Bleibst du deswegen so lange weg, weil du mich eifersüchtig machen willst?«, stieß Danielle aus.

Als Jochen sich umdrehte, bemerkte er, dass sie erstaunt aussah. Er wandte sich ab und legte seine Hände auf die Greifarme der Rollstuhlreifen, ohne den Rollstuhl zu bewegen. War das so? Hoffte er, durch solche Aktionen ein Gespräch mit ihr zu finden? Er hob langsam die Schultern.

»Du hast dich verändert«, flüsterte Danielle und trank einen Schluck aus ihrem Weinglas. Als sie es absetzte, fügte sie etwas lauter hinzu: »Ich erkenne dich nicht mehr wieder.« Wut und Entsetzen zeichneten sich auf ihrem Gesicht ab.

Jochen beobachtete ihr Minenspiel, ohne etwas zu sagen.

»Ich weiß, du magst es nicht, wenn ich das sage, aber es hat etwas mit deinem Rollstuhl zu tun«, meinte sie und stieß sich von der Arbeitsfläche ab, dann lief sie an ihm vorbei ins Esszimmer.

»Natürlich hat es mit meinem Rollstuhl zu tun«, rief Jochen und lachte. Dass das Lachen verbittert klang, erstaunte ihn nicht sehr. »Ich habe keine Beine mehr. Natürlich ist das eine große Veränderung.«

»Von dieser Veränderung rede ich aber nicht«, fauchte Danielle.

»Ist dir mal der Gedanke gekommen, dass du dich ebenfalls verändert hast?«, erkundigte Jochen sich scharf.

Danielle zuckte zusammen, dann überwand sie den Schock über diesen Vorwurf und setzte sich auf einen der Stühle.

»Und ich rede nicht von der offensichtlichen Veränderung, dass du jetzt arbeiten gehst, sondern von der Tatsache, dass du dich nicht mehr an unserem Familienleben beteiligst. Du interessierst dich nicht mehr für mich.« Jochen rollte seinen Rollstuhl an den freien Platz des Tisches und fragte sich gleichzeitig, ob er zu hart gewesen war.

»Wie bitte?«, entfuhr es Danielle. Sie kniff ihre Augen zusammen und machte damit einen bedrohlichen Eindruck.

»Danielle, ich gönne es dir, dass du dein Berufsleben genießt und nicht mehr in erster Linie für die Kindererziehung zuständig bist, aber du bist ein Teil dieser Familie«, versuchte Jochen es etwas versöhnlicher.

»Natürlich bin ich das.« Danielles Gesichtsausdruck änderte sich von Verärgerung zu Empörung. Sie hatte ihre Gefühle noch nie gut verbergen können. Auf ihrem Gesicht zeichneten sich immer alle Emotionen ab, die sie empfand.

»Den Eindruck habe ich aber nicht«, sagte Jochen und seufzte leise. »Zum Beispiel reden wir nicht mehr über wichtige Dinge. Ich habe dir nicht einmal erzählt, dass Samuel mir geschrieben hat. Ich möchte ihm auch antworten, aber mir fällt es schwer, die richtigen Worte zu finden.«

»Samuel hat dir geschrieben?« Fassungslos sah Danielle ihn an.

Jochen nickte und presste seine Lippen zusammen.

»Warum hast du mir denn nicht davon erzählt?«, erkundigte sie sich.

Die Frage traf Jochen mitten ins Herz. Sein Magen verkrampfte sich und er fühlte sich auf einmal etwas schwindelig. Hätte er Danielle einfach davon erzählen sollen? War es so einfach? »Ich habe nicht den Eindruck, dass dich das interessiert hätte.«

»Dann ist dieser Eindruck falsch.« Danielle schob ihre Hand vor, aber sie berührte seine Finger nicht.

»Manchmal reagierst du genervt, wenn ich etwas sage.« Jochen schluckte, um den überschüssigen Speichel loszuwerden, der sich in seinem Mund gebildet hatte.

Danielle zuckte zusammen. »Wirklich?«

Jochen sah ihr direkt in die Augen. »Ich habe den Eindruck, dass ich dir auf die Nerven gehe. Dass du die Nase davon voll hast und willst, dass ich jetzt endlich klarkomme.«

Danielle öffnete den Mund, schloss ihn dann aber wieder. Ihre Augen sahen feucht aus und das gedämpfte Licht aus der Küche spiegelte sich darin. »Jochen, es ist auch für mich manchmal nicht leicht, das alles unter einen Hut zu bringen. Meine Arbeit und mein Verlangen, dort etwas zu erreichen, die Kinder und du. Ich bin nicht genervt, aber müde. Ich war über zehn Jahre zu Hause. Meinst du, ich habe es so leicht bei meinen Kollegen? Ist dir bewusst, wie viel ich verpasst habe? Was ich alles nicht weiß, weil ich zu Hause am Herd gestanden und unsere Kinder gehütet habe?«

»Nein.« Jochen schüttelte den Kopf und fühlte sich sehr schlecht. »Nein, daran habe ich nicht gedacht.«

»Ich will doch auch, dass wir alle glücklich sind. Dass es unseren Kindern gut geht und auch, dass du darüber hinwegkommst. Aber ich komme so oft an meine Grenzen. Und ich habe keine Ahnung, wie du klarkommst und wie ich dir dabei helfen kann, wieder glücklich zu werden. Du willst mit mir nicht mehr über deine Beine reden. Themen wie Rollstuhl und Behinderung und Amputation sind tabu. Was glaubst du, wie es *mir* dabei geht?« Danielle wirkte erschöpft.

»Mich hat es genervt, auf diese Themen reduziert zu werden. Dass ich so ruhelos bin, hat nicht unmittelbar damit zu tun, dass ich meine Beine verloren habe«, antwortete Jochen und sah seine Frau an. Sie hatte sich nicht einmal umgezogen. Nach wie vor trug sie die Bluse und den kurzen Rock. Lediglich die Bluse hatte sie etwas aufgeknöpft.

»Es ist aber eine Folge davon«, erwiderte Danielle.

»Das stimmt.« Jochen zögerte. »Aber ich will, dass es weitergeht und dass es nicht mehr länger unser Hauptthema ist.«

Danielle seufzte und rieb sich über den Nacken. Einige Sekunden schwiegen sie beide. Vermutlich war Danielle genauso ratlos wie er, aber Jochen fand es gut, dass sie wenigstens mal darüber gesprochen hatten. »Wie geht es dir denn damit, dass Samuel sich gemeldet hat?«, erkundigte sich Danielle.

Jochen lächelte. Die Frage kam unerwartet, bedeutete ihm aber so viel. »Willst du dich nicht erst umziehen, dann erzähle ich dir alles. Vielleicht kannst du mir bei einer Antwort behilflich sein.«

»Wieso soll ich mich vorher umziehen?« Danielle lächelte ebenfalls, wirkte aber irritiert.

Jochen stieß sich von der Tischkante ab und streckte seinen Arm aus. Danielle ergriff seine Hand und er zog sie daran hoch. »Weil du hier zu Hause bist und nicht im Büro. Ich will mit meiner Frau reden, nicht mit einer Sekretärin. Komm schon, zieh dir was Bequemes an. Zeig mir, dass du es dir gerne zu Hause bei mir gemütlich machst.«

Danielle berührte die schweren Ohrringe und nickte, während sich ein Lächeln auf ihren Lippen abzeichnete. Dieses Mal war es offener und wärmer als zuvor.

Fabian, in einem Dorf im Südschwarzwald

Mit gerunzelter Stirn sah Fabian die Stellenanzeigen durch. Bisher hatte er noch nichts als Koch gefunden und er überlegte, ob er nicht einfach erstmal einen Nebenjob annehmen sollte. Irgendwas musste er tun, auf lange Sicht würde ihm hier sonst die Decke auf den Kopf fallen. Er fühlte sich immer noch eingesperrter als im Gefängnis.

Vielleicht war es ein Fehler gewesen, hierher zu ziehen.

Die Streitigkeiten mit seiner Mutter hatten zugenommen und er hatte das Gefühl, nicht auf die Straße gehen zu können. Das fehlte ihm. Wenigstens regelmäßig Sport sollte er machen. Aber was?

Hier gab es kein Fitnessstudio und das Wandern und Bergsteigen machte ihm alleine keinen Spaß. Sollte er sich wieder mal sein Fahrrad nehmen? Allerdings könnte er dann nur im Wald fahren, so viel war klar. Er wollte nicht von jedem gesehen werden. Schwimmen zu gehen wäre auch eine Möglichkeit. Im Schwimmbad waren meist nur ältere Menschen und es machte ihm nichts aus, wenn die ihn erkennen würden. Außerdem sah man im Wasser sowieso ganz anders aus.

Er hörte die Garagentür, was bedeutete, dass seine Mutter wieder da war. »Warte«, rief er und stand rasch auf. »Ich helfe dir.«

Seiner Mutter machte es nichts aus, sich abzuschleppen. Wenn er nicht da war, tat sie das ja auch. Dennoch fühlte er sich schäbig, ihr dabei zuzusehen. Er half ihr ja sonst nicht viel, sondern machte ihr nur Kummer mit seiner Arbeitslosigkeit und dem Hang dazu, aggressiv zu reagieren, wenn sie mit ihm reden wollte.

In Hausschuhen lief er zum Auto und hob einen Kasten Wasser heraus. Seine Mutter strahlte ihn an, so als hätte er gerade Abitur gemacht oder einen Preis gewonnen. Während er den Kasten in die Garage trug, ging sie zum Briefkasten.

»Ich habe Else getroffen«, rief sie ihm zu.

Fabian verzog das Gesicht und lief wieder zum Auto zurück, um die Apfelschorle zu holen.

»Sie meinte, dass du sie ruhig mal besuchen sollst.«

Ruckartig blieb Fabian stehen und drehte sich mit dem schweren Kasten herum. »Wie kommt sie denn auf diese Idee?«

»Ich weiß es nicht. Sie hat dich doch schon immer sehr gemocht«, meinte seine Mutter und kam auf ihn zu.

»Hast du ihr irgendwas davon erzählt, dass mir langweilig ist und ich unter Einsamkeit leide?«, erkundigte sich Fabian mit gereizter Stimme und wuchtete den Kasten auf den anderen. Er hatte keine Ahnung, warum seine Mutter immer auf Vorrat kaufte. Vielleicht glaubte sie wirklich an eine bevorstehende Alieninvasion. Als er sich umdrehte, bemerkte er, dass seine Mutter rote Wangen hatte. »Och, Mutter.« Verärgert lief er um sie herum und nahm den Korb mit Nahrungsmitteln und die Familienpackung Klopapier. Er ging zum Haus.

»Ich habe ihr nicht viel erzählt. Ich glaube, sie würde sich wirklich gut fühlen, wenn du sie besuchst«, rief seine Mutter.

»Blödsinn. Sie hat einfach Mitleid oder tut es aus einem absurden Pflichtgefühl heraus.« Fabian zischte die Katze an, die im Flur in seinem Weg stand, und stellte die Einkäufe auf die Küchenzeile. Er war richtig sauer auf seine Mutter.

»Nein. Das glaube ich nicht.« Herausfordernd sah seine Mutter ihn an und begann Käse, Wurst und Joghurt in den Kühlschrank zu räumen. Fabian sah ihr einen Moment lang zu, dann schüttelte er den Kopf und verschwand im Wohnzimmer. Wenn er jetzt bei ihr bleiben würde, würde es wieder in einem Streit enden und darauf hatte er wirklich keine Lust.

Die Katze folgte ihm und miaute. Genervt zog Fabian die Balkontür auf und scheuchte das Vieh nach draußen, dann ließ er sich auf das Sofa fallen und starrte auf die Post. Als er Samuels Handschrift sah, verschwand seine Wut ein wenig. Samuel konnte gut verstehen, dass es ihm schwerfiel, nicht mit seiner Mutter zu streiten, und er konnte auch nachvollziehen, warum Fabian nicht danach war, nach draußen zu gehen. Dennoch versuchte er Fabian zu helfen, indem er ihn daran erinnerte, dass seine Mutter sich nur Sorgen machte und dass es ihm vielleicht gut tun würde, raus zu gehen.

Während er las, runzelte er die Stirn. Etwas beunruhigt und ein klein wenig enttäuscht legte Fabian den Brief beiseite. Ein Funken Neid mischte sich hinzu, wie er erstaunt feststellte. Und Angst. Große Angst.

135

Was, wenn Samuel ihn nun ablehnen würde? Was, wenn er entschied, dass er loyal genug zu Fabian gewesen war? Er verstand den Grund nicht, warum Samuel ausgerechnet jetzt Jochen kontaktierte. Er hatte es all die Jahre nicht getan, warum fing er nun damit an? Samuel und er waren schon in der Schule befreundet gewesen. Jochen war erst später hinzugekommen, als sie beide schon Freundinnen gehabt hatten. Jochens Frau und seine Partnerin waren gut befreundet gewesen und so war auch Jochen irgendwie in die Clique gekommen. Natürlich hatten sie sich gut verstanden, dennoch hatte Fabian irgendwie ein älteres Anrecht auf Samuel, oder? Nach allem, was passiert war, würde es nicht lange gut gehen, dessen war er sich sicher. Samuel würde sich entscheiden müssen. Fabian verspürte Panik in sich aufsteigen, weil er genau wusste, dass Samuel sich genauso gut für Jochen entscheiden könnte, anstatt für ihn. Warum sollte er sich auch für Fabian entscheiden?

Fabian las den Brief erneut und langsam bemerkte er, wie kindisch es war, so abwehrend zu reagieren. Warum sollte Samuel nicht außer ihm noch andere Kontakte zu früheren Freunden haben? Eigentlich sollte er es Samuel gönnen, dass er begann, die Vergangenheit aufzuarbeiten, besonders weil Samuel alle Kontakte abgebrochen und in den Norden gezogen war. Statt so missgünstig zu sein, sollte er sich für Samuel freuen.

Es bedeutete ja nicht unbedingt, dass auch er wieder Kontakt zu Jochen haben musste. So wie er diesen einschätzte, wollte der sicherlich auch nichts mit ihm zu tun haben und das würde ihm niemand verdenken, auch Fabian nicht.

Aber Samuel war Pfarrer. Er hatte das gelernt ,versuchte allen ohne Vorurteile zu begegnen und konnte gut hinter komplizierte menschliche Konflikte sehen. Selbst wenn Jochen schlecht über ihn reden würde, bedeutete das noch lange nicht, dass Samuel sich gegen ihn wenden würde.

Das bewies immerhin dieser Brief. Samuel hatte ihm wieder geschrieben und die Neuigkeit sogar recht behutsam aufgeführt.

Fabian las den Brief ein drittes Mal.

Nele, in Washington, D.C.

Regungslos saß Nele im Bett. Brian lag neben ihr, atmete leise und sah vollkommen friedlich aus. Doch Nele war unruhig, nervös und angespannt. Sie hätte schon längst bei der Arbeit sein können, denn sie war bereits seit zwei Stunden wach. Immer wieder hatte sie versucht einzuschlafen, doch nun, wo die ersten Sonnenstrahlen in ihr Schlafzimmer krochen, machte es sowieso keinen Sinn mehr.

Deswegen hatte sie sich aufgesetzt, ohne sich dazu motivieren zu können, aufzustehen. Ihre Hand hatte sie gegen die Brust gepresst. Das Herz schlug fühlbar zu schnell. Vermutlich hatte sie zu hohen Blutdruck. In den letzten Wochen hatte sie fast nur gearbeitet, war nie an der frischen Luft gewesen oder hatte Sport gemacht. Ihr Leben war absolut ungesund und langsam zeigte sich, dass sie nicht mithalten konnte. Dass sie auf Dauer nicht schaffte, was ihren Kollegen scheinbar mühelos gelang.

Brian murmelte etwas und drehte sich um.

Obwohl Neles Laune nicht besonders gut war, musste sie lächeln. Er sah süß aus mit seinen abstehenden Haaren. Sie fragte sich, ob sie eine bessere Chance als Paar gehabt hätten, wenn sie keine Kollegen gewesen wären. So hatten sie ja nie eine Gelegenheit, einander richtig kennenzulernen. Sie waren sich fremd, wussten nicht, was der andere wünschte, wovor er Angst hatte, wonach er sich sehnte. Nele empfand Bedauern, andererseits war sie dankbar, dass Brian überhaupt für sie da war, ihr zuhörte, mit ihr schlief, einfach bei ihr war. Es war zumindest ein Ansatz von familiären Gefühlen, die er in ihr auslöste.

Trotzdem sah sie ihn nie bei sich, wenn sie sich vorstellte, wie es war, wieder zurück nach Deutschland zu fliegen.

Langsam schien Brian wach zu werden. Mit den Beinen trat er die Decke weg und enthüllte seinen Körper. Er trug lediglich eine enganliegende schwarze Unterhose und seine Morgenerektion drückte gegen den Stoff.

Neles spürte, dass sie ruhiger wurde. Sie streckte ihren Arm aus und berührte mit der Hand seine Hüfte. Weiche, warme Haut. Er murmelte etwas und drehte sich dann noch weiter um, sodass sein Arm ihre Taille umschlang.

»Guten Morgen«, sagte Nele leise.

»Geht es dir nicht gut?«, fragte er ohne die Augen zu öffnen.

Nele nickte, dann erinnerte sie sich, dass er das nicht sehen konnte. »Doch, jetzt schon«, hauchte sie und ließ sich nach hinten ziehen. Sie küsste seine Lippen.

»Ich habe noch keine Zähne geputzt.« Brian öffnete nun seine Augen und strahlte sie an.

Für einen kurzen Moment zögerte Nele, dann schüttelte sie den Kopf. »Ist mir egal.« Sie drückte ihre Lippen fest auf seinen Mund.

Aber er zog sich zurück und musterte sie. »Geht es dir wirklich gut?« Mit seinem Daumen streichelte er ihre Wangen.

Nele nickte und wollte erneut zu einem Kuss ansetzen.

»Dir geht es nicht gut«, vermutete Brian, ließ den Kuss diesmal aber zu und erwiderte ihn. Seine Arme schlang er um ihren Körper und zog sie auf sich, damit sie einander besser küssen konnten. Seine Erektion stach ihr in den Oberschenkel, er roch ganz leicht nach Schweiß und seine Finger waren forsch und schoben sich unter den Bund ihrer Unterhose.

Endlich konnte sie sich vollkommen fallen lassen.

Der Gedanke, alles hinzuwerfen, um nach Hause zu fliegen, verblasste. Die Sehnsucht, ihre Mutter wiederzusehen verschwand. Doch arbeiten gehen wollte sie jetzt auch nicht. Einen ganzen Tag lang mit Brian im Bett zu verweilen schien verführerisch. Sie würden Sex haben, duschen gehen, um dann anschließend wieder ins Bett zu krabbeln. Vielleicht würden sie sich einen guten Film ansehen und Nele hätte endlich mal Zeit, wieder in einer Zeitschrift zu blättern. Das hatten sie noch nie gemacht, obwohl sie sich mittlerweile schon seit fast einem Jahr kannten. Oder sogar noch länger.

Doch gerade als sie sich in seine Arme fallenlassen wollte, hielt Brian inne und zog seine Hand wieder aus ihrer Unterhose. »Müssen wir nicht los?«

»Wollen wir nicht einfach hier bleiben?« Nele lächelte ihn möglichst liebevoll an, und hoffte, dass sie ihn dadurch überzeugen konnte.

Brian runzelte die Stirn. »Ich habe um elf eine Besprechung, Nele.«

Nele zog eine Schnute. »Ach, komm schon ... Wir melden uns krank.«

Kopfschüttelnd setzte Brian sich auf. »Bist du verrückt geworden?«

»Wir waren noch nie krank. Wir beide nicht. Niemand wird sich was Schlimmes dabei denken«, erwiderte Nele. Sie fröstelte. Sie wollte Brians warmen Körper wieder bei sich haben.

»Wenn wir uns beide krankmelden, werden die sich wohl einiges dabei denken«, betonte Brian und sah sie prüfend an. »Ist das wirklich dein Ernst?«

»Ich glaube, ich brauche das. Mal einen Tag frei haben. Ich habe zu viel gearbeitet. Meine Motivation ist quasi nicht mehr existent.« Sie spielte am Kissen herum. Sie wollte nicht zur Arbeit gehen und zusehen, wie Graham einen Erfolg nach dem nächsten einfuhr und Miller sie herumkommandierte und ihre Arbeit nicht schätzte. Sie war alles so leid. Es hatte so vielversprechend angefangen. Sie hatte gehofft, eine große Entdeckung zu machen, doch im Nachhinein musste sie zugeben, dass die Arbeit vorher mehr Spaß gemacht hatte, als ihr Planet noch keine öffentliche Sensation gewesen war.

»Dann nehmen wir uns einen Tag Urlaub«, schlug Brian vor.

»Könnten wir auch machen.« Nele überlegte, ob sie einen Tag Urlaub opfern konnte. Bisher hatte sie alles angespart, um an Weihnachten nach Deutschland zu fliegen, wo sie einige Wochen bleiben wollte.

»Was ist?« Brian streichelte ihren Oberschenkel.

Nele straffte ihre Schultern. »Urlaub klingt gut.«

»Wir fahren übers lange Wochenende raus. Ich stelle dir meine Eltern vor, wir gehen jagen und schwimmen im See, der direkt am Haus meiner Eltern liegt. Ich zeige dir wenigstens mal einen kleinen Teil meiner Heimat. Du hast noch gar nichts von den USA gesehen.« Brian wirkte zufrieden mit seinen Plänen.

»Ich dachte eher daran, einfach mal gar nichts zu machen.« Nele seufzte. »Hier liegen bleiben, dummes Zeug im Fernseher schauen, lesen oder einfach nur mal reden.«

»Das können wir jederzeit machen, Nele, aber jetzt nicht. Ich muss wirklich zur Arbeit. Wenn dir danach ist, dann melde dich krank. Ich werde dich nicht verpetzen.« Er beugte sich vor und küsste sie.

»Na gut.« Nele rekelte sich. Der Gedanke, ohne Brian zu Hause zu bleiben war nicht annähernd so schön, aber immer noch eine gute Alternative. So würde sie sich einen deutschen Film ansehen können. Es wäre schön, wieder mal die deutsche Sprache zu hören.

Brian nickte ihr zu und lief barfuß ins Bad. Nele starrte zum Nachttisch und überlegte, womit sie beginnen sollte. Sie spürte instinktiv, dass sie diesen Tag sehr dringend brauchte, aber ihr fiel einfach nichts ein, was sie machen wollte. Sie kam sich merkwürdig dabei vor. Mit Brian wäre es vermutlich einfacher gewesen. Er hätte sie abgelenkt.

Als das Telefon klingelte, dachte sie zuerst daran, dass es ihre Mutter sei, doch die Anruferin entpuppte sich als ihre Kollegin Tiffany. Ihre Kollegin. Sie hörte sich gehetzt an und sprach leise ins Telefon, so als ob sie nicht wollte, dass jemand anderes als Nele sie hören konnte.

»Was ist los?«, fragte Nele verwirrt und schob ihre Beine automatisch aus dem Bett hinaus.

»Es wurde Sauerstoff gefunden«, wiederholte Tiffany und klang dabei heiser.

»Auf meinem Exoplanet?« Nele hielt die Luft an.

»Ja.« Tiffany atmete schwer, so als wäre sie gerannt. »Miller und Graham haben bereits eine Besprechung einberufen. Miller ist ziemlich sauer, weil du immer noch nicht da bist.«

Nele ließ die Luft wieder entweichen. »Danke, Tiff. Vielen Dank. Ich bin schon unterwegs.« Noch während sie auflegte, zog sie sich an.

Nicole, in Abuja

»Komm ruhig rein.« Tayos Schwester winkte sie zu sich.

Nicole lächelte und schob die Tür etwas weiter auf. »Ich wollte nicht stören. Mich hat nur interessiert, welche Geräusche da aus deinem Zimmer kommen.«

Amara hockte auf dem Boden des Wohnzimmers. Eine Trommel stand vor ihr.

»Ich übe nur ein bisschen Djembé.« Sie lehnte sich nach hinten, stützte sich mit den Armen ab und musterte Nicole. »Geht es dir gut?«

»Ja. Sehr gut. Aber ich kann nicht mehr schlafen. Ich habe den Eindruck, mein Baby wird ein Fußballspieler, so wie es übt.« Nicole musste lachen. Sie legte ihre Hände über den Bauch, der inzwischen recht gut zu sehen war. Sie war überglücklich, das Kind nun spüren zu können. Die Ängste der ersten Zeit waren endgültig verschwunden. Jedes Mal, wenn sie es spürte, wusste sie, dass noch alles in Ordnung war. Schon bald hatten sie die Zeit erreicht, in der ein Kind auch außerhalb des Mutterleibs überleben konnte. Dann würde eine weitere Last von

Nicole abfallen. Wirklich entspannen, das wusste sie genau, würde sie sich wohl erst, wenn das Kind da war und sie es in den Armen halten konnte.

»Wie schön.« Amara lächelte, dann stand sie auf. »Ich mache uns einen Kaffee. Magst du auch einen?«

Nicole nickte. »Gerne.« Sie setzte sich auf das Sofa.

Seit sie in Abuja angekommen war, hatte sie noch nicht alleine mit Amara gesprochen. Zwar lebte sie noch bei ihren Eltern, weil sie noch unverheiratet war, aber sie war häufig beruflich unterwegs. Als Nicole und Tayo angekommen waren, war sie gerade auf Reisen gewesen. Seit drei Tagen war sie wieder zu Hause, aber ständig waren Tayo oder seine Eltern bei ihnen.

Als Tayo Nicole das erste Mal erzählt hatte, dass seine Schwester eine berühmte Schauspielerin war, hatte Nicole es ihm nicht glauben wollen. Erst nach und nach hatte sie von Nollywood erfahren, der drittgrößten Filmindustrie der Welt, direkt nach Hollywood und Bollywood.

Amara brachte ihr den Kaffee und setzte sich ebenfalls. Ihr Smartphone legte sie auf den Tisch, nachdem sie kontrolliert hatte, ob es etwas Neues gab.

Der Unterschied zwischen den größeren Städten in Nigeria und den Dörfern im Umland war extremer als in Deutschland. Teilweise lebten die Menschen unter primitivsten Bedingungen, während Handys, Internet und Fernsehen in den großen Städten boomten.

Inzwischen wusste Nicole, dass sie sich nicht beschweren konnte. Zwar war auch sie in einem Dorf aufgewachsen, doch sie hatte so gut wie alles zur Verfügung gehabt, wie auch ihre Freundinnen aus der nächsten Stadt.

»Es ist echt schön, dass Tayo uns solch eine Überraschung präsentiert hat«, nahm Amara das Gespräch wieder auf und lehnte sich nach hinten. Sie trug heute kein Kopftuch und auch keine traditionelle nigerianische Kleidung, so wie sie es bei ihrer Ankunft getragen hatte, sondern eine Jeans und eine weiße Bluse. Der weiße Stoff sah richtig gut aus auf ihrer dunklen Haut. Sie war ein wenig dunkler als Tayo und kam damit nach ihrem Vater, zumindest was ihre Haut betraf. Im Gegensatz zu Tayo hatte sie keine krause Mähne, sondern glattes, langes, glänzend schwarzes Haar. Doch ob sie diese Haare von Natur aus hatte oder sie geglättet waren, wusste Nicole nicht.

»Na ja, deine Eltern waren eher entsetzt«, erwiderte Nicole und nahm einen Schluck.

»Kannst du ihnen auch nicht verübeln. Immerhin ist das ihr Enkelkind und uneheliche Kinder haben es in Nigeria automatisch schwerer. Warum heiratet ihr nicht einfach?« Amara überkreuzte ihre Beine.

Nicole zögerte. »So lange kennen wir uns noch nicht. Wir haben nicht einmal geklärt, wo wir leben wollen. Ich hatte nie vor, hier in Nigeria zu bleiben, aber dein Bruder hätte es in Deutschland sehr schwer. Es ist keine leichte Situation, in der wir stecken.«

Amara nickte langsam. »Okay, ich verstehe.«

»Es ist komisch. Es ist die schönste Phase meines Lebens. Ich bin schwanger, werde ein Kind bekommen. Gleichzeitig plagen mich Ängste vor der Zukunft und ich überlege wegen den vielen Entscheidungen, die ich treffen muss.« Nicole seufzte.

»Ich verstehe meinen Bruder nicht. Normalerweise ist er nicht so unvernünftig.« Amara sah nachdenklich zum Fenster hinaus.

Nicole schwieg und starrte in ihre Tasse. Sie war noch müde, aber sie wusste, wenn sie sich hinlegte, würde das Kind wieder anfangen zu treten. »Ich wünschte, ich könnte es mehr genießen. Ich hatte nicht damit gerechnet, jemals wieder schwanger zu werden.« Nicole räusperte sich.

Nun sah Amara sie wieder an. »Bist du unfruchtbar oder so?«, fragte sie erstaunt. Ihre Augen waren weit geöffnet.

Nicole nickte.

»Oh.« Amaras Blick wirkte betroffen. »Das wusste ich nicht. Tayo erzählt mir ja nichts.«

Nicole biss sich auf die Lippen. Es drängte sich fast raus. Sie kannte das nicht von sich. Normalerweise ging es ihr besser, wenn sie nicht darüber redete. Erinnerungen kamen wieder hoch, obwohl sie diese lieber vertreiben wollte. Dennoch hatte sie jetzt plötzlich das Bedürfnis, es jemandem zu sagen, und zwar alles. Auch, dass sie Lars verloren hatte.

»Möchtest du darüber reden?«, fragte Amara.

Nicole atmete erleichtert aus, denn genau auf diese Frage hatte sie gewartet. Zwar war Amara eine fremde Frau für sie, aber sie war die Einzige, die gerade da war.

Während die Sonne über Nigeria aufging und die Stadt langsam erhitzte, erzählte Nicole Amara alles. Von den Kinderwunschbehandlungen, ihrer ersten Schwangerschaft, von Lars und allem, was danach gekommen war.

Samuel, auf der Nordseeinsel Pellworm

Sie saßen so dicht beieinander, dass Samuel ihr Parfüm in die Nase stieg, während sie ihre Schultern und Oberschenkel an seinen Körper presste. Die Nähe machte ihn nach wie vor nervös und er wusste nicht, wie er sich verhalten sollte. Erwartete sie, dass er sie küsste? Oder glaubte sie nicht daran, dass er sein Gelübde brechen würde?

Momentan wirkte sie konzentriert. Sie sah zum Fernseher, wo ein nicht besonders lustiger Film lief. Die Fernbedienung hielt sie in der Hand, so als wäre sie kurz davor, umzuschalten.

Weil sie das aber nicht tat und der Film nichts taugte, starrte Samuel auf ihren Nacken und lächelte, als er beobachtete, wie ihr Pferdeschwanz hin und her geschleudert wurde, wann immer sie den Kopf drehte, um ihn anzusehen. Eine Locke hatte sich gelöst und stach fast senkrecht nach oben ab. Süß.

Stella bewegte sich und rieb damit ihren Po gegen seine Hüfte.

Samuel räusperte sich. Einfach, weil er etwas sagen musste, um sich abzulenken, sagte er: »Ich habe mit beiden Kontakt aufgenommen. Mit einem per Brief, mit dem anderen per E-Mail.«

Stella drehte sich um und musterte ihn ernst. »Sei ein bisschen vorsichtig.«

»Ich passe schon auf.« Gerührt davon, dass sie sich solche Sorgen um ihn machte, berührte er mit seinen Fingern ihre Schultern, wo nackte Haut war. Es fühlte sich gut an. Richtig gut. Samuel schluckte.

»Nicht, dass sich alles wiederholt«, fügte Stella hinzu.

»Wird es nicht«, versicherte er ihr rasch. »Wirklich nicht. Ich passe auf.«

»Spielen sie dich gegenseitig aus?«, erkundigte Stella sich.

»Quatsch.« Samuel spürte Ärger in sich aufsteigen. Er hatte ihr alles erzählt, aber einiges hatte sie nicht so verstanden, wie er es gemeint hatte. Dass er in der Klinik gelandet war, hatte doch nichts mit Fabian oder Jochen zu tun. »Das sind erwachsene Männer.«

»Hätte ja sein können«, murmelte Stella und drehte sich wieder zum Fernseher.

»Das, was mir passiert ist, war ganz allein meine Schuld, Stella«, betonte Samuel und lehnte sich zurück.

»Ich weiß. Aber du wolltest nur helfen und am Ende warst du ganz alleine. Niemand wollte dir helfen, niemand war für dich da. Das tut mir einfach weh, diese Vorstellung.«

Fasziniert beobachtete Samuel, wie sich eine Gänsehaut auf Stellas Haut ausbreitete. Erneut stieg Rührung in ihm hoch. Er schob seine Hand weiter nach vorne, sodass sie direkt auf ihrem Schlüsselbein lag und zog sie zu sich nach hinten. Nun lehnte sie gegen seinen Arm und es fühlte sich gleichzeitig atemberaubend neu und wohlig gewohnt an.

»Es war eine Verkettung unglücklicher Umstände, dass mir niemand helfen konnte. Aber die Tatsache, dass ich überhaupt dort gelandet bin, war allein meine Schuld«, flüsterte Samuel.

»Ich weiß.« Stella seufzte.

»Ich hatte mich überschätzt. Mir eingebildet, etwas tun zu müssen, weil ich Pfarrer bin. Weil ich es hätte schaffen sollen, sie zusammenzuhalten. Immerhin habe ich so was studiert. Ich bin ein Seelsorger, aber ...«

»Du warst persönlich involviert, Samuel. Das hättest du gar nicht schaffen können«, protestierte Stella.

Samuel zog sie enger an sich heran. Ihre Nähe war so tröstend. »Ja, ich weiß. Deswegen sag ich ja, dass ich mich überschätzt habe.«

»Und ich möchte nicht, dass sich das wiederholt. Du bist ihr Freund, nicht ihr Heiler«, betonte Stella.

Samuel lächelte. Dann schloss er die Augen, weil er nicht über das Thema sprechen, sondern lieber Stellas Geruch genießen wollte.

»Ich hoffe, es ist ihnen bewusst, dass du dich nicht in der Funktion als Pfarrer bei ihnen gemeldet hast, sondern als Freund.« Stella klang besorgt.

»Fabian ist nicht einmal gläubig und Jochen versucht gerade, sich selber zu helfen. Sie brauchen mich nicht, glaube ich«, beruhigte Samuel sie und dachte darüber nach, dass diese Sache mit Nadina leider nichts gebracht hatte, das Thema Prothesen schien erledigt zu sein. Hoffentlich konnte Jochen trotzdem seinen Frieden finden. Andererseits hatte Stella recht. Samuel war nur ein Freund und konnte nur als Freund helfen. Mehr nicht.

»Pass auf dich auf.« Stella sah ihn an und lächelte.

»Mach ich.« Samuel beugte sich vor, hielt aber wenige Millimeter vor ihrem Gesicht inne. Erstaunt über seinen Mut zögerte er, und schluckte schwer. War das wirklich eine gute Lösung? Was war, wenn jemand davon erfahren würde? Andererseits, so wie sie dasaßen, so vertraut miteinander einen Film sahen, sich im Arm hielten und über private Probleme sprachen, hatten sie sowieso schon eine Grenze überschritten.

»Gut.« Stella berührte seine Hand und drückte sie sanft.

Das war die Berührung, die in Samuel eine Sehnsucht auslöste, eine Sehnsucht nach mehr. »Ich weiß nicht, ob ich später nochmal den Mut dazu habe, also mache ich es jetzt«, kündigte er an und richtete sich auf.

Mit vor Aufregung zitternder Hand berührte er Stellas Wange, dann vergrub er seine Finger in das braune Haar, bevor er sich vorlehnte und seine Lippen auf die von Stella legte.

Nach einer Sekunde löste er sich von ihr und sah sie mit geröteten Wangen an, sie lächelte. »Das war mein erster Kuss seit ungefähr zwanzig Jahren. Ich hoffe einfach, dass das wie Fahrradfahren ist und man es nie verlernt. Ich fühle mich so unsicher.«

»Du machst das perfekt, davon will ich definitiv eine Wiederholung«, flüsterte Stella.

Erleichtert darüber, die Signale nicht falsch verstanden zu haben, beugte Samuel sich wieder nach vorne und diesmal konnte er den Kuss auch genießen, denn er wusste, dass alle anwesenden Personen das hier auch wollten. Und alle anderen hatten jetzt erst einmal nichts dazu zu sagen.

Lukas, in der Nähe von Kundus in Afghanistan

Schwer atmend kam Lukas an dem etwas ungewöhnlichen Treffpunkt an, den Navid ihm genannt hatte. Er verstand nicht, wieso Navid das machte. Wieso blieb er nicht in der Hütte seines Opas? Dort war er sicher, dort konnte sie niemand entdecken, und wenn ihnen jemand folgte, konnten sie es rechtzeitig sehen, weil man das ganze Tal überblicken konnte. Es war sehr untypisch, dass Navid den Ort einfach änderte, aber seine SMS klang so dringend, dass Lukas nicht über die Konsequenzen nachdenken wollte, was wäre, wenn die SMS gar nicht von Navid käme.

Es war kalt. Lukas rieb seine Hände aneinander und blies warme Luft hinein.

Es musste irgendwas passiert sein, was Navids Pläne durchkreuzt hatte.

Dass das hier eine Falle war, glaubte er nicht, denn Navid hatte für seine SMS den Wortlaut verwendet, den er immer verwendete. Es war ihr privater Code, ihr Erkennungszeichen. Niemand kannte es. Zumindest hoffte Lukas das.

Außerdem wollte Lukas sich nicht ständig von der Angst beherrschen lassen. Das machte ihn nur hysterisch. Und nervös. Was er jetzt brauchte, war ein klarer Kopf, damit er sich überlegen konnte, was er tun musste, um Navids Problem zu lösen. Zumindest wenn es ein Problem gab. Doch damit rechnete Lukas schon, denn sonst hätte Navid ihn nicht gerade jetzt an genau diesen Ort herbestellt. Es hatte dringend geklungen.

Lukas hörte ein Geräusch hinter sich. Jemand war auf einen Ast getreten, wie damals, als der Ziegenjunge ihn gefunden hatte. Sofort versteifte er sich und wirbelte herum.

Im ersten Moment lächelte er erleichtert, denn er meinte, Navid auf sich zukommen zu sehen. Als er begriff, dass es nicht Navid war, sondern dessen Bruder, war es zu spät. Abdullahs Faust war erstaunlich fest, als sie Lukas' linke Gesichtshälfte erwischte. Entsetzt schrie er auf und berührte seine Wange, die sofort heiß wurde. Bei der nächsten Faust, die in seine Richtung kam, war er vorbereitet. Er duckte sich und wich dem Schlag aus, dabei verlor er aber das Gleichgewicht.

Leider brauchte er zu lange, um sich aufzurappeln.

Nahkampf war noch nie seine Stärke gewesen, trotzdem kannte er viele Tricks und beherrschte die Techniken. Immerhin war er Soldat und auf tätliche Angriffe vorbereitet.

Aber auch Abdullah schien das Kämpfen gelernt zu haben. Zumindest nutzte er Lukas' Schwäche aus und trat ihm in die Kniekehlen, was Lukas jaulend in die Knie gehen ließ. Die nächsten Schläge konnte er abfangen, indem er sich wegduckte und seitlich auf den Boden fallen ließ, aber das brachte ihn nur in eine noch misslichere Lage.

Abdullah thronte über ihm.

Bevor Lukas sich aufsetzen konnte, begann er zu treten.

Zuerst nur in die Seite, dann gegen den Brustkorb. Stöhnend hob Lukas die Hände und versuchte Abdullahs Fuß zu umfassen, doch der Schmerz benebelte seine Sicht. Aus seiner Nase lief Blut und in seinem Mund schmeckte er Eisen. Sein Gesicht schmerzte. Vermutlich hatte Abdullah ihm die Nase gebrochen. Besorgniserregender war aber der scharfe Schmerz in der Seite. Hoffentlich hatte er keine inneren Blutungen. Als seine Rippen brachen, erinnerte das Knacken ihn an das Geräusch, als der Zweig unter dem Fuß des Ziegenjungen zerbrach und dieser ihn dann gesehen hatte.

Wurde ihm jetzt genau diese Begegnung zum Verhängnis? Hatte sich der Ziegenjunge nicht überzeugen lassen?

Und was bedeutete es, dass Abdullah das Handy seines Bruders gehabt hatte?

Es fiel ihm immer schwerer, nachzudenken. Der Schmerz war zu dominierend.

Er hatte es aufgegeben, sich zu wehren, sondern rollte sich ein, um die anfälligen Körperteile zu schützen. Er dachte an Navid und Panik überkam ihn. Konnte Abdullah seinem eigenen Bruder wehtun? War Navid in ernster Gefahr?

Für einen Moment hörten die Tritte auf und Lukas drehte sich um, um zu sehen, was los war. Abdullah hatte sich einige Schritte entfernt und trat nun gegen das Gebüsch, anstatt Lukas weiter zu attackieren.

Verwirrt versuchte Lukas sich aufzurichten. Die Schmerzen waren ausfüllend und schrecklich. Durch das Blut, das aus seiner Nase kam, fiel es ihm schwer zu atmen. Rasch versuchte er die Blutung zu stoppen, indem er ein Tuch gegen die Nase drückte.

Der Gedanke an seine Mutter überkam ihn.

Wie hatte er ihr das antun können? Nach allem, was passiert war? Nachdem sie schon seinen Zwillingsbruder verloren hatte? Wieso war er hierhergekommen? Er war in dieses Risikogebiet geflogen, ohne ein einziges Mal an seine armen Eltern zu denken. Nachdem sein Bruder gestorben war, hatte Lukas nur weg gewollt. War das hier nur eine Art Trauerbewältigung? Wollte er über seinen Bruder hinwegkommen, indem er sich hier einem Risiko aussetzte? Und wieso überging er die ganzen Vorschriften? Wieso begab er sich ständig in Gefahr? Wieso hatte er sich alleine von seiner Truppe entfernt? War er blöd? Psychisch nicht auf der Höhe?

War am Ende diese ganze Sache mit Navid nur eine Möglichkeit, um den Schmerz, den Verlust zu vergessen? War das seine perverse Art damit klarzukommen, dass man ihm seinen Zwillingsbruder genommen hatte, seinen ersten und ältesten Vertrauten, seinen besten Freund?

Nein. Lukas schüttelte den Kopf. Nein, das konnte nicht sein.

Er versuchte aufzustehen, aber es gelang ihm nicht. Der Schmerz in seinem Körper war schrill und klirrend und nahm ihm jede Kraft. Abdullah hatte ihn sicherlich ernsthaft verletzt und jetzt war er auf dessen Güte angewiesen. Würde er nochmal zutreten, könnte Lukas das Bewusstsein verlieren.

»Abdullah.« Seine Stimme klang krächzend.

»Was ist?« Abdullah hatte sich noch weiter entfernt, jetzt kam er aber raschen Schrittes auf ihn zu. Seine Miene war wutverzerrt.

Lukas hatte Angst.

Doch Abdullah blieb vor ihm stehen, ohne ihn zu treten oder zu schlagen. »Was ist los, Schwuchtel?«, zischte er.

»Wo ist Navid? Bitte, ich muss es wissen.« Die Gedanken an seine Eltern waren verschwunden. Stattdessen war die Angst um Navid zurück. Was, wenn sie ihm jetzt gerade weh taten und Lukas ihm nicht helfen konnte?

»Hast du Angst um ihn?«, fragte Abdullah erstaunt.

Verwirrt runzelte Lukas die Stirn. »Natürlich.«

»Aber du missbrauchst ihn doch nur, weil du keine Frau hast«, empörte Abdullah sich und artikulierte wild mit den Händen.

»Nein. Warte, ich erkläre es dir«, sagte Lukas und schluckte schwer. Er versuchte sich erneut aufzurappeln, doch kaum spannte er seine Muskeln an, wurde ihm übel. Erschöpft ließ er sich wieder zurückfallen. »Ich mag Navid sehr.«

»Ich will das nicht hören, diese Schweinerei!« Abdullah hob seine Hände. Er klang verzweifelt, aber nicht mehr so zornig wie zuvor.

Seufzend schloss Lukas die Augen, doch kaum, dass er die Dunkelheit um sich wahrnahm, wurde ihm schwindelig, deswegen riss er sie schnell wieder auf. Er würde sonst ohnmächtig werden. »Und ich will mit dir auch nicht darüber reden. Wo ist dein Bruder? Was hast du ihm angetan?«

»Ich?« Abdullah ging in die Hocke und starrte ihm wütend in die Augen. »Du hast ihn doch ausgenutzt und beschmutzt.«

»Du hast sein Handy. Wo ist er?« Eine Welle von Energie durchlief seinen Körper und mit letzter Kraft krallte Lukas sich in Abdullahs Jacke. »Was hast du mit ihm gemacht? Was hast du mit ihm angestellt? Du Arschloch. Das ist dein Bruder! Hast du ihm wehgetan?«, keuchte er und riss Abdullah zu Boden.

Abdullah runzelte die Stirn. Er wirkte überrascht, als Lukas die Hand hob und ihn schlug.

Jochen, in einem Dorf im Südschwarzwald

Danielle hatte sich umgezogen, was er sehr schätzte. Früher hatte er sich immer darüber beschwert, dass sie sich nie für ihn hübsch machte, sie hatte immer wie eine typische Hausfrau ausgesehen. Heute hatte sich das ins andere Extrem verändert. Er liebte es, wenn sie sich umzog, sobald sie zu Hause war. Er konnte diese feinen Kostüme, Kleidchen und Anzüge nicht mehr sehen. Sie sah damit aus wie eine Geschäftsfrau, wie jemand, der nur zu Besuch da war und nicht lange genug blieb, um sich umzuziehen.

Doch heute war sie direkt ins Schlafzimmer gegangen, hatte sich eine bequeme Hose und ein Shirt mit einer lustigen Aufschrift übergezogen, abgeschminkt und den komplizierten Knoten aus den Haaren gemacht. Jetzt trug sie einen praktischen Pferdeschwanz.

»Hat Samuel dir wieder geschrieben?«, erkundigte sie sich, als sie hereinkam. Sie kletterte über die Lehne der Couch, setzte sich im Schneidersitz vor ihn und faltete die Hände im Schoß. Sie machte einen entspannten Eindruck.

Jochen lächelte, weil er das Gefühl hatte, dass sie jetzt wirklich für ihn da war. »Ja, das hat er. Er hat auch Kontakt mit Fabian.«

»Oh.« Danielle sog die Luft ein.

Jochen winkte ab und hievte sich von seinem Rollstuhl auf das Sofa, sodass er ihr gegenübersaß.

»Und? Wie gehst du damit um?«, erkundigte Danielle sich.

Jochen hob die Schultern. »Er kann doch Kontakt haben, mit wem er will. Die beiden waren zuerst miteinander befreundet. Ich bin erst durch dich dazu gekommen.«

»Was auch schon wieder fünfzehn Jahre her ist«, betonte Danielle.

»Die beiden sind zusammen in die Schule gegangen.« Jochen lächelte Danielle besänftigend an und hob erneut die Schultern. »Ich bin wirklich nicht neidisch oder sauer. Ich bin froh, dass Samuel sich überhaupt gemeldet hat, obwohl ich ihn damals schrecklich behandelt habe.«

Danielle biss sich auf die Lippen.

Erschrocken musterte Jochen sie. »War ich wirklich so schlimm?«

Sie versuchte zu lachen, scheiterte aber. »Na ja, wir hatten ja alle Verständnis, aber manchmal warst du wirklich unerträglich.«

Betreten starrte Jochen auf den Rest, der ihm von seinen Beinen geblieben war. Die Hosenbeine hatte er umgeschlagen, statt die Löcher einfach zuzunähen. Da er enge Hosen trug, hielt das meist auch. Er mochte das Gefühl, dass er seine Hose notfalls jemanden leihen könnte, der nicht amputiert war. Vermutlich war das ein doofer Gedanke, aber er brachte es einfach nicht übers Herz, die Hosen anpassen zu lassen. Es wäre wie ein Eingeständnis, nicht normal zu sein.

»Aber es ist ja ziemlich schnell wieder besser geworden. Du machst das prima.« Danielle schob ihre Hand zu ihm, berührte ihn aber nicht.

Jochen überwand die seltsame Distanz, die sich zwischen ihnen aufgebaut hatte, und verschränkte seine Finger mit ihren. Einen Moment lang sahen sie beide zu ihren Händen, die jetzt in Jochens Schoß lagen, dann sahen sie sich an. Jochen sah, dass Danielle genauso strahlte wie früher, als noch alles in Ordnung gewesen war. Als sie noch von Lebenshöhepunkten verwöhnt worden waren. Die Hochzeit, die Geburt der Kinder, der Umzug in das Haus.

»Findest du?«, fragte Jochen unsicher.

»Sicher.« Danielle drückte seine Hand, doch das Strahlen verschwand und ein Schatten überlagerte ihr Gesicht. »Was ist mit dieser Frau?«

»Mit Nadina?« Jochen räusperte sich. Jetzt war es ihm unbegreiflich, dass er überhaupt daran gedacht hatte, mit dieser fremden Frau ins Bett zu gehen. Wieso hatte er sich mit ihr zum Schwimmen getroffen? »Nichts, Danielle. Und es war auch nie etwas. Ich habe nur ein bisschen für sie geschwärmt.«

Danielle seufzte.

»Ich glaube, ich habe bei ihr was gesucht, von dem ich glaubte, es mir selber nicht geben zu können«, murmelte Jochen mehr zu sich selber als zu Danielle.

»Was ist das? Kontakt zu anderen Behinderten?« Danielle sah ihn nachdenklich an.

Jochen schüttelte den Kopf. »Nein, eher überhaupt Kontakt zu Menschen. Oder vielleicht auch zu Behinderten. Zu Behinderten, die mitten im Leben stehen, statt nur als Zuschauer am Rand zu sitzen. Tut mir leid, dass ich dir das erzählt habe. Sie hat mir vor einigen Wochen nochmal eine E-Mail geschrieben, die ich aber gelöscht habe. Ich habe sie nie wieder getroffen.«

Danielle presste die Luft aus ihren Lungen, so als ob sie sie angehalten hätte. »Empfindest du das wirklich so? Du bist ein Zuschauer, der am Rand sitzt?«

Jochen spielte mit Danielles Fingern, weil ihn das beruhigte. Es tat ihm gut, dass sie sich endlich mal Zeit genommen hatte. Sie war früher von der Arbeit gekommen und hatte keine anderen Termine vorgeschoben, um so wenig Zeit wie möglich mit ihm verbringen zu müssen. Sie war wirklich für ihn da. »Ein bisschen schon. Ich hasse es, so unnütz zu Hause zu sitzen. Was mache ich, wenn die Kinder älter sind? Momentan kann ich noch vorschieben, ich wäre Vater und Hausmann, aber das wird nicht immer klappen.«

»Denkst du daran, wieder arbeiten zu gehen?«

»Als Maurer?« Jochen hob die Augenbrauen hoch, dann lachte er verbittert.

»Du könntest dich umschulen lassen«, erwiderte Danielle etwas genervt.

Jochen hob die Schultern. »Ich habe keine Ahnung. Wo könnte ich denn arbeiten? Hier gibt es ja nichts, was ich tun könnte. Und würde ein Bürojob überhaupt zu mir passen?«

»War nur ein Vorschlag«, warf Danielle ein.

Jochen lächelte und streichelte mit dem Daumen über ihre Handfläche. »Ich weiß. Ich habe mir das auch schon überlegt, aber alle Argumente, die damals dagegen gesprochen haben, bestehen weiterhin. Für einen Halbtagsjob lohnt sich die lange Fahrt nicht, und in Vollzeit will ich momentan auf gar keinen Fall arbeiten. Ich gönne dir ja den Erfolg und will dir das auch ermöglichen, aber die Kinder sollten nicht den ganzen Tag alleine zu Hause sein.«

Danielle nickte nachdenklich. »Aber irgendwas muss es doch geben, was du hier machen könntest.«

»Mir ist wirklich nichts eingefallen. Ich möchte eine Aufgabe und das Gefühl haben, dass mein Leben einen Sinn hat. Keine Ahnung, wie du das damals geschafft hast, als ich arbeiten war.«

»Ich habe für die Mädchen gelebt«, antwortete Danielle. »Aber ich gebe zu, auch mir ist manchmal die Decke auf den Kopf gefallen.«

Jochen biss sich auf die Lippen. »Vielleicht jammere ich auch auf hohem Niveau. Ich sollte vermutlich froh sein, dass ich diesen Luxus habe, zu Hause bleiben zu können. Ich sollte mir ein Hobby suchen.«

»Und welches?«

Jochen sah sie an, dann hob er die Schultern. »Keine Ahnung. Schwimmen?«

»Das machst du doch jetzt schon.«

»Was anderes fällt mir nicht ein. Ich könnte mir ein Handbike kaufen. Das würde mir gefallen. Da wäre ich an der frischen Luft. Aber alle anderen Sportarten sind so gut wie unmöglich. Entweder zu weit weg oder absolut rollstuhluntauglich.«

»Aber beim Schwimmen hast du doch auch keinen Kontakt zu anderen Menschen«, warf Danielle ein.

Jochen schmunzelte. »Doch. Einige Omas und auch ein paar Opas sind immer da. Und manchmal ist sogar eine Schulklasse da. Der Lärm ist ohrenbetäubend.«

Danielle machte nicht den Eindruck, als würde sie das besonders witzig finden. »Wenn du dir ein Handbike kaufst, könnten wir das mit unseren Fahrrädern kombinieren?«

Jochen hob die Augenbrauen. »Du hast doch schon ewig nicht mehr auf einem Fahrrad gesessen.«

Danielle hob die Schultern. »Aber dann könnten wir etwas mit der ganzen Familie unternehmen. Oder wenn die Mädchen bei meinen Eltern sind, könnten wir zusammen Sport machen, so wie wir es gemacht haben, als die Kinder noch nicht auf der Welt waren. Weißt du noch?«

Die Erinnerung an lange Fahrradtouren kam ihm in den Sinn. Nicht nur er und Danielle waren damals viel unterwegs gewesen, sondern auch die anderen. Auf einer der Fahrradtouren hatte Samuel den Freunden erzählt, dass er Theologie studieren wollte. Alle hatten ihn damals für verrückt gehalten, aber er hatte sein Ding durchgezogen. Jochen hatte ihn immer dafür bewundert.

Manchmal waren Danielle und er auch zu zweit gewesen, später dann mit den Kindern. Eines bei Danielle auf dem Fahrrad, eines bei Jochen. Erst als die Kinder älter waren, hatten sie die gemeinsamen sportlichen Aktivitäten eingestellt. »Das wäre sehr schön«, murmelte Jochen.

»Ich würde es auch spannend finden.« Danielle zögerte. »Wir müssen dir nur noch ein Handbike kaufen.«

»Und wir müssen uns um dein Fahrrad kümmern. Es steht schon seit Jahren im Keller. Das werde ich gleich in Angriff nehmen, wenn du morgen arbeiten gehst«, kündigte Jochen an. Noch war er nicht sicher, ob das eine gute Idee war. Er mit dem Handbike, der Rest der Familie mit Fahrrädern. Sie würden alle über ihn hinausragen und er könnte vielleicht nicht mithalten. Es fühlte sich ungewohnt an, aber sie wären alle zusammen und würden etwas unternehmen. Vielleicht musste er sich das wirklich durch den Kopf gehen lassen.

»Ganz überzeugt siehst du noch nicht aus«, stellte Danielle fest.

149

Sanft massierte Jochen weiterhin ihre Hände. »Mach dir keine Sorgen um mich, ich werde mich schon finden. Ich habe ja auch schon einiges erreicht und komme inzwischen viel besser mit dem Rollstuhl klar und habe nicht mehr so oft Schmerzen in den Stümpfen. Es ist ja nicht so, als würde sich gar nichts verändern.«

Danielle lächelte. »Nein, du hast recht. Du bist wirklich weit gekommen und darauf solltest du stolz sein.«

Ihr Lächeln war so schön, dass Jochen sich vorbeugte, um sie zu küssen. Es war das erste Mal, seit er ihr von dieser Geschichte mit Nadina erzählt hatte.

Fabian, in einem Dorf im Südschwarzwald

Schon als Kind hatte Fabian das hier gehasst. Damals hatte sein Stiefvater noch gelebt und immer hinter ihm gestanden und aufgepasst, ob er das auch alles richtig machte. Inzwischen war Fabian selbst verantwortlich und hatte niemanden, der ihm sagte, das Gras wäre nicht korrekt gestutzt.

Er versuchte, das Gute darin zu sehen. Er saß hier an der frischen Luft, anstatt im zu heißen Wohnzimmer, mit Aussicht auf die Alpen im Hintergrund und dem grünen Tal davor. Neben dem Garten seiner Mutter grasten selig ein paar Kühe, die etwas verblüfft geschaut hatten, als er das Gras um die Steingrenze des Gemüsegartens mit der kleinen Schere angepasst hatte. Zumindest war es ihm so vorgekommen.

»Fabian.«

Seine Mutter. Er hatte keine Ahnung, was sie jetzt schon wieder wollte. Die Stimmung zwischen ihnen wurde immer gereizter. Am Anfang hatte es sich noch so gut angefühlt. Fabian hatte es genossen, von seiner Mutter bekocht und umsorgt zu werden. Inzwischen war es ihm zu eng. Sie war seit Wochen der einzige Mensch, den er zu Gesicht bekam. Seit er lange Fahrradtouren machte, war es zunächst etwas besser geworden, doch vor der Enge im Haus konnte er nicht fliehen. Sie empfing ihn spätestens am Abend oder schon vorher, wenn seine Muskeln protestierten.

Seit einigen Tagen ging er abends noch ins Schwimmbad, in das auch seine Mutter immer ging. Beim ersten Mal waren sie noch zusammen ins Dorf gefahren, doch Fabian hatte schnell festgestellt, dass das eine schlechte Idee war. Seine Mutter schwatzte lieber am Beckenrand, anstatt wirklich zu trainieren. Er benötigte den Sport, um sich auszupowern, vielleicht auch um seinen Frust zu überwinden. Wenn er abends auf dem Sofa lag und ihm alles wehtat und er vor lauter Müdigkeit dem Film nicht folgen konnte, fühlte er sich zufrieden. Deswegen war der Sport auch so gut für ihn.

Leider konnte man damit aber kein Geld verdienen.

Nach einem Streit gingen sie von nun an getrennt ins Schwimmbad, seine Mutter meist am Vormittag, er selber eher gegen Abend.

»Fabian!«

»Was ist?« Empört drehte Fabian sich um. Hinter ihm stand zu seinem großen Erstaunen nicht nur seine Mutter, sondern noch eine andere Frau. Erst als er sich aus der Hocke erhob, erkannte er, wer es war. Was suchte Else hier?

Wut kroch in ihm hoch, als ihm der Verdacht kam, dass seine Mutter sie eingeladen hatte. Er ließ die Schere auf den Boden fallen und wischte sich die Erde von den Knien. »Ich komme gleich«, rief er und hoffte, dass er einigermaßen freundlich geklungen hatte. In der Garage lehnte er seine Stirn gegen die Mauer und biss sich fest auf die Lippen.

Er hatte überhaupt keine Lust, sich mit Else auseinanderzusetzen. Was wollte sie hier? Wieso war sie gekommen? Das würde doch nur alte Wunden aufreißen. War seine Mutter wirklich so übergriffig gewesen und hatte sie eingeladen, ohne ihn zumindest vorzuwarnen? Mit der flachen Hand schlug Fabian gegen die Wand und atmete tief ein.

In letzter Zeit hatte er einen Hang zu cholerischen Reaktionen. Er war so oft wütend und ließ seine Wut unkontrolliert heraus, indem er seine Mutter anbrüllte oder gegen Möbel trat. Frau Pesch hatte ihn so gut betreut und immer an ihn geglaubt. Wäre sie enttäuscht von ihm, wenn sie wüsste, wie resigniert er reagierte und wie wenig er sich unter Kontrolle hatte? War er im Knast wirklich zu einem asozialen Mistkerl verkommen?

Mit dem Rücken lehnte er sich gegen die Wand und ließ seine Arme nach unten baumeln. Wie alt war das Baby von Frau Pesch wohl inzwischen? Es war das erste Mal, dass er daran dachte. Nicht einmal, ob es ein Junge oder ein Mädchen war, wusste er. Ob er eine Glückwunschkarte schreiben sollte, die er der Justizvollzugsanstalt schicken könnte? Sicher würden sie die Karte an Frau Pesch weiterleiten. Immerhin hatte er ihr viel zu verdanken.

Und Else? Bestimmt war sie nicht nur gekommen, weil sie neugierig war. Wenn das der Fall wäre, wäre sie doch gleich am Anfang zu Besuch gekommen, oder? Vielleicht war es ja etwas anderes, das sie hierhergetrieben hatte.

Sie war immer nett zu ihm gewesen. Es würde gut zu ihr passen, wenn sie sich einfach nach ihm erkundigen wollte.

Fabian stieß sich ab und straffte seine Schultern. Entspannter als zuvor, aber nach wie vor sehr nervös lief er ins Haus und streifte seine Schuhe ab. Auf Strümpfen ging er ins Wohnzimmer, wo seine Mutter und Else saßen.

Else sprang sofort auf und gab ihm die Hand. »Es ist so schön, dich wiederzusehen«, sagte sie und lächelte freundlich. Sie betrachtete ihn einen Moment lang, dann schüttelte sie den Kopf und schlang ihre Arme um seine Schultern und zog ihn dicht an sich heran. Fabian schluckte die Rührung herunter, damit er nicht anfing zu heulen und erwiderte die Umarmung. Dass seine Mutter den Raum verließ, bekam er nur am Rande mit.

Nele, in Washington, D.C.

Zuerst war es ihr kleines Projekt gewesen. Nur sie und ihr Doktorand hatten daran gearbeitet. Danach war das Projekt größer geworden. Jetzt, nachdem Sauerstoff gefunden worden war, schien jeder Mitarbeiter der ganzen Weltraumbehörde etwas dazu sagen zu wollen und hatte eine Meinung zu ihrem Planeten. Es hatten auch schon Gespräche mit anderen Weltraumbehörden stattgefunden, aber Nele war nicht eingeladen gewesen und hatte wenig von diesen Gesprächen mitbekommen. Nicht einmal, als die Vertreter der deutschen Behörde da gewesen waren, hatte man sie involviert. Einen von ihnen hatte sie von früher gekannt, doch Miller hatte abgewinkt und gemeint, es wäre besser, sie würde sich auf die Arbeit konzentrieren. Dieses Organisieren und die Gespräche mit anderen Schwätzern wie ihm müsste sie sich doch nicht antun.

Sie war froh, dass sie wenigstens heute dabei war. Alles andere wäre allerdings auch ein Hohn gewesen, immerhin waren aus allen Abteilungen Kollegen gekommen, sogar Brian war eingeladen worden.

»Das Interesse der Bevölkerung hat deutlich abgenommen«, rief Miller ins Mikrofon. Neben ihm stand Cameron und nickte andächtig. Er genoss den Ruhm sichtlich. Den Ruhm, der eigentlich Nele zustand. Aber sie sollte nicht unfair sein, denn sie hatte den Ruhm freiwillig abgetreten. Sie hätte nicht zurücktreten sollen, als Miller ihr die Projektleitung angeboten hatte, das wurde ihr jetzt immer klarer. Aber sie wollte als Forscherin Anerkennung ernten, nicht weil sie anderen Menschen bei der Arbeit zusah und sich wichtig machte. Deswegen hatte sie das damals abgeschlagen, auch wenn Brian es einfach nicht verstehen wollte.

»Das ist bedauerlich. Gerade jetzt, wo uns der größte Fund der Menschheit gelungen ist. Wir haben Sauerstoff gefunden, meine Damen und Herren.« Miller legte die Hände auf das Pult und stützte sich darauf ab. In seiner Rede betonte er immer wieder, dass sie Sauerstoff gefunden hatten, so als hätte niemand hier im Raum eine Ahnung davon. »Und«, fügte Miller hinzu, während Cameron weiterhin nickte wie ein Wackeldackel, »wir stehen kurz davor, Chlorophyll zu finden. Das sollte die Menschheit mitbekommen.«

Nele schüttelte den Kopf und rieb sich die Augen. Sie hatte in den letzten Nächten wenig geschlafen. Eigentlich sollte sie noch im Bett liegen und sich ausruhen, so viel wie sie in den Tagen gearbeitet hatte. Die Rede interessierte sie nicht sehr. Es war ihr egal, ob das Interesse in der Gesellschaft abgenommen hatte. Miller hatte nur ein Ziel, er wollte Kapital rausschlagen, wollte vielleicht eine kleine Berühmtheit werden. Und das konnte er nur, wenn jeder mitbekam, dass er kurz davor war, Leben auf einem anderen Planeten nachzuweisen. Ihm war es lieber, wenn die Menschen begeistert oder zumindest hysterisch reagierten, als wenn es ihnen einfach egal war oder sie wegen der hohen Kosten für die Weltraumforschung meckerten.

»Wenn wir Chlorophyll finden, haben wir die Existenz von außerirdischem Leben nachgewiesen«, wiederholte Miller die Worte, die er zuvor auch schon in der Abteilung gesagt hatte. Etwas, das eigentlich jedem im Raum klar sein sollte, aber Miller liebte es dennoch, das wieder und wieder zu betonen. »Chlorophyll, meine Damen und Herren, ist Leben. Sie trinken es in Ihren Smoothies. Sie betrachten es bei Ihrer Wochenendwanderung. Sie essen es zu Ihrem Sonntagsbraten. Es wird nur von Organismen gebildet, die Photosynthese betreiben, sonst kommt es nicht in der Natur vor. Wenn wir Chlorophyll finden, können wir sicher sein, dass es auf dem Planeten Pflanzen, Algen oder Bakterien gibt. Niemand weiß, was da oben ist. Wir werden nicht hinfliegen oder Kontakt aufnehmen können, aber wir werden wissen, dass dort oben etwas ist.«

Nele verdrehte die Augen. Für wen hatte Miller diese Rede geschrieben? Für Schüler oder Rentner? Es klang fast so. Hatte er wirklich vergessen, dass sich die meisten Menschen hier in diesem Raum besser auskannten als er?

In einer übertriebenen Geste zeigte Miller zur Decke und Cameron legte den Kopf in den Nacken und sah nach oben, so als könnte er durch die Decke den Planeten sehen, der nach wie vor keinen Namen hatte. Es gab Streitigkeiten zwischen den Weltraumbehörden. Die amerikanische Behörde bestand darauf, den Namen auszusuchen, die anderen Weltraumbehörden hatten jedoch darauf hingewiesen, dass es ein gutes Zeichen wäre, die internationale Weltraumbehördenunion entscheiden zu lassen. Immerhin wolle man jetzt zusammenarbeiten.

Wenn Nele entscheiden dürfte, würde der Planet Spero heißen, das lateinische Wort für Hoffnung.

Tiff lehnte sich zu ihr rüber: »Ich habe schon seit Wochen kein Chlorophyll gesehen, getrunken oder gegessen.« Sie zwinkerte.

Nele schmunzelte. »Gab es die Tage nicht Erbsen in der Kantine?«

»Da habe ich mich spontan für die Pommes entschieden«, wisperte Tiff zurück.

Wieder lachte Nele. »Dann bist du selbst dran schuld.« Sie gähnte und hob in letzter Sekunde die Hand, um es zu verbergen.

»Chlorophyll ist Leben, meine Damen und Herren«, schmetterte Miller erneut ins Mikrofon.

»Warum wiederholt der sich ständig?«, fragte Tiffany und ihre Stimme hörte sich genauso genervt an, wie Nele sich fühlte.

»Und wieso fängt er bei Adam und Eva an? Jeder hier weiß, was Chlorophyll ist. Oder hat er irgendwelche Politiker oder Unternehmer eingeladen, die keine Ahnung davon haben?« Nele verdrehte die Augen und sah sich um.

»Ein paar Journalisten sind da«, antwortete Tiff und gähnte ebenfalls. Auch sie hatte viel gearbeitet und war selten zu Hause gewesen, um zu schlafen. Sie sollten nicht mit solch einer Rede bestraft werden. Wirklich nicht. Sie alle hatten so hart gearbeitet, seit Sauerstoff gefunden worden war. Alle waren heiß darauf, auch den letzten Schritt zu gehen und Chlorophyll zu finden. Das wäre tatsächlich die größte Entdeckung der Menschheit, damit hatte Miller schon recht. Dabei sein zu dürfen wäre grandios. Nele wünschte sich nur, dass es ein wenig mehr um die Sache selber gehen würde und etwas weniger um Prestige, Macht und Anerkennung.

»Ich hasse diese Selbstdarstellung«, murmelte sie.

»Ich auch.« Tiffany sah betrübt aus.

»Komm schon.« Nele griff nach Tiffs Hand. »Lass uns das Chlorophyll dieser Erde genießen.«

»Was?« Tiff ließ sich hochziehen und folgte Nele kichernd. »Was meinst du?«, fragte sie lauernd, während Nele sie hinter sich durch die Stuhlreihen zog.

»Wir machen einen Spaziergang«, kündigte Nele an und spürte Vorfreude. Sie war schon ewig nicht mehr draußen gewesen. Aus dem Wochenende mit Brian war nichts geworden, als der Fund von Sauerstoff dazwischen gekommen war. Jetzt würde sie wenigstens mit Tiff eine kleine Variante eines Wochenendausflugs machen.

Nicole, in Abuja

Amara rief Nicole nach unten, weil sie ihr jemanden vorstellen wollte. Sofort schaltete Nicole den Fernseher aus. Das meiste verstand sie sowieso nicht. Das Fernsehprogramm war größtenteils auf Englisch, doch die Nachrichten, die sie eben gesehen hatte, waren in Igbo gesendet worden, eine von mehreren Amtssprachen in Nigeria. Am Abend zuvor hatte sie englische Nachrichten gesehen. Die amerikanischen Truppen in Afghanistan wurden aller Voraussicht nach nun doch nicht abgezogen. Es gab viel Kritik, dass die Amerikaner so viel Geld in die Weltraumforschung steckten, aber sonst für nichts anderes Geld hatten.

Neugierig lief sie nach unten und blieb einen Moment auf der Treppe stehen. Der alte Schmerz überkam sie. Dieser Neid, der sie von innen verklebte und es ihr unmöglich machte, zu atmen. So war es immer, wenn sie eine Mutter mit ihren Kindern sah. Zumindest solange sie nicht als Ärztin auftrat und ihrer Arbeit nachgehen musste. Ging es um eine Verletzung oder eine Krankheit, war Nicole wie auf Autopilot und konnte diese Missgunst wegschieben.

Dann legten sich ihre Hände auf den Bauch. Sie spürte die feste Wölbung und atmete tief durch. Wieso hatte sie damit immer noch Probleme, obwohl sie inzwischen selber schwanger war und es nur noch einige Wochen dauerte, bis sie ihr eigenes Kind in den Armen halten konnte? Endlich. Sie konnte es langsam nicht mehr erwarten.

»Das ist meine beste Freundin«, sagte Amara und legte der jungen Mutter den Arm um die Schulter. »und ihre zwei Kinder. Die Kleine ist zwei, der Große fünf.« Sie schob die Familie in Nicoles Richtung. »Und das hier ist meine Quasi-

Schwägerin. Mein Bruder und sie konnten sich bisher noch nicht dazu überwinden zu heiraten.«

Nicole gab der besten Freundin von Amara die Hand, ohne dass sie ihren Namen erfahren hatte. Sie ließ sich dazu überreden, mit ins Wohnzimmer zu kommen und einen Tee zu trinken.

Tayo war unterwegs. Er hatte so viele Verwandte und Freunde in der Hauptstadt, dass er immer viel zu tun hatte. Jeder erwartete von ihm, dass er als Arzt kostenlos Diagnosen stellte. Anfangs war Nicole mitgegangen und hatte seine Tanten, Onkel, Cousinen und Großeltern kennengelernt. Irgendwann war es Nicole zu viel geworden und sie hatte Tayo gesagt, dass sie zu Hause bleiben und sich ausruhen würde.

»Ich kann nicht glauben, dass Tayo Vater wird«, murmelte die Freundin und blickte auf Nicoles Körpermitte.

Voller Stolz umschlang Nicole ihren Bauch und spürte, dass sie rot wurde vor Freude. Das Glück wärmte sie von innen.

Sie setzten sich, während sich die Kinder sofort den Spielzeugen widmeten, die auf dem Boden lagen. Amara musste es dort für sie ausgebreitet haben.

»Wie heißt du?«, fragte Nicole.

»Sunita«, antwortete Amaras Freundin und strich sich die dicken schwarzen Haare aus der Stirn.

»Ich bin Nicole.« Sie gaben sich nochmals die Hand, während Amara ihnen Tee einschenkte.

»Die beiden sind noch am Überlegen, ob sie nach Deutschland gehen oder in Afrika bleiben«, erzählte Amara. »Ich wünschte mir, sie würden hierbleiben. Stell dir vor, dann wäre ich Tante und wir könnten zusammen mit den Kindern spazieren gehen.« Amara strahlte Nicole an.

»Wir haben uns noch nicht entschieden«, betonte Nicole zur Sicherheit, für den Fall, dass Amara sich zu große Hoffnungen machte.

»Auf jeden Fall wird Tayo ihr folgen, das hat er mir anvertraut«, verriet Amara. »Er ist total verknallt.«

Nicoles Wangen fühlten sich noch heißer an und sie nickte lächelnd. Es war ihr peinlich, dass Amara mit ihr so angab. Wieso war sie so stolz auf sie, wieso freute sie sich so sehr für sie? Weil das hier eine echte Familie war. Zu Hause in Deutschland erwarteten Nicole nur noch Bruchteile einer Familie. Ihre Eltern hatten sich getrennt, als sie Teenager gewesen war. Mit ihrem Bruder verstand sie sich nicht so gut. Einige Cousinen und Cousins hatte Nicole schon seit Jahren nicht mehr gesehen.

Das war in Tayos Familie ganz anders. Zur Familie gehörten nicht nur seine Eltern und seine Schwester, sondern auch die erweiterte Familie. Sie unterstützten sich gegenseitig, blieben in Kontakt und hielten zusammen. Egal wie entfernt verwandt sie waren, sie kannten und besuchten sich alle paar Monate. So sah es

Tayo als seine Pflicht an, auch seinen alten Großonkel und dessen Kinder zu besuchen.

Wenn Nicole hierbleiben würde, hätte sie ebenfalls eine Familie. Sie wurde integriert, zumindest von Amara und der Mutter. Die anderen Angehörigen der Familie hatten noch Bedenken, weil sie ein Kind zur Welt bringen wollte, ohne zu heiraten. Das fanden nicht alle gut und viele kritisierten es auch offen.

Nicole fand, dass sie sich diese Fragen jetzt sowieso nicht mehr stellen mussten. Das Kind würde leider immer den Makel mit sich herumtragen, unehelich zu sein. Würden sie jetzt, wenige Wochen vor der Geburt, noch heiraten, würde jeder dies als Eingeständnis ansehen. Das wäre für das Kind vielleicht noch schlimmer, als wenn sie einfach dazu stehen würden, dass sie nicht heiraten wollten. Dann war es eine Entscheidung aus Überzeugung und sah nicht so sehr nach dem Versuch aus, etwas zu verbergen.

Doch trotz dieser offenen Kritik war es anders als in Nicoles Familie. Dort sprach man nicht über die Probleme, die man miteinander hatte. Man besuchte sich einfach nicht mehr und rief immer seltener an.

Ihre Frauenärztin war eine deutsche Ärztin, die genauso wie Nicole als Ärztin ohne Grenzen angefangen hatte und sich dann ebenfalls in einen Nigerianer verliebt hatte. Jetzt lebte sie hier und betrieb eine Praxis. Sie war sehr zufrieden mit Nicoles Fortschritt in der Schwangerschaft und hatte ihr die letzten Ängste genommen. Sie war sogar überzeugt davon, dass Nicole das Kind hier zur Welt bringen konnte. Doch Nicole vertraute dem Gesundheitssystem in Nigeria nicht so wie es Tayo tat. Sie als Ärztin wusste, dass es ein Risiko war, wenn die medizinische Versorgung nicht optimal war. Bei einer Geburt konnten nach wie vor Dinge schief laufen.

Deswegen war es Nicole lieber, nach Deutschland zu fliegen. Zumindest für die Geburt und die erste Zeit danach.

Konnte sie sich vorstellen, mit dem Baby wieder zurückzukehren?

Eines war Nicole klar, sie wollte Tayo auch jemandem vorstellen, nachdem er zusammen mit ihr seine ganze Großfamilie besucht hatte. Es war ihr wichtig, dass er verstand, welches Loch Lars hinterlassen hatte. Nicht nur bei ihr, sondern auch bei seiner Familie. Lars' Familie war die Familie, die Nicole die eigene Familie ersetzt hatte, und zwar schon seit sehr langer Zeit. Außerdem wollte sie sein Grab besuchen. Es wurde wirklich Zeit, immerhin war sie seit der Beerdigung nicht mehr dort gewesen.

Deswegen war es ihr wichtig, dass Tayo mit nach Deutschland kam. Doch würde er wirklich mitgehen, ohne dass sie eine Antwort darauf hatte, ob sie jemals zurückkommen würde? Konnte sie wirklich von ihm verlangen, dass er mit ihr käme?

Samuel, auf der Nordseeinsel Pellworm

»Sie sehen in letzter Zeit so glücklich aus, so erholt.« Die ältere Frau musterte ihn zufrieden, als wäre sie der Grund, dass er so strahlte.

Seine Gedanken kreisten immer um Stella. Ständig sah er ihr Lächeln vor dem geistigen Auge, erinnerte sich an das Gefühl seiner Hand auf ihrer nackten, warmen Haut, den Geschmack ihrer Lippen und der Klang ihres Lachens. Mit ihr im Herzen konnte er Beerdigungen besser überstehen und die Verwandten besser trösten. Es fiel ihm leichter, am Abend abzuschalten und die Qual, die er miterlebt hatte, loszulassen.

Mit ihr an seiner Seite war er vielleicht ein besserer Pfarrer, als er es je zuvor gewesen war. Ob die Dinge anders verlaufen wären, wenn er Stella damals bei sich gehabt hätte, ob es ihn vor dem Nervenzusammenbruch bewahrt hätte? Vielleicht hätte sie ihm Tipps geben und Verschnaufpausen gewähren können. Mit ihr war er stärker und vielleicht hätte er es dann auch unbeschadet überstanden.

Auch jetzt dachte er an sie und spürte einen Hauch von Vorfreude auf den Abend, obwohl sie nichts geplant hatten. Vielleicht würden sie zusammen kochen, danach etwas lesen oder eine DVD ansehen.

»Mir geht es auch gut. Danke«, bestätigte Samuel und nickte.

Sofort erwiderte die Frau sein Nicken, indem sie selbst den Kopf senkte. Vor einem halben Jahr hatte sie sich von ihrem krebskranken Mann verabschieden müssen. Samuel hatte das Paar während der schweren Stunden begleitet. Zuerst Herrn Feddersen durch den Schmerz und die Angst vor dem Tod, später Frau Feddersen durch die Trauer und die neue Einsamkeit. Es war nur eines von wenigen Schicksalen, die er als Pfarrer miterlebt hatte. Manchmal starben auch Kinder, was meist viel schwerer zu ertragen war. Dennoch war ihm die Geschichte sehr nahe gegangen, weil es ihn ein wenig an seine eigenen Eltern erinnerte. Seine Mutter war allerdings zuerst verstorben, ebenfalls Krebs. Sein Vater hatte sich davon nie erholt und war die Jahre darauf sehr unglücklich gewesen. Mit nicht einmal sechzig hatte er eine Lungenembolie bekommen und war ebenfalls verstorben, so als hätte er einfach nicht mehr gewollt.

»Aber heute geht es ja um Sie. Wie geht es Ihnen?«, fragte Samuel und verdrängte die Erinnerungen an seine Eltern, um seine Aufmerksamkeit der Person zu widmen, die sie jetzt benötigte.

»Mir geht es gut. Es ist nicht leicht, alleine zu sein, aber ich habe viele Freundinnen«, sagte Frau Feddersen.

»Da ist gut.« Samuel lächelte aufmunternd.

»In den Strickkurs, den Sie mir empfohlen haben, gehe ich nach wie vor. Eigentlich fühle ich mich noch zu jung dafür, weil einige schon über 80 sind, aber es lenkt mich ab und es ist ein schönes Gefühl, etwas Gutes tun zu können.« Frau

Feddersen machte eine Handbewegung, die wohl das Halten von Stricknadeln imitierte.

Ein Gefühl von Zufriedenheit und Triumph stieg in Samuel hoch. Plötzlich hatte er wieder die Gewissheit, dass er Menschen helfen konnte. Er wusste wieder, warum er Pfarrer geworden war.

Manchmal stieß Samuel auf Unverständnis. Die Menschen glaubten, das Christentum wäre eine künstlich am Leben erhaltene, längst überholte Institution und gaben den Religionen die Schuld an Krieg, Elend und Qual. Doch es waren nicht die Religionen, die dafür verantwortlich waren, sondern Menschen, die ihre Religionen dazu nutzten, an mehr Macht zu gelangen oder politische Konflikte zu schüren. Religionen waren eigentlich ein Ort des Trostes für sehr viele Menschen. Gerade das Christentum kompensierte an vielen Stellen die Überforderung des Staates, indem Büchereien, Kindergärten und Krankenhäuser gestellt wurden. Der Strickkurs war etwas, das Samuel an seiner Gemeinde liebte. Ältere Frauen fanden hier Freundinnen und einen Ort, wo sie ihren Kummer loswerden und einen Grund zum Lachen fanden. Sie strickten zusammen und die Schals, Mützen und Strümpfe wurden nach dem Gottesdienst verkauft. Mit dem eingenommenen Geld wurden die Mitglieder einer befreundeten katholischen Gemeinde in Nigeria unterstützt.

»Mir geht es heute um etwas anderes«, warf Frau Feddersen ein, gerade als Samuel etwas fragen wollte. »Ich bin aus einem anderen Grund hier.«

»Um was geht es Ihnen denn heute?«, fragte Samuel interessiert.

»Ich mache mir große Sorgen wegen der amerikanischen Forscher. Glauben Sie, Gott möchte, dass wir so weit ins Weltall vordringen?« Frau Feddersen runzelte die Stirn.

Kurz überlegte Samuel. »Ich denke, es kommt darauf an, wie wir uns verhalten. Wenn wir den Planeten ausbeuten, die Lebewesen, die es dort möglicherweise gibt, missbrauchen, indem wir sie aus ihrer gewohnten Umgebung reißen, um sie hier in Zoos auszustellen, dann ist Gott sicherlich nicht begeistert. Aber bislang gibt es diese Pläne nicht. Die Menschen möchten wissen, ob sie alleine sind, wollen sich den Planeten ansehen. Ich habe nicht einmal gehört, dass davon geredet wird, Kontakt aufzunehmen.«

»Ich bin mir nicht sicher.« Frau Feddersen schüttelte den Kopf.

»Ich glaube, Sie machen sich unnötig Sorgen«, erwiderte Samuel sanft.

»Wenn sie Leben finden ...« Frau Feddersen zeigte Richtung Osten, aber Samuel wusste, dass sie weder die Russen noch die Chinesen, sondern die Amerikaner meinte. Ihre Augen glitzerten. Ihre Angst war echt. »Wenn sie Leben finden, dann werden sich die Menschen von der Kirche abwenden und dann gibt es keinen Strickkurs mehr und Sie sind arbeitslos.«

Samuel lächelte mild. »Nein, Frau Feddersen, das glaube ich nicht. Ich bin ein Pfarrer, der offen zu anderen Religionen steht und es wäre für mich äußerst spannend, was die Außerirdischen glauben. Vielleicht ähnelt ihr Glaube unserem, genauso, wie es andere Religionen tun? Wer sagt, dass Gott nur eine Welt auserkoren hat? Vielleicht sind wir sein zweiter Versuch oder er hat es nach uns erneut probiert? Wir wissen nicht, welche Pläne er hat.«

Morgens, wenn Stella Pause machte, telefonierten sie manchmal und diskutierten über die großen Unterschiede ihrer Religionen, während sie ihren Kaffee tranken. Es machte Samuel Spaß, aber er fühlte sich dadurch nicht bedroht.

»Auch der Papst hat betont, dass die Existenz von Außerirdischen nicht gegen die Existenz von Gott spricht. Im Gegenteil, Frau Feddersen, ich glaube, es würde seine Größe sogar noch beweisen. Die Menschen würden es nur unerträglich finden, weil seine Pläne dann noch schwerer für uns zu fassen wären«, fügte Samuel hinzu.

Frau Feddersen entspannte sich und lockerte die hochgezogenen Schultern. »Mir ist dennoch nicht wohl bei der ganzen Sache. Was, wenn sie angreifen?«

»Wenn die Amerikaner Leben nachweisen, dann sind das mit großer Wahrscheinlichkeit Bakterien oder einfache Pflanzen. Wir werden nicht feststellen können, in welcher Form Leben existiert. Und da der Planet viele Lichtjahre von uns entfernt ist, würden wir eine Antwort auf diese Frage erst in fünfzig Jahren erhalten«, erläuterte Samuel. Seit Wasser nachgewiesen worden war, informierte Samuel sich genau, denn er wusste, dass das Verunsicherung in der Gemeinde verursachen konnte.

»Sie sind ein sehr intelligenter Mensch«, lobte Frau Feddersen und legte ihre faltige Hand auf seine.

Samuel schmunzelte. »Da bin ich mir nicht sicher.«

»Und Sie sind ein sehr guter Pfarrer. Das Beste, was unsere Gemeinde seit dem Tod von Pfarrer Trofdes vor zwanzig Jahren gesehen hat«, ergänzte Frau Feddersen.

Samuel verbeugte sich leicht. »Vielen Dank.« Es rührte ihn, dass er hatte helfen können und es zeigte ihm, dass er damals nicht gescheitert war, weil er ein schlechter Pfarrer oder gar ein schlechter Freund war, sondern weil er als Mensch überfordert gewesen war.

Lukas, in der Nähe von Kundus in Afghanistan

Nachdem Lukas und Abdullah voneinander gelassen hatten, hatte Lukas sich zu den zwei Menschen geschleppt, denen er am meisten vertraute. Hastig hatte er ihnen von der Beziehung mit Navid erzählt und dass Abdullah ihn deswegen in einen Hinterhalt gelockt und geschlagen hatte.

Abdullah war nach Hause gegangen und hatte Lukas versprochen, sich zu melden, sobald er etwas von seinem Bruder hören würde, der am Vormittag verschleppt worden war.

Erst dadurch hatte er erfahren, dass sein Bruder etwas mit Lukas angefangen hatte und so war er auf die Idee gekommen, das Handy seines Bruders zu nutzen. Vorher hatte er absolut nichts geahnt von der Affäre.

Doch auch am nächsten und übernächsten Tag erhielt Abdullah keine Information, der Verbleib seines Bruders war weiterhin ein Rätsel und das war es, was Lukas am meisten Sorgen machte. Abdullah galt als frommer Afghane, den Taliban treu ergeben. Normalerweise hätten die Terroristen ihn informiert, wären sie die Täter. Aber wer könnte sonst auf die Idee kommen, Navid zu entführen?

Erst am dritten Tag erhielt Abdullah ein Schreiben, in dem ihm mitgeteilt wurde, dass Navid den Taliban übergeben werden würde, wenn eine bestimmte Summe nicht gezahlt wurde. Eine Gruppe Taliban hatte vor einem halben Jahr ein Dorf östlich von ihnen zurückerobert und bisher war es noch keinem gelungen, sie wieder zu vertreiben. Manchmal glaubte Lukas, dass es einfach niemanden interessierte. Die Taliban würden Navid hinrichten und kein Erbarmen zeigen. Homosexualität war hier eine Straftat und die Taliban könnten mit einer Steinigung zeigen wollen, dass die jetzige Regierung nicht fähig war, hart durchzugreifen. Deswegen mussten sie unter allen Umständen verhindern, dass Navid bei den Taliban landete. Noch wussten sie nichts, weder welche Summe die Entführer haben wollten, noch wer sie waren. Lukas vermutete, dass es etwas mit dem Hirten zu tun hatte, der ihn dabei beobachtet hatte, wie er zum geheimen Treffpunkt gelaufen war.

Um sich zu beratschlagen gingen sie zu dritt zu Abdullah.

Svenja war besorgt, Samir wütend. Immer wieder schüttelte er den Kopf und wendete sich ab, so als wäre ihm der Anblick von Lukas zuwider. Abdullah saß an einen Granatapfelbaum gelehnt und atmete schwer. Auch er starrte weg von Lukas und seine Miene spiegelte Verachtung wieder. Er rümpfte seine Nase und presste die Lippen fest aufeinander.

»Wir müssen etwas unternehmen«, sagte Lukas und hielt sich die schmerzende Seite, seine Rippen waren gebrochen. Er konnte schlecht atmen, aber er wollte sich nicht schonen, so wie Svenja es ihm geraten hatte, er wollte Navid in Sicherheit wissen. Er konnte nicht klar denken und war hysterisch. Er wollte Navid nicht verlieren. Das würde er nicht überleben. Er hatte schon vor drei Jahren seinen Bruder verloren und das nie richtig verkraftet oder verarbeitet. Navid auch zu verlieren ... Nicht einmal darüber nachdenken wollte Lukas. Er würde daran zerbrechen.

»Wieso habt ihr nicht aufgepasst?«, brauste Samir auf und marschierte mit zu Fäusten geballten Händen auf ihn zu. Seit sie sich in Abdullahs Garten berieten, hatte Samir nichts gesagt. Es war ihm anzumerken, dass er Lukas nicht verstehen konnte. Lukas konnte es ihm nicht übelnehmen. Auch er bereute seine Unachtsamkeit sehr. »Wieso musstest du dich von diesem Ziegenjungen erwischen lassen? War doch klar, dass der redet.«

»Du hättest ihm wenigstens Geld anbieten können. Vielleicht hätte er dann dichtgehalten.« Abdullahs Stimme klang müde und verbraucht. Sein Turban hing schief. Obwohl er die Homosexualität seines Bruders aufs Äußerste verabscheute und Lukas hasste, war er um das Leben seines Bruders besorgt. Wie Lukas hatte er seit Tagen nicht mehr richtig geschlafen, was man an seinen Augenringen sehen konnte.

»Wir informieren einfach die anderen und machen es zu einer Bundeswehrsache.« Svenja wirbelte herum und starrte die beiden Männer an. Obwohl Abdullah sie weitgehend ignorierte, gelang es ihr nicht, das ebenfalls zu tun.

»Blödsinn.« Samir zeigte ihr den Vogel. »Du spinnst. Die Amerikaner versuchen schon seit Monaten, das Dorf zu befreien. Die Deutschen haben nur die Aufgabe, die Gebiete hier zu sichern. Wir können dort nicht einmarschieren. Das sind weltpolitische Entscheidungen.«

»Wenn ein schwuler Afghane gesteinigt wird, müssen sie doch eingreifen.« Seine Augen brannten, aber Lukas erlaubte sich nicht zu weinen. Es wäre wie eine Resignation. Wie die Akzeptanz, dass er Navid verloren hatte.

»Nein, müssen sie nicht.« Samir drehte sich wieder weg, so als könne er den Anblick von Lukas nicht ertragen.

»Doch. Das würde einen Aufschrei in der ganzen Welt zur Folge haben«, betonte Lukas stur.

»Verdammter Idiot!« Samir funkelte ihn an. »Mach endlich die Augen auf. Auf Homosexualität steht die Todesstrafe. Ganz legal unter der von uns tolerierten Regierung. Niemand wird einen Krieg anfangen, nur um einen Menschen zu retten, der hier genauso gesteinigt wird, wie er überall im Land gesteinigt werden würde. Selbst wenn wir Navid offiziell befreien könnten, würde er dafür bestraft werden. Die Regierung könnte es sich gar nicht erlauben, Milde zu zeigen.«

Lukas beugte sich vor und vergrub seinen Kopf zwischen den Knien.

»Unsere einzige Chance ist es, ihn heimlich rauszuholen. Ohne viel Aufhebens. Ohne offizielle Arbeit«, fügte Samir hinzu.

Verzweifelt krallte Lukas seine Finger in sein Schienbein und schrie kurz auf. Es klang wie ein verletztes Tier, das gerade dabei war zu sterben. Er erschrak sich selbst vor seiner heftigen Reaktion. So hoffnungslos und am absoluten Tiefpunkt hatte er sich nur einmal in seinem Leben gefühlt und das war an dem Tag, an dem sein Bruder gestorben war.

»Dir hätte das klar sein sollen, du Arschloch«, schrie Samir. »Du hast dich auf diese Sache eingelassen, obwohl du hättest wissen müssen, zu was das führt. Warum kannst du dir keinen deutschen Mann nehmen? Wieso musstest du ... Du hast ihn auf dem Gewissen. Wenn die ihn umbringen ... Warum hast du nicht nachgedacht? Warum konntest du deinen schwulen Schwanz nicht in der Hose lassen? Ich vögel doch auch nicht irgendwelche gelangweilten Ehefrauen, und wundere mich dann, wenn sie wegen Ehebruch bestraft werden. Was ist nur in dich gefahren? Wann lernst du endlich, dieses Land zu verstehen?«

161

»Jeder sollte das Recht haben, den Menschen zu lieben, den er liebt!« Lukas war aufgesprungen. Dass er Schmerzen hatte, war ihm egal. Er wollte jemanden anschreien und Samir kam ihm da ganz recht.

»Wir sind hier in Afghanistan«, brüllte Samir. »Geht dir das endlich mal in den Kopf? Du wusstest das. Warum hast du ihn nicht dazu überredet, Asyl zu beantragen, du Blödmann? Als Homosexueller hätte er das sicher bewilligt bekommen. Jeder weiß, dass Homosexuelle politisch verfolgt werden. Wenn er in Sicherheit gewesen wäre, dann hättest du ihn immer noch ficken können.«

Lukas starrte ihn an und die Tränen begannen nun doch zu fließen. Wie recht Samir hatte ... Lukas hatte einfach sein Empfinden von Recht durchsetzen wollen und ... Hatte er Navid dabei geopfert? War er wirklich so egoistisch?

»Man tut das einfach nicht«, stellte Abdullah klar. »Allah hat Frau und Mann erschaffen, um ...«

Fast zeitgleich wandten Svenja und Samir sich um. »Halt die Klappe!«, riefen sie. Wäre die ganze Situation nicht so verdammt ernst, würde Lukas grinsen.

Abdullah stolperte einen Schritt nach hinten. Er murmelte etwas. Diesmal auf Farsi.

»Was hat er gesagt?«, fragte Svenja verwirrt.

»Dass du nicht die Stimme erheben sollst, wenn ein Mann anwesend ist. Sagt angeblich Allah. Steht zumindest so im Koran. Ignorier es einfach«, erwiderte Samir, winkte ungeduldig in Richtung von Svenja und rieb sich über die Augen.

»Oh, halt die Klappe«, schrie Svenja in Abdullahs Richtung, welcher nun sichtlich zusammenzuckte.

»Bitte«, sagte Lukas und ging einen Schritt auf Samir zu. »Bitte. Hilf mir. Wie soll ich das ohne euch schaffen?«

»Wir werden ihn da irgendwie rausholen. Lass mich nachdenken«, bat Samir. Dass seine Stimme resigniert klang, machte Lukas Angst, sodass sich sein Magen zusammenzog. »Irgendwas werden wir uns schon einfallen lassen«, betonte Samir und dieses Mal war seine Stimme fester.

Dankbarkeit durchflutete Lukas, auch wenn er zurzeit immer noch keine Lösung wusste, aber wenigstens war er nicht alleine. Svenja war bei ihm und Samir hatte einen klaren Kopf und würde das Problem lösen können. Ganz bestimmt. Besser als Lukas, der überhaupt nicht mehr nachdenken konnte.

»Ich helfe euch«, sagte Abdullah entschlossen. »Ich hasse es, was er tut, aber er ist und bleibt mein Bruder. Der Junge, der mit mir gespielt hat, als wir klein waren. Wir müssen etwas tun.«

Lukas wischte sich die Tränen vom Gesicht, dann drehte er sich um und erbrach sich.

Jochen, in einem Dorf im Südschwarzwald

»Mama? Papa?«

Jochen fuhr hoch. Erst als er aufrecht saß, realisierte er, dass seine Tochter in der Tür stand und ihn verdutzt ansah. Sie wirkte genauso erschrocken wie er. Hatte er vom Unfall geträumt? Er konnte sich nicht mehr an den Traum erinnern, aber er wusste, dass es kein schöner Traum gewesen war. Er fröstelte und versuchte das beklemmende Gefühl abzuschütteln, welches der Traum in ihm verursacht hatte.

»Was ist los, mein Schatz?«, fragte er nach einem Moment, als er sich gefangen hatte.

»Ich kann nicht schlafen«, jammerte Mia und klang verschlafen, so als wäre sie gerade erst aufgewacht, anstatt sich stundenlang von einer Seite zur anderen zu wälzen, so wie er es oft getan hatte, im ersten Jahr nach dem Unfall. Seine Stümpfe hatten schrecklich wehgetan, aber er hatte trotzdem versucht, die Schmerzmittel abzusetzen. Eine schreckliche Phase in seinem Leben. Er war froh, dass er erkannt hatte, dass Zeit tatsächlich Wunden heilen konnte. Zwar haderte er manchmal immer noch mit seinem Schicksal, aber er war nicht mehr gefangen in diesem Loch der Verzweiflung.

»Was ist los?« Danielle richtete sich ebenfalls auf.

»Schlaf weiter«, sagte Jochen sanft und lächelte seine Frau an. Liebevoll streichelte er über ihre Schulter, während sie dankbar nickte. Sie hatte am nächsten Tag zwei wichtige Besprechungen und musste früh raus. Früher, als Jochen berufstätig gewesen war, war sie nachts immer aufgestanden, um sich um die Kinder zu kümmern. Jetzt sah er es als seine Aufgabe an. »Ich mache das schon.« Er streckte seinen Arm aus und zog den Rollstuhl zu sich heran.

»Danke.« Danielle streichelte über seinen Oberschenkel bis dahin, wo das vernarbte Gewebe begann. Dort ließ sie ihre Hand kurz liegen, bevor sie sich wieder in eine bequemere Schlafposition rollte. Ein wohliges Gefühl breitete sich in seinem ganzen Körper aus. Er lächelte. Um sie nicht weiter zu stören, versuchte er so schnell wie möglich den Morgenmantel überzustreifen und sich in den Rollstuhl umzusetzen, ohne allzu laut zu sein. Seine Tochter blieb im Türrahmen stehen und wartete geduldig auf ihn.

Erst nachdem Jochen die Tür hinter sich geschlossen hatte, strich er Mia über den Kopf und drückte ihr einen Kuss auf die Stirn. »Was ist los, Schatz?«

»Ich habe Angst«, gestand Mia. Dicke Tropfen begannen über ihre Wangen zu fließen und tropften auf den Teppichboden.

Jochen rollte sich mit festen Stößen in ihr Zimmer und war froh, dass er weder über die Treppenstufen rutschen noch den Lift bemühen musste. Er betrachtete seine Tochter besorgt und hielt ihr die Tür auf. Er wartete, bis sie im Zimmer war, bevor er sich mit einer letzten Armbewegung zu ihrem Bett rollte.

»Wovor hast du Angst, Mia?«, fragte er und beobachtete wie sie ins Bett zurückkrabbelte. Sie umklammerte ihren Schneemann aus Plüsch und drückte ihn fest an sich. Endlich hörte sie auf zu weinen.

»Hast du schlecht geschlafen?«, hakte Jochen nach.

Mia nickte.

»Erzähl schon.« Jochen parkte seinen Rollstuhl direkt vor dem Bett, damit er sie ansehen konnte.

»Kannst du herkommen?«, fragte Mia schüchtern.

»Zu dir?« Jochen überlegte kurz. Eigentlich war auch er sehr müde, aber er hatte am nächsten Tag nichts Besonderes vor. Außerdem standen die Chancen besser, dass Mia rasch einschlief, wenn er mit ihr kuschelte. Immerhin würde sie am nächsten Tag in die Schule müssen. Den Gedanken, dass es schön wäre, wenn sie den Tag stattdessen mit ihm zusammen verbringen würde, schob Jochen rasch aus seinem Kopf. An so etwas durfte er nicht einmal denken. »Na, dann mach mal Platz«, forderte er sie auf.

Ihm wurde warm ums Herz, als sie ihn anstrahlte. Jochen wendete den Rollstuhl, damit dieser seitlich vom Bett stand, und hob sich auf die weiche Matratze, wo er sofort einsackte und nur mit Mühe das Gleichgewicht behielt. Würdevoll sah das sicher nicht aus, aber immerhin schaffte er solche Dinge inzwischen auf Anhieb und musste nicht so wie früher mehrere Anläufe machen, bevor es klappte. Außerdem war das hier seine Tochter, ein Teil seiner Familie, die ihn so liebte, wie er war. Das durfte er nicht vergessen.

Er lehnte sich gegen die Wand und streckte den Arm aus, als Mia sich gegen ihn drückte. »Willst du mir erzählen, was los ist?«, fragte Jochen leise und streichelte über den kalten Rücken seiner kleinen Tochter. Sie musste gefroren haben, während sie auf dem Gang gestanden hatte. Nur weil er so langsam war. Er küsste sie auf die Stirn und schloss dabei die Augen.

»Ich habe geträumt, dass Außerirdische kommen und uns versklaven. Mama haben sie schon mitgenommen. Übrig geblieben sind nur noch wir zwei und Olivia.« Mia schluchzte auf.

Jochen strich ihr über die Wange und zog die Decke über ihre Beine bis hoch zu Mias Kinn. Wenigstens konnte er dafür sorgen, dass sie es warm hatte, wenn er ihr schon die Erinnerung an den Traum nicht nehmen konnte. »Wieso träumst du von Außerirdischen?« Einen derartigen Film hatten sie sich nicht angesehen, aber eventuell war Mia wegen dem ganzen Gerede verunsichert. Es gab mittlerweile im Fernseher kaum ein anderes Thema und auch die Zeitungen berichteten ständig darüber. Wobei das Interesse der Medien anscheinend etwas zurückgegangen war, seit Sauerstoff gefunden worden war. Seltsam eigentlich.

»Wir haben das in der Schule behandelt«, berichtete Mia.

»Hat eure Lehrerin das mit euch durchgenommen?«, fragte Jochen erstaunt.

Mia nickte. Sie hatte aufgehört zu weinen. »Sebastian hat was nicht verstanden im Fernseher und hat sie gefragt und da hat sie eine Sonderstunde eingeschoben.«

Albträume sollten Kinder von der Schule nicht bekommen, dachte Jochen und strich Mia die nassen Wangen trocken. »Wir wissen nicht, ob da oben Außerirdische sind.«

»Das hat die Lehrerin auch gesagt.« Mia kuschelte sich enger an ihn.

»Und wenn doch welche da sind, dann können sie erst in fünfzig Jahren da sein«, fuhr Jochen fort. »Dann bist du schon längst erwachsen und kannst dich wehren.«

»Warum denn fünfzig?« Mia sah ihn mit großen Augen an.

»Sie werden unsere Kontaktaufnahme erst in fünfundzwanzig Jahren erhalten und selbst wenn sie sich dann sofort auf den Weg machen, werden sie dafür nochmal fünfundzwanzig Jahre brauchen.«

»Und wenn sie doch schneller kommen?«, fragte Mia.

»Das geht nicht. Der Planet, auf dem sie wohnen, wenn er überhaupt bevölkert ist, ist fünfundzwanzig Lichtjahre entfernt und keiner kann schneller reisen als das Licht«, erläuterte Jochen.

Mia sah ihn mit großen Augen an.

»Lichtjahre bedeutet, wenn ein Kind der Außerirdischen das Licht anmacht, dann kannst du es erst in einem Vierteljahrhundert sehen.« Jochen rutschte ein wenig zur Seite, damit Mia neben ihm liegen konnte. »So weit weg ist der Planet.«

»Die Lehrerin hat gemeint, dass es vielleicht nur süße Tiere sind, die da oben wohnen«, murmelte Mia. Seine Anwesenheit hatte sie so sehr beruhigt, dass sie schon wieder kurz davor war zu schlafen. Es rührte Jochen. Es hatte auch etwas Gutes, dass er zu Hause bleiben musste.

»Oder nur Bakterien. Die können wir dann nicht mal mit bloßem Auge sehen«, fügte Jochen hinzu.

»Kannst du mir ein Buch vorlesen?«, fragte Mia, anscheinend schon wieder gelangweilt von dem Thema.

Jochen verstand das. Am Anfang war er noch fasziniert gewesen, jetzt war er nur noch genervt. Wochenlang hatten die Medien kein anderes Thema gekannt. Die Krisen der Welt waren unwichtig geworden und schienen nicht weiter erwähnenswert zu sein. Zumindest hatte Jochen es nur am Rande mitbekommen, dass die Soldaten nun doch weiter in Afghanistan bleiben sollten, vermutlich weil die Taliban schon wieder kleinere Dörfer zurückerobert hatten. Auch der erneute Ebola-Ausbruch in Nigeria schien überwunden zu sein. Doch solche Dinge las man nur noch in kleinen Berichten am Rand der Zeitung.

»Natürlich«, sagte Jochen und angelte sich das Buch vom Nachttisch, welches Mia liebte. »Und weißt du was? Morgen fahren wir drei, du, deine Schwester und ich mit dem Fahrrad, um mein neues Handbike auszuprobieren. Was meinst du?«

»Und Mama?«, fragte Mia sofort.

Jochen lächelte. »Mama muss arbeiten, aber am Wochenende machen wir zu viert eine Fahrradtour. Morgen machen wir eine Generalprobe. Hört sich das nach einem guten Plan an?«

Mia nickte. »Das hört sich nach einem sehr guten Plan an, Papa.«

Jochen küsste sie wieder auf die Stirn. Eigentlich hatte er das Handbike erstmal alleine ausprobieren wollen. Er hatte es letzte Woche abgeholt und war bisher nur einmal damit unterwegs gewesen und auch nur eine kleine Runde. Er hoffte, er würde mit seinen Töchtern mithalten können. Falls nicht, würden sie sicher auf ihn Rücksicht nehmen. Zufrieden schlug er Mias Lieblingsbuch auf und begann zu lesen. Mia schlief bereits bei Seite fünf ein, aber Jochen las das Buch dennoch bis zum Ende vor. Er fühlte sich ausgeruht, entspannt und friedlich. Am liebsten hätte er sich einfach neben seiner Tochter hingelegt und geschlafen, aber er wusste, dass das auf Dauer zu eng wäre und sie beide am nächsten Morgen nicht fit wären.

So setzte Jochen sich in den Rollstuhl und fuhr durch das dunkle Haus ins Schlafzimmer zurück. Dort war es kalt, aber als er endlich im Bett lag, suchten Danielles Hände seine Hüften. Dabei streifte sie die empfindliche, vernarbte Haut an seinen Oberschenkeln und streichelte sie vorsichtig. Sie küsste ihn und schmiegte sich eng an ihn.

Jochen lächelte und schlief kurz nach ihr ein.

Fabian, in einem Dorf im Südschwarzwald

»Hast du die Glühbirnen im Flur schon gewechselt?«

Fabian zuckte zusammen und verzog das Gesicht. Das hatte er vergessen. Obwohl er den ganzen Tag nichts anderes getan hatte als fernzusehen. Nur fürs Essen, welches seine Mutter wie immer mit viel Mühe zubereitet hatte, war er aufgestanden. Er bekam ein schlechtes Gewissen und spürte Übelkeit in sich aufsteigen.

»Nein, habe ich vergessen«, rief er zurück.

»Und hast du deine Bewerbungen weggeschickt?«, fragte seine Mutter.

Fabian presste seine Lippen aufeinander. Er konnte es nicht leiden, dass seine Mutter mit ihm redete, obwohl sie in der Küche stand, um den Abwasch zu machen. Dabei brüllte sie durch die ganze Wohnung. Konnte sie nicht kommen, wenn sie eine Frage hatte?

»Nein, noch nicht«, antwortete er und machte das Fernsehprogramm lauter. Seine Mutter erhoffte sich von den neuen Bewerbungen viel, aber Fabian hatte die Hoffnung mittlerweile aufgegeben. Er würde wohl niemals einen Job finden.

Angst vor der Zukunft ließ ihn nachts nicht schlafen, weswegen er die Tage nur seltsam betäubt überstand.

»Machst du das heute noch?«

Fabian atmete tief ein. »Nein, warum?«

»Solltest du aber machen«, brüllte seine Mutter.

»Kannst du nicht herkommen, wenn du dich mit mir unterhalten willst?«, brüllte Fabian zurück.

Er hörte, wie das Wasser abgestellt wurde. Seine Mutter schlurfte über den Flur. Um ihr wenigstens ein wenig entgegenzukommen, machte er den Fernseher lautlos. Was die da brachten, hatte er sowieso schon tausendmal gehört. Sie hatten die Methode, wie sie Chlorophyll nachweisen wollten, schon so oft im Programm wiederholt, dass Fabian es auswendig wusste. Vielleicht war er so genervt von diesen sich ständig wiederholenden Beiträgen?

»Schaust du immer noch diesen Kram?«, fragte seine Mutter und nickte zum Fernseher.

»Kommt doch nichts anderes«, murmelte Fabian.

»Die bringen das, bis es auch der letzte Dumme kapiert hat. Mittlerweile weiß sogar ich Bescheid«, sagte seine Mutter und verdrehte ihre Augen.

In einem Anflug von kameradschaftlichem Gefühl richtete Fabian sich auf. Seine Mutter empfand es genauso wie er und aus irgendeinem Grund hob das seine Laune.

»Hast du Else schon besucht?«, fragte sie und setzte sich in den Sessel ihm gegenüber.

»Nein.« Fabian presste seine Finger gegen die Schläfe, aber auch das vertrieb den dumpfen Schmerz hinter der Stirn nicht.

»Warum nicht?« Die Stimme seiner Mutter klang eindringlich.

Müde hob Fabian die Schultern. »Ich weiß nicht.« Es tat ihm so schrecklich leid, dass seine Mutter enttäuscht von ihm war, aber er sah einfach keinen Sinn darin, Else zu besuchen. Es tat nur weh. Und verursachte, dass er nachts noch weniger schlafen konnte. Das wäre nicht förderlich für seine Arbeitsplatzsuche. Andererseits, wenn er sowieso nichts finden würde ...

»Ach, Fabian ...« Nun klang seine Mutter traurig.

»Ich brauche erst mal einen Job, bevor ich mich um solche Dinge kümmern kann«, betonte Fabian und war versucht, den Ton am Fernseher einfach wieder einzuschalten. Das Gespräch tat ihm einfach nicht gut.

»Vielleicht solltest du dein Leben in den Griff bekommen, während du dich um einen Job bemühst. Du hast ... Du hast den ganzen Tag Zeit. Und wenn es dir besser geht, nehmen sie dich vielleicht auch eher?«

Fabian starrte zum Bildschirm und versuchte die Tränen wegzublinzeln.

»Wieso bewirbst du dich nicht mehr?«, fragte seine Mutter.

»Oh, Mama.« Fabian fühlte sich so müde. Er war es so leid.

»Was?«

»Niemand will mich. Hast du das immer noch nicht kapiert?« Er starrte seine Mutter an, die ihn streng musterte.

»Du hast falsche Vorstellungen, wenn du glaubst, dass es so leicht hätte sein können«, meinte sie.

»Wenn ich nach Berlin gegangen wäre, hätte ich vielleicht längst einen Job, hast du daran schon mal gedacht?«, fauchte Fabian und fühlte sich gleich schlecht, als seine Mutter zusammenzuckte und die Augen auf den Boden richtete.

»Vielleicht auch nicht«, murmelte sie.

»Vielleicht aber schon«, gab Fabian leise zurück und schaltete den Fernseher aus. Seine Mutter hatte recht. Er hatte Besseres zu tun, als die ständigen Wiederholungen zu sehen. Entweder es kamen schlecht gemachte Dokusoaps oder diese Pseudo-Dokumentationen über das Chlorophyll oder andere astronomische Themen. Aber das Niveau war gleichbleibend schlecht.

»Hast du dich schon aufgegeben?«, fragte seine Mutter.

Fabian legte seinen Arm über die Augen und atmete tief ein. Er sah es vor sich, wie er noch in zehn, zwanzig Jahren hier wohnte. Ohne Job, ohne Hobbys, ohne Freunde, ohne Frau, ohne Kinder - ohne eine Chance auf Zufriedenheit. Nur er und seine Mutter. Und irgendwann würde sie sterben und er müsste sich Tag für Tag durch die Einsamkeit quälen. Es schüttelte ihn, aber er schaffte es nicht zu weinen.

»Oh, mein Schatz.« So hatte seine Mutter ihn schon ewig nicht mehr genannt. Er spürte, dass sie seine Füße wegschob und sich zu ihm setzte. Als sie ihre Arme um ihn legte und ihn hochzog, ließ er das zu. Ihre Arme waren nicht besonders kräftig, fast ein wenig zu dünn, aber sie hielt ihn fest umschlungen.

»Es wird alles gut, Fabian, aber du darfst nicht aufgeben. Gib dich nicht auf.«

»So wollte ich nie werden«, flüsterte Fabian und versank in der Umarmung seiner Mutter. Genauso wie früher, als er nicht hatte schlafen können. Seine Mutter war nachts immer aufgestanden, hatte ihn gewiegt und ihm aus einem Buch vorgelesen. Und jetzt machte sie es wieder. Sie wiegte ihn, küsste seine Stirn und umarmte ihn so fest, dass Fabian spürte, wie sein Herz sich langsam beruhigte.

»Ich weiß das«, sagte seine Mutter. »Ich will dich auch nicht nerven. Ich hab nur Angst, dich zu verlieren. Den Kampf zu verlieren.«

Fabian starrte auf die Tischplatte und schüttelte den Kopf. »Ich will arbeiten gehen und ich wünschte, ich könnte mich besser im Dorf integrieren, aber ich habe solche Angst.«

»Ich weiß.« Seine Mutter strich ihm über den Rücken.

»Ich glaube, es war ein Fehler, zurückzukommen, Mama. Nicht wegen dir, aber wegen der ganzen Umstände«, murmelte Fabian.

»Vielleicht.« Seine Mutter sah betrübt aus.

»Das Gespräch mit Else war gut, aber ... Ich kann nicht vergessen, was ich getan habe und wenn ich ihm begegne, das würde ich nicht aushalten. Bei Else habe ich die gleiche Angst. Ich schäme mich so.« Fabian ließ die Arme hängen.

»Hast du noch Kontakt mit Samuel?«, fragte seine Mutter.

»Er hat mir geschrieben, aber ich habe ihm schon länger nicht mehr geantwortet.« Fabian schloss die Augen. War er nicht dankbar, dass die Sache mit Samuel in Ordnung gekommen war? Und jetzt machte er das Gleiche erneut. Ließ seinen Kumpel einfach hängen. Ignorierte den einzigen Freund, den er vermutlich hatte. »Ich werde ihm schreiben«, sagte Fabian entschlossen und riss die Augen auf.

Seine Mutter lächelte. »Das finde ich gut. Ich glaube, der Kontakt zu ihm hat dir gutgetan.«

Fabian knetete seine Finger. »Glaubst du an mich?«

»Ich glaube an dich«, betonte sie feierlich.

Fabian lächelte und schlang seine Arme um seine Mutter. »Danke, Mama«, flüsterte er ihr ins Ohr und stand langsam auf.

Solch einen Moment mit ihr hatte er schon ewig nicht mehr gehabt, aber es fühlte sich sehr gut an. Es gab ihm Energie. Er sollte zur Post gehen und seine Bewerbungen abschicken. Und auf jeden Fall sollte er Else besuchen. Das würde er jetzt sofort machen.

Nele, in Washington, D.C.

»Hallo Mama.« Nele spürte, wie glücklich sie war, dass ihre Mutter sie angerufen hatte. Immer wenn auf dem Display ihres Smartphones die Nummer ihrer Mutter erschien, freute sie sich. Dabei war es sogar egal, zu welcher Uhrzeit sie anrief.

»Nele?«

Kurz hielt Nele inne und runzelte die Stirn. Konnte das wirklich sein? Sie drehte sich um und sah zu Brian, der lässig auf dem Bett lag und in einer Zeitung blätterte. »Bin kurz weg«, murmelte sie in seine Richtung. Sie verschwand im Bad und schloss leise die Tür hinter sich. Sie wagte nicht zu atmen, so verunsichert war sie.

»Ich habe deine Mutter besucht und sie hat mir erzählt, dass es dir zurzeit nicht so gut geht. Sie bat mich, dich anzurufen. Deswegen, ähm, rufe ich unter der Nummer deiner Mutter an«, erklang es aus dem Telefon.

Nele setzte sich auf den Klodeckel und spielte mit dem Klopapier. Ihr Herz pumpte heftiger als sonst.

»Ich bin gerade bei deiner Mutter«, erklang es aus dem Telefon. »Ich habe sie besucht. Ähm, ja.«

Nele umklammerte das Smartphone fester und schluckte hastig. Sie hoffte, man konnte es nicht hören.

»Vielleicht war es ein Fehler, dich anzurufen. Deine Mutter meinte, es könnte dir helfen. Aber ich kann sie dir auch einfach geben.«

Fest presste Nele das Telefon ans Ohr. »Nein, schon okay. Bist du wieder im Schwarzwald?«

»Ja. Seit einigen Wochen.«

»Und du hast meine Mutter besucht?«, erkundigte Nele sich fassungslos.

»Na ja, sie hat mich zuerst besucht.« Die Stimme am anderen Ende klang nun unsicher. »Ich ... Meine Mutter musste mich zunächst sehr drängen, aber Else ... Also deine Mutter, sie hat mir erzählt, dass es dir nicht gut geht und ich verspürte sofort den Drang, zu helfen.«

»Du hast mir in den letzten Jahren auch nicht geholfen, Fabian«, fauchte Nele ins Telefon. Nun konnte sie ihre Wut nicht mehr unterdrücken.

»Doch.« Fabians Stimme klang fester. »Doch, ich habe den Kontakt abgebrochen, um dir zu helfen. Ich wusste, dass du Probleme bekommst, dass dir Steine in den Weg gelegt werden und dass geredet wird.«

»Meinst du nicht, dass so oder so geredet wurde?«, fragte Nele erbost. Sie riss wütend einige Blätter Klopapier von der Rolle und knetete sie zwischen den Fingern. »Es wurde so viel geredet, dass ich es nicht mehr ausgehalten habe, in Basel zu arbeiten und in diesem Kaff zu leben. Nach Basel zu ziehen wäre mir irgendwie seltsam vorgekommen, auch wenn es logisch gewesen wäre. Deswegen habe ich diese verfluchte Stelle hier angenommen!«

»Und du hast großen Erfolg gehabt«, betonte Fabian.

Verblüfft öffnete Nele den Mund.

»Ich meine, ich hätte dir doch nur im Weg gestanden. Du hättest darauf bestanden, mich zu besuchen. Ich wäre eine Belastung gewesen. Du hast schon immer davon geträumt, ins Ausland zu gehen. Du bist eine gute Astrobiologin.«

»Jetzt drehst du alles so hin, wie es dir passt.« Erneut riss Nele ein Stück Klopapier ab.

»Ich habe eure Forschungsergebnisse verfolgt, seit du den Exoplaneten gefunden hast, aber ich habe erst nicht gewusst, dass du dahinter steckst«, redete Fabian weiter, so als hätte er ihre Wut in der Stimme nicht vernommen. »Ich bin so unglaublich stolz auf dich, Nele.«

»Ich hätte selbst entscheiden wollen, ob du im Gefängnis eine Belastung bist oder nicht«, betonte Nele sauer.

»Vielleicht.« Fabian seufzte.

»Und jetzt rufst du an und willst, dass es wieder so wird wie früher. Das wird es aber nicht.« Nele blickte zur Tür. Sie hatte sie sogar abgeschlossen, obwohl sie das nicht einmal machte, wenn sie auf die Toilette ging. »Ich habe jetzt einen Freund.«

»Den will ich dir auch nicht abspenstig machen.« Fabians Stimme klang ruhig, nicht eifersüchtig und aus irgendeinem Grund schmerzte Nele das. »Deine Mutter hat mir schon von ihm erzählt. Brian. Ein guter Ingenieur, der in deiner Weltraumbehörde arbeitet.«

»Ja.« Nele nickte und biss die Zähne zusammen.

»Ich habe nicht erwartet, dass alles wieder so wird, wie es früher war, Nele«, sagte Fabian. »Ich wollte dich anrufen, weil deine Mutter mir erzählt hat, dass es dir nicht gut geht. Das tut mir sehr leid.«

Nele schwieg. Sie begann zu frieren.

»Ich habe vielen Menschen wehgetan, nicht nur dir. Das weißt du.« Fabians Stimme zitterte leicht. Kaum wahrzunehmen. »Das tut mir leid. Wirklich leid. Besonders auch wegen dir.«

Nele schloss die Augen und schüttelte den Kopf, während sich Tränen aus den Augenwinkeln lösten. Nein! Nein, daran wollte sie nicht denken. »Ich weiß«, sagte sie schwach. Sie hatte es geschafft, die Vergangenheit hinter sich zu lassen, unter einem Berg voller Arbeit zu begraben. Warum erinnerte er sie jetzt daran?

»Ich wollte gar nicht über mich reden. Ich wollte einfach nur hören, was bei dir los ist?«

»Hast du auch schon andere belästigt?«, erkundigte sich Nele und riss die gesamte Klopapierrolle aus der Halterung. Sie warf sie auf den Boden und trat darauf.

»Belästigt?« Endlich klang Fabian nicht mehr so ruhig, so besonnen. Seine Stimme schwankte. »Ich wollte dich nicht belästigen. Also ...«

»Warte.« Nele stand vom Klo auf und verdrehte die Augen. Sie lehnte sich über das Waschbecken und spritzte sich kaltes Wasser ins Gesicht. Als sie sich wieder erhob, starrte sie in den Spiegel. Tiefe Augenringe hatten sich in ihr Gesicht gegraben und in den Augenwinkeln waren bereits einige Falten zu sehen. Sie sah alt und verbraucht aus. Und müde. »Tut mir leid, Fabian.«

»Ich habe mit Samuel Kontakt aufgenommen«, erzählte Fabian.

Nele schloss die Augen, weil sie sich nicht mehr länger im Spiegel ansehen wollte. Sie drehte sich um und lehnte sich seitlich gegen die Badezimmerwand. »Samuel«, wiederholte sie schwach. Das Letzte, was sie von ihm gehört hatte, war, dass er in eine psychiatrische Klinik eingewiesen worden war, nachdem er behauptet hatte, im Wald eine Begegnung mit Jesus gehabt zu haben. Er war mit Dreck verschmiert gewesen und hatte sich wohl im Schlamm gewälzt. Die Gerüchte über diesen Zusammenbruch waren im ganzen Dorf herumgegangen, und jedes Mal, wenn Nele davon gehört hatte, war sein Zustand angeblich schlimmer gewesen. Dieses Gerede ... Sie hatte es nicht mehr ausgehalten und war gegangen, nachdem Fabian sie hatte fallen lassen. Sie hatte das getan, was er ihr angetan hatte. Sie hatte alle anderen auch fallen gelassen. All die Menschen, die vielleicht ihre Hilfe gebraucht hätten. Vielleicht sogar Samuel, der immer so darum bemüht gewesen war, anderen zu helfen.

»Es tut mir leid. Ich wollte die Vergangenheit nicht aufwühlen.« Fabians Ruhe schien nun vorbei zu sein. Seine Stimme zitterte und hörte sich ungewohnt hoch an. »Vielleicht war es ein Fehler, anzurufen.«

»Nein.« Nele ging in die Hocke und hob die zerfetzten Klopapierreste auf. Sie öffnete den Klodeckel und warf alles hinein. Nur die Rolle, auf die sie getreten war, die warf sie in den Mülleimer. »Ich finde es schön. Ich bin wütend, aber auch froh«, versuchte Nele ihre widersprüchlichen Gefühle zu beschreiben. Sie aktivierte die Spülung.

»Warst du auf dem Klo, während wir telefoniert haben?«, fragte Fabian und seine Stimme klang so verwundert, wie er früher manchmal geklungen hatte, wenn sie ihm etwas von Astronomie erzählt oder ihn überrascht hatte.

Nele lächelte. »Nein, natürlich nicht.«

»Das hätte auch nicht zu dir gepasst.« Fabian lachte.

Das Lachen hörte sich gut an. Sehr vertraut. Es fiel Nele leicht, einfach einzustimmen.

Nicole, in Abuja

»Alles klar bei dir?« Nicole nahm sich eine Banane, die hier in Nigeria sehr viel besser schmeckte als die in Deutschland, und setzte sich zu Amara in die Küche. Sie betrachtete Amara, die wild an einer Pfanne herumschrubbte.

»Natürlich«, erwiderte Amara.

Nicole hatte sich schon so sehr an die Anwesenheit von Tayos Schwester gewöhnt, dass sie sich nicht mehr vorstellen konnte, wie es sein würde, wenn diese wieder unterwegs war, um einen neuen Film zu drehen. Amara füllte das ganze Haus aus und sie gab Nicole das Gefühl dazuzugehören. Bei Amara war alles unkompliziert. Sie sagte ihre Meinung, akzeptierte aber, wenn jemand diese nicht teilte.

Stirnrunzelnd sah Nicole sie genauer an und schüttelte den Kopf. »Ach, komm schon. Sag, was los ist?«

Amara hielt mit dem Schrubben inne und starrte an die Wand. »Bekommt ihr ein Mädchen oder einen Jungen? Hat die letzte Ultraschalluntersuchung etwas ergeben?«

»Nein, leider nicht.« Nicole schüttelte den Kopf und biss in die Banane. Wenn sie gewusst hätte, ob sie einen Jungen oder ein Mädchen bekommen würde, hätte ihr das zusätzlich Sicherheit gegeben. Es wäre dann nicht mehr ein Kind, sondern ihr Sohn oder ihre Tochter. Es wäre weniger anonym und damit auch mehr Teil ihrer Realität. »Das Baby zieht die Beinchen so ungünstig an, dass man nichts sieht. Die Ärztin sagt, wir sollen Geduld haben.«

»Ich hoffe, ihr bekommt einen Jungen«, murmelte Amara.

Nicole seufzte. »Ach, komm schon, du bist niemand, der den Wert eines Kindes nach dem Geschlecht bestimmt, oder?«

Ohne zu antworten schrubbte Amara weiter die Pfanne. Eigentlich hatte die Familie eine entfernte Verwandte, die im Haushalt half. Es war üblich in Nigeria, dass reiche Menschen ihren ärmeren Verwandten halfen, indem sie ihnen einen Job im Haushalt gaben. Aber noch nie hatte Nicole gesehen, dass jemand aus der Familie das Geschirr wusch. Amara sah verbissen aus.

»Jetzt komm schon.« Nicole legte ihre Hand auf die ihrer Freundin, nachdem sie die Bananenschale neben der Spüle abgelegt hatte. »Was ist los, Amara?«

»Sunita will ihr Mädchen beschneiden lassen. Ich halte schon die Beschneidung bei Jungen für unnötige Quälerei und *das* geht mir eindeutig zu weit«, teilte Amara ihr mit und drehte sich zu Nicole um.

»Oh, nein.« Nicole legte ihre Hände auf den gewölbten Bauch, so als wollte sie ihr Baby schützen.

»Seit ich das weiß, denke ich, dass Tayo und du abhauen solltet. Dieses Land ist so korrupt und hinterwäldlerisch, was Menschenrechte angeht. Rette dein Kind und ermögliche wenigstens meinem Bruder ein Leben in Freiheit«, bat Amara und schrubbte weiter. Ihre Muskeln am Arm arbeiteten sichtbar.

»Ist Sunita selbst beschnitten?«, erkundigte Nicole sich leise.

Wieder hielt Amara inne und nickte. »Das ist ja das, was ich einfach nicht kapiere. Ich bin nicht beschnitten, ich habe keine Ahnung. Aber sie ist es. Sie hat so oft geklagt, welche Folgen das für sie hatte, aber dennoch will sie es tun, nur weil ihre Eltern und ihre Schwiegereltern das für richtig halten.« Amara schüttelte den Kopf.

»Ich könnte mit ihr reden«, bot Nicole an. »Ich meine, als Ärztin.«

»Afrikaner glauben, Europäer sind arrogant und nehmen nur ungern Ratschläge von ihnen an. Auch Afrikaner haben ihren Stolz, Nicole, und viele Europäer sind wirklich überheblich.« Amara seufzte.

»Ach, jetzt komm schon.« Nicole lächelte. »Du kannst weder Afrikaner noch Europäer in eine Schublade stecken. Ich habe schon einige Frauen davon abhalten können, indem ich ihnen erklärt habe, dass die Beschneidung medizinisch gesehen totaler Unsinn ist. Viele wissen ja nicht einmal, dass die Probleme beim Urinieren und während der Menstruation davon kommen, und wollen es ihren Töchtern auch antun, ohne zu wissen, dass sie diese Probleme erst auslösen.«

Amara warf die Pfanne ins Spülbecken und wirbelte herum. »Wir sind hier nicht im Busch, wo die Menschen keine Bildung haben. Sunita ist intelligent. Das ist ja das Problem.«

Ratlos biss Nicole sich auf die Lippen.

»Europäer sind wirklich überheblich. Du glaubst, du musst den Frauen nur ein Bild der Scheide zeigen und dann verstehen es sogar die dummen Nigerianer?«

»Nein.« Nicole schüttelte heftig den Kopf. »So sollte das gar nicht rüberkommen.«

»Das wird nicht aus Dummheit gemacht, Nicole, das wird aus religiösen Gründen gemacht. Und im Übrigen nicht nur von den bösen Moslems. Hier in Afrika sind die Christen nämlich genauso ...« Sie zeigte mit dem Zeigefinger gegen die Stirn.

»Ich habe noch nie ein Wort gegen Moslems gesagt«, betonte Nicole.

»Ich weiß aber, dass sie in der restlichen Welt als brutal und fanatisch gelten. Genauso wie Afrikaner alle dumm sind«, fauchte Amara. Sie lief aus der Küche.

»Amara, jetzt komm' wieder aus deinem Schubladendenken heraus. Du machst genau dasselbe, was du mir vorwirfst, ist dir das eigentlich klar?«, rief Nicole. Sie legte ihre Hände erneut auf den Bauch, so als ob sie dem Kleinen die Ohren zuhalten wollte, damit es diesen Streit nicht mitbekam. »Ich bin nicht so wie andere. Du kannst einen Menschen nicht vorverurteilen.«

Amara blieb stehen. Sie atmete heftig.

Nicole folgte ihr und legte eine Hand auf ihre verkrampfte Schulter. »Ich glaube nicht, dass Sunita das aus religiösen Gründen tut. Du hast selbst gesagt, sie ist intelligent und tut es, um ihrer Familie einen Gefallen zu tun. Ich bin sicher, wenn man mit ihr redet, dann bekommt man Zugang zu ihr. Sie ist nicht dumm und auch nicht fanatisch.«

Amara nickte leicht.

»Ich glaube, es ist manchmal echt schwer, zu entscheiden, von welcher Tradition man sich trennen muss oder an welche man sich halten möchte. Die Europäer haben jahrelang die Umwelt zerstört und kommen nun an und reden klug daher und wollen den Menschen etwas aufdrücken, was vielleicht gar nicht so gut ist. Ich kann verstehen, warum Europäer als arrogant gelten.« Nicole ging um Amara herum und sah sie an. »Aber es sind nicht alle so. Ich liebe die nigerianische Kultur. Die Instrumente, das Essen und die Art und Weise, wie hier noch Familie gelebt wird. Ich selber kenne das nicht, habe es nie kennengelernt. Meine Familie existiert nicht mehr, seit sich meine Eltern haben scheiden lassen. Ich möchte nicht alles ändern. Nigeria kann selbstbewusst sein und viele Rituale und Teile seiner Kultur bewahren. Aber weibliche Beschneidungen kann ich nicht akzeptieren.«

»Ich auch nicht.« Amara blies Luft aus der Nase. »Deswegen bin ich ja so verzweifelt.«

»Wir werden mit ihr reden«, versprach Nicole.

Samuel, in Hamburg

In Hamburg konnten sie sich geben, wie sie waren, also auch dem Bedürfnis nachgeben, Hand in Hand zu bummeln. Es war wirklich eine gute Idee gewesen, mit Stella für eine Nacht auszubrechen. Sie hatten sich in einem Hotel einquartiert und waren am frühen Abend zu einer Musicalvorstellung gegangen. Jetzt waren sie auf der Suche nach einem guten Restaurant und schlenderten an den Landungsbrücken entlang.

Samuel drückte Stellas Hand fester. »Ist das nicht wunderschön?«

Stella lächelte. »Die Möwen und die großen Schiffe. Da wird einem erst wieder bewusst, wie klein unsere Insel ist.«

»Nein, ich meine das hier.« Samuel hob ihre ineinandergeschlungenen Hände etwas an.

»Wunderschön«, bestätigte Stella und drückte sich eng an ihn.

»Weißt du, es tut mir wirklich leid, dass wir uns zu Hause immer verstellen müssen.« Samuel zögerte. »In letzter Zeit ist mir wieder bewusst geworden, wie gerne ich Pfarrer bin. Ich glaube nicht, dass es mich besonders glücklich machen würde, meinen Job aufzugeben, zumal ich echt nicht wüsste, wo ich sonst so eine Erfüllung finden könnte.«

Stellas Lächeln verblasste nicht, wofür er schon mal sehr dankbar war. »Das weiß ich und ich wusste auch, worauf ich mich eingelassen habe.«

Samuel sah nach vorne, wo einige Jugendliche mit Skateboards in der Hand auf sie zukamen. »Fehlt es dir nicht?«

Ruckartig blieb Stella stehen. Sie schaute blicklos in die selbe Richtung, in die auch Samuel gesehen hatte, aber er glaubte nicht, dass sie die Skateboarder bewusst wahrnahm. Sie starrte, ohne etwas zu sehen, tief in Gedanken versunken. Schließlich drehte sie sich zu ihm. »Man sollte keinen Menschen ändern, das habe ich aus vorherigen Beziehungen gelernt. Natürlich gefällt es mir nicht, dass wir uns verstecken müssen und uns nur hinter geschlossenen Vorhängen näher kommen können, aber ich habe mich in dich verliebt, in dich, während du Pfarrer warst. Vielleicht wärst du nicht mehr dieser Mann, wenn du deinen Beruf mir zuliebe aufgibst? Was, wenn ich dich dann gar nicht mehr leiden kann?«

Samuel blinzelte. »So habe ich das noch gar nicht betrachtet.«

Lächelnd lief Stella weiter und zog ihn mit. »Kommst du denn klar damit, dass du den Zölibat nicht lebst, obwohl du das eigentlich solltest?«

Diese Frage hatte Samuel sich ebenfalls gestellt, auch während seiner Korrespondenz mit Fabian und Jochen. Niemand hatte ihm wirklich eine Antwort geben können oder wollte ihm helfen, indem er sich festlegte. Am Ende sagte jeder, dass er das selbst entscheiden müsse. Er war froh, dass er den Kontakt mit Fabian und Jochen wieder aufgenommen hatte, auch wenn er sich bewusst war, dass die beiden wohl noch brauchen würden, bis sie einander ins Gesicht sehen konnten. Fabian war davon noch weiter entfernt als Jochen, denn er verließ nicht einmal das Haus und verbarrikadierte sich daheim. Allerdings hatte er Samuel mitgeteilt, dass er Else besuchen wolle, die Mutter seiner ehemaligen Freundin.

»Ich denke schon«, sagte er.

»Das klingt nicht sehr sicher.« Stella musterte ihn nachdenklich.

»Ich will dich nicht aufgeben.« Samuel drückte rasch ihre Hand und blieb erneut stehen. Er betrachtete sie und lächelte, obwohl er sich eigentlich nicht danach fühlte. Aber ihre aufmerksamen Augen, die durch den Wind durcheinandergewirbelten Haare und die Sommersprossen auf der Nase waren so liebenswert, dass er einfach nicht anders konnte. »Ich muss nur sehen, wie ich das mit meinem Gewissen vereinbaren kann. Mit Gott habe ich meinen Frieden gemacht. Ich glaube nicht, dass er will, dass ich weiter leide. Seit es dich in meinem Leben gibt, fühle ich mich viel besser und kann den Menschen effektiver helfen. Es fühlt sich an, als würde ich endlich wieder leben. Wer weiß, vielleicht hat er unsere Wege sogar zusammengeführt, weil er gemerkt hat, dass ich deine Unterstützung benötige.«

Stella hob die Schultern. »Ich glaube, du wärst auch ohne mich ein toller Pfarrer. Du bist super in dem, was du tust. Lass dich nicht verunsichern von der Vergangenheit. Du warst einfach zu tief drin und konntest nur noch als Freund und nicht mehr als Pfarrer handeln. Du hättest selbst Unterstützung benötigt.«

Ein warmes Gefühl von Geborgenheit durchflutete Samuel. Er beugte sich vor und küsste Stella. »Danke«, flüsterte er. »Aber genau das habe ich gemeint. Du gibst mir ein gutes Gefühl und stärkst mich auch als Pfarrer.«

Stella streckte die Hand aus und Samuel nahm sie. Langsam liefen sie weiter. Es wurde abends kälter, so als wäre der Sommer schon dabei, sich zu verabschieden. Außerdem hatten sie Hunger. Sie sollten sich rasch etwas suchen, wo sie sich aufwärmen konnten. Dann könnten sie weiterreden. Sie hätten den ganzen Abend Zeit und mussten sich nicht darum sorgen, dass jemand sie dabei stören könnte. Samuel liebte die Gewissheit, so viel Zeit mit Stella verbringen zu können.

»Ich denke, ich werde schon klarkommen, aber ich fühle mich manchmal schäbig, wenn ich mit Mitgliedern der Gemeinde spreche, mit meinen Firmlingen oder den Damen des Strickkurses. Ich schätze, das ist mein größtes Problem. Ich lüge die Menschen an, betrüge meinen Arbeitgeber. Meine Zweifel haben nichts mit Gott oder meinem Glauben zu tun«, fügte Samuel leise hinzu, während sie weiterliefen.

»Hast du das Gefühl, dass die Schlafstörungen wieder anfangen?«, fragte Stella und er konnte die Sorge in ihrer Stimme mitschwingen hören.

Rasch legte er den Arm um ihre Schulter und zog sie fest zu sich heran. »Nein, mach dir keine Gedanken.«

Stella schmiegte sich an ihn.

»Weißt du, ich denke, ich werde für ein paar Tage in meine alte Heimat reisen. Mich mit Fabian verabreden, Jochen besuchen, dir meine Eltern vorstellen«, kündigte Samuel an.

»Ich soll mit?« Stella hob die Augenbrauen.

Samuel lachte. »Ja, du sollst mit. Ich will dich für ein paar Tage einfach nur für mich haben und Zeit mit dir verbringen. Und währenddessen versuche ich mir klar zu werden, wie ich das alles unter eine Kappe bringe.«

»Sehr cool. Urlaub im Schwarzwald. Statt Deiche Berge. Statt Schafe Kühe.« Stella lachte. »Warum auch nicht?«

Samuel küsste sie erneut, dann nickte er zu einem Restaurant, welches einen guten Eindruck machte. »Nehmen wir das hier?«, fragte er.

»Das nehmen wir.« Stella erhöhte ihre Geschwindigkeit und zog Samuel mit.

Während er ihr folgte, lachte er.

Lukas, in der Nähe von Kundus in Afghanistan

»Was gibt es Neues?«

Samir drängte Lukas nach hinten und positionierte sich vor ihm und Svenja. Auch, wenn sie in inoffizieller Mission waren, war er wohl der Meinung, es wäre besser, wenn sie ihm das Reden überlassen würden. Mit Sicherheit hatte er damit recht, auch wenn Lukas das Gefühl hatte, zu ersticken, wenn er nicht aktiv um Navid kämpfen konnte und stattdessen Samir vertrauen musste.

Mit ruhiger Stimme und viel freundlicher wiederholte Samir Lukas' Frage. »Was gibt es Neues, Abdullah?«

Navids Bruder antwortete nicht, sondern öffnete die Tür ein Stück weiter und bedeutete ihnen einzutreten. Dass er nichts sagte, machte Lukas nervös. Sie hatten ausgemacht, dass Abdullah sich meldete, sobald er einen Erpresserbrief oder etwas Ähnliches erhalten hatte, doch Lukas wusste nicht, von wem dieser Brief kam, was er enthielt und ob Navid wirklich noch lebte, so wie es ihm Samir versichert hatte. Dieser war der Meinung, jemand wolle aus dem Skandal Profit schlagen, er glaubte aber nicht, dass es hier um religiöse oder moralische Gründe gehe. »Da hat einfach jemand die Chance genutzt«, hatte Samir erläutert, während Lukas zitternd vor ihm gesessen hatte.

Auch jetzt zitterte er, zumindest seine Finger, teilweise so stark, dass er seine Schuhe nicht ausziehen konnte. Er stellte sie akkurat gegen die Wand, denn er wollte Abdullah nicht erzürnen. Auf ihn war er jetzt angewiesen.

Dass Abdullah weder von Lukas' offener Homosexualität begeistert war noch davon, dass Svenja als Soldatin arbeitete, verbarg er wie immer nicht. Seine Stirn war auch jetzt wieder gerunzelt, seine Lippen aufeinandergepresst und sein Kiefer verkrampft.

177

Als Lukas sich endlich aufrichtete und auf Strümpfen Samir ins Wohnzimmer folgte, bemerkte er, dass Abdullah nicht nur sehr angespannt, sondern auch sehr bleich war und seine Augen unruhig in den Augenhöhlen zuckten. Lukas glaubte nicht, dass das die Abneigung gegen sie war, sondern der Sorge um seinen Bruder geschuldet war.

Es machte ihm Angst, Abdullah so zu sehen.

Samir und Svenja setzten sich auf das Sofa und ließen einen Platz für ihn frei, wofür er dankbar war. Sie flankierten ihn, gaben ihm somit Halt und konnten auch gewährleisten, dass er nicht einfach aufspringen und Abdullah an die Gurgel gehen konnte, wenn dieser wieder etwas sagte, auf das er nur empfindlich reagieren konnte.

Die jüngere Ehefrau von Abdullah brachte ihnen Tee und lächelte Svenja zu, so als ob sie sie bewundern würde.

Abdullah sagte etwas auf Farsi und hielt Samir ein Stück Papier hin. Obwohl er genau wusste, dass sein Bruder und Lukas eine Beziehung führten, hielt er sich an Samir und hatte diesen als Bezugsperson auserkoren. Ob das nun war, weil er Svenja und Lukas nicht respektierte, oder ob es ihm schlicht zu anstrengend war, sein schlechtes Englisch zu bemühen, wusste Lukas nicht. Unruhig rieb er seine Hände aneinander. »Was hat er gesagt?«

»Es ist ein Erpresserbrief aufgetaucht«, meinte Samir und zeigte auf den Brief, auf dem arabische Zeichen standen, von denen Lukas aber nur einen Bruchteil lesen konnte. »Lass mich kurz lesen.«

Lukas atmete tief ein und starrte auf die Tischplatte. Wer weiß, vielleicht hatte er Abdullah auch unrecht getan und er hatte Samir den Brief in die Hand gedrückt, weil er wusste, dass Samir als gebürtiger Afghane der Einzige von ihnen war, der die arabischen Zeichen entziffern konnte. Vielleicht sollte er seine eigene Engstirnigkeit beseitigen, bevor er anderen Menschen diese vorwarf.

»Okay. Fünf Millionen Afghani.« Samir legte den Brief auf den Tisch.

Lukas atmete tief aus. »Er lebt noch?«

Samir nickte. »Er lebt. Es ist, wie ich gesagt habe. Wir haben eine Woche Zeit, das Geld zu beschaffen, wenn wir das nicht machen, wollen sie ihn zu den Taliban an die Landesgrenze bringen.«

Tränen der Erleichterung traten Lukas in die Augen. Das waren zwar über 70.000 Euro, die verlangt wurden, und das hatte weder er noch sonst jemand hier auf Abruf, aber es war machbar, dieses Geld zu beschaffen. Er glaubte auch nicht, dass Abdullah über so viel Geld verfügte. Er war während der Herrschaft der Taliban ein hochrangiges Mitglied der Gesellschaft gewesen, hatte aber danach wenig beruflichen Erfolg gehabt und war wohl auch eine Zeit lang inhaftiert gewesen, weil er sich gegen die neuen Gesetze gesträubt hatte. Sein Bruder hingegen hatte durch den Einmarsch der Amerikaner profitiert und eine der begehrten freien Stellen als Polizist ergattert.

178

»Das können wir schaffen«, sagte Svenja und drückte Lukas' Hand. Sie lächelte Samir an, der seine Hand grob gegen Lukas' Schulter schlug.

»Das ist viel Geld«, wandte Abdullah sich an sie, diesmal in Englisch.

»Das übernehme ich«, meinte Lukas. »Ich bin verantwortlich für das, was passiert ist. Ich habe in Deutschland etwas zurückgelegt und werde meine Eltern anrufen, dass sie sich darum kümmern. Sie werden mir helfen.«

Abdullah verzog sein Gesicht.

»Das könnte nun etwas arrogant und angeberisch rübergekommen sein«, murmelte Samir auf Deutsch.

Lukas seufzte. »Was soll ich tun?«

»Biete ihm das Geld an, damit er seinen Stolz vor den Entführern behalten kann. Was meinst du, welchem Gespött er sich aussetzt, wenn der Geliebte seines Bruders zahlt?«, zischte Samir.

Schnell wandte Lukas sich an Abdullah. »Ich gebe dir das Geld. Und du übergibst es. In Ordnung?«

Abdullah wirkte nach wie vor nicht begeistert. »Du willst alles bezahlen?«, hakte er nach, wieder auf Englisch. »Können wir nicht teilen? Einen kleinen Teil könnte auch ich beisteuern.«

Lukas zögerte, dann nickte er. »Natürlich. Schau, was du hast und ich übernehme den Rest.«

Abdullah nickte. Dann riss er den Kopf hoch. »Würdest du für ihn sterben?«

Lukas sah zur Tischplatte, weil der Blick von Abdullah zu intensiv war. In Deutschland war es absurd, über so etwas nachzudenken. Natürlich wollte Lukas leben, weil er mit Navid Zeit verbringen wollte, aber auch, weil er seinen Eltern nicht einen weiteren Verlust antun wollte. Doch was war, wenn es zu einer Schießerei käme? Würde er sich vor Navid werfen, um sein Leben für ihn zu opfern? »Ich denke schon, auch wenn ich es vorziehen würde, mit ihm zusammen am Leben zu bleiben.«

Abdullah murmelte etwas.

»Ich glaube, das hat ihn beeindruckt«, sagte Samir und lächelte Lukas an, wie ein stolzer Vater es tun würde.

Lukas lehnte sich zurück und atmete tief ein. Navid war noch am Leben und sie würden ihn retten. Endlich würde er wieder gut schlafen können.

Jochen, in einem Dorf im Südschwarzwald

Jochen beugte sich vor, stützte die Hände auf den Fliesen ab und ließ sich nach unten fallen. Den Rollstuhl schob er immer ein Stück weg, damit er keine Wasserspritzer abbekam. Dann ließ er sich in das kalte Wasser gleiten und erst mal einen Moment treiben. Als die Luft knapp wurde, kämpfte er sich nach oben und schüttelte den Kopf, um zu verhindern, dass Wasser in seine Augen trat.

Kaum jemand beachtete ihn. Die meisten kannten ihn, seinen Rollstuhl und die Technik, wie er damit im Schwimmbad umging. Ganz am Anfang hatte Jochen damit erhebliche Probleme gehabt. Er hatte sich geschämt, seine Stümpfe in der Öffentlichkeit zu zeigen, und hatte es gehasst, wenn die Leute starrten. Damals hatte er manchmal sogar seinen Wecker gestellt, damit er der Erste im Schwimmbad war. Sobald jemand gekommen war, hatte er rasch den Rand des Beckens aufgesucht, sich auf den Rollstuhl gehoben und ein Handtuch über die Reste seiner Beine gelegt, damit niemand sie sah, während er zu den Duschen und Umkleidekabinen rollte.

Er schwamm, während er an die Vergangenheit dachte, und wendete am anderen Rand des Beckens, um weiter zu schwimmen. Die meisten der vorrangig älteren Damen schwammen eine Bahn und unterhielten sich dort fast ebenso lange, wie sie für die Bahn benötigt hatten. Jochen hatte kein Interesse an Konversation. Nicht jetzt. Jetzt wollte er sich auspowern, das Gefühl haben, Sport treiben zu können, und die ständigen Schmerzen in den Schultern zu verringern, die er hatte, weil er so viel mit den Armen kompensierte. Er musste sich oft abstützen, abdrücken und sich mit der Muskelkraft der Arme fortbewegen.

Nachdem er das erste Mal Fabians Mutter im Schwimmbad gesehen hatte, hatte er einige Tage gezögert, schwimmen zu gehen, doch eine Alternative war ihm damals noch nicht eingefallen.

Das war nun anders. Jetzt hatte er ein Handbike, mit dem er jeden zweiten oder dritten Tag unterwegs war. Der Vorteil war, dass er die Natur genießen konnte und an der frischen Luft war. Der Nachteil war, dass er auch hier die Schultern übermäßig nutzen musste. Das hatte ihm der Mann im Rehabilitationszentrum gesagt und geraten, auch weiterhin ab und zu schwimmen zu gehen.

Heute war schlechtes Wetter, weswegen es ihm logisch erschienen war, schwimmen zu gehen. Eilig hielt er sich am Beckenrand fest, um seine tropfenden Haare aus der Stirn zu streichen, bevor er sich umdrehte und die nächste Bahn in Angriff nahm.

Am gestrigen Abend hatte Danielle ihn im Bett daran erinnert, wie gut sie mittlerweile zurechtkamen und dass er sich so gut mit seiner Behinderung arrangiert hatte. Jochen hatte es zunächst abgestritten, denn er war nach wie vor frustriert, dass er keine richtige Aufgabe mehr hatte und er befürchtete, dass das für ihn zu einem großen Problem werden könnte, sobald die Mädchen selbstständiger waren als jetzt. Außerdem waren ihre Probleme als Paar darauf zurückzuführen. Doch nachdem Danielle ihm aufgezählt hatte, wie viel inzwischen richtig gut lief, hatte Jochen seine Meinung geändert.

Der Eiertanz, den er aufgeführt hatte, als er das erste Mal in ein öffentliches Schwimmbad gegangen war, war nun nicht mehr notwendig. Jochen hatte kein Problem mehr damit, dass andere seine vernarbten Amputationsstellen sehen konnten. Und wenn ihn jemand anstarren wollte, dann sollte er das ruhig tun. Es war Jochen egal. Er konnte das mittlerweile ganz gut ausblenden.

Dafür, dass sich so plötzlich so viel für ihn verändert hatte, hatte er sich wacker geschlagen. Das hatte Danielle kurz vor dem Einschlafen noch betont. Jochen hatte erwidert, dass sie sich alle gut geschlagen hatten und dass sie und die Mädchen ihn toll unterstützt hatten und es auch noch immer taten. Es war für sie alle nicht leicht, aber sie hatten als Familie immer zusammengehalten, auch wenn Danielle und Jochen zwischenzeitlich Kommunikationsprobleme gehabt hatten.

Danach hatten sie sich geküsst und ihre fast nackten Körper eng aneinandergepresst. Sie waren zwar zu müde gewesen, um miteinander zu schlafen, aber die Erregung hatte die Müdigkeit rasch vertrieben. Sie waren fest miteinander verbunden eingeschlafen und waren so aufgewacht, als sie am Morgen von Danielles Wecker geweckt worden waren.

Der Gedanke an diese intensive Begegnung ließ Jochen alle Probleme vergessen. Danielle war seine Partnerin und er war ihr Partner. Schwierigkeiten begegneten sie als Paar. Das war ein gutes Gefühl. Endlich hatten sie sich wieder ganz nahe gefühlt. Jochen konnte sich gut vorstellen, dass sie auch wieder regelmäßiger Sex haben würden, weil sie einander vertrauten und sich als Team empfanden. Auch in dieser Hinsicht waren sie weit gekommen. Jochen schämte sich inzwischen nicht mehr, dass er aufgrund der fehlenden Unterbeine wenig Stabilität hatte und Danielles Hilfe benötigte. Danielle zog seine Beine in das Liebesspiel mit ein, als hätten sie nie anders ausgesehen. Als wäre es normal, so wie es jetzt war. Das war es ja auch. Es war ihre Normalität.

Sie hatten so große Fortschritte gemacht und darauf war Jochen stolz. Es ließ ihn gestärkter in die Zukunft sehen.

Endlich war er wieder am Rand angekommen. Diesmal hielt er sich einige Sekunden fest und atmete tief ein. Allein die Erinnerung an letzte Nacht hatte seinen Penis reagieren lassen. Ein angenehmes Pochen hatte sich eingestellt und als er seine Hüfte gegen die Fliesen des Beckenrands drückte, spürte er, wie hart er geworden war.

Nun, das hieß wohl für ihn, dass er heute erneut mit Handtuch über dem Schoß zu den Umkleidekabinen fahren musste. Bei dem Gedanken musste Jochen grinsen, er drehte sich um, stieß sich ab und begegnete der nächsten Bahn mit kräftigen Armbewegungen.

Fabian, in einem Dorf im Südschwarzwald

Fabian klammerte sich am Beckenrand fest. Er war völlig außer Atem. Hastig strich er sich die Haare aus dem Gesicht und suchte eine Massagedüse, um sich einen Moment einfach nur im Wasser treiben zu lassen. Wie so oft in den letzten Tagen dachte er an Nele.

Erst kurz vor seinem Anruf hatte er von Else erfahren, dass Nele tatsächlich diejenige war, die den Exoplaneten gefunden und die Suche nach Wasser eingeleitet hatte. Leider war ihr das Projekt etwas aus den Fingern geglitten. Fabian hatte den Eindruck, dass sie sich viel zu schnell hatte unterkriegen lassen. Natürlich verstand er ihre Einwände bezüglich Interviews und Fernsehauftritten, aber vielleicht war es ein Fehler, diesen Cameron vorzulassen.

Nele war einfach die Arbeitsweise in Europa gewohnt. Der Name einzelner Forscher war dort unbedeutend, man verstand sich als Team. Sicher führte der Konkurrenzgedanke, der seiner Meinung nach in der amerikanischen Weltraumbehörde herrschte, dazu, dass viele Mitarbeiter sehr hart arbeiteten. Vielleicht war das der Grund, warum Amerika einfach erfolgreicher war. Trotzdem hätte sich Nele in einer europäischen Weltraumbehörde nicht so unter Druck gesetzt gefühlt. Dort hätte man ihre Persönlichkeit, ihre Schüchternheit und Unsicherheit respektiert und versucht, sie zu fördern, anstatt nur von ihr zu fordern.

Hoffentlich hatte er es geschafft, sie ein wenig zu ermutigen. Sie hatte sich sehr müde und erschöpft angehört, so als wolle sie jeden Moment alles hinwerfen. Doch würde sie jetzt abbrechen, würde sie das sicherlich irgendwann bereuen. Das war eine einmalige Sache, diese Suche nach Chlorophyll.

Fabian streckte die Hand aus und ließ seine Finger durch das Wasser gleiten. Jetzt, wo er aufgehört hatte, sich zu bewegen, begann er zu frösteln. Es war kalt und er würde sich bald entscheiden müssen, ob er weitermachen oder nach Hause gehen sollte. Um diese Uhrzeit war im Schwimmbad fast nichts los. Eine jüngere Frau, zwei etwas ältere Männer, die fleißig ihre Bahnen abschwammen, ohne voneinander Notiz zu nehmen. In der anderen Ecke war ein Pärchen, das sich wohl ebenfalls eine Düse reserviert hatte. Im Whirlpool, der gleich neben dem großen Schwimmerbecken war, saßen drei Männer. Zwei gehörten offensichtlich zusammen, vielleicht sogar ein Paar, zumindest gingen sie für Freunde sehr vertraut miteinander um. Der andere Mann war der Einzige, den Fabian ins Rentneralter stecken würde. Im Kinderbecken war gar nichts los.

Eine herrliche Ruhe. Fabian hatte beim Schwimmen weder Lust auf die älteren Damen, die häufiger am Rand standen und schwatzen, noch auf die vielen Kinder, die am Nachmittag das Schwimmbad eroberten.

Jetzt, eine Stunde vor Schließung, war es sehr angenehm.

Fabian seufzte und lehnte sich nach hinten. Die Düse tat ihm gut und er schloss für einen Moment die Augen.

Die Stimme von Nele wieder zu hören, hatte alles wieder wachgerufen. Erst seit dem Telefonat war ihm bewusst, wie viel er aufgegeben hatte. Doch auch heute noch bereute er nicht, was er zerstört hatte, als er jeden weiteren Kontakt mit ihr verweigert hatte. Wie hätte ihre Beziehung jetzt wohl ausgesehen? Sie hätte ihn ständig besucht, wäre seinen Launen ausgesetzt gewesen und hätte dieses ganze Geschwätz mitbekommen. Und wenn jemand nach ihrem Partner fragte, hätte sie ihn entweder verschweigen oder zugeben müssen, dass er im Knast saß.

Doch er vermisste sie. Plötzlich ohne sie und seine ganzen Freunde zu sein, war hart gewesen, aber Fabian glaubte nicht, dass der Gefängnisaufenthalt weniger schlimm gewesen wäre, hätte er sich ständig mit der Vergangenheit rumschlagen müssen.

Samuel hatte immer zwischen den Fronten gestanden und versucht alles richtig zu machen. Und Nele? Sie hätte sich der Kritik der anderen ausgesetzt, wenn sie weiterhin zu ihm gehalten hätte. Das hatte Fabian ihr nicht antun wollen.

Dass natürlich auch ihr Kontakt zum Freundeskreis zerfallen und sie ins Ausland abgehauen war, war nicht Teil seines Planes gewesen. Er hatte immer geglaubt, wenn er sich von Nele trennen würde, würde sie mehr die Nähe ihrer beiden Freundinnen suchen. Danielle zum Beispiel hätte die Unterstützung sicherlich sehr dringend gebraucht. Alle hätten ihre Unterstützung gebraucht. Sie hätten sich alle gegenseitig unterstützen können.

Doch sein Plan war nicht aufgegangen. Der Freundeskreis war auseinander gebröckelt und niemand hatte es aufhalten können. Oder hatte es aufhalten wollen.

Fabian riss die Augen wieder auf und starrte zur Decke des Schwimmbads. Vielleicht würde er jetzt nicht so oft an Nele denken, wenn sie sich nicht so traurig angehört hätte. So aber war das Bedürfnis, sofort zu ihr zu fliegen, um sie in den Arm zu nehmen, übermächtig.

Verdammt. Fabian schlug mit der flachen Hand ins Wasser und verdrehte die Augen.

War er nicht ins Schwimmbad gegangen, weil er endlich aufhören wollte, über Nele zu grübeln?

Auf seinem Arm hatte sich bereits eine Gänsehaut gebildet. Er würde nun endlich rausgehen, nach Hause fahren und sehen, was seine Mutter gekocht hatte. Obwohl er gelernter Koch war, ließ seine Mutter ihn nicht in die Küche. Das wäre ihr Revier, hatte sie gleich am Anfang betont. Auch der Versuch, zusammen zu kochen, hatte nicht funktioniert, denn sie hatten rasch begonnen, über Kleinigkeiten zu streiten.

Fabian zog sich an der Treppe hoch und setzte die Füße auf die oberste Stufe. Bibbernd griff er nach dem Handtuch. Das Schwimmbad war mittlerweile fast leer. Nur noch die Frau schwamm eifrig weiter, das Pärchen drückte sich immer noch am Rand herum und knutschte miteinander. Die beiden Männer, jetzt unübersehbar tatsächlich ein Paar, liefen Hand in Hand zu den Duschen. Der Rentner war ebenfalls weg. Wenn das immer so war, könnte Fabian in Zukunft auch später zum Schwimmen gehen. Es war ihm recht, so wenig Menschen wie möglich um sich zu haben. Hätte er die letzte Stunde ganz für sich alleine, würde er sogar darauf verzichten, hier zu duschen und stattdessen zu Hause das Chlor auswaschen.

Fabian schwang sich das Handtuch um die Schultern und folgte dem Paar in die Dusche.

Nele, in Washington, D.C.

Als Nele ihre Schultern rollte, knackte es leise, aber sie fühlte sich entspannter. Am Abend zuvor hatte sie sich eine Massage gegönnt. Sie wusste, dass sie ihren Körper sehr vernachlässigt hatte. Kein Sport, dafür zu oft bis in die Nacht vor dem Computer gehockt.

Der Tipp mit der Massage war von Fabian gekommen.

Nele lächelte, als sie an Fabians Stimme dachte. Es war wirklich schön gewesen, dass er sich gemeldet hatte. Seit sie miteinander telefoniert hatten, standen sie in engem SMS-Kontakt und erzählten sich gegenseitig regelmäßig, wie der Tag gelaufen war. Manchmal schickten sie sich auch nur ein lachendes Smiley, aber selbst das reichte oft schon aus, dass Nele sich besser fühlte und beruhigter einschlafen konnte.

Leider offenbarte Fabian wenig von sich selbst. Statt sich ihr gegenüber zu öffnen, schien er mehr Interesse daran zu haben, ihr zu helfen. Somit wusste sie lediglich, dass er verzweifelt wegen seiner Arbeitslosigkeit war und sich das Leben mit seiner Mutter als sehr schwer herausgestellt hatte. Und dass er seit kurzem wieder Kontakt mit Samuel hatte, der wiederum in Kontakt mit Jochen stand. Würde Nele nun Danielle anrufen, wäre der Kreis mehr oder weniger geschlossen.

Leicht biss Nele sich auf die Lippen und gab einen anderen Parameter ein, um zu prüfen, was die Berechnungen dazu sagten. Während der Rechner arbeitete, lehnte sie sich zurück und bewegte ihren Kopf sanft von rechts nach links. Wieder hörte sie das Knacken. Die Masseurin war erschrocken über ihren körperlichen Zustand gewesen und hatte von sehr vielen Verspannungen geredet. Ob das nun eine Masche war, um ihr weitere Massagen anzudrehen, oder tatsächlich der Fall war, konnte Nele nicht einschätzen. Zumindest achtete sie wieder auf ihren Körper und nahm sich zwischendurch Zeit, ihn zu dehnen, während sie arbeitete. Sie hatte entschieden, in der Mittagspause häufiger einen Spaziergang zu machen. Ihr fiel ein, dass sie Brian nicht Bescheid gegeben hatte, dass sie nicht mit ihm in die Kantine gehen würde. Sie seufzte leise.

Sie hatte nicht gewagt, Brian zu sagen, wer angerufen hatte. Sie hatte ihm erzählt, es wäre ein Cousin gewesen. Eigentlich war ja nichts dabei, einfach die Wahrheit zu sagen. Fabian und sie waren seit der Schulzeit ein Paar gewesen und hatten viele Jahre zusammen verbracht. War es so schlimm, dass sie miteinander telefonierten?

Unbehagen bereitete es Nele eher, dass ihr dieses Telefonat so viel gebracht hatte. Fabian hatte genau die Worte gewählt, die Nele gebraucht hatte, um wieder motivierter an die Arbeit zu gehen. Er hatte sie daran erinnert, für Ausgleich zu sorgen und immer wieder betont, dass sie eine gute Astrophysikerin war und sie sich bei der Arbeit häufiger mal durchsetzen sollte. Brian hatte das auch manchmal versucht, aber Nele hatte daraus nie Kraft ziehen können. Es war, als wären seine Worte weniger wert, als könnte sie ihnen weniger vertrauen.

Eilig konzentrierte Nele sich auf den Bildschirm, und versuchte zu verstehen, was sie dort sah. Es nützte ja nichts, nur zu grübeln.

Sie runzelte die Stirn, als sie näher heranging und auf das Ergebnis starrte. Ihr Herz blieb eine Sekunde stehen, bevor es mit doppeltem Tempo seine Arbeit wieder aufnahm.

Nein. Das konnte nicht sein. Sie musste einen Fehler gemacht haben.

Nele richtete sich auf und druckte einen Screenshot. Während sie zum Drucker lief, spielte sie nervös mit dem Armband, das ihre Mutter ihr geschenkt hatte, bevor sie nach Amerika geflogen war. Der Ausdruck war nicht im Fach des Druckers. Genervt starrte Nele auf das kleine Display und verdrehte die Augen. Papierstau! Ausgerechnet jetzt!

Sie öffnete den Drucker an der Seite und zog das Papier, das sich zwischen den Walzen eingeklemmt hatte, heraus. Danach startete sie das Gerät neu und blickte unruhig auf den Balken, der die Aufwärmphase graphisch anzeigte. Sie klopfte schnell mit den Fingernägeln auf der Papierablage herum und konnte gerade noch verhindern, dass sie begann, mit dem Drucker zu reden und ihn anzufeuern, etwas schneller zu machen.

Endlich begann er zu drucken. Es war so laut, dass Nele zusammenzuckte. Das Papier wurde ausgeworfen und mit zitternden Fingern nahm Nele es heraus. Es war noch warm und am oberen Rand war Tinte verschmiert, aber das war egal. Hauptsache, sie konnte noch alles erkennen.

Sie lief zurück an ihren Schreibtisch und kontrollierte auf dem Weg dorthin die Werte. Weil sie nicht darauf achtete, wohin sie lief, rannte sie in einen Kollegen, der daraufhin verärgert wirkte. Nele hob die Schultern und setzte sich auf ihren Schreibtischstuhl. Sie begann nochmal von vorne und betrachtete die Daten aufmerksam. Es war kein Fehler.

Andererseits war sie ziemlich müde und erschöpft. Sie hatte die ganze Zeit an Fabian gedacht und über Brian gegrübelt. Sie war nicht richtig bei der Sache und unkonzentriert gewesen. Es war wirklich besser, nochmal jemanden drüber schauen zu lassen. Sie würde zu Tiffany gehen und sie bitten, sich alles mit denselben Parametern ausgeben zu lassen. Wenn sie dann auf dasselbe Ergebnis kam ...

Nele hielt es nicht mehr aus. Sie griff nach ihrem Handy und tippte eine SMS an Fabian, bevor sie zu Tiff eilte. Hoffentlich konnte ihre Kollegin bestätigen, was sie gerade entdeckt hatte.

Nicole, in Abuja

Nicole strich mit beiden Händen über ihren Bauch und lief durchs Wohnzimmer in den Garten. Es war furchtbar heiß, aber sie liebte diese Hitze. Es war eine trockene Hitze, keine Schwüle. Dennoch lief ihr der Schweiß den Rücken hinunter. Sunita war wieder mit ihren Kindern zu Besuch. Während die Kinder mit Tayo im Garten um die Wette rannten, waren weder Sunita noch Amara zu sehen.

Lächelnd lehnte Nicole sich gegen den Türrahmen und genoss das Bild, das sich ihr bot.

Tayo und der Sohn von Sunita spielten Fangen, während Nkem, Sunitas Tochter, hinter ihnen herstolperte. Einige Worte, die Tayo den Kindern zurief, konnte Nicole sogar verstehen. Sie nutzte die freie Zeit dazu, die Sprache zu lernen und war zufrieden mit ihrem Fortschritt.

»Tayo!«, schrie Nkem energisch und griff nach ihm, während sie gleichzeitig begeistert aufjauchzte. Er machte sich einen Spaß daraus, sich von dem Mädchen bewusst einholen zu lassen, nur um dann Gas zu geben, wenn sie nach ihm schnappte.

Nicole lachte.

Das war der Mann, mit dem sie Kinder haben wollte, mit dem sie dieses Kind haben wollte. Sie strich wieder über den Bauch und hoffte so, das Baby dazu verführen zu können, zu strampeln, aber es blieb alles ruhig. Noch vor wenigen Wochen hatte Nicole bei einer plötzlichen Inaktivität Sorgen gehabt, inzwischen wusste sie viel besser mit ihrer Angst umzugehen. Das Kind hatte nun den kritischen Punkt überwunden. Es würde überleben, selbst wenn es jetzt schon auf die Welt kommen würde. Es wäre nicht optimal und vielleicht hätte das Kind gesundheitliche Einschränkungen und müsste länger im Krankenhaus bleiben, aber es würde leben. Nicole tat alles, um sich zu schonen und auf das Kind aufzupassen.

Sie zuckte zusammen und dachte an die anderen Kinder, welche sie ebenfalls unter dem Herzen getragen hatte. Es war nicht ihre Schuld gewesen. Oder doch?

Sie biss sich auf die Lippen. Bisher hatte sie sich solche Gedanken nicht erlaubt. Sie hatte sich beruhigt und getröstet, indem sie anderen die Schuld gegeben hatte, doch plötzlich war sie nicht mehr so sicher. Jetzt, wo sie den unmittelbaren Vergleich hatte zu ihrem damaligen Verhalten und dem, was sie inzwischen an den Tag legte, kam sie ins Grübeln. Sie ruhte sich aus, las viel, ging oft mit Tayo spazieren oder besuchte den Markt. Sie lernte eine fremde Sprache, half ein wenig im Haushalt und spielte mit Amara und Sunita Karten. Sie erinnerte sich daran, dass sie damals bei ihren Schwangerschaften immer geplant hatte, bis zum Schluss arbeiten zu gehen. Sie und Lars hatten immer viel Stress und wenig Zeit füreinander gehabt.

Hatten sie sich zu wenig gefreut?

Nicole schluckte. Ihre Augen brannten. Sie wandte sich ab und starrte nach hinten ins Wohnzimmer, weil sie den Anblick des glücklichen Tayos mit den zwei lachenden Kindern nicht mehr aushielt.

Sie vermisste Lars.

Die Erkenntnis traf sie kräftig und sie krümmte sich leicht, als ihr bewusst wurde, was sie die ganze Zeit verdrängt hatte. Sie hatte nie wirklich darüber nachgedacht, wie Lars gestorben war. Sie hatte diese Nacht einfach von sich geschoben, sie aus ihren Gedanken verdrängt.

»Nicole?« Eine warme Hand strich ihr über den Nacken und blieb auf der Schulter liegen. Nicole atmete auf. Tayos Anwesenheit war unendlich tröstend. Sie drehte sich um und presste ihre Wange gegen seinen starken Oberkörper. Obwohl er oben herum nackt war, schwitzte er, aber der Geruch nach Schweiß war ihr nicht unangenehm.

»Alles in Ordnung?«, fragte Tayo und seine Stimme klang liebevoll und besorgt.

Nicole nickte. Sie sah ihn an und schluckte ihre Trauer um ihren Verlust hinunter. Sie wusste, dass sie sie nicht vertreiben konnte, aber zu diesem Zeitpunkt wollte sie sich komplett auf Tayo konzentrieren. »Wir bekommen eine Tochter.«

Zuerst begannen Tayos Augen zu leuchten, dann entgleisten ihm die Gesichtszüge.

»Was ist?«, fragte Nicole verwirrt.

»Meine Schwester und ich haben lange miteinander geredet.« Tayo räusperte sich. »Ich bin ganz ihrer Meinung. Wenn wir eine Tochter bekommen, dann werde ich dir nach Deutschland folgen. Für meine Tochter ist es hier nicht sicher und sie hat keine so guten Perspektiven, wie es ein Sohn hätte. Somit ist es beschlossene Sache. Wir werden gehen. Und das muss ich erst einmal verdauen, weil ich ... dieses Land liebe und nun meine Familie verlassen muss.« Tayo hielt sich am Türrahmen fest und Nicole sah, dass er eine Faust gebildet hatte.

»Ist das der richtige Weg, es von ihr abhängig zu machen?«, fragte Nicole. »Was, wenn du dort unglücklich wirst?«

»Besser ich werde dort unglücklich, als wenn meine Tochter hier unglücklich wird. Oder du«, fügte Tayo hinzu.

Nicole wusste nicht, was sie sagen sollte. Einerseits war sie gerührt von seiner Bereitschaft, alles für sie und das kleine Mädchen zu tun, andererseits wollte sie das nicht von ihm verlangen und ihm ein gutes Leben ermöglichen. Und das würde er nur hier haben können. Hier war sein Zuhause.

»Schau sie dir doch an.« Tayo nickte zu Nkem. »Sie lacht und freut sich, rennt mit ihrem Bruder herum, verspürt Lebenslust und ist gierig danach, Neues zu lernen. Weißt du, wie es sie verändern wird?«

Nicole spürte, wie ihr Herz schneller klopfte.

»Sie wird körperlich lädiert sein, vielleicht wochenlang nicht laufen können. Und sie wird das Lachen erst wieder lernen müssen. Ein kleines Mädchen verliert viel mehr als die Chance auf sexuelle Entfaltung, sie verliert das Vertrauen zu ihren Eltern und erhält dafür die Gewissheit, dass ihre Eltern Schmerz und Leid verursachen, anstatt es von ihr abzuwehren. Sie wird nie wieder dieselbe sein.«

»Tayo.« Nicole rieb über seinen Oberarm und spürte, dass die dunkle Haut auch dort von der Hitze und der körperlichen Anstrengung mit den Kindern feucht war. »Wir werden unsere Tochter nicht beschneiden lassen.«

Tayo schwieg.

»Und ich werde mit Sunita reden. Auch Nkem muss das nicht erdulden«, ergänzte Nicole fest.

»Willst du das unserer Tochter antun? Unehelich? Unbeschnitten?«, fragte Tayo. »Hier, in diesem Land?«

Nicole sah ihn an und hob ihre Schultern. Sie fühlte sich auf einmal furchtbar müde. Sie küsste seinen Oberarm. »Ich lege mich hin und ruhe mich aus.«

Er biss sich auf die Lippen und nickte.

Samuel, auf der Nordseeinsel Pellworm

Obwohl er fror, ging er nicht wieder zurück ins Bett. Unruhig lief Samuel durch die Küche, während er eilig das trockene Müsli aus einer Schüssel in sich hineinstopfte. Eigentlich hatte er keinen Hunger, aber sein Appetit war einfach zu groß gewesen.

Unruhig starrte er hinaus in die dunkle Nacht. Es war stürmisch und er fragte sich, mit welchem gewaltigen Tempo die Wellen gegen den Deich schlugen. Nachdem er hierher gezogen war, hatte er nachts manchmal Angst gehabt, inzwischen hatte er großes Vertrauen in die Deiche und konnte beruhigt mit Stürmen oder größeren Fluten umgehen. Er fühlte sich sicher.

Gequält stellte er die Müslischüssel ab und seufzte tief.

Angst hatte er vor etwas anderem. Seit einigen Tagen konnte er nicht mehr schlafen und genau so hatte sein Nervenzusammenbruch vor zweieinhalb Jahren angefangen. Was, wenn er wieder kurz davor war, zusammenzubrechen? Er würde es nicht überleben, wenn er erneut in die Klinik müsste. Außerdem verbarg er seine psychischen Probleme sorgfältig und hatte keine Lust, dass Mitglieder seiner neuen Gemeinde davon mitbekamen, wie anfällig er war.

Nein, er musste sich jetzt endlich beruhigen und tief durchatmen.

Sein Blick fiel auf den Brief von Fabian, der auf der Fensterbank der Küche lag. Da er sich ablenken wollte, zog er den Umschlag heran und faltete den Brief auseinander. Er musste grinsen, als er den Anfang des Briefes erneut las. Fabian klang optimistischer und zuversichtlicher, was seine Zukunft anging, und schrieb liebevoller über seine Mutter und die Konflikte, die er mit ihr ausstand. Samuel war fast sicher, dass das mit der Kontaktaufnahme zu Nele zu tun hatte. Seit Fa-

188

bian ihm davon erzählt hatte, nahm er vieles mit Humor, was ihn vorher sehr gequält hatte, zum Beispiel seine Arbeitslosigkeit.

Samuel war schon immer der Meinung gewesen, dass die beiden einfach zusammengehörten. Sie waren schon fast genauso lang zusammen wie Jochen und Danielle, auch wenn sie deutlich mehr Konflikte miteinander ausgetragen hatten. Während Jochen und Danielle sehr rasch geheiratet hatten und anschließend mit großem Tempo an die Familienplanung und den Bau eines Hauses herangegangen waren, hatten Fabian und Nele sich in endlose Dramen begeben. Sie hatten sich mehrmals getrennt und immer wieder bewiesen, dass sie doch nicht ohne einander konnten. Fabian hatte sehr darunter gelitten, wenn Nele aus beruflichen Gründen woanders gelebt hatte. Sie war einige Zeit in der Schweiz gewesen und hatte dort in der Weltraumbehörde gearbeitet. Auch während sie ihre Doktorarbeit geschrieben hatte, hatten sie getrennte Wohnungen gehabt.

Als Fabian ihm damals erzählt hatte, dass er sich von Nele trennen wolle, weil er es nicht ertrug, wenn er im Gefängnis war und sie darunter litt, war Samuel geschockt gewesen. Kurz darauf war Nele nach Amerika gezogen und Samuel hatte mit Erschrecken erkannt, dass diese Trennung möglicherweise tatsächlich endgültig sein könnte. Die beiden hatten Erfahrungen darin, einander nur am Wochenende zu sehen, aber bisher waren sie nie durch den Ozean voneinander getrennt gewesen. Die Trennung schien diesmal ernst zu sein, denn sie lebten nun auf verschiedenen Kontinenten und hatten keinen Kontakt mehr - zumindest bis jetzt.

Nachdem Fabian auch den Kontakt zu Samuel abgebrochen hatte und Samuel wegen eines Burnouts in die Klinik gekommen war, hatte er sich nicht mehr viele Gedanken über das befreundete On-Off-Liebespaar gemacht. Er war zu dieser Zeit zu sehr mit sich selbst beschäftigt gewesen.

Während er den Brief erneut las, kam ihm allerdings wieder der Gedanke, dass die Trennung falsch gewesen war. Die beiden waren vielleicht auf den ersten Blick nicht so harmonisch wie es Jochen und Danielle oder andere Paare aus der alten Clique waren, aber sie brauchten einander. Nele hätte Fabian unterstützt, hätte ihn regelmäßig im Gefängnis besucht und wäre sicherlich dennoch beruflich erfolgreich gewesen.

Aber ob sie so erfolgreich gewesen wäre, wie sie es jetzt in Amerika war?

Samuel kam zu der Stelle im Brief, in der Fabian ihm erzählte, dass er eine SMS von Nele erhalten hatte mit dem Text: Ich glaube, ich habe gerade Leben außerhalb unseres Sonnensystems nachgewiesen. Wenn das wirklich stimmte, wäre das eine große Sensation.

»Kannst du schon wieder nicht schlafen?«

Samuel schüttelte den Kopf und faltete den Brief wieder zusammen. Die Unruhe war wieder zurück. Sich mit den Problemen anderer Leute zu beschäftigen, hatte ihm schon immer dabei geholfen, seine eigenen zu verdrängen. In der Klinik und auch während der Therapie danach hatte er aber gelernt, dass das nicht gesund war. Er drehte sich um und betrachtete Stella, die in einem aus- geleierten Shirt und rotem Höschen vor ihm stand. Ihre Haare waren etwas zer- zaust.

»Ach Schatz, was ist denn los?« Stella kam auf ihn zu und berührte seine Wange.

Sofort griff Samuel nach ihrer Taille und zog sie ganz nah an sich heran. Er rieb seine Nase in ihre Haare und atmete den Geruch ein. Fast augenblicklich ging es ihm besser.

»Was ist los?« Stella entfernte sich einige Zentimeter von ihm und be- trachtete ihn ernst.

»Ich mache mir Gedanken, wie ich das mit dir und meinem Beruf vereinba- ren soll. Ich bin gerne Pfarrer, aber ich will dich auf gar keinen Fall verlieren«, murmelte Samuel.

»Samuel, du musst versuchen, dich von deinen Problemen nicht immer auf- fressen zu lassen. Wir finden eine Lösung und das zusammen. Du bist jetzt nicht mehr alleine.« Stella griff nach seiner Hand und drückte sie.

»Ich weiß.« Samuel lächelte.

»Und wir fahren bald zusammen in den Schwarzwald. Wir besuchen deine Familie und deine Freunde und überlegen uns, wie wir mit der Situation klar- kommen. Vergiss nicht: Du bist jetzt kein Alleinkämpfer mehr, sondern Teil ei- nes Teams.«

Vor Rührung konnte Samuel nichts sagen. Er zog Stella wieder fest an sich und vergrub sein Gesicht in ihre Halsbeuge. Ihre Nähe tat ihm gut. Sie hatte recht. Mit ihr zusammen konnte er alles bewältigen.

Lukas, in der Nähe von Kundus in Afghanistan

Sein Herz klopfte ihm bis zum Hals. Er lag eng an Svenjas rechte Seite gedrückt, auf ihrer linken Seite befand sich Samir, ebenfalls eng an sie gedrückt. Eigent- lich eine nicht so ungewöhnliche Situation. Sie hatten schon häufiger auf der Lauer liegen müssen, um zu beobachten, ohne gesehen zu werden. Da er recht häufig mit Svenja unterwegs war und Samir ihnen wegen seiner Sprachkenntnis- se und dem Wissen über den korrekten Umgang mit Einheimischen zugeteilt worden war, war das auch nicht die erste Unternehmung zu dritt.

Es war aber das erste Mal, dass sie etwas auf eigene Faust machten. Wenn das rauskommen würde, wären sie schon am nächsten Morgen auf dem Heim- flug und würden vermutlich auf ewig suspendiert werden. Genau aus diesem Grund hatte Svenja dafür plädiert, es ihrem Truppenführer zu melden, während Samir der Meinung von Lukas gewesen war und es verheimlichen wollte. Ein Soldat sollte seine Gefühle immer so weit im Griff haben, dass eine Liebschaft den Dienst nicht behinderte, doch über diesen Punkt war Lukas schon längst hinaus. Außerdem sollte ein Soldat sich immer an die Gesetze im jeweiligen Land halten. Da Homosexualität nicht nur unter Strafe stand, sondern sogar die Todesstrafe drohte, könnte die Bundeswehr überhaupt nicht offiziell eingreifen. Und wenn sie es getan hätte, würde man Navid gleich nach seiner Befreiung verhaften. Und wem wäre dann geholfen? So hatten sie zumindest die Chance, das Lösegeld zu zahlen und zu hoffen, dass es dem Entführer wirklich nur um Geld ging und ihn keine strengreligiösen oder altertümlichen Überzeugungen antrieben.

»Abdullah kommt«, flüsterte Svenja.

Lukas nickte ruckartig. Am liebsten wäre er jetzt dort gewesen und hätte die Geldübergabe selbst erledigt, aber natürlich ging das nicht. Abdullah war erpresst worden, von ihm hatte man das Geld gefordert.

Als Lukas seine Eltern angerufen und sie um das Geld gebeten hatte, reagierten diese verständlicherweise sehr besorgt. Auf einmal hatte Lukas Heimweh. Echtes, richtiges Heimweh. Er sehnte sich nach seinen Eltern, danach, ihnen zu versichern, dass es ihm gut ging und dass sie ihn nicht auch verlieren würden. Mit ihnen hätte er reden können, hätte alles gestehen können, ohne verurteilt zu werden. Sie hatten schon immer hinter ihm gestanden und ihm das Gefühl gegeben, ihnen vertrauen zu können. Das war schon als Kind so gewesen, wenn er mit schlechten Noten nach Hause gekommen war, oder später als Jugendlicher, als er erkannt hatte, dass er im Gegensatz zu seinem Zwillingsbruder nicht auf Mädchen stand.

»Er schaut zu auffällig zu unserem Versteck«, hauchte Svenja.

Lukas hielt die Anspannung fast nicht mehr aus. Schon seit Tagen war Navid in Gefangenschaft. Keiner von ihnen wusste, ob oder wie verletzt er war oder ob die Übergabe des Lösungsgeldes reibungslos funktionieren würde. Abdullah war schon seit zwei Tagen bis aufs Äußerste angespannt gewesen und hatte Lukas offen seine Abneigung gezeigt. Lukas konnte ihn sogar ein wenig verstehen, immerhin hatte er Navid in Gefahr gebracht. Wenn ihm etwas passieren würde, würde er das nicht aushalten und sich niemals verzeihen. Er könnte sogar verstehen, wenn Abdullah ihm die ganze Schuld zuweisen würde.

»Sie kommen«, kommentierte Svenja, als ein Auto um die Ecke bog.

Lukas schnappte nach Luft, als die Erpresser ausstiegen. Sie schleppten Navid mit sich. Zumindest vermutete Lukas, dass er es war. Ihm war ein Sack über den Kopf gezogen worden und er wirkte so schwach, als könne er kaum selbst gehen. Als die Erpresser mit ihrem Opfer vor Abdullah standen, zwangen sie es, sich zu knien. Um sich nicht zu verraten, schob Lukas seine Finger in den Mund, aber ein erschreckter Aufschrei war dennoch leise zu hören. Samir funkelte ihn wütend an und Svenja legte rasch ihre Hand auf seinen Ellenbogen.

Die Männer sprachen nun mit Abdullah, der verunsichert wirkte. Statt ihnen den Sack mit dem Geld hinzuhalten, wich er einen Schritt zurück.

»Ich halte das nicht aus«, stöhnte Lukas und presste seine Augen zusammen. Doch er bemerkte schnell, dass das noch unerträglicher war.

»Reiß dich zusammen«, fauchte Samir, während Svenja seine Schulter tätschelte.

Seine Eltern waren in verschiedenen Banken gewesen, weil sie befürchtet hatten, dass jemand aufmerksam werden würde, wenn sie so viel Geld nach Afghanistan überwiesen. Als Abdullah es bei der Bank abgeholt hatte, hatte es sehr viel Misstrauen gegeben. Aber letztendlich hatten sie es geschafft. Abdullah hatte das Geld und konnte es übergeben.

Nur warum machte er es nicht?

Lukas schüttelte den Kopf. Er war kurz davor, sein Versteck zu verlassen und Navid notfalls mit Gewalt zu befreien. Immerhin waren Svenja und Samir bewaffnet und könnten ihm Rückendeckung geben. Aber er hatte ihnen versprochen, dass er Abdullah vertrauen würde. Außerdem würde er auch die Gesundheit und vielleicht sogar das Leben von Navid gefährden.

»Was treibt er denn da?«, fragte Samir unruhig.

»Sollen wir eingreifen?«, erkundigte Svenja sich.

»Nein, noch nicht.« Samirs Stimme klang gestresst. Plötzlich ging einer der Erpresser auf den knienden Mann zu.

»Nein, nein, nein«, flüsterte Lukas. Schweißperlen standen ihm auf der Stirn und seine Augen tränten vor Anspannung.

Der Erpresser zog dem geschwächten Mann den Sack vom Kopf. Erleichtert entspannte Lukas sich. Es handelte sich wirklich um Navid. Aber sie hatten ihn übel zugerichtet. So übel, dass er nicht mehr glaubte, dass es ihnen nur um Geld ging. Nein, da war blanker Hass im Spiel gewesen. Hass gegen Schwule vermutlich, oder vielleicht auch gegen westliche Eingriffe und das Gefühl, dass Navid zum Feind übergelaufen sein könnte.

»Abdullah ist ein guter Mann, er hat sich erst versichern wollen, dass es auch wirklich sein Bruder ist«, sagte Svenja leise.

Angespannt verfolgte Lukas die Geldübergabe und ließ Navid dabei nicht aus den Augen. Er konnte sich fast nicht aufrecht halten. Was hatten sie ihm nur angetan? Hatten sie ihn gefoltert? Ihm ernsthafte Verletzungen zugeführt?

Nur die Tatsache, dass er Navid noch mehr in Gefahr bringen würde, zwang ihn dazu, still liegen zu bleiben. Nachdem die Erpresser das Geld in dem Sack kontrolliert hatten, stießen sie Abdullah grob in die Seite und sagten etwas, was Lukas wegen der Entfernung nicht verstehen konnte. Einer der Männer schlug Abdullah ins Gesicht, der andere spuckte ihm auf die Füße.

»Wir greifen gleich ein«, presste Samir heraus.

»Warte, sie gehen.« Svenja richtete sich etwas auf.

Endlich drehten die Männer sich um, stiegen in das Auto und fuhren davon. Bevor Lukas zu Navid stürzen konnte, umklammerte Svenja seinen Arm. »Sie sehen dich, wenn du jetzt hinrennst«, betonte sie und sah ihn nervös an.

»Bleib gefälligst liegen«, zischte Samir. »Benimm dich, verdammt!«

Sobald die Männer die Tür ihres Autos geschlossen hatten, klappte Navid zusammen. Abdullah sprang auf ihn zu, war aber zu weit entfernt, um ihn aufzufangen. Er kniete neben Navid und wirkte aufgeregt. Er sah nochmals zu dem Auto, das sich endlich entfernte, dann starrte er zu dem Busch, wo sie lagen, und winkte hektisch.

»Wir müssen erst überprüfen, ob das eine Falle ist«, hörte Lukas Samir noch sagen, doch dann war er schon nach vorne gerannt und sank neben Navid auf den Boden. Er sah wirklich mitgenommen aus, war aber bei Bewusstsein. Aufgeregt sprach Abdullah auf Farsi und Navid nickte schwach. Dann sah er zu Lukas und lächelte. Auf der Stirn hatte er eine tiefe Wunde, aus der Blut tropfte, und seine Nase sah krumm aus, so als wäre sie gebrochen. Die Lippe war aufgeplatzt. Er atmete unregelmäßig und ein Fuß war verdreht. Aber er lächelte und das ließ Lukas endlich entspannen. Er nahm Navids Hand. Ein Schnauben erklang, aber als Lukas hochsah, wirkte Abdullah fast schon freundlich. Lukas wandte sich wieder zu Navid. Sie mussten ihn in Sicherheit bringen und sie brauchten einen Arzt, der sich seine Verletzungen ansah.

Jochen, in einem Dorf im Südschwarzwald

Gerade als Jochen zu einer weiteren Bahn ansetzen wollte, bemerkte er einen Mann, der sich an seinem Rollstuhl vorbeidrängte, achtlos seine Schuhe wegkickte und mit einem beneidenswerten Kopfsprung ins Wasser eintauchte. Jochen seufzte leise. Die Leute, mit denen er sonst immer schwamm, kannten ihn mittlerweile und wussten, dass er immer auf der Bahn schwamm, an der sein Rollstuhl stand.

Mal sehen, wer wem zuerst ausweichen würde.

Jochen würde sich nicht aus der Ruhe bringen lassen und entschied einfach auf der Bahn zu bleiben und loszuschwimmen. Er tauchte ab, weil das angeblich den Nacken entlasten sollte, und kam nur nach oben, um einzuatmen. Jedes Mal, wenn er aufstieg, sah er den Mann rasch näher auf ihn zukraulen. Als es richtig spannend wurde, tauchte Jochen ein letztes Mal auf, um zu sehen, ob er den Machtkampf gewinnen würde, um auf der Bahn bleiben zu können, oder ob der Kerl hartnäckig blieb und ihn dazu zwang, die Bahn zu wechseln.

Doch der Mann war einfach mitten im Wasser stehen geblieben und starrte ihn an.

Jochen blinzelte und bremste ebenfalls ab. Im Gegensatz zu dem Mann hatte er keine Beine, um sich durch Schwimmbewegungen oben zu halten, so musste er das mit den Armen kompensieren, was anstrengender war. Er atmete schwer und wischte sich mit einer hastigen Bewegung eine nasse Strähne aus dem Gesicht. Gerade als er entschied, dass er einfach klein beigeben und auf die andere Bahn gehen sollte, erkannte er den Mann.

Fabian.

Jochen schluckte und erwiderte den starrenden Blick seines ehemals guten Freundes. Seine Exfreundin Nele war sehr gut mit Danielle befreundet gewesen. So hatten sie sich kennengelernt. Sie hatten sich immer sehr gut verstanden und viel gemeinsam erlebt.

Fabian räusperte sich, und obwohl das Geräusch kaum zu hören war, zuckte Jochen zusammen, denn es bedeutete, dass Fabian gleich reden würde. Eilig drängte Jochen sich an ihm vorbei und biss die Zähne zusammen, während er weiterschwamm, direkt auf den rettenden Rand zu.

Kurz war er versucht, einfach abzuhauen. Sich hochzuwuchten, abzutrocknen und in den Rollstuhl zu heben, um dann aus der Schwimmhalle rauszufahren. Dann erinnerte er sich, dass Fabian der Letzte war, von dem er wollte, dass er ihn im Rollstuhl sah. Und seine Beine würde er auch nicht zu sehen bekommen. Nicht er.

Also blieb ihm nichts anderes übrig, als im Wasser zu bleiben. Zwar war das Wasser klar genug, um sehen zu können, dass er beidseitig amputiert war, aber Einzelheiten, die Narben und der Muskelschwund am Ende der Stümpfe, blieben im Wasser verborgen.

Er starrte an den anderen Rand des Beckens und sah, dass Fabian gerade dort war und sich wie er umgedreht hatte und am Beckenrand hing. Er erwiderte Jochens Blick.

Es gab Jochen ein gutes Gefühl, dass er trotz seiner Behinderung schneller gewesen war als Fabian. Sicher, Fabian war schockiert gewesen und hatte deswegen vielleicht nicht alles gegeben, aber Jochen wusste, dass diese Begegnung auch ihn Zeit gekostet hatte. Normalerweise wäre er schneller gewesen.

Auf einmal stieß Fabian sich von der Mauer ab und schwamm erneut auf die Bahn. Jochen ballte seine Hand zu einer Faust. Nun blieb ihm nichts anderes übrig, als doch rasch das Schwimmbad zu verlassen, ansonsten würde Fabian ihn sicherlich ansprechen. Oder aber er schwamm genauso drauf los und versuchte genau in dem Augenblick unter Wasser zu sein, wenn Fabian an ihm vorbei schwamm.

Sein Plan klappte nicht ganz, denn Jochen konnte den Blick nicht von Fabian abwenden. Sie schwammen aneinander vorbei und betrachteten sich, wie zwei Löwen, die kurz davor waren, um ihr Rudel zu kämpfen. Eilig schwamm Jochen weiter und gab alles, doch diesmal war Fabian bereits am anderen Ende der Bahn, als Jochen ankam.

Wut kam in ihm hoch, als er beobachtete, dass Fabian ihm den Rücken zudrehte und auf den Rollstuhl starrte. Wieso floh er eigentlich vor Fabian? Nur weil er sich wegen seiner Behinderung schämte? Doch warum? Es war ja nicht seine Schuld, dass er seine Beine verloren hatte. Eher war es die Schuld von Fabian. Also warum zeigte Jochen sich ihm nicht einfach? Was hatte er zu verbergen? Es war doch Fabians Problem, wenn dieser beim Anblick seiner Stümpfe schlucken musste.

Jochen beeilte sich, während er schwamm. Fabian ließ er nicht aus dem Blick, aber der ahnte nicht, dass er angeschwommen kam, denn er sah immer noch zu dem Rollstuhl, anstatt zu ihm.

Ausgerechnet er musste sich alles ganz genau anschauen. Wie sensationslüstern.

Kurz nach dem Unfall hatte Fabian ihm einige Briefe geschrieben, doch Jochen hatte sie nie gelesen und Danielle gebeten, sie irgendwo zu verstecken. Bisher hatte er nie das Bedürfnis gehabt, sie zu suchen. Als die Briefe gekommen waren, hatte Jochen keine Energie gehabt, sich damit auseinanderzusetzen. Er hatte unsagbare Schmerzen gelitten und Panik empfunden bei der Aussicht, sein Leben ohne Füße und Unterschenkel meistern zu müssen. Die Operationen waren schrecklich gewesen, der erste Anblick der Reste seiner Beine schockierend.

Eine unfassbar schwere Zeit, an die Jochen nicht gerne dachte. Bis er etwas besser klargekommen war und sich langsam an die neue Situation gewöhnt hatte, hatte er die Briefe verdrängt. Er hatte nach vorne schauen wollen. Rollstuhlfahren lernte man nicht von heute auf morgen und solche Dinge wie im Sitzen duschen oder das Überwinden einer Treppe erforderte viel Geduld und Übung.

Er fragte sich jedoch, ob er den Briefen mehr Achtung geschenkt hätte, wenn Fabian sich einfach etwas später gemeldet hätte. Ein halbes Jahr, nachdem das alles passiert war vielleicht.

Erst als Jochen am Rand ankam und sich schwer atmend am Rand festhielt, drehte Fabian sich um. Tropfen liefen über seine Wange, vermutlich Wasser, das aus seinen Haaren getropft war. Doch der panische Ausdruck in Fabians Augen ließ Jochen zögern.

Er hatte so viel sagen wollen, war so wütend gewesen, aber jetzt blieben ihm alle zurechtgelegten Worte im Halse stecken. Fabian sah alt aus, hatte mehr Falten, als sein Alter vermuten lassen würde, und seine Schultern zitterten sicherlich nicht nur vor Kälte. Sein Kiefer war verkrampft, seine Hand, mit der er den Rand umschlungen hielt, genauso wie Jochen es tat, bebte.

Auf einmal wurde Jochen klar, dass es Fabian möglicherweise genauso ging wie ihm. Wer sagte denn, ob er gut damit klar kam, im Gefängnis gewesen zu sein und nun arbeitslos bei seiner Mutter zu sitzen? Vielleicht war er genauso verunsichert wie es Jochen war?

Das hier war nicht nur der Mann, der die ganze Scheiße verursacht hatte, in der Jochen steckte, sondern auch ein Freund, der eine schreckliche Zeit hinter sich haben musste. Und dieser Freund drängte den Mann, auf den Jochen so wütend war, einfach nach hinten. Von diesem Mann war nichts mehr zu sehen. Jochen sah nur noch einen Freund.

»Hallo Fabian«, sagte Jochen.

Fabian, in einem Dorf im Südschwarzwald

»Hallo Jochen«, antwortete Fabian.

Der Geschmack nach Blut verschwand langsam, aber die Zunge pochte immer noch unangenehm. Als er Jochen bemerkt hatte, hatte er sich so sehr erschrocken, dass er sich auf die Zunge gebissen hatte.

Wieso war er heute auch vormittags schwimmen gegangen? Nur weil seine Mutter ihm gesagt hatte, dass es dort morgens weniger Leute gab als abends? Hatte sie womöglich gewusst, dass Jochen hier war? Hatte sie in Kauf genommen, dass sie sich trafen?

Beim Anblick des Rollstuhls hatte er sich überhaupt nichts gedacht. Es standen am Rand mehrere Hilfsmittel, Krücken und Rollatoren, da fiel der Rollstuhl nicht weiter auf. Außerdem wollte er bei dem Anblick eines Rollstuhls überhaupt nicht an Jochen denken. In der Regel mied er Menschen mit Behinderungen und wechselte die Straßenseite. Das zeigte vermutlich, wie wenig er eigentlich verarbeitet hatte.

Dass Jochen keine Prothesen trug, wusste Fabian von Samuel. Jedes Mal, wenn Samuel in seinen Briefen von Jochen anfing, klopfte ihm das Herz, aber er schaffte es auch nicht, den Brief wegzulegen. Obwohl es ihm nicht guttat, saugte er jede Information von ihm auf.

Jetzt hingen sie beide am Rand des Schwimmbeckens und starrten ins Wasser, ohne miteinander zu reden. Die Stille zwischen ihnen wurde immer peinlicher und Fabian verspürte den Drang, einfach abzuhauen. Doch wenn er sich jetzt aus dem Becken hieven würde, würden seine Arme zittern und seine Beine ihn womöglich nicht tragen. Er war so aufgewühlt wie schon lange nicht mehr. Nicht einmal als er Neles Mutter besucht hatte, hatte es ihn so mitgenommen.

»Also …«, sagte Jochen.

Fabian zuckte zusammen. Vorhin hatte er noch mit Jochen reden wollen, als der noch vor ihm geflohen war, doch jetzt fiel ihm einfach nichts ein. Er starrte in Jochens Gesicht, das nach wie vor stur in Richtung des Beckens gerichtet war.

»Du schwimmst also?«, fragte Jochen schließlich und wandte den Kopf in seine Richtung.

Nun sahen sie sich an und Fabian entspannte innerlich etwas. Das war Jochen. Immer noch. Derselbe Jochen, mit dem er so viel unternommen hatte und den er schon so lange kannte. Man sah ihm überhaupt nicht an, dass er seine Beine verloren hatte. Solange die Beine im Wasser waren, konnte Fabian es wunderbar ausblenden, denn Jochen war vollkommen normal. Das half Fabian etwas.

Er lächelte leicht. »Ja, du auch?«

Jochen schmunzelte. »Ja, sieht so aus, oder?«

Fabian rieb sich nervös über die Stirn.

»Scheiß Unterhaltung«, murmelte Jochen.

»Das stimmt.« Fabian seufzte schwer.

Wieder schwiegen sie viel zu lange, diesmal musterten sie sich allerdings neugierig. Fabian wurde sich auf einmal bewusst, wie alt die Bedingungen ihn im Gefängnis gemacht hatten. Oder war es die Sache gewesen, die ihn dort hineingebracht hatte und die er offenbar nie verarbeitet hatte? Was mochte Jochen wohl denken, wenn er sein verbrauchtes Gesicht betrachtete?

»Also«, begann Jochen noch einmal und drehte seinen Kopf nach hinten. Er zögerte, dann sagte er mit einer unnatürlich lauten Stimme: »Wieso hast du meinen Rollstuhl angestarrt?«

Fabian sah ihn bestürzt an. Er spürte, dass das Blut in seinem Kopf absank. Vermutlich war er bleich. Das Zittern seiner Finger wurde stärker, weswegen er sie unter Wasser zog. Genauso wie es die Beine von Jochen verbarg, konnte es auch seine Aufregung kaschieren. »Ich ... Ich habe dich nie mit einem ... Also, damit in Verbindung gebracht.«

»Rollstuhl heißt es«, sagte Jochen leise.

Fabian holte tief Luft. »Ja, Rollstuhl.«

Jochen drehte sich wieder um und sah zum anderen Rand des Beckens. »Du solltest wissen, dass das jetzt meine Realität ist. Es ist mein Alltag.«

»Ich weiß.« Fabian presste seine Hand gegen die Mauer im Becken und schüttelte den Kopf. »Ich ... finde das ganz schrecklich. Du in einem Rollstuhl. Wegen mir. Verdammt.« Fabian schlug mit der flachen Hand auf das Wasser. Es spritzte und Jochen drehte sich mit geschlossenen Augen weg, um sich zu schützen.

»Du müsstest mal meine Beine sehen, das ist noch schrecklicher als der Rollstuhl. Wenn du dich erst einmal daran gewöhnt hast, dann findest du ihn ganz normal. Ein Kumpel für jede Lebenslage. Du putzt seine Reifen, besserst Schäden aus, ziehst die Bremse nach und saugst das Kissen ab, nachdem du mit dem Staubsauger die Wohnung sauber gemacht hast. Es ist schon okay.« Jochen grinste, als hätte er einen Witz gemacht, aber das Grinsen gefror ihm im Gesicht und er wirkte für einen Moment verzweifelt. Er fing sich schnell wieder und hob die Schultern. »Wieso hast du nie gesagt, dass wir dich gezwungen haben zu fahren?«, fragte er nach einem kurzen Moment.

Fabian presste seine Lippen zusammen und hob ebenfalls die Schultern. »Das macht für mich keinen Unterschied. Ich habe die Scheiße gebaut und dafür wollte ich zahlen.«

»Juristisch gesehen hätte es keinen großen Unterschied gemacht«, gab Jochen zu. »Aber ich bin mir durchaus bewusst, wie dumm wir an dem Abend alle waren. Du wolltest nicht fahren. Du hast betont, dass du getrunken hast.«

»Ich habe mich trotzdem überreden lassen«, erwiderte Fabian und schluckte hart. Die Richtung, die das Gespräch nahm, gefiel ihm nicht. Andererseits hatte es ihm auch zuvor nicht wirklich gefallen.

197

»Ich frage mich nur, ob du nicht zu Unrecht im Gefängnis warst«, sagte Jochen leise. Er wirkte überrascht, so als hätte er selbst nicht mit dieser Überlegung gerechnet. »Wir haben uns wie arrogante Arschlöcher verhalten, wir alle. Unreif und dumm. Ja, du auch, das stimmt. Du hast getrunken, obwohl du wusstest, dass wir auf dich zählen. Aber du warst es nicht alleine.«

»Ein Mensch ist gestorben, Jochen«, erinnerte Fabian ihn so laut, dass die Senioren sich nach ihnen umdrehten. »Und sieh dich mal an. Sieh, was ich dir angetan habe.«

»Unser aller Leben ist seitdem scheiße verlaufen«, erinnerte Jochen ihn. »Ich meine, schau dir Samuel an. Er kam damit lange Zeit gar nicht klar.«

Fabian sammelte seine ganze Kraft und drückte sich aus dem Wasser nach oben. Obwohl er es nicht ertrug, wenn Jochen betonte, er sei nicht alleine verantwortlich, konnte er die Vorwürfe und die Erinnerung daran, wie groß der Schaden war, den er angerichtet hatte, noch weniger ertragen. Er fröstelte.

Bevor er sich aufstellen konnte, hielt Jochen ihn am Arm fest. »Warte, bitte geh' nicht. Ich versuche dir gerade zu sagen, dass wir ... Wir alle tragen die Verantwortung. Wir haben einen riesengroßen Fehler gemacht.«

Kopfschüttelnd starrte Fabian ihn an. »Du kannst dir nicht vorstellen, wie schwer es ist, damit leben zu müssen.« Er umklammerte mit den Armen seine Beine.

»Ich kann es mir vorstellen.« Auch Jochen stemmte sich nach oben. Er hatte recht gehabt. Die Beine zu sehen war viel schrecklicher, als den Rollstuhl zu betrachten. Verzweifelt presste Fabian seine Augen zusammen und vergrub seinen Kopf in seiner Armbeuge.

»Fabian.« Jochen legte eine Hand auf seine Schulter.

»Manchmal denke ich, ich hätte der sein sollen, der stirbt«, murmelte Fabian. Er hob den Kopf und zwang sich, auf Jochens Beine zu schauen. Ihm wurde bewusst, je länger er hinsah, desto weniger schrecklich sah es aus. Er atmete tief ein und hob seine Hand, um sie auf Jochens Hand zu legen. Vermutlich starrten bereits alle Badegäste zu ihnen.

»Glaub mir, es wäre mir auch lieber, ich könnte dir die Schuld für das alles geben. Zeitweise habe ich das auch getan. Ich war wütend auf dich, habe dich im Geiste Arschloch genannt und dich verflucht, aber ich kann nicht ausblenden, dass ich damals auch einer derjenigen war, der versucht hat, dich zu überreden. Es ist nicht angenehm zu wissen, dass ich mir die Suppe teilweise selbst eingebrockt habe, aber nun ja ...« Jochen hob die Schulter.

»Was machen wir jetzt?«, fragte Fabian. Er fröstelte. Es war unbequem. Außerdem starrten die Alten zu ihnen, die neugierig geworden waren wegen ihres teilweise lauten Gesprächs und der fast zärtlichen Geste, die Jochen gemacht hatte, als er ihm die Hand auf die Schulter gelegt hatte.

»Jetzt ziehen wir uns an und reden mit Klamotten weiter. Irgendwo, wo wir beide sitzen können«, entschied Jochen. Er atmete tief ein, dann ließ er Fabians

Schulter los und hob sich mit einer routinierten Bewegung auf die Sitzfläche des Rollstuhls. Der Anblick von ihm in diesem Ding war nach wie vor ungewohnt und wirkte falsch auf Fabian. Als Jochen jedoch seine Hände auf die Greifringe der Räder legte und anschob, spürte Fabian, wie normal Jochen damit umgehen konnte, und langsam gewöhnten sich seine Augen an diesen Anblick. Er folgte Jochen und als sie an der Dusche waren, sprang er nach vorne und öffnete die Tür. Jochen bedankte sich lächelnd und fuhr mit einer lässigen Armbewegung rein.

Nele, in Washington, D.C.

»Ich wünsche dir viel Erfolg.«

Brians Arme schlangen sich um ihren Rücken und er drückte sie fest an sich. Sein Geruch war vertraut und seine längeren Haare kitzelten ihr in der Nase. Ein Anflug von Sentimentalität überkam sie. Seit sie mit Fabian in Kontakt stand, wusste sie, was sie bei Brian so vermisst hatte. Es war die Tatsache, dass sie vielleicht verliebt in ihn gewesen war, ihn aber nie geliebt hatte. Als wäre ihre Zeit nur geliehen gewesen, als hätten sie die Nähe des anderen nur angenommen, weil sie Trost gesucht hatten. Sie glaubte, dass er genauso empfand und sich dessen langsam bewusst wurde.

»Danke, Brian.« Nele entfernte sich von ihm und legte die Hand auf seine Wange. Sie betrachtete seine Augen eine Zeit lang und seufzte leise. Sie wünschte, sie könnte ihn lieben, könnte dasselbe für ihn empfinden, was sie für Fabian empfunden hatte. Es wäre alles unkompliziert und harmonisch. Mit Fabian war immer alles schwer und kompliziert gewesen, schon bevor er betrunken mit dem Auto gefahren war und einen Unfall gebaut hatte. Aber sie wusste auch, dass sie ihn liebte und dass sie nie bereit gewesen wäre, all das mit Brian durchzumachen, was sie mit Fabian erlebt hatte.

Diese Sache mit Brian war nur so lange gutgegangen, weil sie sich beide auf ihre Karrieren konzentriert und sich mit dem kleinen Gefühl statt dem großen zufriedengegeben hatten.

»Du schaffst das«, sagte Brian und nahm ihre Hand. Er fuhr mit dem Daumen zart über ihre Haut.

»Danke.« Nele lächelte.

Als Brian auf Bitten der Visagistin den Raum verließ, hatte er hängende Schultern. Nele fragte sich, ob das schon immer sein typischer Gang gewesen war, oder ob ihm gerade bewusst geworden war, wie flach die Gefühle zwischen ihnen beiden waren.

Die Mädels um sie herum begannen sie zu schminken und die Haare zu richten. Nele genoss diese Art von Ruhe sehr. Sie wollte jetzt keine Gesellschaft, weder die von Brian, noch die von Miller oder sonst wem. Sie brauchte diesen Moment der Stille und Erholung, um innerlich wieder entspannter zu sein.

Auf Fabians Anraten hatte sie ihrem Chef angekündigt, dass sie die Pressekonferenz leiten wollte. Zwar würden er und Cameron, sowie einige aus der Chefetage dabei sein, aber sie hätte das erste Wort und war den Journalisten auch als Kontaktperson benannt worden.

Miller war es nicht recht gewesen. Er hatte argumentiert, dass die Presse und die Öffentlichkeit sich bereits mit Cameron identifiziert hätten und sie gar nicht kennen würde. Sie hatte ihn rasch überzeugen können, als sie ihm vorgeschwärmt hatte, wie gut es ankäme, wenn das kleine schüchterne Mädchen aus Deutschland einen Planeten finden und sich endlich trauen würde, vor die Kameras zu treten. Das hatte ihn umgestimmt. Und die Tatsache, dass sie ihn daran erinnert hatte, wer den Planeten wirklich gefunden hatte.

Das alles hatte sie auf Anraten von Fabian gemacht. Sie brauchte diese Art von Führung. Sie war sehr gut auf dem Gebiet, aber wenig talentiert, was Selbstwertung und den Verkauf der eigenen Stärken anging. Sich öffentlich zu machen, auf ihre Forschungsergebnisse hinzuweisen und vor anderen Menschen zu sprechen, hatte sie schon immer gehasst und ohne Fabian wäre sie jetzt vermutlich nicht da, wo sie jetzt war. Er hatte sie immer wieder dazu angetrieben, dass sie auch zeigen musste, was sie drauf hatte. Sie hasste, was sie jetzt tun würde, aber sie würde sich überwinden und es durchziehen, weil sie es nicht ertragen würde, wenn Cameron ihre Lorbeeren bekäme. Außerdem war es gut für ihre Karriere. Auch wenn es traurig war, dass nicht nur die Forschungsergebnisse, sondern auch das Auftreten in der Allgemeinheit bewertet wurde.

Während sich die Maskenbildnerin mit der Friseurin abstimmte und sie sich auf einen Scheitel einigten, kramte Nele das Smartphone hervor und öffnete die letzte SMS von Fabian. Sie lächelte. Seine Worte beruhigten sie und ließen ihren aufgeregten Atem langsamer werden. Rasch tippte sie eine Antwort ein, schrieb ihm, wie nervös sie war und dass sie nun gleich rausgehen würde.

Sie hatten letztens wieder miteinander telefoniert und er hatte ihr erzählt, dass er Jochen getroffen hatte. Sie waren sich über den Weg gelaufen, oder eher über den Weg geschwommen, und hatten danach einen Kaffee getrunken, um über alles zu sprechen. Nele fand das gut, auch wenn es ihr nach wie vor den Atem raubte, über den Unfall zu sprechen. Es war das dunkelste Kapitel in ihrem Leben und sie dachte nicht gerne daran. Sie sah auch heute noch den fahlen Fabian im Mondlicht vor sich und die Blutlache, in der Jochen gelegen hatte. Seine Schreie hatten sich in ihr Gedächtnis gebrannt. Sie hörte die bellenden Befehle von Samuel, der Anweisungen gab und ihr befahl, den Notarzt anzurufen. Sie hatte wie erstarrt danebengestanden, während Samuel sich hektisch über Jochen gebeugt und versucht hatte, ihn zu beruhigen. Seine Beine waren eine blutige, unförmige Masse gewesen. Und dann war da noch ...

Das Handy vibrierte in ihrer Hand und genau das rüttelte Nele auf. Das hatte ihr jetzt gerade noch gefehlt. Ausgerechnet jetzt musste sie sich das alles in Erinnerung rufen, obwohl sie immer versuchte, es nicht ihre Gedanken beherrschen zu lassen. Sie hatte eine gute Methode, nicht allzu betroffen zu sein: Sie konzentrierte sich auf ihre Arbeit.

Und genau das würde sie jetzt auch tun.

Fabian hatte ihr ein Bild von sich geschickt. Es musste schon spät bei ihnen sein, tief in der Nacht. Fabian lag in seinem Bett, das sah Nele an der Bettwäsche und dem Kissen, auf dem Fabians Kopf ruhte. Er hatte einen Daumen in die Höhe gestreckt und grinste. Er wünschte ihr viel Glück und fieberte mit, deswegen hatte er wohl entschieden, wach zu bleiben.

Nele straffte ihre Schultern und steckte das Handy in die Tasche, ohne die Tastensperre zu aktivieren. Sie wollte Fabians Bild offen bei sich haben. Sie stand auf und lächelte sich im Spiegel an. Ihre Aufregung nahm zu, aber ihre Beine trugen sie und deswegen lief sie gleich in Richtung des großen Raumes, in dem die Pressekonferenz stattfinden würde. Schritt für Schritt. Sie konzentrierte sich auf ihre Atemzüge, was ihr half.

Als sie die Tür öffnete und das grelle Scheinwerferlicht sie blendete, war sie kurz versucht, den Rücktritt anzutreten, doch dann schob sie ihre Finger in die Tasche und ergriff ihr Handy. Sie sah ein letztes Mal auf das Bild von Fabian, dann trat sie ein und lief auf dem Podest zu ihrem Platz zwischen Cameron und Miller.

Sie knetete ihre Finger, während der Chef der Weltraumbehörde einladende Worte sprach, dann zeigte er auf sie und lächelte aufmunternd. Sie nickte ihm zu, räusperte sich und beugte sich vor, das Mikrofon mit der Hand umfassend.

»Ich darf Ihnen heute stolz bekanntgeben, dass wir Leben außerhalb unseres Sonnensystems gefunden haben«, sagte sie und ihre Stimme klang fest und laut und trug die größte Entdeckung der Menschheit in die Welt hinaus.

Nicole, in Abuja

Langsam schlenderte Nicole durch den Garten von Tayos Eltern und atmete tief ein. Ein Gefühl von Zufriedenheit und Geborgenheit umgab sie. Als sie bei Tayo ankam, blieb sie stehen. Der Arme reparierte gerade den Zaun des Hühnerstalls, obwohl es sehr heiß war. Sein Oberteil hatte er wieder ausgezogen und auf einen Pfahl gehängt. Seine Haut war feucht und Nicole hatte den Eindruck, dass sie in den letzten Tagen noch einen Hauch dunkler geworden war.

Er senkte den Hammer und lächelte sie an. »Alles gut?«, fragte er.

Nicole nickte. Sie sah sich um und setzte sich schließlich auf einen Stapel Holz.

»Wie war es?« Tayo wischte sich mit seinem Oberteil über die Stirn und setzte sich ihr gegenüber auf einen Stein.

»Sie überlegt noch, aber ich glaube, dass ich etwas bewegt habe.« Den ganzen Vormittag war sie bei Sunita gewesen und hatte mit ihr über die geplante Beschneidung von Nkem gesprochen. Sie war Ärztin und Sunita hatte aus diesem Grund Respekt vor ihr. Sie hatte Nicole zugehört und sie ausreden lassen, etwas das nicht selbstverständlich war. Während sie als Ärztin mit Tayo auf dem Land unterwegs gewesen war, hatte sie mit einigen Frauen gesprochen, aber nur wenige überzeugen können. Bei Sunita war es leichter gewesen, aber vermutlich weniger deswegen, weil Sunita vernünftiger war, sondern weil es große Unterschiede zwischen den größeren Städten und den kleineren Dörfern gab, was die Toleranz für Neuerungen anging. Nicole fasste das Gespräch für Tayo kurz zusammen und berichtete ihm alles, bis auf die intimen Details über Sunitas eigene Beschneidung. Die gingen Tayo nichts an.

»Ich wollte mit dir aber über etwas anderes reden«, sagte Nicole schließlich.

Tayo sah sie auffordernd an und überkreuzte lässig seine Beine.

Nicole lächelte bei seinem Anblick. In den letzten Wochen hatte sich ihre Beziehung noch mehr gefestigt. Sie freuten sich auf das Kind und waren beide ruhiger. »Ich habe nachgedacht und entschieden, dass ich hier in Nigeria bleiben möchte.«

Tayo zuckte zusammen. »Aber ...«

»Lass mich kurz sagen, was mir im Kopf rumgeht«, bat Nicole. »Ich habe das Gefühl, dass ich hier wirklich etwas bewirken kann. Zumindest hier in Abuje. Es gibt so viele Eltern wie Sunita und ihren Mann, die eigentlich ein modernes Leben leben, sich aber aus Respekt vor den eigenen Eltern nicht dazu entschließen können, ihre Kinder nicht zu beschneiden. Ist das nicht traurig? Ist das nicht traurig, dass Mädchen das angetan wird, nur weil jemand gefehlt hat, der die Eltern beraten kann? Ich habe Sunita erzählt, dass ich überhaupt keine Probleme habe, wenn ich mit dir schlafe oder wenn ich meine Menstruation habe. Es gibt so viele Frauen, die nicht beschnitten sind, aber da sich niemand traut, das Thema anzusprechen, werden sie ihren Freundinnen auch nicht sagen, wie toll es ist, nicht beschnitten zu sein.«

»Sunita ist aber auch wirklich sehr offen«, warf Tayo ein. »Nur weil du zu ihr so schnell einen Zugang gefunden hast, heißt das noch lange nicht, dass das bei allen so sein wird.«

Nicole zögerte. »Ja, vielleicht, aber ich will es wenigstens versuchen. Schau dir doch mal Ghana an. Die Kindersterblichkeit ist rapide gesunken, sie haben eine stabile Regierung und wirtschaftlich sind sie auf dem Weg in die Industrialisierung. Das möchte ich in Nigeria auch erleben und ich möchte dabei sein und ein Teil davon sein.«

Seufzend nahm Tayo sein Oberteil und fuhr sich damit über den Nacken. »Nicole, ich weiß nicht, ob das so eine gute Idee ist. Denk doch mal an unsere Kleine.«

Lächelnd legte Nicole ihre Hände auf den Bauch. »An sie denke ich ständig.« Nicole hielt kurz inne und schüttelte den Kopf. Sie sollte Tayo gegenüber erwähnen, dass sie in letzter Zeit auch immer öfter an Lars gedacht hatte. An ihn und an alle anderen. An diese Nacht. Diese Bilder, die sie am liebsten vergessen würde, die aber so oft vor ihrem inneren Auge sichtbar wurden. Sie straffte ihre Schultern. Warum konnte sie sich nicht davon lösen? Ausgerechnet jetzt, wo sie das erste Mal wirklich glücklich und zufrieden war, kamen die Erinnerungen wieder hoch. Andererseits war das vielleicht normal. Sie hatte es immer wieder verdrängt und sich geweigert, darüber nachzudenken. Jetzt, wo sie sich nicht mehr mit Arbeit ablenken konnte und gezwungen war, sich zu entspannen, holte ihre Psyche das nach, was sie ihr jahrelang verwehrt hatte.

Tayo spürte, dass etwas nicht stimmte. »Alles in Ordnung?«

Nicole nickte. Sie straffte ihre Schultern. »Ich weiß, dass der Maus hier nichts passiert. Sie hat ihre Eltern und sie sollte ihre Tante und ihre Großeltern in unmittelbarer Nähe haben. Sie sollte das Land kennenlernen, in dem ihr Vater groß geworden ist und in dem wir uns kennengelernt haben. Ich sag ja nicht, dass wir für immer bleiben. Wir können nach Deutschland, sobald sie im Schulalter ist. Wir können es offen lassen und von hier verschwinden, wenn wir das Gefühl haben, es tut uns nicht gut, hier zu leben.«

Tayo wirkte hin und her gerissen zwischen der Verantwortung, von der er dachte, dass er sie seiner Tochter gegenüber hatte, und der Liebe für sein Land.

»Dieser Zustand ohne Entscheidung tut uns doch nicht gut. Du sitzt hier herum, ohne zu arbeiten. Das ist nicht gut. Du bist Arzt und als dieser solltest du den Menschen auch helfen. Lass uns endlich eine Entscheidung treffen«, bat Nicole.

Nachdenklich musterte Tayo sie. Nicole lächelte. »Komm schon.«

»Also gut. Aber wir werden gehen, sobald wir merken, dass sie es in Deutschland besser hätte, ja?« Tayo hielt ihr die Hand hin.

Nicole umfasste seine Finger. »Ja, das machen wir. Und zur Geburt werden wir auch nach Deutschland gehen, dann wissen wir auch, dass wir in den besten medizinischen Händen sind, die erreichbar sind«, erwiderte Nicole.

»Und du möchtest das Grab deines Exmannes sehen«, betonte Tayo.

Nicole schluckte.

Tayo beugte sich vor. »Das ist schon okay. Lars war dir sicherlich ein guter Mann.« Tränen traten Nicole in die Augen, als Tayo sie küsste. Sie war so erleichtert, dass sie sich endlich klar geworden waren, was sie wollten.

»Hey?« Amara stand an der Balkontür. Sie trug ein luftiges buntes Kleid, wie es viele Nigerianerinnen während dieser Hitzeperiode trugen. Ihr Haar war zusammengebunden. »Schaut mal, was in der Zeitung steht«, sagte sie und kam näher. »Die haben wirklich Leben auf diesem Planeten nachgewiesen. Und es war kein Mann, es war eine Frau.« Sie hielt Nicole die Zeitung vor die Nase.

Nicole runzelte die Stirn und griff irritiert danach. Sie starrte auf das Bild der Forscherin, die laut der Fotounterschrift sowohl den Planeten selbst als auch das Chlorophyll gefunden hatte. »Nele?«, murmelte sie und begann aufgeregt den Bericht zu lesen.

Samuel, auf der Nordseeinsel Pellworm

Tief und regelmäßig ging Stellas Atem.

Samuel drehte sich auf seinem Schreibtischstuhl um und lächelte, während er Stella betrachtete, die im Schneidersitz auf dem Boden hockte, die Augen fest geschlossen, und nichts machte außer regelmäßig zu atmen. Sie machte das jeden Abend. Meditieren nannte sie das und es war Teil ihrer Religion. Der Buddhismus war ihm nach wie vor fremd, aber es faszinierte ihn, Stella davon reden zu hören oder zuzusehen, wie sie ihren Glauben praktizierte. Am meisten überraschten ihn jedes Mal aufs Neue die vielen Ähnlichkeiten zwischen den Religionen. Dass die monotheistischen Religionen ähnlich waren, wusste er schon lange, nicht aber, dass auch die polytheistischen Religionen viele Gemeinsamkeiten mit dem Christentum hatten. Eine Form des Meditierens kannte auch die katholische Glaubenslehre, oder was sonst war das Gleiten der Perlen des Rosenkranzes durch die Finger und die sich immer wiederholenden Phrasen? Ein Rosenkranz wurde im Islam Gebetskette oder Misbaha genannt und im Hinduismus gab es die Mala. Auch im Judentum gab es Kurzgebete, die man bis zu neun Mal nacheinander sprach. Selbst Menschen, die keiner Religion angehörten, suchten Entspannung in der Meditation. Statt an einer religiösen Perlenkette orientierten sie sich an ihren Atemzügen oder der Stimme des Kursleiters.

Umso trauriger stimmte es Samuel, dass sich Menschen unterschiedlicher Religionen untereinander manchmal nicht verstanden.

Vielleicht war das auch der Grund, warum Samuel froh darüber war, dass Nele zwar das Leben auf dem Exoplaneten nachgewiesen hatte, aber die Menschen vorerst nicht fähig waren, mit den möglichen Außerirdischen zu kommunizieren. Er glaubte nicht, dass sie schon so weit waren.

Einige Menschen hatten immer noch nicht gelernt, dass unterschiedliche Hautfarben nicht dazu berechtigten, andere Menschen abzuwerten, zu diskriminieren oder gar zu verfolgen und zu versklaven. Islamistische Fundamentalisten zogen in den Krieg gegen sogenannte Ungläubige und verbannten Frauen hinter den Schleier. Menschen wurden nur aufgrund ihrer Religion grausam ermordet. Homosexuelle hatten nach wie vor nicht überall dieselben Rechte und der Umgang mit behinderten Menschen war auch heutzutage noch nicht selbstverständlich. Dann gab es noch das grausame Verhalten Tieren und Pflanzen gegenüber. Wenn er daran dachte, wie sehr Tiere unter der Massentierhaltung litten oder wie viele nur des Profits wegen rücksichtslos aus ihren Lebensräumen vertrieben oder getötet wurden.

Wie sollte sich diese Menschheit da noch mit Außerirdischen auseinandersetzen können?

Ein Gedanke kam ihm in den Kopf, der Samuel nicht mehr losließ. Schnell schloss er den Internetbrowser und öffnete stattdessen das Schreibprogramm.

Könnte es sein, dass Gott den Menschen gerade jetzt die Möglichkeit gegeben hatte, Leben auf anderen Planeten zu beweisen, sodass sie von deren Existenz wussten, ihnen aber durch die große Entfernung von 25 Lichtjahren einen Kontakt verwehrten?

War er der Meinung, dass die Menschen in den letzten 100 Jahren zwar große Fortschritte gemacht hatten, aber noch nicht bereit waren, mit einer Herausforderung wie dem Umgang mit außerirdischen Existenzen umzugehen?

Das wäre ein gutes Schlussplädoyer in seiner Predigt.

Eilig tippte Samuel Stichpunkte, damit er sie nicht vergaß, dann hielt er inne und grübelte über einen geeigneten Beginn.

Das Schreiben einer Predigt hatte ihm schon immer großen Spaß gemacht. Er versuchte es möglichst abwechslungsreich zu gestalten. Mal waren die Predigten tiefgreifend und intelligent, mal witzig und erfrischend. Immer achtete er darauf, dass er religiöse Botschaften und moderne, spannende Thesen in einem ausgewogenen Verhältnis einbrachte. Er wusste, dass er gut darin war und er war sich auch bewusst, dass seine Gemeinde gewachsen war, seit er hier angestellt war. Viele Menschen kamen nun regelmäßiger in den Gottesdienst. Sogar Stella mochte es, ihm zu lauschen und hörte sich meist die Probepredigt an, welche er für den folgenden Sonntag vorbereitete. Häufig war sie begeistert.

Dass er über das Thema Aliens und Religion schreiben musste, war klar, da die Zeitungen seit einigen Tagen kein anderes Thema mehr kannten. Die Welt war im Fieber. Einige Menschen reagierten hysterisch, viele sehr interessiert.

Auch Stella und er waren letzten Sonntag nach dem Gottesdienst aufs Festland gefahren und zur Sternwarte hinaufgewandert, die den Hype genutzt hatte, um einen Tag der offenen Tür zu veranstalten. Es war so voll gewesen, dass Stella und er sich im Trubel sogar kurz verloren hatten. Trotzdem war es eine gelungene Veranstaltung gewesen. Die Menschen hatten viele Fragen gestellt und die Hobbyastronomen hatten fast schon gestresst gewirkt. Mit so einem großen Andrang hatten sie wohl nicht gerechnet.

Spektakulär war auch, dass sich die UN zu einem Sondergipfel verabredet hatte, um über genau dieses Thema zu sprechen. Die Menschheit war sich vielleicht bewusst, dass sie nun gemeinsam eine Einheit gegen eine mögliche andere Einheit bildete. Würde das vielleicht zusammenschweißen? War das vielleicht eine Chance für ein besseres Miteinander?

Andererseits suchten die Menschen nun auch Antworten bei fragwürdigen Institutionen. Samuel wusste, dass die christlich-radikale Sekte, die ihren Hauptsitz im Nachbarort hatte, vermehrt versuchte zu missionieren. Gut möglich, dass die Menschen plötzlich ihre Spiritualität und ihre religiöse Ader wiederfanden. Und was, wenn das genau die Menschen waren, die sich enttäuscht von der Kirche abgewendet hatten, wegen der vielen Fehler, die in der Vergangenheit und teilweise noch heute gemacht wurden?

Diese Gefahr sah Samuel sehr wohl.

Dass Nele Leben nachgewiesen hatte, konnte eine sehr große Chance für die Welt sein, aber auch ein Risiko. Jeder Einzelne musste aufpassen, dass er nicht hysterisch wurde, sich in wahnsinnige und unheilvolle Verschwörungstheorien verstrickte oder gar in Organisationen rutschte, die nicht nur radikal, sondern schlicht gefährlich waren.

Samuel nickte zufrieden. Damit würde er die Predigt beginnen.

Lukas, in der Nähe von Kundus in Afghanistan

»Darf ich zu ihm?« Lukas wartete, bis Abdullah ihn hereinwinkte. Artig zog er die Schuhe aus und warf einen Blick zu Samir, der hinter ihm stand. Erst als dieser nickte und damit ebenfalls sein Einverständnis gab, lief Lukas eilig den Gang entlang zum Wohnzimmer. Dort lag Navid.

Er war Abdullah so dankbar für die Hilfe und die Versorgung des verwundeten Navid. Zu seiner Überraschung hatte Abdullah angekündigt, Navid nach Kabul zu begleiten und ihm zur Flucht zu verhelfen. Deswegen hatte Lukas entschieden, ihm Respekt entgegenzubringen. In Deutschland hätte er ihn längst an die Wand genagelt und gefragt, was dieses intolerante, homophobe Schwein denn genau störte, aber hier war alles anders. Dass Abdullah so viel für seinen Bruder riskierte, obwohl er selbst Familie hatte, die er beschützen musste, war ein solch großes Risiko in einem Land, in dem Homosexualität mit dem Tod bestraft wurde. Alleine die Tatsache, dass er Lukas' Besuch, empfand Lukas als großes Zugeständnis.

Navid sah nicht sehr viel besser aus als an dem Tag, an dem sie ihn gerettet hatten. Sein Gesicht war geschwollen, um das linke Auge so sehr, dass er nur mit dem rechten sehen konnte. Außerdem hatte er einige gebrochene Rippen und etliche andere Verletzungen, die Abdullahs Ehefrauen nicht behandeln konnten. Hier könnte Navid zwar zu einem Arzt gehen, doch der würde Fragen stellen, und das wäre zu riskant. Zwar hatten seine Entführer das Lösegeld, aber konnten sie sicher sein, dass sie auch wirklich schwiegen?

In Kabul würde Abdullah seinen Bruder zuerst in einem Krankenhaus behandeln lassen, dann wollte er ihn zur deutschen Botschaft begleiten, um ein Visum zu beantragen.

»Hey.« Lukas blieb neben dem Sofa stehen.

Die ältere Ehefrau, die gerade dabei gewesen war, den Verband an Navids Fuß zu erneuern, beendete ihre Arbeit hastig und verschwand, ohne in Lukas' Augen zu sehen. Im Gegensatz zur jüngeren Ehefrau war sie unsicherer im Umgang mit Männern, das hatte Lukas inzwischen mitbekommen. Sie pflegte Navid, aber sie weigerte sich, mit Lukas zu kommunizieren. Er glaubte nicht, dass es bei ihr eine Abneigung gegen die schwule Beziehung war, sondern eher der Respekt vor fremden Männern.

Seufzend starrte Lukas ihr nach, dann wandte er sich wieder zu Navid. »Wie geht es dir?«, fragte er besorgt.

Navid lächelte, aber man sah ihm an, dass es ihn schmerzte. Er hob die Schulter. »Ich habe keine Ahnung, wie Abdullah und ich die Reise nach Kabul überstehen sollen.« Er schloss das unverletzte Auge und verlagerte vorsichtig seinen Arm, dabei verzog er vor Schmerzen das Gesicht.

»Du musst zu einem Arzt«, betonte Lukas.

»Und danach werde ich nach Deutschland gebracht. Das habt ihr beiden, du und Abdullah, wirklich super hingekriegt. Ich meine, dafür, dass ihr euch eigentlich hasst ...« Navid öffnete das Auge wieder. Immer wenn er sprach, konnte Lukas die Zahnlücken sehen. Die Entführer hatten ihm auch Zähne herausgeschlagen, etwas, was nicht ganz so einfach wieder zu reparieren war. Es tat ihm so leid, dass Navid das hatte erleben müssen.

»Du weißt, dass du dort sicherer bist«, flüsterte Lukas erschöpft.

Navid sah ihn an, ohne etwas zu sagen, dann klopfte er leicht auf das Sofa und machte Lukas Platz. Auch dabei verzog er vor Schmerzen das Gesicht. Etwas nervös sah Lukas zum Gang hinaus, aber Samir und Abdullah unterhielten sich in Farsi und hatten ihnen den Rücken zugedreht. Offenbar waren sie bereit, ihnen einen kurzen Moment der Zweisamkeit zu geben. Immerhin war das fürs Erste ein Abschied. Zwar tat es Lukas leid, dass er Navid nicht mehr sehen würde, andererseits war er erleichtert, dass Navid in Sicherheit war.

Er setzte sich neben Navids Hüfte und nahm vorsichtig die bandagierte Hand in seine. »Du musst ja nicht für immer in Deutschland bleiben. Du kannst jederzeit zurück.«

Navid schwieg.

»Es tut mir leid.« Lukas hob Navids Hand und setzte einen Kuss auf den Verband an seiner Hand, obwohl er solche Zärtlichkeiten in Abdullahs Haus aus Rücksicht nicht hatte tun wollen. Immerhin war Abdullah derjenige, von dem Navids Leben abhing und deswegen wollte er, dass Abdullah keinen Groll in sich trug.

»Wir wissen beide, dass dieses Visum nur ein Vorwand ist, um mich erst einmal hier raus zu bekommen. Sobald ich in Deutschland bin, werde ich Asyl beantragen. Oder dich heiraten. Auf jeden Fall werde ich Afghanistan vorerst nicht mehr wiedersehen. Es ist zu gefährlich, und wenn ich erst einmal erkannt habe, welche Chancen ich in Deutschland habe, gerade in Bezug auf meine Sexualität, werde ich nicht mehr zurück wollen.«

Betroffen sah Lukas ihn an. Er biss sich auf die Lippe. Navid hatte nicht von hier weggewollt und jetzt war er dazu gezwungen, weil ihm nichts anderes übrig blieb. Solange es jemanden gab, der von seiner Homosexualität wusste, machte er sich nicht nur erpressbar, sondern ging auch das Risiko ein, jederzeit verhaftet zu werden.

»Ich weiß, dass es besser für mich ist, aber mir macht die ganze Unternehmung dennoch Angst. Ich werde dort nicht als Polizist arbeiten können.« Navid seufzte schwer. »Die Aussicht darauf, von dir abhängig zu sein, gefällt mir nicht. Dich zu heiraten fällt selbst mir schwer, obwohl ich selber schwul bin. Das ist alles ein bisschen viel auf einmal. Heute laufe ich Gefahr, für meine sexuelle Orientierung gesteinigt zu werden, morgen heirate ich einen Mann in demselben Zimmer, in dem auch die Ehe zwischen Mann und Frau geschlossen wird.«

Lukas drückte Navids Finger sanft. »Wir müssen nicht heiraten. Zumindest nicht jetzt. Du beantragst Asyl und ich helfe dir dabei, auf die Beine zu kommen. Erst wenn du bereit bist, wenn du dich eingewöhnt hast, heiraten wir. Oder auch nicht. Das ist nicht wichtig. Ich will nur, dass wir zusammen und in Sicherheit sind.«

Navid lächelte erneut und wieder sah er so aus, als würde genau diese Geste ihn quälen. Er litt immer noch unter seinen Verletzungen. Lukas fühlte sich elendig. Nicht nur, weil Navid keine Wahl mehr hatte und fliehen musste, sondern auch, weil er so unter den Schmerzen litt.

»Du solltest mir die Sprache beibringen«, sagte Navid.

»Deutsch?«, fragte Lukas.

Navid verdrehte das gesunde Auge und grinste verschmitzt. Diesmal sah es so aus, als wäre es nicht so schmerzhaft. »Natürlich.«

»Was möchtest du wissen?«, fragte Lukas und massierte vorsichtig die Gelenke von Navids Fingern. Er musste behutsam sein, denn sein Handgelenk war ebenfalls gebrochen.

»Sag mir irgendwas. Irgendwas, was mir die Angst nimmt.« Navid erwiderte den Druck von Lukas' Hand.

Lukas überlegte kurz, dann beugte er sich vor und flüsterte etwas in Navids Ohr. Er richtete sich auf und erklärte Navid auf Englisch, was dieser Satz bedeutete.

»Das versprichst du mir?«, fragte Navid.

Lukas nickte.

Bis Navids Visum bewilligt wurde, würden einige Wochen vergehen, so viel war klar. Lukas' letzter Heimaturlaub war lange her und er wollte sowieso seine Eltern besuchen. Diese Pläne hatte er seinem Chef bereits vage angekündigt. Es wäre vermutlich nicht schwer, vor Navid in Deutschland zu sein. Und danach, aber das wusste Navid noch nicht, hatte er vor, den nächsten Auslandseinsatz zu verweigern. Er wusste, dass er damit seine Karriere unter Umständen gefährdete, doch er konnte sich nicht mehr vorstellen, so lange von zu Hause weg zu sein. Das lag nicht nur an Navid, aber natürlich war auch das ein Grund. Es war das erste Mal, dass er in jemanden verliebt war, für den er bereit war, Opfer zu bringen. Aber es ging ihm auch um seine Eltern. Ihm war bewusst geworden, dass er das seiner Mutter und seinem Vater nicht länger antun wollte, diese Ungewissheit und diese Sorge um ihn. Sie hatten bereits einen Sohn verloren, sie sollten zumindest den anderen Sohn in Sicherheit und unmittelbarer Nähe wissen. Lukas glaubte, dass diese Begründung bei der Bundeswehr akzeptiert werden würde.

Navid nickte zufrieden. »Das hört sich gut an. Wo werde ich wohnen? In einem Asylantenheim unter anderen Flüchtlingen?«

»Wie du möchtest. Ich will dir nichts vorschreiben. Aber ich hätte auch noch eine andere Idee.«

»Bei deinen Eltern?«, riet Navid und klang beruhigter.

»Fürs Erste zumindest. Bis du dich eingelebt hast«, kündigte Lukas an. »Sie sind sehr nett, etwas verschlossen, seit mein Bruder tot ist, aber sehr fürsorglich. Meine Mutter wird sich sehr gerne um dich kümmern. Du wirst es dort gut haben.«

Er hatte keine Ahnung, wie lange Navid dort leben konnte. Das Visum würde vermutlich sechs oder acht Wochen gültig sein, dann würde Navid Asyl beantragen müssen. Ob er auch danach bei seinen Eltern leben könnte, wusste Lukas nicht. Aber zumindest wusste er, dass Navid dort in den ersten Wochen unterkommen konnte.

»Und wie lange wirst du in Deutschland sein?«

Lukas zuckte zusammen. »Das weiß ich nicht. Irgendwann werde ich nach Afghanistan zurück müssen, aber ... wir lassen das auf uns zukommen. Ich spiele mit dem Gedanken, gar nicht mehr wegzugehen. Ich will für dich da sein. Aber selbst wenn ich nochmal weg muss: Meine Eltern werden dir helfen. Sie sind froh, wenn sie jemanden haben, für den sie sorgen können. Es wird sie von ihrem Verlust ablenken.«

Navid nickte langsam. Er wirkte etwas zuversichtlicher. »Und wenn meine Verletzungen immer noch nicht in Ordnung sind, wenn ich in Deutschland bin? Wirst du mich in ein Krankenhaus schicken?«

Lukas schmunzelte. »Hast du etwa Angst vor deutschen Krankenhäusern?«

»Ich habe generell Angst«, stellte Navid klar.

Lukas hob die Schultern. »Lass uns das entscheiden, wenn wir beide dort sind. Aber vorerst wird dein Bruder sich um alles kümmern. Und er wird auch dafür sorgen, dass deine Verletzungen so weit geheilt sind, dass du fliegen kannst.«

»Okay.« Navid nickte.

»Ich sehe dich dann am Flughafen. Dein Bruder wird mir mitteilen, mit welchem Flieger du kommst.« Lukas beugte sich vor und küsste Navid vorsichtig auf die Lippen. Die obere Lippe war aufgeplatzt, die untere leicht angeschwollen.

Weil es ihm schwerfiel, Navid hinter sich zu lassen, stand er rasch auf und schaute nicht mehr zurück, als er aus dem Zimmer ging. Er erinnerte sich daran, dass Navid bald in Sicherheit war und das war viel wichtiger, als die Tatsache, dass Navid in seiner Nähe blieb. Abdullah und er gaben sich die Hand und als Lukas murmelte, dass er auf seinen Bruder aufpassen sollte, versprach Abdullah ihm, dass alles gut werden würde.

Draußen blinzelte Lukas gegen die Sonne, dann zog er sein Handy aus der Tasche. Er hatte Navid einen familiären und behutsamen Start in Deutschland versprochen, das bedeutete, dass er einige Vorbereitungen treffen musste. Er musste Heimaturlaub beantragen und seinen Eltern beichten, was passiert war. Er wusste, dass seine Eltern zwar sauer sein würden, weil er sich in Gefahr begeben hatte, aber sie würden Navid sehr herzlich aufnehmen. Und dann musste er schauen, ob er Nicole erreichte. Sie war immerhin Ärztin und könnte Navid medizinisch versorgen, wenn es ihm immer noch nicht gut ging. War sie nicht noch in Afrika als Ärztin für eine wohltätige Organisation tätig? Zumindest hatte Lukas solche Gerüchte mal gehört. Leider hatte er keinen Kontakt mehr zu ihr. Er würde sie einfach anrufen und fragen. Er scrollte das Telefonbuch durch und nickte zufrieden, als er die Nummer seiner ehemaligen Schwägerin gefunden hatte. Jetzt musste die Nummer nur noch aktuell sein ...

Jochen, in einem Dorf im Südschwarzwald

Eine Stufe war meist kein Problem, aber vor der Haustür waren ganze drei Stufen. Nicht zu überwinden, zumindest nicht mit Rollstuhl oder in Würde. Zum Glück hatte Fabian ihn am Telefon darauf hingewiesen, dass er durch die Garage reinkommen konnte.

Als Fabian ihn eingeladen hatte, hatte ihn das gefreut. Allerdings war ihm wieder einmal bewusst geworden, wie viel es dabei immer zu organisieren gab. Seit dem Unfall besuchte er nicht mehr so viele Menschen. Seine Eltern und hin und wieder Danielles Eltern und die Oma im Altersheim. Bei diesem Besuch hier stieß er aber auf Probleme, über die er sich nie Gedanken gemacht hatte. Eigentlich unbegreiflich, dass er sich dessen nie bewusst war. Er würde einige Freunde niemals besuchen können, selbst wenn er das wollte, nicht einmal über einen Umweg wie bei Fabians Mutter. Die alte Wohnung von Samuel im vierten Stock wäre für ihn unerreichbar gewesen. Es hatte keinen Fahrstuhl gegeben. Oder die gemeinsame Wohnung von Nele und Fabian, die zwar nur im ersten Stock gewesen war, deren Treppe aber unüberwindbar für ihn gewesen wäre.

Er rief Fabian an, nachdem er aus dem Auto gestiegen war, und wartete, bis sein alter Freund ihm die Garage öffnete. Gut, dass es mittlerweile Handys gab. Früher wäre ihm wohl nichts anderes übrig geblieben, als so lange zu rufen, bis Fabian ihn hörte, oder aber Fabian hätte in der Kälte auf ihn warten müssen.

Sobald Fabian ihn allerdings reingebeten hatte, hörte Jochen auf zu grübeln. Die Aufregung übernahm die Oberhand. Vor der Tür zum Wohnzimmer kam ihm Fabians Mutter entgegen. Sie wirkte etwas unbeholfen, als sie sich zu ihm beugte und die Hand reichte. Jochen nahm sie und drückte sie sanft. Er freute sich wirklich sehr, sie bei solch guter Gesundheit zu sehen. Vor zehn Jahren, kurz nachdem Fabians Stiefvater innerhalb eines halben Jahres krank geworden und verstorben war, war es ihr sehr schlecht gegangen. So schlecht, dass Fabian und Nele sich große Sorgen um sie gemacht hatten. Jochen wusste nicht, ob sie die Gefängnisstrafe ihres Sohnes so gut verkraftet hätte, wäre dieser noch länger inhaftiert worden.

»Soll ich euch etwas zu trinken bringen? Oder Gebäck?«, fragte sie freundlich.

Fabian zögerte. Seine Hände zitterten. Offenbar war er ähnlich aufgeregt wie Jochen. »Momentan nicht. Ich hole es mir dann selber«, meinte er nicht unbedingt unfreundlich, aber doch etwas ungeduldig. Er schloss die Tür hinter sich und folgte Jochen in den Raum.

»Ärger?«

Fabian seufzte leise, dann setzte er sich in einen Sessel. Er schüttelte den Kopf. »Nicht direkt. Ich spüre nur immer mehr, dass ich hier weg muss. Mir eine eigene Wohnung suchen, ich muss wieder auf die Beine kommen.« Nach einem Moment wurde er rot. »Tut mir leid.«

»Was?« Jochen sah ihn verständnislos an. Er kam sich etwas blöd vor, weil er es vorzog, im Rollstuhl sitzen zu bleiben. Zu Hause bei den Mädchen und Danielle war es vollkommen normal, dass er sich aus dem Rollstuhl aufs gemütliche Sofa schwang. Er liebte es, mit den Kindern zu kuscheln, während sie eine Kindersendung im Fernseher verfolgten, oder es sich mit Danielle zusammen unter einer Decke gemütlich zu machen, um einen Krimi zu sehen oder gemeinsam zu lesen. Doch Fabian hatte gar keine Andeutung gemacht, dass er sich auf das Sofa oder den anderen Sessel setzen sollte, also dachte Jochen, dass es okay war, wenn er in seinem Rollstuhl blieb. Dort fühlte er sich irgendwie sicherer, nicht so bloßgestellt. Er lenkte seinen Rollstuhl etwas näher an den Tisch heran.

»Na ja, auf die Beine kommen.« Fabian verdrehte die Augen.

Jochen winkte ab. »Ich bin ja auch auf die Beine gekommen. Sprichwörtlich. Schon okay.« Er legte seine zitternden Hände auf die Oberschenkel und stemmte sich nach oben, um seinen Rücken zu strecken. Diese ganze Sitzerei tat ihm nicht gut und die Anspannung wegen dem Besuch hier machte es nicht gerade besser.

Fabian schwieg verlegen. Als Jochen einen Blick zu ihm wagte, spielte er aufgeregt mit dem Verschluss seiner Stoffjacke. Jochen wandte den Blick wieder ab und überlegte intensiv, welches Thema er ansprechen könnte. Immer wieder, wenn das Thema auf Fabians Gefängnisstrafe oder Jochens Rollstuhl kam, wurde es zwischen ihnen peinlich. Jeder von ihnen wusste, dass sie sich noch lange nicht wieder als Freunde bezeichnen konnten. Die Vergangenheit zerrte an ihnen und drängte sich immer wieder in den Vordergrund.

»Schau mal, ist das nicht fantastisch?« Fabian warf ihm eine Zeitschrift hin.

Jochen, der nicht damit gerechnet hatte, konnte sie nicht fangen und fluchte, als die Zeitung auf den Boden fiel. Sofort sprang Fabian auf, aber Jochen machte eine hastige Geste, dass er sitzen bleiben konnte. Er war bereit, sich mit Fabian zu treffen, aber er war sicherlich die letzte Person, von der er sich helfen lassen würde. Es war schon schlimm genug, dass dieser Umstand mit der Garage erforderlich gewesen war. »Es geht schon«, sagte er betreten und schluckte fest, um den überschüssigen Speichel loszuwerden.

Fabian ließ sich wieder in den Sessel fallen.

Nachdem Jochen die Zeitung vom Boden geangelt hatte, betrachtete er das Titelbild. Es war eine normale Frauenzeitschrift. Sicherlich eine, die Fabians Mutter gekauft hatte. »Was soll damit sein?« Verwirrt sah er zu Fabian, der mit hochrotem Kopf und angezogenen Beinen auf dem Sessel saß. Er wirkte so, als arbeite er intensiv daran, sich in das Polster ziehen zu lassen.

»Schlag Seite 5 auf«, murmelte er.

Jochen ignorierte die seltsame Stimmung, die zwischen ihnen herrschte, und blätterte bis auf Seite 5. Hoffentlich war es kein Bericht über einen Rollstuhlfahrer oder Ähnliches, was die Stimmung letzten Endes so sehr aus der Balance bringen würde, dass sie sich nur noch peinlich berührt gegenübersitzen könnten. Er atmete auf, als er sah, dass Nele ihm auf einer Doppelseite entgegen lächelte. »Wow, die Kleine hat es echt weit geschafft«, sagte er anerkennend.

Fabian stand auf und schob seinen Sessel um die Ecke, sodass er neben Jochen sitzen konnte. »Die Bilder sind klasse«, verkündete er und klang so stolz, dass Jochen sich fragte, ob er noch immer Gefühle für Nele hatte.

Dann erstarrte er. Er zeigte auf ein kleineres Bild an der Seite. »Siehst du das?«

Fabian lehnte sich vor und schüttelte überrascht den Kopf.

»Sind das … wir?« Jochen starrte auf die Gruppe von Wanderern. Acht Personen zählte er. Sie waren an diesem Tag alle unterwegs gewesen. Ein scharfer Schmerz fuhr ihm durch den Kopf und er fragte sich, ob er Kopfschmerzen bekommen würde. »Dürfen die das?«

Fabian hob die Schultern. »Das frage ich mich auch.«

»Und woher haben sie das Bild?«

»Sie müssen es irgendwo gefunden haben. Vielleicht haben sie im Internet nach Nele gesucht?«, vermutete Fabian und runzelte die Stirn.

Jochen schluckte. Er war links im Bild, auf beiden Beinen und hatte den Arm um Danielles Schultern geschlungen. Sein Lachen war offen und herzlich, die sportliche Art und Weise, wie er sich zum Fotografen wandte, schmerzte. Doch das war nicht das Einzige, das schmerzte. Er sah zu Fabian. »War das die Hüttentour in der Schweiz?«

»Ich glaube, das war die letzte Tour, bevor wir nach Norwegen gefahren sind«, antwortete Fabian. »Und in Norwegen hat Danielle ausgesetzt, weil sie schwanger war.«

Jochen nickte. »Stimmt.« Er räusperte sich. Es tat ihm weh, dieses Bild zu sehen. Nicht nur, weil er sehen konnte, wie sehr er sich verändert hatte, sondern auch, weil die Gruppe nur noch aus kümmerlichen Resten bestand. Aber wie sollte es auch anders sein, wenn einer von ihnen tot war? Betroffen sah er zu dem Mann auf dem rechten Bildrand, den er nie wieder sehen würde. Die Zwillinge hatten die Geste von Jochen und Danielle fast imitiert. Sie hielten sich im Arm und strahlten in die Kamera. Jochen schloss die Augen und blätterte mit zitternden Fingern eine Seite weiter. Als er die Augen wieder öffnete, sah er mit Erleichterung, dass nicht noch ein Bild von ihnen abgedruckt war, sondern erneut ein Großes von Nele. Verwirrt sah er Fabian an. »Wie viele Seiten hat dieser Bericht?«

»Sechs«, antwortete Fabian.

»Nele ist ja schon fast prominent«, erkannte Jochen und nickte anerkennend.

Fabian lehnte sich zurück. »Und was hältst du davon?«

Jochen klappte die Zeitschrift zu und warf sie auf den Tisch. »Von was?«

»Von den Aliens.« Fabian stand auf. »Ich hole uns was zu trinken. Und sicherlich möchtest du auch Kuchen.«

Jochen überlegte kurz, dann lächelte er. Wie früher, als er Fabian besucht hatte. Fabian liebte Kuchen und ging immer davon aus, dass auch die anderen das liebten. »Kuchen klingt gut«, meinte er feierlich.

Fabian, in einem Dorf im Südschwarzwald

Nachdem er Jochen durch die Garage zu seinem Auto begleitet hatte, ging Fabian wieder ins Wohnzimmer und schlug den Artikel über Nele auf. Mit Herzklopfen betrachtete er das Foto von ihnen als Gruppe. Als er Jochen den Artikel hingehalten hatte, hatte er nicht gewusst, dass auch ein Bild von ihnen abgedruckt gewesen war. Als seine Mutter am Vormittag einkaufen war, hatte sie ihm das Blatt mitgebracht. Er hatte nur kurz hineingesehen und die schönen, professionellen Bilder seiner Exfreundin schnell betrachtet. Er war viel zu nervös gewesen, weil Jochen sich angekündigt hatte.

Erst als Jochen ihn darauf hingewiesen hatte, hatte er verstanden, dass das ein Bild von ihnen war. Verdammt! Dabei hatte er mit Neles Erfolg die Stimmung auflockern wollen. Heutzutage war es ja angesagt, über Außerirdische zu sprechen. Es war wie das Wetter. Jeder wusste was dazu zu sagen und somit galt es als unverbindliches, ungefährliches Small-Talk-Thema.

Während Fabian seine Konzentration immer mehr auf das Bild richtete, spürte er, dass ihm übel wurde. Mit ineinander verschränkten Fingern starrte er auf die Gruppe von glücklichen jungen Menschen. Jochen mit seiner Danielle, die Zwillinge und dazwischen der Rest der Gruppe. Nele und er hielten sich im Arm, Samuel war eng an die Zwillinge gepresst. Lediglich die Frau in der Mitte wirkte etwas erschöpft und lächelte lediglich mild. Vielleicht hatte Nicole gerade wieder einen Fehlversuch hinter sich gebracht und vor kurzem erfahren, dass Danielle wieder schwanger war. Es war ein ständiges Problem gewesen, Nicoles Versuche, schwanger zu werden, und Danielles unerschöpfliches Familienglück.

Nele hatte sich manchmal bei ihm beschwert, dass Nicole und Danielle sich ständig anzicken würden. Insgeheim dachte Fabian, dass Nele sich immer viel besser mit Männern verstanden hatte. Trotzdem war sie über Jahre hinweg die Freundin sowohl von Danielle als auch von Nicole gewesen. Schon seit sie zusammen in die Schule gegangen waren, und noch lange, bevor sie ihre Männer kennengelernt hatten. Ursprünglich war es die Clique der drei Frauen gewesen, die die gesamte Clique erst hatte entstehen lassen. Danielle war sehr früh mit Jochen zusammengekommen und über ihn hatte Fabian dann Nele kennengelernt. Währenddessen hatte Nicole sich in Lars verliebt, dessen Zwillingsbruder danach immer dabei gewesen war. Sie hatten so viel miteinander erlebt, sogar die Schwierigkeiten, als sich herausgestellt hatte, dass Nicole nicht schwanger werden konnte und Danielles zweite Schwangerschaft sogar ungewollt kurz nach der Geburt des ersten Kindes passiert war. Aber die Sache mit dem Unfall hatte sie schließlich auseinandergerissen.

Nicole war nach Afrika gegangen, etwas, das niemand von ihr erwartet hatte. Aber vielleicht war es die Erkenntnis, dass sie hier in Deutschland kein Glück mehr finden würde. Sie hatte fliehen müssen. Auch Nele war geflohen, vermutlich weil sie den Hass und die Abneigung im Dorf nicht mehr ertragen konnte. Alle hatten sie mit dem Finger auf Nele gezeigt, obwohl Fabian der Fahrer gewesen war und dafür bereits vom Staat angeklagt und bestraft worden war. Doch Nele war seine Partnerin gewesen und damit stand sie unter Generalverdacht. Kein Wunder, dass sie nach Amerika gegangen war, um das alles hinter sich zu lassen! Einzig Danielle war hier geblieben, aber sie hatte vermutlich auch ganz andere Dinge zu tun gehabt, als wegzuziehen. Jochen hatte es ihm nie gesagt, aber Fabian vermutete dennoch, dass die Anfangszeit die Hölle für die kleine Familie gewesen sein musste.

Seine Augen brannten. Hastig leckte er sich über die trockenen Lippen und zog die Zeitschrift mit dem Bild näher heran. Die Zwillinge waren unzertrennlich gewesen. Unterschiedliche Freunde? Das funktionierte nicht, weil sie ihre Freizeit für gewöhnlich gemeinsam gestaltet hatten. Deswegen hatte Lars seinen

Bruder immer überall mitgenommen, nachdem er Nicole kennengelernt hatte. Am Anfang war Fabian verwirrt gewesen und hatte die beiden nicht unterscheiden können, doch irgendwann hatten sie sich erbarmt und ihm gezeigt, woran ihre Mutter oder Nicole sie unterscheiden konnte.

Einer von ihnen hatte eine kleine Narbe am rechten Ohr, so klein, dass man es normalerweise nicht gleich sah. Außerdem hatte Lars ein kleines Muttermal unter dem linken Auge, was ebenfalls nicht sehr auffiel.

Genauso wie sich die Wege der drei Freundinnen getrennt hatten, hatte sich auch der Weg der Zwillinge getrennt. Nichts auf der Welt hatte sie trennen können. Kein Mann, keine Frau, kein Job und keiner der Freunde. Nur der Tod. Und der hatte grausam zugeschlagen, als er Lars zu sich genommen hatte. Ein Ehemann und Bruder. Ein Sohn.

Fabian ließ die Zeitung auf den Boden fallen und hob die Beine auf das Polster seines Sessels. Seine Schultern verkrampften sich und er bekam für einige Sekunden keine Luft, bevor sich all die Anspannung in Form von Tränen entlud. Er bekam erst gar nicht mit, dass seine Mutter bei ihm war. Sie hatte wohl mitbekommen, dass er weinte.

Sie hielt ihn im Arm und fuhr mit der Hand über seinen Rücken, während sie auf ihn einredete.

Wie früher, dachte Fabian. Er schmiegte sich enger an seine Mutter und genoss die Umarmung. Er hatte alle Menschen um sich herum vergrault, Jochen, Lukas, Nicole. Und die, die weiterhin zu ihm gehalten hatten, hatte er spätestens zu Beginn seiner Haft von sich gestoßen, wie er es bei Nele oder Samuel getan hatte. Einzig bei seiner Mutter hatte er es nicht geschafft. Vielleicht, weil er instinktiv wusste, dass sie die Einzige war, die ihn immer lieben würde. Bedingungslos. Auch wenn er ein Arschloch war.

Trotzdem hatte er sie angekeift und angebrüllt, hatte seinen Frust an ihr ausgelassen. Es wurde Zeit, dass er auf die Beine kam, dass er einen Job fand und auszog. Ihr zuliebe. Um sie stolz zu machen.

Nele, in Washington, D.C.

»Wir sollten uns nichts mehr vormachen.«

Neles Körper spannte sich an. Sie hatte erwartet, dass Brian schon längst schlief und war deswegen möglichst leise durch die Wohnung geschlichen. Doch Brian war noch wach. Er saß im dunklen Wohnzimmer auf der Couch.

»Wir sind kein richtiges Paar«, fügte er hinzu. Seine Stimme klang schwer und dunkel.

»Wie kommst du darauf?« Nele warf ihm einen kurzen Blick zu, dann zog sie sich den Pulli über den Kopf.

»Du warst wieder auf einem der Empfänge und normalerweise nimmt man dort seinen Partner mit«, murmelte Brian und zog seine Beine an. Er seufzte laut. »Lass uns doch einfach ehrlich sein und dazu stehen.«

Nele löste die Gürtelschnalle und zerrte die enge Hose über den Po. Sie hasste diese Kostüme. Noch mehr hasste sie Kleider, deswegen hatte sie sich für diesen feinen Hosenanzug entschieden, aber in dem fühlte sie sich auch nicht wohl.

»Nele?«

Nele stöhnte.

»Lass uns darüber reden.«

Nele fuhr herum. »Muss das heute sein?«

»Ich denke schon.« Entschlossen stand Brian auf, fuhr sich dabei durch die Haare und sah gequält aus. »Ich werde diese Sache noch heute beenden, möchte aber, dass wir in Frieden auseinandergehen.«

Entsetzt starrte Nele ihn an. Sie band sich schnell einen Pferdeschwanz, nachdem sie die schrecklichen Nadeln aus ihrem Haar entfernt hatte. »Bist du verrückt geworden?«

»Nele.« Brian streckte die Arme aus. »Komm schon her. Setz dich zu mir.«

Mit einem unguten Gefühl lief Nele zu ihm. Sanft nahm er ihre Hände und massierte mit zartem Druck seiner Daumen ihre Handgelenke. Er sah sie ernst an. »Du empfindest doch nicht dasselbe für mich, was du für Fabian empfindest, oder?«

Nele traten Tränen in die Augen. »Fabian ist Fabian und du bist du.«

»Das weiß ich.« Brian zog sie zu sich auf die Couch und legte den Arm um ihre Schultern. »Ich habe die Zeit mit dir sehr geschätzt. Wir haben wunderbaren Sex und sind uns gegenseitig die einzige Entspannung. Ich werde dich nie vergessen und ich hoffe, dass du mich ebenfalls in guter Erinnerung behältst.«

Nele blinzelte und es lösten sich erste Tränen. »Sag das nicht. Das halte ich nicht aus. Nicht heute.« Sie hatte etwas getrunken, weil sie so nervös gewesen war. Sie hatte sich gut mit einigen Journalisten unterhalten und laut Miller Eindruck gemacht. Er war stolz auf sie und präsentierte sie gerne als neues Maskottchen. Cameron hingegen war so schnell in der Versenkung verschwunden, wie er aufgetaucht war. Nele hatte ihn nur kurz am frühen Abend gesehen und da hatte er sich in einer dunklen Ecke herumgedrückt. Wie viel schnelllebiger das Leben hier doch war im Vergleich zu dem kleinen Dorf, in dem sie mit Fabian gelebt hatte. Jetzt wollte Brian sie einfach abservieren, nach all der Zeit, die sie miteinander verbracht hatten. Einfach so. Als wäre es nichts, worüber man nachdenken sollte. »Du bist ein Idiot.«

»Ja, das kann sein. Ich hätte viel früher spüren sollen, dass das mit uns nichts ist.« Traurig wischte Brian ihr eine Träne von der Lippe und seufzte laut.

»Nur wegen Fabian?«, fragte Nele leise.

216

Brian schüttelte den Kopf. »Nein. Aber durch ihn habe ich gesehen, was bei uns fehlt. Du lächelst, wenn du seine SMS liest und wenn du mit ihm telefoniert hast, bist du entspannt. Er macht dich glücklich.«

»Da irrst du dich.« Nele putzte sich die Nase. »Er hat mich sehr unglücklich gemacht.«

»Dennoch ist er derjenige, den du brauchst. Erst durch ihn hast du es geschafft, dich in der Weltraumbehörde an die Spitze zu kämpfen. Er ist der starke Mann, den jede starke Frau, die in der Öffentlichkeit steht, braucht.« Brian legte seine Hände an ihre Schultern. »Verschließ die Augen nicht vor dem Unvermeidlichen.«

Nele schüttelte den Kopf. Sie war sehr müde. Trotzdem verspürte sie den großen Wunsch, ihm etwas von Fabian zu erzählen, darüber wie es geendet hatte. »Wusstest du, dass bei dem Unfall ein Mann gestorben ist?«

»Ich habe keine Ahnung, was bei diesem Unfall passiert ist. Du hast mir nur von einem Jochen erzählt, der seine Beine verloren hat.« Brian lockerte seinen Griff.

»Fabian ist angeklagt worden, und sobald er im Gefängnis war, hat er mit mir Schluss gemacht. Er war betrunken und hat einen Menschen auf dem Gewissen. Und trotzdem hat er entschieden, mich wie eine heiße Kartoffel fallen zu lassen. Angeblich, um mich zu schützen, aber letztendlich hat er mich mit dem ganzen Scheiß alleine gelassen. Ich bin zu Jochen ins Krankenhaus und habe ihn besucht, ich habe versucht mit Nicole zu reden und mich bei Lars' Familie entschuldigt. Weißt du, wie es war, bei der Beerdigung zu sein?« Nele wischte sich die Tränen von der Wange. »Vielleicht liebe ich Fabian mehr als dich. Aber du bist derjenige, der mir den Frieden gibt, den ich brauche. Du vermittelst mir Stärke, er hat mir nur Chaos und Scham hinterlassen. Und das Gefühl alleine zu sein.«

»Ich will aber keine Frau, die es nicht einmal schafft, mit mir aufs Land rauszufahren, um meine Eltern kennenzulernen.« Brian schloss seine Augen und in dem Moment erkannte Nele, dass auch er weinte. Feine Tränen flossen an seinem Nasenrücken entlang und tropften auf das Sofa. Betroffen musterte sie ihn. Als er die Augen wieder öffnete, zuckte sie zusammen, weil sie sich ertappt fühlte. »Wir sind kein Paar. Wir sind Freunde, die gerne Sex haben und sich wünschen, mehr füreinander zu sein. Aber man kann solche Dinge nicht erzwingen.«

Nele schüttelte wieder den Kopf. Sie konnte es nicht fassen. Brian meinte es ernst.

»Mir fällt das hier auch schwer.« Brian nahm wieder ihre Hand. »Verdammt schwer.«

»Warum tust du es dann?«, fragte Nele.

»Weil es besser für uns ist.« Brian ließ sie los und stand auf. »Ich ruf dich nochmal an. So will ich mit dir nicht auseinandergehen, aber ich glaube, für heute sollte ich einfach abhauen.«

Nele schluchzte auf. »Es tut mir leid, dass ich nicht mit zu deinen Eltern gefahren bin.« All der Stress der letzten Monate drohte sie nun zu erdrücken. Ohne Brian würde sie nicht atmen können.

»Das ist es nicht alleine. Und du musst dich auch nicht entschuldigen. Wir waren einfach weniger als wir zugegeben haben.« Brian beugte sich vor und küsste ihre Stirn.

Sie sah ihm zu, während er sich anzog, aber sie sagte nichts mehr, denn sie wusste, dass sie ihn nicht umstimmen konnte. Tief in ihr wusste sie, dass er recht hatte. Bevor er ging, hielt sie ihn am Ärmel fest. »Du meldest dich?«

»Ich melde mich«, versprach er. Dann ging er.

Nicole, in Abuja

Nicole fluchte hinter vorgehaltener Hand, als ihr Telefon klingelte. Tayo sah erschrocken von den Unterlagen auf, in die er vertieft gewesen war. Um ein Visum zu beantragen, waren weit mehr Bögen auszufüllen, als Nicole gedacht hatte. Es war ein bürokratischer Aufwand enormen Umfangs. Sie fragte sich langsam, ob sie nicht doch heiraten sollten. Vielleicht hätte Tayo es leichter, wenn er ihr Ehemann wäre.

Sie war kurz davor, das Gespräch einfach wegzudrücken, als sie auf dem Display Lukas' Namen sah. Wie lange er nicht mehr angerufen hatte ... Es war schon ewig her und Nicole war es eigentlich recht gewesen. Sie wollte sich nicht erinnern und Lukas gehörte zu dieser Vergangenheit, die sie so lange verdrängt hatte. Ausgerechnet jetzt, wo sie häufiger darüber nachdachte, meldete er sich so als hätte er gespürt, dass sie bereit war. Nicole schluckte und tippte mit dem Zeigefinger auf den grünen Hörer, während sie Tayo einen entschuldigenden Blick zuwarf. Sie konnte Lukas nicht wegdrücken. Nicht ihn. Bei ihm brachte sie das einfach nicht übers Herz.

»Lukas?«, fragte sie und gab sich gar keine Mühe, ihre Verblüffung zu verbergen. Sie klang atemlos. »Von dir habe ich ja ewig nichts mehr gehört.« Sie verdrehte die Augen, während sie sich in dem großen Vorraum des Amtes nach einer ruhigen Ecke umsah. Warum klang sie so hastig, so außer Atem?

Er lachte und Nicole räusperte sich. Jedes Mal, wenn sie Lukas lachen hörte, musste sie an Lars denken. Ihr Lachen war identisch gewesen und am meisten Spaß hatte es gemacht, wenn sie beide zusammen gelacht hatten. Doch das würde nie wieder passieren. »Störe ich?«, fragte er nach einem kurzen Moment.

»Ich bin in Abuja. Wir beantragen gerade ein Visum und es ist laut und voll hier. Warte, ich gehe raus.« Nicole streckte die Hand aus und berührte Tayos Finger, der sie verwirrt ansah. Er nickte und machte eine ungeduldige Handbewegung, die wohl aussagen sollte, dass er alleine klarkam und dass sie rausgehen sollte. Sie nickte ebenfalls und legte das Smartphone behutsam in die Handfläche ihrer anderen Hand, so als würde sie zerbrechliches Gut transportieren. Im Gehen zog sie sich ein Tuch über die Haare. Sie war ein Gegner von Kopftüchern und konnte nicht verstehen, wieso sich Frauen verhüllten. Doch weil es sicherer war, hatte sie für sich einen Kompromiss gefunden, den sie sogar recht hübsch fand. Ein Seidentuch, welches sie locker über die Haare legte. Das schützte sogar vor dem Staub, der überall in der Stadt war und von den vielen Autos und Fußgängern immer wieder aufgewirbelt wurde. Außerdem war es ein guter Sonnenschutz.

»Okay, ich bin draußen.« Nicole suchte sich einen Baum, in dessen Schatten sie ungestört telefonieren konnte. Auf dem Platz vor ihr war der Wochenmarkt. Lautstark wurden Waren angepriesen, während die Straße davor wieder mal mit Autos verstopft war. Ungeduldige Autofahrer hupten wild, während Fußgänger unbekümmert über die Straße marschierten. Ein fanatisch wirkender, christlicher Priester kündigte mit einer laut bellenden Stimme den Weltuntergang wegen der Amerikaner an, die sich zu weit in das Weltall hinausgewagt hatten, während Kinder auf dem Boden in der prallen Sonne hockten und an einem Plastikmodell des Planeten bastelten, auf dem außerirdisches Leben gefunden worden war. Nicole wandte sich ab, um sich auf Lukas zu konzentrieren. »Ich freue mich sehr, dass du anrufst, aber leider erwischst du mich zu einem ungünstigen Zeitpunkt.«

»Wir können gerne auch später telefonieren, Nicole.« Lukas' Stimme klang entspannt und Nicole fragte sich, ob er auch aufgeregt war, nach all der Zeit mit ihr zu sprechen.

»Nein«, entfuhr es ihr. Viel zu laut und zu heftig. »Das ist schon okay. Ich ... bin jetzt draußen. Wir können reden«, fuhr sie fort, diesmal mit einer stabileren Stimme.

Lukas lachte erneut, dann wurde er ernst. »Ich will dich nicht stören. Ich ... habe mich einfach aus dem Staub gemacht, ohne mich nach dir zu erkundigen. Ich sollte nicht einfach so bei dir anrufen.«

Nicole schwieg kurz und dachte nach. Sie schüttelte den Kopf. »Ich verstehe das«, sagte sie schließlich.

»Es tut mir leid. Ich ... brauchte die Zeit für mich.« Nun klang Lukas' Stimme ebenfalls zittrig.

»Ich auch«, antwortete Nicole und seufzte.

Früher waren Lukas und sie gute Freunde gewesen. Viel mehr als nur Schwager und Schwägerin, aber davon schien jetzt nichts mehr übrig zu sein. Sie waren sich fremd geworden.

Lukas atmete leise, sagte aber nichts mehr. Das Schweigen war ihr unangenehm. Nicole rieb sich mit dem Finger über die Nasenwurzel. »Hast du dich bei deinen Eltern gemeldet?«

»Hin und wieder.« Lukas atmete laut aus. »Du bist noch in Nigeria?«

»Ja, aber mittlerweile in der Hauptstadt.« Nicole strich sich über den Bauch. Sie wollte Lukas nicht mitten auf der Straße von ihrer Schwangerschaft erzählen.

Eigentlich wollte sie es nicht einmal am Telefon tun. Es war ein heikles Thema. Das wusste sie.

»Ich hatte gehofft, du bist mittlerweile wieder in Deutschland«, sagte Lukas. Sie sah ihn vor sich, wie er die Stirn runzelte, genauso wie Lars es immer getan hatte.

Es hatte ihr nach der ganzen Sache überhaupt nicht gutgetan, mit Lukas zu telefonieren. Alles an ihm hatte sie an Lars erinnert. Deswegen war sie auch nicht traurig gewesen, als er sich immer weniger gemeldet hatte. Doch die Sehnsucht nach ihm kam jetzt plötzlich und mit einer Heftigkeit, die sie nicht erwartet hatte. Sie wollte ihn umarmen, ihm erzählen, was passiert war, und alles erfahren, was er erlebt hatte. »Also werden wir uns vermutlich nicht sehen«, fügte Lukas nach einem Moment hinzu. Er klang frustriert.

»Das kommt drauf an. Ich werde bald heim fliegen«, erwiderte Nicole. Sie legte ihre Hand unterhalb des Bauchnabels. Lange hatte sie nicht mehr Zeit. Sie wollte ihre Tochter in Deutschland zur Welt bringen und dort ein paar Wochen bleiben, so lange wie Tayo es erlaubt wurde. Darüber würde heute entschieden werden. Sobald Tayo sein Visum hatte, wussten sie Bescheid. Danach würde er wieder arbeiten. Seine Eltern waren zwar reich, aber nicht so reich, dass er sich erlauben konnte, wochenlang nicht zu arbeiten. »Bist du zur Zeit in Deutschland?«

»Ich fliege auch bald nach Hause«, sagte Lukas.

Nicole runzelte die Stirn. »Wow«, sagte sie erstaunt, »also warst du die ganze Zeit in Afghanistan?«

Am anderen Ende der Leitung war für einen Moment Schweigen, dann lachte Lukas. »Ja, aber das ist jetzt erstmal vorbei. Ich werde nach Hause kommen.«

»Deine Mutter hat gar nichts davon erzählt.« Nicole spürte Aufregung in sich aufsteigen. Sie lächelte, als ihre Tochter zu strampeln begann und gegen den Bauch trat. ’Das ist dein Onkel', dachte sie, bevor sie ihre zittrige Hand gegen den Mund presste. Lukas war nicht der Onkel ihrer Tochter, denn Lars war nicht der Papa. Woher war dieser komische Gedanken gekommen?

»Hattest du auch Kontakt mit meinen Eltern?«, fragte Lukas. Nun konnte seine heitere Stimme nicht über die Überraschung hinwegtäuschen, die er empfinden musste über diese seltsame Fügung des Schicksals.

»Ja, ich habe sie gefragt, ob wir bei ihnen unterkommen können. Meine Familie ist doch in ganz Deutschland verstreut und ich ... fühle mich nirgendwo in Deutschland so zu Hause wie dort ... wo Lars ...«

»Sie hat mir nichts erzählt«, unterbrach Lukas sie. Nicole fragte sich, ob es ihm genauso schwer fiel, über Lars zu reden, wie es ihr die ganze Zeit gegangen war. »Du wohnst wirklich bei ihnen?«

Nicole nickte, dann fiel ihr ein, dass Lukas sie nicht sehen konnte. »Ja, ich ... bringe noch jemanden mit.«

Wieder war nur Schweigen zu hören. Wenn sie beide nichts sagten, dann knackte und rauschte es in der Leitung, was Nicole daran erinnerte, dass Lukas genauso weit entfernt von zu Hause war wie sie. Unruhig trat Nicole vom Baum weg und lief einige Meter. Sie wusste nicht, wie Lukas reagieren würde, andererseits hatte er nicht das Recht, ihr das Glück mit Tayo zu vermiesen.

»Wow«, sagte er schließlich. »Ich freue mich sehr für dich.« Seine Stimme klang weich und warm und Nicole schloss die Augen, um zu verhindern, dass Tränen kamen. Einerseits war es so schön, dass Lukas ihr eine neue Beziehung gönnte, andererseits war es komisch, weil seine liebevolle Stimme sie an Lars erinnerte. Was hatte sie sich nur dabei gedacht, mit einem neuen Mann zu Lars' Eltern gehen zu wollen? Doch sie war die einzige Familie, die noch geblieben war, seit ihre Familie durch die Scheidung und die ganzen Streitereien praktisch nicht mehr vorhanden war. Lars war ihr einziger Bezugspunkt in Deutschland, sein Grab ihre Basis. Somit musste sie bei seinen Eltern wohnen, um in seiner Nähe sein zu können.

»Dann werden meine Eltern endlich wieder ein volles Haus haben. Ich bringe auch jemanden mit«, sagte Lukas.

Nicole stoppte in ihrer Bewegung. Schweiß lief über ihre Wange und vermischte sich dort mit den Tränen. Eilig suchte sie wieder den Schatten des Baumes. »Ein Kollege von dir?«

Lukas zögerte. »Nein, kein Kollege. Er heißt Navid.«

Ein Afghane. Nicole schüttelte verwirrt den Kopf. Hatte Lukas den Verstand verloren? Hatte er wirklich was mit einem Afghanen angefangen? »Meinst du das ernst?«, fragte sie verwirrt.

Lukas lachte, aber sein Lachen klang ein wenig hysterisch. »Ich habe eine dumme Sache gemacht. Wir haben uns heimlich getroffen, aber wir sind erwischt worden. Jetzt bleibt ihm nichts anderes übrig, als zu fliehen. Er ist bereits auf dem Weg. Es ist sehr schwierig, seine Flucht vorzubereiten.«

Nicole schüttelte den Kopf. »Das ist ja noch verrückter als mit einem Nigerianer ein uneheliches Kind zu bekommen«, entfuhr es ihr. Sie lachte laut und drehte sich um, als sie hörte, dass ihr Name gerufen wurde. Tayo stand am Eingang des Amtes und winkte ihr zu. Langsam ging er auf sie zu. Offenbar wollte er ihr nicht zu schnell die Privatsphäre zu nehmen.

»Was?«, fragte Lukas und klang aufgeregt.

Nicole wurde bewusst, dass sie es ihm nun doch am Telefon gesagt hatte. Es war ihr einfach rausgerutscht. Sie streckte die Hand aus, um Tayo zu zeigen, dass es ihr nichts ausmachte, wenn er hier war. »Ja, ich bin schwanger«, meinte sie glücklich.

»Mich freut das wirklich sehr. Ich fühle mich gerade wie jemand, dem gesagt wurde, dass er Onkel wird. Obwohl das ja eigentlich Quatsch ist.«

Nicole schloss die Augen und nickte unter Tränen. »Ja, irgendwie schon«, sagte sie und verspürte die alte Traurigkeit, dass keines ihrer Kinder mit Lars überlebt hatte. »Wann fliegst du genau?«, fragte sie, um auf ein anderes Thema zu sprechen zu kommen.

»Ich schicke dir eine SMS, wenn ich es weiß. Mein Freund ist auf dem Weg dorthin und ich will für ihn da sein. Er hat Schreckliches hinter sich. Aber das erzähle ich dir ein anderes Mal. Wann fliegt ihr?«, fragte Lukas.

Nicole fragte sich erneut, wie das Leben solche Zufälle generieren konnte. »Auch in den nächsten Tagen. Dass deine Eltern nichts gesagt haben ... Das Haus wird total voll sein. Wir können auch ins Hotel gehen.«

»Nein!« Lukas klang resolut. »Nein, das geht schon. Du weißt, wie sehr es meine Eltern lieben, wenn das Haus voll ist. Sie waren viel zu lange alleine.«

Nicole nickte. »Ja, ich weiß.« Sie schluckte und versuchte die Traurigkeit endgültig zu vertreiben.

»Wow.« Lukas schwieg wieder einen langen Moment. »Also, meine Eltern werden nicht nur uns, sondern auch einen Afghanen und einen Nigerianer beherbergen. Und schon bald ein Baby. Es freut mich, dass wir den Leuten wieder einen Grund liefern, über uns zu reden.«

Nicole lachte.

»Ich glaube, wir haben viel zu reden. Ich rufe dich an, sobald es bei dir besser ist. Wäre das okay?«, fragte Lukas.

Nicole lächelte, als Tayo bei ihr angekommen war. Sie nahm seine Hand und drückte sie fest. Er schlang seine Finger um ihr Handgelenk und fuhr mit dem Daumen sanft über den Handrücken. Ein warmes Kribbeln verursachte er dadurch auf ihrer Haut.

»Das ist okay«, antwortete Nicole. »Du kannst mich jederzeit anrufen.«

Nachdem sie aufgelegt hatte, fragte sie sich, ob es bedeutete, dass sie langsam über die Folgen des Unfalls hinwegkam, weil sie es wirklich ernst gemeint hatte. Sie konnte wieder mit Lukas reden, dem Ebenbild ihres verstorbenen Mannes.

Samuel, im Zug irgendwo in Deutschland

Der Zug hatte Verspätung, inzwischen schon fast eine ganze Stunde. Bis sie umsteigen mussten, würde es noch dauern. Langsam konnte Samuel nicht mehr sitzen, er hatte Sehnsucht danach, sich bewegen zu können.

Etwas gelangweilt blätterte er in der Sonderausgabe, die als Thema ausschließlich den außerirdischen, belebten Planeten hatte. Mittlerweile kannte er sich aus. Seit Nele das Leben dort bewiesen hatte, war der Hype erst richtig losgegangen. Im Fernsehen gab es nur noch Talkshows und Dokumentationen, die dieses Thema behandelten. Nicht einmal bei Daily Soaps und Sitcoms entkam man diesem Thema, stattdessen stritten die Schauspieler darüber, was dieses außerirdische Leben für die Menschheit bedeuten könnte. Die Zeitungen kannten seit Wochen kein anderes Thema, selbst im Radio wurde nur noch darüber berichtet. Ganz schlimm waren die Spekulationen, wie das außerirdische Leben aussehen könnte, und was wäre, sollte ein Kontakt stattfinden. Einige forderten von den Regierungen einen Stellvertreter der Welt zu wählen, andere die gemeinsame Finanzierung von Atombomben, um sich im Notfall verteidigen zu können.

»Mich langweilt dieses Thema nur noch. Es geht mir sowas von auf die Nerven«, murmelte Samuel.

»Warum hast du dir die Zeitung dann gekauft?« Stella schmunzelte. Sie schmiegte sich an ihn und hielt das Buch, in dem sie gerade las, etwas mehr in die Höhe. »Das hier ist vorher erschienen. Mit Sicherheit werde ich nicht über das Thema stolpern. Es gibt auch ein Leben abseits dieses neuen Planeten, auch wenn die Menschen das wohl vergessen haben.«

»Ich fand das Poster cool«, meinte Samuel und spürte, dass er rote Wangen bekam. Stella hatte vermutlich recht. Er war der Konsumfalle nicht entkommen und hatte nun kein Recht, sich zu beschweren.

Stella richtete sich auf. »Zeig mal«, forderte sie.

Samuel faltete das Poster auseinander. »Das Sternensystem, in dem Neles Planet zu Hause ist«, verkündete er stolz. »Ich will es aufhängen.«

Inzwischen wusste man über dieses Sonnensystem schon sehr viel. Zum Beispiel, dass es neben dem berühmten Planeten noch fünf weitere Planeten gab, und dass der Stern zwar etwas kleiner als die Sonne, aber dafür heller war. Der Planet in der zweiten Umlaufbahn war der Einzige in der habitablen Zone, weswegen sich die Forscher sicher waren, dass nur dort Leben war. Die anderen Planeten waren entweder zu nah an der Sonne, oder zu weit davon entfernt.

»Toll«, meinte Stella mit einer Stimme, der deutlich anzuhören war, dass sie es albern fand, die Zeitung nur deswegen zu kaufen.

Samuel seufzte und faltete das Poster wieder zusammen.

»Weißt du, was mich am meisten an dieser Hysterie nervt?«, fragte Stella und legte das Buch auf die Ablage vor sich.

Samuel verstaute die Zeitung im Rucksack und betrachtete die vorbeiziehende Landschaft. Langsam wurde es hügeliger und er wurde zunehmend aufgeregter. Seit seinem psychischen Zusammenbruch war er nicht mehr in seiner Heimat gewesen. Er war froh, dass Stella bei ihm war und griff nach ihrer Hand. »Was?«, fragte er.

»Die Leute vergessen, dass der Planet zu weit weg ist. Wir werden keinen Kontakt aufnehmen können, zumindest nicht in unmittelbarer Zeit. Das Leben geht ganz normal weiter. Nichts wird sich durch den Fund ändern. Außerdem nervt mich diese naive Annahme, es würde sich um intelligentes Leben handeln. Viel größer ist die Wahrscheinlichkeit, dass es nur exotisch aussehende Pflanzen sind.«

»Ich finde alleine das faszinierend«, verteidigte Samuel die weltweite Begeisterung.

»Ich auch.« Stella drückte seine Hand. »Aber alles drumherum ist reine Geldmacherei und sowas hasse ich. Selbst Babyspielzeug habe ich schon gesehen, damit die Kleinen auch von Anfang an lernen, wie cool es ist.«

Samuel schwieg und sah wieder nach draußen. Sein Magen rebellierte. Er zog Stellas Hand auf seinen Schoß und stöhnte leise.

»Alles in Ordnung?« Stella beugte sich zu ihm.

»Bin nervös«, murmelte Samuel.

Stella streichelte über sein Gesicht. »Kann ich verstehen.«

»Das war damals wirklich eine ganz schlimme Sache. Ich ... Ich war hin- und hergerissen und wollte allen helfen. Ich habe mich so schwach gefühlt, weil niemand meine Hilfe nützlich fand. Jochen war so verzweifelt in der Reha und Fabian im Gefängnis so verschlossen. Nicole war geradezu apathisch und Lukas hatte ein Problem mit seiner Aggression. Ich konnte rein gar nichts tun.«

»Vielleicht haben deine Freunde einfach nur Zeit gebraucht, nicht dich«, sagte Stella leise. »Ich habe dir schon mal gesagt, dass du damals als Pfarrer gar nicht gewinnen konntest. Du warst zu sehr involviert.«

»Ich verstehe nicht, wie ich so ein guter Seelsorger sein kann, aber meinen eigenen Freunden nicht helfen konnte.« Samuel rieb sich über die Nasenwurzel.

»Weil du zu dicht dran warst. Der Unfall hat auch dich traumatisiert.« Stella drückte sich an ihn und ihre Wärme umhüllte ihn. Er legte den Arm um ihre Schultern und betrachtete sie einen Moment lang.

Schließlich sagte er: »Ich saß nicht einmal im Unfallwagen.«

»Du warst aber Zeuge«, erinnerte Stella.

Eine Gänsehaut kroch über seinen Rücken, als er an den schrecklichen Abend dachte. Nele, Lukas und er hatten in seinem Auto gesessen, während Nicole, Lars und Jochen bei Fabian eingestiegen waren. Danielle war zu Hause geblieben, weil eines der Kinder krank gewesen war. Sie waren dicht hinter Fabians Auto gewesen und hatten den Unfall aus der ersten Reihe miterlebt. Samuel konnte noch heute spüren, wie er hektisch auf das Bremspedal getreten hatte, um nicht in Fabians Auto zu fahren. Manchmal träumte er heute noch davon, wie er Auto fuhr und plötzlich bremsen musste. In einigen Träumen funktionierte die Bremse nicht, in anderen verlor er die Kontrolle über das Auto. Jedes Mal wachte er auf, weil er mit seinem Bein unter der Decke hektisch nach der Bremse suchte, sie aber nicht fand.

»Fabian hat eine so hohe Strafe bekommen, weil er getrunken hatte«, sagte Samuel und rollte seine Schultern. Er war verspannt, nur weil er die Erinnerung zugelassen hatte.

»Das ist ja auch richtig so. Wegen ihm ist ein Mensch gestorben, ein anderer sitzt lebenslang im Rollstuhl und er hat alle anderen ebenfalls in Gefahr gebracht«, erwiderte Stella.

Steif starrte Samuel auf die Lehne des Vordersitzes. »Ich war auch betrunken«, sagte er. »Ich war besoffen. Mich hätte es auch treffen können. Ich hatte lediglich Glück, dass Fabian vor mir gefahren ist. Sonst wäre das Reh in *mein* Auto gerannt und *ich* wäre gegen den Baum gefahren.«

Stella setzte sich auf. »Das wusste ich nicht«, sagte sie erschrocken.

»Doch.« Samuel wandte sich ab. »Ich war betrunken. Als Pfarrer. Und ich bin dennoch gefahren.«

Stella strich ihm über die Wange. Samuel zog sie zu sich und küsste sie fest auf die Lippen. Er war ihr so dankbar, dass sie bei ihm war und dass er diese Reise nicht alleine machen musste. Und er hoffte, dass sie ihn nicht verurteilte.

Lukas, in einem Dorf im Südschwarzwald

Vollkommen übermüdet stellte Lukas seine Tasche ab und sah sich um. Während er sich endlich der Jacke und dem Hemd seiner Uniform entledigte, ging er einige Schritte in den Raum hinein. Seine Mutter hatte sich offenbar sehr auf seine Heimreise gefreut. Es sah wirklich einladend aus, nach einem herzlichen Willkommen. Und sehr erwachsen. Nicht mehr wie sein Kinderzimmer, worüber Lukas froh war. Es hätte ihn nur schmerzhaft an Lars erinnert.

In der Ecke standen zwei Sessel, dazwischen ein kleines Tischchen mit einem Wasserkocher, Tee, Zucker und Tassen, darunter ein Zeitungsständer mit einigen Zeitschriften. Auf dem Titelblatt der Vordersten war eine lachende Nele zu sehen. Seltsam, dass sie mittlerweile sogar das Titelblatt zierte. Sie war praktisch eine Berühmtheit. Zumindest ein bisschen. Bisher hatte Lukas noch nicht viel Gelegenheit gehabt, sich genauer zu informieren. Wegen der Sorge um Navid war das alles an ihm vorbeigegangen.

Doch jetzt würde er Zeit haben. Morgen hatte er nichts vor, er könnte den ganzen Tag hier verbringen und Zeitung lesen. Oder unten bei seinen Eltern sitzen und fernsehen. Der Gedanke stimmte ihn fröhlich. Es war ein tolles Gefühl, wieder nach Hause zu kommen, viel besser als er geglaubt hatte.

Das Bett war frisch bezogen, darauf lagen Handtücher und auf den Kissen hatte seine Mutter Pralinen angerichtet - auch für Navid, von dem Lukas nach wie vor nicht wusste, wann er endlich nachkommen würde.

Der Gedanke an Navid schmerzte. Lukas vermisste ihn - so sehr, wie er es nie für möglich gehalten hatte. Es war nicht sein erster Freund, aber meist hatte er seine Freiheit über die Beziehung gestellt und er war froh gewesen, einige Tage seine Ruhe zu haben. Jetzt aber war alles anders, doch Lukas wusste nicht, ob er Navid nur mehr liebte als all die anderen Männer vor ihm oder ob es die Situation war, die es verschlimmerte. Immerhin hatte Lukas wirklich Angst um Navid.

Er seufzte und setzte sich auf das Bett, versuchte, sich einfach fallen zu lassen, in diesen weichen warmen Traum von Nest, das seine Mutter für ihn hergerichtet hatte.

Seine Eltern waren in der Küche und warteten auf ihn. Er fand, sie hatten das Recht, alles zu erfahren und somit wollte er ihnen heute zumindest eine kurze Zusammenfassung geben. Danach würde er etwas trinken und essen und dabei fernsehen. Je länger er wach blieb, desto besser würde er die Zeitverschiebung verkraften.

Langsam strich Lukas über die weiche Daunendecke. Ein komisches Gefühl, wieder bei seinen Eltern zu sein, in dem Zimmer, in dem er als Kind geschlafen hatte. Am Vormittag hatte er sich von Samir und Svenja verabschiedet und war offiziell von seinem Truppenführer in den Urlaub geschickt worden. Der Heimurlaub stand ihm zu, da er bis auf wenige Ausnahmen immer gearbeitet hatte. Er hatte etwas nachgeholfen, indem er erzählt hatte, wie sehr ihn die Kriegssituation belastete und wie sehr er zu Hause bei seinen Eltern sein wollte, jetzt, wo der dritte Todestag seines Bruders bevorstand.

Von Navid hatte er natürlich nichts erwähnt. Sie hatten es geschafft, die Befreiungsaktion zu verheimlichen, da wären sie blöd, wenn sie es jetzt offenbaren würden. Immerhin drohte nicht nur ihm, sondern auch Samir und Svenja die Suspendierung.

An der Wand hing ein Foto. Lukas war erstaunt, dass er es nicht abgerissen hatte, bevor er nach Afghanistan geflogen war. Wie hatte er es ertragen, es hängen zu lassen? Er stand auf und starrte mit gerunzelter Stirn darauf. Nicht nur sein Zwillingsbruder, sondern sie alle waren darauf zu sehen. Sogar Danielle, obwohl sie gegen Ende immer seltener dabei gewesen war. War das Bild am Polterabend von Lars und Nicole entstanden? Offensichtlich, denn Nicole hatte das schöne rote Kleid an, das sie mit Danielle und Nele zusammen in der Schweiz gekauft hatte.

Lukas streckte die Hand aus, weil es ihm logisch erschien, es abzuhängen, aber dann hielt er inne. Es war ein wirklich schönes Bild. Er wollte es nicht abhängen.

Wieder war er versucht, sich einfach ins Bett zu werfen, doch er schüttelte den Kopf. Er musste gegen diese Müdigkeit ankämpfen. Eilig löste er die Gürtelschnalle und zog die Hose aus. Endlich raus aus der Uniform. Jeder, der ihn damit sah, behandelte ihn mit Respekt, aber Lukas fühlte sich nicht besonders wohl. Er lief in Unterhose zum Schrank und zog eine Jogginghose heraus. Auch wenn er bei seinen Eltern ausgezogen war, hatte er dort immer Klamotten zwischengelagert, da er häufiger über Nacht geblieben war. Hoffentlich passte sie ihm noch.

Wieder sah er zum Bett. Ihm wurde bewusst, dass Navid und er noch nie zusammen in einem Bett geschlafen hatten. Sie hatten oben in der Hütte auf dem Boden gelegen und waren manchmal eng umschlungen eingeschlafen, aber nie hatten sie es richtig gemütlich gehabt. Sie hatten nie die Ruhe gehabt, morgens auszuschlafen oder in dem Bewusstsein aufzuwachen, dass sie am Abend wieder nebeneinanderliegen würden.

Lukas traten die Tränen in die Augen. Hoffentlich kam Navid bald. Lukas wollte ihn im Arm halten, ihn nicht mehr loslassen.

Ein Klopfen zwang Lukas, sich die Träne aus dem Augenwinkel zu tupfen. Er drehte sich zur Tür. Seine Mutter musterte seinen nackten Oberkörper und verzog das Gesicht. Zuerst wusste Lukas nicht, warum, dann legte er seine Hand auf die Narbe an der Brust. Sie war im Gegensatz zu den anderen Narben nicht während seines Auslandsaufenthalts entstanden, sondern während des Unfalls, als er versucht hatte, Lars aus dem Autowrack zu ziehen.

Rasch drehte er sich zum Schrank und zog einen warmen Pullover an.

»Hast du alles, was du brauchst?«, fragte seine Mutter und lächelte. Sie hörte sich unsicher an.

Lukas nickte. »Danke. Für alles. Dass ihr Navid aufnehmt, dass ihr es ihm so schön macht. Das wird ihm wirklich gut tun. Er hat viel durchgemacht.«

»Das machen wir gerne. Wir freuen uns, dass das Haus endlich wieder voll wird. Dein Navid wird sich hier gut von den Strapazen erholen. Sobald er da ist, mache ich einen Hackbraten.« Seine Mutter deutete zur gegenüberliegenden Tür. »Schau mal hier rein.«

Lukas öffnete die Tür von Lars' ehemaligem Zimmer. Er befürchtete, dass sich bei dem Anblick alles schmerzhaft zusammenziehen würde, aber als er hineinsah, atmete er erleichtert aus. Nur noch wenige Spuren erinnerten an Lars. Es sah eher wie ein Gästezimmer aus. Wie in seinem Zimmer hatten seine Eltern das Bett mit Handtüchern, einer warmen Daunendecke und Pralinen bestückt. Neben dem Doppelbett stand ein breites Körbchen für ein Baby, in das seine Mutter ein Kuscheltier gesetzt hatte.

Genauso wie sein Zimmer darauf wartete, von Navid und ihm bewohnt zu werden, wartete dieses Zimmer auf Nicole, ihrem Mann und das Baby.

»Mama.« Lukas drehte sich um und berührte die Wange seiner Mutter. Die Traurigkeit war auf einmal wieder so stark, dass es das Gefühl von Sicherheit und Wohligkeit vertrieb. »Du weißt, dass das nicht Lukas' Kind ist, oder?«

Seine Mutter wich ihm nicht aus. »Ja«, meinte sie ruhig. »Von den Genen her nicht, aber wenn es nach dem hier geht, schon.« Sie legte ihre Hand auf die linke Brust. »Nicole gehört zur Familie. Das wird sie immer, besonders weil wir alle diesen schrecklichen Verlust verarbeiten mussten. Ich bin schon seit Jahren bereit, die Oma von Nicoles Kind zu werden. Wenn nicht wir, wer dann? Nickis Eltern?«

Lukas schluckte. Es quälte ihn, dass seine Mutter offenbar noch so sehr litt. Und die Erkenntnis, dass sie niemals Großmutter werden würde, machte ihm zu schaffen, obwohl er darüber nie wirklich nachgedacht hatte.

»Ihr müsst euch ein Bad teilen«, meinte seine Mutter und zog die Tür wieder zu.

»Das ist kein Problem.« Lukas blieb im Flur stehen.

»Wir haben euch auch eine Art Wohnzimmer in Papas Büro eingerichtet. Ein Sofa steht drin und ein Fernseher, ein Tisch, wo man etwas spielen kann. Dann habt ihr etwas Privatsphäre. Sicher wollt ihr nicht ständig bei uns unten rumsitzen. Aber auch das müsst ihr euch teilen. Ich ...«

Lukas nahm seine Mutter fest in den Arm. »Danke«, sagte er und gab ihr einen festen Kuss auf die Stirn.

Jochen, in einem Dorf im Südschwarzwald

Jochen blinkte und ließ eine Frau mit Kinderwagen über die Straße, bevor er abbog. Mias Gesang ging ihm zunehmend auf die Nerven. Resolut drückte er auf den Knopf und beendete die Kinderlieder-CD.

»Wir sind gleich da«, sagte er eilig, bevor Mia protestieren konnte. Er sah in den Rückspiegel des Autos und seufzte, als er sah, dass seine jüngere Tochter sich beleidigt abwandte und aus dem Fenster sah. Vielleicht hätte er seine Kinder einfach zu Hause lassen sollen. Seine Nerven waren sowieso schon angespannt.

Zwar hatten sie sich nach dem Unfall ein größeres Auto gekauft, aber es würde doch sehr eng werden mit drei Erwachsenen, zwei Kindern, einem Rollstuhl und mindestens zwei Koffern. Wieso hatte er das nicht zuvor bedacht? Es würde unnötig peinlich werden, wenn er Samuel darum bitten müsste, den Rollstuhl hinten im Kofferraum zu verstauen.

»Wie lange war dein Freund schon nicht mehr da?«, fragte Olivia. Sie feixte und streckte Mia die Zunge raus.

»Olivia«, mahnte Jochen und suchte sich den Parkplatz auf der linken Seite aus. Es war ein Behindertenparkplatz. Breit genug, um mit dem Rollstuhl hantieren zu können, aber der Bordstein zum Fußgängerweg war ziemlich hoch und schwer zu überwinden. Es ärgerte ihn, dass niemand daran gedacht hatte, die Kante etwas abzuflachen. Wäre er alleine unterwegs, wäre es nicht schlimm, aber er wollte sich vor seinem Besuch keine Blöße geben und einen unbeholfenen Eindruck machen. Er war auch so schon aufgeregt genug.

»Papa, Olivia ärgert mich«, jammerte Mia.

Verärgert sah Jochen in den Rückspiegel. »Benehmt euch jetzt. Alle beide.«

Er öffnete die Tür so weit es ging und machte sich daran, seinen Rollstuhl aufzubauen.

Mia schnallte sich ab und stieg aus dem Auto. Als Jochen sich nach ihr umsah, erkannte er, dass sie brav am Auto wartete. »Papa?«

»Mmh?« Jochen sah auf. Seine ältere Tochter war auf den Platz von Mia gerutscht. »Warum hat dein Freund eine Freundin, wenn er doch eigentlich Pfarrer ist?«, fragte Olivia.

Eine gute Frage, dachte Jochen und runzelte die Stirn. Dass Samuel eine heimliche Affäre hatte, wusste er natürlich, und er konnte es ihm nicht übelnehmen, denn er hatte von Anfang an gewusst, dass das etwas war, worauf Samuel niemals ein Leben lang verzichten könnte. Doch dass Samuel diese Frau sogar mitbrachte, ging sogar Jochen etwas zu weit. Die Leute würden reden. Wieder einmal. Und das, obwohl sie sowieso schon genug zu reden hatten, immerhin war es eine Sensation, dass die alten Freunde wieder zusammenkamen. Zumindest was ihn, Samuel und Fabian anging. Jeder wusste, dass Fabian derjenige gewesen war, der betrunken das Auto gegen den Baum gefahren hatte, weil er zu schnell für die nasse Fahrbahn gewesen war und wegen des Rehs abrupt hatte bremsen müssen und ins Schleudern gekommen war. Das hatte Jochen seine Beine gekostet.

»Das ist nur eine Freundin«, meinte Jochen und verdrehte wegen sich selbst die Augen. Er montierte das zweite Rad an den Rollstuhl und drehte sich mit dem Rücken zur Tür.

»Du meinst, sie sind gar nicht verliebt?«, hakte Olivia weiter nach.

Jochen hob die Schultern. »Keine Ahnung«, brummte er und stemmte sich mit den Armen nach oben, um auf den Sitz des Rollstuhls zu gelangen. Er rollte den Rollstuhl nach hinten, um die Tür zu schließen. Vorher musterte er Olivia. »Kommst du auch?«

Sie nickte und stieg ebenfalls aus.

Vielleicht würden die Leute auch nicht über sie reden. Wenn die Gerüchte stimmten, die Jochen beim Bäcker gehört hatte, würde schon bald etwas ganz anderes stattfinden. Angeblich hatten sich sowohl Lukas als auch Nicole angekündigt und würden beide mit einem Ausländer als neuen Partner bei Lukas' Eltern leben.

Wenn das stimmte, würde niemand mehr Notiz von Samuel und seiner Freundin nehmen.

Jochen fuhr zur Unterführung hinunter. Olivia folgte ihm auf dem Weg, während Mia die Stufen hinabrannte, die nebenan verliefen.

Fehlte nur noch Nele. Dann wären sie komplett. Zeit für eine Réunion. In einem Anflug von Sarkasmus lachte Jochen auf und verdrehte die Augen. Olivia sah ihn erstaunt an, was Jochen bewusst machte, dass er laut gelacht hatte. Er räusperte sich. Sie wären nicht komplett. Lars wäre nicht dabei; er würde nie wieder dabei sein.

Jochen ließ den Rollstuhl ausrollen, dann richtete er sich auf und schluckte fest. Jetzt war nicht der richtige Zeitpunkt, um über seine alte Clique nachzudenken. Und darüber, dass sie niemals wieder vereint sein würden.

Mit kräftigen Armbewegungen stieß Jochen sich an und stoppte am Fahrstuhl. Olivia blieb bei ihm, aber Mia machte Anstalten die Treppe hochzulaufen. »Kannst du mit ihr gehen?«, fragte Jochen.

»Ich?«, fragte Olivia empört.

»Ich kann ja wohl nicht«, schnappte Jochen. »Mia? Mia, bleib stehen«, rief er. Dann wandte er sich wieder Olivia zu. »Bitte sei so lieb. Ich ertrage jetzt keinen Streit und deine kleine Schwester ist mir heute etwas zu wild. Komm schon. Bis der Fahrstuhl kommt, dauert es einen Moment.«

Olivia verzog das Gesicht und nickte. Sie folgte Mia.

Erleichtert atmete Jochen auf. Endlich war er für zwei Minuten alleine. Er schloss die Augen und legte seine Hände auf den Oberschenkel. Er versuchte sich zu entspannen.

Als der Fahrstuhl kam, fühlte er sich schon etwas besser. Er fuhr hinein und drückte sich ans andere Ende, weil ein Fahrradfahrer versuchte sein Fahrrad noch mit reinzuquetschen und zwei Jugendliche ebenfalls einstiegen. Die junge Mutter mit dem Kinderwagen passte nicht mehr hinein und hob die Schultern, während der Fahrstuhl die Tür schloss. Jochen konnte ein Kopfschütteln über die augenscheinlich einfach nur faulen Jugendlichen nicht unterdrücken.

Oben angekommen suchte Jochen seine Töchter. Er lächelte. Der Streit war offensichtlich vergessen. Sie saßen auf der Bank und Olivia flocht Mia einen Zopf. Es tat gut, die beiden in Frieden zu sehen. Jochen stellte seinen Rollstuhl neben die Bank und sah zwei Spatzen zu, die sich um ein Stück Brezel stritten. Er spürte, dass er endlich etwas ruhiger wurde. Das war nur Samuel. Ein guter Freund aus der Vergangenheit. Ihr letztes Treffen war zwar reichlich skurril gewesen, aber dennoch hatte Jochen das Gefühl, dass Samuel und er sich wieder etwas vertrauter waren, seit sie sich regelmäßig Briefe schrieben.

Der Zug fuhr ein. Neugierig richtete Jochen sich auf und stemmte sich mit den Händen nach oben, um mehr sehen zu können. »Ist er das?«, fragte Olivia neugierig.

Aufgeregt nickte Jochen. »Kommt.« Er winkte seinen Töchtern und rollte auf Samuel zu, der zusammen mit seiner Freundin zwei offensichtlich schwere Koffer aus dem Zug hob.

Als Samuel sich umdrehte, war alles vergessen. Ihr letztes Treffen, das so schrecklich gewesen war, weil Samuel zu der Zeit schon total abgedreht war. Oder die Treffen vorher, als Jochen sich so sehr geschämt hatte wegen seiner Beine und seiner Hilflosigkeit.

Samuel beugte sich zu ihm herunter und klopfte ihm auf den Rücken, so als wäre es nie anders gewesen, so als wäre Jochen schon immer im Rollstuhl gewesen. Jochen hinderte Samuel daran, sich wieder aufzurichten und drückte ihn fest an sich. »Es tut wirklich gut, dich zu sehen, mein Freund«, sagte er leise.

Samuel richtete sich auf und schüttelte lachend den Kopf. »Kumpel. Du siehst echt gut aus. Du hast das elendige Häufchen, das du damals warst, hinter dir gelassen, was?« Er klopfte Jochen wieder auf die Schulter.

Jochen lachte. »Hey, du ja anscheinend auch?«

Grinsend streckte Samuel die Hand aus, die Jochen ergriff. »Mir geht es wirklich viel besser.«

»Sieht man dir an. Wirklich.« Jochen musterte Samuel zufrieden. Er hatte mehr Falten, aber seine Haut war gebräunt von der Sonne und er sah lebendiger aus als je zuvor. Die Haare trug Samuel jetzt länger. Jochen vermutete, dass Stella sicherlich nicht die Einzige war, die an der Nordsee für den Pfarrer schwärmte.

»Und dir sieht man das auch an, Jochen. Du kommst inzwischen gut klar, oder?« Samuel deutete auf den Rollstuhl.

Jochen wendete seinen Rollstuhl, machte einen Schlenker und stellte sich schließlich auf die Hinterräder. »Er erfüllt seinen Zweck. Ich wollte ja früher immer ein Motorrad, aber Gott erfüllt Wünsche wohl manchmal auf komische Art. Leider knattert er nicht so laut.«

»Ja, der da oben hat seinen eigenen Sinn für Humor.« Samuel sah ihn noch einen Moment lang an und nickte, dann betrachtete er Jochens Töchter, während Jochen die Hand in Stellas Richtung ausstreckte.

Fabian, in einem Dorf im Südschwarzwald

»Ich bin echt froh, dass du mich kontaktiert hast.« Samuels Händedruck war genauso fest wie seine Stimme. Ernst sah er ihn an. »Vielen Dank dafür.«

Lächelnd gab Fabian auch Stella die Hand, die schräg hinter Samuel stand.

Seine Mutter hatte wieder Kuchen gebacken. Schon als Jochen hier gewesen war, war sie aufgeblüht, jetzt hatte sie sogar zwei Gäste, die sie verwöhnen konnte. Allerdings zog sie sich gleich diskret zurück, nachdem sie sich bei Samuel erkundigt hatte, wie es ihm so im Norden ging.

Fabian zeigte auf die Eckbank und Samuel und Stella setzten sich. Es war ein seltsames Gefühl, Samuel wieder hier zu haben. Diese Frau an seiner Seite sah ungewohnt aus, ähnlich wie es Fabian gegangen war, als er Lukas mit seinem ersten Freund gesehen hatte. So, als würde etwas nicht passen, dabei war Fabian weder homophob noch sonderlich für die Einhaltung der Priesterkeuschheit. Vielleicht, weil es einfach etwas Neues war.

Zumindest sahen die beiden sehr glücklich aus. Und bei Lukas und seinem damaligen Freund hatte es auch nur einige Treffen gedauert, bis Fabian sich gar nichts anderes mehr hatte vorstellen können. Leider hatte das mit Lukas' Männern nie lange gehalten.

»Unsere Nele hat alle sehr überrascht«, meinte Samuel, vermutlich um die peinliche Stille zu unterbrechen. Er nickte zu einer Zeitung, die wie in den letzten Wochen als Titelthema das neu gefundene Leben im Weltraum hatte. Dieses Mal spekulierten sie darüber, ob die Forderung des russischen und amerikanischen Präsidenten richtig war, ein gemeinsames Atomwaffenprogramm aufzuziehen. Europa hielt sich eher zurück, wofür Fabian dankbar war. Er fand nicht, dass die Staaten dieser Welt bereit für so etwas waren, genauso wie er fand, dass sie als Gruppe noch nicht bereit waren, wieder zueinanderzufinden. Samuel hatte gehört, dass sowohl Lukas als auch Nicole zurückkommen würden, und auch seine Mutter hatte ähnlich klingende Gerüchte gehört. Es lag nahe, aber Fabian glaubte nicht, dass er dabei sein sollte. Es war schon schwierig genug, mit seinem schlechten Gewissen und Jochens Behinderung klarzukommen, es würde noch schwieriger werden mit der Lücke umzugehen, die Lars hinterlassen hatte. Das würde er nicht ertragen.

»Ich bin echt stolz auf sie. Sie hat ihre Ellenbogen ausgefahren, ist losmarschiert und hat so nebenbei die größte Entdeckung der Menschheit gemacht.« Samuel nickte zufrieden.

»Ist das eigentlich okay für dich?«, fragte Fabian vorsichtig.

»Ich finde das super cool«, erwiderte Samuel und grinste. »Ich habe mir sogar in Hamburg beim Umsteigen eine Sonderzeitschrift gekauft mit einem richtig schönen Poster dieses Planeten.«

»Der Papst hat sich ja noch nicht dazu geäußert.« Fabian zog die Zeitschrift heran und strich sie glatt.

»Wird er auch nicht. Wenn er das tut, würde er zugeben, dass die Katholiken Angst haben, dass diese Neuigkeit das Christentum schwächen könnte. Ich schätze, er wird zeigen wollen, wie wenig spektakulär das alles ist. Wir sind dazu aufgerufen worden, ganz offen damit umzugehen. Es widerspricht sich ja nicht mit der Existenz von Gott.« Samuel zeigte auf den Kuchen. »Ich bediene mich einfach, ja? Dem Kuchen deiner Mutter kann ich einfach nicht widerstehen.«

»Natürlich.« Fabian reichte ihm den Tortenheber.

Samuel bedankte sich und reichte erst Stella ein Stück Kuchen, bevor er sich selber bediente. Als er Fabian etwas anbieten wollte, schüttelte er den Kopf. Er war zu aufgeregt wegen dieses Treffens. Als er Samuel das letzte Mal gesehen hatte, hatte der sich tagelang nicht mehr geduscht. Seine Haare hatten fettig in alle Himmelsrichtungen gestanden und seine Kleidung war voller Flecken gewesen. Er war ein Wrack gewesen und Fabian trug die Verantwortung dafür. Er hatte damals die Einweisung in die Psychiatrie in Gang gesetzt, indem er mit Frau Pesch über seine Befürchtung gesprochen hatte, dass Samuel nicht mehr alleine klarkam. Danach hatte Samuel sich nie wieder gemeldet. Er war wochenlang in der Klinik gewesen und auch danach noch lange behandelt worden. Aber das hatte Fabian erst später erfahren, nachdem er mit Samuel den Briefkontakt aufgebaut hatte.

»Die Wissenschaftler vermuten ja schon seit Jahren, dass es Leben außerhalb unseres Sonnensystems geben könnte«, sagte Stella und nickte anerkennend, als sie die erste Gabel mit Kuchen in den Mund schob. »Mmh, lecker«, merkte sie an, kaute und schluckte langsam. »Ich meine, die Religionen hatten lange genug Zeit, sich mit diesem Fall zu befassen. Es wäre ein großer Fehler, dem abwehrend gegenüberzustehen, oder?«

Fabian nickte. Er betrachtete Stella. Sie wirkte wie jemand aus dem Norden, auch wenn er nicht sagen konnte, was genau ihn das denken ließ. Sie passte nicht hier her in den Süden. Sie trug bequeme, weite Kleidung, die ihre schöne Figur verhüllte. Ihre Haare waren zu einem überraschend großen Dutt verknotet und ihre Tasche machte einen hippiehaften Eindruck. Sie lächelte und berührte Samuel ständig am Arm. Es sah aus, als würde sie Samuel richtig guttun.

Er schluckte und dachte an Nele.

»Sie will vielleicht kommen«, murmelte er.

Samuel schob sich ein Stück in den Mund. »Wer?«, fragte er.

»Nele.«

Samuel riss den Kopf hoch. »Echt?«

Fabian nickte. Als Nele ihm erzählt hatte, dass das mit ihr und Brian auseinandergegangen war, hatte er sich ein bisschen gefreut, und kurz darauf sehr schlecht gefühlt, weil er nicht einmal seiner großen Liebe das Glück wünschen konnte, welches sie verdiente. Sie hatte angedeutet, nach Deutschland zu kommen. Sie hatte jetzt überall Chancen. Sie könnte in die europäische Weltraumbehörde zurückkehren und sogar einen leitenden Posten übernehmen, obwohl sie noch so jung war. Richtig glücklich war sie in den Staaten ja nie gewesen. Sie vermisste ihre Mutter sehr und hatte dort kaum Freunde gefunden. Brian war der Einzige gewesen, der für sie ein Grund zum Bleiben gewesen wäre.

»Dann könnten wir ja alle ... Ich meine ... Lukas und Nicki sind auch da.« Samuel wirkte aufgeregt. »Warum treffen wir uns nicht alle mal?«

Fabian räusperte sich. »Komplett werden wir nie wieder sein. Lars fehlt.«

Ein Schatten flog über Samuels Gesicht. Er nickte. Stella legte wieder ihre Hand auf seinen Arm und Fabian überkam Neid. Auch beim Gedanken an Nele konnte er sich nicht richtig entspannen. Er hatte Angst, denn Nele und er hatten nie lange die Finger voneinander lassen können, wenn sie in unmittelbarer Nähe waren. Aber würde eine neue Partnerschaft Sinn ergeben? War er dazu bereit? Sollte er nicht erst sein Leben sortieren, einen Job finden, bei seiner Mutter ausziehen?

»Ich meine, der Rest von uns«, korrigierte Samuel.

Fabian schüttelte den Kopf. »Das kann ich nicht.«

»Überstürz nichts.« Stella schob ihren Arm nun über Samuels Arm und verschränkte ihre Finger mit seinen. »Denk daran, was du mir versprochen hast, du nimmst dich etwas zurück.«

Samuel nickte düster.

Fabian biss sich auf die Lippen. »Vielleicht irgendwann, Samuel. Und wenn, dann wirst nicht du derjenige sein, der das organisiert. Du ...«

»Ich weiß«, unterbrach Samuel bestürzt.

Fabian wandte sich ab und starrte auf den Kuchen, der langsam in sich zusammenfiel, weil einige Stücke fehlten. Wie ihre Gruppe, dachte er. Wenn Samuel das nicht organisieren konnte, wer dann? Fabian sicherlich nicht. Das wäre dreist gewesen, gerade gegenüber Nicole. Oder Lukas.

Nele, in Washington, D.C.

Voller Stolz betrachtete Nele das Bild ihres Planeten. Nach wie vor war er namenslos, da sich die Weltraumbehörden noch stritten, wer ihm den Namen geben durfte. Die Amerikaner waren der Meinung, es wäre ihr Recht, weil sie den Planeten gefunden hätten; die Europäer, Chinesen und Russen gaben zu bedenken, dass sie immerhin bei der Erforschung teilnehmen würden und dass es somit eine weltweite Wahl geben sollte. Diesen Gedanken fand auch Nele spannend.

Oder sie nahmen einfach den Namen, den Nele sich ausgedacht hatte. Sie grinste und strich mit dem Daumen über die Oberfläche des Fotos. Es war nichts zu erkennen. Es war nur ein grobkörniges Bild. Dennoch empfand sie Mut und Hoffnung, wenn sie ihren Planeten ansah.

Ja, Spero war der ideale Name.

Seufzend legte sie die Fotografie weg. Sie wusste nicht mehr, was sie tun sollte. Die erste Aufregung war vorbei. Die Menschen sehnten sich danach, wieder andere Geschichten zu hören. Der Hype um das Leben außerhalb des Sonnensystems klappte auch sehr gut ohne die Weltraumbehörde. Im Fernsehen liefen die ersten Dokumentationen, die realistisch zu zeigen versuchten, wie es auf dem anderen Planeten aussehen könnte oder wie die Menschen mit den Bewohnern Kontakt aufnehmen würden. Bücher über das Thema wurden beworben und es gab Merchandise, das kein Mensch brauchte.

Es war sinnlos, hierzubleiben. Sie musste sich neuen Projekten anschließen, auch wenn es ihr schwerfiel. Sie konnte natürlich in Amerika weiterforschen, aber sie würde sich einer Arbeitsgruppe mit neuer Aufstellung anschließen müssen. Oder aber sie ginge wirklich wieder zurück nach Europa. Während sich die Amerikaner auf die Kontaktherstellung konzentrieren würden, würden die Europäer versuchen mit noch besseren Teleskopen die Oberfläche des Planeten abzubilden. Wesentlich spannender.

Nele lehnte sich nach hinten und wippte leicht mit dem Stuhl. Glücklicherweise hatte sie jetzt den Luxus, sich eine Stelle aussuchen zu können. Vielleicht war sie in der allgemeinen Bevölkerung kein Star und würde es auch niemals werden, weil das Interesse wieder abgeflaut war, aber sie war unter den Kollegen eine schillernde Persönlichkeit. Dabei hatte sie nichts anderes getan als die anderen. Sie hatte nur an der richtigen Stelle gesucht und das war Zufall gewesen.

Wie würde es wohl aussehen, mit den Außerirdischen Kontakt aufzunehmen? Sie würden Funkwellen ins All schicken, die erst in fünfundzwanzig Jahren ankommen würden. Eine Antwort hätten sie, wenn überhaupt, erst weitere fünfundzwanzig Jahre später. Wenn Nele Glück hatte, würde sie noch leben und erfahren, ob die Kontaktaufnahme geglückt war, aber sie wäre definitiv schon in Rente. Es war ein generationsübergreifendes Projekt, welches zudem noch sehr langweilig werden würde. Und was war, wenn das Leben gar nicht intelligent war? Wenn es dort nur Pflanzen und Bakterien gab? Dann wäre das alles umsonst. Selbst wenn es hochkomplexes Leben gäbe, beispielsweise ein Säugetier, würden sie niemals eine Antwort bekommen. Und wie unwahrscheinlich war es, dass das Leben wirklich so komplex war? Viel wahrscheinlicher war es, dass sie auf Pflanzen, Einzeller, vielleicht sogar Insekten stoßen würden.

In Europa hingegen würde man schneller Ergebnisse bekommen. Es würde ihnen nichts anderes übrig bleiben, als Kooperationen zu schließen und darauf zu hoffen, dass schon bald leistungsstärkere Bilder möglich waren. Das würde allerdings keine fünfzig Jahre dauern. Außerdem hatte sie neben dem Job in Amerika nichts, was sich lohnen würde zu bleiben. Sie konnte sich nicht vorstellen, auf ein Privatleben zu verzichten, wenn sie lediglich Funkwellen aussenden könnte, auf deren Antwort sie ewig warten musste.

In Europa hingegen ...

Unruhig schob sie ihren Stuhl zurück und streckte die Beine aus. Es war ja nicht nur Fabian, versuchte sie sich einzureden. Sie vermisste ihre Mutter und die Arbeitsweise in der Schweiz war immer sehr angenehm gewesen. Nele würde auf alte Kollegen stoßen, Menschen, die nicht von ihr verlangten, dass sie ständig zeigte, was sie drauf hatte. Es war leichter, sie selbst zu sein. Sie konnte die stille Forscherin im Hintergrund bleiben, ohne hinten runter zu fallen.

Außerdem fand im Schwarzwald gerade eine Kontaktaufnahme statt, die zurzeit spektakulärer war als die mit den Außerirdischen. Nele wusste nicht, ob sie darauf verzichten wollte. Sie wollte dabei sein. Nicole war wieder da und Fabian hatte ihr erzählt, dass er wiederum von Jochen gehört hatte, dass sie angeblich schwanger war. Leben hatte sich in ihr gebildet, obwohl ihr die Ärzte immer gesagt hatten, dass sie ohne künstliche Befruchtung niemals ein Kind würde austragen können. Es war wie ein Wunder.

Auch Danielle hatte sie schon ewig nicht mehr gesehen. Und wenn Fabian und Jochen miteinander umgehen konnten, dann konnte Nele vielleicht auch den Mut zusammenkratzen und bei Danielle vorbeischauen?

Nele griff nach ihrem Geldbeutel und holte zwei Bilder heraus. Sie klemmte sie zwischen die Tasten der Tastatur. Brian und Fabian. Die traurige Wahrheit war, sie vermisste Brian nicht wirklich.

Ihr war elendig zumute gewesen, als er Schluss gemacht hatte, aber sie war trotzdem wie ein Baby eingeschlafen und am nächsten Morgen ausgeruht gewesen. Als Fabian sich von ihr getrennt hatte, hatte sie wochenlang nicht schlafen können. In den ersten Tagen war sie versucht gewesen, Brian anzurufen, aber sie hatte sich gut ablenken können, indem sie Interviews gegeben und viele Gespräche mit interessierten Kollegen aus dem Ausland geführt hatte. Als er angerufen hatte, hatte sie sich gefreut, so wie man sich eben freut, wenn ein alter Freund anruft. Das hätte sie bei Fabian nicht ertragen können. Sie hatten den Kontakt sofort abgebrochen.

War Fabian derjenige, der sie nach Europa zog?

Auch. Nele tippte mit dem Bleistift gegen die Lippen. Es sprach einfach zu viel für Süddeutschland als Wohnort und die Schweiz als Arbeitsstätte. Allein der Gedanke, wieder regelmäßig Kontakt zu ihrer Mutter haben zu können ...

Doch sie wollte nicht einfach so verschwinden. Sie wählte Brians Eintrag im Telefonbuch aus und hielt das Handy ans Ohr. Er war ihr ein guter Weggefährte gewesen, den besten, den sie in dieser Situation hätte bekommen können. Sie würde ihn nicht einfach so zurücklassen. Sie würde ihm einen letzten Wunsch erfüllen und mit ihm am Wochenende wegfahren: Sie würde sich von ihm das Reiten beibringen lassen und mit ihm auf die Jagd gehen. Mal sehen, was er von dieser Idee hielt.

»Ja? Nele?«, fragte er.

»Hi«, sagte Nele und stand auf. Sie lächelte entschieden, als sie ihm ihr Anliegen schilderte.

Nicole, in einem Dorf im Südschwarzwald

Die Familie von Lars war ziemlich aufgedreht. Schwungvoll hob Lars' Vater die Koffer aus dem Auto, während sich Lars' Mutter auf sie stürzte, sie umarmte, mit Tränen in den Augen den Bauch tätschelte und schließlich rasch ins Haus führte.

Tayo wirkte etwas verwirrt. Er hatte wohl nicht solch einen herzlichen Empfang erwartet. Als Nicole sich umsah, beobachte sie, dass Tayo versuchte mit den Koffern zu helfen, aber Lars' Vater winkte ab und sagte ihm auf Deutsch, dass er das schon machen könne und dass Tayo ins Haus gehen solle, um sich auszuruhen.

Grinsend schüttelte Nicole den Kopf und rief Tayo auf Englisch zu, dass er ihr folgen sollte. Nun wirkte er fast erleichtert.

Nicole strich über den dicken Bauch, den sie mittlerweile vor sich hertrug, und steuerte sofort die Toilette an. Das Baby drückte ihr inzwischen fest auf die Blase, so dass sie ständig aufs Klo musste. Eine unangenehme Sache im Flugzeug. Sie war froh, dass sie jetzt in Deutschland war.

Das Fliegen im letzten Trimester war nicht ganz leicht, aber da Nicole das Fliegen gewohnt war und die Schwangerschaft bisher gut verlaufen war, hatte die Fluggesellschaft nichts dagegen gehabt. Es war Nicoles ausdrücklicher Wunsch, in Deutschland zu entbinden, weswegen ihr niemand hatte Steine in den Weg legen wollen.

Es tat ihr leid, dass sie Tayo alleine in der Küche lassen musste, aber jetzt sah er, wie sie sich gefühlt hatte, damals als er mit ihr zu seinen Eltern gegangen war.

Leider sprachen Lars' Eltern kein Englisch. Aus den Augenwinkeln konnte Nicole noch sehen, dass die Mutter von Lars Tayo energisch auf die Eckbank im Esszimmer drückte, da er keine Anstalten machte, sich zu setzen. Er schaute wieder verwirrt, doch als sie ihm ein Glas Wasser reichte, leckte er sich über die Lippen und nahm das Glas erfreut an.

Kopfschüttelnd schloss Nicole die Tür des Badezimmers und starrte in den Spiegel. Man konnte ihr ansehen, dass die Reise sie mitgenommen hatte. Seit einigen Tagen empfand sie die Schwangerschaft auch als sehr belastend. Oder war es der plötzliche Wechsel in die kältere Zone? Nicole strich sich über die Arme, wo sich eine Gänsehaut gebildet hatte.

Sie ging auf die Toilette, stand umständlich wieder auf, indem sie sich am Fensterbrett hochzog und spülte. Gründlich wusch sie sich die Hände, vielleicht gründlicher als nötig gewesen wäre. Es war ein seltsames Gefühl, wieder hier zu sein. Alles erinnerte sie an Lars. Sie waren so oft hier gewesen, zu Geburtstagen, an Weihnachten. Jahrelang, seit sie Lars kannte, bis zu seinem Tod. Jetzt stand sie mit Tayo hier, der von Lars' Eltern so herzlich und erfreut empfangen wurde. Sehr komisch.

Als würden zwei Welten aufeinanderprallen, die sie immer versucht hatte, voneinander zu trennen. Doch es fühlte sich nicht schlecht an.

Sie wusch sich das Gesicht und atmete tief durch, dann öffnete sie die Tür. Sie erstarrte, denn genau vor ihr stand das Ebenbild ihres verstorbenen Mannes. Nur etwas älter wirkte er. Ihr wurde bewusst, dass Lukas Falten und graue Haare bekommen würde, während Lars in ihrer Erinnerung immer ein junger Mann bleiben würde.

»Oh, mein Gott«, hauchte sie und lehnte sich gegen die Wand. »Ich habe vergessen, wie ähnlich ihr euch seid.«

Lukas starrte auf ihren Bauch. Er räusperte sich, dann ging er einen großen Schritt auf sie zu. »Nicki«, flüsterte er und dann nahm er sie in den Arm, als hätten sie sich lediglich eine oder zwei Wochen nicht gesehen.

Nicole lächelte und legte ihre Arme um seinen Körper.

Kurz nach Lars' Tod war es unerträglich für sie gewesen, Lukas anzusehen. Alles an ihm hatte sie an seinen Bruder erinnert. Sein Aussehen, seine Art zu lachen, seine Stimme, seine Statur. Die Brüder hatten sich sogar ähnlich angefühlt, wenn man von ihnen in den Arm genommen wurde. Nur gerochen hatten sie immer unterschiedlich, weil sie verschiedene Aftershaves benutzten.

Lukas ließ sie los und sah sie bestürzt an. »Es ist unfassbar, dich zu sehen. So.« Er zeigte auf ihren Bauch.

»Ja, es ist auch für mich etwas kurios.« Nicole legte ihre Hände auf den Bauch.

»Lars hätte sich wahnsinnig für dich gefreut«, murmelte Lukas und kniff die Augen zusammen.

»Meinst du?«, fragte Nicole mit erstickter Stimme.

»Ich wünschte nur, er könnte es erfahren.« Lukas schluckte fest und seine Augen huschten nervös in den Augenhöhlen umher.

»Es ist so unfair. Ich weiß das. Er wollte so gerne Vater werden. Und jetzt ...« Sie brach ab.

Lukas schüttelte den Kopf. »Er würde sich für dich freuen, Nicole.« Er machte eine kurze Pause, in der er sich offenbar wieder fasste, denn seine Stimme klang stabiler. »Tut mir leid, ich hätte mich nach seinem Tod mehr um dich kümmern sollen. Meine Eltern waren wenigstens zu zweit, aber du warst ganz alleine. Ich hätte bei dir bleiben sollen und nicht nach Afghanistan gehen dürfen.«

Nicole lächelte. »Ich kann das verstehen. Er war dein Bruder. Ihr hattet eine Zweisamkeit, von der ich nicht einmal eine Ahnung habe. Ihr habt die Kindheit miteinander verbracht, sogar die Schwangerschaft.« Wieder strich sie über den Bauch.

»Ich denke, es wäre meine Aufgabe gewesen«, betonte Lukas.

Nicole sah ihm fest in die Augen. »Nein, du hast dir die Zeit genommen, die du gebraucht hast. Aber ... ich würde mich freuen, wenn du wieder ein Teil in meinem Leben wärst, wir Kontakt halten würden. Du fehlst mir. Wenn du bei mir bist, fühle ich mich ihm näher.«

Lukas lächelte leicht. »So ähnlich geht es mir auch. Es ist, als wäre er wieder ein Stück näher bei uns. Jetzt, wo da bist.«

Nicole lächelte ebenfalls.

Lukas streckte die Hand aus. »Ist Tayo auch da?«

»Ja, er sitzt in der Küche. Deine Eltern können kein Englisch mit ihm sprechen?«, erzählte Nicole.

»Das wird was werden. Navid versteht auch kein Wort Deutsch«, erwiderte Lukas.

»Ist er schon da?«, fragte Nicole und ließ sich von Lukas durch den Flur führen. Sie hatte den Eindruck, dass ihr Gang jetzt viel beschwingter war, auch wenn sie befürchtete, dass sie den für Schwangere typischen Watschelgang an sich hatte.

Lukas schüttelte den Kopf. »Nein, aber er hat endlich seine Papiere zusammen. Jetzt muss er noch warten. Zum Glück ist sein Bruder noch bei ihm. Er ist immer noch verletzt.« Er blieb stehen und sah Nicole an. »Ich bin so froh, wenn er endlich hier ist. So froh.«

Nicole drückte seine Hand. »Das glaube ich dir. Schön, dass ihr beide bald in Sicherheit seid.«

Lukas nickte und drückte die Tür auf.

Tayo saß vor einem riesigen Teller mit Kuchen und süßen Teilchen. Er kaute rasch und schluckte.

»Tayo, mein Schatz.« Nicole ging zu ihm. »Das ist Lukas. Derjenige, von dem ich dir so viel erzählt habe.«

»Sobald auch Navid eingetroffen ist, werde ich einen großen Hackbraten machen. Mit Rinderhackfleisch natürlich.« Beate, Lars' Mutter, wirkte fröhlich, als sie weitere Teller auf den Esszimmertisch stellte.

»Warum betonst du das immer so, Mama?«, fragte Lukas und setzte sich zu seinem Vater.

Auch Nicole setzte sich, und zwar direkt neben Tayo, der dankbar ihre Hand tätschelte. Es musste echt schlimm sein, wenn man die Sprache nicht verstand und in einer fremden Umgebung war.

»Eure Männer sind doch Moslems, oder etwa nicht?« Nun klang sie verwirrt.

»Ich meine, dass du Hackbraten machen willst«, erwiderte Lukas und seine Stimme klang heiter.

»Das war Lars' Lieblingsessen«, erklärte Beate.

»Echt?«, entfuhr es Nicole. »Das wusste ich gar nicht.«

»Und wieso müssen wir das essen, wenn das Lars' Lieblingsgericht war?«, erkundigte Lukas sich überrascht und nahm sich ein Stück Kuchen, das nur wenig kleiner war als das, was auf Tayos Teller lag.

»Dein Bruder hatte einen tollen Geschmack, Lukas«, erwiderte Beate und setzte sich ebenfalls. »Und jetzt esst. Ich habe mich so gefreut, dass sich ein volles Haus angekündigt hat, dass es mit mir durchgegangen ist. Ich habe viel zu viel gebacken. Tayo, schmeckt es Ihnen?«

Tayo blinzelte verwirrt und Nicole konnte sich ein Lachen nicht verkneifen. Während sie auf Englisch übersetzte, strich sie zart über Tayos Wange.

Samuel, in einem Dorf im Südschwarzwald

Bis auf die Rampe vor der Haustür und der Tatsache, dass die große Tanne neben dem Haus noch größer geworden war, hatte sich nichts verändert. Samuel sprang zwei Stufen auf einmal nach oben und klingelte. Stella war nicht dabei, was ihm eigentlich ganz recht war. In den letzten Tagen waren sie immer zusammen auf Achse gewesen und hatten Freunde, Familienmitglieder und Bekannte besucht. Diesmal würde er mit Jochen und dessen Familie alleine sein. Vielleicht würde man dann über Dinge reden, die Jochen vor Stella nicht ansprechen wollte.

Nicht Jochen, sondern Danielle machte auf.

Im Gegensatz zu dem Haus hatte sie sich enorm geändert. Kurz stockte Samuel und überlegte sogar, ob er sich im Haus geirrt hatte. Dann sah er den Treppenlift an der Treppe und erkannte, dass das wirklich Danielle war. Nichts an ihr erinnerte mehr an das Häufchen Elend, das stundenlang an Jochens Bett gesessen hatte. Sie wirkte jünger, frischer. Ihre Haare waren hochgesteckt und ihre Kleidung sah elegant aus.

Samuel beugte sich vor und nahm sie fest in den Arm. »Schön dich zu sehen.«

Danielle ging einen Schritt zurück und betrachtete ihn. Sie nahm beide Hände und drückte sie sanft. »Ich freue mich, dass ihr wieder Kontakt habt.«

»Fehlt nur noch, dass ihr Mädels auch Fortschritte macht«, erwiderte Samuel und bereute es sofort, als er sah, dass Danielle zusammenzuckte.

»Es wird nie wieder so werden wie früher, Samuel«, sagte sie leise.

Es erinnerte ihn an das, was Stella immer wieder zu ihm sagte. Sie hatte Angst, dass er sich hineinsteigerte und am Ende zusammenbrach, so wie es schon einmal geschehen war. »Nein«, antwortete er ebenfalls leise. »Aber anders kann es werden. Ich glaube daran, egal was alle anderen sagen.«

In dem Moment kam Jochen in seinem Rollstuhl um die Ecke. Er reichte Samuel die Hand und zog ihn daran nach drinnen. »Ihr müsst nicht draußen stehen bleiben.«

»Komm schon. Schuhe musst du keine ausziehen«, betonte Danielle.

»Früher mussten das immer alle Gäste machen«, rief Jochen ihr grinsend hinterher.

Danielle blieb am Kleiderständer stehen und warf ihrem Mann eine Kusshand rüber. »Damals habe ich ja auch noch nach dem Besuch putzen müssen.«

»Ich kann meine Schuhe gerne ausziehen.« Verunsichert reichte Samuel Danielle die Jacke.

»Quatsch.« Jochen schlug ihm leicht mit dem Handrücken gegen den Bauch. »Das war ein Spaß. Komm schon rein.«

Auch das Wohnzimmer hatte sich kaum verändert. Allerdings fiel Samuel sofort auf, dass das Bild über dem Klavier nicht mehr hing. Sie hatten es dem Paar zur Hochzeit geschenkt. Ein riesiges Gruppenbild voller lachender Gesichter.

Samuel schluckte.

»Setz dich.« Ungeduldig winkte Danielle.

Nickend setzte Samuel sich auf das Sofa. Danielle steuerte den Sessel an und Jochen schien den Rollstuhl zu bevorzugen. Er rollte ihn nur etwas näher an den Tisch. Samuel streckte die Hände aus und empfand das Sofa als viel zu klein für ihn alleine. So als würde er vor Gericht sitzen und fremde Menschen würden über ihn urteilen.

»Hast du mitbekommen, dass jetzt nach und nach alle zurückkommen?«, fragte Danielle.

Samuel nickte. »Lukas und Nicki. Ich weiß.« Er lehnte sich vor und nahm ein Glas Wasser. »Und Nele auch«, fügte er hinzu.

»Ja, das stimmt.« sagte Jochen und sah Danielle an. Sie sah zur Seite und strahlte Unbehagen aus.

Samuel kam der Gedanke, dass es den Frauen vielleicht deswegen schwerer fallen könnte, weil zumindest Nele und Nicole mehr oder weniger freiwillig gegangen waren, während er und Fabian keine andere Wahl gehabt hatten. Vielleicht hatte das die Entfremdung zwischen den ehemaligen Freundinnen verstärkt.

»Fabian meinte, nächste Woche vielleicht schon«, erzählte Jochen weiter. »Zwar muss sie dann nochmal zurück, aber sie hat sich so viele Wochen Urlaub aufgespart.«

Samuel hielt inne und stellte sein Glas auf den Tisch zurück. Sein Puls beschleunigte sich. Das bedeutete tatsächlich, dass sie alle fast gleichzeitig zurückgekommen waren. So als hätte jemand an einem Faden gezogen und sie alle hergezogen. Das musste bedeuten, dass sie langsam bereit waren. Die Frage war, ob Stella das verstehen würde. Und all die anderen, die er nicht überzeugen konnte.

»Das hast du nicht gewusst, oder?« Jochen legte seine Hände an den Greifring der Reifen und rollte sich ein Stück nach vorne. »Mir ist das auch ein bisschen unheimlich. Sie hat Fabian angerufen und der hat es mir erzählt. Lukas und Nicole sind unabhängig voneinander zurückgekommen.«

»Wow.« Samuel lächelte. Rasch trank er einen Schluck. »Und hattet ihr mit Lukas oder Nicki Kontakt?«

Danielle zog ihre Beine nach oben auf die Sitzfläche und schüttelte den Kopf. »Ich weiß gar nicht, ob Nicole das überhaupt möchte. Wir waren wirklich gute Freundinnen, aber ...«

Jochen sah seine Frau an und ergriff das Wort, als sie verstummte. »Es ist so wahnsinnig viel passiert. Danielle hatte kaum Energie, sich um Nicki zu kümmern, obwohl sie damals sicherlich jede Form der Unterstützung benötigt hätte.«

»Ich weiß.« Samuel seufzte. »Ich hatte auch versucht, mit ihr zu sprechen, aber sie hat vollkommen abgeblockt. Ich kam überhaupt nicht an sie ran.« Er kratzte sich am Kopf. »Und an Lukas ebenfalls nicht. Er war unerträglich zu dieser Zeit. Sehr aggressiv, sehr laut und barsch. Vielleicht war das auch der Grund, warum ich es für keine gute Idee hielt, dass er nach Afghanistan geht. Aber sie haben ihn als tauglich eingestuft und es ist ja alles gut gegangen.«

»Bis auf irgendeinen Vorfall, der gerüchteweise dazu geführt hat, dass er jetzt wieder hier ist«, betonte Jochen.

»Du weißt ja, wie das ist. Die Leute reden und meist nur über Dinge, von denen sie keine Ahnung haben.« Samuel holte tief Luft. »Glaubt ihr, wir schaffen es irgendwann, einmal die ganze Gruppe zusammenzubringen?«

Danielle blieb stumm und biss sich auf die Unterlippe. Jochen hingegen rollte sich so nah an den Tisch, dass sein Rollstuhl gegen das Holz gepresst wurde. »Ich bin mir nicht sicher. Es wird niemals mehr so werden wie früher.« Damit wiederholte er vermutlich unwissend den Satz, den zuvor auch schon Danielle gesagt hatte.

Samuel nickte.

»Hast du so eine Art Klassentreffen vor?«, stieß Jochen aus.

Wieder nickte Samuel.

»Aber Samuel.« Danielle hatte ihre Füße blitzschnell auf den Boden zurückgestellt und sich nach vorne gebeugt. Sie streckte ihren Arm aus und berührte seine Hand. »Du musst auf dich aufpassen. Du hast damals so verzweifelt versucht alle zusammenzuhalten, aber manchmal kann man so etwas nicht erzwingen. Es ist so viel passiert.«

»Das weiß ich.« Samuel umfasste ihre Finger und drückte sie sanft. »Ich habe Stella und ich weiß, wie so ein psychotischer Schub beginnt. Ich schaffe das.«

»Außerdem muss man dich nicht wie ein rohes Ei behandeln«, warf Jochen ein. »Du kennst deine Grenzen sicherlich besser als wir alle anderen zusammen.«

Samuel nickte in seine Richtung und fragte sich, ob Jochen von sich selber oder von ihm sprach.

Lukas, in einem Dorf im Südschwarzwald

Lukas streifte seine Schuhe ab. Seine Eltern waren wohl immer noch unterwegs. Sie wollten einkaufen gehen und auf dem Weg bei der Großtante vorbeizuschauen, die seit einigen Jahren im Altersheim lebte. Aus dem Wohnzimmer hörte er Geräusche, aber erst als er näher kam, erkannte er, dass der Fernseher lief.

Er stieß die Tür auf und konnte nur schwer ein Grinsen unterdrücken.

Das Trio auf dem Sofa machte schon einen etwas kuriosen Eindruck. Es wirkte skurril, auch wenn es einfach nur liebenswürdig war. Nicole saß in der Mitte. Der riesige Bauch ragte in die Höhe. Rechts neben ihr saß Tayo. Er hielt ihre Hand und hatte die Stirn gerunzelt. Man sah ihm an, dass er kein Wort von der Seifenoper verstand. Navid saß links von dem Paar. Auch er wirkte angestrengt. Sein Gesicht sah immer noch furchtbar mitgenommen aus. Zum Glück kümmerte Nicole sich darum, säuberte die Wunden und legte Verbände an. So konnten sie sich wenigstens den komplizierten und bürokratischen Gang zum Amt und anschließend zum Arzt sparen.

»Hey.« Lukas klopfte gegen den Türrahmen. Er trat ein. »Hast du endlich jemanden gefunden, der diesen Frauenkram mit dir schaut?« Weil er auf Navid und Tayo Rücksicht nehmen wollte, sprach er englisch.

Nicole lachte. Sie zeigte auf die Fernbedienung und fast zeitgleich lehnten sich beide Männer vor, um sie ihr zu reichen. Zufrieden nahm Nicole sie an sich und schaltete den Fernseher aus.

Lukas zog den Sessel näher an das Sofa und setzte sich. Er streckte die Hand aus und Navid berührte sie kurz. Auf Farsi fragte er ihn, wie es ihm ging, und Navid nickte kurz. Zum Glück wurde Lukas' Farsi immer besser, er hoffte damit Navid einiges an Unbehagen zu nehmen. Richtig wohl fühlte er sich hier noch nicht. Die fremde Sprache, die fremden Sitten. Außerdem hatte er nach wie vor Schmerzen im Fuß und konnte nicht richtig auftreten. Seine Gefühle Lukas gegenüber zeigte er nur ungern in der Öffentlichkeit. Man hatte ihm jahrelang eingetrichtert, dass die Liebe zu einem Mann pervers war und darauf die Todesstrafe stand. Es war sicherlich normal, dass er sich genierte. Besonders Lukas' Eltern gegenüber. Wenn nur Nicole im Raum war, war er etwas lockerer.

Leider hatten Tayo und Navid ebenfalls enorme Vorbehalte gegeneinander. Tayo gegenüber Navid, weil er schwul war, und Navid verurteilte, dass Tayo mit Nicole ein Kind bekam, ohne sie zu heiraten.

Auch in Nigeria standen homosexuelle Handlungen unter Strafe, zwar nicht unter Todesstrafe, aber mit einer langen Gefängnisstrafe war zu rechnen. Nicole hatte Lukas erzählt, dass die Gesetze in den letzten Jahren immer wieder verschärft worden waren. Eine Entspannung war nicht in Sicht. Tayo war sehr offen, aber er drehte dennoch immer den Kopf weg, wenn Lukas versuchte Navids Hand zu nehmen. Vorurteile waren manchmal so tief verankert, dass selbst Menschen wie Tayo ein Problem damit hatten. Navid verunsicherte das zusätzlich. Navid war mit Tayo ebenfalls vorsichtig. Er hielt es für falsch, dass Tayo Nicole nicht heiraten wollte. Es war unmännlich, ein Kind zu zeugen, aber nicht die Mutter zu heiraten. Fast war Lukas der gleichen Meinung. Sie hatte Lars geheiratet, was sprach gegen eine weitere Heirat? Immerhin wollten die beiden in Nigeria leben und dort war vieles anders als in Deutschland. Musste man sich nicht auch ein klein wenig anpassen?

»Hast du Schmerzen?«, fragte Lukas, diesmal auf Englisch und zeigte auf Navids Fuß.

»No. Nein«, antwortete Navid in einer süßen Mischung aus Englisch und Deutsch.

Nicole lagerte ihren Körper um und stöhnte leicht. Man merkte ihr an, dass sie sich nach dem Ende der Schwangerschaft sehnte. »Wie war es beim Friedhof?«

Lukas lehnte sich in den Sessel zurück und berührte seine Hosentasche. »War okay. Die Blumen habe ich gegossen, auch wenn es nach Regen aussieht.«

»Hast du irgendwas auf dem Herzen?«, fragte Nicole.

Lukas war ihr dankbar, dass sie deutsch redete. Er hob die Schulter.

»Was ist los?«, erkundigte Nicole sich alarmiert. Sowohl Navid als auch Tayo folgten der Unterhaltung mit aufmerksamen Augen. Sie waren beide darin bestrebt, die Sprache zu lernen und schnappten immer mal wieder Worte auf, die sie dann wiederholten. Später würde Nicole Tayo erzählen, was Lukas ihr gesagt hatte und genauso würde Lukas mit Navid verfahren, aber jetzt musste er erst einmal mit Nicole alleine sprechen. Er stand auf und winkte ihr zu.

Er hätte es schäbig gefunden, einfach auf Deutsch weiterzusprechen, anstatt ganz offen zu zeigen, dass er etwas zu sagen hatte, was jetzt im Moment nur Nicole was anging.

Verwirrt kämpfte Nicole sich auf die Füße und folgte ihm in die Küche.

»Was ist los?«, fragte Nicole verwirrt.

Lukas zog die Tür der Küche hinter sich zu, dann griff er in seine Hosentasche und zog zwei Umschläge heraus. Auf einem stand sein Name, auf dem anderen Nicoles.

Fast vorsichtig drehte Nicole den Brief und runzelte die Stirn. »Was ist das?«

»Das lag hinter dem Busch auf Lars' Grab. Geschützt vor Regen in einer durchsichtigen Tüte. Es gab noch weitere Umschläge. Einer mit Fabian beschriftet, einer mit Jochen. Die anderen habe ich mir nicht angesehen, aber ich kann mir vorstellen, welche Namen es da noch gab.«

»Samuel«, flüsterte Nicole leise. »Und Nele?«

Lukas nickte düster.

»Hast du schon reingeschaut?« Nicoles Augen waren feucht.

Lukas schüttelte den Kopf. »Nein, noch nicht. Aber ... Nicole, ich glaube, das ist Samuels Schrift.«

Eilig ging Nicole zum Fenster und hielt den Umschlag in das Sonnenlicht. »Jetzt, wo du es sagst. Sie kam mir gleich bekannt vor.«

»Machen wir sie zusammen auf?«, fragte Lukas.

»Okay.« Nicole sah ihm fest in die Augen, dann nickte sie fest entschlossen.

Jochen, in einem Dorf im Südschwarzwald

Jochen drehte den Brief, auf dem sein Name stand. Normalerweise war er nicht oft an Lars' Grab. Es war beschwerlich und für ihn alleine fast unmöglich, dorthin zu gelangen. Friedhöfe waren leider selten barrierefrei. Die Kieselsteine beeinträchtigten das Vorwärtskommen. Dass der Friedhof auch noch an einem Hang lag und die Gräber dicht angeordnet waren, erschwerte es Jochen umso mehr. Um sie herum war nur grünes Land, kaum Bewohner, Natur, wohin man blickte. Trotzdem sah der Friedhof aus wie der einer Großstadt. Da es aber der dritte Todestag von Lars war, hatte Danielle ihm angeboten, ihn zu begleiten. Sie hatte sogar Urlaub genommen, was Jochen sehr gefreut hatte. Abgesehen davon, dass er praktische Hilfe benötigte, war er froh darüber, dass er den Tag nicht alleine verbringen musste. Lars' Todestag war zugleich auch der Tag, an dem er seine Beine verloren hatte. Zwar ging es ihm immer besser, aber er verzweifelte gerade heute wieder daran, was mit ihm passiert war.

Auf dem Grab hatten gut versteckt drei Umschläge gelegen. Einer an Fabian und einer an Nele adressiert, der letzte war für ihn.

Jochen hatte einen Verdacht, was dieser Brief beinhaltete, und natürlich ahnte er auch, von wem er war. Samuel musste auf sich aufpassen. Seine neue Freundin hatte recht, er hätte das Risiko nicht eingehen sollen. Aber zumindest hatte er diese distanzierte Form gewählt, vielleicht würde ihn das schützen? Vielleicht sollten sie jedoch akzeptieren, dass der Unfall ihre Freundschaft zerstört hatte? Wieso glaubten sie, dass wieder alles gut werden würde? War es nicht absurd, an so etwas zu glauben?

Ja, Jochen war froh, dass er den Kontakt zu Fabian gesucht hatte und auch dass Samuel sich bei ihm gemeldet hatte. Es war schön zu wissen, dass Lukas und Nicole ebenfalls wieder miteinander sprechen konnten und offenbar auch Nele bereit war, mit Fabian umzugehen. Es war viel mehr als Jochen jemals erwartet hatte. Warum noch mehr wollen? Konnte Samuel damit nicht zufrieden sein?

Als Jochen noch im Krankenhaus gelegen hatte, hatte Samuel gesagt, dass Lars erst dann wirklich tot war, wenn sie ihn vergessen würden. Und sie würden ihn vergessen, wenn sie zuließen, dass der Unfall ihre Freundschaft beeinflusste. Aber kurz danach war er in die Klinik gekommen und Jochen hatte keine Ahnung, ob damals schon der Wahnsinn aus ihm gesprochen hatte, oder ob er das ernst gemeint hatte.

Weil Jochen den Tag mit seiner Familie verbringen und sich auch ablenken wollte, hatte er den Brief im Auto ins Handschuhfach gelegt. Danielle war gefahren und Jochen hatte die Musik lauter gedreht, während er im Takt auf seinen Oberschenkel getippt hatte.

Verärgert runzelte er die Stirn. Wieso konnte er diesen Brief nicht einfach mal vergessen? Heute war ein besonderer Tag für ihn. Danielle war zu Hause, es war schönes Wetter. Nicht der richtige Tag, um sich Samuels Brief zu widmen. Er würde ihn vielleicht heute Abend öffnen oder besser noch morgen früh. Oder vielleicht auch nie.

»Bist du fertig?«

Jochen nickte. Er schob den Brief in seinem Schreibtisch in die hinterste Ecke und folgte Danielle, die bereits fertig angezogen war. Im Eingang des Hauses standen auch die Mädchen und warteten mit Helmen auf dem Kopf auf ihn.

Jochen verdrängte das mulmige Gefühl und entspannte sich fast augenblicklich.

»Sind eure Reifen aufgepumpt?«, fragte Jochen und fuhr mit dem Rollstuhl nach draußen in die Garage. Danielle hatte das Handbike bereits in Position gebracht und die drei Fahrräder von den Haken genommen.

»Ich habe noch nicht geschaut«, erwiderte Danielle.

Jochen fuhr um Mias Fahrrad herum, testete die Reifen und nickte zufrieden, dann lehnte er sich vor und untersuchte Olivias Fahrrad. Hier fehlte eindeutig noch etwas Luft. Er nahm die Luftpumpe.

»Geht das?«, fragte Danielle.

»Wenn die Mädels mir helfen.« Jochen sah sich um und winkte die Schwestern zu sich.

Nur wenige Minuten später waren sie abfahrbereit. Jochen fand es nach wie vor etwas gewöhnungsbedürftig, so niedrig über dem Boden zu fahren, aber nach den ersten Metern fühlte er sich wohler. Hinter ihm schloss Danielle das Garagentor und holte ihn rasch ein.

»Komm schon, alter Mann«, rief sie über die Schulter und gab Gas.

Jochen knurrte und festigte den Griff, dann beeilte er sich, ihr zu folgen.

Die Mädchen hinter ihm lachten und Danielle vor ihm sah vergnügt aus und streckte ihm die Zunge raus. Jochen grinste, streckte sich und schlug ihr übermütig auf den Po, als er an ihr vorbeifuhr.

Fabian, in einem Dorf im Südschwarzwald

»Schade, dass ihr euch so knapp verpassen werdet.« Fabian reichte Samuel die Hand.

»Mal sehen, vielleicht sehe ich sie irgendwann.« Samuel zog Fabian an der Hand zu sich heran und drückte ihn fest. »Glaub an dich, gib nicht auf«, flüsterte er ihm ins Ohr.

Seufzend löste Fabian sich von ihm. »Ist nicht immer ganz leicht.«

»Und warte nicht auf irgendein Wunder, manchmal muss man auch selber aktiv werden«, betonte Samuel und legte seine Hand in Fabians Nacken. Er starrte ihm direkt in die Augen. »In Ordnung?«

Fabian nickte. »Okay«, sagte er, dann wandte er sich zu Stella und umarmte sie kurz. »Alles Gute. Man wird sich hoffentlich mal wieder sehen.«

»Ich denke schon.« Sie lächelte.

Bevor Samuel ihr zum Taxi folgte, schlug er Fabian nochmal auf den Rücken und lächelte ihn an. »Ich glaube an dich. Lass dich nicht hängen. Gib nicht auf.«

Fabian nickte erneut. Er wusste nicht, was er dazu sagen sollte. Er hatte in den letzten Tagen viel mit Samuel gesprochen, auch darüber, wie hoffnungslos er sich wegen seiner Arbeitslosigkeit fühlte. Er hoffte, dass Samuel recht behalten und sich irgendwann alles lösen würde.

Er winkte, nachdem das junge Pärchen ins Taxi gestiegen war. Sie würden direkt zum Bahnhof fahren und dann mit dem Zug nach Hamburg. Es lag eine lange Reise vor ihnen.

Fabian blieb auf der Straße stehen, bis das Taxi nicht mehr zu sehen war, dann sah er auf die Uhr. Noch vier Stunden, bis Nele ankommen würde, vermutlich auch mit dem Taxi. Ihr Flugzeug würde, wenn alles gut ging, in einer Stunde landen. Bis sie ihr Gepäck hatte, würde einige Zeit vergehen und dann hatte sie noch den Weg von Basel bis hierher. Außerdem hatte sie betont, dass sie zuerst zu ihrer Mutter fahren würde.

Unruhig schlenderte Fabian durchs Haus. Seine Mutter war im Garten und kümmerte sich um die Beete, somit war er alleine und hatte seine Ruhe. Dennoch konnte er sich nicht entspannen. Er war viel zu aufgeregt, die letzten Ereignisse hatten ihn aufgewühlt. Jochens Kontaktaufnahme und Samuels Besuch und jetzt stand ein weiterer Besuch an.

Er lief in sein Zimmer und verschloss die Tür. Mit einem Stöhnen ließ er sich auf sein Bett fallen und zog die Kochbücher zu sich heran. Seit er aus dem Gefängnis entlassen worden war, hatte er nicht mehr hineingesehen. Doch gestern Abend hatte ihn plötzlich eine Sehnsucht erfüllt. Er hatte die halbe Nacht darin herumgeblättert, sich seine Notizen angesehen und in Gedanken bereits neue Kreationen ausprobiert. Hier bei seiner Mutter kochte er nicht. Seine Mutter hatte zwar nie die Ausbildung gemacht wie er, aber sie konnte dennoch sehr gut kochen. Es schmeckte, auch wenn sie häufig Fehler machte, für die Fabian während der Ausbildung eine schlechte Note erhalten hätte.

Aber es fehlte ihm. Er fragte sich, warum er nie darüber nachgedacht hatte, wieder mit dem Kochen anzufangen. Einfach für sich. Warum war ihm nie aufgefallen, wie sehr er es wirklich vermisst hatte?

Er verkrampfte sich, als er auf ein Rezept starrte, welches Nele besonders geliebt hatte. Auch in dem Restaurant, wo er nach seiner Ausbildung bis zu dem Unfall gearbeitet hatte, war es immer gut angekommen. Er hatte es nicht selbst kreiert, aber er hatte es abgeändert. Gerade die Zugabe von Muskatnuss war eine gute Idee gewesen. Jetzt fragte er sich, ob er es auch mal mit etwas Chili probieren könnte.

Erneut schaute er auf die Uhr. Noch dreieinhalb Stunden, bis Nele hier wäre. Ob das reichen würde? Er müsste sich beeilen.

Ohne weiter zu überlegen, schnappte er sich seinen Geldbeutel, zog seine Jacke an und radelte ins Nachbardorf, wo es einen kleinen Supermarkt gab. Dort beeilte er sich, alle Zutaten möglichst schnell zusammenzubekommen. Bei der Rückfahrt kam er ganz schön ins Schwitzen. Es ging steil bergauf, und auch wenn er im Knast viel Sport gemacht hatte, hatte er kaum Ausdauer. Aber er gönnte sich keine Pause, denn dann würde er es nicht schaffen.

Zurück zu Hause sah er wieder auf die Uhr und erschrak, dass er eine Stunde für den Einkauf gebraucht hatte. Fluchend setzte er seine Taschen ab, stellte die Pfanne mit etwas Fett auf den Herd und räumte die Zutaten in den Kühlschrank.

»Fabian?« Seine Mutter sah verwirrt aus, als sie in die Küche sah. »Alles in Ordnung?«

»Ich überrasche Nele mit ihrem Lieblingsessen«, verkündete Fabian und grinste. Er runzelte die Stirn. In der Küche des Restaurants hatte er alle möglichen Hilfsmittel gehabt, hier aber war die Einrichtung eher dürftig. Die Zwiebeln musste er ganz altmodisch mit einem Messer in Würfel schneiden.

»Schön, dass du wieder kochst«, sagte seine Mutter und hörte sich zufrieden an. »Aber was war der ausschlaggebende Punkt?«

»Samuel hat angedeutet, ich solle nicht mehr länger warten, sondern mein Schicksal selbst in die Hand nehmen. Und genau damit fange ich jetzt an. Ich muss schauen, ob ich das noch kann. Und Nele wird sich auch freuen.« Fabian ging zu ihr, beugte sich vor und küsste seine Mutter überschwänglich auf die Wange.

Er drehte sich wieder zur Arbeitsfläche und begann die Zwiebeln zu schälen. Leise summte er vor sich hin und lächelte. Wieder sah er auf die Uhr. Es würde knapp werden, aber er könnte es schaffen. Während Fleisch und Gemüse kochten, deckte er den Tisch.

Nele, in einem Dorf im Südschwarzwald

Nach drei Tagen fühlte sich Nele in der deutschen Zeitzone endlich wieder wohl. Sie gähnte und streckte sich und betrachtete zufrieden die Blumen, die ihre Mutter gepflanzt hatte. Als der Bus hielt, beschleunigte sich ihr Herzschlag. Sie versuchte langsam zu laufen, ertappte sich aber dabei, dass sie immer schneller wurde. Am ersten Tag hatte Fabian für sie gekocht. Das hatte es ihr vereinfacht wach zu bleiben und den Jetlag möglichst rasch zu überwinden. Sie hatte sich von Fabian bedienen lassen, der ruhigen Musik gelauscht und das fantastische Essen genossen. Sie hatte sich so wohl gefühlt, dass nur bei der Erinnerung daran ihre Kopfhaut kribbelte.

Fabian strahlte sie an und nahm sie rasch in den Arm. Er drückte sie ganz fest und seine kratzige Wange schmiegte sich für einige Sekunden gegen ihre. Aber er küsste sie nicht. Das hatte er während ihrer Treffen in den letzten Tagen noch nie versucht. Als er sie losließ, war sein Ausdruck ernst. »Wollen wir?«, fragte er leise.

Nele nickte und machte etwas, was sie bisher noch nicht hatte tun wollen. Sie schob ihre Finger in seine und hielt seine Hand fest. Es war ihr egal, ob die Leute über sie redeten. Sie hatte es satt, sich danach zu richten. Sie wollte Fabian Trost spenden, Stärke vermitteln und zeigen, dass sie für ihn da war. Und ihr ging es damit auch besser.

Hand in Hand liefen sie den Berg nach oben zu dem Friedhof.

Der Jahrestag des Unfalls lag schon einige Tage zurück, aber Fabian hatte noch nicht gewagt, dorthin zu gehen. Weil es auch Neles Bedürfnis war, hatte sie ihm vorgeschlagen, das zusammen zu machen.

Je näher sie dem Friedhof kamen, desto stiller wurde Fabian. Seine Hand war so verschwitzt, dass sie fast aus ihrer rutschte. Nele verstärkte den Griff.

Er atmete stoßweise, als er auf die Kirche zulief.

Neles Blick fiel auf das Schild, das den Parkplatz als Behindertenparkplatz ausschilderte. Es war wie Hohn. Was sollten Menschen wie Jochen mit einem Parkplatz, wenn die Wege auf dem Friedhof so beschwerlich waren?

Obwohl sie es sich vorgenommen hatte, hatte sie weder Jochen noch Danielle bisher getroffen. Sie hatte zwar Sehnsucht nach Danielle, genauso wie sie gerne mal wieder Nicole gesehen hätte, aber es fiel ihr schwer, den ersten Schritt zu machen.

In den letzten Tagen hatte Nele viel Zeit mit ihrer Mutter verbracht und diese sehr genossen. Zwischendurch hatte sie sich mit Fabian getroffen, und diese Treffen waren aufwühlend genug gewesen.

Leider hatte sie Samuel verpasst, aber vielleicht war es besser so, wenn nicht alles auf einmal kam. Zunächst würde sie Jochen, Danielle und deren Kinder besuchen. Irgendwann würde sie vielleicht versuchen, auch mit Nicole Kontakt aufzunehmen. Doch wie lange würde Nicole überhaupt in Deutschland bleiben? Angeblich war sie bereits im Krankenhaus, um ihr Kind zu bekommen, danach wollte sie wieder nach Nigeria. Somit würde Nele auch sie vielleicht verpassen.

Fabian war bleich.

Nele beobachtete ihn aufmerksam, während sie das Tor zum Friedhof öffnete. Sie machte sich Sorgen um ihn und löste ihre Hände, um stattdessen ihren Arm um seine Taille zu legen.

»Danke«, flüsterte er. »Danke.«

Obwohl er nicht sagte, wofür er sich bedankte, wusste Nele Bescheid. Sie nickte und führte ihn auf das Friedhofsgelände.

Sie hatte längst vergessen, wo Lars beerdigt war, kannte nur noch die ungefähre Richtung. Langsam stieg auch bei ihr die Aufregung. Sie ging die Gräber ab, zusammen mit Fabian, und las die Namen. Endlich. Lars' Grab. Nele schluckte und blieb eng an Fabian geschmiegt stehen. Ihr Herz klopfte. Das Grab sah gepflegt aus, voller Liebe. Die Eltern fanden offenbar ihren Trost darin, sich hier aufzuhalten. Vielleicht fühlten sie sich ihrem Sohn dann näher?

Plötzlich stutzte Nele. Hinter dem Busch lag etwas, das wie Papier aussah. Waren das Umschläge? Sie waren etwas in der Erde vergraben und mit einer Plastikhülle umhüllt, vermutlich aus Schutz vor dem Regen. Doch was Nele besonders wunderte, war Fabians Name, der auf einem der Umschläge stand.

»Fabian?« Sie deutete auf die Stelle. Ihr Herz schlug plötzlich viel zu schnell.

Stirnrunzelnd beugte er sich vor. Seine Blässe wich einer Röte vor Aufregung. »Ich glaube, Samuel steckt dahinter. Es ist seine Schrift.«

Nele wurde bewusst, dass sie so vieles von ihren ehemaligen Freunden vergessen hatte. Nicht einmal die Schrift von Samuel erkannte sie.

Als Fabian in die Hocke ging, ließ sie ihn los und wagte nicht zu atmen. Mit spitzen Fingern fischte er den Umschlag heraus und griff dann auch nach dem zweiten. »Für dich«, sagte er und hielt den Umschlag hoch.

Ungläubig starrte Nele auf den Umschlag. Ihre Finger zitterten, als sie den Brief öffnete, aber als sie begann, Samuels Brief zu lesen, wurde ihr wärmer ums Herz und sie merkte, wie es sich merklich verlangsamte. Sie lächelte und sah hinab zu Fabian, der immer noch auf dem Boden in der Hocke saß und ebenfalls las. Er hob den Kopf und erwiderte ihr Lächeln.

Nicole, in einem Dorf im Südschwarzwald

Unsicher blickte Nicole sich nach Tayo um, der umständlich versuchte, das Gartentürchen zuzumachen. Sie verlagerte ihr Gewicht, damit ihre inzwischen einjährige Tochter sicherer auf ihrer Hüfte saß, und winkte Tayo zu sich heran. »Kommst du jetzt?«, fragte sie leise aber fordernd, als er ihr mit einem Grinsen folgte. Statt die Treppen zu nehmen, lief er die Rampe hoch.

Er nahm ihre Hand, zog sie zu sich heran und küsste sie auf die Stirn. »Ich verstehe, dass du aufgeregt bist.«

Nicole atmete tief ein. »Mir wäre es lieber gewesen, wir hätten auf Lukas und Navid gewartet.«

»Wir packen das auch zu dritt«, beruhigte Tayo sie. Er streckte beide Arme aus und nahm Fayola an sich. Ihre Tochter starrte sie aus großen Augen an, jetzt, wo sie bei ihrem Vater war und eine andere Perspektive hatte, und lächelte nach wenigen Sekunden ein zahnloses Lächeln. Sofort wurde es Nicole warm ums Herz. Sie betätigte die Klingel.

Fast augenblicklich wurde ihr geöffnet. Nicole wich vor Schreck einen Schritt zurück und trat Tayo auf den Fuß. Sie entschuldigte sich hastig und starrte mit klopfendem Herzen ihre ehemalige Freundin an.

Sie und Danielle hatten schon immer ein schwieriges Verhältnis gehabt. Sie hatten sich sehr gerne und kannten sich schon sehr lange, aber die Tatsache, dass Nicole keine Kinder hatte bekommen können, und Danielle scheinbar alles, was Nicole sich immer ersehnt hatte, in den Schoß gefallen war, hatte die Beziehung sehr belastet. Nach dem Unfall waren sie beide mit sich selbst beschäftigt gewesen und keine von ihnen hatte die Kraft besessen, das Unglück gemeinsam zu verarbeiten.

Insgeheim war Nicole vielleicht sogar neidisch gewesen, weil Jochen zumindest überlebt hatte, zwar schwer verletzt, aber immerhin durfte er leben. Lars aber war grausam aus dem Leben gerissen worden.

Danielle hatte rote Wangen und ihre Augen wirkten unruhig. Neben ihr saß Jochen in seinem Rollstuhl. Anders als erwartet war seine Präsenz nicht hilfloser oder bemitleidenswerter Natur, vielleicht wegen seiner aufrechten, stolzen Haltung und den muskulösen Armen, die lässig herabhingen. Sein Gesicht enthielt wenig Anzeichen von Traurigkeit, er sah voller Vorfreude und Freundlichkeit zu ihnen.

Das nahm ihr jegliche Unsicherheit und Nicole lief einfach auf Danielle zu und nahm sie wortlos in den Arm. Jedes Gefühl von Neid war einfach verschwunden. Stattdessen tat es ihr unendlich leid, dass Danielle keine Freundin an ihrer Seite gehabt hatte nach dieser ganzen Sache. Es musste schwer gewesen sein, für Jochen da zu sein und sich gleichzeitig um die Kinder zu kümmern. »Es tut mir leid, dass ich mich nicht mehr gemeldet habe.«

»Ich habe mich ja auch nicht gemeldet«, murmelte Danielle und erwiderte die Umarmung zögerlich.

Nicole zog sie noch fester zu sich heran. »Ich bin ja abgehauen. Dabei hättet ihr mich gebraucht.«

»Und du uns.« Danielle schob sie von sich weg, ohne sie loszulassen. Sie sah sie ernst an. Tränen schimmerten in ihren Augen. »Ich habe so oft an dich gedacht. Meine kleine Nicki alleine im wilden Afrika. Ganz, ganz alleine. Es tut mir weh, dieser Gedanke, dass du niemanden hattest. Ich hätte mich bei dir melden sollen.«

»So alleine war ich ja nicht.« Grinsend zeigte Nicole hinter sich.

Sie drehten sich gleichzeitig um. Danielle hielt ihren Arm immer noch umklammert. Tayo hatte bereits Bekanntschaft mit Jochen gemacht. Er lehnte sich etwas nach vorne und Jochen neckte Fayola, indem er an ihrem Fuß zog. Neugierig musterte Fayola ihn, dann entschied sie wohl, dass sie diesem Mann trauen konnte und jauchzte, während sie gleichzeitig ihren Rücken durchbog und Tayo dazu zwang, sich mit ihr aufzurichten.

»Kommt rein«, bat Danielle und schloss die Tür. »Ihr seid die Ersten.«

»Genau das hatten wir gehofft«, meinte Nicole. »Wir sind extra etwas früher gekommen.« Sie folgte Danielle ins Wohnzimmer und starrte auf den Lift, der an der Treppe angebaut war. Abgesehen davon hatte sich das Haus kaum geändert. Nicht sehr viel erinnerte daran, dass hier ein Rollstuhlfahrer lebte.

»Setzt euch.« Danielle deutete auf das Sofa. Sie sah sich nach Jochen um, der sie mit schnellen und sorglos wirkenden Bewegungen seiner Arme einholte, indem er an den Greifringen seiner Reifen zog. Es sah mühelos aus, fast gewöhnlich. Während Danielle in die Küche ging, vermutlich um Getränke zu holen, sorgte Jochen dafür, dass sie sich setzten, indem er die Einladung seiner Frau wiederholte und auf die Sitzgruppe im Wohnzimmer zeigte. Weil Nicole auf jeden Fall bei ihrem Mann und ihrer Tochter sitzen wollte, steuerte sie das Sofa an. »Noch habt ihr freie Platzwahl«, meinte Jochen und grinste.

»Verstehst du alles?«, fragte Nicole auf Englisch. Tayo hob die Schultern.

»Ist egal. Redet ihr nur«, antwortete er auf Deutsch. Es hörte sich noch sehr unsicher an, aber immerhin kam er immer besser klar. Zwar lebten sie weiterhin in Nigeria und wollten dort auch bleiben, zumindest die nächsten Jahre. Wenn Fayola dann in die Schule ging, würden sie hier wohnen und bis dahin kamen sie regelmäßig nach Deutschland und wohnten dann immer bei Lars' Eltern und trafen sich regelmäßig mit Lukas und Navid.

»Du kannst gut deutsch«, lobte Jochen.

»Danke. Es wird besser«, antwortete Tayo etwas holprig und hob die Schultern.

Nicole betrachtete ihn, berührte die weichen Haare ihrer Tochter und wandte sich dann wieder an Jochen. »Sag mal, bist du sehr aufgeregt? Bin ich die Einzige, die Herzrasen hat?«

»Nein, sicher nicht.« Jochen hob die Hände, an denen fingerlose Handschuhe waren, die das Fahren mit dem Rollstuhl erleichterten. Seine Finger zitterten leicht. »Ich habe zwar einen Vorteil dir gegenüber, aber auch ich bin echt nervös. Die meisten habe ich ja mittlerweile schon gesehen.«

»Wie war es ... Fabian zu begegnen?«, fragte Nicole und räusperte sich.

Jochen betrachtete sie einen Moment lang. »Sehr seltsam. In all den Jahren war er für mich der Mensch, auf den ich alles schieben konnte und auf den ich so wütend war. Und das alles zerbricht in dem Augenblick, wo er vor dir steht. Plötzlich siehst du nur noch deinen ehemaligen Freund, deinen sehr guten Freund. Einer, auf den du gar nicht sauer sein kannst. Es dauerte lange, bis ich damit klar kam. Besonders, weil dann plötzlich der Gedanke hochkam, dass wir damals alle unverantwortlich gehandelt haben.«

Nicole nickte und biss sich auf die Lippen. Von allen Begegnungen fürchtete sie sich am meisten davor, Fabian wiederzusehen. Sie befürchtete, dass dadurch alles wieder hochkommen könnte. Andererseits war es auch nicht so schrecklich, Jochen zu sehen. Sie setzte seinen Rollstuhl und die Tatsache, dass seine Beine oberhalb des Kniegelenks aufhörten, gar nicht mit ihrem eigenen Verlust in Verbindung. So als wäre es gar nicht derselbe Unfall gewesen, sondern einfach zwei verschiedene dramatische Ereignisse.

»Ich habe ein wenig Angst davor, Lukas wiederzusehen«, betonte Jochen.

»Weil er dich an Lars erinnert?«, erkundigte Nicole sich.

Jochen nickte.

»Ja, das stimmt. Das war am Anfang seltsam, aber ... er ist nicht Lars und das merkst du ihm auch an. Er hat sich weiterentwickelt, hat schlimme Dinge in Afghanistan gesehen, hat jetzt einen festen Freund und lebt ein ruhigeres Leben. Während Lars in unserer Erinnerung immer so bleiben wird, wie er war, als er starb, wird Lukas sich verändern. Das wird es uns erleichtern, je mehr Zeit vergeht. Lukas wird altern. Lars nicht.«

Jochen wollte etwas erwidern, aber in diesem Moment kam Danielle rein. Jochen steuerte seinen Rollstuhl um die Ecke des Tisches und half ihr dabei, die Gläser zu verteilen. Gerade als Danielle sich in den Sessel setzen wollte, klingelte es.

Samuel, in einem Dorf im Südschwarzwald

Stella und Danielle begrüßten sich wie alte Freundinnen, was Samuel sehr freute. Kennengelernt hatten sie sich schon vor einem Jahr, als Samuel mit Stella hier zu Besuch gewesen war. Das letzte Mal gesehen hatten sie sich, als Danielle, Jochen und ihre zwei Mädchen vor einem halben Jahr bei ihnen an der Nordsee Urlaub gemacht hatten. Es waren die ersten Freunde gewesen, die gesehen hatten, wie Samuel so lebte und wie aufwendig es manchmal war, als Pfarrer eine Beziehung zu führen. Viele Gemeindemitglieder wussten davon und die wenigen, die es nicht wussten, ahnten es zumindest. Dennoch konnte Samuel sich nie so frei bewegen, wie er wollte. Er achtete streng darauf, in der Öffentlichkeit keine Zärtlichkeiten mit Stella auszutauschen, aber er ließ es sich nicht verbieten, sich überhaupt mit ihr sehen zu lassen. Er reichte Danielle die Blumen und drückte sie an sich. »Danke, dass wir dieses Treffen bei euch machen können.«

»Ich hoffe, es geht alles gut«, murmelte Danielle. »Neutraler Boden wäre vielleicht besser gewesen.«

»Vielleicht, aber dann wären wir nicht so unter uns gewesen.«

Danielle straffte die Schultern und lächelte tapfer, als Stella ihr die Hand auf den Rücken legte, und sie leicht streichelte.

»Ist schon jemand da?«, fragte Samuel.

»Nicki und ihre Familie«, antwortete Danielle und plötzlich wich ihre angespannte Haltung. Ihre Augen funkelten. »Sie sieht echt toll aus. Richtig gesund und glücklich. Und ihr Baby ist so unglaublich süß. Hat schwarze Locken und große dunkle Augen.«

Samuel schmunzelte. Er selbst verstand die Faszination für Babys nicht. Natürlich waren sie süß, aber das war ja eine bekannte Tatsache. Einige Frauen - Stella war da zum Glück nicht so - schienen das ständig zu vergessen und jedes Mal aufs Neue überrascht und entzückt, wenn sie ein Baby sahen. Andererseits freute er sich natürlich sehr für Nicole, denn sie hatte sehr für ein Kind gekämpft und es tat gut zu wissen, dass ihre Anstrengung am Ende belohnt worden war. Vielleicht war Danielle insgeheim auch erleichtert, weil es das frühere Ungleichgewicht zwischen den beiden Frauen aufhob. Er schnappte sich Stellas Hand und lief ins Wohnzimmer.

Sowohl Jochen als auch Nicole und ihr Mann wirkten angespannt, als sie eintraten. Nur das Baby auf dem Schoß seines Vaters lächelte ihn an und Samuel musste überrascht feststellen, dass dieses Baby wirklich ganz besonders niedlich war. Weil Jochen der Gastgeber war, beugte Samuel sich zuerst über ihn und schlug ihm auf die Schulter. Er stellte sich dabei nach wie vor unbeholfen an, obwohl er sich mittlerweile gut an den Anblick seines Freundes im Rollstuhl gewöhnt hatte. Aber wie umarmte man einen Mann, wenn dieser saß? Besonders dann, wenn man nicht zu aufdringlich wirken wollte?

Stella war in allem unkomplizierter als er. Sie machte sich keine Gedanken darüber, aufdringlich zu werden. Sie lehnte sich vor, ergriff Jochens Nacken und zog ihn zu sich heran. »Schön, dich zu sehen, Jochen«, sagte sie und richtete sich auf. Sie sah neugierig zu Nicole und ihrer Familie.

Samuel räusperte sich und streckte die Hand aus. »Hallo Nicki.«

Nicole stand auf, strich ihren Rock glatt und erwiderte den Händedruck, sagte aber nichts. Ihre Hand war ganz feucht.

»Es ist schön, dass du da bist. Ich freue mich wirklich sehr«, fügte Samuel hinzu und hoffte, seiner Freundin somit die Nervosität etwas nehmen zu können.

»Ich ... ähm ... Es tut gut, dich zu sehen«, erwiderte Nicole und sah sich hilfesuchend nach dem Mann an ihrer Seite um. Sofort stand er auf, mit dem Mädchen auf dem Arm und stellte sich eng neben sie. Er reichte Samuel die Hand und musterte ihn kurz ziemlich streng. Erst als Nicole seinen Arm berührte, entspannte er sich und lächelte freundlich.

»Na, du?«, fragte Samuel und berührte das Mädchen an der Socke. Sofort lächelte sie. Ihre Hautfarbe war die perfekte Mischung aus der hellen Nicole und dem dunklen Tayo. Ihre Haare waren sehr dunkel, hatten aber zumindest durch die Einstrahlung der Sonne einen goldenen Glanz. Die Nase hatte das Mädchen von ihrer Mutter, die vollen Lippen von ihrem Vater. Sie würde eines Tages eine sehr hübsche Frau werden. »Wie heißt sie nochmal?«, fragte er.

Er selber hatte mit Nicole in dem ganzen Jahr keinen Kontakt gehabt. Der Brief, den er damals am Friedhof hinterlassen hatte, war erst einmal genug Kontaktaufnahme gewesen. Er hatte sowohl Nicole als auch Lukas die Zeit geben wollen, die sie brauchten. Sie hatten, ohne Jochens Behinderung verharmlosen zu wollen, den größten Verlust erlitten. Doch er bekam vieles mit, weil Fabian und Jochen ab und zu etwas aufschnappten. Im Dorf erzählte man sich vieles. Es war noch schlimmer als bei ihnen an der Nordsee, wo heimliche Liebesbeziehungen von Pfarrern nicht lange geheim blieben. Doch vieles davon waren auch nur Gerüchte und entsprachen nicht der Wahrheit, weswegen sie mit Vorsicht zu genießen waren.

»Fayola«, sagte Nicoles Mann und Stolz schwang in seiner Stimme mit.

»Hallo Fayola«, sagte Stella mit verzückter Stimme und drängte sich an Samuel vorbei. Verwundert sah er sich um. Anscheinend hatte die Kleine auch seine Freundin total verzaubert, obwohl sie sich normalerweise nichts aus Kindern machte.

Samuel drehte sich um und lächelte Danielle und Jochen zu. Sie beobachten sie, während Danielle auf der Lehne des Sessels kniete und etwas über Jochen lehnte. Er hatte den Arm um ihre Taille geschlungen. Sie wirkten harmonisch. Als Jochen ihm von ihren Problemen miteinander erzählt hatte, hatte Samuel sich erschrocken. Nichts brachte Jochen und Danielle auseinander. Nichts. Auch nicht dieses schlimme Schicksal, das sie bewältigt hatten. Er war erleichternd zu sehen, dass sie nun wieder als Team arbeiteten. Zumindest wirkten sie sehr verbunden und liebevoll miteinander.

Samuel atmete tief ein und merkte, wie er sich entspannte. Er hatte gar nicht bemerkt, dass er ebenfalls nervös gewesen war. Genau so wurde damals sein psychischer Zusammenbruch ausgelöst, denn er hatte nicht mehr auf seine eigenen Bedürfnisse geachtet, bei dem Versuch, die Clique zusammenzuhalten. Er nahm Stella in den Arm und drückte sich an sie. Ihr Parfüm roch nach frischer Morgenluft und es beruhigte ihn noch weiter.

Als es klingelte, erstarrten alle. Auch er.

Lukas, in einem Dorf im Südschwarzwald

Obwohl er sich vorgenommen hatte, locker und cool zu bleiben, gelang ihm das kein Stück. Zunächst war er gegen den Kleiderständer gelaufen und hatte dabei fast alle Jacken mit sich gerissen, dann hatte er nichts sagen können, als Jochen auf ihn zurollte. In seinem Rollstuhl. Kein schöner Anblick.

Navid musterte ihn besorgt, nahm allerdings nicht seine Hand, um ihn zu beruhigen. Zärtlichkeiten in der Öffentlichkeit waren ihm nach wie vor unangenehm. Wenn man jahrelang damit lebte, dass Homosexualität den Tod durch den Strang bedeutete, dauerte es vermutlich auch Jahre, bis man unbefangen damit umgehen konnte.

Unruhig wischte sich Lukas die schwitzigen Hände an der Jeans ab und streckte die Hand aus. Jochen nahm sie, drückte sie fest, so wie er es früher auch immer getan hatte, und lächelte. Danach starrten sie einander an. Die Sekunden dehnten sich aus und das Schweigen zwischen ihnen wurde zunehmend unangenehmer. Irgendwas musste er sagen, sonst würde das alles zu einer peinlichen Sache werden. »Dein Ständer war mir im Weg«, sagte er und zeigte nach hinten.

Jochen räusperte sich, dann begann er zu lachen. Aber es klang zwanghaft.

»Ich meine ... Du weißt schon. Der Kleiderständer«, knurrte Lukas, musste allerdings auch grinsen.

»Tut mir leid. Das war ... ähm unpassend«, erwiderte Jochen und räusperte sich. »Ich meine ... dass ich einfach ... Vergiss es.«

Es machte Lukas traurig, denn früher wären solche Witze nie unpassend zwischen ihnen gewesen. Mit Jochen war er immer gut klargekommen. Er war manchmal etwas ungehobelt, aber nie prollig. Früher hatte er immer ausgesprochen, was ihm gerade durch den Kopf gegangen war. Nichts war ihm unpassend erschienen und selten waren ihm solche Sprüche peinlich gewesen. Lukas hatte die Direktheit sehr geschätzt, besonders weil auch er manchmal sehr direkt sein konnte. »Das war doch nicht unpassend. Das war lustig.«

Jochen hob die Schultern und wirkte so, als wollte er unbedingt unbekümmert aussehen.

Der Anblick seiner Beine, die einfach endeten, obwohl dort Beine normalerweise noch lange nicht zu Ende sein sollten, war wirklich schrecklich. Das fand Lukas schrecklicher als den Rollstuhl, der eigentlich ganz schick aussah. Um Jochen hatte er sich kurz nach dem Unfall kaum gekümmert, weder direkt an der Unfallstelle, noch später im Krankenhaus. Der Tod seines Zwillingsbruders hatte ihn so sehr mitgenommen, dass er nichts mehr mitbekommen hatte. Außer vielleicht noch das Leid seiner Eltern und die Trauer von Nicole. Aber er konnte sich noch lebhaft an die Schreie erinnern, die von Jochen gekommen waren, während Lars auf dem Asphalt lag und starb. Grauenhafte Schreie. Von jemandem, der schreckliche Schmerzen hatte.

»Tut es noch weh?«, rutschte es ihm heraus. Sofort wurde ihm noch heißer und er sah sich hilflos nach Navid um, der von der Unterhaltung nicht viel mitbekam. Inzwischen konnte er gut Deutsch, aber es reichte noch lange nicht, um das Wortspiel mit dem Ständer zu verstehen. Und wenn, dann hätte er pikiert darauf reagiert.

Jochen legte seine Hände auf die Oberschenkel, kurz vor der Stelle, wo seine Beine aufhörten. Er schüttelte den Kopf. »Nur selten.«

»Gut.« Lukas nickte.

»Du siehst nicht mehr aus wie er«, murmelte Jochen.

Lukas überlegte kurz, dann wurde ihm bewusst, dass diese Begegnung nicht nur für ihn schwer war, sondern auch für Jochen. Er redete von Lars. Immerhin waren die beiden gut befreundet gewesen.

Lukas strich sich mit der Hand über das Haar, das er nun länger trug. »Leichter zu ertragen für meine Mama. Und für Nicki.«

Jochen nickte ernst.

»Und für mich«, fügte Lukas hinzu. »Wenn ich in den Spiegel sehe. Und da ich jetzt keine Auslandseinsätze mehr habe, passt das.«

»Steht dir.« Jochen nickte erneut.

»Danke.« Lukas seufzte. Das Gespräch geriet wieder ins Stocken.

»Also, was machst du jetzt beruflich?«, fragte Jochen nach einer Pause.

»Ich bin in die Ausbildung gegangen. Es macht sehr viel Spaß, mit jungen angehenden Soldaten zu arbeiten. Und du arbeitest jetzt mit Fabian zusammen?

Also, das habe ich gehört. Du weißt schon, meine Mutter hat jemanden beim Metzger getroffen.« Lukas verdrehte die Augen.

Jochen lachte und dieses Mal war es offener und ehrlicher als zuvor. »Es wäre echt traurig, wenn du davon nicht gehört hättest. Wir machen immerhin viel Werbung und hoffen, dass es jeden erreicht.«

»Und? Macht es Spaß?«, erkundigte Lukas sich.

»Sehr viel Spaß. Wir verstehen uns gut.« Jochen nickte.

Lukas nickte ebenfalls und merkte, dass er begann, sich etwas wohler zu fühlen. Er wollte noch etwas fragen, doch in dem Moment kam Danielle. »Wollt ihr euch nicht setzen?«

Navid folgte ihr und überholte dabei Lukas. An der Tür blieb er stehen und hielt sie auf. Jochen bedankte sich und fuhr hindurch. Auch als Navid kam, blieb Lukas stehen und wartete, bevor er dann die Tür ordentlich schloss. Lukas lief über den Gang und atmete tief ein. Er hatte keine Ahnung, wer schon alles da war. Seit dem Unfall hatte er niemanden von ihnen gesehen und er wusste nicht, bei wem er am meisten aufgeregt sein sollte. Dann spürte er Finger an seiner Hand. Erstaunt hob er den Kopf. Navid hatte seine Hand genommen und strich mit dem Daumen beruhigend über seine Haut. Lukas spürte, dass ihm Tränen kamen. Er drückte Navids Hand, beugte sich vor und flüsterte in sein Ohr: »Danke.«

»Ich will dich unterstützen«, antwortete Navid.

Mit ihm an seiner Seite gelang es Lukas, Ruhe zu bewahren. Gemeinsam betraten sie das Wohnzimmer.

Jochen, in einem Dorf im Südschwarzwald

Langsam aber sicher wich die Anspannung. Er lockerte seine Schultern und legte seine Hände auf den Oberschenkeln ab. Aus dem Gespräch klinkte er sich kurz aus. Die paar Minuten benötigte er für sich. Sein Blick schweifte über die Freunde, die bereits eingetroffen waren. Samuel unterhielt die Gruppe. Er forderte Lukas ständig heraus mit eigentlich sinnlosen Wortspielen, doch genauso lockerte er dabei die Stimmung. Jochen war sicher, dass Samuel damals die richtige Entscheidung getroffen hatte. Sie waren zwar alle entsetzt gewesen, als er ihnen gesagt hatte, dass er Pfarrer werden wollte, aber sein Talent lag tatsächlich darin, den Menschen Trost zu spenden und ihnen eine spirituelle Stütze zu sein. Er konnte sich gut einfühlen und verstand die Probleme anderer. Und er war der einzige von ihnen gewesen, der den Mut besessen hatte, den ausschlaggebenden ersten Schritt für dieses Treffen zu gehen.

Jochen sah hinüber zu Danielle, die herzlich lachte. Sie achtete nicht auf Samuel, sondern machte Fratzen, um das Baby zu belustigen. Mittlerweile saß es auf Nicoles Schoß und war voll und ganz auf Danielle konzentriert. Jochen erinnerte sich an die Zeit, als ihre Mädchen noch klein gewesen waren. Eine wunderschöne Zeit, die er nie missen wollte. Er war froh, dass die Kinder nun älter waren, selbstständiger. Es wäre eine riesige Belastung gewesen, unmittelbar nach der Amputation noch für ein Baby da sein zu müssen. Doch manchmal vermisste er die Zeit auch. Mia und Olivia wurden einfach viel zu schnell groß. An ihren Fortschritten sah er immer, wie die Zeit raste.

Er hob eine Hand und legte sie auf Danielles Arm. Er strich den Stoff der Bluse etwas nach oben und streichelte über die warme Haut. Sie sah kurz auf und lächelte ihn an. Vertraut und warm.

»Sag mal, Fabian und Nele wollten doch noch kommen, oder?«, fragte Samuel in seine Richtung und sah auf die Uhr.

Sofort wurde die Stille drückend im Raum. Jochen legte seine Hände auf die Greifringe seines Rollstuhls und fuhr wenige Zentimeter nach hinten. Dass die Stimmung so schnell umschlagen konnte, zeigte ihm, wie empfindlich die vermeintlich gute Stimmung noch war. Sicher, Fabian war für Lukas und Nicole wohl die größte Herausforderung und das sah man ihnen auch an. Nicole drückte ihr Baby fest an sich und küsste den Kopf mit den schwarzen Haaren, während Lukas sich umdrehte und so tat, als würde er sich den Garten ansehen. »Sieht sehr ungepflegt aus, ich weiß«, sagte Jochen, vermutlich nur, um irgendetwas zu sagen.

»Ich mag es«, sagte Lukas, aber wahrscheinlich war das eher eine Höflichkeitsfloskel.

»Ich schaffe das nicht mehr so gut und Danielle arbeitet schon im Büro so viel. Am Wochenende unternehmen wir auch viel mit den Kindern. Es ist manchmal zu mühsam«, erläuterte Jochen.

Lukas drehte sich um und musterte ihn. Sein Blick war ernst.

»Meist habe ich es einfach nur gehasst. Jetzt habe ich wenigstens eine Ausrede.« Jochen machte eine wegwerfende Handbewegung, weil er die Traurigkeit in Lukas' Blick nicht ertragen konnte.

»Du arbeitest jetzt mit Fabian«, warf Nicole in den Raum. Es klang wie eine Frage.

Jochen nickte. Er starrte zu Samuel, der wohl entschieden hatte, dass er sich etwas im Hintergrund halten sollte. Er spürte, wann er gebraucht wurde und wann es auch ohne ihn ging.

Es war seine Idee gewesen, dass Fabian und er etwas zusammen aufziehen könnten. Fabian war ausgebildeter Koch und arbeitslos, während er berufsunfähig war und sehr darunter litt.

»Wir haben ein kleines Bistro, in dem wir jeden Wochentag drei kleine Gerichte anbieten. Meist sind es Schüler, Bauarbeiter oder Angestellte aus den Geschäften in der Gegend, die herkommen. Sie sind froh, etwas Warmes zu essen bekommen«, erläuterte er.

»Sicher, es gibt hier ja keine Kantinen«, murmelte Lukas.

»Ja, genau. Er kocht, ich kümmere mich um die Gäste. Das funktioniert mit Rollstuhl super. Ich habe einen regelmäßigen Job, treffe auf Menschen, und wenn es uns mal zu viel wird, nehmen wir ein Essen von der Karte runter. Alles kein Problem.« Jochen nickte zufrieden.

»Hört sich echt gut an«, lobte Nicole.

»Dass ihr euch beide nicht unterkriegen lasst, finde ich richtig toll«, fügte Lukas hinzu.

Jochen nickte, dann drehte er seinen Kopf, weil er glaubte, etwas gehört zu haben. Er wendete seinen Rollstuhl und stieß sich am Regal ab, um zum Fenster zu fahren. Als er hinaussah, erkannte er sofort Fabian, der wie verloren vor der Rampe stand. Von Nele war nichts zu sehen. Er hatte die Hände in den Hosentaschen vergraben und machte den Eindruck, als würde er am liebsten leise und unauffällig wieder verschwinden wollen. »Er ist da«, sagte er über seine Schultern.

Nicole atmete scharf ein.

»Komm schon.« Lukas ergriff ihre Hand und zog sie nach oben. Er nahm ihr das Mädchen aus dem Arm und überreichte es seinem Freund. Das Kind schien Navid bereits gut zu kennen, denn es protestierte nicht. »Wir gehen raus, dann haben wir kurz Gelegenheit, alleine mit ihm zu sprechen.«

Nicole nickte. Ihre Haut war blass, aber sie folgte Lukas.

Etwas beunruhigt sah Jochen ihnen nach, dann traf er auf Samuels Blick, der aufmunternd lächelte. Das beruhigte Jochen ein wenig.

Fabian, in einem Dorf im Südschwarzwald

Auf die Begegnung war er so schnell nicht vorbereitet gewesen. Eigentlich hatte er nur warten wollen, bis Nele einen Parkplatz gefunden hatte. Dass sie ungewöhnlich lange brauchte, hatte ihn zusätzlich nervös gemacht, doch er war davon ausgegangen, dass sie bald nachkommen und mit ihm reingehen würde. Doch die Tür von Jochens Haus öffnete sich, ehe Nele bei ihm war. Er wirbelte so ruckartig herum, dass er die Balance verlor und auf eine Blume trat, die jemand im Vorgarten gepflanzt hatte. Knurrend versuchte er sie mit der Fußspitze wieder aufzurichten und war froh über die Ablenkung, die er kurzzeitig hatte.

Für einen Moment hatte er geglaubt, Nicole und Lars vor sich zu sehen. Nach dem ersten Schock erkannte er, dass es Lukas war. Er sah anders aus, als er Lars in Erinnerung hatte, aber er hielt Nicoles Hand und machte somit den Eindruck, ihr Partner zu sein.

Die beiden blieben vor ihm stehen, sagten aber nichts.

Fabian atmete tief ein und gab auf, die Blume wieder aufrichten zu wollen. Was er angerichtet hatte, konnte er nicht mehr rückgängig machen. Er konnte nur dazu stehen und hoffen, dass die Menschen ihm irgendwann verzeihen konnten.

»Hallo«, sagte er und betrachtete Lukas. Er sah Lars jetzt doch nicht mehr so ähnlich. Etwas hatte sich geändert. Während er noch überlegte, was das sein könnte, kam ihm der Gedanke, dass Lukas einfach vier Jahre älter geworden war, genauso wie Nicole und er selber und alle anderen Freunde der ehemaligen Clique. Sie würden Lars immer als Anfang Dreißigjährigen in Erinnerung haben, auch wenn sie vierzig, fünfzig oder sechzig wären. Lukas und Lars würden sich nie wieder ähnlich sehen.

Die Erkenntnis traf ihn unvorbereitet. Ihm wurde bewusst, diesmal richtig, dass er dem Bruder und der Ehefrau des Mannes gegenüberstand, dem er wegen seiner Dummheit das Leben genommen hatte.

All die Versuche Samuels, ihn daran zu erinnern, dass sie alle betrunken gewesen waren und dass sie sich alle mit vollem Bewusstsein seiner Trunkenheit ins Auto gesetzt hatten, waren plötzlich unwichtig. Zusammen mit Samuel hatte er viele Gespräche geführt und schließlich hatte Fabian sich eingestehen können, dass er damals alle erinnert hatte, dass er betrunken war. Alle waren eingestiegen, einfach weil sie es lästig gefunden hatten, auf das Taxi zu warten. Auch Lars.

Doch an diese Überzeugung konnte Fabian sich nicht klammern. Nicht jetzt.

Es war nicht so wie bei Jochen. Sie waren mittlerweile wieder richtig gut befreundet und betrieben sogar zusammen eine Küche mit wechselndem Angebot. Beim Anblick von Jochens Rollstuhl oder seinen stark verkürzten Beinen dachte Fabian nicht mehr daran, was passiert war. Er hatte sich daran gewöhnt und ihm fiel es nicht mehr auf. Nur wenn sie vor einer Treppe standen oder Fabian Jochen etwas aus den oberen Regalen reichen musste, war der Rollstuhl noch ein Thema, aber dann ging es meist nur um praktische Hilfestellungen. Der Unfall war in diesen Momenten weit weg.

Jetzt aber war er wieder da.

Fabian presste seinen Mund zusammen und taumelte. Ihm war schwindelig und auf einmal viel zu heiß. Seine Beine fühlten sich wackelig an. Aus reinem Instinkt machte er einen Schritt auf Lukas zu. Er wusste, er würde fallen und er wusste auch, dass Nicole ihn nicht halten würde.

»Hey, hey«, meinte Lukas. Doch er hörte diese Stimme nur durch Nebel, so als ob Watte in seinen Ohren wäre. Fabian glaubte dennoch, Sorge und Überraschung heraushören zu können.

Als er zu Nicole sah, spürte er, dass seine Sicht verschwamm. Er streckte blind die Hand aus und spürte tiefe Erleichterung, als er merkte, dass er dort etwas umfassen konnte, das ihn festhielt.

Erst als Lukas ihn mit beiden Armen umgriff und zur Treppe steuerte, wurde es langsam besser. Lukas drängte ihn dazu, sich zu setzen und wies ihn an, den Kopf nach vorne zwischen die Knie zu legen.

260

»Tut mir leid«, murmelte Fabian.

»Kein Problem.« Lukas kniete vor ihm und streichelte seinen Arm. »Wir alle fühlen uns unwohl. Vielleicht hätten wir uns erstmal alleine treffen sollen, bevor wir zu Samuels großer Party gehen«, fügte Lukas hinzu.

Fabian rieb sich mit den Fingern über die Augen und richtete sich ganz langsam auf. Er löste seinen Arm aus Lukas' Umklammerung und blinzelte. Lukas hockte wirklich vor ihm, besorgt und aufmerksam. Nicole stand hinter ihm. Etwas reservierter, aber dennoch erschrocken.

Der Schwächeanfall war Fabian sehr peinlich. Es war kein Versuch gewesen, die beiden emotional zu manipulieren, sondern einfach passiert. Vielleicht weil er seit Tagen nicht schlafen konnte und seit gestern nichts gegessen hatte. Die bevorstehende Begegnung mit den beiden hatte ihn sehr belastet. Doch jetzt waren sie hier und sie wirkten nicht wütend oder traurig, sondern kümmerten sich um ihn und waren nett. Fabian schloss die Augen und schüttelte den Kopf.

»Samuel hat immer solche Ideen«, fügte Nicole hinzu. Fabian hörte Kleidergeraschel, dann spürte er eine Bewegung neben sich. Er öffnete erstaunt die Augen. Nicole hatte sich neben ihn gesetzt und wirkte müde. Sie sah ihn an und sah genauso verdutzt aus, wie Fabian sich fühlte.

»Manchmal ist es vielleicht leichter, uns einfach ins kalte Wasser zu werfen«, erwiderte Lukas.

Fabian hob die Schultern. Er spürte, wie sich Tränen in seinen Augen sammelten. Wie sollte er sich nur verhalten? Wie konnte er beweisen, dass ihm alles so leidtat, dass er so gerne alles rückgängig machen würde?

»Warte, ich habe Taschentücher«, sagte Lukas. »Mein Freund hat Heuschnupfen. Da muss man sowas sicherheitshalber immer dabeihaben.«

»Ich ... » Fabian wollte ablehnen, dann griff er doch danach und tupfte sich die Augen. Ein Lachen drang über seine Lippen. »Ich habe mir das in den letzten Tagen und Wochen immer ganz anders vorgestellt. Es gab viele Varianten, aber nie bin ich fast in Ohnmacht gefallen.«

»Das Wetter.« Nicole zeigte nach oben. »Wenn man für irgendwas eine Erklärung haben will, dann funktioniert das Wetter eigentlich immer.«

»Ja«, sagte Fabian und sah nach oben. »Es muss wohl das Wetter sein.« Seine Lippen kräuselten sich zu einem Grinsen und er hörte das dumpfe Lachen von Nicole und bemerkte das Schmunzeln in Lukas' Gesicht.

Nele, in einem Dorf im Südschwarzwald

Sie hatte ein schlechtes Gewissen, als sie Fabian zwischen Lukas und Nicole auf der Treppe sitzen sah. Das dominierte so sehr ihre Gedanken, dass sie ganz vergaß, ihre eigene Nervosität zu spüren. Erst als sie direkt vor ihnen stand und Nicole auf die Füße sprang, um ihr die Hand zu geben, kam das alles wieder zurück. In den letzten Tagen war Fabian immer angespannter geworden, dass Nele sich ernsthaft Sorgen gemacht hatte. Sie hatte am Donnerstag Urlaub genommen und war bereits Mittwochabend aus der Schweiz gekommen. Sie kamen gut klar mit der Fernbeziehung. Nele arbeitete arbeitete in der Regel schon vor, sodass sie regelmäßig die Freitage frei hatte. Von Donnerstagabend bis Sonntagabend verbrachte sie die Zeit im Schwarzwald. Es war die perfekte Lösung für sie. Sie musste nicht auf ihre Karriere verzichten und arbeitete in einem sehr engagierten Team von Forschern daran, die Oberfläche des Planeten zu erkunden. Trotzdem war sie in der Nähe ihrer Mutter und konnte sich wieder ein Leben mit Fabian aufbauen. Der war die Woche über sowieso beschäftigt. Noch nie hatte die Beziehung besser funktioniert als jetzt, vielleicht weil sie eingesehen hatten, dass sie nicht so waren wie Jochen und Danielle. Sie konnten nicht zu eng aufeinander hocken, sie benötigten Freiraum, um ihre Liebe auch wirklich spüren zu können.

»Ich weiß gar nicht, was ich sagen soll.« Nicole streckte erst die Hand aus, dann stopfte sie sie in ihre Hosentasche. Vielleicht bemerkte sie wie unpassend förmlich es wäre, einander die Hand zu geben. Früher hatten sie sich herzlich umarmt, aber das wäre jetzt wohl genauso unpassend. Nele verstand die Unsicherheit von Nicole.

Sie sah gut aus. Zwar hatte sie etwas zugenommen, aber Nele fand, dass es ihr stand. Nach dem Tod von Lars hatte sie Nicole noch einige Male gesehen und mitbekommen, dass die schon zuvor schlanke Frau immer mehr abgemagert war. Kurz sah Nele zu Fabian, und als sie sah, dass er entspannter als zuvor wirkte, ruckte ihr Kopf in Lukas' Richtung. Er lächelte sie an, freundlich und unkompliziert. Nele atmete auf und widmete ihre Aufmerksamkeit wieder Nicole. Sie bekam nur am Rand mit, wie Lukas Fabian eine Hand auf die Schultern legte und ihm vorschlug, mit ihm nach drinnen zu gehen.

Nele starrte Nicole in die Augen und spürte, wie sich die Anspannung, die sich kurzzeitig über sie gelegt hatte, auflöste. Es fühlte sich an, als wären sie nie getrennt gewesen, als wäre Nicole nie in Afrika und sie nie in Amerika gewesen.

»Du bist jetzt sowas wie ein Star«, meinte Nicole bewundernd.

»Und du bist eine Mama«, erwiderte Nele leise.

Nicole lächelte. »Ja«, sagte sie warm.

Genauso wie Nele nie dazu bestimmt war, Kinder zu bekommen, war Nicole die geborene Mutter gewesen. Schon immer. Genauso wie es unerträglich gewesen war, Nicoles Kampf um ein Kind mitzuerleben, war es jetzt einfach nur schön, sie glücklich lächeln zu sehen.

Nele konnte nicht anders, als die Arme auszustrecken und Nicole an sich zu ziehen. Obwohl sie kleiner als Nicole war, sah sie Danielle, die nach draußen trat. Sie grinste als sie sie beide sah und legte Nicole von hinten die Arme über den Rücken und umfasste Neles Arme. »Endlich«, sagte sie.

»Wieder vereint«, murmelte Nele und fühlte sich glücklich. Mit Danielle hatte sie in den letzten Monaten häufiger Kontakt, doch irgendwie hatte Nicole immer gefehlt. Damit, dass ihre Freundin eines Tages nicht einmal mehr auf dem gleichen Kontinent leben würde, hatte niemand gerechnet. Jeder hatte geglaubt, sie würde zurückkommen. Jetzt hatte sie einen nigerianischen Mann und führte eine Praxis in der Hauptstadt.

Sie standen eine Weile eng beieinander, doch irgendwann wühlte Nicole sich aus dem Chaos aus Armen. »Ihr erdrückt mich noch«, meinte sie und grinste dabei.

Zusammen mit den Freundinnen nach drinnen zu gehen, war einfacher, als es alleine zu tun. Als Nele ins Wohnzimmer trat, bemerkte sie, dass Fabian bereits auf dem Sofa saß, neben einem ihr unbekannten Mann mit halblangen Haaren und dunkler Haut. Vermutlich war er Lukas‘ Freund. Auf Fabians anderer Seite saß ein Mann mit einem noch dunkleren Teint. Er hatte ein süßes kleines Mädchen auf dem Schoß.

»Deine Tochter ...«, sagte Nele an Nicole gewandt und genoss es, erneut diesen Blick von ihrer Freundin zu sehen, der ihr das Gefühl gab, dass sie einen Schatz gefunden hatte, nach dem sie so viele Jahre gesucht hatte. Nele drückte ihre Hand, dann drehte sie sich zu Jochen um. Bei ihm machte sie den Anfang, denn bei ihm fiel es ihr am leichtesten. Mit ihm hatte sie regelmäßig Kontakt. Manchmal half sie ihm und Fabian sogar im Bistro aus. Sie gab ihm die Hand. An die Gruppe gewandt sagte sie: »Tut mir leid, dass wir so spät kommen. Ich habe einen Anruf von einer Kollegin bekommen, sie hat mir die neusten Bilder von der Oberfläche geschickt. Und danach habe ich keinen Parkplatz bekommen.« Sie gab den Leuten reihum die Hand und setzte sich erleichtert neben Fabian, als der Mann von Nicole ein Stück zur Seite rutschte.

»Tut mir leid«, sagte sie flüsternd. »Tut mir leid, dass du schon wieder zurückstecken musstest wegen meines Jobs, und das, obwohl du mich so dringend gebraucht hast.«

»Du bist doch extra für mich früher hergekommen. Ich weiß, dass ich auf dich zählen kann, auch wenn dein Job einen wesentlichen Teil deines Lebens ausmacht«, erwiderte Fabian. Er nahm ihre Hand und küsste ihre Handfläche.

Nele lehnte sich gegen ihn und schmiegte ihre Nase kurz gegen seine Halsbeuge. Früher hätte er nicht so entspannt reagiert, aber das Gefängnis hatte ihn ruhiger und viel verständnisvoller gemacht. Er kannte sie und er akzeptierte sie.

»Du hast Bilder von der Oberfläche erhalten?«, fragte Samuel und legte einen Arm um die Schultern seiner Freundin. Es war immer noch ungewohnt, ihn mit einer Frau zu sehen.

»Ja.« Nele nickte. »Sie sind sehr schlecht, aber zumindest haben wir jetzt eine Ahnung, wie es dort aussieht. Wollt ihr sie sehen? Ihr wärt dann die Ersten außerhalb der Weltraumbehörde.«

»Sehr gerne.« Jochen stützte sich auf Danielles Bein ab und lehnte sich nach vorne, als Nele ihr Tablet auf den Tisch legte.

Sie rief das Programm auf und drehte das Tablet so, dass die meisten gut sehen konnten. Interessiert beugten sich alle nach vorne, sogar Nicoles Tochter wirkte neugierig, aber vermutlich imitierte sie nur ihren Vater. Schnell wurde Nele klar, dass die beiden dunkelhäutigen Männer nicht viel verstanden. Sie wiederholte ihre Erklärung auf Englisch und zoomte währenddessen weiter heran.

Man konnte tatsächlich nicht viel erkennen. Sie waren weit davon entfernt, irgendwelche Kontinente auszumachen, dafür waren die Kameras zu schlecht. Aber immerhin hatten sie jetzt einen Anhaltspunkt und zusammen mit der Entwicklung der Technik würden sie immer mehr von diesem Rätsel lösen. Nele war froh, dass sie nach Europa gekommen war und hier arbeitete. In Amerika arbeiteten die Kollegen daran, den Kontakt aufzubauen, doch selbst wenn dort jemand war, der die Funkwellen empfangen konnte, würde es Jahrzehnte dauern.

Vielleicht waren sie auch noch nicht bereit dazu, mit Außerirdischen in Kontakt zu treten. Noch gab es viel zu viele Konflikte zwischen den Menschen untereinander und solange sie die nicht bewältigen konnten, wäre es fahrlässig, mit einer anderen Spezies in Kontakt zu treten.

»Das sieht genauso aus wie die Ultraschallbilder während meiner Schwangerschaften«, meinte Danielle. »Die Ärztin war begeistert und erzählte was von Beinen und dem Kopf, aber wir haben rein gar nichts erkannt.« Sie sah zu Jochen.

»Ungefähr so war es«, meinte er und nickte.

»Also, ich erkenne da auch nichts.« Entschieden lehnte Lukas sich zurück und lächelte seinen Freund an. »Du?«

Dieser schüttelte den Kopf.

Nele fand, dass die beiden einen sehr vertrauten Eindruck machten. Es schien, als hätte Lukas endlich jemanden gefunden, mit dem er auch wirklich fest zusammen sein konnte.

»Mehr kann ich euch zum jetzigen Zeitpunkt noch nicht bieten. Vielleicht in fünf Jahren. Wir haben viele Kollegen, die daran arbeiten, unsere Technik zu verbessern«, meinte Nele. Sie gab Samuel das Tablet, der anscheinend noch nicht aufgegeben hatte und als Einziger noch auf den Bildschirm starrte. »Bis wir mehr über den Planeten erfahren, können wir ja zusehen, diesen Planeten besser zu behandeln. Und die Lebewesen, die darauf leben.«

»Darauf stoßen wir an«, sagte Samuel und legte das Tablet auf den Tisch zurück. Er hob sein Apfelsaftglas und jeder tat es ihm nach.

Danksagung

Dieses Buch ist etwas Besonderes für mich. Immerhin fand der Schreibprozess nach dem Zeitpunkt statt, an dem ich es gewagt hatte, mit »Umdrehungen« an die Öffentlichkeit zu gehen. Somit ist »Kontaktaufnahme« das erste Buch, das entstand, während ich bereits Reaktionen von Lesern auf die Umdrehungen-Trilogie erhielt.

Ich bin immer bestrebt, aus Fehlern zu lernen, somit habe ich auch der Umdrehungen-Trilogie und den vielen ehrlichen Rezensenten zu verdanken, dass ich mich bei »Kontaktaufnahme« weiter professionalisieren konnte.

Deswegen möchte ich als erstes den Lesern, Freunden, Kollegen und Verwandten danken, die sich nicht scheuen, mir ihre Gedanken über meine Texte mitzuteilen.

Davon abgesehen haben sehr viele Menschen dazu beigetragen, dass »Kontaktaufnahme« in dieser Form entstehen konnte.

Vielen Dank zunächst einmal an Juno Dean, die das Lektorat geduldig und streng, aber immer mit einem Witz auf den Tasten, erledigt hat. Auch vielen Dank an Eike Guthard, deren Korrektorat eine tolle Ergänzung hierzu war. Die Arbeit mit euch beiden hat mir sehr viel Spaß gemacht, und ich bin dankbar für eure Hilfe.

Sarah Buhr von der Covermanufaktur ist verantwortlich für die wunderschöne Umschlaggestaltung. Ich werde nicht müde, mir das Cover immer wieder anzusehen. Vielen Dank, dass du das passende Gewand für mein Manuskript gestaltet hast!

Auch meinen Testlesern bin ich zu großem Dank verpflichtet. Liebe Justine Hecht, liebe Anja Arens und liebe Claudia Stadler: Vielen Dank für euer Feedback, eure Ermutigungen und Unterstützung. Ich möchte mich außerdem noch bei Doreen Mösel, Daniela Müller, Regina Schmiedl, Ricky Sewina, Anik Heinrich und Daniela Walch bedanken. Ihr habt meinen Texten immer viel Begeisterung entgegengebracht und mir oft mit Rat und Tat zur Seite gestanden. Ihr seid ein tolles Team, welches mir so oft den Rücken gestärkt hat!

Ein ganz besonderes Dankeschön möchte ich meinem Ehemann Markus Jehle und meiner Schwester Tanja Körber entgegenbringen. Ohne euch hätte es »Umdrehungen« in Buchform nie gegeben, von »Kontaktaufnahme« ganz zu schweigen.

Des Weiteren danke ich meinen Eltern, meinen Verwandten, meinen Freunden und meinen Kollegen. Das sind zahlreiche Menschen, die mich unterstützen, inspirieren und an mich glauben und damit mein Halt sind in Momenten, in denen ich an mir und meiner Schreiberei zweifele. Verzeiht, dass ich euch nicht alle namentlich aufzähle, aber ich hoffe, dass ihr wisst, dass genau ihr damit gemeint seid.

Zu guter Letzt danke ich meinen Lesern. Ohne euch würde es keinen Sinn ergeben, »Kontaktaufnahme« zu veröffentlichen. Ihr ermöglicht mir dieses wunderbare Abenteuer. Ich weiß, es ist nicht selbstverständlich, dass ihr mir das Vertrauen entgegenbringt und Bücher von unbekannten und selbstveröffentlichten Autoren kauft.

Wenn ihr mich kontaktieren wollt, dann am besten über meine Homepage www.sonja-bethke-jehle.de oder über meine Facebookseite. Ich freue mich über Rückmeldungen und Rezensionen.

Wir lesen uns ... allerspätestens beim nächsten Buch ... hoffentlich aber früher. Ich bin neugierig, wer ihr seid und wie euch die Geschichte um Jochen, Lukas, Fabian, Nele, Nicole und Samuel gefallen hat.

Also nehmt Kontakt auf und teilt mir eure Gedanken mit.

Eure *Sonja*

Das letzte Treffen mit meiner Lektorin am 13.01.2018 in Darmstadt.
Danke Dir für Deine Hilfe :)

Kurzgeschichten

Als kostenloser Download stehen zur Zeit drei Kurzgeschichten von der Autorin als ePub oder mobi zur Verfügung:

Deine Dunkelheit und meine Stille

Es ist ein bisschen kompliziert geworden, miteinander zu reden, seit Vince blind und Paula taub ist. Aber das Paar hat Wege gefunden einander wieder wahrzunehmen und aufeinander einzugehen. Es gibt Möglichkeiten sich trotz ihrer Behinderung weiterhin zu fühlen und zu lieben. Lediglich die Gespräche sind manchmal noch kompliziert - aber bei welchem Paar ist das nicht so?

Lichtzeichner und Schwarzmaler

Oliver und Martin waren einmal beste Freunde und haben zusammen Fußball gespielt. Doch sie verlieren sich aus den Augen, als Oliver ins Gymnasium geht, während Martin die Realschule besucht. Scheinbar fällt Oliver alles in den Schoß, während Martin immer wieder Pech hat. Als sie sich als Erwachsene wieder über den Weg laufen, ist Martin mit Groll erfüllt und glaubt, sein Leben sei zerstört, weil er einige Zeit im Gefängnis verbracht hat und als Vorbestrafter keine Chance in der Gesellschaft hat. Kann Oliver ihm vielleicht helfen, oder hat er genug eigene Probleme?

Im Zeichen des Jupiters

Bei einem Garagenflohmarkt findet Nika ein unvollständiges Mobile mit den Planeten des Sonnensystems. Ihm kommt es bekannt vor und es erinnert ihn an die erste Zeit in Deutschland, als seine Familie und er noch in einem Flüchtlingslager gelebt haben. Schnell wird ihm klar, dass der Jupiter bei dem Mobile fehlt. Er beginnt zu recherchieren und kommt schon bald dem Geheimnis auf die Spur.

Die Kurzgeschichte wurde bereits in der Anthologie "Grenzenlos: Geschichten und Gedichte" veröffentlicht.

Die Umdrehungen-Reihe

Auch von der Autorin erschienen und ebenfalls im Handel erhältlich:

Ben und Zita sind frisch verliebt. Doch sie dürfen nur wenige Wochen der Unbeschwertheit erleben. Das Schicksal zwingt sie von heute auf morgen dazu, sich neu zu orientieren. Ein Unfall stellt sie auf eine harte Probe, als Ben schwer verletzt und mit einem Leben im Rollstuhl konfrontiert wird.

Bei der Aussicht darauf, sich mit einer bleibenden Behinderung arrangieren zu müssen, reagiert er überfordert. Er zweifelt, ob Zita diese Herausforderung mit ihm bestehen und die Beziehung dieser Belastung standhalten kann. Zu seiner Überraschung verspricht Zita, bei ihm zu bleiben.

Allerdings ahnen die beiden nicht, welch steiniger Weg vor ihnen liegt, und was er ihnen abverlangen wird.

Endlich ist die erfolgreiche Umdrehungen-Trilogie als Gesamtband zum Vorzugspreis erhältlich. Inklusive sechs bisher unveröffentlichter Kurzgeschichten, die die Trilogie abrunden.

Print: 19,99 Euro oder E-Book in ePub oder mobi: 6,99 Euro

Leseprobe zu Umdrehungen

Der Anblick ihrer abgebissenen Fingernägel verursachte einen Kloß in seinem Hals. Sein Bedürfnis zu weinen, war groß.

Eigentlich weinte Roland nie. Benny war derjenige, der sensibel war und hin und wieder Tränen in den Augen hatte. Doch im Gegensatz zu Roland war er auch cool genug, um sich das leisten zu können. Niemand würde ihn deswegen als schwach bezeichnen. Dafür war er einfach zu lässig, zu selbstbewusst. Im Gegenteil: Die Mädchen standen darauf. Sein Kumpel war ein Kerl, der auf den ersten Blick hart erschien, eigentlich aber sehr einfühlsam war. Wenn Roland derjenige gewesen wäre, dem man drei Kugeln in den Rücken geschossen hätte, dann würde Benny wahrscheinlich jetzt weinen.

Doch Roland fiel das nicht so leicht. Zwar hatte er das Gefühl, unbedingt weinen zu müssen, aber die erlösenden Tränen kamen einfach nicht.

Wieder fiel sein Blick auf die abgekauten Nägel von Zita. Dass Zita viel Wert auf ihre Nägel legte und regelmäßig zu ihrer sogenannten ,Nageltante' ging, wusste er von Benny. Jetzt waren sie alle abgekaut. Irgendwie traurig.

Sie saßen hier nun schon seit Stunden in einem großen Raum voller Plastikstühle und Zeitschriften, sowie einem Fernseher, in dem fortwährend immer wieder dieselben Nachrichten liefen. Auch wenn sie sich nicht ausstehen konnten, saßen sie dicht beieinander, obwohl es hier so viele Stühle zur Auswahl gab. Es war der Warteraum für Angehörige. Sie waren alleine.

Am Anfang war alles schnell gegangen. Eben hatte Roland noch neben dem angeschossenen Benny auf dem Boden gekniet, schon war der Notarzt da gewesen und hatte sich um seinen Kumpel und Kollegen gekümmert. Auch um ihn hatte man sich gekümmert. Man hatte ihm ein Glas Wasser in die Hand gedrückt und ihm ein Tuch angeboten, mit dem er sich Bennys Blut von den Händen hatte wischen können, während der Arzt versucht hatte, die Blutung von Benny zu stillen. Er hatte so viel geblutet, dass sich unter ihm eine Blutlache gebildet hatte. Diesen Anblick würde Roland vermutlich nie wieder vergessen. So viel Blut …

Gemeinsam waren sie mit dem Krankenwagen ins Krankenhaus gefahren. Bevor Roland sich von Benny hatte verabschieden können, hatte man diesen von ihm weggebracht. Wahrscheinlich war Benny sowieso nicht mehr bei Bewusstsein gewesen. Während der Fahrt mit dem Krankenwagen hatte er nicht mehr gesprochen und die Augen geschlossen gehalten.

Danach hatte das Warten angefangen. Zu Beginn waren noch die anderen beiden Kollegen bei ihm gewesen, doch irgendwann waren sie nach Hause gegangen und Roland war einsam zurückgeblieben. Er hatte seine Freundin angerufen, um ihr alles zu erzählen, aber Helena war aus beruflichen Gründen weit weg und konnte nicht zu ihm ins Krankenhaus eilen. Mit ihr an seiner Seite wäre es ihm besser gegangen, aber er wollte nicht, dass Helena so spät am Abend über-stürzt losfuhr. Er hatte sie darum gebeten, bis zum nächsten Tag zu warten und hatte ihr versichert, dass er sich melden würde, sobald er etwas von Benny in Er-fahrung bringen könnte.

Vielleicht hatte Roland deswegen seinen älteren Bruder angerufen und hatte ihn darum gebeten, Zita herzufahren. Er hatte es nicht mehr ertragen alleine zu warten.

Zita war die neue Freundin von Benny. Obwohl sie sich schon seit längerem mit Benny traf, waren sie erst seit Kurzem offiziell zusammen. Roland mochte sie nicht und konnte sich einfach nicht an sie gewöhnen. Zwar war Benny frisch verliebt und sehr glücklich mit Zita, aber Roland trauerte dennoch Bennys alter Partnerin hinterher. Mit ihr war er sehr gut klar gekommen und Helena war mit ihr befreundet gewesen. Zu Zita fand auch sie keinen Zugang.

Doch das alles zählte im Moment nicht.

Wenn Roland schwer verletzt ins Krankenhaus eingeliefert worden wäre, hät-te er sich auch gewünscht, dass Helena bei ihm wäre, wenn er aufwachte. Er ging davon aus, dass Benny Helena abholen würde, weil man in solch einem Moment nicht Auto fahren sollte. Also hatte Roland alles organisiert und hatte Zita von seinem älteren Bruder herbringen lassen. Er selber hatte Zita nicht abholen wol-len. Was, wenn Benny ihn brauchte und er nicht da war?

Seitdem waren Stunden vergangen.

Zuerst hatten die Ärzte nicht gewusst, ob sie Benny operieren sollten, irgend-wann hatten sie sich aber doch dazu entschieden. Sie hatten etwas von Rückenmarksverletzung gesagt, von Wirbelbrüchen und schweren inneren Blu-tungen. Hatten davon gesprochen, dass Benny kein Gefühl in den Beinen hätte. Eine Ärztin hatte erwähnt, dass sie seine Verletzung möglicherweise nicht heilen konnten, doch ein anderer Arzt hatte gemeint, dass man noch abwarten müsse, bevor man Diagnosen stellen könne. Immerhin sei der gesamte Bereich verletzt. Es sei schwer sich einen Überblick zu verschaffen. Alle waren sich aber einig gewesen, dass es sehr ernst um Benny stand.

Roland wurde übel, wenn er darüber nachdachte, was das für seinen Kumpel bedeuten könnte.

Benny und behindert schien überhaupt nicht zusammenzupassen. Benny und Rollstuhl ebenfalls nicht. Als Roland vorhin auf der Toilette gewesen war, hatte er zu seinem Spiegelbild geredet. »Mein Kumpel ist gelähmt«, hatte er gesagt und hinzugefügt: »Benny ist behindert. Mein Kumpel Benny ist ein Behinderter und sitzt hilflos und unfähig sich zu bewegen im Rollstuhl.« Es hatte wehgetan und ihn dazu gebracht, die Hand zu einer Faust zu ballen und gegen seine Lippen zu pressen, um zu verhindern, dass er laut losschrie.

Daran würde er sich noch weniger gewöhnen können als an Zita.

Wenn er doch nur etwas gesagt hätte … wenn er Benny vorgewarnt hätte … Das würde er sich niemals verzeihen können. Damit würde er niemals leben können.

Erneut sah Roland zu den abgekauten Fingernägeln auf den Boden und schluckte schwer. Wie viele kleine Halbmonde, glitzernd mit funkelnden Steinen darauf, blau und silber angemalt. Ein krasser Gegensatz zu dem eierschalenfarben Boden.

Zaghaft richtete Roland sich auf und betrachtete Zita, die in sich zusammengesunken neben ihm auf dem Stuhl kauerte. Seufzend hob er seine Hand und legte sie vorsichtig auf Zitas Rücken genau zwischen ihren Schulterblättern. Sie war dünn und knochig, ihre Muskeln verkrampft.

Kurz zuckte sie zusammen, dann schloss sie die Augen und drückte sich ein wenig gegen Rolands Hand. »Danke«, flüsterte sie.

Gerade als Roland glaubte, dass er es nicht mehr aushalten konnte, öffnete sich die Tür und einer der Ärzte trat erneut herein. Er zog einen Stuhl zu sich und setzte sich ihnen gegenüber. »Die Operation ist gut verlaufen«, sagte er, bevor Roland fragen konnte. »Wir haben die Blutung stillen können und die gebrochenen Wirbel stabilisiert, um weitere Schäden zu vermeiden. Jetzt müssen wir Geduld haben.«

»Ist er wach?«, fragte Roland und strich ein letztes Mal über Zitas Rücken, bevor er die Hand zurückzog.

»Nein, noch nicht, aber Sie werden ihn in ungefähr zwei Stunden sehen können, sobald er auf der Intensivstation ist«, antwortete der Arzt. »Ob er sofort ansprechbar ist, wissen wir noch nicht, aber er wird in der Aufwachphase sein. Wir halten es für eine gute Idee, wenn Sie bei ihm sind, wenn er zu sich kommt. Versuchen Sie vorerst keine Vermutungen über eine Diagnose zu äußern, denn das würde ihn sicherlich beunruhigen.«

»Und wird er laufen können?« Roland wusste, dass er sich flehend anhörte, doch das war ihm egal. Es hing so viel von der Antwort ab, weswegen er die Luft anhielt.

»Wir müssen abwarten bis die Schwellung zurückgegangen ist. Momentan können wir noch keine endgültige Aussage treffen. Vielleicht muss Ihr Kollege auch nochmal operiert werden.« Der Arzt lächelte aufmunternd. »Noch sollten wir die Hoffnung nicht aufgeben. Gehen Sie jetzt erst einmal etwas zusammen essen, damit Sie gestärkt sind. Er wird Sie brauchen, denn er wird verwirrt sein und Schmerzen haben.«

»Aber …«

Der Arzt unterbrach Roland sofort wieder. »Es tut mir leid, Herr Weber, dass ich Ihnen zum jetzigen Zeitpunkt nicht mehr sagen kann. Wir müssen dem ganzen jetzt Zeit geben. Für den Moment haben wir alles getan, was wir tun konnten. Ich möchte nicht ausschließen, dass Ihr Freund wieder komplett gesund wird, aber ich kann es Ihnen leider auch nicht versprechen.« Er hielt inne. »Es tut mir leid.«

»Aber er stirbt nicht, oder?«

Roland drehte seinen Kopf und sah zu Zita. Ihre Stimme klang brüchig und sehr müde, ihre Augen waren rot, weil sie geweint hatte. Sie sah grausam aus, besonders weil ihre Schminke verlaufen war.

Ihre Eltern hatten mehrmals auf ihrem Handy angerufen und hatten sie darum gebeten, nach Hause zu kommen, weil sie im Krankenhaus sowieso nichts tun konnte, aber sie war standhaft geblieben. Am nächsten Tag musste sie eine Prüfung ablegen, aber sie hatte ihren Eltern gesagt, dass es ihr egal war, ob sie die Prüfung antreten konnte oder nicht. Die Eltern hatten so oft angerufen, dass Roland Zita am liebsten das Telefon aus der Hand gerissen und gegen die Wand geschleudert hätte. Am Telefon hatte Zita geweint, aber sie hatte sich nicht von ihrem Vater überreden lassen. Ihre Sorge war echt, das musste Roland anerkennen, auch wenn er bisher überzeugt davon gewesen war, dass Zitas Gefühle für Benny oberflächlich waren.

»Er ist außer Lebensgefahr«, bestätigte der Arzt. »Er wird natürlich auf der Intensivstation bleiben müssen, aber er ist stabil.«

Zita stieß erleichtert Luft aus und schloss die Augen, während sie sich gegen die Stuhllehne drückte.

Für einen Moment blinzelte Roland. Daran, dass Benny sterben könnte, hatte er gar nicht gedacht. Jemand wie Benny starb doch nicht einfach. Seine Präsenz war dafür viel zu überwältigend. Das Schlimmste an was Roland gedacht hatte, war eine bleibende Behinderung. Wenn Benny gestorben wäre … das war nicht auszudenken, das könnte Roland einfach nicht ertragen.

»Er ist außer Lebensgefahr«, wiederholte der Arzt freundlich. »Das ist jetzt vorerst das Wichtigste.«